GREGORY BENFORD

# Zeitschaft

*Buch*

Frühjahr 1998: Die Welt steht kurz vor dem ökologischen Kollaps. Eine Gruppe von Wissenschaftlern versucht, mit Hilfe von Tachyonen eine Botschaft in die Vergangenheit zu senden, damit dort die Ursache der Katastrophe beseitigt werden kann. Zwar wird die Botschaft tatsächlich im Jahr 1962 in Kalifornien empfangen, aber zunächst erkennt keiner der beteiligten Wissenschaftler, daß es sich bei den aufgefangenen Signalen um eine Nachricht aus der Zukunft handelt…

Der mehrfach preisgekrönte Roman aus dem Zeitreise-Genre gilt als einer der besten Science-fiction-Romane der letzten Jahrzehnte überhaupt: Kernthema ist die Nachrichtenübermittlung aus der Zukunft. Die Kritiker waren sich einig: Kaum ein anderer Roman hat ähnlich überzeugend die Welt der Naturwissenschaftler dargestellt. Modernste physikalische Theorien werden allgemeinverständlich in die spannende Handlung eingebaut.

»Timescape«, so der Originaltitel des 1980 erstmals erschienenen Romans, erhielt neben mehreren anderen Auszeichnungen den begehrten Nebula Award.

*Autor*

Der Amerikaner Gregory Benford, geboren 1941, studierte Theoretische Physik in Deutschland und Kalifornien, bevor er 1965 mit seiner ersten literarischen Story Furore machte. Schon bald war er einer der führenden Autoren der »Hard-SF«. Meisterhaft verbindet er in seinen Romanen hochkomplexe wissenschaftliche Zusammenhänge mit dramatischen Handlungen. Benford ist – neben Greg Bear und David Brin – einer der Autoren der »Second Foundation Trilogy«, der großangelegten Fortsetzung von Isaac Asimovs berühmtem Werk.

Gregory Benford

# Zeitschaft

ROMAN

Aus dem Amerikanischen
von Bernd Holzrichter

GOLDMANN

Die amerikanische Originalausgabe erschien 1980
unter dem Titel »Timescape«

*Umwelthinweis:*
Alle bedruckten Materialien dieses Taschenbuches
sind chlorfrei und umweltschonend.
Das Papier enthält Recycling-Anteile.

Der Goldmann Verlag
ist ein Unternehmen der Verlagsgruppe Bertelsmann

Deutsche Taschenbuchausgabe 3/98

Umschlaggestaltung: Design Team München
Umschlagillustration: Agt. Schlück/Mangoni
Satz: Uhl + Massopust, Aalen
Druck: Elsnerdruck, Berlin
Verlagsnummer: 25045
V.B. · Herstellung: Stefan Hansen
Printed in Germany
ISBN 3-442-25045-5

1 3 5 7 9 10 8 6 4 2

Für RICHARD CURTIS, mit Dank

Absolute, wahre und mathematische Zeit fließt, aus der ihr eigenen Natur, gleichförmig, ohne Beziehung zu äußeren Gegebenheiten.

NEWTON

Wie ist es möglich, den Unterschied zwischen Vergangenheit und Zukunft zu erklären, wenn einem die Gesetze der Physik nur Symmetrie der Zeit demonstrieren?! ... Die heutige Physik enthält keinerlei Annahmen einer fließenden Zeit oder eines sich bewegenden augenblicklichen Moments.

P. C. DAVIES
*The Physics of Time Asymmetry*
1974

# — 1 —

*Frühjahr 1998*

*Denk daran, viel zu lächeln,* dachte John Renfrew melancholisch. Die Leute schienen das zu mögen. Sie fragten sich nie, warum man nicht zu lächeln aufhörte, ganz gleich, was gesagt wurde. Es war wohl ein generelles Anzeichen guten Willens, vermutete er, einer der Tricks, die er nie beherrschen würde.

»Daddy, sieh mal…«

»Verflixt, paß doch auf!« schrie Renfrew. »Nimm das Papier aus meinem Porridge, ja! Marjorie, warum sind die verdammten Köter in der Küche, während wir frühstücken?«

Drei Gestalten, mitten in der Bewegung erstarrt, blickten ihn an. Marjorie, die sich mit dem Bratenwender gerade vom Herd abwandte. Nicky, die den Löffel zum Mund hob, der sich zu einem erstaunten »Oh« geformt hatte. Johnny neben ihm, der seine Schulaufgaben in der ausgestreckten Hand hielt und dessen Gesicht Enttäuschung verriet. Renfrew wußte, was seiner Frau jetzt durch den Kopf ging. *John muß wirklich nervös sein. Er wird niemals wütend.*

Das stimmte. Ein weiterer Luxus, den er sich nicht leisten konnte.

Die starre Fotografie löste sich in Bewegung auf. Marjorie scheuchte mit einer hektischen Bewegung die kläffenden Hunde zur Hintertür hinaus. Nicky beugte den Kopf über den Teller und schaute prüfend auf ihren Haferbrei. Dann führte Marjorie Johnny zu seinem Platz am Tisch zurück. Renfrew holte tief Luft und biß in seinen Toast.

»Fall Daddy heute nicht zur Last, Johnny. Er hat heute morgen eine wichtige Besprechung.«

Ein ergebenes Nicken. »Tut mir leid, Daddy.«

Daddy. Alle nannten ihn Daddy. Nicht Pop, wie Renfrews

Vater stets genannt werden wollte. Das war ein Name für Väter mit schwieligen Händen.

Melancholisch nahm Renfrew seine Umgebung in sich auf. Manchmal fühlte er sich hier, in seiner eigenen Küche, fehl am Platz. Dort saß sein Sohn in dem grau-blauen Blazer der Schuluniform und sprach mit der klaren Stimme der Oberschicht. Renfrew erinnerte sich an die verwirrende Mischung aus Verachtung und Neid, die er in Johnnys Alter für solche Jungen empfunden hatte. Gelegentlich, wenn er Johnny beiläufig anblickte, kam die Erinnerung an jene Zeit zurück. Dann bereitete er sich innerlich auf die vertraute Gleichgültigkeit im Gesicht seines Sohnes vor – und fand dort statt dessen Bewunderung.

»Ich bin derjenige, der sich entschuldigen sollte, Junge. Ich wollte dich nicht so anschreien. Wie deine Mutter schon gesagt hat, ich bin heute ein wenig nervös. So, und was wolltest du mir gerade zeigen, he?«

»Weißt du, da ist der Aufsatzwettbewerb zu dem Thema«, begann Johnny scheu, »wie Schulkinder helfen können, die Umwelt zu säubern und Energie zu sparen und so. Ich wollte dir meinen Aufsatz zeigen, bevor ich ihn abgebe.«

Renfrew biß sich auf die Lippe. »Heute habe ich keine Zeit, Johnny. Wann mußt du ihn spätestens abgegeben haben? Ich werde versuchen, ihn heute abend zu lesen, okay?«

»Okay. Danke, Daddy. Ich lasse ihn hier. Ich weiß, daß deine Arbeit schrecklich wichtig ist. Der Englischlehrer hat das gesagt.«

»So, hat er das? Was hat er denn gesagt?«

»Nun, eigentlich...« Der Junge zögerte. »Er hat gesagt, die Wissenschaftler haben uns in den Schlamassel reingebracht, und sie sind die einzigen, die uns jetzt da wieder rausholen können – wenn es überhaupt jemand kann.«

»Das haben andere auch schon gesagt, Johnny. Eine Binsenweisheit.«

»Binsenweisheit? Was ist eine Binsenweisheit, Daddy?«

»Meine frühere Lehrerin hat genau das Gegenteil gesagt«,

warf Nicky plötzlich ein. »Sie sagt, die Wissenschaftler haben schon genug angerichtet. Sie sagt, Gott sei der einzige, der uns wieder rausholen kann, und wahrscheinlich wird er das nicht.«

»Ach du liebe Güte, noch so ein Untergangsprophet! Na ja, schätzungsweise immer noch besser als die Primmies und ihr Zurück-in-die-Steinzeit-Gewäsch. Außer, daß die Untergangspropheten uns ständig in den Ohren liegen und uns deprimieren.«

»Miss Crenshaw sagt, die Primmies werden Gottes Urteil *ebensowenig* entgehen, wie weit sie auch davonrennen mögen«, sagte Nicky bestimmt.

»Marjorie, was ist in dieser Schule nur los. Ich will nicht, daß sie Nickys Kopf mit solchen Ideen vollstopft. Die Frau hört sich unausgeglichen an, unausgewogen. Sprich mal mit ihrer Direktorin über sie!«

»Ich bezweifle, daß das etwas nutzen würde«, entgegnete Marjorie gleichmütig. »Heutzutage gibt es mehr ›Untergangspropheten‹, wie du sie nennst, als sonstwen.«

»Miss Crenshaw meint, wir sollten alle nur beten«, fuhr Nicky störrisch fort. »Miss Crenshaw sagt, es sei ein *Strafgericht*. Und wahrscheinlich das Ende der Welt.«

»Aber das ist doch Unsinn, Liebes«, sagte Marjorie. »Wo kämen wir denn hin, wenn wir alle nur rumsäßen und beteten? Man muß doch vorankommen. Was mich daran erinnert, daß ihr euch jetzt besser vorwärts bewegt, sonst kommt ihr zu spät zur Schule.«

»Miss Crenshaw sagt: ›Seht die Lilien auf dem Felde‹« murmelte Nicky im Hinausgehen vor sich hin.

»Und ich bin keine Lilie«, sagte Renfrew. Er schob seinen Stuhl zurück und stand auf. »Da mache ich mich wohl besser an mein mühsames Tagwerk.«

»Und ich bleibe zu Hause und spinne?« lächelte Marjorie. »Anders geht es wohl nicht. Hier ist dein Mittagessen. Diese Woche gibt es wieder kein Fleisch, aber ich habe auf der Farm ein bißchen Käse ergattert und ein paar frühe Karotten ausgezogen. Ich glaube, dieses Jahr könnten wir auch ein paar Kartoffeln haben. Das würde dir gefallen, oder?« Sie stand auf und gab ihm einen Kuß. »Ich hoffe, deine Besprechung verläuft erfolgreich.«

»Danke, Schatz.« Wieder spürte er dieses beklemmende Gefühl. Er mußte diese Geldmittel bekommen. Er hatte unermeßlich viel Zeit und Denken in dieses Projekt gesteckt. Er mußte die Geräte haben. Es mußte versucht werden.

Renfrew verließ das Haus und stieg auf sein Fahrrad. Er war bereits dabei, den Familienvater abzuwerfen; seine Gedanken wanderten ihm voraus ins Laboratorium, zu den Anweisungen an die Techniker, zu dem bevorstehenden Gespräch mit Peterson.

Radelnd ließ er Grantchester hinter sich und umfuhr Cambridge. Während der Nacht hatte es geregnet. Dicht über den gepflügten Feldern hing ein dünner Nebel, der das Licht weicher werden ließ. An den frisch ergrünten Blättern der Bäume klebten kleine Tropfen. Auf dem Teppich aus Glockenblumen, der die Lichtungen bedeckte, glitzerte es feucht. Die Straße verlief hier parallel zu einem Bach, der von Erlensträuchern und Nesselbüschen gesäumt wurde. Auf der Wasseroberfläche sah er winzige Wellen, die entstanden, wenn die Ruderwanzen auf ihren weit ausladenden Beinen sich mit ruckartigen Stößen vorwärts bewegten. An den Ufern blühte ein goldenes Tuch aus Butterblumen, die ersten Kätzchen sprossen aus den Weiden. Es war ein frischer Aprilmorgen, wie er ihn als Junge in Yorkshire immer so geliebt hatte; er hatte in der bleichen Morgensonne den aus den Mooren aufsteigenden Nebel beobachtet und den Hasen nachgeschaut, die er durch seine Schritte aufscheuchte. Der Weg, dem er jetzt folgte, war mit den Jahren abgesunken, und sein Kopf war fast auf einer Höhe mit den Baumwurzeln auf beiden Seiten. Ihn erreichte ein Geruch feuchter Erde und regengetränkten Grases, vermischt mit dem beißenden Geruch von Kohlerauch.

Ausdruckslos blickten ein Mann und eine Frau ihn an, als er vorbeiradelte. Sie lehnten untätig gegen einen altersschwachen Holzzaun. Renfrew verzog das Gesicht. Monat für Monat trieb es mehr Squatter in die Gegend, weil sie Cambridge für eine reiche Stadt hielten. Weiter rechts standen die Überreste eines alten Bauernhauses. In der letzten Woche waren die gähnend leeren Fenster mit Zeitungspapier, Brettern und Lumpen gestopft worden. Es war nur erstaunlich, daß die Behausung noch nicht vorher von Squattern aufgespürt worden war.

Das letzte Stück durch die Vororte von Cambridge war das schlimmste. Überall waren kreuz und quer verlassene Autos abgestellt, die die Straße zum Hindernisparcours machten. Es hatte einmal ein nationales Programm gegeben, die Wracks dem Produktionskreislauf wieder zuzuführen, aber mehr als viel Gerede im Fernsehen hatte Renfrew nie davon gesehen. Er schlängelte sich zwischen den Autos hindurch, die dort wie augen- und gliederlose Käfer hockten, aller beweglichen Teile beraubt. In einigen Wagen wohnten Studenten. Schläfrige Gesichter wandten sich ihm zu.

Vor dem Cavendish kettete er sein Fahrrad an dem Gestell fest. Ein Auto stand auf dem Platz, bemerkte er. Dieser Kerl Peterson würde doch wohl kaum so früh da sein? Es war noch nicht einmal halb neun. Er ging die Stufen hinauf und durchquerte die Eingangshalle.

Der jetzige Komplex aus drei Gebäuden war für Renfrew eine anonyme Angelegenheit. Das ursprüngliche Cav, wo Rutherford den Atomkern entdeckt hatte, war ein altes Backsteingebäude im Zentrum von Cambridge, ein Museum. Nur zweihundert Meter von der Madingley Road entfernt, konnte man diesen Gebäudekomplex leicht für den Sitz einer Versicherung, eine Fabrik oder ein Bürohaus halten. Als es Anfang der 70er eröffnet worden war, war das »neue Cav« makellos: aufeinander abgestimmte Farbstrukturen, Teppiche in der Bibliothek und wohlbestückte Regale. Jetzt waren die Flure nur spärlich beleuchtet, und viele Laboratorien, bar jeder Ausstattung, gähnten vor Leere. Renfrew begab sich zu seinem Labor im Mott-Gebäude.

»Guten Morgen, Dr. Renfrew.«

»Oh, Morgen, Jason. Ist jemand da gewesen?«

»Ja, George war da, um die Vorpumpen anzuwerfen, aber...«

»Nein, nein, ein Besucher, meine ich. Ich erwarte jemanden aus London, Peterson heißt er.«

»Oh, nein. So einer war nicht da. Möchten Sie denn, daß ich jetzt anfange?«

»Ja, bitte. Was machen die Apparate?«

»Läuft ganz gut. Das Vakuum baut sich auf. Wir sind jetzt bei zehn Minuten. Wir haben eine frische Füllung Flüssigstickstoff, die Elektronik ist überprüft. Sieht so aus, als gäbe einer der Verstärker bald den Geist auf. Wir nehmen noch ein paar Eichungen vor, und in etwa einer Stunde sollte die gesamte Anlage überprüft werden.«

»Okay. Sehen Sie, Jason, dieser Peterson kommt vom Weltrat. Er erwägt höhere Zuschüsse. Wir werden ihm einen Durchgang vorführen und alle Geräte in einigen Stunden auf Herz und Nieren prüfen. Versuchen Sie, einen tatkräftigen Eindruck zu machen, und putzen Sie alles ein bißchen heraus, bitte.«

»In Ordnung. Ich setz' alles in Gang.«

Renfrew ging über den Steg in das eigentliche Labor hinunter und trat geschickt über die Drähte und Kabel. Der Raum bestand aus nacktem Beton und war mit altertümlichen galvanischen Verbindungen und neueren Kabeln ausgestattet, welche sich durch die Gänge zwischen den Geräten wanden. Renfrew begrüßte jeden Techniker einzeln, stellte Fragen über den Betrieb des Ionenbündlers und gab seine Anweisungen. Inzwischen kannte er seine Ausrüstung im Detail, mühselig hatte er die Teile beschafft und eigenhändig zusammengestellt. Der Flüssigstickstoff brodelte in seinem Glaskolben. Energieeinheiten summten dort, wo geringfügige Spannungs-Fehlanpassungen auftraten. Auf den grünen Schirmen der Oszilloskope tanzten und wogten gelbe Linien. Er fühlte sich zu Hause.

Selten bemerkte Renfrew die schlichten Wände und die klobige Anordnung der Geräte; für ihn handelte es sich um eine gemütliche Zusammenstellung vertrauter, zusammenwirkender Elemente. Den zur Zeit grassierenden Abscheu vor technischem Gerät konnte er nicht begreifen; er argwöhnte, es handelte sich um die eine Seite der Medaille, deren andere Ehrfurcht war. Aber beides war Unsinn. Genausogut konnte man beispielsweise diese Gefühle einem Wolkenkratzer gegenüber hegen, doch das Gebäude war nicht größer als ein Mensch – der Mensch hat *es* erschaffen, nicht umgekehrt. Das Universum der Artefakte war ein menschliches Universum. Wenn Renfrew sich durch die Gassen zwischen den wuchtigen Geräten bewegte, schien er manchmal ein Fisch zu sein, der durch die warmen Gewässer seines ureigenen Ozeans schwamm. Die komplizierte Anordnung des Experiments steckte wie ein mehrschichtiges Diagramm in seinem Kopf, und er verglich es ständig mit der niemals vollkommenen Realität vor sich. Er liebte diese Art des Nachdenkens und Korrigierens, er liebte die Suche nach dem unsichtbaren Mangel, der die gesamte gewünschte Wirkung zerstören konnte.

Die meisten seiner Geräte hatte er beschafft, indem er die übrigen Forschungsgruppen im Cav plünderte. Forschung war stets ein offensichtlicher Luxus gewesen, der leicht beschnitten werden konnte. Die letzten fünf Jahre waren eine Katastrophe gewesen. Wenn eine Gruppe aufgelöst wurde, hatte Renfrew versucht, zu retten, was zu retten war. Als Spezialist für die Erzeugung von Strahlen aus Hochenergieionen hatte er in der Kernresonanzgruppe angefangen. Ihre Bedeutung gewann sie durch die Entdeckung einer völlig neuen Art subatomarer Teilchen, der Tachyonen, über die seit Jahrzehnten theoretisiert worden war. Renfrew war in diesen Bereich übergewechselt. Er hatte sein kleines Team durch geschickte Subventionspolitik über Wasser gehalten und sich zudem die Tatsache zunutze gemacht, daß Tachyonen, das Neueste vom Neuen, einen eindeutigen intellektuellen Anspruch auf die Geldmittel hatten, die dem Nationalen Forschungsrat noch geblieben waren. Der NFR hatte sich allerdings im letzten Jahr aufgelöst.

In diesem Jahr war die Forschung eine Marionette, deren Fäden direkt zum Weltrat führten. Die Nationen des Westens hatten ihre Forschungsanstrengungen in dem Versuch, ökonomisch zu handeln, zu einem Pool zusammengeschlossen. Renfrew hatte den Eindruck, die Politik des Rats beschränkte sich darauf, vor allem spektakuläre Projekte zu unterstützen. Das Kernreaktorprogramm erhielt immer noch einen Löwenanteil, obwohl es keinen erkennbaren Fortschritt zeigte. Die besten Gruppen des Cavs – wie die Radioastronomie – waren letztes Jahr aufgelöst worden, als der Rat beschlossen hatte, Astronomie insgesamt wäre unbrauchbar, und solche Arbeiten sollten »für längere Zeit« ausgesetzt werden. Wie lang dieser Zeitraum genau sein könnte, war eine Frage, welcher der Rat geflissentlich auswich. Er ging von der Grundannahme aus, daß die westlichen Nationen während der sich verschärfenden Krise ihren Forschungsluxus aufgeben müßten. Statt dessen sollten sie sich intensiv auf die Ökoprobleme und die entsprechenden Schreckensnachrichten konzentrieren, die die Schlagzeilen beherrschten. Aber man mußte seinen Mantel nach dem Wind hängen. Renfrew wußte das. Ihm war es gelungen, einen Weg zu finden, Tachyonen einen »praktischen« Zweck zuzuweisen, und dieser Kunstgriff hatte seine Gruppe bislang über Wasser gehalten.

Renfrew eichte noch einige Geräte – dieser Tage war stets etwas in Unordnung – und legte eine kurze Pause ein, in der er dem geschäftigen Summen des Laboratoriums lauschte.

»Jason«, rief er, »ich gehe mal eben Kaffee holen. Halten Sie bitte alles in Betrieb.«

Er nahm seine alte Cordjacke vom Haken und reckte sich ausgiebig, wobei die Schweißflecken im Stoff unter seinen Achselhöhlen sichtbar wurden. Plötzlich bemerkte er zwei Männer oben auf der Plattform. Einer der Techniker zeigte zu Renfrew hinunter und sagte etwas. Als Renfrew seine Arme senkte, betrat der andere Mann den Steg zum Labor hinab.

Spontan erinnerte Renfrew sich an seine Collegetage in Oxford. Er war einen Gang entlanggeschritten, der ein hohles, widerhallendes Echo zurückwarf, wie nur Steinwerk es kann. Es war ein schöner Oktobermorgen, und er schäumte vor Begierde, sein neues Leben zu beginnen, auf das er sich so lange gefreut hatte, das Ziel langer Studentenjahre. Er hatte gewußt, er war brillant; hier, unter intellektuell Gleichwertigen, würde er endlich seinen rechten Platz finden. Er war am Vorabend mit dem Zug aus York gekommen, und jetzt wollte er in die Morgensonne hinaustreten und alles in sich aufnehmen.

Zwei von ihnen kamen ihm auf dem Gang entgegengeschlendert. Sie trugen ihre kurzen akademischen Gewänder wie Höflingsroben, und sie gingen, als gehörte ihnen das Gebäude. Während sie sich ihm näherten, unterhielten sie sich laut, und sie musterten ihn, als wäre er ein Ire. Als sie an ihm vorbeigingen, sagte der eine gedehnt: »Mein Gott, schon wieder so ein Bauernlümmel mit Stipendium!« Das hatte die Atmosphäre seiner Jahre in Oxford bestimmt. Natürlich hatte er *summa cum laude* abgeschlossen, und inzwischen hatte er sich in der Physik einen Namen gemacht. Aber er hatte immer das Gefühl gehabt, daß sie selbst dann, wenn sie ihre Zeit vergeudeten, ihr Leben mehr genossen, als er je können würde.

Die Erinnerung daran schmerzte ihn, als er Peterson auf sich zukommen sah. Nach so langer Zeit konnte er sich nicht mehr an die Gesichter der beiden studentischen Snobs erinnern, und wahrscheinlich bestand keinerlei physische Ähnlichkeit, aber dieser Mann demonstrierte die gleiche geschmeidige, arrogante Selbstsicherheit. Er bemerkte auch, wie Peterson gekleidet war, und er verabscheute es, die Art der Kleidung eines anderen Manns zu bemerken. Peterson war hochgewachsen, schlank und dunkelhaarig. Aus einiger Entfernung vermittelte er den Eindruck eines jungen, athletischen Stutzers. Er ging leichtfüßig. Nicht wie ein Rugbyspieler, der Renfrew in jungen Jahren gewesen war, sondern wie ein Tennis- oder Polospieler oder vielleicht sogar ein Speerwerfer. Aus der Nähe besehen, sah er aus wie Anfang Vierzig und war zweifellos ein Mann, der es gewohnt war, Macht auszuüben. Er war auf eine sehr strenge Art gut aussehend. Sein Gesichtsausdruck zeigte keine Verachtung, aber Renfrew dachte bitter, daß er es als Erwachsener wahrscheinlich gelernt hatte, sie zu verbergen. *Reiß dich zusammen, John,* ermahnte er sich stumm. *Du bist der Experte, nicht er. Und lächle!*

»Guten Morgen, Dr. Renfrew.« Die samtglatte Stimme entsprach genau seiner Erwartung.

»Guten Morgen, Mr. Peterson«, murmelte er und streckte eine große, klobige Hand aus. »Freut mich, Sie kennenzulernen.« Verdammt, wieso hatte er das gesagt? Es hätte fast die Stimme seines Vaters sein können. »Ich freue mich wirklich, Sie kennenzulernen.« Er wurde paranoid. In Petersons Gesicht war nichts, das etwas anderes als ernsthaftes Interesse an seiner Arbeit offenbarte.

»Ist das das Experiment?« Peterson blickte sich mit sachlichem Ausdruck um.

»Ja. Wollen Sie es als erstes sehen?«

»Bitte.«

Sie gingen an einigen alten grauen Schranken englischer Herstellung vorbei und dann an einigen neueren Geräten, die in hellen Fächern von Tektronics, Physics International und anderen amerikanischen Firmen untergebracht waren. Diese grellroten und -gelben Einheiten stammten aus dem kargen Zuschuß des Weltrats. Renfrew führte Peterson zu einer komplizierten Apparatur zwischen den Polen eines großen Magnets.

»Eine superleitende Anordnung, natürlich. Wir brauchen die Feldelektronen, um während der Transmission eine gestochen scharfe Kurve zu bekommen.«

Peterson betrachtete das Labyrinth aus Drähten und Meßgeräten. Über ihnen türmten sich in Regalschränken elektronische Geräte. Er zeigte auf ein bestimmtes und fragte nach dessen Funktion.

»Oh, ich hätte nicht gedacht, daß Sie so viel über die technische Seite wissen wollen«, sagte Renfrew.

»Versuchen Sie's!«

»Nun, hier haben wir eine große Indium-Antimonid-Probe, sehen Sie…« Renfrew zeigte auf das verkleidete Gehäuse zwischen den Magnetpolen. »Wir beschießen sie mit hochenergetischen Ionen. Wenn die Ionen auf das Indium auftreffen, geben sie Tachyonen ab. Es ist eine komplexe, sehr empfindliche Ion-Kernreaktion.« Er blickte Peterson an. »Tachyonen sind

Teilchen, die schneller als Licht sind, wissen Sie. Auf der anderen Seite…« – er zeigte hinter die Magneten und führte Peterson zu einem langen blauen zylindrischen Tank, der zehn Meter von den Magneten entfernt aufragte – »…ziehen wir die Tachyonen heraus und bündeln sie zu einem Strahl. Sie haben einen Eigendrehimpuls und schwingen nur mit Indiumkernen in einem starken Magnetfeld mit.«

»Und wenn sie auf dem Weg auf etwas auftreffen?«

»Genau das ist es«, sagte Renfrew scharf. »Tachyonen müssen einen Nukleus genau im richtigen Energiezustand treffen, bevor sie in dem Prozeß Energie verlieren. Durch gewöhnliche Materie dringen sie hindurch. Deshalb können wir sie über Lichtjahre schießen, ohne daß sie abgelenkt werden.«

Schweigend musterte Peterson die Geräte.

»Aber wenn eines unserer Tachyonen einen Indiumkern in genau dem richtigen Stadium trifft – eine Situation, die von Natur aus nicht sehr häufig auftritt –, dann wird es absorbiert. Der Eigendrehimpuls des Indiumkerns wird dadurch in eine andere Richtung gelenkt. Stellen Sie sich den Indiumkern als einen kleinen Pfeil vor, der zur Seite geschlagen wird. Würden all die kleinen Pfeile vor dem Auftreffen der Tachyonen in dieselbe Richtung weisen, dann würden sie durcheinandergeraten. Das wäre erkennbar…«

»Verstehe, verstehe«, unterbrach Peterson geringschätzig. Renfrew fragte sich, ob er mit den kleinen Pfeilen den Bogen vielleicht überspannt hatte. Es wäre verhängnisvoll, würde Peterson glauben, er redete von oben herab zu ihm – obwohl es natürlich zutraf.

»Ich nehme an, das Indium gehört jemand anderem.«

Renfrew hielt den Atem an. Das war die heikle Stelle. »Ja. Ein Experiment, das im Jahre 1963 durchgeführt wird«, sagte er langsam.

»Ich habe den einleitenden Bericht gelesen«, meinte Peterson trocken. »Diese Vorberichte sind häufig irreführend, aber den habe ich verstanden. Die technische Abteilung sagt mir, er sei schlüssig, aber ich kann einige der Dinge, die Sie geschrieben haben, nicht glauben. Diese Geschichte mit der Veränderung der Vergangenheit …«

»Wir erwarten diesen Markham noch – er wird Ihnen damit schon zusetzen.«

»Wenn er kann.«

»Richtig. Sehen Sie, wenn man einmal darüber nachdenkt, ist der Grund dafür, daß noch keiner versucht hat, Botschaften in die Vergangenheit zu schicken, eigentlich eindeutig: Wir können einen Sender bauen, aber es gibt keinen Empfänger. Niemand in der Vergangenheit hat je einen gebaut.«

Peterson runzelte die Stirn. »Nun, natürlich …«

Enthusiastisch fuhr Renfrew fort. »*Wir* haben natürlich einen gebaut, um die einleitenden Experimente durchzuführen. Aber die Menschen wußten 1963 noch nichts über Tachyonen. Der Trick besteht also darin, sich in etwas einzuschalten, das sie bereits betreiben. So klappt's.«

»Hmm.«

»Wir versuchen, Tachyonenausbrüche zu konzentrieren und sie so zu zielen …«

»Moment!« unterbrach Peterson und hob eine Hand. »Zielen auf *was*? Wo ist denn 1963?«

»Ziemlich weit weg, wie sich herausstellt. Seit 1963 hat sich die Erde um die Sonne gedreht, während die Sonne sich um das Zentrum der Galaxis gedreht hat, und so weiter. Zählen Sie alles zusammen, und dann werden Sie sehen, daß 1963 ganz schön in der Ferne liegt.«

»Relativ wozu?«

»Nun, relativ zum Massenzentrum unserer Galaxiengruppe. Man darf aber nicht vergessen, daß auch diese Gruppe sich bewegt, und zwar relativ zu dem Bezugrahmen, den die Mikrowellenstrahlung schafft, und …«

»Bitte, lassen Sie das Fachchinesisch. Sie wollen also sagen, 1963 ist irgendwo am Himmel?«

»So ist es. Wir senden einen Tachyonenstrahl aus, um diesen Fleck zu treffen. Wir decken das Raumvolumen ab, das zu jener bestimmten Zeit von der Erde eingenommen wurde.«

»Hört sich unmöglich an.«

Renfrew wog seine Worte. »Ich meine nicht. Der Trick besteht darin, Tachyonen mit essentiell unendlicher Geschwindigkeit zu schaffen...«

Peterson lächelte gelangweilt. »Aha – ›essentiell unendlich‹? Lustig dieses technische Gerede.«

»Ich meine mit unmeßbar hoher Geschwindigkeit«, präzisierte Renfrew. »Entschuldigen Sie bitte die Ausdrucksweise, wenn sie Sie stört.«

»Sehen Sie, ich versuche doch nur zu verstehen.«

»Ja, ja, tut mir leid, ich war wohl zu voreilig.« Renfrew sammelte sich sichtlich für eine neue Attacke. »Also, im wesentlichen geht es darum, diese Hochgeschwindigkeitstachyonen zu bekommen. Dann können wir, wenn wir die richtige Stelle im Weltraum treffen, eine Botschaft ein ganzes Stück zurücksenden.«

»Diese Tachyonenstrahlen gehen geradewegs durch einen Stern hindurch?«

Renfrew runzelte die Stirn. »Genau wissen wir es nicht. Es besteht die Möglichkeit, daß andere Reaktionen – zwischen diesen Tachyonen und anderen Atomkernen außer dem des Indiums – ziemlich stark sein werden. Falls das so ist, würde ein Planet oder ein Stern, der uns in den Weg kommt, einige Probleme schaffen.«

»Aber Sie haben doch einfachere Tests durchgeführt, oder? Ich habe in dem Bericht gelesen...«

»Ja, sicher, sie waren sehr erfolgreich.«

»Nun ja, trotzdem...« Peterson wies auf das Labyrinth in dem Labor. »Mir kommt das hier wie ein großartiges Experiment vor. Fördernswert. Aber...« – er schüttelte den Kopf – »...ich bin verblüfft, daß Sie das Geld dafür bekommen haben.«

Renfrews Miene erstarrte. »So viel ist es nun wirklich nicht.«

Peterson seufzte. »Also, Dr. Renfrew, ich will ganz offen sein. Ich bin hier, um die ganze Sache für den Weltrat zu bewerten, weil einige Großkopfete gesagt haben, es sei eine recht vernünftige Geschichte. Nach meinem Gefühl habe ich nicht die wissenschaftliche Qualifikation, zu einer angemessenen Bewertung zu kommen. Keiner im Rat hat sie. Wir sind hauptsächlich Ökologen, Biologen und Org-Leute.«

»Die Basis müßte breiter sein.«

»Gewiß, zugegeben. Wir sind früher davon ausgegangen, die Spezialisten nach Bedarf hinzuzuziehen.«

Barsch: »Dann wenden Sie sich doch an Davies am King's College in London. Er ist gewitzt bei solchen...«

»Dafür haben wir keine Zeit. Wir suchen nach Notstandsmaßnahmen.«

»Steht es so schlimm?« fragte Renfrew gedehnt.

Peterson machte eine Pause, als hätte er zuviel verraten«. »Ja. Sieht so aus.«

»Ich kann schnell vorankommen, wenn Sie das meinen«, sagte Renfrew knapp.

»Vielleicht müssen Sie das.«

»Es wäre besser, wir hätten hier eine komplette neue Gerätegeneration.« Renfrew umfaßte mit einer Handbewegung das ganze Laboratorium. »Die Amerikaner haben elekronische Teile entwickelt, die uns weiterhelfen würden. Um wirklich sicher zu sein, daß wir durchgekommen sind, müssen wir die Amerikaner mit einschalten. Die meisten Schaltelemente, die ich brauche, werden in ihren staatlichen Labors entwickelt, Brookhaven und so.«

Peterson nickte. »So steht es in Ihrem Bericht. Deshalb will ich diesen Markham heute dabeihaben.«

»Besitzt er den nötigen Einfluß, um das zu schaukeln?«

»Ich denke schon. Er genießt einen guten Ruf, heißt es, und er ist ein Amerikaner, der hier verfügbar ist. Deshalb muß sich die Nationalstiftung für Wissenschaften zurückhalten, für den Fall...«

»Ach ja, verstehe. Markham muß nun jeden Moment eintreffen. Trinken wir einen Kaffee in meinem Büro.«

Peterson folgte ihm in das vollgestopfte Zimmer. Renfrew räumte Bücher und Papiere von einem Stuhl. Seine geschäftigen Bewegungen waren die eines Menschen, dem beim Eintreten eines Gastes plötzlich bewußt wird, wie unordentlich sein Büro ist. Peterson setzte sich, zog die Hosenbeine an den Knien etwas hoch und legte dann ein Bein über das andere. Renfrew machte eine umständliche Prozedur daraus, den scharf riechenden Kaffee zu holen, weil er Zeit zum Nachdenken haben wollte. Es fing schlecht an; Renfrew stellte sich die Frage, ob die Erinnerungen an Oxford ihn automatisch gegen Peterson eingenommen hatten. Nein, jedenfalls war das nicht erkennbar; heutzutage war ohnehin jedermann ziemlich gereizt. Vielleicht konnte Markham die Dinge ins Lot bringen.

## — 2 —

Marjorie schloß die Küchentür hinter sich und ging, einen Eimer mit Hühnerfutter in der Hand, ums Haus herum. Der Rasen hinter dem Haus wurde durch Pflasterwege geviertelt, in der Mitte, wo sie sich trafen, stand eine Sonnenuhr. Aus Gewohnheit folgte sie dem Weg und trat nicht auf das feuchte Gras. Hinter dem Rasen lag ein von ihr entworfener Rosengarten. Als sie hindurchging, zerriß sie mit ihrem Körper feuchtglitzernde Spinnweben. Hier und da blieb sie stehen, um eine tote Blüte abzuschneiden oder an einer Knospe zu riechen. Es war noch früh im Jahr, aber einige wenige Rosen blühten bereits. Im Vorbeigehen redete sie mit jedem Busch.

»Prächtig machst du dich, Charlotte Armstrong. All diese Knospen! In diesem Sommer wirst du eine vollkommene Schönheit sein. Wie geht es dir, Tiffany? Da sehe ich doch ein paar Blattläuse. Ich werde dich spritzen müssen. Guten Morgen, Queen Elizabeth, du siehst sehr gesund aus, aber du ragst zu weit in den Pfad hinein. Ich hätte dich an dieser Seite mehr beschneiden müssen.«

Irgendwo in der Ferne hörte sie ein klopfendes Geräusch. Dazwischen erklang das Trillern einer Blaumeise, die auf der

Hecke saß. Plötzlich wurde ihr bewußt, daß das Klopfen von ihrem Haus kam. Heather oder Linda konnten es nicht sein, sie wären ums Haus herumgekommen. Sie drehte sich um. Regentropfen spritzten von den Blättern, als sie die Rosenbüsche streifte. Sie eilte über den Rasen und um die Haustür herum. An der Küchentür setzte sie den Eimer ab.

Eine schäbig gekleidete Frau mit einem Krug in der Hand wandte sich gerade von der Haustür weg. Sie sah aus, als hätte sie die ganze Nacht im Freien verbracht; ihr Haar war verfilzt, auf ihrem Gesicht waren Schmutzflecken zu sehen. Sie war etwa so groß wie Marjorie, aber dünner, und sie hatte hängende Schultern.

Marjorie zögerte, die Frau ebenso. Sie musterten einander über den U-förmig geschwungenen Kiesweg hinweg. Dann trat Marjorie einen Schritt vor.

»Guten Morgen.« Sie wollte noch sagen: »Kann ich etwas für Sie tun?«, unterließ es aber; sie war sich unschlüssig, ob sie für die Frau etwas tun wollte oder nicht.

»Morgen, Frollein. Können Sie mir vielleicht was Milch leihen? Ich habe nix mehr, und die Kleinen haben noch kein Frühstück gehabt.« Ihr Auftreten war selbstsicher, aber irgendwie nicht herzlich.

Marjories Augen verengten sich. »Wo kommen Sie her?« fragte sie.

»Wir sind gerade in die alte Farm unten an der Straße eingezogen. Nur ein bißchen Milch, Gnädigste.« Den Krug ausgestreckt, kam die Frau näher.

*Die alte Farm – aber die ist doch verlassen,* dachte Marjorie. *Es müssen Squatter sein.* Ihr Unbehagen wuchs.

»Wieso kommen Sie hierhin? Die Läden haben um diese Zeit schon geöffnet. Und an der Straße liegt eine Farm, wo Sie Milch kaufen können.«

»Aber Gnädigste, Sie woll'n doch wohl nicht, daß ich meilenweit renne und die Kleinen warten lasse, oder? Sie kriegens's zurück. Glauben Sie mir nicht?«

*Nein,* dachte Marjorie. Warum war die Frau nicht zu ihresgleichen gegangen? Nur ein paar Meter hinter ihrer Behausung standen ein paar kleine Siedlungshäuser.

»Tut mir leid«, sagte sie entschlossen, »aber ich habe nichts übrig.«

Einen Moment lang standen sie Auge in Auge. Dann wandte die Frau sich auf das Gebüsch zu.

»Hierher, Rog«, rief sie. Ein großer, hagerer Mann tauchte zwischen den Rhododendronsträuchern auf. An der Hand zog er einen kleinen Jungen mit sich. Marjorie mußte sich zusammenreißen, um ihre Angst zu verbergen. Sie stand starr, den Kopf ein wenig zurückgelegt, und versuchte den Eindruck zu erzeugen, die Situation unter Kontrolle zu haben. Der Mann trat neben die Frau. Marjories Nasenlöcher weiteten sich unmerklich, als sie den herben Geruch von Schweiß und Rauch aufnahm. Er trug eine Mischung von Kleidungsstücken, die aus vielen verschiedenen Quellen stammen mußten; eine Stoffmütze, einen langen gestreiften Collegeschal, Wollhandschuhe mit aufgetrennten Fingern, ein Paar blaugemusterte Espadrillen, bei denen eine Sohle sich schon löste, Hosen, die einige Zentimeter zu kurz und zu weit waren, und obendrein eine üppig bestickte Weste unter einer verschmutzten alten Vinyljacke. Er war wahrscheinlich in Marjories Alter, sah aber zehn Jahre älter aus. Sein Gesicht war ledrig, seine Augen waren tief eingesunken, und mehrere Tage alte Bartstoppeln bedeckten sein Kinn. Sie war sich des Kontrasts bewußt, den sie zu den beiden bildete: rosig und wohlgenährt, das kurze Haar vom Waschen weich, ihre Haut von Cremes und Lotions gepflegt, bekleidet mit, wie sie es nannte, »alten« Gartensachen: einem flauschigen blauen Wollrock, einem selbstgestrickten Sweater und einer Lammfelljacke.

»Erwarten Sie etwa, daß wir Ihnen abnehmen, daß Sie keine Milch im Haus haben?« knurrte der Mann.

»Das habe ich nicht gesagt.« Marjorie sprach gepreßt. »Ich habe genug für mich und meine Familie, aber nicht mehr. Da unten sind genug andere Häuser, in denen Sie es versuchen können, aber ich würde vorschlagen, Sie gehen ins Dorf und kaufen Milch. Es ist nur eine halbe Meile. Tut mir leid, daß ich Ihnen nicht helfen kann.«

»Nichts tut Ihnen leid! Sie wollen einfach nicht helfen. Hochnäsig wie alle reichen Typen. Sie wollen alles für sich behalten. Sehen Sie nur, was Sie da haben – ein großes, schönes Haus nur für sich allein, schätze ich. Sie wissen nicht, wie hart das Leben für uns ist. Vier Jahre habe ich keinen Job gehabt und keine Wohnung, aber Sie haben es bequem…«

»Rog!« sagte die Frau warnend. Sie legte ihm die Hand auf den Arm. Er schüttelte sie ab und machte einen Schritt auf Marjorie zu. Sie blieb stehen, Wut stieg in ihr auf. Welches Recht, zum Teufel, hatten sie, hierherzukommen und sie in ihrem eigenen Garten anzuschreien?

»Ich habe Ihnen bereits gesagt, daß ich nur genug für meine Familie habe. Für jeden ist es eine schwere Zeit«, sagte sie kühl. *Aber ich würde nie betteln gehen,* dachte sie. *Kein moralisches Rückgrat, diese Leute.*

Der Mann kam näher. Instinktiv ging sie zurück und wahrte den Abstand zwischen sich und ihm.

»Für jeden eine schwere Zeit«, äffte er sie nach. »Schlimm, nich' wahr? Schlimm für jeden, solange man ein hübsches Haus hat und genug zu essen und vielleicht ein Auto und einen Fernseher.« Seine Augen wanderten über das Haus, nahmen die Garage, die Fernsehantenne auf dem Dach und die Fenster auf. Gott sei Dank waren die Fenster verschlossen, dachte sie, und die Haustür auch.

»Ich kann Ihnen nicht helfen. Würden Sie jetzt bitte gehen.« Sie drehte sich um und wollte wieder ums Haus herumgehen. Der Mann hielt Schritt mit ihr, stumm folgten ihm die Frau und das Kind.

»O ja, so ist es richtig. Drehen Sie uns nur den Rücken zu, und gehen in Ihr großes Haus. So leicht werden Sie uns nicht los. Der Tag wird kommen, an dem Ihr alle von eurem verdammten hohen…«

»Ich wäre Ihnen dankbar, wenn…«

»Es reicht, Rog!«

»Eure Zeit ist abgelaufen. Es wird eine Revolution geben, und dann bettelt ihr um Hilfe. Und glauben Sie etwa, Sie kriegen sie? Nicht ein bißchen!«

Marjorie beschleunigte ihren Schritt und versuchte, ihn abzuschütteln, bevor sie die Küchentür erreichte. Sie tastete in ihrer Tasche nach dem Schlüssel, als er von hinten an sie herantrat. Aus Angst, er könnte sie berühren, wirbelte sie herum.

»Raus hier! Gehen Sie! Belästigen Sie mich nicht. Gehen Sie zu den Behörden. Verlassen Sie mein Grundstück!«

Der Mann trat einen Schritt zurück. Sie packte den Eimer mit Hühnerfutter – es sollte nichts draußen bleiben, was er vielleicht stehlen könnte. Leicht drehte sich der Schlüssel im Schloß, *Gott sei Dank,* und sie schlug die Tür zu, als er gerade die Stufen hinaufkam. Im Nu hatte sie den Riegel vorgeschoben. Er schrie durch die Tür: »Du verdammte, eingebildete Nutte! Dir ist es scheißegal, ob wir verhungern, nicht wahr?«

Marjorie begann am ganzen Körper zu zittern, doch sie schrie zurück: »Ich rufe die Polizei, wenn Sie nicht sofort verschwinden.«

Sie ging durchs Haus und betrachtete die Fenster. Sie wären so leicht aufzubrechen. Sie fühlte sich verwundbar, in ihrem eigenen Haus gefangen. Ihr Atem ging schnell und flach, sie verspürte einen Brechreiz. Draußen schrie der Mann immer noch, seine Sprache wurde immer obszöner.

Das Telefon stand auf dem Tisch in der Diele. Sie nahm den Hörer und hielt ihn ans Ohr. Nichts. Sie drückte die Gabel ein paarmal. Nichts. Verdammt, verdammt, verdammt. Ausgerechnet jetzt! Es geschah natürlich öfter, daß das Telefon nicht funktionierte. *Aber bitte nicht jetzt,* betete sie stumm. Sie rüttelte das Telefon. Immer noch Stille. Sie war völlig abgeschnitten. Was, wenn der Mann einbricht? In Gedanken prüfte sie mögliche Waffen, den Schürhaken, die Küchenmesser – o Gott, nein, nicht mit Gewalttätigkeiten beginnen; sie waren zu zweit, und der Mann sah nach einem üblen Burschen aus. Nein, sie würde das Haus auf der Rückseite verlassen. Durch die Terrassentür im Wohnraum. Und dann ins Dorf rennen und Hilfe holen.

Sie hörte ihn nicht mehr schreien, fürchtete aber, sich am Fenster zu zeigen, um zu sehen, ob er noch da war. Sie versuchte es noch einmal mit dem Telefon. Immer noch nichts. Sie knallte den Hörer auf die Gabel. Jetzt konzentrierte sie ihre Aufmerksamkeit auf Türen und Fenster und lauschte nach Geräuschen eines gewaltsamen Einbruchs. Da klopfte es erneut an der Haustür. Sie war erleichtert zu wissen, daß der Mann noch draußen war. Die Hand um die Tischkante gepreßt, stand sie abwartend in der Diele. *Verschwinde,* befahl sie ihm stumm. Wieder klopfte es. Nach einer Pause knirschende Fußgeräusche auf dem Kies. Ging er endlich? Dann klopfte es an der Küchentür. O Gott! Wie konnte sie ihn nur loswerden?

»Marjorie! Wo bist du?« rief eine Stimme.

Eine Woge der Erleichterung erfaßte sie, und sie war den Tränen nah. Sie war zu schwach, sich zu rühren.

»Marjorie! Wo bist du?« Die Stimme entfernte sich. Sie nahm sich zusammen, ging zur Küchentür und öffnete sie.

Ihre Freundin Heather war auf dem Weg zum Gartenschuppen.

»Heather!« rief sie. »Hier bin ich.«

Heather kam zurück. »Was ist denn los? Du siehst ja furchtbar aus«, sagte sie.

Marjorie trat vor die Tür und blickte umher. »Ist er weg?« fragte sie. »Da war ein entsetzlicher Mann hier.«

»So ein zerlumpter mit einer Frau und einem Kind? Sie gingen gerade, als ich kam. Was ist passiert?«

»Er wollte sich etwas Milch borgen.« Sie begann hysterisch zu lachen. Es klang so alltäglich. »Dann wurde er grob und fing zu schreien an. Sie sind Squatter. Letzte Nacht in das leere Farmhaus unten an der Straße eingezogen.« Sie sank in einen Küchenstuhl. »Mein Gott, hatte ich eine Angst, Heather.«

»Das glaube ich dir. Du wirkst ziemlich aufgelöst. Sieht dir gar nicht ähnlich, Marjorie. Ich dachte, du kämst mit allem zurecht, selbst mit wilden, gefährlichen Squattern.« Sie sprach in scherzendem Tonfall, und Marjorie reagierte darauf.

»Natürlich, das könnte ich auch. Wäre er eingebrochen,

hätte ich ihm eine mit dem Schürhaken übergebraten und ihn dann mit einem Küchenmesser niedergestochen.«

Sie lachte, aber es war nicht komisch. Hatte sie tatsächlich daran gedacht, das zu tun?

## — 3 —

*Herbst 1962*

Ich *muß* einen Weg finden, die verflixten Störeinflüsse in dem Experiment auszuschalten, dachte Gordon mürrisch, während er seine abgegriffene Aktentasche nahm. Die verflixten Störungen gingen einfach nicht weg. Wenn er die Ursache nicht finden und korrigieren konnte, würde das ganze Experiment eine Pleite werden.

Die Palme ließ ihn noch jedesmal stehenbleiben. Jeden Morgen, nachdem Gordon Bernstein die gelbe Haustür des Bungalows ein wenig zu laut zugeschlagen hatte, wandte er sich um, schaute auf die Palme und blieb stehen. Die Pause war ein Moment der Bestätigung. Er war wirklich hier, in Kalifornien. Keine Filmkulisse, sondern ganz real. Die Silhouette der Palme warf sprießende Wedel in einen wolkenlosen Himmel, ein Bild stummer Exotik. Diese alltägliche Pflanze war weitaus beeindruckender als die seltsam leeren Schnellstraßen oder das unverändert milde Klima.

Abends saßen Gordon und Penny meist zusammen, lasen und hörten Folk-Platten. Es war genauso wie während seiner Jahre in Columbia. Er pflegte die gleichen Gewohnheiten und vergaß beinahe, daß sich nur ein paar Häuser weiter die Brandung am Wind 'n Sea-Strand brach. Wenn er die Fenster offen ließ, schien das Grollen der Wellen wie der Verkehrslärm auf der Second Avenue; das ferne Geräusch des Lebens anderer Menschen, dem er in seinem Apartment stets mit Erfolg ausgewichen war. So war es jeden Morgen ein kleiner Schock für ihn, wenn er forschen Schritts das Haus verließ, nervös und gedankenverloren mit den Wagenschlüsseln spielte und plötzlich von der Palme in seine neue Realität zurückgestoßen wurde.

An den Wochenenden war es leichter, sich daran zu erinnern, daß dies Kalifornien war. Dann sah er Pennys langes blondes Haar auf dem Kissen neben sich ausgebreitet. Die Woche über mußte sie früh zum Unterricht und ging, während er noch schlief. Sie bewegte sich so leise, daß sie ihn nie aufweckte. Jeden Morgen war es so, als wäre sie nie dagewesen. Sie ließ nie etwas liegen. Es blieb nicht einmal eine Vertiefung im Bett, in dem sie geschlafen hatte.

Gordon ließ die klimpernden Schlüssel in die Tasche gleiten und ging an der Zinnkrauthecke vorbei, um auf die breiten Boulevards von La Jolla hinauszutreten. Auch das war ihm immer noch ein wenig fremd. Die Straßen waren breit genug, seinen 58er Chevy dort zu parken, und es blieb immer noch reichlich Raum für die beiden mittleren Fahrspuren. Die Straßen waren so groß wie die bebauten Grundstücke. Sie schienen der Landschaft ihren Stempel aufzudrücken; großzügige Tummelplätze für die dominierende Spezies: Autos. Verglichen mit der Second Avenue, die mehr wie ein Lüftungsschacht zwischen braunen Ziegelreihen wirkte, war das hier von extravaganter Maßlosigkeit. In New York hatte Gordon, wenn er die Treppe hinunterging, sich stets innerlich darauf einstellen müssen, daß Dutzende von Menschen um ihn herum waren, sobald er die Tür aus verdrahtetem Glas aufstieß. Sie bewegten sich hektisch, stellten wirbelndes Leben dar. Er konnte sich immer darauf verlassen, in diese menschliche Enge zu geraten. Hier dagegen: nichts. Nautilus Street war eine weiße Ebene, unbevölkert, die in der Morgensonne buk. Er stieg in seinen Chevy. Das Aufheulen des Motors zerbrach die Stille und schien in seinem Rückspiegel einen langen, niedrigen Chrysler herbeizuzaubern, der über die Anhöhe kam und mit surrendem Geräusch an ihm vorbeifuhr.

Auf dem Weg zum Campus lenkte er mit einer Hand und drehte mit der anderen am Radio. Flüchtig glitt er über die disharmonischen Geräuschblöcke, die hier als Popmusik galten.

Eigentlich bevorzugte er Folkmusik, hatte aber eine merkwürdige Sympathie für einige alte Songs von Buddy Holly; und er hatte sich kürzlich dabei ertappt, wie er unter der Dusche summte – *Every day is agittin closer... Well, that'll be the day...* Er fand ein hochstimmiges Stück der Beach Boys und ließ den Knopf los. Die Tenortriller über Sand und Sonne beschrieben perfekt die Dia-Ansichten, die draußen vorbeihuschten. Er rollte den La Jolla Boulevard hinab und betrachtete die fernen kleinen Punkte, die auf einem sich langsam ausbreitenden Brandungsfächer ritten. Kinder, die unerklärlicherweise nicht in der Schule waren, obwohl der Unterricht schon vor zwei Wochen begonnen hatte.

Unten angekommen, geriet er in eine langsame Schlange, die überwiegend aus großen schwarzen Lincolns und Cadillacs bestand. Er bremste ab und bemerkte neue Gebäude auf dem Mount Soledad. Die Erde war aufgerissen und terrassiert, Lastwagen krochen wie Insekten über den geschundenen Boden. Gordon lächelte verzerrt. Er wußte, selbst wenn er das Experiment erfolgreich abschloß, einen festen Lehrauftrag und dadurch ein höheres Gehalt bekam, könnte er sich trotzdem die Häuser aus Zedernholz und Glas nicht leisten, die einmal hier am Hang aufragen würden. Jedenfalls nicht, wenn er nicht nebenberuflich als Berater tätig wurde und an der Universität schnell Karriere machte, vielleicht auch noch eine Teilzeitanstellung als Dekan ergatterte, um seinen monatlichen Gehaltsscheck in die Höhe zu treiben. Aber das war so unwahrscheinlich wie sonst nur was.

Er zog eine Grimasse hinter seinem dichten schwarzen Bart und legte einen höheren Gang ein, als das *Dirt's out, Tide's in* der Beach Boys verklang. Der Chevy steuerte mit einem vollen, kehligen Brummen auf die University of California in La Jolla zu.

Geistesabwesend tippte Gordon auf das Dewarsche Gefäß mit flüssigem Stickstoff. Er versuchte zu überlegen, wie er seinen Wunsch formulieren sollte, und vage wurde ihm bewußt, daß er Albert Cooper einfach nicht leiden konnte. Eigentlich war er ein angenehmer Typ: sandbraunes Haar, ein Mann, der langsam und manchmal sehr undeutlich sprach, offenbar muskulös, wohl durch seine Hobbys Scuba-Tauchen und Tennis. Aber Coopers wortkarge Art ließ Gordons Treibkraft immer wieder erlahmen. Sein lächelndes, lässiges Verhalten schien auszudrücken, daß er Gordon auf eine abgeklärte Weise tolerierte, und das brachte Gordon in Rage.

»Sehen Sie, Al«, sagte er und wandte sich abrupt von der dampfenden Düse des Gefäßes weg. »Sie sind jetzt schon über ein Jahr bei mir, richtig?«

»Stimmt.«

»Sie kamen bei Professor Lakin gut zurecht, ich kam in die Abteilung, Lakin war zu beschäftigt, also sind Sie zu mir gewechselt. Und ich habe Sie weiterbeschäftigt.« Gordon wippte auf den Hacken und steckte die Hände in seine Gesäßtasche. »Weil Lakin meinte, Sie wären gut.«

»Klar.«

»Und jetzt bosseln Sie schon – wie lange? – gut anderthalb Jahre an diesem Indium-Antimonid-Experiment rum.«

»Richtig«, bestätigte Cooper leicht spöttisch.

»Ich meine, es ist Zeit, daß Sie zu Potte kommen.«

Cooper ließ keinerlei Reaktion erkennen. »Hmm. Ich weiß ... hm ... nicht, was Sie meinen.«

»Ich komme heute morgen hier rein. Ich frage Sie nach dem Job, den ich Ihnen gegeben habe. Sie sagen mir, Sie haben jeden Verstärker, jede Abweichung, den ganzen Aufbau geprüft.«

»Hmhm. Das habe ich.«

»Und die Störung ist immer noch da.«

»Ich hab's getestet. Den ganzen Ablauf.«

»Das ist Mist!«

Cooper seufzte theatralisch. »Sie haben's also herausgefunden, hm?«

Gordon runzelte die Stirn. »Was herausgefunden?«

»Ich weiß, daß Sie pedantisch darauf bedacht sind, ein Experiment von A bis Z ohne Verzögerung durchzuführen, Dr.

Bernstein. Ich weiß das.« Cooper zuckte entschuldigend die Achseln. »Aber ich konnte gestern abend nicht die ganze Geschichte zu Ende bringen. Ich bin rausgegangen und hab' mit den Jungs ein paar Bier genommen. Dann bin ich wieder zurück und hab' alles noch mal gemacht.«

Gordon runzelte die Brauen. »Dagegen ist nichts zu sagen. Sie können jederzeit eine Pause einlegen. Jedenfalls solange alles seinen Gang geht und Sie die Vorverstärkerstufen und die Oszillographen in Nulljustierung halten.«

»O nein, die waren alle in Ordnung.«

»Dann…« – gereizt spreizte Gordon die Hände – »…haben Sie es irgendwo verbockt. Das Biertrinken interessiert mich nicht, mir geht es um das Experiment. Sehen Sie, nach gängiger Meinung braucht man vier Jahre Minimum, um fertig zu werden. Wollen Sie es so schnell schaffen?«

»Klar.«

»Dann tun Sie, was ich Ihnen sage, und lassen die Schludereien.«

»Aber ich habe nicht geschludert.«

»Das müssen Sie! Sie haben einfach nicht hingeschaut. Ich kann…«

»Die Störung ist immer noch da«, sagte Cooper mit einer Gewißheit, die Gordon den Satz in der Mitte abbrechen ließ. Ihm wurde plötzlich bewußt, daß er diesen Mann, der nur drei Jahre jünger als er selbst war, aus keinem anderen Grund als seiner eigenen Frustration wegen einschüchtern wollte.

»Sehen Sie, ich…«, begann Gordon, aber das nächste Wort blieb ihm im Hals stecken. Auf einmal war er sehr verlegen. »Okay, ich glaube Ihnen«, sagte er und bemühte sich um einen knappen, sachlichen Tonfall. »Sehen wir uns die Diagramme an!«

Cooper hatte an dem großen Magneten gelehnt, der den Kern ihres Experiments umschloß. Er drehte sich um und bahnte sich seinen Weg durch die Gasse zwischen den Kabeln und Mikrowellenleitern. Das Experiment war noch im Gang. Der silbrige Kolben, der zwischen den Magnetpolen hing und von den Kabelzuleitungen fast völlig verdeckt wurde, trug jetzt eine Eishülle. In ihm sprudelte und schäumte flüssiges Helium bei einer Temperatur, die nur wenige Grad über dem absolut tiefsten Punkt lag. Das Eis war gefrorenes Wasser aus der Luft in der Umgebung der Apparatur, und gelegentlich knackte es, wenn sich das Material ausdehnte und zusammenzog, um den Druck auszugleichen. In dem hell erleuchteten Labor summte elektronisches Leben. Wenige Meter entfernt bildeten die Regalreihen mit transistorisierten Prüfgeräten eine wärmende Luftwand. Von dem Helium verspürte Gordon jedoch einen sanften, kühlen Luftzug. Trotz der Kälte trug Cooper ein zerrissenes T-Shirt und Bluejeans. Gordon bevorzugte ein blaues, langärmeliges Buttondown-Hemd aus feinstem Stoff, eine Cordhose, die sich am Gesäß ausbeulte, und eine Tweedjacke. Er hatte sich an die lockeren Formen im Labor noch nicht gewöhnt. Das würde er wahrscheinlich nie, wenn es bedeuten sollte, daß er so tief wie Cooper hinabsank.

»Ich habe eine Menge Daten gesammelt«, sagte Cooper in normalem Gesprächston. Er ignorierte die Spannung, die noch Sekunden vorher geherrscht hatte. Gordon ging durch die Reihen von Oszillographen und Räderschränken zu Cooper, der die automatisch aufgezeichneten Diagramme sorgfältig ausbreitete. Das Papier hatte ein hellrotes Gittermuster, zu dem die grünen gezackten Linien deutlich kontrastierten und dadurch einen fast dreidimensionalen Eindruck erzeugten.

»Sehen Sie?« Coopers Finger fuhr an den grünen Spitzen nach oben und unten entlang. »Hier müßte die Indium-Nuklearresonanz auftreten.«

Gordon nickte. »Ein deutlicher Ausschlag nach oben – das müßten wir dingfest machen«, sagte er. Aber dort war nur ein Chaos schmaler vertikaler Linien, die bei der Bewegung des Stifts über das Papier durch zufällige mechanische Einwirkung entstanden waren.

»Reiner Wirrwarr«, murmelte Cooper.

»Genau«, bestätigte Gordon. Er spürte, wie bei diesem Eingeständnis seine Schultern nach unten sackten.

»Aber ich hab' auch das hier.« Cooper breitete ein weiteres Rechteck aus. Es wies eine gemischte Struktur auf. Rechts war eine Spitze mit glatten, ebenmäßigen Seiten. Aber die Mitte und die linke Seite zeigten ein bedeutungsloses Gekritzel.

»Verdammt«, flüsterte Gordon vor sich hin. Auf diesem Diagramm nahm die Frequenz der Emissionen aus der Indium-Antimonid-Probe von links nach rechts zu. »Die hohen Frequenzen werden von der Störung gelöscht.«

»Nicht immer.«

»Hm?«

»Hier ist ein weiterer Versuch. Ich habe ihn nur ein paar Minuten nach dem dort unternommen.«

Gordon studierte das dritte x-y-Diagramm. Diesmal war auf der linken Seite ein deutlicher Ausschlag nach oben, bei den niedrigen Frequenzen, und rechts waren nur noch Störungen. »Ich kapiere es nicht.«

»Ich ganz gewiß auch nicht.«

»Vorher hatten wir immer nur eine flache, konstante Störung.«

»Richtig.« Cooper blickte ihn ausdruckslos an. Gordon war hier der Professor, Cooper gab ihm das Rätsel zu lösen.

Nachdenklich blinzelte Gordon. »Wir bekommen die Spitzen, aber nur zeitweise.«

»So sieht es aus.«

»Zeit. Zeit«, murmelte Gordon geistesabwesend. »Hee, der Stift braucht, sagen wir, dreißig Sekunden, um sich über das Blatt zu bewegen, richtig?«

»Nun, das könnten wir natürlich verändern...«

»Nein, nein, hören Sie mir zu!« sagte Gordon hastig. »Angenommen, die Störung ist nicht ständig da. Hier...« – er ging zurück zu dem zweiten Diagramm – »...trat eine Störungsquelle auf, als der Stift die niedrigen Frequenzen aufzeichnete. Etwa zehn Sekunden später verschwand sie. Und hier...« – er legte einen Finger auf das dritte Blatt – »...fing das Durcheinander an, als der Stift die hohen Frequenzen erreichte. Die Störung trat wieder auf.«

Cooper runzelte die Stirn. »Aber… ich dachte, es handele sich um ein Experiment unter konstanten Bedingungen. Ich meine, nichts wird verändert, und darum ginge es. Wir halten die Temperatur konstant niedrig. Die Oszillographen, die Verstärker und die Gleichrichter sind alle vorgewärmt und halten sich an die Vorgaben. Sie…«

Mit einer Handbewegung brachte Gordon ihn zum Schweigen. »Es hat nichts mit dem zu tun, was *wir* machen. Wir haben Wochen damit verbracht, die Elektronik zu prüfen, da gibt es keine Fehlfunktionen. Nein, es ist etwas anderes, darauf will ich hinaus.«

»Aber was?«

»Etwas von außerhalb. Interferenzstörung.«

»Wie kann…«

»Wer weiß«, sagte Gordon mit neuer Energie. Er begann, charakteristisch für ihn, auf und ab zu gehen. Bei jeder Kehrtwende quietschten seine Schuhsohlen auf dem Boden. »Was geschieht, ist folgendes: In dem Indium-Antimonid steckt eine zweite Impulsquelle. Oder aber das Indium nimmt eine zeitvariable Eingabe von außerhalb des Labors auf.«

»Verstehe ich nicht.«

»Zum Teufel, ich auch nicht. Aber irgend etwas versaut die Aufzeichnung der Nuklearresonanz. Wir müssen dieses Etwas aufspüren.«

Mit zusammengekniffenen Augen musterte Cooper die wahllosen Linien, als schätzte er vor seinem geistigen Auge die Veränderungen ab, die vorgenommen werden müßten, um das Problem weiter zu studieren. »Wie?«

»Wenn wir die Störung nicht entfernen können, untersuchen wir sie. Wir müssen herausfinden, woher sie kommt. Tritt sie in allen Indium-Antimonid-Proben auf? Dringt sie aus einem anderen Labor hier herein? Oder ist sie etwas Neues? In die Richtung.«

Cooper nickte langsam. Gordon skizzierte auf der Rückseite eines der Blätter einige schnelle Schaltdiagramme. Jetzt konnte er neue Möglichkeiten sehen. Eine neue Justierung hier, ein neues Gerät dort. Sie konnten sich einige Apparate von Lakin leihen, und Feher konnten sie wahrscheinlich seinen Frequenzspektrumanalysator für ein oder zwei Tage abschwätzen. Gordons Bleistift erzeugte vor dem Hintergrund der stampfenden Pumpen und des durchdringenden Summens der Elektronik ein leises kratzendes Geräusch, aber er hörte nichts. Die Ideen schienen aus ihm zu strömen und sich durch den Bleistift auf dem Papier zu materialisieren; sie schienen aufgezeichnet, noch bevor er sie durchdacht hatte, und er spürte, daß er beim Problem dieser Störeinflüsse eine Spur aufgenommen hatte. Hinter diesen Daten mochte sich eine neue Struktur wie ein Großwild in dichtem Unterholz verbergen. Er würde es herausfinden, dessen war er sich sicher.

## — 4 —

*1998*

Gregory Markham umkurvte die zerbrechlichen Gebäude der Veterinärmediziner und bog in die Zufahrt zum Cavendish Laboratorium. Er genoß die sanft vorbeistreichende feuchte Luft, während er durch das Gelände radelte und in jeder Kurve behutsam sein Gewicht verlagerte. Sein Ziel war, eine Minimalkurve zu finden, die ihn zum Eingang des Labors brachte – eine geodätische Linie für diese spezifische örtliche Raumkrümmung. Ein letzter Druck auf die Pedale, und er stieg bei einer beachtlichen Geschwindigkeit ab und lief neben dem Fahrrad her, dessen noch verbleibende Energie er nutzte, es in einen der Betonständer zu rollen.

Er zog seine braune irische Jacke glatt und nahm jeweils zwei Stufen auf einmal, eine Gewohnheit, die ihm stets den Anschein gab, zu irgend etwas zu spät zu kommen. Geistesabwesend schob er die Brille auf der Nase hoch, wo sie einen roten Eindruck hinterlassen hatte, und strich sich mit den Fingern durch den Bart, der von den Koteletten über die ausgeprägte

Kieferpartie bis zu Kinn und Oberlippe ganz konventionell verlief, aber er schien wie sein Haar fast stündlich in Unordnung zu geraten. Die Radfahrt hatte ihn mehr als sonst außer Atem gebracht. Entweder hatte er in der letzten Woche einiges zugenommen, folgerte er, oder die schlichte Alterserosion hatte eine tiefere Kerbe hinterlassen. Er war zweiundfünfzig und in einigermaßen guter Verfassung. Die medizinische Forschung hatte genug über die Korrelation zwischen körperlicher Übung und langem Leben publiziert, um ihn dazu zu bringen, etwas für seine Verfassung zu tun.

Er stieß die Glastüren auf und steuerte auf Renfrews Labor zu. Etwa einmal wöchentlich mußte er vorbeikommen, die Apparaturen kritisch mustern und nicken, aber in Wahrheit lernte er nur wenig durch die Besuche. Seine Interessen lagen in der Theorie jenseits des elektronischen Labyrinths. Vorsichtig betrat er den geschäftig-lauten Knäuel des Labors.

Renfrew konnte er durchs Fenster des Büros sehen – stämmig, zerknittert wie immer, das Hemd halb aus der Hose, das mausbraune Haar ungekämmt in die Stirn. Er schob Papier auf seinem Schreibtisch hin und her. Den anderen Mann erkannte Markham nicht. Er nahm an, daß es sich bei ihm um Peterson handelte, und war von dem Kontrast zwischen den beiden angetan. Petersons dunkles Haar saß ganz exakt, und er trug kostspielige, elegante Maßkleidung. Er wirkte glatt und selbstbewußt und, so dachte Markham, wie ein harter Brocken, der es einem nicht leicht machte. Die Erfahrung hatte ihn gelehrt, daß es schwierig war, diesem Typ des kühlen, selbstbeherrschten Engländers näherzukommen.

Er öffnete die Bürotür, nachdem er routinemäßig angeklopft hatte. Beide Männer wandten sich ihm zu. Renfrew schien erleichtert. Als er aufsprang, warf er ein Buch von seinem Schreibtisch.

»Ah, Markham, da sind Sie ja«, sagte er unnötigerweise. »Das ist Mr. Peterson vom Rat.«

Peterson stand auf und streckte die Hand aus.

»Guten Tag, Dr. Markham.«

Markham schüttelte die Hand kräftig.

»Freut mich, Sie kennenzulernen. Haben Sie sich Johns Experiment schon angesehen?«

»Ja, soeben.« Das Tempo, mit dem Markham zur Sache kam, machte Peterson leicht verwirrt. »Und wie steht die Stiftung dazu? Wissen Sie das?«

»Bisher noch ohne Meinung. Ich habe noch keinen Bericht abgegeben. Sie haben mich erst letzte Woche gebeten, als Verbindungsmann aufzutreten. Können wir uns setzen?«

Ohne eine Antwort abzuwarten, durchquerte Markham das Zimmer, machte die Sitzfläche des einzigen noch verbleibenden Stuhls frei und setzte sich, ein Bein über das andere legend. Die beiden anderen nahmen ihre Plätze wieder ein, aber weniger lässig als Markham.

»Sie sind Plasmaphysiker, Dr. Markham, nicht wahr?«

»Ja. Ich bin für ein Jahr hierhin freigestellt. Bis auf die letzten Jahre hat der größte Teil meiner Arbeit im Plasmabereich stattgefunden. Über die Tachyonentheorie habe ich vor langer Zeit einen Aufsatz geschrieben, noch bevor sie entdeckt wurden und in Mode kamen. Ich nehme an, deshalb hat mich die National Science Foundation hierher verpflichtet.«

»Haben Sie die Kopie meines Vorschlags gelesen?« fragte Peterson.

»Ja, das habe ich. Er ist gut«, erwiderte Markham bestimmt. »Die Theorie ist großartig. Ich arbeite seit einiger Zeit an der Theorie, die Renfrews Experiment zugrunde liegt.«

»Dann glauben Sie also, das Experiment wird funktionieren?«

»Wir wissen, daß die *Technik* funktioniert. Ob wir tatsächlich mit der Vergangenheit in Verbindung treten können – das wissen wir nicht.«

»Und diese Apparaturen hier …«, mit einer Armbewegung umfaßte Peterson das Labor, »… sind dazu in der Lage?«

»Wenn wir Glück haben. Wir wissen, es gab am Cavendish und in einigen anderen Instituten in den Staaten und in der Sowjetunion ähnliche Experimente mit Nuklearresonanzen; sie gehen schon in die frühen 50er Jahre zurück. Im Prinzip könnten sie kohärente Signale auffangen, die durch Tachyonen übermittelt werden.«

»Also können wir Telegramme schicken?«

»Ja, aber mehr auch nicht. Es handelt sich um eine sehr beschränkte Form der Zeitreise. Es ist die einzige vorstellbare Methode, Botschaften in die Vergangenheit zu senden. Gegenstände oder Menschen können wir nicht übertragen.«

Peterson schüttelte den Kopf. »Ich habe über ein Thema promoviert, bei dem es um die Zusammenhänge zwischen Sozialfragen und Computer ging. Selbst ich…«

»Cambridge?« unterbrach Markham.

»Jawohl. King's College.« Markham nickte, und Peterson zögerte. Ihm mißfiel es, von dem Amerikaner einer Kategorie zugeordnet zu werden. Selbstverständlich tat er das gleiche, aber gewiß mit mehr Berechtigung. Leicht gereizt, übernahm er wieder die Initiative. »Also, selbst ich weiß, daß es hier irgendwo ein Paradoxon gibt. Die alte Geschichte, wenn man seinen Großvater erschießt, nicht? Aber wenn er stirbt, existiert man selbst gar nicht. Jemand im Weltrat hat das gestern angesprochen. Fast hätten wir die ganze Sache deswegen gekippt.«

»Eine gute Frage. Der gleiche Irrtum ist mir 1992 in einem Aufsatz unterlaufen. Es stellte sich heraus, daß es Paradoxe gibt, und wenn man die Sache richtig betrachtet, verschwinden diese Paradoxe. Ich könnte es erklären, aber das erfordert einige Zeit.«

»Jetzt nicht, bitte. Wenn ich es richtig verstehe, geht es darum, diese Telegramme zu schicken und jemanden Anfang der 60er Jahre über die Situation hier zu unterrichten.«

»In etwa. Man muß sie vor chloriertem Kohlenwasserstoff warnen und die Auswirkungen auf Phytoplankton skizzieren. Wenn wir bestimmte Forschungsrichtungen steuern könnten, bekämen wir vielleicht die Chance, die wir *jetzt*…«

»Ganz ehrlich: Glauben Sie, dieses Experiment könnte eine *wirkliche* Hilfe bedeuten?«

Ungeduldig fuhr Renfrew auf, sagte aber nichts.

»Ohne melodramatisch zu sein«, sagte Markham langsam, »glaube ich, es könnte Millionen von Menschenleben retten. Letztendlich.«

Einen Moment lang herrschte Stille. Peterson legte wieder die Beine übereinander und zupfte einen unsichtbaren Faden von seinem Knie.

»Verstehen Sie«, sagte er schließlich, »es ist eine Frage von Prioritäten. Der Notstandsrat tagt seit neun Uhr. In Nordafrika ist es zu einem erneuten Massensterben gekommen – Dürre und Mangel an Nahrungsmittelreserven. Zweifellos werden Sie zu gegebener Zeit in den Nachrichten mehr davon erfahren. Inzwischen besteht für dieses und andere Notstandsgebiete Priorität. Nordafrika ist nicht die einzige Problemzone. Vor der südamerikanischen Küste ist eine gewaltige Kieselalgenblüte aufgetaucht. Tausende von Menschen sterben. Sie bitten uns, Geld in ein einzelnes Experiment zu stecken, das funktionieren kann oder nicht – im Grunde die Theorie eines einzigen Mannes ...«

Markham unterbrach ihn hastig. »Es ist mehr als das. Die Tachyonentheorie ist nicht neu. In Caltech arbeitet eine andere Gruppe – die Schwerkrafttheorie-Gruppe – an einem anderen Aspekt desselben Problems. Sie versuchen zu erkennen, wie Tachyonen in die kosmologischen Fragestellungen passen – die Vorstellung vom expandierenden Universum und solche Sachen.«

Erneut nickte Renfrew. »Genau; kürzlich war ein Aufsatz in der *Physikal Review* über Fluktuationen unter hoher Dichte.«

»In Los Angeles haben sie auch ihre Probleme«, sagte Peterson nachdenklich. »Vor allem der Großbrand, natürlich. Wenn der Wind sich dreht, könnte es zu einer Katastrophe kommen. Ich weiß nicht, welche Einflüsse das auf die Arbeit in Caltech hat. Wir können es uns nicht leisten, Jahre zu warten.«

Renfrew räusperte sich. »Ich hatte gedacht, Zuschüsse für wissenschaftliche Experimente sollten erste Priorität haben.« Es klang leicht gereizt.

Petersons Antwort war eine Spur herablassend. »Ach, Sie meinen die Rede des Königs gestern im Fernsehen. Ja, natürlich, im Krönungsjahr will er einen guten Eindruck machen. Also spricht er sich dafür aus, wissenschaftliche Experimente zu fördern – aber er versteht natürlich gar nichts von Wissenschaft, ist nicht einmal ein Politiker. Sicher, er meint es sehr gut. Unser Ausschuß hat ihm geraten, sich in Zukunft auf ermunternde Allgemeinplätze zu beschränken. Mit einer Spur von Humor. Das liegt ihm. Wie auch immer, Tatsache ist, daß das Geld knapp ist und wir sorgfältig auswählen müssen. In diesem Stadium kann ich nicht mehr versprechen, als daß ich dem Rat Bericht erstatten werde. Sobald ich kann, werde ich Sie von seiner Entscheidung in Kenntnis setzen. Ich persönlich glaube, daß es eher eine langfristige Sache ist. Ich weiß nicht, ob wir uns erlauben können, Risiken einzugehen.«

»Wir können uns nicht erlauben, es *nicht* zu tun«, entgegnete Markham mit plötzlicher Energie. »So geht es nicht weiter: Hier und da wird ein Leck gestopft, indem man Geld in Hilfsfonds gegen Dürrekatastrophen und Hungersnöte steckt. Sicher, man kann einzelne Stellen flicken, aber der ganze Damm wird brechen. Es sei denn …«

»Es sei denn, Sie basteln an der Vergangenheit herum? Sind Sie überhaupt sicher, daß Tachyonen die Vergangenheit erreichen können?«

»Wir haben es schon getan«, antwortete Renfrew. »Ein Laborexperiment. Es funktioniert. Im Bericht steht's.«

»Die Tachyonen sind also *empfangen* worden?«

Renfrew nickte kurz. »Wir können sie benutzen, um eine Probe in der Vergangenheit zu erwärmen, daher wissen wir, daß sie empfangen wurden.«

Peterson hob eine Augenbraue. »Und was, wenn Sie nach Registrierung der Wärmezufuhr entscheiden, die Tachyonen gar nicht zu senden?«

»Diese Option existiert bei diesen Experimenten nicht«, sagte Renfrew. »Sehen Sie, die Tachyonen müssen einen weiten Weg zurücklegen, wenn sie weit in die Zeit zurückreisen sollen …«

»Einen Moment, bitte«, murmelte Peterson. »Wo ist der Zusammenhang zwischen Überlichtgeschwindigkeit und Zeitreise?«

Markham trat zu einer Tafel. »Er folgert direkt aus der besonderen Relativität...« Er begann eine ausführliche Beschreibung. Markham zeichnete Raum-Zeit-Diagramme und erklärte sie Peterson, wobei er die Bedeutung schiefer Koordinaten betonte. Peterson wirkte die ganze Zeit sehr aufmerksam. Markham zeichnete Wellenlinien für die Tachyonen, die von einer Stelle ausgeschickt werden, und demonstrierte, wie sie in einem anderen Teil des Labors zu einem früheren Zeitpunkt auftreffen konnten, wenn sie im Labor reflektiert wurden.

Peterson nickte langsam. »Sie wollen darauf hinaus, daß es bei den Experimenten, die Sie durchgeführt haben, keine Zeit gab, es sich anders zu überlegen. Sie feuern die Tachyonen ab. Sie erwärmen die Indiumprobe einige Nanosekunden, *bevor* Sie die Tachyonen ausgesandt haben.«

Renfrew nickte bestätigend. »Und wir *wollen* auch gar keinen Widerspruch möglich machen. Zum Beispiel, indem wir den Wärmedetektor mit dem Tachyonenschalter verbinden, so daß die Wärmezufuhr die Tachyonen abschaltet.«

»Das Großvater-Paradoxon.«

»Richtig«, schaltete Markham sich ein. »Bei diesem Vorgehen gäbe es einige heikle Stellen. Wir glauben, es führt zu einer Art Zwischenstadium, in dem ein wenig Wärme erzeugt und nur einige Tachyonen abgefeuert werden. Aber ich bin mir nicht sicher.«

»Verstehe.« Mit gerunzelter Stirn dachte Peterson über die angedeuteten Möglichkeiten nach. »Ich würde mich gern später damit beschäftigen, wenn ich das technische Material gründlich gelesen habe. Natürlich verlasse ich mich hierbei nicht auf mein eigenes Urteil allein...«, er blickte die beiden gespannten Männer an, »... wie Sie wahrscheinlich schon vermutet haben. Ich habe bereits eine Einschätzung von Sir Martin aus dem Weltrat und von diesem Davies, den Sie erwähnt haben. Beide sagen, es sei eine saubere Sache.«

Markham lächelte, Renfrew strahlte. Peterson hob die Hand. »Aber einen Moment noch! Ich bin wirklich nur hierhergekommen, um eine Witterung dieser Sache zu bekommen, nicht um die endgültige Entscheidung zu fällen. Meinen Fall muß ich dem Rat selbst vortragen. Sie wollen, daß Elektronik aus den amerikanischen Labors eingeflogen wird, und das bedeutet einen harten Kampf mit der Stiftung.«

»Forschen die Amerikaner in die gleiche Richtung?« fragte Renfrew.

»Ich glaube nicht. Die Meinung des Rats ist, daß wir unsere Mittel konzentrieren müssen. Ich werde darauf drängen, daß Sie die Unterstützung bekommen und die Amerikaner mit Geld einspringen.«

»Und die Sowjets?« wollte Markham wissen.

»Die sagen, in dieser Richtung hätten sie gar nichts.« Verächtlich zog Peterson die Nase hoch. »Wahrscheinlich lügen sie wieder. Es ist kein Geheimnis, daß wir Briten im Weltrat nur deshalb eine große Rolle spielen, weil die Sowjets sich zurückhalten.«

»Warum tun sie das?« fragte Renfrew.

»Sie nehmen an, unsere Bemühungen werden sich als Hirngespinste erweisen«, sagte Peterson. »Also geben sie uns symbolische Hilfen und horten ihre Mittel wahrscheinlich für später.«

»Zynisch«, kommentierte Markham.

»So ist es«, stimmte Peterson zu. »So, ich muß nach London zurück. Ich habe eine Anzahl weiterer Vorschläge – hauptsächlich konventionelle Sachen –, über die der Rat einen Bericht will. Ich werde für Sie tun, was ich kann.« Er reichte beiden die Hand. »Dr. Markham, Dr. Renfrew.«

»Ich begleite Sie hinaus«, sagte Markham gelöst. »John?«

»Sicher. Hier ist übrigens eine Mappe mit unseren Arbeiten über Tachyonen.« Er reichte sie Peterson. »Und einige Vorschläge über mögliche Sendungen, falls wir Erfolg haben.«

Gemeinsam verließen die drei Männer das Gebäude und blieben auf dem leeren Parkplatz stehen. Peterson trat auf den Wagen zu, den Renfrew dort morgens gesehen hatte.

»Es war also tatsächlich Ihr Wagen«, platzte Renfrew unwillkürlich heraus. »Ich hatte mir nicht vorstellen können, daß Sie so früh von London gekommen sind.«

Peterson hob eine Augenbraue. »Ich habe die Nacht bei einem alten Freund verbracht«, sagte er.

Den Bruchteil einer Sekunde blitzte in seinen Augen vergnügte Erinnerung auf, für Markham ein deutlicher Hinweis, daß der alte Freund eine Frau war. Renfrew, der sich mit seinen Fahrradklammern beschäftigte, hatte die Szene nicht wahrgenommen. Außerdem, so vermutete Markham, wäre Renfrew sowieso nicht auf diesen Gedanken gekommen. Ein guter Mann, aber im Grunde träge. Wogegen Peterson, der fast sicher nach niemandes Definition ein guter Mann war, ebenso sicher alles andere als träge war.

## — 5 —

Marjorie war in ihrem Element. Die Renfrews hatten nicht oft Gäste, aber wenn es einmal soweit war, dann vermittelte Marjorie John und ihren Besuchern den Eindruck reger Geschäftigkeit und nur knapp vermiedener häuslicher Katastrophen. Dabei war sie nicht nur eine hervorragende Köchin, sondern auch eine höchst begabte Organisatorin. Jeder Schritt dieser Dinnerparty war akribisch im voraus geplant. Nur aus einem unbewußten Gefühl heraus war ihr klar, daß sie ihre Gäste nicht dadurch einschüchtern dürfe, daß sie eine zu perfekte Gastgeberin war; deshalb hetzte sie immer wieder in die Küche, redete die ganze Zeit und schob ihr Haar aus dem Gesicht, als wäre es alles ein bißchen zuviel für sie.

Heather und James, ihre ältesten Freunde, waren als erste eingetroffen. Dann die Markhams, korrekte zehn Minuten zu spät. In dem tief ausgeschnittenen Kleid wirkte Heather aufregend extravagant. Auf ihren hochhackigen Schuhen war sie genauso groß wie James, der nur wenig mehr als einen Meter fünfundsechzig maß und in dieser Frage sehr empfindlich war. Wie gewöhnlich, war er untadelig gekleidet.

Außer Greg Markham, der sich für ein Guinness entschieden hatte, tranken alle einen Sherry. Marjorie hielt es für ein bißchen verschroben, direkt vor dem Essen Bier zu trinken, aber Greg machte den Eindruck, einen großen Appetit zu haben, also war es wahrscheinlich in Ordnung so. Sie fand ihn ein wenig irritierend. Als John sie ihm vorgestellt hatte, hatte er eine Spur zu nahe bei ihr gestanden, sie angestarrt und ihr ziemlich abrupte, unkonventionelle Fragen gestellt. Als sie vor ihm zurückgewichen war – sowohl körperlich als auch vor seinen Fragen –, schien er das Interesse an ihr zu verlieren. Als sie ihm einige Zeit später einige teure Nüsse angeboten hatte, hatte er, ohne seinen Redefluß zu unterbrechen, eine Handvoll genommen und ihre Gegenwart kaum wahrgenommen.

Marjorie war entschlossen, sich durch nichts stören zu lassen. Seit dem scheußlichen Zwischenfall mit den Squattern war über eine Woche vergangen und – sie verdrängte den Gedanken. Beherzt wandte sie ihre Aufmerksamkeit ihrer Party und Markhams Frau, Jan, zu. Jan war natürlich sehr still – kaum überraschend, da ihr Mann seit ihrer Ankunft das Gespräch dominierte. Seine Technik bestand darin, sehr schnell zu reden und wie es ihm gerade einfiel von einem Thema zum anderen zu wechseln, eine Art verbaler Geländelauf. Viele seiner Aussagen waren durchaus interessant, aber Marjorie hatte keine Zeit, über ein Thema nachzudenken und es zu kommentieren, bevor das Gespräch schon wieder eine andere Richtung genommen hatte. Jan lächelte über seine verbalen Sprünge; ein recht weises Lächeln, das Marjorie als Ausdruck eines starken Charakters deutete.

»Ihre Aussprache hört sich ein wenig englisch an«, sagte Marjorie. »Färbt es bereits auf Sie ab?«

Sie entfernte sich ein Stückchen von der Gesprächsrunde. »Meine Mutter ist Engländerin. Sie lebt seit Jahrzehnten in Berkeley, aber der Akzent bleibt haften.«

Marjorie nickte verstehend und fragte weiter. Es stellte sich heraus, daß Jans Mutter in Arcology lebte, das im Bereich der Bucht gebaut wurde. Sie konnte es sich leisten, weil sie Romane schrieb.

»Was für Sachen schreibt sie?« schaltete Heather sich in das Gespräch ein.

»Schauerromane. Sie schreibt unter dem absurden Pseudonym Cassandra Pye.«

»Ach Gott«, sagte Marjorie, »ich habe einige ihrer Bücher gelesen. Für diese Art von Literatur sind sie gar nicht schlecht. Verblüffend, daß Sie ihre Tochter sind.«

»Ihre Mutter ist eine wunderbare alte Dame«, warf Greg ein. »Eigentlich gar nicht so alt. Sie ist – wieviel, Jan? – Mitte Sechzig und wird uns wahrscheinlich alle überleben. Gesund wie ein Roß und ein wenig verrückt. Eine große Nummer in der Seniorenbewegung. Berkeley ist heute voll von ihnen, und sie paßt gut dazu. Saust auf ihrem Fahrrad durch die Gegend, schläft mit allen möglichen Leuten und produziert mysterischen Nonsens. Transzendenter Schmu. Sie ist wohl ein bißchen überkandidelt, nicht wahr, Jan?«

Das war offensichtlich ein alter Scherz zwischen den beiden. Jan lachte.

»Du bist ein solch unbeugsamer Wissenschaftler, Greg. Du und Mutter, ihr lebt in verschiedenen Universen. Stell dir nur einmal den Schock vor, wenn du stirbst und feststellst, daß Mutter die ganze Zeit recht hatte. Aber ich muß zugeben, daß sie in letzter Zeit ein wenig exzentrisch geworden ist.«

»So wie letzten Monat«, fuhr Greg fort, »als sie beschloß, alle ihre weltlichen Güter den Armen in Mexiko zu geben.«

»Warum das?« fragte James.

»Um ihre Unterstützung für die Sache der Hispanoregionalisten deutlich zu machen«, erklärte Jan. »Das sind die Leute, die Mexiko und den Westen der Vereinigten Staaten zu einer Freizone machen möchten, damit die Menschen sich nach den ökonomischen Erfordernissen dort bewegen können.«

James runzelte die Stirn. »Würde das nicht ganz schlicht bedeuten, daß die Mexikaner en masse nach Norden ziehen?«

Jan zuckte die Achseln. »Wahrscheinlich. Aber die Spanisch sprechende Lobby in Kalifornien ist so stark, daß sie es vielleicht erzwingen können.«

»Eine merkwürdige Art von Wohlfahrtsstaat«, murmelte Heather.

»Mehr ein Lebewohl-Staat«, bemerkte Greg. Das Gelächter, das dieser Bemerkung folgte, überraschte Marjorie. Unterdrückte Energien wurden freigesetzt.

Ein wenig später zog Markham Renfrew beiseite und fragte ihn nach den Fortschritten des Experiments. »Ich fürchte, ohne bessere Reaktionszeiten sind wir arg beschränkt«, sagte John.

»Die amerikanische Elektronik, klar.« Markham nickte. »Ich habe die Berechnungen angestellt, die wir diskutiert haben – wie man die Tachyonen einigermaßen verläßlich auf 1963 konzentriert und diese Sachen. Ich glaube, es wird funktionieren. Die Beschränkungen sind nicht ganz so schlimm, wie wir gedacht haben.«

»Großartig! Ich hoffe, wir haben eine Chance, die Geräte zu benutzen.«

»Ich habe mich ein bißchen umgehört. Ich kenne Sir Martin, Petersons Chef, aus der Zeit, als er noch am Institut für Astronomie war. Ich habe ihn angerufen. Er hat mir versprochen, wir würden bald von ihm hören.«

Renfrew lebte auf. Für einen Moment verlor er sein Gehabe des leicht nervösen Gastgebers.

»Warum nehmen wir unsere Drinks nicht mit nach draußen auf die Terrasse? Es ist ein schöner Abend, und dunkel ist es auch noch nicht.«

Marjorie öffnete die Terrassentür und komplimentierte ihre Gäste nach und nach hinaus. Wie sie gehofft hatte, brachen die Markhams angesichts ihres Gartens in Rufe des Entzückens aus. Der überwältigende Duft des Geißblatts in der Hecke drang zu ihnen. Füße knirschten auf dem Kies, als sie die Terrasse überquerten.

»In Kalifornien läuft's gut, nehme ich an?« fragte James, und

Marjorie, die gleichzeitig den anderen Gesprächen zuhörte, bekam Bruchstücke von Greg Markhams Antwort mit. »Der Gouverneur hält den Davis-Campus offen... Der Rest von uns – ich bin jetzt auf halbes Gehalt gesetzt. Der einzige Grund, daß ich wieder auf gleichen Stand kam, war die Gewerkschaft... Hebel ansetzen... die Professoren sind jetzt mit den kirchlichen Mitarbeitern verbündet... verflixten Studenten wollen Betriebspraktika...« Als sie beim nächstenmal in ihre Richtung schaute, war das Gespräch im Sand verlaufen.

Greg löste sich von der Gruppe. Mit düsterem Gesicht trat er zum Rand der Terrasse. Marjorie folgte ihm.

»Ich hatte keine Ahnung, daß es so schlimm aussieht«, sagte sie.

»Es geschieht überall.« Seine Stimme war resigniert und müde.

Sie bemühte sich um einen heiteren, aufmunternden Klang. »Wir alle hier hoffen, daß sich in kurzer Zeit alles einrenken wird und die Labors wieder geöffnet werden. In den Colleges ist man einigermaßen zuversichtlich, daß...«

»Wären Wünsche Pferde, würden Bettler reiten«, sagte er mürrisch. Mit einem Blick auf sie schien er seine Stimmung plötzlich abzuschütteln. »Oder – bei verwunschenen Pferden gingen die Reiter am Bettelstab.« Er lächelte. »Ich mag solche umgewandelten Klischees. Sie auch?«

Diese abrupte, sprunghafte Art zu denken, hatte Marjorie mit einem bestimmten Typ von Wissenschaftlern, den theoretischen, zu assoziieren gelernt. Sie waren schwer zu begreifen, gewiß, aber interessanter als Praktiker wie ihr John. Sie erwiderte sein Lächeln. »Ihr Jahr in Cambridge hat Sie sicher aller Budgetsorgen enthoben, oder?«

»Hm. Ja, ich nehme an, hier ist es besser in der Vergangenheit von anderen als in seiner eigenen zu leben. Ein hübscher Ort, die Welt draußen zu vergessen. Die Muße des theoretischen Unterrichts habe ich genossen.«

»In Ihrem Elfenbeinturm? Dies ist eine Stadt träumender Turmspitzen, wenn ich das Gedicht richtig in Erinnerung habe.«

»Oxford ist die Stadt träumender Turmspitzen«, korrigierte er sie. »Cambridge hat mehr von schwitzigen Träumen.«

»Wissenschaftlicher Ehrgeiz?«

Er zog eine Grimasse. »Die Daumenregel ist, daß man nicht mehr sehr viel erstklassige Arbeit leistet, wenn man die Vierzig erst einmal überschritten hat. Meistens ist das natürlich falsch. Eine Menge großer Entdeckungen werden in höherem Lebensalter gemacht. Aber im Durchschnitt fühlt man schon, wie einem die Fähigkeiten entgleiten. Wie bei Komponisten, schätze ich. Plötzliche Einfälle aus dem Nichts, solange man jung ist, und... und dann mehr ein Gefühl der Konsolidierung, das die Dinge überlagert, wenn man älter ist.«

»Diese Zeitkommunikation, an der Sie und John arbeiten, scheint sehr aufregend zu sein. Da steckt doch einiges drin.«

Greg blühte geradezu auf. »Ja, das ist mal wieder eine echte Chance. Ein brandheißes Gebiet, und keiner außer mir erschließt es. Hätten sie nicht den größten Teil der Abteilung für angewandte Mathematik und theoretische Physik geschlossen, würde ein Stoßtrupp blitzgescheiter junger Männer in diesem Gebiet ausschwärmen.«

Marjorie entfernte sich noch ein Stück von den übrigen Gästen und trat näher an das feucht-üppige Grün, das ihren Garten beherrschte. »Eigentlich wollte ich jemanden fragen«, begann sie mit einer Spur Unsicherheit, »der weiß, was diese Tachyonen von John überhaupt sind. Ich meine, er erklärt es mir schon, aber ich fürchte, mit meiner Kunstausbildung verstehe ich nichts davon.«

Greg verschränkte auf einstudierte Weise die Hände auf dem Rücken und starrte in den Himmel. Marjorie bemerkte eine plötzliche Veränderung an ihm; sein Gesichtsausdruck war entrückt, so als betrachte er ein ewiges inneres Rätsel. Er blickte nach oben, als bemerkte er die peinliche Stille zwischen ihnen gar nicht. Am Himmel sah sie ein Flugzeug kreisen. Das grüne Hecklicht blinkte, und sie hatte ein merkwürdig unruhiges Gefühl. Der Kondensstreifen legte einen Silberfächer auf den schiefergrauen Himmel.

»Ich glaube, am schwersten zu erkennen ist«, sagte Greg, als formulierte er in Gedanken einen Aufsatz, »wieso Teilchen, die sich schneller als das Licht bewegen, etwas mit der Zeit zu tun haben.«

»Ja, genau so ist es. John überspringt das immer und redet eine Menge über Empfänger und Bündelung und solche Sachen.«

»Die Kurzsichtigkeit eines Mannes, der das Ganze zum Funktionieren bringen muß. Verständlich. Sie wissen doch, was Einstein vor einem Jahrhundert bewies – daß das Licht eine Art Geschwindigkeitsbeschränkung darstellt?«

»Ja.«

»Nun, die hirnlose, populäre Beschreibung der Relativität lautet...« Er hob die Augenbrauen, als wollte er den nächsten Satz in sichtbare, verächtliche An- und Abführungszeichen kleiden. »... daß ›alles relativ ist‹. Natürlich eine völlig belanglose Feststellung. Eine bessere Kurzbeschreibung lautet, daß es im Universum keine privilegierten Beobachter gibt.«

»Nicht einmal die Physiker sind privilegiert?«

Der plötzliche Themenwechsel ließ Greg lächeln. »*Besonders* die Physiker nicht, da wir wissen, was vorgeht. Einstein hat bewiesen, daß zwei Menschen, die sich in bezug aufeinander bewegen, keine Einigkeit darüber erzielen können, ob zwei Ereignisse zur gleichen Zeit stattfinden. Das liegt daran, daß das Licht eine begrenzte Zeit braucht, um von den Ereignissen zu den beiden Menschen zu gelangen, und diese Zeit ist für jeden von ihnen anders. Ich kann das mit ein paar einfachen mathematischen Formeln belegen...«

»O nein, bitte!« Sie lachte.

»Einverstanden. Schließlich ist das hier ja eine Party, Tatsache ist, daß Ihr Mann hinter einer großen Sache her ist. Sein Tachyonen-Experiment bringt Einsteins Theorien auf gewisse Weise einen Schritt weiter. Die Entdeckung von überleichtschnellen Teilchen bedeutet, daß die beiden sich bewegenden Beobachter auch darüber keine Einigkeit erzielen, welches Ereignis als erstes stattfand. Das heißt, der Zeitsinn gerät durcheinander.«

»Aber das ist gewiß nur ein Kommunikationsproblem, das mit den Tachyonenstrahlen zusammenhängt, oder so.«

»Nein, völlig falsch. Es ist von grundlegender Natur. Die ›Lichtschranke‹, wie sie genannt wurde, ließ uns in einem Universum verharren, das ein gestörtes Wahrnehmungsempfinden für *Gleichzeitigkeit* besitzt. Aber zumindest konnten wir feststellen, in welche Richtung die Zeit fließt. Jetzt können wir nicht einmal das!«

»Dadurch, daß man die Teilchen einsetzt?« fragte Marjorie zweifelnd.

»Genau. In der Natur kommen sie unseres Erachtens nur selten vor, daher haben wir ihre Wirkung vorher noch nicht gesehen. Aber jetzt...«

»Wäre es nicht viel aufregender, ein Tachyonen-Raumschiff zu bauen und zu den Sternen zu reisen?«

Er schüttelte heftig den Kopf. »Überhaupt nicht. John kann nur einen Strom von Teilchen herstellen, keine festen Gegenstände. Außerdem: Wie gelangt man zu einem Raumschiff, das sich schneller als Licht an einem vorbeibewegt? Der Vorschlag ist unsinnig. Nein, hier kommt es allein auf das Ausstrahlen von Signalen an, eine völlig neue Art der Physik. Und ich... und ich habe das Glück, dabei mitzuwirken.«

Instinktiv streckte Marjorie die Hand aus und tätschelte seinen Arm. Sein letzter Satz hatte einen Ausbruch stiller Freude in ihr ausgelöst. Es war gut, jemanden zu sehen, der sich voll und ganz für eine Sache engagierte, vor allem in dieser Zeit. John war natürlich genauso, aber bei ihm war es irgendwie anders. Seine Gefühle waren beschränkt auf seine Besessenheit für technische Anlagen und auf eine innere Ruhe, einen fast trotzigen Zorn auf das Universum, das ihm seine Geheimnisse vorenthielt. Vielleicht lag der Unterschied darin, daß der eine über die Experimente nur nachdachte, während der andere sie tatsächlich ausführte. Es mußte schwieriger sein, an reine mathematische Schönheit zu glauben, wenn man sich die Finger schmutzig machte.

James trat zu den beiden. »Greg, hast du irgendwelche Informationen über die politische Stimmung in Washington? Ich habe mich gefragt...«

Marjorie erkannte, daß der Einklang zwischen ihr und Greg zerbrochen war, und entfernte sich, um die Geometrie ihrer Gäste zu überprüfen. James und Greg stürzten sich in ein politisches Gespräch. Sofort änderte Greg seinen Gesprächsstil. Das Thema der ständigen Streiks hatten sie schnell abgehakt, nachdem dem Gewerkschaftsrat die überwiegende Schuld daran zugesprochen worden war. James fragte sich, wann die amerikanische Regierung die Börsen wieder öffnen würde. John bewegte sich unschlüssig zwischen den Gästen. Wie seltsam, dachte Marjorie, daß ein Mann in seinem eigenen Heim so unbeholfen ist. An seinem Stirnrunzeln spürte sie, daß er unsicher war, ob er sich zu den beiden Männern gesellen sollte. Von Börsengeschäften hatte er keine Ahnung, verachtete sie vielmehr als eine Art Glücksspiel. Sie seufzte und nahm sich barmherzig seiner an.

»John, komm her und geh mir bitte zur Hand. Ich will den ersten Gang auftragen.«

Erleichtert wandte er sich um und folgte ihr ins Haus. Sie prüfte die graumarmorierte Pastete und frischte die Platten mit Karottenstreifen und Salatblättern aus ihrem Gemüsegarten auf. John half ihr, kleine Butterteller und Melba-Toast aus selbstgebackenem Brot aufzutragen. Behutsam entkorkte er eine Flasche ihres selbstgegorenen Weins.

Marjorie mischte sich unter die Gäste und scheuchte sie mit einigen munteren Worten an den Tisch. Sie fühlte sich wie ein Hirtenhund, als sie zu denjenigen zurückging, die sich gerade an einem interessanten Thema festgebissen hatten und auf dem Weg wieder stehengeblieben waren. Anerkennendes Murmeln war zu hören; der Tisch war mit Blumen aus dem Garten geschmückt, in jeder kunstfertig gefalteten Serviette steckte eine individuelle Kerze. Sie organisierte die Tischrunde: Jan neben James, da die beiden gut miteinander zurechtzukommen schienen; Greg saß neben Heather, was diese ein wenig nervös zu stimmen schien.

»Marjorie, du bist ein Juwel«, rief Heather aus. »Diese Pâté ist köstlich – und das Brot ist selbstgebacken, nicht wahr? Wie du das immer nur schaffst, und das trotz Energierationierung und all dem.«

»Gott, ja. Schrecklich, nicht wahr?« fiel Greg ein. »Ich meine, die Stromrationierung«, fügte er hastig hinzu. »Die Pâté ist vorzüglich. Das Brot ist auch sehr gut. Aber nur vier Stunden Strom am Tag zu haben – unglaublich! Ich weiß nicht, wie die Menschen damit leben können.« Der Tisch hatte sein Thema: »Es ist eine Probemaßnahme, verstehen Sie?« … »Meinst du, es wird länger dauern?« … »Zu viele Ungereimtheiten.« … »Den Armen ist es doch wohl gleichgültig, oder?« … »Solange sie eine Dose Bohnen und eine Flasche Bier aufmachen können.« … »Die Bessergestellten, die alle möglichen elektrischen Geräte haben …« … »Deshalb lassen sie auch bald wieder die Finger davon.« … »Ich mache eben alles gleichzeitig, die Wäsche, Staubsaugen und …« … »Zwischen zehn und Mittag und abends.« … »Nächsten Monat wird es schlimmer, wenn der Stundenturnus wieder wechselt.« … »Ostengland bekommt dann, was die Midlands jetzt haben: von zwölf bis zwei und von acht bis zehn.«

»Wie lange dauert es«, fragte John, »bis Ostengland wieder von sechs bis acht dran ist? Zumindest ist das eine gute Zeit für Dinnerpartys.«

»Erst wieder im November«, antwortete Marjorie. »Krönungsmonat.«

»Ach ja«, murmelte Greg. »Tanzen im Kalten und Dunkeln.«

»Vielleicht machen sie eine Ausnahme«, meinte Heather, die von Gregs Tonfall ein wenig verschreckt war.

»Wie das?«

»Indem sie die ganze Zeit Strom liefern. Dann können alle im Land es sehen.«

»O ja«, sagte Marjorie, »London wird keinen Extrastrom brauchen, um es über die Bühne zu bringen. Eigentlich ist so eine Krönung ziemlich ökologisch.«

»Sie zielen darauf, daß ›ökologisch‹ soviel wie ›anständig‹ bedeutet, nicht wahr?« fragte Greg.

»Tjaa.« Marjorie dehnte das Wort, während sie abzuschätzen versuchte, was Greg meinte. »Ich weiß, es ist ein Mißbrauch des Worts, aber im Ernst: Bei der Krönung benutzen sie stets Pferdekutschen, und die Abtei wird von Kerzen beleuchtet. Und Heizung brauchen sie auch nicht, weil all die Peers in pelzgefütterten Mänteln kommen.«

»O ja, ich sehe sie gern«, warf Jan ein. »Das ist so farbenprächtig.«

»Die Peers sind wohl auch ziemlich bürgerfreundlich«, stellte James fest. »Jedenfalls haben sie der Regierung sehr geholfen, indem sie Gesetze schnell verabschiedeten und so weiter.«

»Gewiß.« Greg lächelte. »Sie tun alles für den Arbeiter, außer, daß sie selbst einer werden.«

In das Gelächter hinein fügte Heather hinzu: »Alle reden viel lieber, als zu arbeiten. Die Peers füllen die Luft mit ihrem Reden.«

»Und umgekehrt, wie ich beobachtet habe«, reagierte Greg.

James' Gesicht wurde starr. Plötzlich fiel Marjorie ein, daß er einen einflußreichen Verwandten im House of Lords hatte. Sie stand schnell auf und meinte, sie müßte jetzt das Hähnchen holen. Als sie hinausging, machte Markham eine Bemerkung über die amerikanische Einschätzung der britischen Opposition, und James' dünnlippiger Mund entspannte sich wieder. Eine Seite des Tischs konzentrierte sich auf Gregs politische Spitzfindigkeiten, und am anderen Ende fragte James: »Es ist immer noch ein bißchen merkwürdig, vom ›King‹ zu reden, nachdem man ein ganzes Leben lang nur von der ›Queen‹ gesprochen hat, nicht wahr?«

Marjorie kehrte mit einer großen Kasserolle Hühnchenfleisch in Sahnesauce zurück; dazu gab es Frühlingsgemüse und Risotto. Begeistertes Gemurmel begleitete das aufsteigende dampfige Aroma, als sie den Deckel hob. Als sie das Hühnchen servierte, zersplitterte das Gespräch. James und Greg redeten über die Arbeitsgesetze, die anderen sprachen über die bevorstehende Krönung. Queen Elizabeth hatte Weihnachten zugunsten ihres ältesten Sohnes abgedankt, und er hatte sich entschlossen, an seinem fünfzigsten Geburtstag im November gekrönt zu werden.

John holte Wein, diesmal einen selbstgegorenen weißen.

»Ich halte es für eine schreckliche Geldverschwendung«, erklärte Heather. »Es gibt so viele Dinge, für die wir das Geld besser ausgeben könnten als für eine Krönungsfeier. Was ist zum Beispiel mit Krebs? Die Statistiken sind erschreckend. Einer von vier inzwischen, oder?« Abrupt verstummte sie.

Marjorie kannte den Grund, und doch schien es sinnlos, einfach darüber hinwegzugehen. Sie beugte sich vor: »Wie geht es deiner Mutter?«

Ohne Zögern ging Heather auf das Thema ein. Marjorie merkte, daß es ihr ein Bedürfnis war, darüber zu reden. »Alles in allem geht es Mami gut. Ich meine, natürlich verschlechtert es sich, aber sie scheint es wirklich akzeptiert zu haben. Weißt du, sie hatte schreckliche Angst davor, bis zum Ende unter Medikamenten zu stehen.«

»Und das wird sie nicht?« fragte John.

»Nein, sagen die Ärzte. Es gibt da so eine neue elektronische Betäubungsgeschichte.«

»Und das erzeugt wohl keine Sucht, nehme ich an«, meinte Greg.

Heather zwinkerte. »Daran habe ich gar nicht gedacht. Könnte man davon süchtig werden?«

»Vielleicht nicht, wenn sie nur den Schmerz löschen«, sagte Jan. »Aber was ist, wenn sie auch eine Methode finden, die Lustzentren zu stimulieren?«

»Die haben sie bereits«, murmelte Greg.

»Wirklich?« erstaunte Marjorie sich. »Und sie setzen sie auch ein?«

»Ihnen ist es egal.« James' Worte wirkten irgendwie endgültig.

»Jedenfalls ist das für Mami alles nebensächlich«, fuhr Heather fort. »Die Ärzte wissen nicht, wie sie ihren Krebs aufhalten sollen.«

Bevor sich das Interesse auf Einzelheiten der Diagnose konzentrieren konnte, lenkte Marjorie das Gespräch in eine andere Richtung.

Als das Telefon klingelte, ging John an den Apparat. Peterson war am anderen Ende der Leitung.

»Ich wollte Sie informieren, bevor ich mich ins Bett begebe«, sagte er. »Ich bin in London. Der Europakongreß des Rats ist gerade zu Ende gegangen. Ich glaube, ich habe bekommen, was Sie brauchen, oder zumindest einen Teil davon.«

»Phantastisch«, sagte John. »Eine tolle Nachricht.«

»Ich sage ›einen Teil‹, weil ich nicht sicher bin, daß die Amerikaner alles schicken, was Sie brauchen. Sie sagen, sie hätten ein paar andere Einsatzmöglichkeiten im Sinn. Andere Möglichkeiten als das Tachyon-Projekt, meine ich.«

»Kann ich eine Liste von dem bekommen, was sie haben?«

»Ich arbeite daran. Ich muß einhängen.«

»In Ordnung. Prima! Und ... und danke.«

Die Nachricht änderte den Ablauf der Party. Heather und James wußten nichts von Johns Experimenten, deshalb waren einige Erklärungen notwendig, bis sie die Bedeutung des Anrufs verstanden. Renfrew und Markham übernahmen es, die grundlegende Idee zu erläutern. Komplizierte Fragen wie die Lorentz-Transformation und die Methode der Übertragung von Tachyonen in die Vergangenheit ließen sie aus – dafür hätten sie eine große Wandtafel gebraucht. Sich die Hände an der Schürze abwischend, kam Marjorie aus der Küche. Die Stimmen der Männer dröhnten gebieterisch durch das kleine Eßzimmer. Kerzenschein tauchte die Gesichter um den Tisch in ein fahlgelbes Licht. Die Frauenstimmen klangen fragend.

»Es scheint merkwürdig, sich die Menschen seiner eigenen Vergangenheit als real vorzustellen«, sagte Marjorie kühl. Die Köpfe wandten sich in ihre Richtung. »Ich meine, sie sich als lebendig vorzustellen, als wären sie in gewissem Sinne noch veränderbar ...«

Einen Moment saß die Gesellschaft stumm da. Einige blickten stirnrunzelnd vor sich hin. Marjories Art, das Thema anzugehen, hatte sie aus dem Gleichgewicht gebracht. An diesem Abend hatten sie oft davon gesprochen, daß sich die Dinge in der Zukunft ändern würden. Sich auch die Vergangenheit als lebendig vorzustellen, als ein bewegliches, formbares Objekt ...

Der Moment ging vorbei, und Marjorie kehrte in die Küche zurück. Sie kam mit drei verschiedenen Desserts wieder. Als sie sie auf dem Tisch absetzte, erzeugte das *Pièce de Résistance* – ein Baiser mit jungen Himbeeren und Schlagsahne – die Aah- und Ooh-Rufe, die sie erwartet hatte. Dem folgten eine Erdbeercreme und eine große Glasschüssel mit sorgfältig dekoriertem Sherrygebäck.

»Marjorie, das gibt es nicht«, protestierte James.

John strahlte stumm vor sich hin, während die Gäste seine Frau mit Lobesworten überhäuften. Selbst Jan schaffte zwei Portionen, das Gebäck jedoch lehnte sie dankend ab.

»Ich glaube«, merkte Greg an, »daß Süßigkeiten der englische Ersatz für Sex sind.«

Nach dem Dessert versammelten sich die Gäste um den Kamin, während Greg und John das Geschirr abräumten. Marjorie spürte ein erleichtertes Gefühl, als sie das Teegeschirr hereinbrachte. Mit zunehmender Dunkelheit war es kühl in dem Zimmer geworden. Sie stellte ein kleines Stövchen auf, um die Tassen vorzuwärmen. Das Kaminfeuer knisterte, ein orangefarbener Funke sprühte auf den abgewetzten Teppich.

»Ich weiß, daß Kaffee Ihnen angeblich nicht zuträglich ist, aber ich muß sagen, mit einem Hochprozentigen dazu ist er ganz angenehm«, meinte Marjorie. »Möchte jemand etwas? Wir haben Drambuie, Cointreau und Grand Marnier. Nichts davon ist selbstgemacht.« Jetzt, da das Essen vorüber war, empfand sie ein entspanntes Gefühl der Erfüllung. Mit dem Servieren der Tassen waren ihre Pflichten beendet. Draußen kam Wind auf. Die Vorhänge waren offen, und sie konnte die Silhouettenbewegung der Fichtenäste sehen. Der Wohnraum war eine Oase des Lichts, der Ruhe und Beständigkeit.

Als könnte sie ihre Gedanken lesen, zitierte Jan leise: »Steht die Turmuhr auf zehn vor drei? Und gibt es immer noch Honig zum Tee.«

Alle übertrieben, dachte Marjorie, vor allem die Presse. Geschichte war schließlich eine Serie von Krisen, und bisher hatten sie alle überlebt. John machte sich Sorgen, das wußte sie, aber in Wirklichkeit hatte sich gar nicht so viel geändert.

## — 6 —

*25. September 1962*

Mit bewußt langsamer Bewegung legte Gordon Bernstein seinen Stift nieder. Er hielt ihn zwischen Daumen und Zeigefinger und beobachtete, wie die Spitze in der Luft zitterte. Ein unfehlbarer Test; als die Bleistiftspitze sich der Formicaplatte des Tischs näherte, erzeugte seine nervös zuckende Hand einen tickenden Rhythmus. Wie sehr er seine Hand auch zur Ruhe zwingen wollte, das Ticken blieb. Es schien sogar lauter zu werden als das gedämpfte Stampfen der Pumpen um ihn herum.

Abrupt warf er den Stift hin, die Spitze brach ab, das Holz und die gelbe Farbe splitterten.

»Hee, oh ...«

Gordons Kopf fuhr hoch. Neben ihm stand Albert Cooper. Wie lange war er schon da?

»Ich ... ääh ... habe mich mit Dr. Grundkind in Verbindung gesetzt«, sagte Cooper. Sein Blick mied den Bleistift. »Bei ihm strahlt nichts ab.«

»Haben Sie es selbst überprüft?« Gordons Stimme klang dünn und gepreßt.

»Tja, nun, sie sind's allmählich leid, mich um sich zu haben«, sagte Cooper verlegen. »Diesmal haben sie sogar sämtliche Stecker aus den Wanddosen gezogen.«

Gordon nickte stumm.

»Tja, ich schätze, das wär's.«

»Was meinen Sie damit?« fragte Gordon gleichmütig.

»Sehen Sie, wir haben – wie lange? – vier Tage daran gearbeitet.«

»Und?«

»Wir sind in einer Sackgasse.«

»Wieso?«

»Grundkinds Niedertemperatur-Gruppe war der letzte Kandidat auf unserer Liste. Im Gebäude ist jetzt alles überprüft.«

»Richtig.«

»Die Störungen können also nicht von dort einwirken.«

»Hmhm.«

»Und wir *wissen*, daß sie nicht von außerhalb einfließen.«

»Das beweist das Drahtgitter, das wir um die Geräte gewickelt haben«, stimmte Gordon zu und machte eine Kopfbewegung zum Metallkäfig, der jetzt den gesamten Magneten umgab. »Es müßte Streusignale eigentlich abschirmen.«

»Genau. Also muß es sich um einen Defekt in unserer Elektronik handeln.«

»Blödsinn!«

»Wieso nicht?« wollte Cooper ungeduldig wissen. »Zum Teufel, vielleicht versaut Hewlett-Packard uns die Analysen. Wer weiß?«

»Wir haben die Geräte selbst durchgeprüft.«

»Aber das *muß* es sein.«

»Nein«, sagte Gordon mit Nachdruck. »Nein, da ist noch etwas anderes.« Seine Hand schoß vor und packte einen Stapel Diagramme. »Die hier habe ich zwei Stunden lang aufgenommen. Sehen Sie!«

Cooper blätterte die rotgerasterten Seiten durch. »Nun, die Störungen scheinen ein wenig geringer. Ich meine, sie enthalten ein paar regelmäßige Spitzen.«

»Ich habe die Feinabstimmung erhöht und die Auflösung verbessert.«

»So? Aber es sind immer noch Störungen«, sagte Cooper gereizt.

»Nein, sind es nicht.«

»Hm? Natürlich!«

»Sehen Sie sich die Spitzen an! Und ihre Abstände!«

Cooper breitete die Diagramme auf dem Tisch aus. Nach einigen Sekunden sagte er: »Ich habe sie überflogen, aber... nun, es sieht so aus, als gäbe es nur zwei verschiedene Intervalle.«

Gordon nickte eifrig. »Richtig. Das habe ich auch festgestellt. Wir haben hier eine Menge Hintergrundstörungen – ich habe nicht den blassesten Schimmer, woher sie kommen – und eine gewisse Regelmäßigkeit in den Spitzen.«

»Wie haben Sie diese Resultate bekommen?«

»Mit Hilfe des Einfangkorrelators, um die echten Störungen auszulesen. Diese Struktur, diese Intervalle – sie sind da, wahrscheinlich schon die ganze Zeit.«

»Wir haben sie uns nur nicht genau genug angeschaut.«

»Wir wußten, es waren nur Abfallprodukte, und warum sollte man Abfall untersuchen? Verrückt.« Gordon schüttelte den Kopf und lächelte verzerrt.

Cooper runzelte die Stirn und blickte in die Luft. »Ich begreife es nicht. Was haben diese Impulse mit den Nuklearresonanzen zu tun?«

»Ich weiß es nicht. Vielleicht gar nichts.«

»Aber das, zum Teufel, ist doch der Kern des Experiments. Ich messe die Spitze der Nuklearresonanz, wenn wir den Eigendrehimpuls der Atomkerne anregen. Diese Impulse...«

»... sind keine Resonanzen. Jedenfalls nicht so, wie ich eine einfache Resonanz verstehe. Irgend etwas legt sich über den nuklearen Drehimpuls, okay, aber... Moment mal!«

Gordon starrte auf die Diagramme. Gedankenverloren drehte er einen Knopf seines zerknitterten blauen Hemds hin und her. »Ich glaube, es handelt sich überhaupt nicht um einen frequenzabhängigen Effekt.«

»Aber genau das wollen wir doch erzielen. Die Intensität des empfangenden Signals in Relation zur festgestellten Frequenz.«

»Ja, aber das setzt voraus, daß alles andere konstant bleibt.«

»Es ist konstant.«

»Wer sagt das? Angenommen, die Störungen erfolgen stoßweise.«

»Wieso sollten sie?«

»Verflixt!« Gordon schlug die Faust auf den Tisch, der Bleistift rutschte über die Platte. »Testen Sie diese Idee in bezug auf die *Größenordnung*! Warum will eigentlich jeder Student, daß man ihm alles vorkaut?«

»Okay.« Cooper legte die Stirn in besorgte Falten. Gordon konnte erkennen, daß der Mann offensichtlich zu erschöpft war, um ernsthaft nachdenken zu können. Genauso ging es ihm selbst. Seit Tagen hatten sie sich in dieses Alptraumproblem verbissen, nur ein Minimum an Schlaf gehabt und in schmuddeligen Schnellimbissen gegessen. Er war nicht einmal zum Jogging an den Strand gekommen. Und Penny – sie hatte er kaum einmal gesehen. Letzte Nacht, kurz bevor er eingeschlafen war, hatte sie ihm ein paar böse Worte gesagt, die er praktisch erst registriert hatte, als er sich am nächsten Morgen, allein, ankleidete. Es gab also einiges zu flicken, wenn er nach Hause kam. Wenn er *überhaupt* nach Hause kam, fügte er in Gedanken hinzu, denn er wollte verdammt sein, wenn er dieses Kniffelspiel aufgab, bevor…

»Hee, wie wär's damit?« meinte Cooper und riß Gordon aus seinen Grübeleien. »Angenommen, wir sehen hier eine zeitvariable Eingabe, wie Sie es vor ein paar Tagen vermutet haben – als wir nach äußeren Störungsquellen suchten. Unser Stift bewegt sich mit konstanter Geschwindigkeit über das Papier, nicht wahr?« Gordon nickte. »So, und diese Spitzen hier sind etwa einen Zentimeter voneinander entfernt, dann folgen zwei mit einem Abstand von einem halben Zentimeter. Dann wieder ein Ein-Zentimeter-Intervall, drei halbe Zentimeter und so weiter.«

Plötzlich sah Gordon, worauf er hinauswollte, ließ Cooper aber den Gedanken zu Ende bringen.

»Auf diese Weise ist das Signal reingekommen, zeitlich gestaffelt. Zeit, nicht Frequenz!«

Gordon nickte. Es war eindeutig, jetzt da er auf die Kurven und Spitzen der Linie starrte. »Irgend etwas kommt in Schüben herein, und zwar auf dem gesamten Frequenzspektrum, das wir untersuchen.« Er schürzte die Lippen. »Schübe mit langen Intervallen dazwischen, dann einige mit kürzeren Intervallen.«

»Richtig.« Cooper nickte begeistert. »Das ist es!«

»Kurze, lange... Kurz, lang, kurz, kurz. Wie...«

»Wie ein Kode«, ergänzte Cooper den Satz.

Cooper wischte sich über den Mund und starrte auf die Diagramme.

»Kennen Sie die Morsezeichen?« fragte Gordon ihn nüchtern. »Ich kenne sie nicht.«

»Ja. Als Kind habe ich sie gelernt.«

»Legen wir die Blätter in der Reihenfolge aus, in der ich die Daten aufgenommen habe!« Mit neuer Energie erhob Gordon sich. Er hob den abgebrochenen Bleistift vom Boden auf, steckte ihn in einen Spitzer und drehte die Kurbel. Ein mahlendes Geräusch war zu hören.

Wenn Isaac Lakin ins Nuklearresonanz-Labor kam, konnte jeder, selbst zufällige Besucher, erkennen, daß es seins war. Natürlich zahlte die Nationale Wissenschaftsstiftung im wesentlichen für alles außer für die überzähligen elektronischen Geräte der Navy, und die University of California war Eigentümer der gewaltigen Flachmagnete, die sie als Leihgabe beigesteuert hatte; aber in jedem brauchbaren Sinn des Worts gehörte das Laboratorium Isaac Lakin. Seinen Ruf hatte er sich am MIT in einem Jahrzehnt solider Arbeit erworben, gelegentlich waren bei seiner Forschungstätigkeit Funken wirklicher Brillanz aufgeglüht. Dann war er zu General Electric und Bell Labs gegangen, jeder Schritt hatte ihn weiter nach oben gebracht. Als die University of California begann, einen neuen Campus um das Scripps Institut für Ozeanographie zu bauen, wurde Lakin eine ihrer ersten »Entdeckungen«. Er hatte Kontakte in Washington und brachte einen Haufen Geld mit, Geld, das für Geräte, Laborraum und Stipendien für jüngere Studenten verwandt wurde. Gordon war einer der ersten, der von diesen Stipendien profitierte, aber von Anfang an waren er und Lakin nicht gut miteinander ausgekommen. Wenn Lakin in Gordons Labor kam, fand er gewöhnlich etwas, das am falschen Platz stand, ein Kabelgewirr, über das er beinahe stolperte, ein Dewar-Gefäß, das schlecht gesichert war – irgend etwas, das ihm die Laune verdarb.

Lakin nickte Cooper zu und grüßte Gordon, während seine Augen das Labor abtasteten. Mit kurzen Worten gab Gordon ihm eine Zusammenfassung ihres Eliminationsverfahrens. Leicht lächelnd nickte Lakin, als Cooper danach detailliert beschrieb, wie er wochenlang die Geräte wieder und wieder überprüft und gegengeprüft hatte. Während Cooper in seiner Schilderung fortfuhr, schlenderte Lakin weiter, drückte hier auf einen Knopf, musterte dort einen Schaltkreis.

»Diese Leitungen sind vertauscht«, erklärte er und hielt einige mit Krokodilklemmen verbundene Kabel hoch.

»Diese Einheit benutzen wir ohnehin nicht«, erwiderte Gordon leichthin. Lakin studierte Coopers Schaltungen, ließ eine Bemerkung über eine bessere Anordnung fallen und ging weiter. Coopers Stimme folgte ihm durch das Laboratorium. Für Cooper glich die Beschreibung eines Arguments dem Auseinandernehmen und Zusammensetzen eines Gewehrs: Jedes Teil gehörte an eine bestimmte Stelle und war so notwendig wie jedes andere. Er war gut, und er war sehr achtsam, aber er besaß nicht die Erfahrung, nur den Kern eines Problems anzugehen, wie Gordon erkannte, nur die wesentlichen Teile zu beschreiben. Nun ja, deshalb war Cooper ein Student und Lakin ein gestandener Professor.

Lakin legte einen Schalter um, musterte das Tanzen auf dem Oszilloskop und sagte: »Da stimmt etwas mit der Gleichrichtung nicht.«

Cooper machte sich eilends ans Werk. Er spürte den Fehler auf und korrigierte ihn in wenigen Sekunden. Lakin nickte anerkennend. Gordon spürte, wie sich eine merkwürdige Beklemmung in seiner Brust löste, so als sei er selbst und nicht Cooper geprüft worden.

»Sehr schön«, sagte Lakin schließlich. »Ihre Ergebnisse?«

Jetzt war die Reihe an Gordon. An einer Tafel erläuterte er ihre Theorie und legte dann die aufgezeichneten Daten vor. Positiv erwähnte er Coopers Vermutung, in den Störungen sei eine verschlüsselte Botschaft enthalten. Er nahm eins der Diagramme und wies Lakin auf die Abstände hin, die entweder fast genau einen oder einen halben Zentimeter betrugen und sonst keinerlei Abweichung aufwiesen.

Lakin betrachtete die zittrigen Linien mit ihren gelegentlichen scharfen Spitzen, die wie Türme aus einer nebelverhüllten Stadtlandschaft emporragten. Leidenschaftslos sagte er: »Unsinn.«

Gordon zögerte. »Zuerst habe ich das auch gedacht. Dann haben wir die Sache entschlüsselt, indem wir die Halbzentimeter-Intervalle als ›kurz‹ und die zentimeterlangen als ›lang‹ in einem Morsekode interpretierten.«

»Das ist sinnlos. Es gibt keinen physikalischen Effekt, der solche Daten hervorrufen kann.« Deutlich verärgert wandte Lakins Blick sich auf Cooper.

»Aber sehen Sie sich doch die Übersetzung aus dem Morsekode an«, sagte Gordon, während er auf der Tafel schrieb. ENZYME HEMMEN B.

Lakin beäugte die Buchstaben. »Das stammt von einem aufgezeichneten Diagramm?«

»Nein, von insgesamt dreien.«

»Wo sind die Unterbrechungen?«

»ENZY auf dem ersten, ME HEM auf dem zweiten, MEN B auf dem dritten.«

»Sie haben also gar kein vollständiges Wort!«

»Aber es ist eine Serie. Ich habe sie nacheinander aufgezeichnet, nur mit einer minimalen Pause, um die Blätter auszuwechseln.«

»Wie lange?«

»Oh... zwanzig Sekunden.«

»Zeit genug, um einige Ihrer ›Buchstaben‹ unentdeckt durchschlüpfen zu lassen.«

»Ja, vielleicht, aber die Struktur...«

»Hier gibt es keinerlei Struktur, nur Vermutungen.«

Gordon runzelte die Stirn. »Die Chancen, eine Anordnung von Worten aus zufälligen Störungen zu erhalten...«

»Wie trennen Sie die Worte voneinander?« unterbrach Lakin. »Selbst in der Morseschrift gibt es eine Pause, um anzugeben, wo ein Wort endet und das nächste beginnt.«

»Doktor Lakin, genau das haben wir gefunden. Auf den Aufzeichnungen sind zwischen jedem Wort Zwei-Zentimeter-Intervalle. Das paßt...«

»Verstehe.« Lakin nahm alles ganz stoisch auf. »Sehr praktisch. Gibt es noch andere... Botschaften?«

»Einige«, sagte Gordon gleichmütig. »Sie ergeben aber nicht viel Sinn.«

»Etwas anderes habe ich nicht vermutet.«

»O nein, Worte tauchen schon auf. ›Dies‹ und ›gesättigt‹ – wie groß sind die Chancen für ein solches Wort mit neun Buchstaben, auf beiden Seiten durch Zwei-Zentimeter-Abstände getrennt?«

»Hmmm«, meinte Lakin achselzuckend. Gordon hatte stets das Gefühl, daß Lakin in solchen Augenblicken einen Ausdruck in seiner Muttersprache Ungarisch hatte, ihn aber nicht ins Englische übersetzen konnte. »Ich halte es immer noch für... Unsinn. Einen solchen physikalischen Effekt gibt es nicht. Störungen von außen, ja, das kann ich glauben. Aber das da, James Bond an der Morsetaste – nein!«

Dabei schüttelte Lakin hastig den Kopf, als wolle er die ganze Angelegenheit einfach auslöschen, und fuhr sich mit der Hand durchs lichter werdende Haar. »Ich glaube, Sie haben damit Ihre Zeit vergeudet.«

»Ich bin wirklich nicht...«

»Mein Ratschlag lautet, daß Sie sich auf das wahre Problem konzentrieren. Das heißt, die Quelle der Störungen in Ihrer

Elektronik finden. Ich kann einfach nicht begreifen, wieso Sie nicht in der Lage sind, sie aufzuspüren.« Lakin wandte sich um, nickte Cooper kurz zu und war fort.

Eine Stunde, nachdem Lakin gegangen war, nachdem die Geräte ausgeschaltet oder auf periodischen Betrieb eingestellt, die Daten zusammengestellt, die Aufzeichnungen gesammelt und detailliert ausgefüllt waren, winkte Gordon Cooper zum Abschied zu und trat auf den langen Flur, der nach draußen führte. Er war überrascht: Durch die Glastüren nahm er die zunehmende Dunkelheit und die aufgehende Venus wahr. Gordon hatte angenommen, es sei noch Spätnachmittag. Das Mattglas in allen Bürotüren war schwarz. Alle waren bereits nach Hause gegangen, selbst Shelly, mit der er noch hatte reden wollen.

Nun dann eben morgen. Morgen war immer noch Zeit, dachte Gordon. Mit hölzernem Gang ging er den Flúr entlang. Jedesmal, wenn die Aktentasche gegen sein Knie schlug, bewegte er sich ein wenig zur Seite. Die Labors befanden sich im Basement des neuen Physikgebäudes. Da es am Hang lag, wies das Ende des Baus ins Flachland hinein. Hinter den Glastüren am Ende des Flurs wartete die dunkle Nacht, ein schwarzes Rechteck. Gordon spürte, wie die sich verkürzende Eingangshalle an ihm vorbeischwamm, und wurde sich bewußt, daß er müder war, als er gedacht hatte. Er sollte wirklich mehr trainieren, um in Form zu bleiben.

Da trat plötzlich Penny in die gerahmte Schwärze und öffnete die Tür.

»Oh«, sagte er verblüfft und starrte sie ausdruckslos an. Ihm fiel ein, daß er morgens versprochen hatte, früh heimzukehren und das Essen zuzubereiten. »Oh, verdammt!«

»O ja, ich bin das Warten schließlich leid geworden.«

»Ach Gott, tut mir leid, ich… ich…« Er machte eine unbeholfene Handbewegung. Tatsache war, daß er es völlig vergessen hatte, aber es schien nicht klug, das zuzugeben.

»Liebling, du hast zuviel um die Ohren.« Ihre Stimme wurde sanft, als sie sein Gesicht musterte.

»Ich weiß, ich ... tut mir wirklich leid. Mein Gott, ich bin ...« Schuldbewußt dachte er: *Noch nicht einmal eine Entschuldigung bekomme ich zustande.* Er starrte sie an und bewunderte diese festgefügte, wohlgeformte Schöpfung; weiblich und schlank, wie sie war, verlieh sie ihm ein Gefühl von Massigkeit und Plumpheit. Er wollte ihr wirklich erklären, was mit ihm los war, wie die Probleme allen Raum in ihm einnahmen, während er an ihnen arbeitete, und für nichts anderes Platz ließen – in gewissem Sinn nicht einmal für sie. Es klang herb, aber es war die Wahrheit, und er überlegte, wie er es ihr sagen konnte, ohne ...

»Manchmal frage ich mich, wie ich so einen Tölpel lieben kann«, sagte sie kopfschüttelnd und begann dabei zu lächeln.

»Tut mir wirklich leid, aber ... ich muß dir erzählen, wie wir uns mit Lakin in die Haare geraten sind.«

»Ja, erzähl es.« Sie bückte sich, um seine Aktentasche zu nehmen. Sie war drahtig und hob die pralle Tasche ohne Schwierigkeiten mit einer leichten Hüftdrehung. Trotz seiner Mattigkeit verfolgte Gordon ihre Bewegungen genau. Als ihr Rock sich straffte, zeichneten sich ihre Schenkel gegen den Stoff deutlich ab. »Komm schon, du brauchst etwas zu essen.« Er begann zu erzählen. Sie kommentierte seine Worte mit einem Nicken und ging voraus, nahm den Weg um die Abfüllstation für Flüssigstickstoff hinab zu dem kleinen Parkplatz, wo die Sicherheitslampen durch die Absperrgitter ein langgezogenes Schattengitter auf den glänzenden Asphalt warfen.

## — 7 —

Penny drehte den Zündschlüssel. Das Radio schaltete sich ein und schmetterte ein schrilles: »Pepsi Cola's große Masche – ein halber Liter in der Flasche ...« Gordon schaltete es aus.

Penny steuerte auf den Boulevard hinaus. Kühle Nachtluft ließ ihr Haar flattern. Nahe der Kopfhaut waren die Strähnen mausbraun und hellten sich zu den Spitzen hin auf, gebleicht von der Sonne und dem Chlor der Swimmingpools. Meeresgeruch erfüllte die sanfte Brise.

»Deine Mutter hat angerufen«, sagte Penny behutsam.

»Aha. Hast du ihr gesagt, ich rufe zurück?« Gordon hoffte, das Thema damit abzuschneiden.

»Sie wird dich in Kürze besuchen.«

»Was? Verdammt noch mal, wieso?«

»Sie sagt, du schreibst ihr überhaupt nicht mehr, und sie wollte sowieso mal sehen, wie die Menschen an der Westküste so sind. Sie überlegt, ganz hierherzuziehen.« Penny sprach bewußt ruhig und ausdruckslos und steuerte den Wagen mit schnellen, präzisen Bewegungen.

»Ach, du lieber Gott!« Plötzlich sah er vor seinem geistigen Auge seine Mutter in einem schwarzen Kleid die Girard Avenue im gelben Sonnenlicht entlangspazieren, in die Schaufenster der Geschäfte spähend und einen ganzen Kopf kleiner als alle anderen Passanten. Sie wäre genauso fehl am Platze wie eine Nonne in einer Nudistenkolonie.

»Sie wußte nicht, wer ich bin.«

»Hm?« Die Vorstellung des Stirnrunzelns seiner Mutter beim Anblick der knapp geschürzten Mädchen auf der Girard irritierte ihn.

»Sie fragte, ob ich die Raumpflegerin wäre.«

»Oh.«

»Du hast ihr wohl nicht gesagt, daß wir zusammenleben, oder?«

Eine Pause. »Das werde ich noch.«

Penny lächelte verdrossen. »Und warum hast du es noch nicht?«

Er schaute aus dem Seitenfenster, das dort, wo er sich angelehnt hatte, fettig verschmiert war, und betrachtete eingehend die juwelengleichen Lichter. La Jolla, das Juwel. Sie befuhren jetzt die holprige Canyonstraße, der frische Minzegeruch des Eukalyptus füllte den Wagen. Gordon versuchte, sich nach Manhattan zurückzuversetzen und die Situation aus diesem

Blickwinkel zu betrachten, um vorauszusehen, was seine Mutter von alldem denken mochte. Es war ihm unmöglich.

»Etwa, weil ich keine Jüdin bin?«

»Guter Gott, nein.«

»Aber hättest du es ihr erzählt, wäre sie wie der Blitz hierhergekommen, richtig?«

Er nickte bekümmert. »Hmm.«

»Sagst du es ihr, bevor sie kommt?«

»Sieh mal«, sagte er mit plötzlicher Energie und wandte sich in dem Schalensitz ihr zu, »ich will ihr *gar nichts* sagen. Ich will nicht, daß sie sich in mein Leben einmischt. Unser Leben.«

»Sie wird dir Fragen stellen, Gordon.«

»Soll sie fragen.«

»Willst du nicht antworten?«

»Sie wird ja nicht in unserer Wohnung bleiben, da braucht sie auch nicht zu wissen, daß du auch dort lebst.«

Penny verdrehte die Augen. »Jetzt kapiere ich. Kurz bevor sie eintrifft, wirst du andeuten, ich sollte ein paar meiner Sachen, die in der Wohnung rumliegen, wegräumen, richtig? Vielleicht meine Gesichtscreme und die Antibabypillen aus dem Medizinschrank nehmen? Nur ein paar winzige Korrekturen?«

Er wand sich unter ihrem ätzenden Ton. In dieser Klarheit hatte er es sich eigentlich nicht vorgestellt, aber er mußte vor sich zugeben, daß sie nicht ganz falsch lag. Das alte Spiel: Verteidige, was du verteidigen mußt, aber verbirg den Rest. Wie lange war die Beziehung zwischen ihm und seiner Mutter schon so strukturiert? Seit Dads Tod? Gott, wann würde er aufhören, ein Kind zu sein?

»Tut mir leid, ich…«

»Ach, sei nicht so begriffsstutzig. Es war nur ein Scherz.«

Sie wußten beide, daß es kein Scherz gewesen war, sondern irgendwo in der Mitte zwischen Phantasie und einer bevorstehenden Realität schwebte, und daß er, hätte sie nichts gesagt, schließlich in genau dieses Verhaltensmuster hineingestolpert wäre. Diese Eigenschaft war es, die sie ihm in den merkwürdigsten Augenblicken so liebenswert machte: ihre geradezu unheimliche Art zu erkennen, wie sein Geist mit seinen stumpfen Werkzeugen an etwas arbeitete, um dann zu dem Punkt vorwärtszuspringen, den er erreichen würde. Indem sie den Stein umdrehte und die Würmer darunter sichtbar machte, machte sie es ihm leicht – es gab keine Alternative, außer ehrlich zu sein. »Verflixt noch mal, ich liebe dich«, sagte er plötzlich grinsend.

Ihr Lächeln wirkte ein wenig gezwungen. Unter der flackernden Straßenbeleuchtung hielt sie ihre Augen fest auf die Straße gerichtet. »So ist es halt, wenn man häuslich wird. Man zieht mit einem Mann zusammen, und schon bald entdeckt man in seinen Liebeserklärungen den Unterton eines Dankeschöns. Nun ja, bitte sehr.«

»Was ist das schon wieder für eine Schlaumeierei?«

»Nur eine Feststellung.«

»Wie werden die Mädchen an der Westküste so schnell so schlau?« Er beugte sich vor, als fragte er die kalifornische Landschaft draußen.

»Es hilft 'ne Menge, früh aufs Kreuz gelegt zu werden«, sagte sie lächelnd.

Das war ein weiterer Punkt, der ihn irritierte. Sie war das erste Mädchen, mit dem er geschlafen hatte, und als er es ihr gesagt hatte, wollte sie es anfangs nicht glauben. Als sie darüber witzelte, daß sie einem Professor Nachhilfeunterricht gab, hatte er gespürt, wie seine Fassade der Weltklugheit abblätterte. Damals hatte er zum erstenmal vermutet, daß er seinen intellektuellen Panzer brauchte, um sich vor den Reibungen der Ungewißheiten des Lebens und vor allem vor den Dornen der Sinnlichkeit zu schützen. Während er die weißgetünchten Strandhäuschen vorbeifliegen sah, dachte Gordon ein wenig bitter, daß die Erkenntnis eines Mangels noch längst nicht bedeutete, daß man ihn auch überwinden konnte. Pennys direkte und zielbewußte Art bereitete ihm immer noch ein gewisses Unbehagen. Vielleicht konnte er sie sich deshalb nicht in der gleichen Welt wie seine Mutter vorstellen; das schien viel weniger möglich als ihre Begegnung in der Wohnung, in der Pennys Kleider als stille Zeugen im Schrank hingen.

Spontan schaltete er das Radio ein. Die Blechstimme sang: »Big gurrls don't cry …«, und er schaltete sofort wieder ab.

»Laß es laufen«, bat Penny.

»Ist doch nur Quark.«

»Es füllt die Luft«, sagte sie bedeutungsvoll.

Er verzog das Gesicht zu einer Grimasse und schaltete wieder ein. Während des Refrains von »Big gurrls« sagte er: »Hee, heute ist der 25., nicht wahr?« Sie nickte. »Der Kampf Liston-Patterson ist dran. Eine Sekunde.« Er drehte am Radio und fand einen Sender, auf dem ein Stakkato-Ansager die Statistiken der beiden Boxer verlas. »Es wird nicht im Fernsehen übertragen. Fahr in die Pacific Beach, bitte. Wir essen auswärts. Ich möchte das hören.« Penny nickte schweigend, und Gordon spürte ein seltsames Gefühl der Erleichterung. O ja, es war gut, von seinen eigenen Problemen loszukommen und zuzuhören, wie zwei Männer sich gegenseitig zu Brei schlugen. Seit er zehn war, hatte er von seinem Vater die Angewohnheit übernommen, die Kämpfe zu verfolgen. Sie saßen in den weichen Polstersesseln im Wohnzimmer und lauschten den erregten Stimmen, die aus dem großen altmodischen Motorola in der Ecke kamen. Die Augen seines Vaters zuckten hin und her, er sah die Fausthiebe und Finten, die tausend Meilen entfernt geschildert wurden. Dad war damals schon übergewichtig, und wenn er unbewußt zu einem imaginären Fausthieb ausholte und den rechten Ellbogen vorzucken ließ, schwabbelte das Fett auf seinem Oberarm. Selbst durch das weiße Hemd seines Vaters konnte Gordon die fleischige Haut sehen, und er achtete darauf, ob die Asche von seiner Zigarre abfiel und zu einem grauen Fleck auf dem Teppich zerkrümelte. Es geschah mindestens einmal bei jedem Kampf, und dann begann seine Mutter mitten in der Übertragung zu schimpfen und ging hinaus, um das Kehrblech zu holen. Wenn ein guter Treffer geschildert wurde oder jemand zu Boden ging, zwinkerte sein Dad ihm zu, und Gordon grinste zurück. Er erinnerte sich jetzt wieder an das

Summen des sommerlichen Verkehrs zwischen 12th Street und Second Avenue und an die Schweißflecken, die sein Vater nach jedem Kampf unter den Achselhöhlen hatte. Anschließend tranken sie Cola. Es war eine schöne Zeit gewesen.

Als sie das Limehouse betraten, zeigte Gordon auf einen entfernten Tisch und sagte: »Sieh mal, die Carroways. Wie sieht der Durchschnitt damit aus?«

»Sieben von zwölf«, erklärte Penny.

Die Carroways waren bekannte Astronomen, ein englisches Ehepaar, das vor kurzem von der Physikabteilung verpflichtet worden war. Sie arbeiteten in vorderster Reihe der Untersuchungen und beschäftigten sich mit der jüngsten Entdeckung quasistellarer Quellen. Elizabeth war die Beobachterin und verbrachte viel Zeit im nahe gelegenen Palomar, wo sie Tiefenaufnahmen herstellte und nach weiteren roten Lichtpunkten suchte. Die Rotverschiebungen wiesen darauf hin, daß die Lichtquellen sehr weit entfernt und daher unglaublich leuchtstark waren. Bernard, der Theoretiker des Paars, hielt es für ziemlich wahrscheinlich, daß es gar keine fernen Galaxien waren. Er arbeitete an einem Modell, das die Lichtquellen als abgestoßene Teilstücke unserer eigenen Galaxis ansah, die sich fast mit Lichtgeschwindigkeit von uns entfernten und daher Rotverschiebungen aufwiesen. Jedenfalls hatte keiner von beiden Zeit zum Kochen, und sie schienen die selben Restaurants zu mögen, die Gordon und Penny besuchten. Gordon hatte diese Korrelation festgestellt und Penny führte die Statistik.

»Der Resonanzeffekt scheint Bestand zu haben«, bemerkte Gordon im Vorbeigehen zu Bernard. Elizabeth lachte und stellte sie dem dritten Gast am Tisch vor, einen stämmigen Mann, der, wenn er sprach, sein Gegenüber bohrend anschaute. Bernard forderte sie auf, an ihrem Tisch Platz zu nehmen, und schon bald drehte sich das Gespräch um die Astrophysik und die Kontroverse um die Rotverschiebungen. Während der Unterhaltung bestellten sie die exotischsten Gerichte, die sie auf der Karte finden konnten. Das Limehouse war eher ein zweitklassiges chinesisches Restaurant, aber es war das einzige in der Stadt, und die Wissenschaftler waren sich einig, daß auch ein zweitklassiges chinesisches einem erstklassigen amerikanischen Restaurant vorzuziehen sei. Gordon sinnierte gerade, ob das ein Ergebnis der Internationalisierung der Wissenschaft sein mochte, als ihm plötzlich bewußt wurde, daß er den Namen des Mannes nicht richtig verstanden hatte. Er war John Boyle, der berühmte Astrophysiker, der auf eine Vielzahl von Erfolgen zurückblicken konnte. Überraschungen wie diese, daß man die Besten der wissenschaftlichen Gemeinde treffen konnte, machten La Jolla zu dem, was es war.

Er freute sich sehr, als Penny ein paar witzige Bemerkungen machte und Boyle, dessen Augen sie prüfend musterten, laut lachte. Das war etwas, das seine Mutter beeindrucken würde: Begegnungen mit großen Namen – und aus eben diesem Grund beschloß er, ihr nichts davon zu erzählen. Aufmerksam verfolgte Gordon das Auf und Ab der Unterhaltung und versuchte zu entdecken, welche Eigenschaften diese Kollegen von den anderen abhoben. Gewiß, sie besaßen eine gewisse Geistesschärfe und eine locker-skeptische Einstellung zur Politik und der Art und Weise, Menschen wie alle anderen auch zu sein. Er versuchte, seine Fühler einmal in eine ganz andere Richtung auszustrecken.

»Wie sehen Sie Listons K.-o.-Sieg über Patterson?«

Verständnislose Blicke.

»Nach nur zwei Minuten der ersten Runde hatte er ihn am Boden.«

»Tut mir leid, solche Sachen verfolge ich nicht«, sagte Boyle. »Ich kann mir vorstellen, daß die Zuschauer ziemlich sauer waren, wenn sie so viel für ihre Plätze bezahlt haben.«

»Hundert Dollar für einen Sitz am Ring«, sagte Gordon.

»Fast ein Dollar pro Sekunde«, meinte Bernard kichernd, und das führte sie zu einem Kosten-Zeit-Vergleich aller menschlichen Ereignisse. Boyle versuchte, das Teuerste herauszufinden, und Penny führte den Sex an: fünf Minuten Vergnügen und ein außerordentlich teures Kind, wenn man nicht achtgab. Boyles Augen blitzten auf, und er erwiderte: »Fünf Minuten? Das spricht nicht gerade für Sie, Gordon.«

Im allgemeinen Gelächter fiel niemandem auf, wie sich Gordons Kiefermuskeln verkrampften. Er war leicht entsetzt, daß Boyle annahm, sie schliefen zusammen, und dann einen Witz darüber machte. Verflixt ärgerlich. Aber das Gespräch wandte sich anderen Themen zu, und die verkrampfte Spannung löste sich.

Das Essen kam, und Penny, die auf Boyle offenbar einen nachhaltigen Eindruck machte, glänzte weiter mit pfiffigen Randbemerkungen. Im stillen bewunderte Gordon, wie sie sich so behende in so tiefen Gewässern bewegte. Im Gegensatz dazu fiel ihm immer etwas Originelles ein, nachdem das Gespräch schon längst eine neue Wendung genommen hatte. Penny bemerkte das. Sie bezog ihn mit ein, indem sie ihm eine verbale Vorlage gab, auf die er, wie sie wußte, eine witzige Erwiderung parat hatte. Das Limehouse war erfüllt von summenden Gesprächen und dem Geruch der Saucen. Als Boyle aus seiner Jackentasche ein Notizbuch holte und etwas eintrug, erzählte Gordon von einem Physiker, der bei einer Party in Princeton in sein Notizbuch schrieb und von Einstein, der neben ihm saß, nach dem Grund dafür gefragt wurde. »Immer, wenn ich einen guten Einfall habe, sorge ich dafür, daß ich ihn nicht vergesse«, antwortete der Mann. »Vielleicht möchten Sie es auch einmal versuchen – es ist sehr praktisch.« Bekümmert schüttelte Einstein den Kopf und sagte: »Das bezweifle ich. Ich habe in meinem Leben nur zwei oder drei gute Einfälle gehabt.«

Vergnügtes Gelächter begrüßte die Anekdote. Gordon strahlte Penny an. Sie hatte ihn zum Plaudern gebracht, und jetzt paßte er sich gut in die Runde ein.

Nach dem Essen diskutierten die fünf über einen gemeinsamen Kinobesuch. Penny wollte in *Letzes Jahr in Marienbad*, Boyle sprach sich für *Lawrence von Arabien* aus. Da er nur einen Film im Jahr sähe, wollte er auch den besten besuchen. Mit vier zu eins Stimmen entschieden sie sich für *Lawrence*. Als sie das Restaurant verlassen hatten, umarmte Gordon Penny auf dem Parkplatz. Als er sie küßte, dachte er an ihren Geruch im Bett. »Ich liebe dich«, sagte er.

»Nichts zu danken«, entgegnete sie lächelnd.

Später, als er neben ihr lag, schien es, daß er sie auf die Töpferscheibe des Lichts gelegt hatte, das durchs Fenster hineinfiel, und sie nach einem Bild modellierte, das jedesmal neu war. Er gestaltete sie mit seinen Händen und seiner Zunge. Sie wiederum führte und formte ihn. Er glaubte, in ihren sicheren Bewegungen und Entscheidungen späte Eindrücke früherer Liebhaber zu spüren. Seltsamerweise störte ihn der Gedanke nicht, obwohl er fühlte, daß es eigentlich so sein sollte. Echos anderer Männer kamen von ihr. Aber sie waren fort, und er war hier, mehr war nicht wichtig.

Er atmete heftig und sagte sich, daß er häufiger zum Strand hinunter zum Laufen müßte. Im trübgrauen Straßenlicht, das in ihr Schlafzimmer drang, musterte er ihr Gesicht. Klare, gerade Linien ohne Finessen, die einzigen Krümmungen waren einige feuchtklebrige Haarsträhnen auf ihrer Wange. Erfolgreich abgeschlossenes Literaturstudium, gehorsame Tochter eines Finanziers in Oakland, abwechselnd lyrisch und praktisch, mit einer politischen Ausrichtung, die sowohl in Kennedy als auch in Goldwater Tugenden erkannte. Manchmal von eherner Härte, dann ängstlich, dann zügellos, entsetzt von seiner sinnlichen Ignoranz, überrascht von seinen plötzlichen Energieausbrüchen und dann von sanfter, streichelnder Anmut, wenn er neben ihr ermattet zusammensank.

Irgendwo spielte irgend jemand ein leises Lied, Peter, Paul und Mary: »Lemon Tree«.

»Du bist verflixt gut«, sagte Penny. »Auf einer Skala von eins bis zehn bekämst du eine Elf.«

Stirnrunzelnd dachte er über diese Aussage nach. »Nein, *wir* sind gut. Du kannst die Aufführung nicht von den Darstellern trennen.«

»Ach, du bist so analytisch.«

Wieder runzelte er die Stirn. Er wußte, mit den widersprüchlichen Mädchen an der Ostküste wäre es anders geworden. Oraler Sex wäre eine verzwickte Angelegenheit, zu der viele Vorverhandlungen, falsche Versuche und Worte gehörten, die nicht recht passend wären, mit denen man sich aber behelfen mußte: »Wie wäre es, wenn, nun...« und »Wenn es das ist, was du möchtest...« – und alles führte nur zu ungelenken Ergebnissen, überall Ellenbogen und unbequeme Positionen, die man, wenn man einmal soweit war, aus schierer unausgesprochener Verlegenheit nicht mehr zu ändern wagte. Mit den überspannten Mädchen, die er gekannt hatte, wäre es so geschehen. Mit Penny nicht.

Er blickte auf sie und dann auf die Holzwände hinter ihr. Ein Ausdruck verwirrter Sorge huschte über sein Gesicht. Er wußte, jetzt müßte er eigentlich weltmännischer und locker sein, aber ihm schien es wichtiger, seinen Standpunkt zu vertreten: »Nein, nicht du oder ich«, wiederholte er. »Wir sind es.«

Sie lachte und knuffte ihn.

## — 8 —

*14. Oktober 1962*

Gordon blätterte den Stapel Post aus seinem Fach durch. Werbung für ein neues Musical, *Stop the World – I want to Get Off*, von seiner Mutter geschickt. Nicht sehr wahrscheinlich, daß er zur Herbstpremiere am Broadway sein würde; er ließ den Prospekt in den Papierkorp fallen. Etwas, das sich »Aktion saubere Literatur« nannte, hatte ihm eine knallbunte Broschüre geschickt, in der detailliert die Exzesse in *Die Unersättlichen* und Millers *Wendekreis des Steinbocks* beschrieben wurden. Interessiert las Gordon die Auszüge. In diesem Dickicht sich öffnender Schenkel, quälender Orgasmen und zielgerichteter Gymnastik konnte er nichts erkennen, was das Staatswesen korrumpieren könnte. Aber General Edwin Walker war da anderer Meinung, und Barry Goldwater trat als Gelehrter in

Erscheinung, der in gesetzten Worten vor der Erosion des öffentlichen Bewußtseins durch private Laster warnte. Dann der übliche Unsinn über die Analogie zwischen den Vereinigten Staaten und dem Niedergang des römischen Reiches. Gordon kicherte und warf das Heft weg. Hier im Westen bestand eine gänzlich andere Zivilisation. Eine Gruppe, die nach Zensur rief, würde an der Ostküste niemals Universitätsangehörige um Beiträge angehen; sie würden wissen, daß es vergeblich wäre, reine Papierverschwendung. Vielleicht glaubten diese Einfaltspinsel hier, der Vergleich mit dem römischen Reich würde sogar Dozenten gefallen. Gordon überflog die neueste Ausgabe der *Physical Review* und hakte die Aufsätze ab, die er später lesen wollte. Claudia Zinnes' interessanter Beitrag über Nuklearresonanzen enthielt sauberes Datenmaterial; die alte Gruppe in Columbia bewahrte sich ihren guten Ruf.

Gordon seufzte. Vielleicht hätte er nach dem Examen in Columbia bleiben sollen, anstatt so früh den Sprung auf eine Stelle als Assistenzprofessor zu tun. La Jolla war eine dynamische, wettbewerbsintensive Universität, hungrig nach Ruhm und »Leistung«. Ein örtliches Magazin veröffentlichte monatlich eine Kolumne mit dem Titel *Eine Universität auf ihrem Weg zur Größe,* voll mit lärmender Reklame und Fotos von Professoren, die komplizierte Instrumente studierten oder über eine Gleichung angestrengt nachdachten. Kalifornien auf dem Weg zu den Sternen, Kalifornien auf dem Sprung nach vorn, Kalifornien, das Geist für Geld kauft. Sie hatten Herb York, damals Abteilungschef im Verteidigungsministerium, als ersten Kanzler an die Universität geholt. Harold Urey war gekommen, und die Mayers, dann Keith Brueckner, der Nukleartheoretiker, dessen tröpfelnde Erfolge inzwischen zu einem steten Strom angewachsen waren. In solchen Gewässern war ein junger Assistenzprofessor in seinem Job so sicher wie ein lebender Köder.

Gordon ging durch die Flure des dritten Stockwerks und betrachtete die Namen auf den Türen. Rosenbluth, der Plasmatheoretiker, den einige für den besten der Welt hielten. Matthias, Spezialist für Niedertemperaturen, der Mann, der den Rekord für den Supraleiter mit der höchsten Funktionstemperatur hielt. Kroll, Suhl, Piccioni und Feher – jeder Name bedeutete zumindest eine einschneidende Erkenntnis, eine brillante Berechnung oder ein denkwürdiges Experiment. Und hier, am Ende neonbeleuchteter Ziegelgleichförmigkeit des Flurs: Lakin.

»Ach ja, Sie haben meine Nachricht erhalten«, sagte Lakin, nachdem Gordon eingetreten war. »Gut. Wir müssen Entscheidungen treffen.«

»Oh? Wieso?« reagierte Gordon und setzte sich an die andere Seite von Lakins Schreibtisch nahe am Fenster. Draußen knickten mechanisch brummende Bulldozer einige der Eukalyptusbäume um, Vorbereitungen für das neue Chemiegebäude.

»Mein Stiftungszuschuß steht vor der Neubewilligung«, erklärte Lakin vielsagend.

Gordon fiel auf, daß Lakin nicht »unser« Zuschuß sagte, obwohl er, Shelly und Gordon gemeinsam forschten. Lakin war der Mann, der die Schecks abzeichnete, der E. F., wie die Sekretärinnen es nannten – der Erste Forscher. Das machte den Unterschied aus. »Der Vorschlag für die Neubewilligung steht erst um Weihnachten an«, sagte Gordon. »Sollen wir wirklich schon so früh schreiben?«

»Ich rede nicht vom Schreiben an sich. *Worüber* sollen wir schreiben?«

»Ihre eingegrenzten Drehimpuls-Experimente.«

Lakin schüttelte den Kopf, ein finsterer Ausdruck zog über sein Gesicht. »Sie befinden sich noch immer im Probestadium. Ich kann sie nicht als gewichtigstes Argument anführen.«

»Shellys Resultate ...«

»O ja, sie sind vielversprechend. Gute Arbeit. Aber sie sind noch nichts Herausragendes, nur lineare Projektionen früherer Arbeiten.«

»Dann bleibe nur noch ich.«

»Genau Sie.« Lakin legte die Fingerspitzen gegeneinander.

Sein Schreibtisch war bemerkenswert aufgeräumt, alle Papiere lagen parallel zur Kante, die Bleistifte waren in Reih und Glied geordnet.

»Ich habe noch keine eindeutigen Ergebnisse.«

»Ich habe Ihnen das Problem der Nuklerresonanzen gegeben und dazu einen hervorragenden Studenten, Cooper, um das Experiment zu beschleunigen. Eigentlich habe ich bis heute eine komplette Datenaufstellung erwartet.«

»Sie kennen die Probleme, die wir mit den Störungen haben.«

»Gordon, ich habe Ihnen den Komplex nicht zufällig gegeben«, sagte Lakin mit leichtem Lächeln. Seine hohe Stirn krauste sich in einem Ausdruck besorgter Freundlichkeit. »Ich dachte, das Thema würde Ihre Karriere vorantreiben. Zugegeben, es handelt sich nicht voll und ganz um einen Testaufbau, wie Sie ihn gewohnt sind, Ihr Dissertationsproblem war eindeutiger ausgerichtet. Aber ein sauberes Ergebnis wäre gewiß in *Phys Rev Letters* veröffentlichbar, und das müßte uns bei der Zuschußverlängerung helfen. Und Ihnen in bezug auf Ihre Position in der Abteilung.«

Durchs Fenster betrachtete Gordon die Maschinen, die sich in die Landschaft fraßen. Dann wandte er seinen Blick wieder Lakin zu. *Physical Review Letters* war derzeit das Prestigeorgan der Physik; in ihm wurden die brisantesten Ergebnisse innerhalb weniger Wochen veröffentlicht, so daß man nicht Monate auf *Physical Review* oder, noch ärger, auf irgendeine andere Fachzeitschrift warten mußte. Die steigende Informationsflut zwang den Physiker, seine Lektüre auf wenige Zeitschriften zu beschränken, da jede einzelne immer dicker wurde. Es war, als versuchte man, aus einem Feuerwehrschlauch zu trinken. Um Zeit zu sparen, begann man, sich auf die schnellen Zusammenfassungen in *Physical Review Letters* zu verlassen, und versprach sich selbst, später, wenn man mehr Zeit hätte, die längeren Aufsätze in den Zeitschriften zu lesen.

»Das trifft alles zu«, sagte Gordon beschwichtigend, »aber ich habe kein Ergebnis, das zu veröffentlichen wäre.«

»Ach, gewiß haben Sie das«, sagte Lakin leise. »Dieser Störungseffekt. Er ist äußerst interessant.«

Gordon runzelte die Stirn. »Vor ein paar Tagen noch haben Sie gesagt, es sei nur die mangelhafte Technik.«

»Damals war ich ein wenig hitzig. Ich habe Ihre Schwierigkeiten nicht in vollem Umfang erkannt.« Seine langen Finger kämmten durch sein lichter werdendes Haar. Der weiße Schädel darunter bildete einen starken Kontrast zu seinem gebräunten Gesicht. »Die Störung, die Sie gefunden haben, Gordon, ist keine simple Erschwerung. Nach einigem Nachdenken bin ich zu dem Schluß gekommen, daß es sich um einen neuen physikalischen Effekt handeln muß.«

Ungläubig starrte Gordon ihn an. »Was für ein Effekt?« fragte er gedehnt.

»Ich weiß es nicht. Mit Sicherheit stört etwas den gewöhnlichen Ablauf der Nuklearresonanz. Ich schlage vor, wir nennen es ›spontane Resonanz‹, damit wir zumindest einen Arbeitstitel haben.« Er lächelte. »Später, wenn der Effekt sich als so bedeutend herausstellt, wie ich ihn einschätze, wird er vielleicht nach Ihnen benannt, Gordon – wer weiß?«

»Aber Isaac, wir begreifen ihn doch gar nicht! Wie können wir ihm da einen solchen Namen geben? ›Spontane Resonanz‹ heißt, daß etwas in dem Kristall die Magnetimpulse hin- und herschnellen läßt.«

»Ja, so ist es.«

»Aber wir wissen nicht, daß das geschieht.«

»Es ist der einzig mögliche Mechanismus«, sagte Lakin kühl.

»Vielleicht.«

»Sie kleben doch wohl nicht mehr an dieser Signalgeschichte, oder etwa doch?« fragte Lakin sarkastisch.

»Wir studieren sie. Zur Zeit nimmt Cooper weitere Daten auf.«

»Das ist Unsinn. Sie vergeuden seine Zeit.«

»Meines Erachtens nicht.«

»Ich fürchte, Ihr ›Erachten‹ ist nicht der einzige Faktor, der hier wirkt«, sagte Lakin und warf ihm einen eisigen Blick zu.

»Was soll das heißen?«

»In solchen Dingen sind Sie unerfahren. Wir arbeiten unter Zeitdruck. Die Zuschußverlängerung ist wichtiger als Ihre Einwendungen. Ich stelle es nicht gern so eindeutig dar, aber...«

»Ja, ja, Ihnen liegt nur das Interesse der ganzen Gruppe am Herzen.«

»Ich glaube nicht, daß Sie meine Sätze für mich zu Ende sprechen müssen.«

Gordon blinzelte und schaute aus dem Fenster. »Tut mir leid.«

In das Schweigen hinein drang das Mahlen der Bulldozer und zerstörte Gordons Konzentration. Er blickte zu den Jakarandabäumen und sah eine mechanische Klaue einen verrotteten Holzzaun zerreißen. Er sah wie ein Corral aus, ein bejahrtes Artefakt einer Vergangenheit des amerikanischen Westens, das jetzt verblaßte. Andererseits handelte es sich wohl eher um einen Überrest der Marineanlagen, die die Universität erworben hatte. Camp Matthews, wo Soldaten für Korea in Form gebracht worden waren. Hier wurde nur ein Trainingslager abgerissen, um ein anderes an seiner Stelle hochzuziehen. Gordon fragte sich, für welchen Kampf er hier trainiert wurde. Der Kampf um die Wissenschaft? Oder um Zuschüsse?

»Gordon«, begann Lakin, dessen Stimme nun ein besänftigendes Murmeln war. »Ich glaube nicht, daß Sie die Bedeutung dieses ›Störungsproblems‹ in vollem Umfang erkennen. Denken Sie daran, Sie müssen nicht alles an einem neuen Effekt verstehen, um ihn zu entdecken. Goodyear hat zufällig die Herstellungsweise widerstandsfähigen Gummis entdeckt, als er Kautschuk mit Schwefel gemischt auf eine heiße Herdplatte fallen ließ. Röntgen entdeckte die Röntgenstrahlen bei einem Experiment mit elektrischen Entladungen in gasgefüllten Medien.«

Gordon verzog das Gesicht. »Das bedeutet jedoch nicht, daß alles, was wir nicht verstehen, wichtig ist.«

»Natürlich nicht. Aber in diesem Fall können Sie meinem Urteil vertrauen. Es handelt sich genau um die Art von Rätsel, die in *Phys Rev Letters* veröffentlicht wird. Und gegenüber der NSF wird es unser Image aufpolieren.«

Gordon schüttelte den Kopf. »Ich halte es für ein Signal.«

»Gordon, Ihre Position wird in diesem Jahr neu bewertet. Wir können Sie zum Assistenzprofessor mit höherer Einstufung befördern. Möglicherweise könnten Sie sogar einen Lehrstuhl erhalten.«

»Aha?« Lakin hatte nicht erwähnt, daß sie ihm auch, wie es in der Bürokratensprache hieß, eine »Ernennung auf Lebenszeit« geben konnten.

»Ein solider Aufsatz in *Phys Rev Letters* wiegt viel.«

»Hmm.«

»Und wenn Ihr Experiment weiterhin keine Ergebnisse zeitigt, habe ich bedauerlicherweise wenig in der Hand, um Sie zu unterstützen, fürchte ich.«

Gordon musterte Lakin. Er wußte, es gab nichts mehr zu sagen, die Grenzen waren abgesteckt. Lakin lehnte sich in seinem Managersessel zurück, wippte mit kontrollierter Energie und beobachtete die Wirkung seiner Worte. Sein Ban-Lon-Hemd umspannte einen athletischen Brustkorb, unter seiner Hose zeichneten sich muskulöse Beine ab. Er hatte sich prächtig an Kalifornien angepaßt, ging in die freundliche Sonne hinaus und tat etwas für seine Rückhand, wenn es die Zeit zuließ. Von den öden, engen, dunklen Labors am MIT war es ein langer Weg gewesen. Lakin gefiel es hier, und er wollte den Luxus eines Lebens in einer Stadt der Reichen genießen. Er würde für seine Position kämpfen, er wollte bleiben.

»Ich denke darüber nach«, sagte Gordon knapp. Neben Lakins trainierter Gestalt fühlte er sich übergewichtig, blaß und linkisch. »Und ich nehme weitere Daten auf«, schloß er.

Auf der Rückfahrt von Lindbergh Field hielt Gordon die Unterhaltung auf sicherem neutralem Boden. Seine Mutter redete in einemfort über Nachbarn aus der 12th Street, an deren Namen er sich noch weniger als an ihre verzwickten Familienstreitigkeiten, Hochzeiten, Geburten und Todesfälle erinnerte.

Seine Mutter nahm an, daß er sofort die Bedeutung der Tatsache begreifen würde, daß die Goldbergs sich doch noch ein Grundstück in Miami gekauft hatten; und natürlich mußte ihr sofort klar sein, warum ihr Sohn Jeremy lieber zur New York University als nach Yeshira ging. Das alles war Bestandteil des Rührstücks Leben, jeder Abschnitt hatte seine Bedeutung. Einige erhielten ihre Strafe. Andere bekamen, nach vielen Fährnissen, ihre verdiente Belohnung. Im Fall seiner Mutter war er, zumindest in diesem Leben, die Belohnung. Jedes Wunder, das sich im schwindenden Zwielicht vor ihnen auftat, als sie die Schnellstraße nach La Jolla entlangrasten, entlockte seiner Mutter ein langgezogenes *Ooh*. Palmen, die einfach so, ohne Hilfe, neben der Straße wuchsen. Der weiße Sand der Mission Bay, leer von Menschen und völlig sauber. Hier gab es kein Coney Island, den Riesenrummel der New Yorker. Keine überfüllten Gehwege, keine drängenden Menschen. Vom Mount Soledad ein Meerblick, der in blaue Unendlichkeit reichte, statt eines grauen Horizonts, der im Wirrwarr New Jerseys endete. Alles, was sie sah, beeindruckte sie; es erinnerte sie an die Erzählungen der Leute von Israel. Sein Vater war ein engagierter Zionist gewesen und hatte regelmäßig Geld gegeben, um die Heimat zu unterstützen. Gordon war sicher, daß sie auch noch spendete, auch wenn sie ihn nicht dazu aufforderte. Vielleicht hatte sie das Gefühl, er benötigte sein *Geld*, um das Image eines Professors aufrechtzuerhalten. Nun ja, damit lag sie nicht falsch, La Jolla war sehr teuer. Gordon bezweifelte jedoch, daß er überhaupt etwas für die traditionellen jüdischen Anliegen geben würde. Der Wegzug von New York hatte ihn von dem Hokuspokus der Ernährungsvorschriften und Talmudwahrheiten getrennt. Penny hatte ihm gesagt, auf sie mache er keinen sehr jüdischen Eindruck, aber er wußte, daß sie in diesen Fragen sehr unwissend war. Die Umgebung, in der sie aufgewachsen war, hatte ihr nichts über die kleinen verräterischen Hinweise beibringen können. Aber die meisten Menschen in Kalifornien waren wahrscheinlich ebenso unwissend, eine Tatsache, die Gordon entgegenkam. Er mochte es nicht, wenn Fremde sich eine Meinung von ihm bildeten, bevor sie seine Hand schüttelten. Einer der wichtigsten Gründe, nach La Jolla zu ziehen, war die Befreiung aus der klaustrophobischen jüdischen Umwelt New Yorks.

Sie waren fast zu Hause und bogen gerade in die Nautilus Street ein, als seine Mutter eine Spur zu beiläufig sagte: »Diese Penny, Gordon, du solltest mir etwas über sie erzählen, bevor ich sie kennenlerne.«

»Was gibt's da zu erzählen? Ein Mädchen aus Kalifornien.«

»Und das heißt?«

»Sie spielt Tennis, wandert in den Bergen, ist fünfmal in Mexiko gewesen, aber nie weiter nach Osten als bis nach Las Vegas gekommen. Sie geht sogar Surfen. Sie hat versucht, mich auch dazu zu überreden, aber ich muß erst in besserer Verfassung sein. Ich mache die Übungen des kanadischen Air-Force-Trainings.«

»Hört sich nett an«, meinte sie skeptisch.

Gordon nahm für sie ein Zimmer im Surfside Motel, zwei Blocks von seiner Wohnung entfernt, und fuhr dann zusammen mit ihr in die Wohnung. Sie betraten ein Zimmer, das vom Geruch einer kubanischen Kasserolle erfüllt war. Das Rezept hatte Penny gelernt, als sie mit einem südamerikanischen Mädchen zusammenwohnte. Sie kam aus der Küche und band sich die Schürze ab – so häuslich hatte sie, soweit Gordon sich erinnern konnte, noch nie ausgesehen. Trotz ihrer Einwände machte Penny seiner Mutter, die überschwenglich und begeistert reagierte, etwas vor. Geschäftig eilte seine Mutter in die Küche, um bei den Salaten zu helfen und ihre Nase in Pennys Rezept und die Töpfe zu stecken. Gordon beschäftigte sich mit dem Weinritual, das zu lernen er gerade im Begriff war. Vor Kalifornien hatte er selten etwas getrunken, das nicht nach den Weinprodukten der Firma Concord schmeckte. Jetzt hielt er stets einen Vorrat von Krug und Martini in einem Schrank und konnte die Bemerkungen über duftige Buketts und ausgebaute Weine verstehen, obwohl er sich in Wahrheit nicht sicher war, was all diese Ausdrücke bedeuteten.

Seine Mutter kam aus der Küche, richtete den Tisch mit schnellen, routinierten Bewegungen und fragte nach dem Bad. Gordon zeigte ihr den Weg. Als er sich wieder der Zeremonie des Entkorkens zuwandte, fiel sein Blick auf Penny, die zu grinsen begann. Er grinste zurück. Sollte ihr Enovid eine Flagge der Unabhängigkeit sein.

Mrs. Bernstein war ruhiger, als sie zurückkam. Ihr Entengang war ausgeprägter denn je, ihr unvermeidliches schwarzes Kleid bauschte sich, als sie durchs Zimmer watschelte. Sie trug einen verwirrten Gesichtsausdruck. Das Essen begann und nahm seinen Verlauf, ohne daß viel Neuigkeiten ausgetauscht wurden. Vetter Irv ging irgendwo in Massachusetts in die Textilbranche, Uncle Herb machte wie gewöhnlich schnelles Geld, und seine Schwester – hier legte seine Mutter eine Pause ein, als fiele ihr plötzlich ein, daß sie dieses Thema nicht anschneiden konnte – rannte immer noch mit ein paar Verrückten im Village herum. Gordon lächelte. Seine Schwester, zwei Jahre älter und viel, viel mutiger, stand auf eigenen Füßen. Er machte eine Bemerkung über ihre Kunst und daß es einige Zeit dauerte, damit klarzukommen, und seine Mutter wandte sich an Penny und fragte: »Ich nehme an, Sie interessieren sich auch für Kunst.«

»O ja«, bestätigte Penny. »Europäische Literatur.«

»Und was halten Sie von Mr. Roths neuem Buch?«

»Oh«, reagierte Penny, die offenbar Zeit herausschinden wollte. »Ich glaube, ich habe es noch nicht zu Ende gelesen.«

»Das sollten Sie aber. Es würde Ihnen helfen, Gordon viel besser zu verstehen.«

»Hmm?« schaltete Gordon sich ein. »Was meinst du damit?«

»Nun, mein Lieber«, antwortete Mrs. Bernstein langsam und verständnisvoll, »es könnte ihr einige Hinweise auf… nun… ich glaube, Mr. Roth ist – das meinen Sie doch auch, Penny? – ein sehr scharfsinniger Schreiber.«

Gordon lächelte und fragte sich dabei, ob er sich ein lautes Lachen erlauben konnte. Doch bevor er etwas sagen konnte, murmelte Penny: »Wenn man bedenkt, daß Faulkner im Juli gestorben ist und Hemingway im letzten Jahr, dann gehört

Roth wohl irgendwo zwischen die besten hundert amerikanischen Schriftsteller, aber…«

»O nein, sie haben über die *Vergangenheit* geschrieben, Penny«, sagte Mrs. Bernstein unnachgiebig. »Sein neues Buch, *Letting Go*, ist voller…«

An diesem Punkt lehnte Gordon sich zurück und ließ seine Gedanken treiben. Seine Mutter war wieder bei ihrer Theorie über den Aufstieg und die hervorragende Stellung jüdischer Literatur, und Penny reagierte so präzise, wie er es hätte voraussagen können. Die Theorien seiner Mutter verwirrten sich schnell, Gedanken und Fakten verwischten sich. In Penny hatte sie jedoch einen störrischen Opponenten, der nicht um des lieben Friedens willen einfach nachgab. Er konnte die zunehmende Spannung zwischen den beiden spüren und konnte nichts tun, diese Entwicklung aufzuhalten. Es ging eigentlich gar nicht um Literaturtheorie, sondern um das Thema *Shiksa* gegen Mutterliebe. Er beobachtete, wie das Gesicht seiner Mutter sich anspannte. Ihre Lachfalten, in Wirklichkeit durch verkniffenes Blinzeln erzeugt, wurden tiefer. Er hätte sich einmischen können, wußte aber, wie es dann weiterging: Seine Stimme würde, ohne daß er es bemerkte, immer höher werden, bis er schließlich weinerlich wie ein Junge spräche, der gerade das Bar Mitzvah hinter sich hatte. Jedesmal löste seine Mutter diese Reaktion in ihm aus. Diesmal würde er ihr nicht ins Messer laufen.

Ihre Stimmen wurden lauter. Penny zitierte Bücher, Schriftsteller; seine Mutter tat sie ab, sie war überzeugt davon, einige Lehrgänge in der Abendschule hätten sie zu gewichtigerer Urteilskraft befähigt. Gordon beendete seine Mahlzeit, nippte an seinem Wein, blickte zur Decke und sagte schließlich: »Mutter, du mußt müde sein. Die lange Reise und der Zeitunterschied…«

Mitten im Satz brach Mrs. Bernstein ab und starrte ihn an, als wäre sie gerade aus der Trance erwacht. »Wir hatten doch nur eine Diskussion, mein Junge, du mußt nicht nervös werden.« Sie lächelte. Penny gelang es, ihrem Gesicht einen Ausdruck von Müdigkeit zu geben. Mrs. Bernstein fingerte in ihrer Bienenkorbfrisur, einer Burg aus Haaren, die jeder Veränderung widerstand. Penny stand auf und räumte klappernd die Teller ab. Die drückende Stille zwischen ihnen wuchs. »Komm schon, Mom. Besser, du gehst.«

»Spülen.« Sie begann das Besteck einzusammeln.

»Penny macht das.«

»Ach so.«

Sie stand auf, strich ein paar unsichtbare Krümel von ihrem glänzend schwarzen Kleid und nahm ihre Tasche. Auf der Treppe wurde ihr Schritt schnell, *klack, klack,* als flüchtete sie vor einer nicht entschiedenen Schlacht. Sie nahmen eine Abkürzung durch einen schmalen Weg, in dem ihre Schritte widerhallten. Am nahen Ufer plätscherten die Wellen, unter den Straßenlampen trieben Nebelfetzen.

»Nun, sie ist anders, nicht wahr?« stellte Mrs. Bernstein fest.

»Wieso?«

»Nun ja.«

»Aber nein.« Er wußte, sie hatte recht.

»Ihr seid …« Den Worten nicht trauend, machte sie ein Zeichen: Sie krümmte den Mittelfinger über den Zeigefinger, um ein verflochtenes Paar zu bilden. »… so miteinander, ja?«

»Ist das anders?«

»Wo wir leben, ja.«

»Ich bin inzwischen älter.«

»Du hättest es vorher sagen können, um deine Mutter zu warnen.«

»Besser, du lernst sie erst einmal kennen.«

»Du. Ein Wissenschaftler.«

Sie seufzte. Ihre Tasche schwang hin und her, die Straßenlaternen streckten ihren Schatten. Er glaubte, sie habe sich darin ergeben.

Aber nein: »Kennst du keine jüdischen Mädchen in Kalifornien?«

»Aber Mutter!«

»Ich spreche nicht davon, daß du Tanzunterricht nimmst oder so.« Sie blieb stehen. »Es ist ganz und gar dein Leben.«

Er zuckte die Achseln. »Zum erstenmal. Ich werde lernen.«

»Was lernen? Ein Sonstwas zu sein?«

»Ist es nicht ein wenig verräterisch, daß du dich gegen meine Freundinnen so feindselig verhältst? Man muß kein Analytiker sein, um das zu verstehen.«

»Dein Onkel Herb würde sagen...«

»Zum Teufel mit Onkel Herb, Geschaftlhuber-Philosophie.«

»Was für eine Sprache! Wenn ich ihm sagen würde, wie du redest...«

»Sag ihm, ich hätte Geld auf der Bank. Das versteht er.«

»Deine Schwester, wenigstens sie ist in der Nähe von Zuhause.«

»Nur geographisch.«

»Du verstehst nicht.«

»Sie klatscht Öl auf Leinwand, um ihre Psychose zu kurieren. O ja. Psycho-Schwesterchen.«

»Hör auf!«

»Es stimmt.«

»Du lebst mit ihr zusammen, ja?«

»Sicher. Ich brauche die Übung.«

»Seit dein Vater gestorben ist...«

»Fang nicht wieder damit an!« Eine ungeduldige Handbewegung. »Du hast gesehen, wie es ist. Und so wird es bleiben.«

»Um deines Vaters Willen, Gott möge seine Seele ruhen lassen...«

»Du kannst...« Er wollte sagen »mich doch nicht mit einem Geist herumstoßen«, und genau das fühlte er auch, aber statt dessen fuhr er fort: »... nicht wissen, wie ich jetzt bin.«

»Eine Mutter weiß das nicht?«

»Richtig, manchmal nicht.«

»Ich bitte dich: Brich das Herz deiner Mutter nicht!«

»Ich tue, was mir gefällt. Sie paßt zu mir.«

»Sie ist... ein Mädchen, das ohne Heirat mit dir leben würde...«

»Ich weiß noch nicht genau, was ich will.«

»Und was will sie?«

»Wir sind dabei, es herauszufinden. Sei vernünftig, Mom!«

»Vernunft verlangst du von mir? Soll ich mich hinlegen und sterben, ohne etwas zu sagen? Ich kann nicht hierbleiben und zusehen, wie ihr wie zwei Tauben herumturtelt.«

»Dann sieh nicht zu. Du mußt lernen, wer ich bin, Mom.«

»Dein Vater würde…« Aber sie beendete den Satz nicht. Sie nahm eine starre Haltung an. »Verlasse sie!« Ihr Gesicht verhärtete sich.

»Nein.«

»Dann bring mich zu Bett.«

Als er zu ihrem Bungalow zurückkam, las Penny in der *Times* und knabberte Cashew-Kerne. »Wie war's?« Ihr Mund verzog sich.

»Den Susie Semiten-Test wirst du nicht gerade bestehen.«

»Das habe ich auch nicht erwartet. Mein Gott, ich habe schon einiges an Stereotypem erlebt, aber…«

»O ja, ihr dummes Gerede über Roth.«

»Darum ging es ihr gar nicht.«

»Nein, da hast du recht.«

Am nächsten Morgen rief ihn seine Mutter aus dem Motel an. Sie hatte vor, durch die Stadt zu bummeln und sich die Sehenswürdigkeiten anzuschauen. Sie wollte nicht seine Zeit stehlen, sagte sie, und deshalb auf eigene Faust losziehen. Gordon stimmte ihr zu, da ein arbeitsreicher Tag vor ihm läge; eine Vorlesung, ein Seminar, ein Mittagessen mit dem Seminarsprecher, zwei Ausschußsitzungen am Nachmittag und eine Besprechung mit Cooper.

An diesem Abend kam er später als gewöhnlich nach Hause. Er rief im Motel an, aber seine Mutter nahm nicht ab. Penny kam nach Hause, und gemeinsam bereiteten sie das Abendessen vor. Sie hatte einige Probleme mit ihrem Unterricht und mußte noch lesen. Gegen neun Uhr waren sie mit dem Aufräumen fertig. Gordon breitete einen Teil seiner Vorlesungsmaterialien auf dem Eßtisch aus. Etwa um elf war er fertig, trug die

Zensuren in sein Buch ein, und erst dann fiel ihm seine Mutter wieder ein. Er rief im Motel an. Sie sagten, sie hätte ein »Bitte nicht stören«-Schild an der Tür und wollte keine Anrufe durchgestellt bekommen. Gordon überlegte, hinüberzugehen und bei ihr anzuklopfen. Aber er war müde und beschloß, sie sofort am nächsten Morgen aufzusuchen.

Er wachte spät auf. Er aß eine Schüssel Weizenflocken, während er sich die Vorlesungsnotizen zur Klassischen Mechanik anschaute und einige Schritte der Experimente überprüfte, die er durchführen wollte. Als er die Papiere in die Aktentasche steckte, dachte er wieder an den Anruf im Motel. Sie war nicht mehr in ihrem Zimmer.

Am frühen Nachmittag machte ihm sein Gewissen zu schaffen. Er fuhr früh nach Hause und ging als erstes zum Motel. Niemand antwortete auf sein Klopfen. Er ging zur Rezeption, und der Mann schaute in das kleine Brieffach unter ihrer Zimmernummer. Der Mann fischte einen kleinen weißen Umschlag heraus und gab ihn Gordon. »Dr. Bernstein? Ja. Das hat sie für Sie hinterlassen. Sie ist abgereist.«

Verwirrt riß Gordon den Umschlag auf. In ihm befand sich ein langer Brief, der die Themen ihres nächtlichen Gesprächs noch detaillierter wiederholte. Sie konnte nicht verstehen, wie ein Sohn, der früher so treu war, seiner Mutter so weh tun konnte. Sie war gekränkt. Was er tat, war moralisch falsch. Sich mit einem Mädchen einzulassen, das so verschieden war, und so zu leben – ein schrecklicher Fehler. Und das für solch ein Mädchen zu tun, ein *Shtunk* von einem Mädchen! Seine Mutter weinte, seine Mutter war erfüllt von Kummer über ihn. Aber seine Mutter wußte, was für ein Junge er war. So schnell würde er seine Meinung nicht ändern. Deshalb wollte sie ihn in Ruhe lassen. Sie wollte, daß er von selbst wieder zu Sinnen kam. Ihr würde es schon gutgehen. Sie wollte nach Los Angeles, ihre Cousine Hazel besuchen; Hazel, die drei prächtige Kinder hatte und die sie seit sieben Jahren nicht mehr gesehen hatte. Von Los Angeles würde sie zurück nach New York fliegen. Vielleicht könnte sie ihn in einigen Monaten noch einmal besuchen. Oder noch besser, er käme einige Zeit nach Hause, besuchte seine Freunde in Columbia. Und die Leute in der Nachbarschaft. Sie wären hocherfreut, ihn wiederzusehen, den Glückspilz des Viertels. Bis dahin würde sie schreiben und hoffen. Eine Mutter hofft immer.

Gordon steckte den Brief in die Tasche und ging nach Hause. Er zeigte ihn Penny. Sie sprachen eine Zeitlang darüber, und dann beschloß er, ihn im Hinterkopf zu behalten und sich später wieder um seine Mutter zu kümmern. Mit der Zeit kurierten sich solche Dinge gewöhnlich von selbst.

## — 9 —

*1998*

»Wo, zum Teufel, ist er?« explodierte Renfrew. Mit schnellen Schritten durchmaß er sein Büro, fünf Schritte hin, fünf Schritte zurück.

Stumm beobachtete Gregory Markham ihn. Er hatte an diesem Morgen über eine halbe Stunde meditiert und fühlte sich entspannt und konzentriert zugleich. Er blickte an Renfrew vorbei zu den großen Fenstern hinaus, wo das Cav-Gebäude in seinem ganzen Luxus prangte. Die weiten Felder dahinter, eben und still, strahlten im leuchtenden Grün des ersten Sommerwachstums. Lautlos glitten Radfahrer über den Coton-Fußweg, zusammengeschnürte Bündel auf dem Gepäckträger. Die Morgenluft war schon recht warm und lag wie ein Gewicht auf der Landschaft. Blau verhüllt waren die fernen Türme von Cambridge, blau eingefaßt war die gelbe Sonne über der Stadt. Dies war die glückselige Bruchstelle des Tages, an der eine unendliche Zeitspanne vor einem zu liegen schien, dachte Markham; im Meer stiller Minuten, das sich vor ihm erstreckte, schien alles verwirklichbar zu sein.

Renfrew wanderte immer noch hin und her. Markham raffte sich zu der Frage auf: »Wann wollte er hier sein?«

»Um zehn, verflixt noch mal! Er ist schon vor Stunden aufgebrochen. Ich mußte sein Büro wegen einer anderen Sache anrufen und habe gefragt, ob er noch da sei. Sie sagten mir, er sei schon in aller Frühe, noch vor der Rush-hour, losgefahren. Wo steckt er nur?«

»Es ist erst zehn nach«, meinte Markham besänftigend.

»Sicher, ja doch, aber ich kann erst anfangen, wenn er hier ist. Die Techniker warten, wir sind alle bereit. Er verschwendet unsere Zeit. Das Experiment ist ihm gleichgültig, und er macht es uns alles andere als leicht.«

»Sie haben den Zuschuß, oder? Und die Geräte aus Brookhaven.«

»Einen begrenzten Zuschuß. Genug, um alles in Gang zu halten, aber nur so eben. Wir brauchen mehr. Sie drücken uns die Luft ab. Sie und ich, wir wissen, daß dies vielleicht die einzige Chance ist, uns aus dem Loch zu ziehen. Und was machen sie? Sie lassen mich das Experiment mit praktisch nichts durchführen, und *dann* zeigt der Mistkerl nicht einmal genug Interesse, um rechtzeitig dabeizusein.«

»Er ist ein Verwaltungsmensch, kein Wissenschaftler. Gewiß, die Zuschußpolitik scheint sehr kurzsichtig. Aber ohne mehr Druck überweist die National Science Foundation gar nichts. Wahrscheinlich setzen sie die Mittel woanders ein. Sie können von Peterson keine Wunderdinge erwarten.«

Unvermittelt unterbrach Renfrew seine Wanderung und starrte ihn an. »Ich nehme an, ich habe deutlich erkennen lassen, daß ich ihn nicht mag. Hoffentlich hat Peterson es nicht bemerkt, es könnte ihn gegen das Experiment einnehmen.«

Markham zuckte die Achseln. »Ich bin sicher, er weiß es. Es liegt auf der Hand, daß Sie beide völlig unterschiedliche Persönlichkeitstypen sind, und Peterson ist kein Dummkopf. Wenn Sie wollen, kann ich mit ihm reden – das werde ich auch. Und daß er sich Ihretwegen gegen das Experiment ausspricht – das ist Unsinn. Er muß es gewohnt sein, daß man ihn nicht mag. Ich schätze, es macht ihm überhaupt nichts aus. Nein, ich glaube, Sie können auf seine Unterstützung zählen. Allerdings nur auf teilweise Unterstützung. Er versucht, alle seine Bereiche abzudecken, und das heißt, daß die Zuschüsse dünn gestreut werden.«

Renfrew ließ sich in seinem Drehstuhl nieder. »Tut mir leid, Greg, wenn ich heute morgen ein bißchen gereizt bin. Ich habe Tag und Nacht gearbeitet und bin wahrscheinlich ziemlich erschöpft. Aber vor allem bin ich frustriert. Ständig bekomme ich Störungen, die die Signale beeinträchtigen.«

Ein plötzlicher Ausbruch unterdrückter Aktivität im Labor erregte ihre Aufmerksamkeit. Die Techniker, die eben noch locker geplaudert hatten, wirkten jetzt geschäftig und konzentriert. Peterson bahnte sich seinen Weg durchs Labor. Er erreichte die Tür zu Renfrews Büro und nickte den beiden Männern knapp zu.

»Tut mir leid, daß ich zu spät komme, Dr. Renfrew«, sagte er ohne weitere Erklärung. »Sollen wir sofort anfangen?«

Als Peterson sich wieder zum Labor wandte, bemerkte Markham mit mildem Erstaunen den getrockneten Lehm auf seinen eleganten Schuhen – als wäre er durch frisch gepflügte Felder spaziert.

Es war 10.47 Uhr. Langsam begann Renfrew, die Signaltaste zu drücken. Markham und Peterson standen hinter ihm. Techniker überwachten andere Teile des Experiments und führten Justierungen durch.

»Ist es so einfach, eine Botschaft zu senden?« fragte Peterson.

»Schlichter Morsekode«, erwiderte Markham.

»Verstehe – um die Chance zur Entschlüsselung zu maximieren.«

»Verdammt!« Plötzlich stand Renfrew auf. »Die Störungen haben wieder zugenommen.«

Markham beugte sich vor und betrachtete das Oszilloskop. Zitternd tanzte der Leuchtstreifen über den Schirm. »Wie kann es bei einer gekühlten Indiumprobe zu solchen Störeinflüssen kommen?« fragte er.

»Mein Gott, ich weiß es nicht. Dieses Problem hatten wir ständig.«

»Thermal beeinflußt kann es nicht sein.«

»Wird die Übertragung unmöglich, wenn es so bleibt?« schaltete Peterson sich ein.

»Natürlich«, entgegnete Renfrew gereizt. »Die Tachyonen-Resonanzreihe wird erweitert und das Signal durcheinandergebracht.«

»Und dann funktioniert das Experiment nicht?«

»Zum Teufel, das habe ich nicht gesagt! Es bedeutet nur eine Verzögerung. Ich bin sicher, ich kann die Ursache finden.«

Von der Plattform über ihnen rief ein Techniker: »Mr. Peterson? Ein Anruf, dringend.«

»In Ordnung.« Peterson eilte die Metalltreppe hinauf und war verschwunden. Renfrew besprach sich mit einigen Technikern, prüfte selbst die Aufzeichnungen und vertiefte sich einige Minuten darin. Markham beobachtete den Leuchtstreifen auf dem Oszilloskop.

»Irgendeine Vorstellung, was es sein könnte?« rief er zu Renfrew hinüber.

»Wärmeleck, möglicherweise. Vielleicht ist die Probe auch nicht ausreichend vor Erschütterungen abgesichert.«

»Sie meinen Bewegungen hier im Labor?«

Renfrew antwortete mit einem Achselzucken und vertiefte sich wieder in seine Arbeit. Greg rieb sich mit dem Daumennagel über die Unterlippe und studierte das gelbe Störungsspektrum auf dem grünen Schirm. Nach einigen Sekunden fragte er: »Haben Sie einen Korrelator, den man bei dieser Anordnung einsetzen könnte?«

Renfrew dachte nach. »Nein, hier nicht. Wir haben keine Verwendung dafür.«

»Ich würde gern sehen, ob wir in den Störungen eine Struktur erkennen können.«

»Nun, ich nehme an, das wäre möglich. Wird einige Zeit dauern, etwas Passendes zu organisieren.«

Peterson tauchte über ihnen auf. »Tut mir leid, ich muß zu

einem abhörsicheren Telefon. Es ist etwas im Gange.« Ohne ein Wort wandte Renfrew sich ab. Markham stieg die Treppe hinauf.

»Ich glaube, bei dem Experiment wird es ohnehin eine Verzögerung geben.«

»Ah, gut. Ich will noch nicht nach London zurück, ohne es einmal durchzuchecken. Aber ich muß mit einigen Leuten über ein abgeschirmtes Telefon sprechen. In Cambridge gibt es eines. Es wird wahrscheinlich eine gute Stunde dauern.«

»Steht es so schlecht?«

»Scheint so. Die große Kieselalgenblüte an der südamerikanischen Atlantikküste scheint sich auszudehnen und außer Kontrolle zu geraten.«

»Eine Blüte?«

»So nennen es die Biologen. Das bedeutet, das Phytoplankton verbindet sich mit dem Chlorkohlenwasserstoff, den wir bei Kunstdünger verwenden. Aber diesmal kommt noch etwas dazu. Die Techniker puzzeln noch an der Frage, inwiefern sich dieser Fall von früheren, geringfügigeren Effekten auf die Meeresnahrungskette unterscheidet.«

»Verstehe. Können wir irgendwie helfen?«

»Ich weiß nicht. Die Amerikaner führen im Indischen Ozean kontrollierte Experimente durch, aber ich schätze, sie kommen sehr langsam voran.«

»Nun gut, ich will Sie nicht von Ihren Telefonaten abhalten. Außerdem muß ich noch eine Vermutung zu Johns Experiment prüfen. Sagen Sie, kennen Sie das Whim?«

»Ja, in der Trinity Street, in der Nähe von Bowes & Bowes.«

»Wahrscheinlich brauche ich in einer Stunde etwas zu trinken und zu essen. Sollen wir uns dort treffen?«

»Gute Idee. Dann bis später.«

Das Whim war vollgepackt mit jungen Studenten. Ian Peterson drängelte sich durch eine Gruppe bei der Tür und blieb einen Moment stehen, um sich zu orientieren. Die Studenten um ihn herum reichten Bierkrüge über die Köpfe hinweg, und er bekam einige Tropfen ab. Peterson zog ein Taschentuch heraus und wischte die Spritzer angeekelt ab. Die Studenten hatten nichts bemerkt. Das akademische Jahr war zu Ende, die Stimmung war ausgelassen. Einige waren bereits betrunken. Sie unterhielten sich in Küchenlatein, eine Parodie auf eine offizielle Feier, die sie am Morgen besucht hatten.

»Eduardus, dona mihi plus Bierus!« schrie einer.

»*Bierus*? O Deus, quid dicit? Ecce sanguinus barbarus!« deklamierte ein anderer.

»Mea culpa, mea maxima culpa!« erwiderte der erste in gespielter Zerknirschung. »Aber was heißt Bier in diesem blöden Latein?«

Mehrere Stimmen antworteten: »Alum!« »Vinum barbaricum!« »Imbibius hopius!« Brüllendes Gelächter. Sie hielten sich für ausgesprochen witzig. Einer von ihnen glitt hicksend langsam zu Boden und schlief ein. Der zweite Sprecher hob die Arme über ihn und intonierte feierlich: »Requiescat in pace. Et lux perpetua sonstwas oder so.«

Peterson entfernte sich von der Menge. Allmählich gewöhnten sich seine Augen an das Licht, das im Vergleich zur Helligkeit der Trinity eher düster war. An der Wand verkündete ein vergilbtes Plakat, daß einige Speisen von der Karte gestrichen waren – natürlich nur zeitweilig. In der Mitte des Lokals zischte ein großer Kohleherd. Ein hektischer Koch schob Pfannen zwischen den Feuerstellen hin und her. Immer wenn er eine Pfanne von einem der Ringe hob, fiel ein Lichtschein aus dem Herd für Sekunden auf seine Hände und sein verschwitztes Gesicht, so daß er plötzlich wie ein emsiges, orangefarbenes Gespenst über der Kochstelle aufragte. Studenten an Tischen feuerten ihn an.

Peterson drängte sich durch den überfüllten Raum. Blaue Wolken aus Pfeifenrauch schwebten durch die Luft. Beißender Geruch von Marihuana drang zu ihm, vermischt mit den Gerüchen von Tabak, siedendem Öl, Bier und Schweiß. Jemand rief seinen Namen. Er spähte umher, bis er schließlich Markham in einer Nische erblickte.

»Reines Glück, hier jemanden zu finden, nicht wahr?« sagte Peterson, als er sich setzte.

»Ich habe gerade bestellt. Jede Menge Salat gibt's hier. Und Teller voll mit widerlichen Kohlehdraten. Heutzutage scheint sich das Essen kaum zu lohnen.«

Peterson studierte die Speisekarte. »Ich glaube, ich nehme die Zunge, auch wenn sie unglaublich teuer ist. Mit Fleisch ist es wirklich unmöglich.«

»Ja, nicht wahr?« Er grinste. »Ich begreife nicht, wie Sie Zunge essen können, wo Sie doch wissen, daß sie aus einem Tiermaul kommt.«

»Soll ich lieber ein Ei nehmen?«

Markham lachte. »Ich schätze, man kann es drehen und wenden, wie man will. Aber ich werde wohl mal auf den Putz hauen und die Würstchen nehmen. Das wird meinen Etat ganz schön aufzehren.«

Der Kellner brachte Petersons Ale und Markham Mackeson Stout. Peterson nahm einen großen Schluck.

»Ist Marihuana hier erlaubt?«

Markham blickte sich um und sog die Luft ein. »Dope? Sicher. Alle milden Rauschmittel sind hier legal, oder?«

»Schon seit ein oder zwei Jahren. Aber ich hatte gedacht, gesellschaftliche Konventionen – falls es noch welche gibt – würden den Genuß in der Öffentlichkeit unterbinden.«

»Wir sind in einer Universitätsstadt. Ich nehme an, die Studenten haben schon in der Öffentlichkeit geraucht, als es noch nicht legalisiert war. Außerdem: Wenn die Regierung die Leute von den Nachrichten ablenken will, ist es sinnlos zu verlangen, daß sie es nur zu Hause tun.« Markham lächelte mild.

»Hmm«, brummelte Peterson.

Markham, der gerade sein Glas zum Mund führte, erstarrte und blickte ihn an. »Sie sind sehr zurückhaltend. Dann habe ich richtig vermutet? Die Regierung hatte es vor?«

»Sagen wir, es war ins Gespräch gebracht worden.«

»Und was hat die liberale Regierung in bezug auf die Drogen vor, die die menschliche Intelligenz erweitern?«

»Seit ich für den Rat arbeite, habe ich mit solchen Problemen nicht mehr viel zu tun.«

»Gerüchten nach sollen die Chinesen dabei einiges voraus sein.«

»Ach? Das kann ich dementieren. Über eben diesen Punkt lag dem Rat vor einem Monat ein Geheimdienstbericht vor.«

»Sie holen Geheimdienstberichte über Ihre eigenen Mitglieder ein?«

»Nun ja, formell sind die Chinesen Mitglieder – sehen Sie, die Probleme der letzten Jahre waren technischer Natur. Peking hat genug in der Hand, ohne sich in Gebiete einzumischen, in denen sie keine Forschungskapazität haben.«

»Und ich dachte, sie kämen gut zurecht.«

Peterson zuckte die Achseln. »So gut wie jemand zurechtkommen kann, der eine Milliarde Menschen versorgen muß. Zur Zeit kümmern sie sich weniger um außenpolitische Fragen. Sie versuchen, einen immer kleiner werdenden Kuchen in genau gleiche Teile zu schneiden.«

»Zumindest reiner Kommunismus.«

»So rein nun auch wieder nicht. Gleich große Stücke dämpfen die Unruhe, die auf der Ungleichheit beruht. Sie beleben die Terrassenkulturen wieder, um die Nahrungsmittelproduktion zu erhöhen, obwohl sie arbeitsintensiv sind. In China sind Lebensmittel das Opium der Massen. Sie waren es schon immer. Außerdem wird der Einsatz energieintensiver Chemikalien in der Landwirtschaft gebremst. Ich glaube, sie fürchten die Nebenwirkungen.«

»So wie die südamerikanische Blüte?«

»Treffer!« Peterson zog eine Grimasse. »Wer hätte das voraussehen können?«

Aus der Menge drang plötzlich ein röchelnder Schrei. Schwankend stand eine Frau von einem Tisch in der Nähe auf. Sie umklammerte ihre Kehle und versuchte etwas zu sagen. Eine Frau neben ihr fragte: »Elinor, was ist los? Dein Hals? Hast du dich verschluckt?«

Die Frau keuchte hustend und klammerte sich an den Stuhl.

Köpfe drehten sich. Ihre Hände fuhren zu ihrem Bauch, ihr Gesicht war schmerzverzerrt. »Ich... *es tut so weh...«* Plötzlich erbrach sie sich über dem Tisch. Sie fiel nach vorn, ein Strom von Galle ergoß sich über die Teller. Die Gäste am Tisch, bis zu diesem Moment wie erstarrt, sprangen von ihren Stühlen auf und traten ein paar Schritte zurück. Die Frau versuchte zu schreien und erbrach sich statt dessen ein weiteres Mal. Gläser zersplitterten am Boden, die Menge bewegte sich rückwärts. »Hi-hilfe!« schrie die Frau. Konvulsivisches Zucken schüttelte ihre Kleider. Sie versuchte aufrecht zu stehen und beschmutzte ihre Kleider. Sie drehte sich zu ihrer Begleiterin, die zum nächsten Tisch zurückgewichen war. Mit glasigen Augen blickte sie an sich hinab, die Hände gegen ihren Bauch gepreßt. Zögernd trat sie von dem Tisch zurück. Plötzlich glitt sie aus und stürzte zu Boden.

Wie Markham war Peterson zur Unbeweglichkeit erstarrt. Als sie stürzte, sprang er auf und lief nach vorn. Die Menge murmelte, ohne sich zu bewegen. Er beugte sich über die Frau. Ihr Schal war um ihren Hals geschlungen und mit Erbrochenem beschmutzt. Mit beiden Händen zerrte er an dem Stoff, bis er zerriß. Die Frau röchelte. Mit der Hand fächelte Peterson ihr Luft zu. Sie atmete gierig, flatternd öffneten sich ihre Augen. Die Frau blickte zu ihm hoch. »Es... es tut... so weh...«

Peterson starrte wütend in die Menge. »Ruft einen Arzt, verdammt noch mal!«

Der Krankenwagen war wieder fort, das Personal des Whim wischte geschäftig auf. Vom Gestank vertrieben, waren die meisten Gäste gegangen. Peterson, der mit zum Krankenwagen gegangen war, kam zurück. Er hatte dafür gesorgt, daß die Wagenbesatzung eine Probe ihres Essens mitnahm.

»Welche Diagnose hatten sie?« fragte Markham.

»Keine Ahnung. Ich habe ihnen die Wurst gegeben, von der sie gegessen hat. Der Arzt sprach von Lebensmittelvergiftung, aber von solchen Vergiftungssymptomen habe ich noch nie gehört.«

»Alles, was wir über die Verunreinigungen wissen …«

»Mag sein.« Mit einer Handbewegung tat Peterson den Einfall ab. »Heutzutage könnte es fast alles sein.«

Nachdenklich schlürfte Markham an seinem Stout. Ein Kellner kam mit ihrem Essen. »Die Zunge für Sie, Sir«, sagte er zu Peterson und setzte den Teller ab. »Und die Würstchen.«

Beide Männer starrten auf ihr Essen. »Ich glaube …« begann Markham langsam.

»Ganz meine Meinung«, sagte Peterson knapp. »Ich glaube, wir verzichten lieber. Könnten Sie mir einen Salat bringen?«

Zweifelnd blickte der Kellner auf die Teller. »Sie haben das bestellt.«

»Das stimmt. Aber Sie erwarten doch wohl nicht, daß wir das runterwürgen, nach dem, was gerade hier geschehen ist. In einem Restaurant wie diesem.«

»Tja, ich weiß nicht, der Geschäftsführer meint …«

»Sagen Sie Ihrem Geschäftsführer, er soll sich besser um seine Zutaten kümmern, sonst werde ich den Laden hier dichtmachen. Kapiert?«

»Du lieber Gott, das ist doch kein Grund …«

»Sagen Sie ihm das! Und bringen Sie meinem Freund hier noch ein Stout!«

Als der Kellner, der sich offenbar weder mit Peterson noch mit dem Geschäftsführer anlegen wollte, fort war, murmelte Markham: »Toll! Woher wußten Sie, daß ich lieber noch ein Stout wollte?«

»Intuition«, antwortete Peterson augenzwinkernd.

Als beide noch einiges mehr getrunken hatten, sagte Peterson: »Sehen Sie, Sir Martin ist der eigentliche technische Kopf in der britischen Delegation. Ich bin ein Generalist, wie sie es nennen. Eins will ich wissen: Wie, zum Teufel, kommen Sie mit dem Großvater-Paradox klar? Dieser Davies hat die Entdeckung von Tachyonen prima erklärt, und ich glaube ja, daß sie in die Vergangenheit reisen können. Aber ich begreife immer noch nicht, wie man die Vergangenheit *verändern* kann.«

Markham seufzte. »Bevor die Tachyonen entdeckt wurden, hielt jeder die Kommunikation mit der Vergangenheit für unmöglich. Das Unglaubliche ist, daß die Physik der Zeitkommunikation schon viel früher, eher zufällig, entwickelt wurde, und zwar in den 40er Jahren. Zwei Physiker, John Wheeler und Richard Feynmann, haben die exakte Beschreibung des Lichts ausgearbeitet und aufgezeigt, daß jedesmal *zwei* Wellen ausgestrahlt werden, wenn man zum Beispiel versucht, eine Radiowelle zu erzeugen.«

»Zwei?«

»Richtig! Eine von ihnen empfangen wir mit unserem Radiogerät. Die andere reist rückwärts in der Zeit – die ›vorgerückte Welle‹, wie Wheeler und Feynmann sie nannten.«

»Aber wir empfangen doch keine Sendung, bevor sie ausgestrahlt ist.«

Markham nickte. »Richtig – aber die vorgerückte Welle *existiert*, in der Mathematik. Da führt kein Weg dran vorbei. Die Gleichungen der Physik sind alle zeitsymmetrisch. Das ist eins der Rätsel der modernen Physik. Wie kommt es, daß wir bemerken, wie die Zeit verläuft, während doch alle physikalischen Gleichungen sagen, daß die Zeit sowohl vorwärts als auch rückwärts laufen kann?«

»Dann sind wohl die Gleichungen falsch, oder?«

»Nein, das sind sie nicht. Sie können alles voraussagen, was wir messen können – aber *nur*, solange wir die ›verzögerte Welle‹ nutzen, wie Wheeler und Feynmann sie nannten. Das ist die Welle, die Sie in Ihrem Radiogerät hören.«

»Nun gut, aber es gibt doch sicher eine Möglichkeit, die Gleichungen zu verändern, bis man nur noch den verzögerten Teil bekommt.«

»Nein, die gibt es nicht. Wenn man die Gleichungen so behandelt, gibt es keine Möglichkeit, die verzögerte Welle konstant zu halten. Man *muß* die vorgerückte Welle haben.«

»In Ordnung. Und wo sind Radiosendungen, die rückwärts in die Zeit strahlen? Wieso kann ich die Nachrichten des nächsten Jahrhunderts nicht einschalten?«

»Wheeler und Feynmann haben bewiesen, daß sie nicht dorthin gelangen können.«

»Nicht in dieses Jahr? Ich meine, in unsere Gegenwart?«

»Richtig. Sehen Sie, die vorgerückte Welle kann mit dem ganzen Universum interagieren – sie bewegt sich rückwärts, in unsere Vergangenheit, so daß sie schließlich auf sämtliche Materie trifft, die jemals gewesen ist. Der Punkt ist, die vorgerückte Welle trifft auf die Materie, bevor das Signal ausgesendet worden ist.«

»Ja, klar.« Peterson dachte über die Tatsache nach, daß er jetzt der Diskussion zuliebe die »vorgerückte Welle« akzeptierte, die er noch vor wenigen Sekunden in Abrede gestellt hatte.

»Die Welle trifft also auf die Materie, und die Elektronen in ihr hüpfen in *Erwartung* dessen, was die Rundfunkstation senden wird.«

»Wirkung, die der Ursache vorausgeht?«

»Genau. Scheint der Erfahrung zuwiderzulaufen, nicht wahr?«

»Allerdings.«

»Aber die Vibration jener Elektronen im ganzen übrigen Universum muß in Rechnung gestellt werden. Sie wiederum senden sowohl vorgerückte als auch verzögerte Wellen aus. Es ist, als werfe man zwei Steine in einen Teich. Beide senden Wellen aus. Aber die beiden Wellen addieren sich nicht einfach.«

»Tun sie nicht? Wieso nicht?«

»Sie interferieren. Sie bilden ein Kreuzgittermuster mit einzelnen Löchern und Spitzen. Wo die Spitzen und Löcher der beiden Strukturen übereintreffen, verstärken sie einander. Aber wo die Spitzen des ersten Steins auf die Löcher des zweiten treffen, löschen sie sich gegenseitig aus. Das Wasser bewegt sich nicht.«

»Aha. Na, gut.«

»Wheeler und Feynmann haben aufgezeigt, daß das übrige Universum, wenn es von einer vorgerückten Welle getroffen wird, sich wie ein ganzer Haufen von Steinen verhält, die in einen Teich geworfen werden. Die vorgerückte Welle geht rückwärts in der Zeit und erzeugt alle anderen Wellen. Sie interferieren, und das Ergebnis ist Null. Nichts.«

»Ach. Und am Ende löscht die vorgerückte Welle sich selbst aus.«

Plötzlich dröhnte Musik aus der Stereoanlage des Whim. »An' de Devil, he do de dance *whump whump* with Joan de Arc...«

Peterson schrie: »Schalten Sie das aus!«

Die Musik verklang. Er beugte sich vor. »Sehr gut. Sie haben mir erklärt, wieso die vorgerückte Welle nicht funktioniert. Zeitkommunikation ist nicht möglich.«

Markham grinste. »Jeder Theorie liegt eine verborgene Annahme zugrunde. Das Problem mit dem Modell von Wheeler und Feynmann war, daß all die hüpfenden Elektronen im Universum der Vergangenheit möglicherweise *nicht* die richtigen Wellen zurücksenden. Bei Radiowellen geschieht das. Bei Tachyonen nicht. Wheeler und Feynmann wußten nichts von Tachyonen; die Theorie stammt erst aus der Mitte der 60er Jahre. Tachyonen werden nicht richtig absorbiert. Sie interagieren nicht wie Radiowellen mit Materie.«

»Warum nicht?«

»Es sind verschiedene Arten von Partikeln. Vor Jahrzehnten haben zwei Männer namens Feinberg und Sudarahan Tachyonen ›erdacht‹, aber niemand konnte sie finden. Es schien zu unwahrscheinlich. Zum einen haben sie eine imaginäre Masse.«

*»Imaginäre* Masse?«

»Ja, aber nehmen Sie das nicht zu ernst.«

»Scheint aber ein ernsthaftes Problem.«

»Eigentlich nicht. Die Masse dieser Partikel ist nach unseren Begriffen nicht beobachtbar. Das heißt, wir können ein Tachyon nicht zur Ruhe bringen, da es stets schneller als Licht sein muß. Wenn wir es also in unserem Labor nicht anhalten können, können wir seine Masse nicht in Ruhestellung messen. Die einzige Definition von Masse ist das, was man auf Meßgeräte bringen und wiegen kann – was unmöglich ist, wenn sie sich bewegt. Bei Tachyonen kann man nur die Bewegungsgröße, den Impuls messen.«

»Sie haben eine Beschwerde über das Essen, mein Herr? Ich bin der Geschäftsführer.«

Peterson blickte zu einem hochgewachsenen Mann in einem konservativen grauen Anzug auf. Er stand vor ihrem Tisch, die Hände militärisch steif hinter dem Rücken verschränkt. »Allerdings. Vor allem möchte ich angesichts dessen, was mit der Dame vorhin geschehen ist, nicht davon kosten.«

»Ich weiß nicht, was die Dame gegessen hat, aber ich würde meinen, Ihr …«

»Sehen Sie, ich weiß es. Es ähnelte doch sehr dem, was mein Freund hier bestellt hat.«

Petersons Verhalten brachte den Geschäftsführer auf. Er schwitzte leicht und zeigte einen gequälten Gesichtsausdruck. »Ich vermag nicht zu erkennen, warum eine ähnliche Speise …«

»Ich erkenne es sehr wohl. Schade, daß Sie es nicht können.«

»Ich fürchte, wir müssen Ihnen die Bestellung berechnen …«

»Haben Sie den jüngsten Erlaß des Innenministeriums über Fleischimporte gelesen? Ich habe daran mitgeschrieben.« Peterson würdigte den Geschäftsführer eines langen, abschätzenden Blicks. »Ich würde sagen, Sie bekommen wahrscheinlich viel Ihres Importfleisches von einem örtlichen Großhändler, richtig?«

»Nun ja, gewiß, aber …«

»Dann wissen Sie vermutlich, daß es strenge Vorschriften über die Lagerdauer gibt.«

»Ja, ich bin sicher …«, setzte der Geschäftsführer an, zögerte aber, als er Petersons Blick bemerkte. »Tja, eigentlich habe ich in letzter Zeit nicht viel davon gelesen, weil …«

»Ich an Ihrer Stelle würde in Zukunft sorgfältiger sein.«

»Ich bin gar nicht sicher, ob die Dame überhaupt importiertes Fleisch gegessen hat …«

»Wäre ich Sie, würde ich mich darum kümmern.«

Urplötzlich verlor der Mann einiges von seiner militärischen Haltung. Peterson blickte ihn selbstsicher an.

»Nun, ich glaube, wir können das Mißverständnis vergessen. Angesichts...«

»In der Tat.« Peterson entließ den Mann mit einem Nicken und wandte sich wieder an Markham. »Die Großvatersache haben Sie noch nicht geklärt. Wenn Tachyonen eine Botschaft zurücksenden können, wie vermeiden Sie dann Paradoxe?« Peterson erwähnte nicht, daß er darüber bereits mit Paul Davies diskutiert, aber nichts verstanden hatte. Er war ganz und gar nicht überzeugt, daß diese Theorie Sinn machte.

Markham zog eine Grimasse. »Es ist nicht leicht zu erklären. Schon vor Jahrzehnten ahnte man, wo der Schlüssel zu diesem Problem liegt, aber niemand hat ihn zu einer konkreten physikalischen Theorie ausgearbeitet. Es gibt sogar einen Satz im ursprünglichen Wheeler-Feynmann-Aufsatz: ›Erforderlich ist nur, daß die Beschreibung logisch folgerichtig sein sollte‹. Damit meinten sie, daß unser Gefühl für den Zeitablauf – der stets in eine Richtung geht – ein Vorurteil ist. Die Gleichungen der Physik teilen unser Vorurteil nicht – sie sind zeitsymmetrisch. Der einzige Maßstab, den wir an unser Experiment anlegen können, ist, ob es *logisch* widerspruchsfrei ist.«

»Aber es ist doch mit Sicherheit unlogisch, daß man am Leben ist, auch wenn man den eigenen Großvater abgemurkst hat. Ihn getötet hat, bevor er den Vater gezeugt hat, meine ich.«

»Das Problem ist, daß wir uns solche Dinge gewöhnlich vorstellen, als sei eine Art Schalter vorhanden, der nur zwei Stellungen hat. Ich meine, Ihr Großvater ist entweder tot oder nicht.«

»Nun, das stimmt allerdings.«

Markham schüttelte den Kopf. »Nicht wirklich. Was ist, wenn er verletzt wird und sich wieder erholt? Wenn er dann rechtzeitig das Krankenhaus verläßt, kann er Ihrer Großmutter begegnen. Es hängt von Ihrem Ziel ab.«

»Ich verstehe nicht...«

»Denken Sie lieber an das Ausstrahlen von Botschaften als an Gewehrschüsse auf Großväter. Jeder nimmt an, der Empfänger – der in der Vergangenheit – kann mit einem Schalter versehen werden, wenn wir es einmal so ausdrücken. Wenn ein Signal aus der Zukunft eintrifft, ist der Schalter dazu programmiert, den Sender abzuschalten – *bevor* das Signal gesendet wurde. Das ist das Paradox!«

»Richtig.« Peterson beugte sich vor. Trotz seiner Zweifel war er gefesselt. Etwas an der Art, wie Wissenschaftler Probleme wie geordnete kleine Denkexperimente anpackten, gefiel ihm; sie machten die Welt überschaubar und eindeutig. Soziale Probleme waren stets unordentlicher und weniger befriedigend. Vielleicht wurden sie deshalb so selten gelöst.

»Nur gibt es keinen Schalter mit zwei Stellungen – ein und aus –, ohne etwas dazwischen.«

»Na, na. Und was ist mit dem Kippschalter, mit dem ich das Licht einschalte?«

»Okay, Sie kippen ihn. Eine Zeitlang steht er dazwischen, weder ein noch aus.«

»Das kann sehr kurz sein.«

»Sicher, aber die Zeit ist nicht auf Null zu reduzieren. Und außerdem müssen Sie dem Schalter einen gewissen Impuls geben, damit er von aus auf ein springt. Es ist tatsächlich möglich, den Schalter so fest zu drücken, daß er auf halbem Weg stehenbleibt – versuchen Sie es! Das müssen Sie auch schon erlebt haben. Der Schalter bleibt in der Mitte stehen.«

»In Ordnung, zugegeben«, sagte Peterson ungeduldig. »Aber wo ist die Verbindung mit Tachyonen? Ich meine, was ist *neu* daran?«

»Neu daran ist, daß man sich diese Ereignisse – Senden und Empfangen – als in einer Kette, einer *Schleife* verbunden vorstellt. Angenommen, wir senden einen Befehl ›Sender ausschalten!‹ zurück. Stellen Sie sich vor, wie der Schalter auf ›aus‹ kippt. Dieses Ereignis ist wie eine Welle, die sich von der Vergangenheit in die Zukunft bewegt. Der Sender wechselt von ›ein‹ zu ›aus‹. Nun, die – nennen wir sie Informationswelle – bewegt sich in der Zeit vorwärts. Also wird das ursprüngliche Signal nicht gesendet.«

»Richtig. Paradox.«

Markham lächelte und hob den Finger. Ihm machte das Gespräch Spaß. »Moment mal! Stellen Sie sich vor, daß sich all die Zeiten in einer Art Schleife befinden. In dieser Schleife bedeuten Ursache und Wirkung nichts. Sie sind nur *Ereignisse.* Jetzt, da der Schalter sich auf ›aus‹ zubewegt, dringt die Information in die Zukunft vor. Stellen Sie sich vor, daß der Sender immer schwächer wird, während der Schalter sich auf die ›aus‹-Stellung zubewegt. Dann wird der Tachyonenstrahl, den der Sender ausschickt, schwächer.«

»Aha!« Plötzlich verstand Peterson den Kniff. »Folglich erhält der Empfänger ein schwächeres Signal aus der Zukunft. Der Schalter wird nicht so fest gedrückt, weil das rückwärts gerichtete Signal schwächer ist. Folglich bewegt er sich nicht so schnell auf ›aus‹ zu.«

»Das ist es. Je näher er der ›aus‹-Stellung kommt, desto langsamer bewegt er sich. Eine Informationswelle reist in die Zukunft, und der Tachyonenstrahl kommt wie eine Reflektion in die Vergangenheit zurück.«

»Und was passiert dann in dem Experiment?«

»Also, angenommen der Schalter nähert sich dem ›aus‹, und dann wird er Tachyonenstrahl schwächer. Der Schalter erreicht das ›aus‹ nicht ganz und beginnt – wie der Kipphebel fürs Licht – auf ›ein‹ zurückzukippen. Aber je mehr er sich dem ›ein‹ nähert, desto stärker wird der Sender in der Zukunft.«

»Also wird der Tachyonenstrahl stärker«, beendete Peterson Markhams Folgerungen. »Das wiederum bewegt den Schalter vom ›ein‹ weg auf ›aus‹ zu. Der Schalter verharrt in einer Mittelstellung.«

Markham lehnte sich zurück und trank sein Stout aus. Sein vom trüben Cambridge-Winter aufgehellter Teint furchte sich unter einem aufgesetzten Lächeln. »Er wackelt um die Mitte.«

»Kein Paradox.«

»Nun ...« Markhams Schultern zuckten unmerklich. »Keine logischen Widersprüche, sicher. Aber wir wissen noch nicht, was dieses Zwischenstadium eigentlich bedeutet. Aber es verhindert die Paradoxe. Man kann eine Menge quantenmechanischer Formeln darauf anwenden, aber ich bin nicht sicher, was ein echtes Experiment ergeben wird.«

»Warum nicht?«

Erneut zuckte Markham die Achseln. »Keine Experimente. Renfrew hat noch keine Zeit dazu gehabt – oder kein Geld.«

Peterson ignorierte die implizite Kritik; oder hatte er sie sich nur eingebildet? Es war eindeutig, daß die Arbeit in diesem Bereich seit Jahren beschnitten worden war. Markham stellte nur eine Tatsache fest. Er mußte sich daran erinnern, daß ein Wissenschaftler wahrscheinlich eher geneigt war, Tatsachen beim Namen zu nennen, ohne die Wirkung einer solchen Feststellung in Rechnung zu ziehen. Peterson wechselte das Thema: »Würde der Balanceeffekt nicht verhindern, daß Sie Ihre Information ins Jahr 1963 senden?«

»Sehen Sie, der Punkt ist doch, daß unsere Unterscheidung zwischen Ursache und Wirkung eine Illusion ist. Dieses kleine Experiment, über das wir gesprochen haben, ist eine Kausal*schleife* – ohne Anfang, ohne Ende. Das haben Wheeler und Feynmann mit ihrer Forderung gemeint, unsere Beschreibung müsse logisch folgerichtig sein. In der Physik herrscht Logik, nicht der Mythos von Ursache und Wirkung. Den Ereignissen eine Ordnung aufzuerlegen ist nur *unsere* Perspektive. Eine eigentlich menschliche Perspektive, nehme ich an. Die Gesetze der Physik kümmert das nicht. Das ist die neue Vorstellung von der Zeit, die wir jetzt haben – ein Bündel vollständig miteinander verknüpfter Ereignisse, widerspruchsfrei miteinander verbunden. *Wir* glauben, uns mit der Zeit zu bewegen, aber das ist ein reines Vorurteil.«

»Aber wir wissen, daß die Dinge *jetzt* geschehen, nicht in der Vergangenheit oder der Zukunft.«

»Wann ist ›jetzt‹? Zu sagen, ›jetzt‹ sei ›dieser Moment‹, heißt, sich im Kreise drehen. Jeder Moment ist ›jetzt‹, wenn er ›geschieht‹. Das Problem ist: Wie mißt man die Geschwindigkeit von einem Moment zum nächsten? Die Antwort lautet: Man kann es nicht. Mit welcher Geschwindigkeit läuft die Zeit ab?«

»Nun, das ...« Peterson sprach nicht weiter und dachte nach.

»Wie kann Zeit sich bewegen? Die Geschwindigkeit beträgt eine Sekunde Bewegung pro Sekunde! In der Physik gibt es kein vorstellbares Koordinatensystem, mit dem wir den Ablauf der Zeit messen können. Soweit es das Universum betrifft, ist die Zeit eingefroren.«

»Dann ...« Peterson hob einen Finger, um seine Verwirrung zu überspielen. Wie aus dem Nichts tauchte der Geschäftsführer auf.

»Ja, bitte, Sir?« sagte der Mann mit außerordentlicher Höflichkeit.

»Ach ja, noch eine Runde.«

»Sehr wohl, Sir.« Er wieselte davon, um die Bestellung selbst zu erledigen. Das Spielchen bereitete Peterson Freude. Mit minimaler Zurschaustellung von Macht eine solche Reaktion zu erzeugen, war ihm ein vertrauter Zeitvertreib, verschaffte ihm aber auch immer noch Befriedigung.

»Aber Sie glauben *trotzdem«,* sagte Peterson zu Markham gewandt, »daß Renfrews Experiment einen Sinn macht? Das ganze Gerede von Schleifen und Schaltern, die nicht in Position kommen können ...«

»Sicher wird es funktionieren.« Markham nahm das mit dunklem Stout gefüllte Glas. Der Geschäftsführer setzte Petersons Ale ab und begann: »Sir, ich möchte mich ent ...«

Mit einer Handbewegung brachte Peterson ihn zum Schweigen. »Alles bestens«, sagte er hastig, begierig auf Markhams Ausführungen.

Markham beobachtete, wie der Geschäftsführer sich zurückzog.

»Sehr eindrucksvoll. Lernt man das in den besten Schulen?«

Peterson lächelte. »Selbstverständlich. Erst Theorie, dann Besuche in repräsentativen Restaurants. So etwas muß man aus dem Handgelenk beherrschen.«

Markham hob kurz sein Glas und fuhr fort: »Ach ja, Renfrew. Was Wheeler und Feynmann nicht bemerkten, war, daß es keine Probleme gibt, wenn man eine Botschaft sendet, die nichts mit dem Abschalten des Senders zu tun hat. Angenommen, ich will in einem Pferderennen eine Wette plazieren. Ich habe beschlossen, den Ausgang des Rennens einem Freund in die Zeit zurückzusenden. Ich tue es. In der Vergangenheit setzt mein Freund und gewinnt Geld. Das ändert den Ausgang des Rennens nicht. Anschließend gibt mir mein Freund einen Teil des Gewinns. Daß er mir das Geld aushändigt, wird mich nicht davon abhalten, die Information zu senden – ich kann es mit Leichtigkeit so arrangieren, daß ich das Geld erst bekomme, *nachdem* ich die Botschaft gesendet habe.«

»Kein Paradox.«

»Richtig. Man *kann* also die Vergangenheit verändern, wenn man *nicht* versucht, ein Paradox zu schaffen. Versucht man es doch, bleibt das Experiment im Schwebezustand.«

Peterson runzelte die Stirn. »Aber was kommt heraus? Ich meine, wie sieht die Welt aus, wenn man sie verändern kann?«

»Das weiß niemand«, sagte Markham leichthin. »Es hat noch niemand versucht.«

»Bis jetzt gab es noch keine Tachyonensender.«

»Und auch keinen Grund zu versuchen, die Vergangenheit zu erreichen.«

»Eins müssen wir klarstellen: Wie will Renfrew es verhindern, ein Paradox zu erzeugen? Wenn er ihnen viele Informationen übermittelt, werden sie das Problem lösen – und dann gibt es keinen Grund für ihn, die Botschaft zu senden.«

»Genau das ist es: das Paradox vermeiden, sonst bleibt der Schalter in der Mitte. Also wird Renfrew ein *Teilstück* der wesentlichen Information senden – genug, um die Erforschung in Gang zu setzen, aber nicht genug, um das Problem vollständig zu lösen.«

»Aber was bedeutet das für uns? Ändert sich die Welt um uns herum?«

Markham kaute auf seiner Unterlippe. »Ich denke schon. Wir werden uns in einem anderen Zustand befinden. Das Problem wird verringert, die Ozeane werden nicht in so schlimmer Verfassung sein.«

»Aber was ist dieser Zustand? Ich meine, während wir hier sitzen. Wir *wissen* doch, wie schlimm es um die Meere steht.«

»Tun wir das? Woher wissen wir, daß es nicht das Ergebnis des Experiments ist, vor dem wir stehen? Das heißt, vielleicht wären wir noch schlechter dran, hätte Renfrew nicht existiert und diese Idee gehabt. Das Problem mit Kausalschleifen ist, daß unser Zeitsinn sie nicht akzeptiert. Aber denken Sie wieder an den Schalter auf Mittelstellung!«

Peterson schüttelte den Kopf, als müßte er ihn klar bekommen. »Das fällt gar nicht so leicht.«

»Als würde man Knoten in die Zeit knüpfen«, gab Markham zu. »Ich habe Ihnen eine mathematische Interpretation gegeben. Wir wissen, Tachyonen sind real; allerdings wissen wir nicht, welche Auswirkungen sie haben.«

Peterson, der Verzweiflung nahe, blickte sich in dem Lokal um. »Seltsam, sich das hier als Ergebnis von Handlungen vorzustellen, die wir noch nicht vollzogen haben. Alles. Alles mit Schlingen und Schleifen verknüpft.« Er blinzelte und dachte an die Vergangenheit, als er hier gegessen hatte. »Der Kohleofen – wie lange haben sie den schon?«

»Seit Jahren, nehme ich an. Scheint eine Art Markenzeichen zu sein. Sorgt im Winter für Wärme und ist billiger als Gas oder Strom. Außerdem können sie den ganzen Tag über kochen, nicht nur während der Energiestunden. Und die Gäste haben etwas zum Zuschauen, während sie auf ihre Bestellung warten.«

»Ja, für England ist Kohle der Langzeit-Kraftstoff«, murmelte Peterson. Die Bemerkung war offenbar mehr für ihn selbst als für Markham gedacht. »Allerdings ist sie unhandlich.«

»Wann haben Sie hier studiert?«

»In den Siebzigern. Sehr oft bin ich nicht mehr hier gewesen.«

»Haben sich die Dinge sehr verändert?«

Peterson lächelte in Erinnerung. »Ich würde behaupten, mein Zimmer hat sich nur wenig verändert. Ein malerischer

Blick auf den Fluß, und meine Kleider schimmeln wegen der Feuchtigkeit...« Mit einem Kopfschütteln löste er sich aus seiner Stimmung. »Ich muß bald nach London zurück.«

Sie quetschten sich durch die Studenten, bis sie vor der Tür standen. Nach dem trüben Licht des Lokals blendete sie die Junisonne, einen Moment standen sie blinzelnd auf dem schmalen Gehweg. Fußgänger wichen auf die Straße aus, um an ihnen vorbeizugehen, Radfahrer umkurvten die Fußgänger mit lautem Klingeln. Sie wandten sich nach links und schlenderten ein Stück. An der Ecke gegenüber blieben sie vor den Schaufenstern des Buchgeschäfts Bowes & Bowes stehen.

»Hätten Sie etwas dagegen, daß ich eine Minute hineingehe?« fragte Peterson. »Ich möchte mich nach etwas umsehen.«

»Sicher, ich komme mit. Ich bin verrückt nach Buchläden, an keinem kann ich vorbeigehen.«

Bowes & Bowes war fast so überfüllt wie vorher das Whim, aber die Stimmen waren hier gedämpfter. Vorsichtig schlängelten sie sich zwischen Studenten in schwarzen Talaren und Bücherpyramiden hindurch. Peterson zeigte auf ein Buch auf einem weniger auffälligen Tisch weiter hinten im Laden.

»Haben Sie das schon gesehen?« fragte er, nahm ein Exemplar und gab es Markham.

»Holdrens Buch? Nein, gelesen habe ich es noch nicht, aber mit ihm schon darüber gesprochen. Ist es gut?« Markham blickte auf den Titel, in roten Lettern auf einen schwarzen Einband geprägt: *Die Geographie des Elends: Geopolitik des Niedergangs des Menschen* von John Holdren. In der rechten unteren Ecke befand sich eine kleine Reproduktion eines mittelalterlichen Kupferstichs – ein grinsendes Skelett mit einer Sense. Markham blätterte, hielt inne und begann zu lesen. »Sehen Sie sich das an!« sagte er und reichte Peterson das Buch. Der überflog die Tabelle und nickte.

| | | Todesfälle (geschätzt) |
|---|---|---|
| 1984 – 96 | Java | 8 750 000 |
| 1986 | Malawi | 2 300 000 |
| 1987 | Philippinen | 1 600 000 |
| 1987 – heute | Kongo | 3 700 000 |
| 1989 – heute | Indien | 68 000 000 |
| 1990 – heute | Kolumbien, Equador, Honduras | 1 600 000 |
| 1991 – heute | Dominikanische Republik | 750 000 |
| 1991 – heute | Ägypten, Pakistan | 3 800 000 |
| 1993 – heute | Südostasien | 113 500 000 |

Markham pfiff durch die Zähne. »Ist die Tabelle genau?«

»O ja. Eher zu niedrig geschätzt.«

Peterson ging in den hinteren Teil des Ladens. Auf einem hohen Stuhl saß eine junge Frau und tippte eine Zahlenreihe in eine automatische Kasse. Ihr nach vorn fallendes blondes Haar verbarg ihr Gesicht. Unauffällig musterte Peterson sie, während er eins der Bücher vor sich aufblätterte. Hübsche Beine. Modisch gekleidet, allerdings mochte er den folkloristischen Stil nicht. Um den Hals ein kunstvoll drapiertes blaues Halstuch. Schlank, aber wahrscheinlich nicht mehr lange. Etwa neunzehn Jahre. Als hätte sie seinen Blick bemerkt, schaute sie ihn an. Er starrte weiter auf sie. Ja, neunzehn und sehr hübsch – und das wußte sie auch. Sie glitt von ihrem Stuhl, drückte abwehrend einige Papiere gegen ihre Brust und trat auf ihn zu.

»Kann ich Ihnen helfen?«

»Ich weiß nicht«, erwiderte er mit einem leichten Lächeln. »Vielleicht. Ich sage Ihnen Bescheid, wenn Sie es können.«

Sie ging auf seinen lockeren Flirtton ein und reagierte mit einer Routine, die, wie er vermutete, auf die jungen Männer in der Stadt umwerfend wirken mußte. Sie wandte sich von ihm ab, blickte über die Schulter und sagte mit rauher Stimme: »Sagen Sie mir nur Bescheid.« Unter langen Wimpern warf sie ihm einen langen Blick zu, lächelte keß und stolzierte durch den Laden nach vorn. Er war amüsiert. Zuerst hatte er wirklich geglaubt, ihre kokette Routine wäre ernsthaft beabsichtigt, was lächerlich gewesen wäre, wäre sie nicht so hübsch. Ihr Lächeln zeigte, daß sie ihm etwas vorspielte. Plötzlich war Peterson bester Laune und entdeckte fast sofort das Buch, nach dem er gesucht hatte.

Er nahm es und machte sich auf die Suche nach Markham. Das Mädchen stand mit dem Rücken zu ihm bei zwei Kolleginnen. Die beiden lachten und starrten zu ihm herüber. Offenbar sagten sie der jungen Blondine, daß er sie beobachtete, denn sie drehte sich zu ihm um. Sie war tatsächlich bemerkenswert hübsch. Er fällte eine schnelle Entscheidung. Markham stöberte in der Science-fiction-Abteilung.

»Ich muß noch ein paar Besorgungen machen«, sagte Peterson. »Gehen Sie doch schon mal vor und sagen Renfrew, ich käme in einer halben Stunde.«

»Okay, gern«, entgegnete Markham. Peterson sah ihm nach, wie er mit athletischem Gang zur Tür hinaustrat und in der Gasse hinter dem als Schools bekannten Gebäude verschwand.

Peterson blickte sich wieder nach der Verkäuferin um. Sie bediente einen anderen Kunden, einen Studenten. Beim Ausfüllen des Kassenzettels beugte sie sich mehr als erforderlich vor, gerade so weit, daß er in ihre Bluse blicken konnte. Dann richtete sie sich auf und wirkte völlig unbefangen, als sie ihm das Buch in einer weißen Tüte gab. Mit einem verwirrten Blick auf dem Gesicht ging der Student hinaus. Peterson hielt das Buch in seiner Hand hoch, als sie zu ihm hinüberschaute. Sie schloß die Kasse und kam zu ihm.

»Ja?« fragte sie. »Haben Sie sich entschieden?«

»Ich denke schon. Ich nehme dieses Buch. Und vielleicht könnten Sie mir in einer anderen Sache weiterhelfen. Sie wohnen doch in Cambrigde?«

»Ja. Sie nicht?«

»Nein, ich komme aus London. Ich arbeite für den Rat.« Sofort tadelte er sich selbst dafür. Kanonen gegen Spatzen. Keinerlei Kunstfertigkeit. Jedenfalls hatte er jetzt ihre Aufmerksamkeit, also könnte er auch seinen Nutzen daraus ziehen. »Ich wüßte gern, ob Sie mir einige gute Restaurants der Gegend empfehlen können.«

»Nun, einmal das Blue Boar. Dann ein französisches in Grantchester, das sehr gut sein soll, Le Marquis. Und ein neues italienisches, Il Pavone.«

»Haben Sie schon mal in einem gegessen?«

»Nein...« Sie errötete ein wenig, und er wußte, sie bedauerte, in Verlegenheit geraten zu sein. Er war sich darüber im klaren, daß sie die drei teuersten Restaurants aufgezählt hatte. Sein eigenes Lieblingslokal war nicht dabei – es war weniger prunkvoll und weniger teuer, aber das Essen war vorzüglich.

»Wenn Sie wählen könnten, wohin würden Sie gehen?«

»Ins Le Marquis. Es macht einen sehr netten Eindruck.«

»Wenn ich das nächste Mal aus London herüberkomme und Sie nichts vorhaben, würde ich es als großen Vorzug ansehen, wenn Sie dort mit mir zu Abend essen.« Er lächelte sie vertraut an. »Es wird mit der Zeit eintönig, allein zu reisen und alleine zu essen.«

»Wirklich?« entfuhr es ihr. »Oh, ich meine...« Krampfhaft versuchte sie, ihre triumphierende Erregung zu unterdrücken. »Ja, sehr gerne.«

»Großartig. Wenn Sie mir Ihre Telefonnummer geben...«

Sie zögerte, und Peterson erriet, daß sie kein Telefon besaß. »Oder aber, wenn es Ihnen lieber ist, komme ich einfach vorher hier im Laden vorbei.«

»O ja, das wäre am besten«, stimmte sie erleichtert zu.

»Ich freue mich darauf.«

Sie gingen nach vorn zur Kasse, wo er das Buch bezahlte. Als er Bowes & Bowes verlassen hatte, ging er um die Ecke in Richtung Market Square. Durch die Seitenfenster des Buchladens konnte er sie sich mit ihren beiden Freundinnen beraten sehen. Nun, das war leicht gewesen, dachte er. Du lieber Gott, ich weiß nicht einmal ihren Namen.

Er überquerte den Platz und ging durch die Petty Cury, in der sich die Einkaufenden drängten, und kam gegenüber des

Christ's heraus. Durch das offene Tor sah er den grünen Rasen im Innenhof und dahinter die lebhaften Farben der Kräuterbeete vor der grauen Mauer des Master's Lodge. Der Pförtner las in der Zeitung. Vor dem Schwarzen Brett stand eine Gruppe Studenten. Peterson ging weiter in die Hobson's Alley. Schließlich fand er das Haus, das er suchte: Foster und Jagg, Kohlenhändler.

## — 10 —

Den Sonntagmorgen verbrachte John Renfrew damit, neue Regale an der Längswand der Küche anzubringen. Marjorie hatte ihn schon seit Monaten darum gebeten. Ihre anfänglichen freundlichen Randbemerkungen über die Frage, was mit den Modellflugzeugen geschehen solle, »wenn du dazu kommst«, waren allmählich zu einem drückenden Gewicht gewachsen – die Aufgabe wurde zur Pflicht, der er sich nicht entziehen konnte. Die Lebensmittelgeschäfte waren nur noch wenige Tage in der Woche geöffnet – »um Versorgungsengpässe zu vermeiden«, lautete die gängige Erklärung in den Abendnachrichten –, und durch die Stromsperren war Einfrieren nicht möglich. Marjorie hatte begonnen, Gemüse einzumachen. Eine Menge großer Gläser mit dicken Deckeln wartete in Pappkartons auf die versprochenen Regale.

Mit der gleichen Sorgfalt, die ihn im Labor auszeichnete, legte Renfrew sich systematisch seine Werkzeuge zurecht. Ihr Haus war alt und ein wenig schief, als würde es von einem unmerklichen Wind angeblasen. Renfrew stellte fest, daß sein an der Wandverkleidung befestigtes Lot volle drei Zoll von der abgescheuerten Fußleiste weghing. Der Boden gab wie eine vielbenutzte Matratze nach. Er trat von der Wand zurück, kniff die Augen zusammen und sah, daß die Linien seines Hauses schief waren. Man steckt sein Geld in ein Haus, überlegte er, und bekommt ein Labyrinth von Pfosten, Balken und Leisten, die von der Geschichte samt und sonders aus dem Lot gedrückt werden. Dort hatte sich die Wand etwas gesetzt, da war eine Diagonallinie verrutscht. Plötzlich fiel ihm ein, wie er als kleiner Junge von einem Steinfußboden zu seinem Vater aufgeschaut hatte, der den Deckenputz musterte, als wollte er abschätzen, ob das Dach einstürzen würde.

Während er das Problem durchdachte, polterten seine eigenen Kinder durchs Haus. Ihre Füße traten über die Kanten aus poliertem Holz, die den dünnen Teppichboden säumten. Sie erreichten die Haustür und lärmten nach draußen. Ihm wurde bewußt, daß er für sie wahrscheinlich den gleichen ernsten, angespannten Gesichtsausdruck hatte wie sein Vater.

Er ordnete sein Werkzeug und begann mit der Arbeit. Der Holzstapel auf der hinteren Veranda schrumpfte allmählich, als er passende Bretter zurechtschnitt. Um das Holz an der Decke einzupassen, mußte er mit der Langsäge Schrägschnitte anbringen. Das Holz splitterte, riß aber nicht aus. Johnny kam, der keine Lust mehr hatte, mit seiner älteren Schwester Fangen zu spielen. Renfrew beschäftigte ihn damit, das Werkzeug je nach Arbeitsgang anzureichen. Durchs Fenster verkündete ein blechern klingendes Radio, daß Argentinien dem Atomklub beigetreten war. »Was ist ein Atomklub, Daddy?« fragte Johnny mit großen Augen. »Leute, die Bomben abwerfen können.« Johnny betastete eine Holzfeile. »Kann ich da mitmachen?« Renfrew unterbrach seine Arbeit, leckte sich über die Lippen und spähte in den tiefblauen Himmel. »Nur Dummköpfe machen da mit«, sagte er und arbeitete weiter.

Das Radio schilderte die brasilianische Ablehnung eines Vorzugshandelsabkommens, das eine großamerikanische Zone unter Beteiligung der USA gebildet hätte. Es gab Berichte, die Amerikaner hätten billigere Importe zur Bedingung für ihre Hilfe bei dem Blütenproblem in Südamerika gemacht. »Eine Blüte, Daddy? Der Ozean ist doch keine Blume.« Kurz angebunden erwiderte Renfrew: »Das ist eine andere Blüte.« Er nahm einen Bretterstapel unter den Arm und trug ihn hinein.

Als er dabei war, Sägekanten abzuschleifen, kam Marjorie

aus dem Garten herein, um seine Arbeit zu inspizieren. Dankenswerterweise hatte sie das batteriebetriebene Radio mit hinausgenommen. »Wieso springt es unten vor?« fragte sie beim Hereinkommen und stellte das Radio auf den Küchentisch. Es schien sie an diesen Tagen überallhin zu begleiten, dachte Renfrew, als könnte sie ein wenig Ruhe allein nicht ertragen.

»Die Regale sind gerade, die Wände sind schief.«

»Es sieht merkwürdig aus. Bist du sicher...?«

»Überzeuge dich selbst!« Er reichte ihr die Wasserwaage, die sie behutsam auf eins der Bretter legte. Die Luftblase blieb genau zwischen den beiden Markierungen. »Siehst du? Völlig plan.«

»Scheint so«, gab Marjorie widerwillig zu.

»Mach dir keine Sorgen, deine Gläser werden schon nicht runterfallen.« Er stellte einige Gläser aufs Regal. Die rituelle Handlung vollendete seine Arbeit. Das nüchterne Fichtenholz des Kastenrahmens hob sich von der alten Eichentäfelung ab. Langsam fuhr Johnny mit der Hand über die Bretter; daß er dabei geholfen hatte, die Holzkonstruktion fertigzustellen, schien ihm Ehrfurcht einzuflößen.

»Ich werde wohl noch mal kurz ins Labor fahren«, sagte Renfrew, während er Säge und Feilen zusammenlas.

»Nur die Ruhe, du hast noch mehr Vaterpflichten. Du wirst Johnny mit zur Quecksilberjagd nehmen.«

»Oh, verdammt, habe ich ganz vergessen. Sieh mal, ich dachte...«

»...du könntest noch einen ganzen Nachmittag herumbasteln«, beendete Marjorie den Satz mit mildem Vorwurf. »Wohl kaum, fürchte ich.«

»Na gut, dann hole ich mir nur ein paar Notizen über Markhams Arbeit.«

»Dazu nimmst du am besten Johnny mit. Kannst du nicht mal am Wochenende pausieren? Ich dachte, du hättest gestern alles erledigt.«

»Wir haben mit Peterson eine Botschaft ausgearbeitet. Größtenteils betrifft es die Ozeane. Die Sache mit der Massengärung von Zuckerrohr zur Treibstofferzeugung lassen wir fallen.«

»Warum das denn? Die Verbrennung von Alkohol ist sauberer als das gepantschte Benzin, das jetzt verkauft wird.«

Renfrew wusch sich die Hände im Waschbecken. »Sicher. Der Haken ist, daß die Brasilianer für die Zuckerrohrfelder so viel Dschungel roden. Das verringert die Anzahl der Pflanzen, die Kohlendioxyd aus der Luft absorbieren können. Wenn man die Auswirkungen ein wenig weiterdenkt, erklären sie Veränderungen im Klima, Treibhauseffekt, Regenfälle und so weiter.«

»Hat der Rat das entschieden?«

»Nein, nein, das waren Forschungsgruppen auf der ganzen Welt. Der Rat macht nur Politik, um Probleme auszugleichen. Das UN-Mandat, zusätzliche Energiegewinnung und so was.«

»Dein Mr. Peterson muß ein sehr einflußreicher Mann sein.«

Renfrew zuckte die Achseln. »Er meint, es sei schieres Glück, daß das Vereinigte Königreich eine so gewichtige Stimme hat. Der einzige Grund dafür ist, daß wir immer noch Forschungsgruppen haben, die an deutlich erkennbaren Problemen arbeiten. Sonst hätten wir einen Sitz wie Nigeria, die Viet-Union, oder irgendein anderer stümpernder Niemand.«

»Und was *du* machst ist – wie hast du es genannt: ›erkennbar‹, nicht wahr?«

Renfrew kicherte. »Nein, es ist total durchsichtig. Peterson hat einiges an Unterstützung für mich abgezweigt, aber das ist wohl eher eine persönliche Grille, schätze ich.«

»Das ist sehr nett von ihm.«

»Nett?« Nachdenklich trocknete Renfrew sich die Hände. »Er hat intellektuelles Interesse, da bin ich sicher, auch wenn er nach meinem Verständnis alles andere als ein Intellektueller ist. Ein fairer Handel, würde ich sagen: Er hat seinen Spaß dabei, und ich habe seine Pfundnoten.«

»Aber er muß doch von deinem Erfolg überzeugt sein.«

»Muß er? Mag sein. Ich bin selbst nicht sicher, daß ich es schaffe.«

Marjorie schien entsetzt. »Warum tust du es dann?«

»Es ist handfeste Physik. *Ich* weiß nicht, ob wir die Vergangenheit ändern können. In dieser Frage liegt die Physik im Chaos. Wäre die Forschung nicht praktisch lahmgelegt, würden sich alle möglichen Leute mit dem Problem befassen. Ich habe hier eine Chance, die wesentlichen Experimente durchzuführen. *Das* ist der Grund, Wissenschaft, Schatz.«

Marjorie runzelte die Stirn, sagte aber nichts. Renfrew prüfte das Produkt seiner Basteltätigkeit. Geschäftig räumte sie Gläser in das Regal. Jedes hatte einen Gummiring unter dem Deckel und Metallverschlußklammern. Hinter dem Glas schwammen farblose Gemüseklumpen. Renfrew fand den Anblick ausgesprochen unappetitlich.

Plötzlich hielt Marjorie inne. Mit besorgtem Gesichtsausdruck sagte sie: »Du betrügst ihn, oder?«

»Nein, Schatz, ich – wie heißt es noch? – halte seine Erwartungen hoch.«

»Er *erwartet...*«

»Sieh mal, Peterson ist an dem Thema interessiert. *Meine* Aufgabe ist es nicht, seine wahren Motive zu erraten. Mein Gott, als nächstes wird er neben dir auf der Couch sitzen und über seine Kindheitserlebnisse plappern.«

»Ich habe den Mann nie kennengelernt«, sagte sie steif.

»Genau. Siehst du, unser Gespräch hat keine Grundlage.«

»*Du* bist es, über den wir sprechen, Du...«

»Nun mach mal halblang! Marjo, altes Haus, du bist dir nicht bewußt, daß niemand irgend etwas über diese Experimente weiß. Du kannst mir nicht vorwerfen, daß ich zuviel Reklame dafür mache. Und außerdem schien Peterson über die Störungen, die wir haben, ebenso besorgt wie ich; vielleicht habe ich ihn also mißverstanden.«

»Jemand stört euch?«

»Nein, nein, *etwas*. Eine Menge Störeinflüsse. Aber ich werde sie herausfiltern. Genau daran wollte ich heute nachmittag arbeiten.«

Entschlossen sagte Marjorie: »Die Quecksilberjagd!«

Sie schaltete das Radio an, aus dem es blechern tönte: *»Ihr Schatz wird zum Schatzgräber, beim neuen Job-Sharing-Plan! Jawohl, ein Paar, das sich einen Arbeitsplatz teilt, kann gegen die derzeitige…«*

Renfrew schaltete es aus. »Gar nicht so schlecht, aus dem Haus zu kommen«, sagte er spitz.

Er radelte mit Johnny zum Cav. Renfrew verzog sein Gesicht zur Grimasse, als sie an Bauernhäusern vorbeikamen, die von Squattern übernommen worden waren. Einige hatte er aufgesucht, um das Paar zu finden, das Marjorie so in Angst versetzt hatte. Sie hatten ihm böse Blicke zugeworfen und ihn weggescheucht. Der Wachtmeister war auch keine Hilfe gewesen.

Als sie an eingefallenen Mauern einer Scheune vorbeiradelten, roch Renfrew beißenden Kohlequalm. Jemand verbrannte die gesetzlich verbotene minderwertige Qualität, aber es stieg kein bläulicher Rauch auf, der den Wachtmeister hätte auf die Spur führen können. Das war wieder typisch. Sie gaben gutes Geld für Geräte aus, die die sichtbaren Emissionen verhinderten, und sparten die Kosten umgehend durch billigen Brennstoff ein. Renfrew hatte gehört, daß ansonsten achtbare Menschen genau mit solchem Verhalten prahlten; wie Kinder, die kleinen verbotenen Unarten frönten. Das waren die gleichen Menschen, die ihre Flaschen und Dosen auf große Müllhalden in den Wald warfen, statt sie dem Recycling-Programm zuzuführen. Manchmal glaubte er, die Angehörigen der schrumpfenden Mittelklasse seien die einzigen, die die Vorschriften beachteten.

Beim Cav angekommen, strolchte Johnny durch die dunklen Flure, während Renfrew einige Aufzeichnungen holte. Johnny überredete ihn, schnell zum Institut für Astronomie auf der anderen Seite der Madingley Road zu radeln. Früher hatte der Junge oft dort gespielt und sah es jetzt, da es geschlossen war, nur noch selten. Tiefe Schlaglöcher klafften in der Straße; hier waren die Panzer gefahren, die den Aufruhr von '96 unterdrückt hatten. Renfrew fuhr in eines hinein, ein Schlammfleck auf seiner Hose war die Folge. Sie radelten am Verwaltungsgebäude des Instituts vorbei. Die übergroßen Fenster erinnerten an den einst populären amerikanischen Stil aus den Jahren des Ölreichtums. Dann ging es weiter zum Hauptgebäude, einem Sandsteinbau aus dem 19. Jahrhundert mit einer antiquierten astronomischen Kuppel über den Etagen, die Bibliothek, Büros und Sternkarten-Archive beherbergten. Auf dem Weg kamen sie an der kleinen Kuppel und den Maschinenhallen vorbei, deren Fenster von Lehmspritzern fleckig waren. Unter ihren Reifen spritzte Kies zur Seite, als sie die lange Zufahrt entlangradelten. Die hellen Fenstereinfassungen umrahmten schwarze Innenräume. Renfrew bog gerade in den Weg ein, der den Hang hinunter zur Madingley Road führte, als die großen Tore sich ächzend öffneten. Ein kleingewachsener Mann spähte heraus. Er trug einen Anzug mit Weste und eine sorgfältig gebundene Regimentskrawatte. Der Mann, der in den Sechzigern war, musterte sie durch dickwandige Brillengläser. »Sie sind nicht der Wachtmeister«, sagte er überrascht.

Renfrew, der diese Tatsache für nur zu offensichtlich hielt, blieb stehen, sagte aber nichts. »Mr. Frost!« rief Johnny. »Erinnern Sie sich an mich?«

Frost runzelte die Stirn, dann lächelte er. »Johnny, ja, ich hab' dich seit Jahren nicht mehr gesehen. Bei den Beobachtungsabenden bist du so regelmäßig wie die Sterne gekommen.«

»Bis Sie sie eingestellt haben«, meinte der Junge vorwurfsvoll.

»Das Institut ist geschlossen«, entschuldigte Frost sich und beugte sich vor, um Johnny ins Gesicht zu blicken. »Es gab kein Geld mehr.«

»Aber *Sie* sind noch hier.«

»Das ist wahr. Aber man hat uns den Strom abgestellt, und man kann kein Publikum zulassen, wenn die Leute im Dunkeln stürzen könnten.«

Renfrew schaltete sich in den Dialog ein: »Ich bin übrigens John Renfrew – Johnnys Vater.«

»Ach ja. Ich dachte, Sie könnten der Wachtmeister sein. Ich

habe ihn heute morgen benachrichtigt«, sagte Frost und zeigte auf das nächste Fenster. Der Rahmen war gesplittert. »Sie haben es einfach eingetreten.«

»Haben sie was mitgenommen?«

»Mengenweise. Ich wollte sie noch reparieren lassen, als wir damals das Drahtgitter drinnen im Flur anbrachten. Immer wieder habe ich ihnen gesagt, die Bibliothek sei geradezu sträflich offen. Aber auf mich hört ja keiner, ich bin ja nur der Museumsverwalter, ich rede ja nur dummes Zeug.«

»Haben sie das Teleskop mitgenommen?« fragte Johnny.

»Nein, das ist beinahe wertlos. Sie haben die Bücher geklaut.«

»Welche Bücher?« Renfrew konnte sich nicht vorstellen, daß die akademischen Wälzer jetzt von großem Wert sein sollten.

»Die Sammlerstücke, natürlich«, erwiderte Frost mit dem Stolz des Kurators. »Einen Kepler, zweite Ausgabe, einen Kopernikus, zweite Ausgabe, das Original des Astrometrischen Atlas aus dem siebzehnten Jahrhundert – wirklich jede Menge. Es waren Spezialisten, das waren sie. Die neueren Bände haben sie einfach liegen lassen. Sie konnten sogar die fünfte von der dritten Ausgabe unterscheiden, ohne sie aus der Schutzhülle zu nehmen. Gar nicht so einfach, wenn man es eilig hat und nur mit einer Taschenlampe leuchtet.«

»Wieso hatten sie es eilig?«

»Weil sie mit meiner Rückkehr rechneten. Als es dunkelte, bin ich zu meinem abendlichen Verdauungsspaziergang hinausgegangen; zum Soldatenfriedhof und wieder zurück.«

»Wohnen Sie hier?«

»Als das Institut geschlossen wurde, wußte ich nicht wohin.« Frost richtete sich auf. »Es sind noch mehr hier. Meist alte Astronomen, die von ihren Hochschulen entlassen wurden. Sie wohnen unten in dem anderen Gebäude – im Winter ist es wärmer. Die Ziegel hier halten die Kälte. Eins sage ich Ihnen, früher haben sich Colleges um ihre alten Dozenten gekümmert. Als Boyle das Institut gründete, hatten wir alles. Jetzt ist alles auf dem Müll gelandet, ab dafür. Vorbei ist vorbei, heute geht es um die Krise…«

»Da kommt der Wachtmeister«, sagte Renfrew und zeigte auf die ferne Gestalt auf dem Fahrrad, um den Fluß des Lamentos zu unterbrechen. In den letzten Jahren hatte er diese Klagen oft genug gehört, außer Langeweile bewirkten sie bei ihm gar nichts mehr. Als der Wachtmeister keuchend eintraf, holte Frost den Band heraus, den die Diebe zurückgelassen hatten, eine späte Kepler-Ausgabe. Renfrew untersuchte das Buch einen Moment, während Frost von dem Wachtmeister einen Alarmeinsatz verlangte, um die Diebe möglicherweise auf der Landstraße zu fassen. Die Seiten waren trocken und spröde, sie knisterten, als Renfrew sie umblätterte. Er hatte ganz vergessen, daß eine Letternreihe auf der anderen Buchseite eine Ausbuchtung hinterlassen konnte, als läge der Druck der Geschichte in jedem Wort. Die Buchstaben, tiefschwarz und breit, standen in weiten Abständen. Die breiten Ränder, die präzisen Himmelszeichnungen, das Gewicht des Bands in seiner Hand – das alles schien von einer Zeit zu sprechen, als die Herstellung von Büchern ein Wegweiser auf einem Marsch nach vorn war, ein Druck auf die Zukunft.

Die Gruppe der Väter verbreitete plaudernd und lachend Feiertagsstimmung. Einige spielten auf dem grauen Pflaster mit einem Fußball. Es war ein großer Spaß, ein Treffen, um Geld für die darbende Stadtverwaltung Cambridges zu sammeln. Ein Beamter hatte über solche Suchaktionen in amerikanischen Großstädten gelesen, und letzten Monat hatte London eine veranstaltet.

Mit hellen Lampen, die sich durch die Dunkelheit bohrten, stiegen sie in die Kanalisation hinab. Unter den wissenschaftlichen Labors und dem Industriegebiet der Stadt waren die Schächte übermannshoch. Renfrew drückte die Atemmaske fest gegen sein Gesicht und lächelte Johnny durch den transparenten Rüssel an. Der Frühlingsregen hatte den Dreck weggespült, es stank kaum. Ihre Jagdgenossen überholten sie, summende Erregung lag in der Luft.

Quecksilber war inzwischen höchst selten, ein Kilogramm kostete tausend Neue Pfund. In den unbekümmerten Jahren Mitte des Jahrhunderts war Quecksilber in Abflüsse und Kanäle gespült worden. Damals war es billiger gewesen, verunreinigtes Quecksilber wegzuschütten und neues zu kaufen. Als schwerstes Metall suchte es sich im Kanalisationssystem die tiefsten Stellen und sammelte sich dort. Sie brauchten nur einen Liter wiederzugewinnen, um den ganzen Aufwand lohnend zu machen.

Renfrew und Johnny entfernten sich von der Gruppe und drangen in schmalere Schächte vor. Ihre Lampen warfen von der Oberfläche der Wasserpfützen funkelnde Reflektionen. »He, hier entlang, Dad«, rief Johnny. Die Akustik der Tunnel ließ jedes Wort hohl schallen. Renfrew drehte sich um und glitt plötzlich aus. Fluchend rutschte er in eine dreckige Pfütze. Johnny beugte sich vor. Der Strahl seiner Lampe erfaßte einen Faden trüben Quecksilbers. Renfrews Stiefel war in einen Spalt getreten, der sich an der Nahtstelle zweier Rohre gebildet hatte. Unter der Wasseroberfläche leuchtete das Quecksilber und gab einen schmutzig-warmen Glanz ab; eine dünne Schlange, hundert Guineen wert.

»Ein Fund! Ein Fund!« jubelte Johnny. Sie saugten das Metall mit Unterdruckflaschen auf. Der Fund hatte ihre Stimmung beträchtlich gesteigert, Renfrew lachte gut gelaunt. Sie gingen weiter, entdeckten unerforschte Höhlen und dunkle Verstecke in dem unterirdischen Labyrinth. Johnny stieß auf eine hohe Nische, die verbreitert und mit Matratzen bestückt worden war. »Die Wohnung eines Stadtstreichers, nehme ich an«, murmelte Renfrew. Sie fanden Kerzenstummel und zerfledderte Taschentücher. »He, das hier ist von 1968, Dad«, sagte Johnny. Auf Renfrew machte es einen pornographischen Eindruck, er warf es mit der Titelseite nach unten auf die Matratze. »Wir sollten zurückgehen«, sagte er.

Mit Hilfe ihrer Karte fanden sie eine Eisenleiter. In die Spätnachmittagssonne blinzelnd, kroch Johnny hinaus. Oben stellten sie sich in die Schlange, um ihren Metallfund dem Förderer der Jagdgruppe auszuhändigen. Entsprechend der zur Zeit vorherrschenden Theorie, überlegte Renfrew, wurden soziale Gruppierungen jetzt gefördert, nicht geleitet. Er beobachtete Johnny, der mit zwei Jungen in der Schlange ins Gespräch kam und sich den tastenden Annäherungsritualen einer solchen Situation unterwarf. Der Junge kam bereits in das Alter, in dem die Eltern ihn nicht mehr grundlegend beeinflussen konnten. Jetzt begann der Druck der Altersgenossen und der allgemeingültigen Regeln – auf bewährte Art mit dem Ball zu tricksen; die angemessene Verachtung für Mädchen zu zeigen, sich eine Pufferrolle zwischen natürlichen Tyrannen und den Tyrannisierten zu suchen, eine gewisse grobe, aber notwendigerweise vage Vertrautheit mit dem Sex und der Funktionsweise jener rätselhaften weichen Organe vorzutäuschen. Bald würde Johnny mit den verzehrenden Problemen des Heranwachsens konfrontiert sein – wie man es zum erstenmal mit einem Mädchen macht und so durch die Flamme zum Mann wird, ohne dabei in die Falle zu stolpern, die die Gesellschaft auslegt. Aber vielleicht war diese eher zynische Sichtweise inzwischen veraltet. Vielleicht hatte die Welle sexueller Freiheit, die frühere Generationen erfaßt hatte, alles leichter gemacht. Doch Renfrew argwöhnte, daß dies nicht zutraf. Was ihm am schlimmsten erschien: Er sah keine Möglichkeit, selbst in diese Entwicklung einzugreifen. Vielleicht war es das beste, sich auf die Intuition des Jungen zu verlassen. Welche Anleitung könnte er Johnny geben? »Sieh mal, mein Sohn, denk immer daran – nimm keine Ratschläge an!« Er konnte förmlich sehen, wie der Junge mit großen Augen erwiderte: »Aber das ist doch Unsinn, Daddy. Wenn ich deinen Ratschlag annehme, tue ich das Gegenteil dessen, was du sagst.« Renfrew lächelte. Überall sprossen Paradoxe.

Eine kleine Studentengruppe begrüßte das Ergebnis der Jagd, insgesamt mehrere Kilogramm, mit großem Hallo. Jubelrufe ertönten. Ein Mann murmelte: »Wir leben von gestern.« Und Renfrew stimmte knapp zu: »Wie wahr.« Er hatte das Gefühl, daß hier das Wissen und die Rohstoffe der Vergangenheit ausgeschlachtet wurden, ohne etwas Neues zu schaffen. *Wie das ganze Land,* dachte er.

Auf dem Heimweg wollte Johnny anhalten und den Bluebell Country Club besuchen – ein unerträglich aufgesetzter Name für ein Sommerhäuschen aus dem 18. Jahrhundert. Miss Bell führte darin für die Eigentümer, die fortgezogen waren, ein Katzenhotel. Einmal hatte Marjorie eine widerwärtige Katze aufgenommen, die Renfrew schließlich dort für dauernd untergebracht hatte; er hatte nicht das Herz, das Tier einfach in den Cam zu werfen. Miss Bells Zimmer stanken nach Katzenurin und tuberkulöser Feuchtigkeit. »Keine Zeit«, entgegnete Renfrew auf Johnnys Frage, und sie radelten an der Katzenbehausung vorbei. Danach fuhr Johnny ein wenig langsamer, sein Blick war starr. Renfrew bedauerte es sofort, so barsch gewesen zu sein. In letzter Zeit hatte er häufiger solche Momente, wurde ihm bewußt. Vielleicht machten seine Arbeit im Labor und die Abwesenheit von zu Hause ihn für die nachlassende Nähe zu Marjorie und den Kindern sensibler. Vielleicht gab es aber auch eine Zeit im Leben, in der einem vage bewußt wird, daß man den eigenen Eltern ähnlich ist und nicht ursprünglich reagierte. Gene und Umwelt hatten ihre eigene Dynamik.

Über dem Horizont sah Renfrew eine merkwürdig geformte gelbe Wolke. Ihm fielen die Sommernachmittage ein, an denen er und Johnny die Wolkenbilder über London beobachtet hatten. »Sieh mal!« rief er und zeigte hinüber. Pflichtbewußt schenkte Johnny der gelben Wolke einen Blick. »Gleich pinkeln die Engel«, sagte Renfrew, »wie mein alter Herr immer sagte.« Von dem kleinen Ausschnitt aus der Familiengeschichte aufgemöbelt, lächelten beide.

An einer Bäckerei in King's Parade hielten sie an. Johnny wurde ein hungriger englischer Schuljunge, der kaum noch durchhalten konnte. Renfrew erlaubte ihm zwei Stück, aber keins mehr. An der Tür des Zeitungsladens nebenan verkündete eine Kreideaufschrift die tragische Nachricht, daß die Literaturbeilage der *Times* den Geist aufgegeben hatte, eine Information, die Renfrew kaum mehr interessierte als die Bananenproduktion auf Borneo. Die Schlagzeilen gaben keinen Hinweis darauf, ob finanzielle Erwägungen die Einstellung verursacht hatten oder – was Renfrew wahrscheinlicher erschien – ob es der Mangel an lohnenden Büchern war.

Johnny polterte ins Haus, der Begrüßungsschrei seiner Schwester folgte prompt. Renfrew fühlte sich von der Radtour ein wenig erschöpft und merkwürdig deprimiert. Er saß im Wohnzimmer und versuchte, wenigstens einmal an gar nichts zu denken – was ihm mißlang. Das halbe Zimmer schien ihm völlig unvertraut. Antike Briefbeschwerer aus Glas, matt gewordene Kerzenständer, ein mit Blumen bestickter Lampenschirm, eine Gauguin-Reproduktion, ein sonderbar gemustertes Porzellanschwein auf dem Herd, ein Messingrelief einer mittelalterlichen Dame, ein heller Porzellanaschenbecher in Form einer Katze mit einem Dichterwort rund um den Rand. Kaum ein Quadratzentimeter, der nicht mit dumpfer *Behaglichkeit* gestaltet war. Als er dies alles registriert hatte, durchfuhr ihn die dünne, blecherne Stimme von Marjories Radio; wieder ging es um die Nicaragua-Sache. Die Amerikaner versuchten erneut, von der buntgemischten Gruppe der Nachbarregierungen die Zustimmung für einen Kanal auf Meeresniveau zu erhalten. Die Konkurrenz zum Panamakanal wäre angesichts der Tatsache, daß dieser die Hälfte des Jahres blockiert war, ein leichtes. Renfrew erinnerte sich an ein Interview der BBC zu diesem Thema, in dem der Saukerl aus Argentinien oder sonstwo den amerikanischen Botschafter attackiert hatte, weil die Amerikaner Amerikaner genannt wurden und die südlich der USA nicht. Die Argumentationskette führte geradewegs zu der Annahme, daß sich die USA, die sich den amerikanischen Namen angeeignet hatten, ebenso jeden neuen Kanal aneignen würden. Der Botschafter, in Fernsehdingen nicht sehr gewitzt, hatte mit einer rationalen Erklärung aufgewartet. Er stellte fest, daß kein südamerikanischer Staat das Wort Amerika im Namen führte und daher keinen nachdrücklichen Anspruch darauf hätte. Die Trivialität dieses Arguments im Angesicht eines Ausbruchs psychischer Energie des Argentiniers hatten den Botschafter deutlich ins Hintertreffen geraten lassen, als die Zuschauer am Telefon ihre Meinung zu der Diskussion äußerten. Der Botschafter hatte kaum einmal gelächelt oder in die Kamera gegrinst oder mit der Faust auf den Tisch geschlagen. Wie hätte er da erwarten können, Medienwirkung zu erzielen?

In der Küche fand er Marjorie, die, so schien es, die Einmachgläser zum drittenmal neu ordnete. »Irgendwie sieht es nicht gerade aus«, sagte sie verwirrt. Er setzte sich an den Küchentisch und goß sich Kaffee ein, der, wie erwartet, eher wie Hundefell schmeckte. Das war in jüngster Zeit immer so. »Ich bin sicher, sie sind gerade«, murmelte er. Aber dann schaute er genau hin, als sie die zylindrischen Behälter in die Regale hob, und tatsächlich, die Bretter schienen schief zu sein. Er hatte sie in einer präzisen Radiallinie gebaut, die verlängert genau auf den Mittelpunkt der Erde wies, geometrisch tadellos, absolut rational und eigentlich völlig problemlos. Die Zeit hatte ihr Haus schief und winklig werden lassen. Wissenschaft wurde in diesen Tagen außer Kraft gesetzt. Diese Küche war der wahre Bezugsrahmen, die galileische Konstante. Genau. Während er seiner Frau zusah, wie sie Gläser hin und her schob, preußische Exaktheit auf Fichtenbrettern, sah er, daß es jetzt die Regale waren, die schief standen; die Wände waren gerade.

## — 11 —

Peterson wachte auf und schaute zum Fenster hinaus. Der Pilot war eine Schleife geflogen und näherte sich San Diego vom Meer her. Aus dieser Höhe war der größte Teil der Küstenlinie nördlich von Los Angeles sichtbar. Die Stadt war in ständigen Dunst gehüllt, ansonsten war der Tag klar und hell. Von den Fenstern hochgezogener Bürogebäude wurde die Sonne in blitzenden Funken zurückgeworfen. Abwesend starrte Peterson aufs Meer. Winzige Wellenlinien krochen mit kaum merklicher Geschwindigkeit aufs Ufer zu. Ab und zu, wenn das Flugzeug etwas hinunterging, sah er weiße Schaumbögen vor dem blauen Hintergrund; der Ozean war hier ganz anders als der, den er am Vortag überflogen hatte.

Er hatte einen Linienflug genommen. Aus der Luft war die Algenblüte ein entsetzlicher Anblick gewesen. Sie erstreckte sich jetzt über einen Durchmesser von hundert Kilometern. Blüte war ein gutes Wort dafür, dachte er sarkastisch. Sie hatte wie eine riesige Blume ausgesehen, eine scharlachrote Kamelie weit vor Brasiliens Küste. Seine Mitreisenden hatte der Anblick erregt. Sie waren von Fenster zu Fenster gelaufen, um bessere Sicht zu haben. Aufgeregte Fragen schwirrten durchs Flugzeug. Interessant, stellte er für sich fest, wie Rot, die Farbe des Bluts, dem menschlichen Geist Gefahr suggerierte. Es war gespenstisch gewesen, hinabzuschauen und den ruhigen, verwundeten Ozean zu sehen, die Saumlinie einer rosa Brandung.

Sein Verstand war von der Realität dort unten abgerückt und hatte sie in ein surrealistisches Kunstwerk verwandelt. Es fehlten noch purpurrote Jaguare und gelbe Bäume – ein Jesse Allen. Und orangefarbene Fische in der Luft...

Wie ging jenes Bottomley-Gedicht noch? Die zweite Strophe – in der die Vögel gezwungen werden, zu hoch zu fliegen – *wo Dünste wider die Natur verschweben; sterben wird beseelter Fels, wenn Vögel nach mehr Nähe streben.* Knittelvers aus dem 19. Jahrhundert. Seltsam, wie man sich an die Fetzen der Kultur klammerte.

In Rio hatte es Aufstände gegeben. Die normalen politischen Geschichten, Populärmarxismus und einheimische Querulanten, ausgelöst von der Blüte. Ein Helikopter hatte ihn vom Flughafen zum Geheimtreffen auf einer großen Yacht gebracht, die nördlich der Stadt vor der Küste ankerte. Der brasilianische Präsident und sein Kabinett waren dort. McKerrow aus Washington und Jean-Claude Rollet, ein Kollege Petersons im Rat. Sie hatten von zehn Uhr bis zum späten Nachmittag konferiert, das Essen wurde ihnen im Konferenzraum serviert.

Soweit möglich, sollten Maßnahmen zur Einschränkung der Blüte ergriffen werden. Problematisch war es, den Prozeß umzukehren; im Indischen Ozean und in Kontrolltanks in Südkalifornien wurden Experimente durchgeführt. Von den Notvorräten wurde ein Teil nach Brasilien geschickt, um die Verluste der Fischerei auszugleichen. Der brasilianische Präsident würde die Bedeutung dieser Maßnahme herunterspielen, um eine Massenpanik zu vermeiden. Finger im Deich, zerbrechliche Stützen gegen das Gewicht des kranken Ozeans. Als sie sich trennten, war Rollet aufgebrochen, um dem Rat Bericht zu erstatten.

Peterson hatte sich mit beträchtlichem Geschick dagegen wehren müssen, mit Botengängen, organisatorischem Kleinkram und anderen Aufgaben überladen zu werden. Eine Krise dieser Art zu managen, erforderte gewandtes Handeln. Die einzelnen Nationen mußten beschwichtigt, Englands eigene Interessen berücksichtigt werden (obschon das nicht seine wichtigste offizielle Aufgabe war), und natürlich war da noch die stets präsente Schnüffelei der Medien. Mit Erfolg hatte Peterson argumentiert, daß jemand den kalifornischen Experimenten ein Augenmerk schenken mußte. Sein wahrer Grund war ein kleines Experiment, das er in Gedanken für sich behielt.

Direkt nach der Landung ertönte Musik vom Band, Fluggäste zerrten ihr Handgepäck heraus, um schnell nach draußen zu stürzen. Das war für Peterson der schlimmste Teil eines Linienflugs; erneut wünschte er, Sir Martin die Genehmigung abgerungen zu haben, für diesen Flug eine Maschine des Rats zu benutzen. Das wäre teuer, verschwenderisch und so weiter, aber um einiges besser als die Reise in einem Viehwagen mit Tragflächen. Das Standardargument, daß der Flug im eigenen Jet den Beamten mehr Ruhe gab und damit ihre kostbaren Energien schonte, war in einer Zeit schrumpfender Etats nicht mehr zu halten.

Wie nach Plan verließ er vor allen anderen die Maschine durch die vordere Tür. Ein großes Aufgebot an Sicherheitskräften in Lederstiefeln und Helmen wartete. Inzwischen hatte er sich an den Anblick der offen getragenen automatischen Pistolen gewöhnt.

In seiner Limousine saß ein Protokollbeamter, der ziel- und endlos redete, aber Peterson brachte ihn bald zum Verstummen und genoß die Fahrt. Der Sicherheitswagen blieb dicht hinter ihnen, wie er bemerkte. Anzeichen der jüngsten »Unannehmlichkeiten« waren nicht zu erkennen. Einige ausgebrannte Gebäudeblocks, gewiß, und ein Straßentunnel mit Einschüssen großkalibriger Waffen, aber kein Gefühl latenter Spannung. Die Straßen waren kaum frequentiert, die Autobahn wirkte verlassen. Seit die mexikanischen Ölfelder die notorisch optimistischen Prognosen Lügen gestraft hatten, war Kalifornien kein autoanbetendes Paradies mehr. Das und der politische Druck der Mexikaner, die hochfliegenden Versprechungen ökonomischen Aufschwungs einzulösen, hatten sich mit dem übrigen politischen Gebräu hier gemischt und zu »Unruhen« geführt.

Die üblichen Zeremonien nahmen wenig Zeit in Anspruch. Das Ozeanographische Institut machte einen verwitterten, aber soliden Eindruck; blaue Kacheln, Salzgeruch und alles, was dazugehörte. Das Personal hatte sich inzwischen an die Besuche von Würdenträgern gewöhnt. Die Fernseh-Knaben bekamen ihre Aufnahmezeit und wurden wieder hinausgescheucht. Peterson lächelte, schüttelte Hände, plauderte Belangloses. Das Päckchen, das Markham von Caltech hatte haben wollen, tauchte auf, und Peterson verstaute es in seinem Aktenkoffer. Markham hatte um das Material gebeten, das nach seinen Worten mit dem Tachyonen-Experiment zu tun hatte, und Peterson hatte versprochen, seine guten Beziehungen zu nutzen, um es von den Amerikanern zu bekommen. Die Arbeit war noch nicht veröffentlichungsreif, ein üblicher Kniff, um nichts zu früh zu verraten, aber mit einigen Bemühungen hatte er sie beschaffen können.

Der Morgen verlief wie geplant. Ein allgemeiner Überblick

durch einen Ozeanographen, Dias und Schaubilder vor einer zwanzigköpfigen Zuhörerschaft. Dann eine Wiederholung, diesmal offener und weitaus pessimistischer, vor einem Kreis von fünf. Und dann Alex Kiefer, der Chef des Ganzen, unter vier Augen mit Peterson.

»Wollen Sie Ihren Mantel nicht ablegen? Heute ist es ziemlich warm. Ein herrlicher Tag.« Kiefer sprach schnell, fast nervös. Jetzt, da sie unter sich waren, schien Kiefer einen Energieüberschuß zu besitzen. Er schritt schnell aus, federte auf den Zehenspitzen, blickte sich ständig um und grüßte die wenigen Menschen, die ihnen begegneten, mit ruckhaften Bewegungen. Er komplimentierte Peterson in sein Büro.

»Kommen Sie, kommen Sie!« sagte er händereibend. »Nehmen Sie Platz! Geben Sie mir Ihre Jacke! Nein? Ja, ein herrlicher Ausblick, nicht wahr? Herrlich.«

Die letzte Bemerkung war die Antwort auf eine Äußerung, die Peterson gar nicht gemacht hatte; allerdings war er, angezogen vom schimmernden Glanz des Pazifik unter ihnen, automatisch auf das große Panoramafenster zugetreten. »Ja«, sagte er jetzt und machte die erwartete Bemerkung. »Ein großartiger Ausblick. Lenkt er Sie nicht ab?«

Der breite Sandstrand erstreckte sich auf La Jolla zu und ging dann in ein von paradiesischen Palmen umgebenes Hügelgebiet über. Auf dem Ozean saßen Reihen von Surfern in Schutzanzügen wie große schwarze Meeresvögel auf ihren Brettern, die sie mit geduldigen Paddelbewegungen antrieben.

Kiefer lachte. »Wenn ich merke, daß ich mich nicht konzentrieren kann, ziehe ich mir einen Neoprenanzug über und gehe schwimmen. Das klärt den Verstand. Ich versuche, jeden Tag zu schwimmen. Eigentlich braucht man jetzt kaum noch einen Anzug, das Wasser ist bereits ziemlich warm. Die jungen Leute dort draußen meinen nur, es sei kalt.« Er zeigte zu den Surfern. Die meisten hockten auf den Knien und paddelten vor einer hohen Welle her. »Früher wurde es richtig kalt. Bevor die Multi-Gigawatt-Kernreaktoren in San Onofre gebaut wurden. Aber das wissen Sie sicher selbst. Das gehört doch zu Ihren

Aufgaben, oder? Na ja, dadurch stieg die Wassertemperatur ein wenig, genau vor diesem Küstenstreifen. Interessant. Anscheinend wurden die Meeresfauna und -flora dadurch stimuliert. Wir beobachten das hier natürlich sehr sorgfältig. Es gehört zu unseren wichtigsten Untersuchungen. Wenn die Temperatur weiter zunimmt, könnte das einige Lebenskreise verändern, aber soweit wir wissen, ist die Spitze bereits erreicht. Seit einigen Jahren gab es keine Zunahme mehr.«

Kiefers Bewegungen und seine Sprache wurden weniger sprunghaft, als er über seine Arbeit zu sprechen begann. Peterson schätzte ihn auf Ende Vierzig. Um die Augen machten sich Fältchen breit, sein dichtes, schwarzes Haar war an den Schläfen grau, aber er machte einen sportlichen Eindruck. Er wirkte wie ein Asket, doch sein Büro strafte diesen Anschein Lügen. Peterson hatte mit einer Mischung aus Neid und Verachtung, die er in Amerika häufig empfand, Kiefers Büroausstattung registriert: den tiefen, olivgrünen Teppichboden, den glattglänzenden Rosenholzschreibtisch, die Hängefarne und Spinnenpflanzen, die japanischen Drucke an den Wänden, die Illustrierten auf dem Kaffeetisch mit Keramikoberfläche und natürlich die großen getönten Fenster mit Blick auf den Pazifik. Einen Moment sah er Renfrews unordentliches, aber gemütliches Zimmer vor sich. Doch abgesehen von der Aussicht zeigte Kiefer keinerlei Stolz auf seine Umgebung, er schien sie nicht einmal bewußt wahrzunehmen. Sie setzten sich – nicht an seinen Schreibtisch, sondern in die bequemen Sessel neben dem Kaffeetisch. Peterson entschied, daß es jetzt genug des Spielchens »Schüchtere deinen Besucher ein« wäre; eine Geste der Gleichgültigkeit war vonnöten.

»Haben Sie was dagegen, daß ich rauche?« fragte er und zog eine Zigarre und ein goldenes Feuerzeug heraus.

»Oh… ich… nun, gewiß.« Kiefer schien einen Moment verwirrt. »Ja, ja, natürlich.« Er stand auf und öffnete das große Fenster einen Spalt, dann ging er zum Schreibtisch zurück und sprach ins Intercom. »Carrie? Würden Sie, bitte, einen Aschenbecher bringen!«

»Tut mir leid«, sagte Peterson. »Ich scheine ein Tabu verletzt zu haben. Ich dachte, in Einzelbüros sei Rauchen erlaubt.«

»O ja, das ist richtig«, bestätigte Kiefer. »Das ist schon in Ordnung. Es ist nur, daß ich selbst Nichtraucher bin und versuche, anderen den Wind aus den Segeln zu nehmen.« Er bedachte Peterson mit einem plötzlichen entwaffnenden Lächeln. »Ich hoffe, Sie verstehen das. Und es ist ja auch nicht so schlimm, wenn ich die ganze Zeit Rückenwind habe.«

Die Tür öffnete sich, Kiefers Sekretärin kam herein und setzte den Aschenbecher vor Peterson ab. Peterson dankte ihr, schätzte im stillen ihre körperlichen Merkmale ein und gab acht von zehn möglichen Punkten. Vergnügt registrierte er, daß nur sein Status als Mitglied des Weltrats Kiefers Rauchverbot aufgehoben hatte.

Kiefer war auf seinem Sessel nach vorn gerutscht. »So ... nun schildern Sie mir, welche Situation Sie in Südamerika vorgefunden haben!« Ungeduldig rieb er die Hände aneinander.

Peterson stieß genüßlich den Rauch aus. »Es steht schlecht. Nicht hoffnungslos, noch nicht, aber sehr ernst. In letzter Zeit ist Brasilien immer mehr vom Fischfang abhängig geworden, dank der kurzsichtigen Rodungspolitik vor ein oder zwei Jahrzehnten – und die Blüte beeinträchtigt den Fischfang natürlich beträchtlich.«

Kiefer beugte sich noch weiter vor. Wie eine klatschsüchtige Hausfrau war er auf Einzelheiten gespannt, und in diesem Augenblick wurde Petersons Vorgehensweise blanke Routine. Er teilte das Notwendige mit und entlockte Kiefer einige fachliche Hinweise, die zu merken sich lohnen würde. Über Biologie wußte er besser Bescheid als über Physik, deshalb kam er besser zurecht als mit Renfrew und Markham. Kiefer schwenkte zur Frage der Zuschüsse – natürlich sah es trostlos aus. Überall das gleiche Lied –, und Peterson lenkte das Gespräch auf nützlichere Dinge.

»Wir glauben, die gesamte Nahrungsmittelkette könnte gefährlich werden«, sagte Kiefer. »Das Phytoplankton geht durch Chlorkohlenwasserstoffe zugrunde – solche, wie sie in Düngern verwendet werden.« Kiefer blätterte durch die Akten. »Vor allem Manodrin.«

»Manodrin?«

»Manodrin ist ein chlorierter Kohlenwasserstoff, der in Insektiziden verwandt wird. Es hat eine neue Lebensnische unter den mikroskopischen Algen geöffnet, eine neue Variante der Kieselalge hat sich entwickelt. Sie setzt ein Enzym aus, das Manodrin zerlegt. Außerdem scheidet sie ein Zerfallsprodukt aus, das die Übertragung von Nervenimpulsen bei Tieren unterbricht. Die dendritischen Verbindungen versagen. Aber das müssen Sie bei der Konferenz doch alles erörtert haben.«

»Es ging zumeist um die politische Ebene; welche Maßnahmen gegen die akute Krise ergriffen werden sollten und so weiter.«

»Was wird man tun?«

»Sie werden versuchen, Stoffe zur Eindämmung der Blüte von den Experimenten im Indischen Ozean abzuzweigen, aber ich weiß nicht, ob das funktioniert. Sie haben die Tests noch nicht abgeschlossen.«

Kiefers Finger trommelten auf den Keramikplatten. Plötzlich fragte er: »Haben Sie selbst die Blüte gesehen?«

»Ich bin darüber hinweggeflogen«, antwortete Peterson. »Sie ist häßlich wie eine Sünde. Die Farbe versetzt die Fischdörfer in Angst und Schrecken.«

»Ich werde es mir wohl selbst mal anschauen«, murmelte Kiefer, mehr zu sich selbst als zu Peterson. Er stand auf und ging hin und her. »Trotzdem, wissen Sie, ich spüre, da ist noch etwas anderes ...«

»Ja?«

»Einer von meinen Laborjungs meint, es geht etwas Besonders vor – der Prozeß könne sich aus sich selbst heraus verändern. Aber das ist alles rein hypothetisch. Ich halte Sie auf dem laufenden, wenn sich etwas Neues ergibt.«

»Tun Sie das!«

Später als vorgesehen verließ Peterson das Scripps Institut. Er nahm eine Einladung zum Abendessen bei Kiefers an, um die Entwicklung auf einer freundschaftlichen, persönlichen Ebene fortzuführen; das hatte sich immer noch bewährt. Es fiel weitaus schwerer, jemanden übers Ohr zu hauen, wenn man mit ihm einiges getrunken, einen Witz erzählt und einen Braten in seiner Begleitung verschlungen hatte, mochte die Unterhaltung auch noch so langweilig gewesen sein.

Petersons Limousine und das unvermeidliche Sicherheitskommando brachten ihn nach La Jolla hinein, wo er einen Termin in der San-Diego-Bundessparkasse hatte. Es war ein wuchtiges, eckiges Gebäude inmitten einer Kette langweiliger Läden mit den üblichen baulichen Varianten. Er überlegte, ein Reisesouvenir als Geschenk mit nach Hause zu nehmen, was er in jüngeren Jahren häufiger getan hatte, gab den Gedanken aber sofort wieder auf. Die Läden jonglierten mit allen möglichen Preisaufschlägen, und trotz des schwachen Dollars erging es dem Pfund noch schlechter. Das wäre nur zweitrangig gewesen, wären die Läden einigermaßen interessant, aber sie stellten nur Schnickschnack wie Zierlampen und bunte Aschenbecher aus. Er zog eine Grimasse und betrat das Bankgebäude.

Durch den Anblick der Sicherheitstruppe vorgewarnt, erwartete ihn der Direktor an der Tür. Ja, ihm war Mr. Petersons Ankunft gestern avisiert worden, gewiß, sie hatten die Aufzeichnung der Bank geprüft. Kaum im Büro des Direktors angekommen, fragte Peterson knapp: »Und?«

»Oh, Sir, für uns war es eine Überraschung, das kann ich Ihnen sagen«, meinte der dünne Mann mit ernster Stimme. »Ein Bankschließfach, für das die Gebühren auf Jahrzehnte im voraus bezahlt sind. Recht ungewöhnlich.«

»Wie wahr.«

»Man... man sagte mir, Sie würden keinen Schlüssel haben?« Offenbar hoffte der Mann, Peterson würde doch einen haben und ihm damit ersparen, seinen Vorgesetzten später eine Unzahl von Erklärungen liefern zu müssen.

»Richtig, ich habe keinen. Aber Sie haben doch festgestellt, daß das Fach auf meinen Namen ausgestellt war, oder?«

»Oh, ja, das haben wir. Ich verstehe nicht…«

»Sagen wir einfach, es handelt sich um eine Angelegenheit der nationalen Sicherheit.«

»Trotzdem, ohne Schlüssel…«

»Nationale Sicherheit! Äußerst wichtig. Ich glaube doch, Sie verstehen, was ich damit sagen will.« Peterson schenkte dem Mann sein bestes distanziertes Lächeln.

»Nun ja, der Unterstaatssekretär hat einen Teil am Telefon erklärt, und ich habe es mit meinem direkten Vorgesetzten besprochen, aber…«

»Na großartig, ich freue mich, daß es so schnell ging. Meinen Glückwunsch zu Ihrem Tempo! Es macht immer Vergnügen, eine erfolgreiche Operation zu sehen.«

»Nun, wir tun…«

»Ich würde es mir jetzt gerne mal anschauen«, unterbrach Peterson in entschlossenem Tonfall.

»Nun, ääh, bitte, hier entlang…«

Es folgte ein undurchsichtiges Ritual: Unterschriften, Zeitstempel und schließlich der Gang durch die summende Tür. Die großen Stahlflügel waren geöffnet und gaben den Blick auf die schimmernde Wand der Schließfächer frei. Nervös fischte der Direktor die passenden Schlüssel aus seiner Westentasche. Er fand das richtige Fach und zog die Stahlbox heraus. Bevor er sie weitergab, zögerte er unmerklich. »Ja, danke«, murmelte Peterson höflich und ging direkt in den kleinen Nebenraum, um allein zu sein.

Es war seine eigene Idee gewesen, und sie gefiel ihm gut. Wenn Markham recht hatte, war es möglich, jemanden in der Vergangenheit zu erreichen und die Gegenwart zu verändern. Aber völlig unklar war, wie dieses Vorgehen die Gegenwart beeinflußte. Da die Vergangenheit, die sie jetzt betrachteten, die von Renfrew geschaffene sein konnte, wie konnte man sie dann von einer anderen Vergangenheit unterscheiden, die nie eingetreten war, aber sehr wohl möglich gewesen wäre? Diese Art

Betrachtung, so Markham, war falsch, weil, sobald man einen Tachyonenstrahl zwischen zwei Zeiten austauschte, die beiden Zeiten für immer verbunden waren, eine in sich geschlossene Schleife. Aber Peterson erschien es wesentlich zu wissen, ob man tatsächlich mit dem Signal durchgekommen war. In Markhams idealisierten Experimenten mit Kippschaltern und hin und her zuckenden Hebeln wurde das Problem verschleiert. Daher hatte Peterson eine Art Prüfstein ins Spiel gebracht. Gewiß, man mußte die einleitenden Daten über Ozeane senden. Aber man konnte die Vergangenheit zugleich auffordern, irgendwo so etwas wie ein Hinweisschild zu plazieren. Ein klares Zeichen, daß die Signale empfangen worden waren – das wäre ausreichend, Peterson zu überzeugen, daß diese Ideen nicht nur reines Geschwätz waren. Also hatte er zwei Tage vor seiner Abreise aus London Renfrew angerufen und ihm eine bestimmte Botschaft genannt, die er senden sollte. Markham hatte eine Liste der Wissenschaftlergruppen, die möglicherweise auf ihren nuklearmagnetischen Resonanzanlagen eine Tachyonenbotschaft empfangen konnten. An jeden Ort wurde eine Botschaft abgeschickt: New York, La Jolla, Moskau. Gleichlautend wurden die Empfänger aufgefordert, in einem Bankschließfach auf Petersons Namen eine Nachricht zu hinterlegen. Das müßte ausreichen.

Nach Moskau konnte Peterson nicht, ohne Sir Martin den Grund zu erklären. New York stand zur Zeit außer Frage – wegen der Terroristen. Blieb nur noch La Jolla.

Peterson spürte seinen Puls schneller werden, als die Halterung der Stahlbox sich mit einem Klicken löste. Als der Deckel sich öffnete, sah er nur ein Blatt gelben Papiers, dreifach gefaltet. Er nahm es heraus und strich die Knickstellen sorgfältig glatt. Das Papier knisterte alt und trocken.

BOTSCHAFT ERHALTEN LA JOLLA

Das war alles. Es war genug. Sofort empfand Peterson zwei widerstreitende Gefühle: Freude – und Enttäuschung, daß er nicht um mehr gebeten hatte. Wer hatte die Nachricht geschrieben? Was hatten sie sonst noch empfangen? Bekümmert gestand er sich ein, daß er angenommen hatte, der Empfänger der Botschaft würde die Anleitung befolgen und dann darüber hinaus mitteilen, wie er sie erhielt, als was er sie interpretierte oder zumindest doch, wer er selbst war.

Aber nein, nein, dachte er, sich zurücklehnend. Dies war genug. Dies hier bewies, daß die ganze Geschichte stimmte. Unglaublich, aber sie stimmte. Was das sonst noch bedeuten mochte, war zugegebenermaßen völlig unklar – aber dies eine war sicher.

Und außerdem, dachte er mit einem Anflug von Stolz, hatte er es ganz allein gemacht. Einen Moment fragte er sich, ob das einen Wissenschaftler ausmachte: etwas zu entdecken, die Welt einen Augenblick lang unverhüllt zu sehen.

Da klopfte der Bankdirektor zaudernd an die Tür, die Stimmung war verflogen. Peterson steckte das gelbe Blatt in die Tasche.

Er nahm im Valencia Hotel eine Suite mit Blick auf die Bucht. Der Park unter dem Fenster war von der Brandung zum Teil zerstört worden, wie abrupt endende Wege bewiesen. An der gesamten Küste hatten die Wellen das Erdreich unterspült. Überhängende Felszungen, die jeden Moment hinabstürzen konnten, ragten in die Brandung. Niemand schien davon Notiz zu nehmen.

Er wies die Sicherheitsbeamten und die Besatzung seiner Limousine an, sich für die Nacht zurückzuziehen. Sie lenkten die Aufmerksamkeit auf ihn, und ein Tag im Rampenlicht reichte ihm vollauf. Der Erfolg in der Bank ließ seine Gedanken nicht zur Ruhe kommen. Einen Teil der angestauten Energie ließ er bei dreißig Runden im Schwimmbecken des Hotels verpuffen, dann stürzte er sich in einen erfolglosen Plünderungszug durch die Läden in der Nähe. Am meisten interessierten ihn die Bekleidungsgeschäfte, aber sie gehörten zu der Sorte, die ihre Waren nicht einfach ausstellten, sondern sie in Szenarien englischer Herrenhäuser oder französischer Schlösser arrangierten. Hier gab es noch Geld, auch wenn das meiste fehlgeleitet schien. Die Menschen waren freundlich, sauber und geschmeidig. Vermögend zu sein, hob einen in England zumindest aus der Masse heraus; hier bürgte er für gar nichts, nicht einmal für guten Geschmack.

Die Gehwege waren voller alter Leute, von denen einige recht ungehalten werden konnten, wenn man ihnen nicht auswich. Die jüngeren Männer jedoch waren freundlich und athletisch. Ihn interessierten die Frauen mehr, ihre frische Eleganz und ihr makelloser Chic. Ihnen war eine gewisse Sanftheit zu eigen, eine unbestimmbare Prägung wohlhabender Neutralität. Zum Teil beneidete er dieses Leben. Zwar wußte er, daß die Menschen, die den Girard so selbstbewußt entlangschritten, von ebensoviel Beschränkungen wie die Briten gehemmt wurden – Südkalifornien bestand aus einer Vielzahl von Einschränkungen, das galt für Einwanderungen, Hauskauf, Wasserverbrauch, Berufswechsel, Autos, praktisch alles –, aber sie wirkten freier. Hier fand sich jener Weltüberdruß, den Europäer häufig mit Reife gleichsetzten, noch nicht so ausgeprägt. Bei den Frauen vermißte er stets eine gewisse Komplexität. Sex mit ihnen war gesund, qualifiziert und ungezwungen. Wenn man ihnen ein Abenteuer vorschlug, waren sie nie erstaunt oder gar schockiert. Ihr Nein hieß nein, und ihr Ja hieß ja. Er vermißte die Herausforderung des Nein, das vielleicht hieß, das elegante Spiel der Verführung. Diese Amerikaner spielten nicht; sie waren voller Tatendrang und Gewandtheit, aber niemals unaufrichtig, verstohlen oder listig. Sie bevorzugten direkte Fragen, gaben direkte Antworten. Sie waren gern vorneweg.

An diesem Punkt seiner Überlegungen blieb er vor einem Weinladen stehen und entschloß sich, den Versuch zu unternehmen, einige Kartons guten kalifornischen Weins nach England mitzunehmen. Man wußte nie, wann man wieder so eine Chance hatte.

Als er in der Bar auf Kiefer wartete, kam ihm plötzlich ein

Gedanke. Was wäre, wenn er einfach einen Brief mit der Botschaft darin an Renfrew geschickt hätte? So wie die Post heutzutage arbeitete, hätte er ihn bis jetzt wahrscheinlich noch gar nicht erreicht. In dem Fall hätte er nach Erhalt des gelben Papiers Renfrew anrufen und ihm auftragen können, die Botschaft nicht zu senden. Wie würde Markham damit zurechtkommen?

Er trank seinen Gin aus, und dann fiel ihm die Sache mit den Schleifen wieder ein. Ja, der Plan, den er gerade ausgetüftelt hatte, hätte alles in einen unentschiedenen Zustand versetzt. Das war die Antwort. Aber was für eine Antwort war das?

»Verdammte Straßen«, klagte Kiefer. »Immer mehr wie Slums.« An einer scharfen Kurve riß er das Lenkrad herum. Reifen quietschten.

Für Peterson war dieser Themenwechsel ein entschiedener Vorteil. Kiefer hatte die ganze Zeit die Vorzüge des Verzehrs von frischem Gemüse geschildert, das mit annähernder Lichtgeschwindigkeit aus »dem Tal« hergebracht wurde – einem Füllhorn, das keines weiteren Namens bedurfte.

Um die neue Gesprächsrichtung anzuregen, sagte Peterson mit mildem Zweifel: »Mir erscheint die Gegend recht wohlhabend.«

»Ja, sicher, natürlich, man sieht nichts, wenn man auf den Hauptstraßen bleibt. Aber es wird schwerer, den Lebensstandard zu erhalten. Sehen Sie sich zum Beispiel hier einmal um! Fällt Ihnen etwas auf?«

Sie fuhren jetzt durch die Hügel. Die gewundene, schmale Straße gab ab und zu den Blick auf den Ozean zwischen spanischen Ranchos und französischen Miniatur-Chateaux frei.

»Sehen Sie, wie sie sich eingemauert haben? Als wir zum ersten Mal hierherkamen, das war vor etwa zwanzig Jahren, waren sie alle offen. Von jedem Haus hatte man eine großartige Aussicht. Jetzt kann man sich nicht einmal an seinen Nachbarn wenden, ohne sich auf die Straße zu stellen, einen Knopf zu drücken und sich über Intercom zu unterhalten. Und dann sollten Sie erst einmal die Anti-Einbrecher-Elektronik sehen! Sie kostet soviel wie hundert deutsche Schäferhunde. Und natürlich Reserveakkus für den Fall von Spannungsabfall.«

»Die Kriminalitätsrate ist wohl ziemlich hoch«, meinte Peterson fragend.

»Schlimm! Illegale Ausländer, zu viele Menschen, zu wenig Arbeit. Jeder meint das Recht auf ein Leben in Luxus – oder wenigstens in Bequemlichkeit – zu haben; wenn dieser Traum zerstiebt, kommt es zu Frustrationen und Verbitterung.«

Peterson begann seinen Plan zu ändern. Er würde sich die Zeit nehmen, das bestmögliche elektronische Sicherheitssystem zu finden. Genau in diesen Dingen waren die Amerikaner allen voraus. Wie dumm von ihm, nicht eher daran gedacht zu haben! Ein gutes Sicherheitssystem, leicht installierbar und unempfindlich, würde er gebrauchen können. Wenn möglich, wollte er es im Flugzeug mitnehmen. Erneut wünschte er, einen eigenen Jet zur Verfügung zu haben.

»Die Stadt wird in einzelne, abgeschottete Enklaven aufgeteilt«, fuhr Kiefer fort. »Meist ältere Leute.«

Peterson nickte, als Kiefer die Statistiken zitierte; beim Anteil alter Menschen schien Kalifornien nur noch von Florida übertroffen zu werden. Seit dem Zusammenbruch des Systems der Sozialversicherung hatte die Lobby der Seniorenbewegung noch eindringlicher auf besondere Privilegien, Steuererlasse und zusätzliche Vergünstigungen gedrängt. Peterson war sicher, mehr von Demographie zu verstehen als Kiefer; der Rat hatte vor zwei Jahren einen Film über die weltweite Entwicklung erstellt, zu dem auch einige vertrauliche Projektionen gehörten. Seit die USA und Europa ein Bevölkerungs-Nullwachstum registrierten, hatte die Bevölkerungspyramide eine Ausbuchtung, die jetzt ins Rentenalter gewachsen war. Die Älteren erwarteten üppige Monatsschecks, die aus den Steuern der lichter gewordenen Reihen jüngerer Menschen kommen mußten. Das führte zu einem »Anspruchs-Syndrom«. Die Alten hatten das Gefühl, das ganze Leben reichlich Steuern bezahlt zu haben und abgeschoben worden zu sein, bevor sie die fetten Gehälter verdienen konnten, die jetzt an Jungmanager bezahlt wurden. Sie hatten einen »Anspruch«, argumentierte die Seniorenbewegung, und die Gesellschaft sollte gefälligst genug ausspucken. Die Alten beteiligten sich häufiger an Wahlen und hatten einen scharfen Blick für ihre eigenen Interessen. Sie hatten Macht. In Kalifornien war ein ergrauter Kopf ein Symbol für politischen Aktivismus geworden.

»... wochenlang kommen sie nicht raus, seit sie die schicken Televideo-Systeme haben. Erspart ihnen das Einkaufen, zur Bank zu gehen oder irgend jemanden unter sechzig zu sehen. Sie machen alles elektronisch. Die Stadt stirbt daran. Das älteste Filmtheater in La Jolla, das Unicorn, hat letzten Monat geschlossen. Verdammt schade.«

Peterson nickte mit gespieltem Interesse, während er weiter über die Änderungen seiner Pläne grübelte. Der Wagen kurvte in eine steile Auffahrt, als sich das Tor vor ihm öffnete. Sie fuhren bis zu einem langgestreckten, weißen Haus hinauf. Spanischer Verschnitt, klassifizierte Peterson es. Teuer, aber stillos. Kiefer stellte den Wagen in der Parkbucht ab, Peterson bemerkte Fahrräder und einen Kinderwagen. Mein Gott, Kinder! Wenn er beim Abendessen von einer Horde amerikanischer Bälger umgeben wäre...

Seine Befürchtungen schienen Realität zu werden, als sie an der Tür von zwei Jungen erwartet wurden, die Kiefer entgegenstürzten und beide gleichzeitig redeten. Kiefer gelang es, sie so lange zum Schweigen zu bringen, um ihnen Peterson vorzustellen, dem sie sofort ihre Aufmerksamkeit widmeten. Der ältere Junge verzichtete auf alle einleitenden Floskeln und fragte direkt: »Sie sind ein Wissenschaftler wie mein Dad?« Der jüngere fixierte ihn ohne zu blinzeln und trat dabei von einem Fuß auf den anderen – eine aufreizende Bewegung. Vermutlich war er der lautere und problematischere der beiden, überlegte Peterson. Den Typ des älteren kannte er: ernst, beredt, verbohrt und beinahe unerschütterlich.

»Nicht ganz«, begann er, wurde aber sofort unterbrochen.

»Mein Dad studiert Kieselalgen im Ozean«, sagte der Junge.

Peterson schien für ihn abgetan. »Das ist sehr wichtig. Ich werde auch Wissenschaftler, wenn ich groß bin, vielleicht Astronom, und David wird Astronaut, aber er ist erst fünf, eigentlich weiß er es also gar nicht. Möchten Sie das Modell des Sonnensystems sehen, das ich für unsere Arbeitsgruppe gemacht habe?«

»Nein, nein, Bill«, schaltete Kiefer sich eilig ein. »Ich weiß, es ist sehr schön, aber Mr. Peterson möchte jetzt nicht damit behelligt werden. Wir werden einen Drink nehmen und über Erwachsenensachen sprechen.« Gefolgt von Peterson und den beiden Jungen, ging er zum Wohnraum vor.

»Ich kann auch über Erwachsenendinge reden«, sagte Bill empört.

»Ja, ja, natürlich kannst du das. Ich meinte, wir sprechen über Dinge, die dich nicht interessieren. Was möchten Sie zu trinken? Whisky-Soda, Wein, Tequila...?«

»Woher weißt du, daß sie mich nicht interessieren, ich interessiere mich für viele Dinge«, beharrte das Kind, bevor Peterson antworten konnte. Eine helle, feste Stimme aus einem anderen Zimmer rettete die Situation. »Jungs! Kommt bitte sofort her!« Ohne Widerspruch verschwanden sie beide. Peterson merkte sich die verbale Rückhand, mit der er den älteren Jungen hatte kontern wollen, für spätere Gelegenheiten.

»Ich sehe, Sie haben Pernod. Könnte ich einen Pernod-Tequila haben, mit einem Spritzer Zitrone, bitte?«

»Hui, was für eine Mixtur! Ist sie gut? Ich selbst trinke selten harte Sachen. Die Leber. Setzen Sie sich, wir haben bestimmt etwas Zitronensaft im Haus. Meine Frau wird wissen, wo. Hat dieser Drink einen Namen, oder haben Sie ihn selbst erfunden?« Kiefer verfiel wieder in sein sprunghaftes Verhalten.

»Ich glaube, man nennt ihn einen Macho«, erwiderte Peterson. Er blickte sich in dem Zimmer um. Es war von schlichter Eleganz, bis auf einige orientalische Stücke völlig weiß. Rechts vom Kamin hing eine japanische Schriftrolle, in einer Nische stand ein Blumenarrangement. Gegenüber vom Kamin gaben vorhanglose Panoramafenster den Blick über Dächer und Baumwipfel auf den Pazifik frei. Neben den Lichtern, die überall an der Küste glitzerten, so weit Peterson sehen konnte, war der Ozean ein schwarzes Tuch. Peterson setzte sich ans Ende eines niedrigen weißen Sofas, so daß er sowohl das Zimmer als auch den Ozean sehen konnte. Trotz kleiner, unordentlicher Papierstapel hier und dort – offenbar Kiefers – strahlte der Raum eine gewisse Ruhe aus.

»Ich hoffe, so ist es richtig. Gleiche Anteile Pernod und Tequila, oder? Ich suche mal eben nach dem Zitronensaft. Ah, da ist meine Frau.«

Peterson wandte sich zur Tür, schaute und schaute noch einmal. Langsam stand er auf. Kiefers Frau brachte ihn aus der Fassung. Japanisch, jung, schlank und sehr schön. Ohne die Augen von ihr zu nehmen, versuchte er, seine ersten, verwirrenden Eindrücke zu ordnen. Ende Zwanzig, urteilte er, was auch erklärte, warum Kiefer so junge Kinder hatte. Ohne Zweifel seine zweite Ehe. Sie trug weiße Levis und eine hochgeschlossene weiße Bluse aus einem glatten Material. Nichts darunter, wie er erfreut feststellte. Ihr glattes Haar fiel fast bis zur Hüfte und war so schwarz, daß es einen blauen Schimmer zu haben schien. Aber es waren ihre Augen, die seine Aufmerksamkeit auf sich zogen. Sie ganz in Weiß in dem schwach erleuchteten Zimmer zu sehen, gab ihm das gespenstische Gefühl, daß ihr Kopf allein vorwärts schwebte. Sie war im Türrahmen stehengeblieben; wohl kaum, um Wirkung zu erzielen, dachte Peterson, aber es gab ihrem Auftritt einen dramatischen Anstrich. Er war unfähig sich zu bewegen, bevor sie sich bewegte. Nervös eilte Kiefer auf sie zu.

»Mitsuoko, meine Liebe, komm herein, komm herein! Ich möchte dir unsren Gast vorstellen. Ian Peterson, Peterson, das ist meine Frau, Mitsuoko.« Ungeduldig wie ein Kind, das einen Preis mit nach Hause bringt, blickte er von einem zum anderen.

Sie trat mit einer fließenden Grazie ins Zimmer, die Peterson entzückte. Die Hand, die sie ihm entgegenstreckte, war kühl und glatt.

»Hallo«, sagte sie. Zum erstenmal fühlte Peterson, daß er den Standardgruß »Freut mich, Sie kennenzulernen« aufrichtig gebrauchen könnte.

»Guten Tag«, murmelte er. Er kniff die Augen ein wenig zusammen, um mitzuteilen, was dem gesprochenen Gruß fehlte. Seine unausgesprochene Botschaft hob ihre Mundwinkel zur unmerklichen Andeutung eines Lächelns. Ihre Blicke trafen sich einen Sekundenbruchteil länger, als der gute Ton es vorschrieb. Dann zog sie ihre Hand zurück und setzte sich auf das Sofa.

»Haben wir Zitronensaft, Schatz?« Erneut rieb sich Kiefer auf seine ungelenke Art die Hände. »Und was ist mit dir? Möchtest du etwas trinken?«

»Ja – auf beide Fragen«, antwortete sie. »Im Kühlschrank ist Zitronensaft, und ich nehme einen kleinen Weißwein.« Lächelnd wandte sie sich an Peterson. »Ich kann nicht viel trinken. Es steigt mir sofort zu Kopf.«

Kiefer ging hinaus, um den Zitronensaft zu holen.

»Wie stehen die Dinge in England, Mr. Peterson?« fragte sie und legte ihren Kopf ein wenig zur Seite. »In den Nachrichten hier hört es sich schlimm an.«

»Es *ist* schlimm, auch wenn sich viele Leute nicht klarmachen, wie schlimm«, erwiderte er. »Kennen Sie England?«

»Ich war vor einiger Zeit für ein Jahr dort. Ich mag England.«

»Ach ja? Haben Sie dort gearbeitet –«

»Nach der Promotion bekam ich einen Lehrauftrag am Imperial College in London. Ich bin Mathematikerin. Jetzt unterrichte ich an der UCSD.« Sie lächelte, während sie ihn beobachtete; offenbar erwartete sie eine überraschte Reaktion, die Peterson aber nicht zeigte. »Sie haben vermutlich eher einen Doktor der Philosophie erwartet.«

»O nein, nichts so Gewöhnliches«, entgegnete er geschmeidig und erwiderte ihr Lächeln. Philosophen waren für ihn Menschen, die ihre Zeit mit so tiefschürfenden Fragen wie »Wenn es keinen Gott gibt, wer zieht dann das nächste Kleenex heraus?« verbrachten. Er wollte seine Einstellung gerade in ein paar sarkastische Worte kleiden, als Kiefer mit einem Glas Wein und einer kleinen Flasche zurückkam.

»Hier ist dein Wein, Liebes. Und etwas Zitronensaft – wieviel? Nur ein Spritzer?«

»Das ist hervorragend, danke.«

Kiefer setzte sich und wandte sich Peterson zu. »Hat Mitsuoko Ihnen erzählt, daß sie ein Jahr an der Universität London war? Sie ist eine brillante Frau. Doktor mit fünfundzwanzig. Brillant und bildschön. Ich bin ein Glückspilz.« Stolz strahlte er sie an.

»Laß das, Alex!« Ihr liebevolles Lächeln nahm den Worten die Schärfe. Mit tadelndem Unterton meinte sie zu Peterson: »Es ist peinlich. Alex prahlt vor seinen Freunden immer mit mir.«

»Das kann ich verstehen.« Hinter der freundlich lächelnden Fassade rechnete Peterson. Er hatte nur einen Abend. Führten sie eine offene Ehe? Wie direkt durfte ein Annäherungsversuch sein, daß sie ihn hinnahm? Wie sollte er Kiefer auf das Thema ansprechen? »Ihr Gatte sagte mir, hier stände es auch ziemlich schlecht, auch wenn es einem Besucher nicht so erscheint.«

Was bedeutete ihr Lächeln? Es war beinahe, als teilten sie ein Geheimnis miteinander. Las sie tatsächlich seine Gedanken? Flirtete sie nur? Oder konnte es sein – dieser Gedanke kam ihm ganz plötzlich –, daß sie nervös war? Ganz gewiß sendete sie ihm Signale.

»Es besteht eine psychologische Unfähigkeit, gewohnten Luxus aufzugeben«, sagte Kiefer gerade. »Die Leute werden keinen Lebensstil aufgeben, den sie für... äh... einzigartig amerikanisch halten.«

»Ist das ein aktuelles Schlagwort?« fragte Peterson. »Ich fand die Formulierung in einigen Illustrierten im Flugzeug.«

Angestrengt dachte Kiefer über die Hypothese nach. »Hmm, ›einzigartig amerikanisch‹? Ja, ich glaube schon. Irgendwo habe ich diese Woche einen Leitartikel darüber gelesen. Oh, Moment, entschuldigen Sie mich, ich werde mal nach den Jungen sehen.«

Wie ein hungriger Terrier verließ Kiefer das Zimmer. Sekunden später hörte Peterson ihn leise, aber entschieden mit den Jungen reden. Sie unterbrachen ihn regelmäßig in der erwarteten Art: helle Jungs, die wissen, daß sie helle sind. Peterson nahm einen Schluck von seinem Drink und dachte darüber nach, ob es klug wäre, bei Mitsuoko fortzufahren. Kiefer war ein Glied in Petersons Informationskette, dem wesentlichsten Teil seines Arbeitsmechanismus. Sicher, er war in Kalifornien, dem berühmt-berüchtigten Kalifornien, und das 19. Jahrhundert war längst vorbei; aber man konnte nie wissen, wie ein Ehemann auf diese Dinge reagierte, ganz gleich, was er in der Theorie darüber äußerte. Doch jenseits solcher Berechnungen lag die Tatsache, daß der Mann ihn mit seinem Fanatismus in Sachen Gesundheitsnahrung und Nichtrauchen irritierte, ebenso wie mit seiner unwürdigen Hingabe an diese ausgesprochen unangenehmen Kinder.

Nun ja, Beamte des Rats waren dazu da, schnelle und eindeutige Entscheidungen zu treffen, richtig? Richtig.

Er wandte sich Mitsuoko zu. Noch suchte er den besten Weg, diese wenigen Augenblicke allein zu nutzen. Sie starrte auf das Landschaftspanorama, das sie schon seit Jahren auswendig kennen mußte.

Bevor er einen einleitenden Satz formulieren konnte, fragte sie, ohne ihn anzuschauen: »Wo wohnen Sie hier, Mr. Peterson?«

»La Valencia. Und ich heiße Ian.«

»Ach ja. Südlich der Bucht liegt ein sehr hübscher Strand. Abends gehe ich dort oft spazieren.« Jetzt blickte sie ihn direkt an. »Etwa um zehn Uhr.«

»Verstehe«, entgegnete Peterson. Er fühlte eine Ader an seinem Hals pochen, das einzige äußere Zeichen seiner Erregung. Bei Gott, sie hatte es getan. Sie hatte sich direkt vor der Nase ihres Mannes mit ihm verabredet. Was für eine Frau!

Kiefer kam ins Zimmer zurück. »Hier wird es zur Krisis kommen«, sagte er.

Peterson entfuhr ein schnaubendes Lachen, das er schnell durch einen künstlichen Hustenanfall überdeckte.

»Ich glaube, Sie haben recht«, gelang es ihm zu sagen. Er wagte keinen Blick zu Mitsuoko.

Während des langen Flugs über den Pol hatte Peterson Zeit, die Caltech-Akten durchzublättern. Er fühlte sich entspannt und angenehm erschöpft, Ausdruck jenes trägen Gefühls, das man verspürt, wenn man weiß, daß man so zügellos gewesen ist, wie es von einem erwartet werden konnte. Kein Bedauern, das war es; es hieß, daß man nichts ausgelassen hatte. Mit dieser Gewißheit ins Grab zu gelangen, wäre sicher zumindest tröstlich.

Mitsuoko hatte sich so verhalten, wie es ihrer unterschwelligen hohen Selbsteinschätzung entsprach. Nach drei Stunden hatte sie ihn verlassen, vermutlich mit einer handfesten Erklärung für zu Hause – oder es bestand die stillschweigende Übereinkunft zwischen ihr und Kiefer, daß keine Fragen gestellt wurden. Ein angenehmer Abschluß einer ermüdenden Reise.

Ganz anders als die Caltech-Akten. Zum Teil handelte es sich um verbissen detaillierte interne Berichte, die für ihn aus einem Wust von Worten und mathematischen Symbolen bestanden. Wenn er mochte, könnte Markham sich darauf stürzen. Es gab Hinweise, daß ihm die Akten nicht ganz freiwillig übergeben worden waren. Auf der Kopie des offiziellen Briefs, den der Weltrat auf Wunsch Petersons geschickt hatte, stand am Fuß in krakeliger Handschrift: *Hinhalten – wir lassen uns nicht ausnehmen.* Der Schreiber hätte die Notiz sicher gelöscht, bevor der Brief kopiert wurde. Die Erklärung war offensichtlich: Die amerikanische Regierung hatte ein gut funktionierendes inneres Sicherheitssystem; statt mit Caltech Briefe auszutauschen, hatten sie alles fotografiert, was ihnen in die Hände geraten war. Peterson seufzte. Eine riskante Methode, aber schließlich nicht sein Problem.

Der einzig verständliche Teil der Akte war ein privater Brief, der vermutlich wegen einiger Schlüsselworte beigeheftet worden war.

*Lieber Jeff,*

*ich komme Ostern nicht runter, hier bei Caltech gibt's einfach zu viel zu tun. Die letzten Wochen waren ausgesprochen spannend. Ich arbeite mit zwei anderen zusammen, und wir wollen unsere Berechnungen nicht abbrechen, nicht einmal für einen Urlaub in Baja. Tut mir wirklich leid, weil ich mich darauf gefreut hatte, wieder mit Euch beiden zusammenzusein (wenn du weißt, was ich meine). Der stachlige Kaktus und die angenehm trockene Wärme werden mir fehlen. Tut mir leid, vielleicht das nächste Mal. Sag Linda bitte, ich werde sie in den nächsten Tagen anrufen, falls ich die Zeit dazu finde. Gibt es die Möglichkeit, daß einer von Euch einen Tag (oder besser eine Nacht) hier rauf kommt?*

*Nachdem ich mein Versprechen breche, schulde ich Dir wohl eine Erklärung. Ein Meeresbiologe wie Du wirst es nicht für so bedeutend halten – Kosmologie zählt vermutlich in der Welt der Enzyme und Titrierlösungen nicht viel –, aber für uns, die wir mit der Schwerkrafttheorie arbeiten, sieht es so aus, als stehe eine Revolution bevor. Oder vielleicht schon da ist.*

*Es hat mit einem Problem zu tun, das in der Astrophysik schon längere Zeit eine Rolle spielt. Wenn es im Universum eine bestimmte Menge Materie gibt, dann besitzt es eine geschlossene Geometrie – das heißt, es wird schließlich aufhören, sich auszudehnen, und beginnen, sich zusammenzuziehen, eine Folge der Schwerkraftanziehung. Schon seit einiger Zeit haben sich unsere Kollegen gefragt, ob es im Universum genügend Materie gibt, eine geschlossene Geometrie herzustellen. Bisher sind direkte Messungen der Materie in unserem Universum nicht beweiskräftig gewesen.*

*Wenn man nur die leuchtenden Sterne im Universum zählt, erhält man nur eine kleine Materienmenge, nicht genug, die Raum-Zeit zu isolieren. Aber es gibt zweifellos eine Menge unsichtbarer Masse; Staub, tote Sterne und Schwarze Löcher, beispielsweise.*

*Wir sind uns ziemlich sicher, daß die meisten Galaxien im Zentrum ein schwarzes Loch haben. Dort haben wir die feh-*

*lende Materie, um unser Universum zu isolieren. Neu an den jüngsten Daten ist, wie entfernte Galaxien zusammengedrängt sind. Die Masseansammlungen auf galaktischer Ebene belegen eine hohe Bandbreite der Materiedichte in unserem Universum. Wenn Galaxien irgendwo in unserem Universum zusammenrücken und ihre Dichte hoch genug wird, könnte sich ihre Raum-Zeit-Geometrie um sich selbst falten, ebenso wie unser Universum abgeschlossen werden könnte.*

*Wir haben nun genug Belege, um an Tommy Golds alte Ideen zu glauben – daß es tatsächlich Teile unseres Universums gibt, die genügend zusammengedrängte Galaxien besitzen, um ihre eigene geschlossene Galaxie zu bilden. Für uns würden sie nicht nach viel aussehen – kleine Bereiche, aus denen schwaches rotes Licht dringt. Das Rot stammt von der Materie, die immer noch in diese Masseklumpen fällt. Das Irre daran ist, daß diese örtlich begrenzten Unterschiede in der Dichte die Eigenschaften unabhängiger Universen annehmen. Die Zeit zur Schaffung eines getrennten Universums ist unabhängig von seiner Größe. Sie richten sich nach der Quadratwurzel von Gn, wobei G die Schwerkraftkonstante und n die Dichte des Bereichs ist, der sich zusammenzieht. Folglich ist sie von der Größe des Mini-Universums unabhängig. Ein kleines Universum wird sich ebenso schnell isolieren wie ein großes. Das bedeutet, alle Universen verschiedener Größe existieren eine gleiche Menge ›Zeit‹. (Zu definieren, was Zeit in diesem Problem ist, wird Dich in den Suff treiben, wenn Du kein Mathematiker bist – vielleicht auch dann, wenn Du einer bist.)*

*Hier liegt der Clou darin, daß es innerhalb unseres Universums isolierte Universen geben kann. Es wäre tatsächlich ein außergewöhnlicher Zufall, wäre unser Universum das größte von allen. Vielleicht sind wir ein Sternenhaufen im Universum von jemand anders. Erinnerst Du Dich noch an die alte Zeichnung von dem kleinen Fisch, der von einem etwas größeren Fisch verschluckt wird, hinter dem ein noch größerer lauert, und so weiter ohne Ende? Wir könnten einer dieser Fische sein.*

*Die letzten Wochen habe ich daran gearbeitet, Informatio-*

*nen über diese – oder aus diesen – Universen innerhalb unseres eigenen zu erhalten. Es ist klar, daß Licht nicht von einem Universum in das nächste gelangen kann; Materie ebensowenig. Das bedeutet ja eine geschlossene Geometrie. Die einzige Möglichkeit könnte ein Teilchentyp sein, der nicht in die durch Einsteins Theorie gesetzten Grenzen paßt. Dafür gibt es ein paar Kandidaten, aber Thorne (der ehrwürdige Häuptling hier) will sich nicht in diesen Sumpf begeben. Zu schmutzig, sagt er.*

*Ich glaube, Tachyonen sind die Antwort. Sie können aus kleinen ›Universen‹ innerhalb unseres eigenen entweichen. Die kürzliche Entdeckung der Tachyonen hat für die Kosmologie folglich weitreichende Implikationen. Tachyonen sind schwer zu entdecken, deshalb wissen wir nicht viel über sie. Aber sie ermöglichen uns eine direkte Verbindung zu den isolierten Raum-Zeiten innerhalb unseres Universums, deshalb arbeite ich so intensiv an dem Problem. Darin steckt die Chance einer erstklassigen Entdeckung. Wir hatten eine schreckliche Zeit, der Streik der Arbeiter in der Lebensmittelindustrie und der Großbrand in LA. Beim derzeitigen Zustand der Welt wird wahrscheinlich keiner einen Pfifferling für unsere Arbeit geben. Aber so ist das akademische Leben nun mal.*

*Tut mir leid, daß ich mich so ausführlich darüber ausgelassen habe; wahrscheinlich habe ich mich ohnehin unverständlich ausgedrückt, aber die ganze Sache ist furchtbar aufregend, und manchmal geht es eben mit mir durch. Jedenfalls, wegen Baja tut es mir leid. Ich hoffe, Euch beide bald wiederzusehen.*

*Alles Liebe*
*Cathy*

Einen Moment verspürte Peterson ein leichtes Schuldgefühl, weil er einen Privatbrief las. Natürlich verwandte der Rat solche Methoden inzwischen routinemäßig, um störrische Gruppen, die die Notwendigkeit schnellen Handelns nicht akzeptiert hatten, zu umgehen. Aber er war immer noch ein Gentleman, und ein Gentleman liest fremde Post nicht. Sein Interesse an den Folgerungen aus dem Brief »Cathys« drängte seine Skrupel bald zurück. Sub-Universen? Unglaublich. Die Welt der Wissenschaftlerin war völlig unwirklich.

Peterson lehnte sich in seinem Sitz zurück und blickte auf kanadisches Ödland, das unter ihm dahinglitt. Ja, vielleicht war es das. Seit Jahrzehnten schon war das Bild der Welt, das die Wissenschaftler malten, fremd, entrückt und unglaubhaft geworden. Daher war es weitaus leichter, es zu ignorieren, anstatt zu versuchen, es zu verstehen. Es war alles zu kompliziert. Warum den Kopf zerbrechen? Schätzchen, mach die Glotze an! Prima.

## — 12 —

*3. Dezember 1963*

Cooper hatte die rotkarierten Blätter in einer langen Reihe auf dem Labortisch ausgelegt. Er trat zurück, balancierte auf den Zehenspitzen wie ein Sprinter kurz vor dem Start und musterte sein Werk. Das leise Summen des Laboratoriums betonte noch die Erwartung, die in der Luft lag. »Das ist es«, sagte Cooper langsam, »jetzt sind sie in der richtigen Reihenfolge.«

»Sind das unsere besten Daten?« fragte Gordon leise.

»Die besten, die *ich* jemals kriege«, sagte Cooper. Etwas in Gordons Stimme ließ ihn die Stirn runzeln. Die Hände in die Hüften gestemmt, drehte er sich um.

»Und sie sind alle geordnet. Drei Stunden Arbeit stecken darin.«

»Macht einen sehr guten und sauberen Eindruck«, meinte Gordon versöhnlich. »Spitze.«

»O ja«, stimmte Cooper zu. »Aber was bringt's? Gäbe es eine klare Resonanz, würde ich sie sehen.«

Gordons Finger fuhr an den grünen Linien entlang. Es gab überhaupt keine Standardresonanzen. In ihrer Probe, in dem brodelnden Helium auf drei Grad absolut gekühlt, befanden sich Atomkerne. Jeder war ein winziger Magnet. Tendenziell richteten sie sich an dem Magnetfeld aus, das Cooper errichtet hatte. Das Standardexperiment war denkbar einfach: Ein kurzer elektromagnetischer Impuls stieß die Nuklearmagneten von dem Magnetfeld fort. Mit der Zeit würden die Kerne sich wieder um das Feld sammeln. Dieser nukleare Entspannungsprozeß konnte dem Wissenschaftler viel über die Umgebung innerhalb des Körpers mitteilen. Es war eine relativ simple Methode, etwas über die mikroskopischen Merkmale der komplexen Festkörperstruktur zu erfahren. Gordon machte diese Arbeit wegen ihrer Eindeutigkeit und Direktheit, ganz unabhängig davon, welchen Nutzen für die Verwendung von Transistoren oder Infrarotdetektoren sie haben mochte. Dieser Zweig der Festkörperphysik stand nicht so sehr im Licht der Öffentlichkeit wie beispielsweise Quasare oder die Erforschung von Hochenergieteilchen; aber die Arbeit war sauber und besaß eine Art schlichter Schönheit.

Die gezackten Linien vor ihm waren allerdings weder schlicht noch schön. Hier und da waren Bruchstücke dessen, was sie eigentlich erwarteten: Nuklearresonanz-Kurven, gleichmäßig und bedeutungsvoll. Aber in den Gittermarkierungen tauchten abrupt gezackte Linien, plötzliche elektromagnetische Störungen auf und verschwanden ebenso plötzlich.

»Die gleichen Abstände«, murmelte Gordon.

»Ja«, bestätigte Cooper. »Ein Zentimeter...« Er zeigte darauf. »... und die kürzeren, ein halber Zentimeter. Völlig regelmäßig.«

Die beiden Männer schauten sich an und blickten dann wieder auf die Aufzeichnungen. Sie hatten dieses Experiment immer aufs neue wiederholt und alle möglichen Störungsquellen ausgeschaltet. Die abrupten Ausschläge wollten einfach nicht verschwinden.

»Es ist, verdammt noch mal, eine Botschaft«, sagte Cooper. »Es muß eine sein.«

Gordon, in dem sich Müdigkeit breitmachte, nickte. »Wir kommen nicht darum herum«, stimmte er zu. »Wir bekommen hier stundenlange Signale. Das kann kein Zufall sein, nicht in diesem Umfang.«

»Nein.«

»Also dann.« Gordon sammelte allen Optimismus in seiner Stimme. »Entschlüsseln wir das Mistding!«

REDUKTION DES SAUERSTOFFVOLUMENS BIS UNTER ZWEI MILLIONSTEL INNERHALB FUENFZIG KILOMETER RADIUS NACH ENTSTEHEN DER KIESELALGENBLUETE VEMRUDYCO PEZOUESKL GERINGERE VERSCHMUTZUNGEN IM DIETRICH POLYXTROP 1784A EINS SIEBEN VIER A VERBINDUNG IN LATTIZINKETTE MIT HERBIZIDEN SPRINGFIELD AD45 AD VIER FUENF ODER DUPONT ANALAGAN 58 FUENF ACHT FOLGE WIEDERHOLTER ANWENDUNG IN LANDWIRTSCHAFT AMAZONASBECKEN ANDERE REGION ANDERE MOLEKULARKETTEN SYNERGISTE IN TROPISCHER UMGEBUNG MOEGLICH SAUERSTOFFSAEULE ABHAENGIG VON KONVEKTIONSVERARBEITUNG WASNRUD ASMA WSUEXIO 829 CMXDRO ERGEBNISSE VIRUS ANFANGSSTADIUM DREI WOCHEN VERZOEGERT WENN DICHTE SPRINGFIELD AD45 AD VIER FUENF 158 EINS FUENF ACHT MILLIONSTEL UEBERSTEIGT DANN EINTRITT MOLEKULARSIMULATION WIRT KANN PLANKTON NEUROHUELLE IN EIGENE CHEMISCHE FORM UMWANDELN VERWENDET ATMOSPHAERISCHEN SAUERSTOFF BIS SAUERSTOFFANTEIL AUF EIN FUER DEN GROESSTEN TEIL DER NAHRUNGSKETTE TOEDLICHES MASS SINKT WIGJEEX NEU AMMA YS WIRKUNG DES UV SONNENLICHTS AUF KETTEN SCHEINT DURCHDRINGUNG DER OBERFLAECHENSCHICHTEN DES OZEANS ZU HEMMEN ABER WEITER UNTEN WEITERES WACHSTUM TROTZ KONVEKTIONSZELLEN MIT DER NEIGUNG SCHICHTEN ZU VERMISCHEN IN XMC AHSU DRINGEND MADUDLO 374 EINZIGES SEGMENT AMZLSOUPD ALYN IHR MUESST VERHINDERN DASS

OBEN GENANNTE SUBSTANZEN IN LEBENSKETTE DES MEERES EINDRINGEN AMZSUY DURCH VERBOT FOLGENDER SUBSTANZEN CALLANAN B471 VIER SIEBEN EINS MESTOFITE SALEN MEERMISCHUNG ALPHA BIS DELTA YDEMCLW DRINGEND MACHT TITRIERANALYSE METASTABILER BESTANDTEILE PWMXSJR ALSUDNCH

Erst am Nachmittag fand Gordon Gelegenheit, über die Botschaft nachzudenken. Am Morgen folgte der Vorlesung eine Komiteesitzung über die Zulassung graduierter Studenten. Von überall lagen Anträge hochqualifizierter Studenten vor – Chicago, Caltech, Berkeley, Columbia, MIT, Cornell, Princeton, Stanford. Die kanonischen Stühle der Weisheit. Einige ungewöhnliche Fälle – zwei merkwürdige aus Oklahoma, die dennoch vielversprechend sein mochten, ein begabter, zurückhaltender Student aus Long Beach State – wurden zur weiteren Prüfung beiseite gelegt. La Jollas Ruf, soviel war deutlich, verbreitete sich schnell. Zum Teil war es der noch immer wirkende Ansturm, der durch das Sputnik-Phänomen ausgelöst worden war. Gordon ritt selbst auf dieser Welle, und er wußte es; für die Naturwissenschaft war es eine Blütezeit. Ihn beschäftigten allerdings die Studenten, die gerade jetzt ins Fach Physik kamen. Einige von ihnen schienen von der gleichen Sorte zu sein, die sich für Jura oder Medizin entschied – nicht weil es sich um ein faszinierendes Fach handelte, sondern weil es hohes Einkommen versprach. Im stillen fragte Gordon sich, ob Cooper davon beeinflußt war; der Mann zeigte Funken der alten Flamme, aber diese lag unter einer Hülle satter Entspannung, einer Aura materieller Sicherheit verborgen. Selbst die Botschaft, allein ihre Existenz, erschien Cooper zwar ein wenig komisch, im Grunde aber akzeptabel, ein merkwürdiger Effekt, der schon bald seine Erklärung finden würde. Gordon wußte nicht, ob es sich um eine Pose oder um echte Gelassenheit handelte; so oder so war es beunruhigend. Gordon war einen intensiveren Arbeitsstil gewohnt. Er beneidete die Physiker, die die großen Entdeckungen gemacht hatten, als die Quantenmechanik sich entfaltete, als der erste Atomkern gespalten wurde. Manchmal erzählten die älteren Mitglieder der Fakultät, Eckart und Liebermann, aus dieser Zeit. Vor den 40er Jahren war ein Doktortitel in Physik eine solide Basis für eine Karriere als Elektroingenieur, Punkt. Die Bombe hatte das alles geändert. In der Lawine wachsender Waffensysteme, neuer Studienbereiche, steigender Etats und erweiterter Horizonte entdeckte plötzlich jedermann ein nationales Verlangen nach Physikern. In den Jahren nach Hiroshima verwandte jeder Zeitungsartikel, der sich auf einen Physiker bezog, unweigerlich die Formulierung vom »brillanten Kernphysiker«, als könnte es gar keinen anderen geben. Die Physik machte sich überall breit. Trotzdem wurden die Physiker immer noch relativ karg bezahlt; Gordon erinnerte sich an einen Gastdozenten in Columbia, der sich Geld lieh, um das »Chinesische Lunch« am Freitag, das Lee und Yang ins Leben gerufen hatten, besuchen zu können. Diese Essen fanden in einem der vorzüglichen chinesischen Restaurants am Rande des Campus statt, und oft geschah es, daß neue Ergebnisse dort erstmals diskutiert wurden. Wenn man am Ball bleiben wollte, mußte man einfach dabeisein. Diese Zeiten schienen für Gordon jetzt in weite Ferne gerückt, aber im Denken der älteren Physiker mußten sie eine große Bedeutung annehmen, wie er sich klarmachte. Einige, wie Lakin, zeigten ein Verhalten nervöser Erwartung, als würde die Blase jeden Moment platzen. Die benommene Öffentlichkeit mit ihrer nur kurzen Aufmerksamkeitsspanne war von der Fülle der Straßenkreuzer und Häuser im Ranch-Stil verwirrt und vergaß die Wissenschaft völlig. Die schlichte Gleichung – Naturwissenschaft gleich Ingenieurkunst gleich Verbraucherschnickschnack – verlor allmählich ihre Gültigkeit. Die Physik hatte mehr Zeit als die Chemie im unteren Teil der Sinuskurve verbracht – für die Chemiker war der Erste Weltkrieg die Blütezeit gewesen – und genoß jetzt den steilen Anstieg. Aber die Kurve mußte abflachen und sich wieder nach unten neigen.

Diese Gedanken gingen Gordon durch den Kopf, während er die Außentreppe zu Lakins Büro hochstieg. Die Laboraufzeichnungen waren sorgfältig geordnet, die Entschlüsselung der Botschaft hatte er mehrfach überprüft. Trotzdem war er nahe daran, sich umzudrehen und auf den Besuch bei Lakin ganz zu verzichten.

Er hatte erst ein paar Sätze vorgetragen, als Lakin ihn unterbrach. »Wirklich, Gordon, ich war mir sicher, Sie hätten den Schaden inzwischen behoben.«

»Isaac, das hier sind Tatsachen.«

»Nein!« Der sportlich gebaute Mann stand auf und begann hin und her zu gehen. »Ich habe mir die Details Ihres Experiments angeschaut. Ich habe Ihre Notizen gelesen – Cooper hat mir gezeigt, wo sie sind.«

Gordons Miene verfinsterte sich. »Warum haben Sie mich nicht selbst gefragt?«

»Sie waren im Hörsaal. Und – offen gesagt – ich wollte Coopers eigene Eintragungen, in seiner eigenen Handschrift sehen.«

»Wieso?«

»Sie geben zu, nicht alle Daten selbst aufgenommen zu haben.«

»Natürlich habe ich das nicht. Er muß etwas für seine Dissertation tun.«

»Und er liegt im Zeitplan zurück, ja. Deutlich zurück.«

Lakin blieb plötzlich stehen und machte eine seiner charakteristischen Bewegungen, indem er den Kopf ein wenig senkte und die Augenbrauen hob, als er Gordon anblickte; dadurch erweckte er den Eindruck, über den Rand einer nichtexistenten Brille zu schauen. Gordon nahm an, dieser Blick sollte etwas Unbeweisbares aber Offensichtliches übermitteln – ein unausgesprochenes Einverständnis unter Kollegen.

»Ich glaube nicht, daß er die Daten fälscht, falls Sie darauf hinauswollen«, sagte er gemessen. Mühsam hielt er seine Stimme im Zaum.

»Woher wollen Sie das wissen?«

»Die Daten, die ich aufgenommen habe, fügen sich in die Syntax der übrigen Botschaft ein.«

»Das könnte ein willkürlicher Effekt sein – etwas, das Cooper eingefädelt hat.« Die Hände auf dem Rücken verschränkt, wandte Lakin sich zum Fenster. Seine Stimme ließ jetzt ein unmerkliches Zögern erkennen.

»Ich bitte Sie, Isaac!«

Plötzlich drehte Lakin sich um »Sehr *wohl*. Dann sagen Sie *mir*, was dort vorgeht!« verlangte er mit schneidender Stimme.

»Wir haben einen Effekt, aber keine Erklärung. Das geht vor. Sonst nichts.« Er schwenkte das Blatt mit der entschlüsselten Botschaft durch die Luft und zerteilte die Sonnenstrahlen, die durch die Fenster fielen.

»Dann sind wir ja einig.« Lakin lächelte. »Ein sehr seltsamer Effekt. Etwas vermindert den Nuklear-Drehimpuls, *Bing*, einfach so. Spontane Resonanz.«

»Das ist Unsinn.« Gordon hatte geglaubt, sie würden sich in diesem Punkt näherkommen, und jetzt kam Lakin wieder mit diesem alten Hut.

»Es ist die schlichte Feststellung dessen, was wir wissen.«

»Und wie erklären Sie *das*?« Erneut schwenkte er das Blatt.

»Ich erkläre es nicht.« Lakin produzierte ein Achselzucken. »Wenn ich Sie wäre, würde ich es nicht einmal erwähnen.«

»Bis wir es verstehen ...«

»Nein. Wir verstehen schon genug. Genug, um in der Öffentlichkeit von spontaner Resonanz zu sprechen.« Lakin setzte zu einer technischen Zusammenfassung an, wobei er mit präzisen Bewegungen Punkt für Punkt an den Fingern abzählte. Gordon konnte erkennen, daß er Cooper in die Mangel genommen hatte. Lakin wußte, wie man die Daten präsentieren konnte, welche Größen graphisch darzustellen waren und wie die Ergebnisse in einem Aufsatz zu einem überzeugenden Fall zusammengestellt werden mußten. »Spontane Resonanz« – das wäre ein interessanter Aufsatz. Nein, ein aufregender.

Nachdem Lakin die wissenschaftlichen Argumente skizziert

hatte, meinte Gordon eher beiläufig: »Wissen Sie, eine halbe Wahrheit kann auch eine Lüge sein.«

Lakin verzog das Gesicht. »Ich habe Sie gewähren lassen, Gordon. Monatelang. Es ist Zeit, die Wahrheit zuzugeben.«

»Mhmm. Und die lautet?«

»Daß Ihre Apparatur immer noch fehlerhaft ist.«

»Wieso?«

»Weiß ich nicht.« Er zuckte die Achseln, senkte den Kopf und hob erneut die Augenbrauen. »Ich kann nicht ständig im Labor sein.«

»Wir waren in der Lage, die Resonanzsignale zu ordnen...«

»So daß sie etwas auszusagen scheinen.« Lakin lächelte geduldig. »Sie könnten alles mögliche aussagen, Gordon, wenn man lange genug damit herumspielt. Sehen Sie...« Er spreizte die Hände. »Erinnern Sie sich an diesen Lowell aus der Astronomie?«

»Ja«, bestätigte Gordon argwöhnisch.

»Er hat Marskanäle ›entdeckt‹. Jahrelang hat er sie gesehen, jahrzehntelang. Andere haben seine Beobachtungen bestätigt. Lowell hatte sein eigenes Observatorium in der Wüste bauen lassen, er war ein reicher Mann. Er hatte dort hervorragende Sichtbedingungen. Der Mann hatte Zeit und gute Augen. Und er entdeckte Beweise für intelligentes Leben.«

»Sicher, aber...«, begann Gordon.

»Der einzige Fehler war, daß er die falsche Schlußfolgerung zog. Das intelligente Leben war auf *seiner* Seite des Teleskops, nicht auf dem Mars. Sein Verstand...« – Lakin stieß sich mit dem Zeigefinger gegen die Schläfe – »... sah ein verschwommenes Bild und stülpte ihm einen ordnenden Raster über. Seine eigene Intelligenz spielte ihm einen Streich.«

»Ja, sicher«, sagte Gordon gereizt. Ihm fiel kein Gegenargument ein. In diesen Dingen war Lakin ihm voraus; er kannte mehr Geschichten und hatte ein feineres Gespür für taktische Finessen.

»Ich schlage vor, daß wir uns nicht zu Lowells machen.«

»Und statt dessen die Sache mit der Spontanresonanz veröffentlichen«, ergänzte Gordon und versuchte nachzudenken.

»Genau. Wir müssen diese Woche den NSF-Vorschlag fertigstellen. Dazu können wir das Material über spontane Resonanz vorstellen. Ich kann es aus den Aufzeichnungen zusammenstellen, und zwar so, daß wir das gleiche Manuskript für einen Aufsatz in *Physical Review Letters* verwenden können.«

»Welchen Nutzen hat es, das Material an PRL zu schicken?« fragte Gordon und versuchte zu entscheiden, wie seine Reaktion ausfallen würde.

»In unserem NSF-Vorschlag können wir den Aufsatz in die Quellenliste aufnehmen – mit dem Vermerk ›Für PRL eingereicht‹. Ein solcher Hinweis macht das Ganze zu einer Arbeit von höchster Qualität. Eigentlich...« Er schürzte die Lippen und blickte über das imaginäre Brillengestell. »Eigentlich könnten wir auch anmerken: ›Zur Veröffentlichung in PRL vorgesehen‹ klingt gewichtiger.«

»Es stimmt aber nicht.«

»Es wird bald stimmen.« Lakin nahm hinter seinem Schreibtisch Platz, legte die Hände gegeneinander und lehnte sich vor. »Und ich sage Ihnen ganz offen, daß der Zuschuß ohne etwas Interessantes, etwas Neues in Gefahr ist.«

Gordon blickte ihn starr an. Lakin stand auf und begann wieder mit seiner Wanderung durchs Zimmer. »Nein, natürlich nicht. Es war nur so ein Gedanke. Wir schreiben ›Eingereicht‹, und damit hat es sich.« Nachdenklich umkreiste er das Büro mit gemessenen Schritten. Vor der Tafel mit den flüchtig skizzierten Daten blieb er stehen. »Ein sehr merkwürdiger Effekt, und er wird nach seinem Entdecker benannt werden – nach Ihnen.«

»Isaac«, sagte Gordon gedehnt, »ich habe nicht vor, das hier unter den Tisch zu kehren.«

»Gut, gut«, sagte Lakin, während er Gordons Arm ergriff. »Stürzen Sie sich hinein! Ich bin sicher, die Sache mit Cooper wird sich mit der Zeit von selbst auflösen. Sie sollten ein Datum für sein Rigorosum festsetzen.«

Gordon nickte abwesend. Um ein vollständiges Forschungsprogramm für die Promotion zu präsentieren, mußte der Student sich einem zweistündigen Prüfungsgespräch stellen. Cooper würde noch einige Anleitungen brauchen; er erstarrte, wenn zwei Fakultätsmitglieder sich in Hörweite befanden, ein unter den Studenten bemerkenswert verbreiteter Effekt.

»Ich bin froh, daß wir das geklärt haben«, murmelte Lakin. »Montag zeige ich Ihnen einen Entwurf für den PRL-Aufsatz. Bis dahin…« Er blickte auf seine Armbanduhr. »Das Kolloquium fängt an.«

Gordon versuchte sich auf den Stoff des Kolloquiums zu konzentrieren, aber irgendwie ging die Diskussion an ihm vorbei. Nur ein paar Reihen entfernt erklärte Murray Gell-Mann das »Acht-Wege-Schema« zum Verständnis der grundlegenden Teilchen jedweder Materie. Gordon wußte, er sollte die Diskussion intensiv verfolgen, denn hier ging es um eine fundamentale Frage. Die Teilchentheoretiker sagten bereits, Gell-Mann müßte für seine Arbeit den Nobelpreis bekommen. Mit finsterem Gesicht rutschte er auf seinem Stuhl vor und musterte die Gleichungen Gell-Manns. Jemand im Hörsaal stellte eine skeptische Frage, und Gell-Mann, stets geschmeidig und gelassen, drehte sich zu dem Frager um. Interessiert verfolgten die Zuhörer den Disput. Gordon erinnerte sich an seine letzten Studentenjahre in Columbia, als er begonnen hatte, die Kolloquien der Physikabteilung zu besuchen. Die wöchentlichen Treffen, so hatte er bemerkt, verliefen nach einem eindeutigen Schema, über das allerdings nie gesprochen wurde. Jeder konnte eine Frage stellen, und während er sie stellte, galt ihm die Aufmerksamkeit aller. Gab es einen längeren Wortwechsel zwischen Fragesteller und dem Vortragenden – um so besser. Und ein Fragesteller, der den Redner bei einem Irrtum ertappte, wurde durch beifälliges Kopfnicken und Lächeln der Umsitzenden belohnt. All das war klar, und doppelt klar war, daß sich keiner der Zuhörer für das Kolloquium vorbereitete.

Das Thema wurde eine Woche im voraus angekündigt. Gordon begann, einiges über das Thema zu lesen und sich Notizen zu machen. Er überflog die Aufsätze des Redners und widmete vor allem den Schlußfolgerungen besonderes Augenmerk; denn hier spekulierten die Autoren ein wenig, äußerten Ideen »ins Blaue hinein« und versetzten ihren wissenschaftlichen Konkurrenten gelegentlich Seitenhiebe. In diesem Fall las Gordon auch die Aufsätze des Konkurrenten. Dadurch ergaben sich immer einige gute Fragen. Manchmal konnte eine solche Frage, in aller Unschuld gestellt, die Theorien eines Sprechers wie ein Stilett durchlöchern. Die Folge war interessiertes Murmeln unter den Zuhörern und forschende Blicke in Gordons Richtung. Selbst eine ganz gewöhnliche Frage erzeugte den Eindruck tiefen Verständnisses, wenn sie nur gut genug vorgetragen wurde. Die ersten Fragen stellte Gordon von ganz hinten. Nach einigen Wochen rückte er weiter vor. Die führenden Professoren der Abteilung besetzten stets die erste Reihe, nach einiger Zeit saß er nur zwei Reihen hinter ihnen. Sie begannen, sich in ihren Sitzen umzudrehen, wenn er eine Frage stellte. Wenige Wochen später saß er in der zweiten Reihe. Gestandene Professoren begannen ihm zuzunicken, wenn sie vor Beginn des Kolloquiums ihren Platz einnahmen. Weihnachten war Gordon den meisten Mitgliedern der Abteilung bekannt. Er hatte sich seitdem immer ein wenig schuldbewußt gefühlt, aber schließlich hatte er nichts anderes getan, als ein waches und systematisches Interesse zu zeigen. Wenn es ihm Vorteile verschaffte, um so besser. Damals war er auf Physik und Mathematik versessen gewesen, ein Dozent, der ein analytisches Kaninchen aus einem Zylinder der höheren Mathematik zog, hatte ihn weit mehr interessiert als der Zauberer in einer Broadway-Revue. Einmal hatte er eine ganze Woche mit dem Versuch verbracht, Fermats letztes Theorem zu knacken, und sämtliche Vorlesungen ausfallen lassen. Irgendwann um 1650 hatte Pierre Fermat die Gleichung $x^n + y^n = z^n$ an den Rand seiner Ausgabe von Diophantus' *Arithmetik* geschrieben. Fermat schrieb, daß es für die Gleichung keine Lösung gab, wenn $x$, $y$, $z$ und $n$ positive ganze Zahlen waren und $n$ größer als zwei war. »Der Beweis ist zu lang, um ihn hier an den Rand zu schreiben«, hatte Fermat daneben notiert. In den dreihundert Jahren danach war niemandem der Beweis gelungen. Bluffte Fermat nur? Vielleicht gab es gar keinen Beweis. Jeder, der das Problem mit einer mathematischen Beweisführung entscheiden könnte, würde eine Berühmtheit werden. Gordon verbiß sich in das Rätsel und gab erst wieder auf, als er im Semesterstoff zurückfiel. Aber eines Tages, so schwor er sich, würde er es erneut versuchen.

Das letzte Theorem besaß strahlende mathematische Schönheit, aber das war nicht der Grund, aus dem er es in Angriff genommen hatte. Ihm gefiel es, Probleme zu lösen, nur weil sie existierten. Den meisten Wissenschaftlern ging es so; sie waren schon in jungen Jahren Schachspieler und beschäftigten sich mit Denksportaufgaben. Das und der Ehrgeiz waren zwei Charakterzüge, die die meisten Wissenschaftler miteinander teilten. Einen Moment dachte Gordon darüber nach, wie verschieden er und Lakin trotz ihrer gemeinsamen wissenschaftlichen Interessen waren – und plötzlich richtete er sich in seinem Stuhl auf. Die schnelle Bewegung ließ die Köpfe in seiner Nähe herumfahren. Gordon rekapitulierte das Gespräch mit Lakin; ihm fiel ein, wie seine Feststellungen über die Botschaft abgetan worden waren, zuerst durch die Bemerkungen über Cooper, dann folgte die Lowell-Geschichte, und schließlich hatte Lakin sich ganz auf die mögliche Veröffentlichung im PRL beschränkt. Lakin bekam, mit Gordon und Cooper als Mitautoren, die gewünschte Veröffentlichung, und Gordon hatte nichts als das Schreibmaschinenmanuskript der Botschaft.

Gell-Mann beschrieb auf seine präzise Art eine detaillierte Pyramide aus Teilchen, die durch Masse, Eigendrehimpuls und verschiedene Quantenzahlen gebildet wurde. Für Gordon war das alles ein undurchdringlicher Wirrwarr. Er griff in seine Westentasche – beim Kolloquium trug er stets eine Jacke, meistens auch eine Krawatte – und holte die Botschaft heraus. Einen Augenblick lang starrte er sie an, dann stand er auf. Gell-Mann hatte eine beträchtliche Zuhörerschaft angezogen, so viel wie noch nie in diesem Jahr. Sie schienen ihn alle zu beobachten, während er sich durch das Gestrüpp aus Knien den Weg zum Hörsaalgang bahnte. Nervös drehte er das Stück Papier in der Hand, als er das Kolloquium verließ. Blicke verfolgten ihn, bis er durch die Tür war.

»Ergibt es einen Sinn?« fragte Gordon gespannt den Mann.

»Nun ja, irgendwie schon.«

»Ist die Chemie in Ordnung?«

Michael Ramsey breitete die Arme aus. »Sicher, soweit ich ihr folgen kann. Die Industriebezeichnungen – ›Springfield AD45, Dupont Analagan 58‹ – sagen mir gar nichts. Vielleicht sind die Substanzen noch in der Entwicklung.«

»Und die Aussagen über den Ozean, wie die Stoffe aufeinander reagieren …?«

Ramsey zuckte die Achseln. »Wer weiß? Bei den Langkettenmolekülen sind wir in vielen Bereichen noch am Anfang. Nur weil wir Regenjacken aus Plastik herstellen können, dürfen Sie uns nicht für Zauberer halten.«

»Sehen Sie, ich habe mich an die Chemie gewandt, damit Sie mir helfen, die Botschaft zu verstehen. Wer sonst sollte mehr darüber wissen?«

Ramsey lehnte sich in seinem Stuhl zurück. Unbewußt blinzelte er Gordon an, offenbar versuchte er, die Situation einzuschätzen. Nach einem Moment sagte er leise: »Woher haben Sie diese Information?«

Unruhig rutschte Gordon auf seinem Stuhl hin und her. »Ich bin … das muß unter uns bleiben.«

»Sicher, sicher.«

»Ich habe einige … merkwürdige … Signale bei einem meiner Experimente bekommen. Dort, wo keine auftauchen dürften.«

Erneut blinzelte Ramsey. »Mhm.«

»Sehen Sie, die Botschaft ist nicht sehr eindeutig. Bloß Satzfragmente.«

»Das ist ja wohl zu erwarten.«

»Zu erwarten? Wobei?«

»Bei einer abgefangenen Botschaft, die eine unserer Lauschstationen in der Türkei empfängt.« Ramseys Lächeln drückte Heiterkeit aus, die Haut um seine blauen Augen bildete kleine Falten, die seine Sommersprossen verschwinden ließen.

Gordon fingerte an der Spitze seines Hemdkragens, öffnete den Mund und schloß ihn wieder.

»Schon gut.« Ramsey schien vergnügt, daß er den Schleier eines offenbar geheimen Vorgangs gelüftet hatte. »Bei diesen streng geheimen Geschichten kenne ich mich bereits aus. Eine Menge Leute versuchen da mitzumischen. Die Regierung kann nicht genügend qualifizierte Helfer bekommen, um alles Material zu prüfen, also zieht sie Berater hinzu.«

»Ich arbeite nicht für die Regierung. Ich meine, außerhalb der NSF...«

»Sicher, das behaupte ich ja auch gar nicht. Da gibt's doch diesen Arbeitsausschuß des Verteidigungsministeriums, wie heißt er gleich noch? Jason, richtig. Eine Menge kluger Köpfe ist dabei. Hal Lewis in Santa Barbara, Rosenbluth von hier, pfiffige Leute. Haben Sie für das Ministerium in Sachen Interkontinentalraketen mitgearbeitet?«

»Könnte ich nicht sagen«, erwiderte Gordon mit gespielter Beiläufigkeit. *Was exakt die Wahrheit ist*, dachte er.

»Ha! Gut informiert! Könnte ich nicht *sagen* – aber nicht, daß Sie es nicht *getan* haben. Wie sagte doch Bürgermeister Daley? ›Sauber werden ist nicht dasselbe, wie ein Bad zu nehmen‹. Ich will ja gar nicht, daß Sie Ihre Quellen offenlegen.«

Erneut ertappte Gordon sich dabei, wie er an seinem Kragen herumfingerte, und er entdeckte, daß er den Knopf fast abgedreht hatte. In seiner New Yorker Zeit mußte seine Mutter jede Woche einen neuen annähen. In letzter Zeit war seine Rate niedriger geworden, aber heute...

»Allerdings überrascht es mich, daß die Sowjets über solche Dinge reden«, murmelte Ramsey und dachte nach. Seine zusammengekniffene Augenpartie entspannte sich, er verfiel wieder ins Klischee des experimentierenden organischen Chemikers, der über ein Problem reflektiert. »Auf diesem Gebiet sind sie nicht sehr weit. Beim letzten Kongreß in Moskau hatte ich sogar den Eindruck, daß sie weit hinter uns liegen. Für ihren Fünfjahresplan haben sie die Kunstdüngerentwicklung vorangetrieben. Aber nichts von *dieser* Komplexität.«

»Wieso tauchen die amerikanischen und englischen Markennamen auf?« fragte Gordon gespannt und lehnte sich in seinem Stuhl vor. »Dupont und Springfield. Und das hier: Folge wiederholter Anwendung in Landwirtschaft Amazonasbecken andere Regionen.«

»Allerdings«, gab Ramsey zu. »Wirklich seltsam. Das hat wohl kaum etwas mit Kuba zu tun, oder meinen Sie etwa doch? Sonst haben die Russen nirgendwo in Südamerika ihre Finger im Spiel.«

»Mhmm.« Gordon reagierte mit einem nachdenklichen Kopfnicken.

Ramsey musterte sein Gesicht. »Ah, das ergibt vielleicht einen Sinn. Castro hat am Amazonas etwas vor. Eine Art heimlicher Entwicklungshilfe, um die Guerillas populärer zu machen? Das wäre eine Erklärung.«

»Aber das scheint ein bißchen zu kompliziert. Ich meine, die anderen Teile über die Plankton-Neurohülle und so weiter.«

»Das verstehe ich auch nicht. Vielleicht gehören sie gar nicht zu derselben Sendung.« Er blickte auf. »Können Sie keine bessere Aufnahme als die hier bekommen? Die Lauschstation ...«

»Ich fürchte, mehr ist nicht herauszuholen. Sie verstehen schon«, fügte er bedeutungsvoll hinzu.

Ramsey schürzte die Lippen und nickte. »Wenn das Ministerium so großes Interesse hat, daß es Informationen auf diese Weise ... Das spannt einen auf die Folter, was? Es muß schon einiges dran sein.«

Achselzuckend entschloß sich Gordon, nichts mehr zu sagen. Es machte ihm Vergnügen, Ramsey zuzuhören, wie dieser sich in eine Mantel-und-Degen-Erklärung hineinredete, während Gordon ihm nicht einmal eine direkte Lüge vorsetzte. Als er in die Chemieabteilung gekommen war, war er darauf vorbereitet gewesen, alle Fakten auf den Tisch legen zu müssen.

Inzwischen war ihm klar, daß ihn das nicht weiterbringen würde. Auf diese Weise kam er besser voran.

»Gefällt mir«, sagte Ramsey entschlossen. Klatschend schlug seine Hand auf einen Stapel Prüfungsarbeiten auf seinem Schreibtisch. »Gefällt mir großartig. Ein verzwicktes Rätsel, und das Verteidigungsministerium ist interessiert daran. Da muß einfach etwas dahinterstecken. Meinen Sie, wir können Ausschüsse bekommen?«

Gordon schreckte auf. »Nun, äh, ich... ich habe nicht...«

»Okay, schon verstanden«, unterbrach Ramsey mit einem Kopfnicken. »Das Ministerium hat nicht die Absicht, für jeden hübschen Einfall in die Tasche zu greifen. Man will konkretes Material.«

»Eine Anzahlung.«

»Genau ein paar einführende Daten. Dann wird man eher bereit sein, diesen Gedanken zu verfolgen.« Er schien mehrere Pläne in seinem Gehirn zu wälzen. »Ich habe da eine Idee, wie wir anfangen könnten. Geht natürlich nicht sofort, verstehen Sie. Hier liegt noch einiges an Arbeit.« Entspannt lehnte er sich in seinem Stuhl zurück und lächelte. »Schicken Sie mir eine Fotokopie rüber, dann werde ich alles noch einmal durchprüfen, okay? Rätsel wie dieses gefallen mir. Sie bringen ein wenig Schwung in den Laden. Freut mich, daß Sie zu mir gekommen sind und mich bei der Sache mitmachen lassen.«

»Und ich bin froh, daß sie Ihr Interesse findet«, erwiderte Gordon mit leiser Stimme. Sein Lächeln war kühl und gezwungen.

## — 13 —

*14. Januar 1963*

Auf dem Weg durch die Pearl Street trat er alle paar Sekunden auf die Bremse, wenn rubinrote Heckleuchten warnend aufstrahlten. Von Tag zu Tag wurde der Straßenverkehr dichter.

Zum erstenmal fühlte Gordon sich gereizt, weil andere Menschen zuzogen, die Landschaft verschlangen, dieses kleine Stück Paradies übervölkerten und ihn einengten. Jetzt, da er sich hier niedergelassen hatte und wohl fühlte, schien es sinnlos, das Land weiterzuentwickeln. Mit einem müden Lächeln reagierte er auf den Gedanken, daß er jetzt der Legion der wirklich Verpflanzten angehörte; jetzt war Kalifornien *hier*, andere Menschen stammten von *dort*. New York war eine andere geistige Einstellung, weniger eine andere Stadt.

Penny war nicht im Bungalow. Er hatte sie auf seine späte Heimkehr vorbereitet, weil im Hause Lakins eine Begrüßungs-Cocktailparty stattfand, und eigentlich hatte er erwartet, daß sie noch eine kleine Abendmahlzeit für ihn vorbereitet hätte. Er strich durch die Wohnung, unschlüssig, was er als nächstes tun sollte. Nach drei Glas Wein fühlte er sich beschwingt und rastlos. Er fand eine Dose Erdnüsse und verschlang sie. Pennys Papiere aus der Aufbauklasse, die sie unterrichtete, lagen unsortiert auf dem Eßtisch, als wäre sie eilig aufgebrochen, ohne sie wegzuräumen. Er runzelte die Stirn; das sah ihr gar nicht ähnlich. Am Rand der Aufsätze fand er ihre Handschrift: Absätze waren mit »Wischiwaschi« oder »diskussionswürdig« etikettiert, Großbuchstaben verkündeten »SATZBAU« oder »GR« – ein Hinweis auf einen grammatikalischen Fehler, hatte sie ihm erklärt, kein gereiztes Knurren. Über den Aufsatz eines Studenten mit dem Thema *Kafka und Christus* hatte sie geschrieben: »Ist King Kong für unsere Sünden gestorben?« Gordon überlegte, was das bedeuten mochte.

Er entschloß sich, etwas Wein und ein paar Knabbereien einzukaufen. Eins würde er gewiß nicht: hier in der Wohnung auf sie warten. Auf dem Weg zur Tür bemerkte er einen Kleidersack, der an dem Lehnstuhl stand, in dem er gewöhnlich saß. Er zog an der Verschlußschnur, bis der Beutel sich öffnete. In ihm befand sich Männerkleidung. Gordons Miene verdüsterte sich.

Aufgewühlt ging er erst einmal nicht zum Chevy, sondern nahm statt dessen den Weg zum Wind'n Sea-Strand. Große Brecher krachten auf die glatten Finger, die der Felsen ins Meer streckte. Wie lange, fragte er sich, könnten diese Felsen dem steten Nagen der Brandung widerstehen, die sich donnernd über sie ergoß? Ein Stück südlich hatten sich einige Teenager, braun wie Indianer, an der kleinen Pumpstation des städtischen Wasserwerks versammelt. Sie beobachteten die Brandung in lustloser Starre; einige saugten an kurzen Zigaretten. Ganz gleich, was er sie gefragt hatte, Gordon war es noch nie gelungen, mehr als drei Worte aus ihnen herauszubekommen. *Rätselhafte Eingeborene*, dachte er und wandte sich ab. Auf dem Rückweg zum Wagen entlang der Nautilus Street ging er unter Fichten, deren Stämme den Gehweg aufbrachen; der Beton schmiegte sich wie gefrorene Wellen an die harte, massive Borke.

Er nahm die kurvenreiche Strecke durch die engen Straßen in Ufernähe. Winzige Häuser, fast puppengroß, nahmen sich gegenseitig Raum. Viele waren verschnörkelt oder protzten mit nutzlosen Kuppeln. Kringel und Gitterkonstruktionen konkurrierten mit den elefantenohrigen Begonien eines Nachbarn. Rosen drängten gegen üppige Bambusgewächse. Zierwerk jedes architektonischen Stils schien sich über die Häuser ergossen zu haben und klebte jetzt tropfig an ihnen. Die Straßen waren übersichtlich und still, sie brachten Ordnung in den Wirrwarr der Kulturen und Vergangenheiten, die in diesem Westentaschendorf angespült worden waren. La Jolla war ein Ort, wo alles auf andere Weise als in New York zusammentraf; hier harrte eine seltsame, verborgene Energie. Gordon gefiel es. Spontan nahm er die Kurve zur Camino de la Costa 6005. Das Haus, in dem Raymond Chandler in den 40ern und 50ern gelebt und gearbeitet hatte, war jetzt eine kleine Weihestätte mit einem gepflasterten Innenhof und einem ungeordneten Steingarten, der den Hügel hinter dem Gebäude hinaufwuchs. Sofort nachdem er Bogart in *Tote schlafen fest* zum erstenmal gesehen hatte, hatte er jeden Chandler-Roman gelesen; Penny hatte gesagt, dies sei eine Möglichkeit herauszufinden, was es mit Kalifornien auf sich hatte.

Bei Albertson's kaufte er Wein und in einem Getränkeladen

nahe der Wall Street einen Karton mit verschiedenen Weißweinen. Der Parkettboden des Geschäfts speicherte die nachlassende trockene Hitze des Tages. Ein stämmiger, sonnengebräunter Mann betrachtete Gordons Button-down-Hemd leicht amüsiert, während er die Flaschen einpackte. Als Gordon den Laden verließ, sah er Lakin aus einem Austin-Healey aussteigen. Hastig wandte er sich um und ging in die andere Richtung; im Zwielicht der Dämmerung hatte Lakin ihn wahrscheinlich gar nicht gesehen. Der Aufsatz über spontane Resonanz war, wie Lakin vorausgesagt hatte, problemlos von *Physical Review Letters* angenommen worden. Für Lakin schien die Angelegenheit damit abgeschlossen, Gordon jedoch verspürte immer noch das Unbehagen eines Mannes, der Schecks ausstellt, obschon er weiß, daß sein Konto überzogen ist. Er verstaute die klirrenden Flaschen im Kofferraum des Chevy und unternahm einen Spaziergang zum Valencia Hotel. In La Jolla gab es keine grell blinkenden Werbeschilder, keine Fabriken, Billardsäle, Schlote, Friedhöfe, Bahnstationen oder Imbißstuben, die das Stadtbild beeinträchtigten. Das Valencia warb nur mit einem schlichten Schriftzug. Auf der Veranda spielten zwei Frauen mittleren Alters Canasta und plapperten dabei ohne Unterlaß. Sie trugen bauschige Kleider aus kunstvoll bedruckten Stoffen, schwere Metallhalsketten, und an jeder Hand prunkten mindestens drei Ringe. Die beiden Männer, die mit ihnen spielten, wirkten älter und müde. *Wahrscheinlich vom Unterschreiben vieler Schecks erschöpft*, dachte Gordon und ging an ihnen vorbei in die Empfangshalle. Aus der Hotelbar drang das Summen vieler Gespräche. Er ging an den aufgereihten Rattanmöbeln vorbei in den kleinen Ruheraum am Ende der Halle; von dort aus blickte er gerne auf die kleine Bucht hinab. Ellen Browning Scripps hatte erkannt, was die Landraffer der Stadt antaten, und um die Bucht eine glatte Rasenfläche angelegt, so daß nicht nur die Reichen dem trägen Spiel der Dünung zuschauen konnten. Als Gordon dort saß, strahlten die Scheinwerfer auf; weiße Mauern mahlenden Wassers ragten aus dem Dunkel des Meers empor. Gordons seltene

Ausflüge in den Pazifik hatten stets in den halbmondförmigen Buchten dort unten begonnen. Ein Stück vom Ufer entfernt war ein Felsstreifen, auf dem man stehen und sich über die schwappenden Wellen erheben konnte. Der Steingrund war schlüpfrig, aber er blickte von dort aus gern aufs Land, das von unbeständigem Stuck, Holz und weißgetünchten Flächen überzogen war; aus dieser Entfernung, so schien es ihm, gewann er eine feste Perspektive. Chandler hatte gesagt, es wäre eine Stadt voller alter Menschen und ihrer Eltern, aber nie hatte er das Meer und seine erbarmungslosen, donnernden Brecher erwähnt, die durch die langen Wellenzüge gischteten und das Ufer zerfraßen. Es war, als käme eine unbemerkte Kraft von jenseits des Horizonts, aus Asien, und nagte an diesem heimeligen Schlupfwinkel des amerikanischen Kontinents. Klobige Wellenbrecher versuchten dagegen anzukämpfen, aber Gordon konnte nicht verstehen, wieso sie überdauerten. Die Zeit würde das alles fortspülen.

Als er durch die Halle zurückging, war das Gemurmel aus der Bar etwa einen Drink lauter als vorher. Eine Blondine warf ihm einen aufmunternden Blick zu, doch als sie erkannte, daß er ihr Interesse nicht erwiderte, verhärtete sich ihr Gesicht, und sie wandte sich wieder ihrer Illustrierten zu. Im Tabakgeschäft am Girard kaufte er ein Taschenbuch für 35 Cents und blätterte beim Hinausgehen die Seiten vor seiner Nase auf; sie trugen immer den süßen Humusgeruch einer Pfeifentasche.

Er schloß die Tür ihres Bungalows auf. Auf der Couch saß ein Mann und goß Bourbon in ein Wasserglas.

»Oh, Gordon«, sagte Penny. Ihre Stimme trällerte, als sie von dem Sessel neben dem Fenster aufstand. »Das ist Clifford Brock.«

Der Mann erhob sich. Er trug Khakihosen und ein braunes Wollhemd mit zuknöpfbaren Taschen. Seine Füße waren nackt, Gordon sah ein Paar Sandalen neben dem Kleiderbeutel an der Couch liegen. Clifford Brock war hochgewachsen und muskulös. Ein gemächliches Grinsen verengte seine Augen, als er sagte: »Angenehm. Hübsch haben Sie's hier.«

Murmelnd erwiderte Gordon den Gruß. »Cliff ist ein alter Kumpel von der High-School«, sagte Penny vergnügt. »Er hat mich damals zum Rennen nach Stockton mitgenommen.«

»Aha«, entgegnete Gordon, als erklärte dies vieles.

»Ein Schlückchen Old Granddad?« Mit eingefrorenem Grinsen auf dem Gesicht bot Cliff ihm die offene Flasche an.

»Nein, nein, danke. Ich habe gerade Wein eingekauft.«

»Hab' ich auch da«, sagte Cliff und zog einen Gallonkrug unter dem Tisch hervor.

»Ich war mit ihm unterwegs, um etwas zu trinken zu kaufen«, erklärte Penny. Kleine Schweißperlen standen auf ihrer Stirn. Gordon betrachtete den Weinkrug. Rotwein von Brookside, den sie gewöhnlich zum Kochen nahmen.

»Ich hole erst mal die anderen Flaschen aus dem Wagen«, sagte er, um Cliffs Angebot auszuweichen. Er ging in die kühle Abendluft hinaus und trug den Wein herein. Einige Flaschen verstaute er im Regal, den Rest im Kühlschrank. Eine entkorkte er und goß sich ein Glas ein. Penny stellte Teller und eine Schüssel mit Bohnen auf den Tisch und hörte Cliff zu.

»Warst du lange auf der Lakin-Party?« fragte sie, als Gordon sich in ihren Boston-Schaukelstuhl setzte.

»Nein, ich habe unterwegs nur haltgemacht, um ein paar Sachen einzukaufen. Wein. Die Party war wieder nur ein gegenseitiges Schulterklopfen.« Die Vorstellung, daß Roger Isaacs oder Herb York einem hochgeachteten Philosophen auf die Schulter klopfte, paßte eigentlich nicht ins Bild, aber Gordon ließ es so stehen.

»Wer war da?« fragte Penny mit pflichtgemäßem Interesse. »Wen haben sie rekrutiert?«

»Ein marxistischer Kritiker, meinte jemand. Er hat eine Menge gequasselt, aber viel habe ich nicht damit anfangen können. Über unsere Unterdrückung durch den Kapitalismus und wie wir daran gehindert werden, unsere wahren schöpferischen Kräfte zu entfalten.«

»Die Unis ziehen sich immer mehr Rote an Land«, sagte Cliff mit eulenhaftem Zwinkern.

»Ich glaube, er ist mehr ein theoretischer Kommunist«, wiegelte Gordon ab, ohne an dem Thema rechtes Interesse zu haben.

»Meinst du, sie engagieren ihn?« fragte Penny, die das Gespräch offenbar steuern wollte.

»*Ich* habe keine Ahnung. Das machen die Leute von den Geisteswissenschaften. Außer Feher gaben sich alle sehr respektvoll. Der Knabe sagte, im Kapitalismus beute der Mensch den Menschen aus, und Feher meinte, gewiß, und im Kommunismus ist es umgekehrt. Alles lachte, aber Popkin schien es wohl nicht zu gefallen.«

»Die Roten bringen einem nichts bei, was man nicht in Laos lernen kann«, warf Cliff ein.

»Was hat er über Kuba gesagt?« fragte Penny beharrlich weiter.

»Die Raketenkrise? Nichts.«

»Ha!« sagte Penny triumphierend. »Was hat der Typ geschrieben?«

»Da lag ein kleiner Stapel mit seinen Veröffentlichungen. *Der eindimensionale Mensch* hieß eine, und ...«

»Marcuse. Das war Marcuse«, stellte Penny fest.

»Wer ist das?« murmelte Cliff und goß sich von dem Brookside ein.

»Kein schlechter Denker«, gab Penny achselzuckend zu. »Ich habe das Buch gelesen. Er ...«

»In Laos lernt man mehr über die Roten«, wiederholte Cliff und hob den Krug hoch, so daß er beim Eingießen auf seiner Schulter ruhte. »Noch'n Schluck?« fragte er mit einem Blick auf ihre Gläser.

»Ich passe«, erwiderte Gordon und hielt die Hand über sein Glas, als würde Cliff trotz des Einspruchs eingießen. »Sie waren in Laos?«

»Sicher.« Genüßlich nahm Cliff einen Schluck. »Ich weiß, mit eurem Kram ist das nicht zu vergleichen ...« Eine Geste mit dem Glas in der Hand. »... aber man kriegt einen verdammt besseren Überblick als ihr mit eurem Kram hier, so viel ist sicher.«

»Was haben Sie dort gemacht?«

Ausdruckslos blickte er Gordon an. »Sondereinheit.«

Gordon nickte stumm und ein wenig unbehaglich. Er war wegen des Studiums vom Wehrdienst befreit worden. »Wie ist es da drüben?« fragte er lahm.

»Beschissen.«

»Was meinten die Militärs zu der Raketenstationierung auf Kuba?« fragte Penny ernsthaft.

»Für mich ist die Sache gelaufen.« Cliff nahm erneut einen tiefen Schluck.

»Cliff hat es hinter sich«, erklärte Penny.

»Richtig«, bestätigte Cliff. »Ab jetzt nur noch High Life. Bin nach El Toro geflogen. Ich wußte, Penny war irgendwo hier in der Gegend, also habe ich ihren alten Herrn angerufen und mir die Adresse geben lassen. Dann hab' ich den Bus genommen.« Eine beiläufige Handbewegung, seine Stimmung wechselte. »Ich mein', ist alles klar, Junge. Ich bin nur ein alter Freund. Nichts Tolles. Richtig, Penny?«

Sie nickte. »Cliff hat mich zum Abschlußball mitgenommen.«

»O ja, und *toll* hat sie ausgesehen. Ein Abendkleid in Pink, und dann die heiße Fahrt in meinem Thunderbird.« Plötzlich begann er mit hoher, schwankender Stimme zu singen: »When I Waltz Again with You.« Ebenso plötzlich brach er ab und sagte: »O Mann, was für ein Schmalz. Teresa Brewer.«

Gereizt sagte Gordon: »Ich habe das gehaßt. Das ganze aufgeblasene High-School-Getue.«

»Das kann ich mir vorstellen«, erwiderte Cliff nüchtern. »Sie kommen aus dem Osten, was?«

»Ja.«

»Marlon Brando, *Die Faust im Nacken*, und all so was, he? Oh, Mann, da drüben ist der reinste Saustall.«

»So schlimm ist es nicht«, murmelte Gordon. Cliff hatte, ohne es zu wissen, einen wunden Punkt getroffen. Eine Zeitlang hatte Gordon, genau wie Brando, Tauben auf dem Dachboden gehalten; und Samstagabend war er hinaufgegangen und hatte mit ihnen geredet, wenn er keine Verabredung hatte – und das war ziemlich häufig der Fall gewesen. Nach einer Weile hatte er sich selbst davon überzeugt, daß Verabredungen am Samstagabend nicht der Mittelpunkt eines Teenagerlebens sein mußten, und einige Zeit später hatte er die Tauben abgeschafft. Sie waren ohnehin sehr schmutzig.

Gordon entschuldigte sich und holte noch etwas Wein. Als er mit einem Glas für Penny zurückkam, schwelgten die beiden in Erinnerungen an die alten Zeiten. Ivy-League-Mode; frisierte Autos, die *Ted Mack Variety Hour*; Soft-Eis; *Ozzie and Harriet; Father Knows Best*; Entenschwanzfrisuren; die Abschlußklasse, die nachts den Wasserturm anpinselte; Mädchen, die im Unterricht Kaugummiblasen produzierten und schon im ersten Jahr schwanger die Schule verließen; *My Little Margie*; der beknackte Rektor; trägerlose Abendkleider, die mit Draht stabilisiert werden mußten, damit sie nicht rutschten; Hot dogs; Ansteckklammern; Eloise, die ihren Pettycoat ruinierte, als sie bei der Party in den Pool fiel; Besuche in Bars, wo es dem Personal egal war, wie alt die Kunden waren; Mädchen mit so engen Röcken, daß sie seitlich in den Bus einsteigen mußten; das Feuer im Chemiesaal; Hosen ohne Gürtel und eine Vielzahl anderer Dinge, an denen Gordon keinen Gefallen gefunden hatte, als er sich in seine Bücher vergrub und sich für Columbia vorbereitete. Und jetzt sah er keinen Grund, in nostalgische Schwärmerei darüber zu verfallen. Penny und Cliff beurteilten es in der Erinnerung ebenfalls als dumm und sinnlos, aber mit einer fast zärtlichen, liebevollen Verachtung, die Gordon nicht aufbringen konnte.

»Hört sich mehr nach einem Country Club an.« Er gab seiner Stimme einen freundlichen Klang, aber Cliff bemerkte den mißbilligenden Unterton.

»Mann, wir hatten unseren Spaß. Bevor alles einstürzte.«

»Ich finde, es ist alles in Ordnung.«

»Ist es aber nicht. Geh mal rüber, bis zum Arsch im Schlamm, und dann weißt du Bescheid! Die Chinks graben uns das Wasser ab. Kuba kriegt alle Schlagzeilen, aber da drüben passiert's.« Er trank sein Glas leer und füllte es nach.

»Verstehe«, sagte Gordon eisig.

»Cliff«, schaltete Penny sich aufgekratzt ein, »erzähl ihm mal von dem toten Kaninchen in Mrs. Hoskins Klasse. Gordon, Cliff hat...«

»Sieh mal«, sagte Cliff langsam. Er blinzelte Gordon an, als sei er kurzsichtig, und fuhr mit dem Finger ziellos durch die Luft. »Du kapierst einfach nicht...«

Das Telefon klingelte.

Dankbar stand Gordon auf. Als er das Zimmer verließ, begann Cliff, Penny etwas zuzuflüstern.

Er nahm den Hörer ans Ohr und erkannte die Stimme seiner Mutter. »Gordon, bist du's?«

»Ja.« Er blickte zum Wohnzimmer und senkte die Stimme. »Wo bist du?«

»Zu Hause, 2nd Avenue. Wo sonst?«

»Nun, ich dachte...«

»Daß ich womöglich wieder in Kalifornien bin und dich besuchen will«, fragte seine Mutter mit aufreizender Scharfsinnigkeit.

»Nein, nein.« Er verstummte für den Bruchteil einer Sekunde. Fast hätte er sie Mom genannt, aber mit Cliff in Hörweite wollte er das nicht. »Nein, daran dachte ich überhaupt nicht – du hast alles falsch verstanden.«

»Ist sie bei dir?« Ihre Stimme zwitscherte dünn, als würde ihre Verbindung schlechter.

»Sicher. Sicher ist sie hier. Was hast du erwartet?«

»Wer weiß schon, was man heutzutage zu erwarten hat, mein Sohn.«

Immer wenn sie ihn »Sohn« nannte, wußte er, daß eine Strafpredigt bevorstand.

»Du hättest nicht so abreisen sollen. Ohne ein Wort.«

»Ich weiß, ich weiß.« Wieder wurde ihre Stimme schwächer. »Meine Kusine Hazel hat gesagt, das sei falsch gewesen.«

»Wir hatten zu tun. Und wir haben überlegt, wo wir mit dir hinfahren können«, log er.

»Ich war so...« Sie konnte das Wort nicht finden.

»Wir hätten über … alles reden sollen.«

»Das werden wir noch. Im Moment fühle ich micht nicht so gut, aber ich hoffe, ich kann bald wieder rüberkommen.«

»Nicht so gut? Was meinst du damit, Mom, nicht so gut?«

»Eine kleine Rippenfellentzündung, nichts Ernsthaftes. Ich habe für den Arzt und ein paar Untersuchungen Geld rausgeworfen. Jetzt ist alles bestens.«

»Oh, gut. Paß auf dich auf!«

»Es ist nicht schlimmer als deine Halsentzündung damals, weißt du noch? Ich kenne mich damit aus, Gordon. Deine Schwester war gestern zum Abendessen hier, und wir haben noch darüber gesprochen, wie …« Ihre Stimme hatte wieder den gewohnten Tonfall, während sie Ereignisse der letzten Woche erzählte, behutsam auf die reumütige Rückkehr der vagabundierenden Schwester anspielte und über Kohlsuppe, Kugel, Flanken und Zunge – mit der berühmten ungarischen Rosinensoße – sprach, alles für ein einziges Abendessen. Und danach das »Teejater«, zusammen hatten sie Osbornes *Luther* gesehen (»So viel Getue!«). Seinen Vater hatte sie nie dazu bewegt, für solche Sachen sein hartverdientes Geld auszugeben, aber jetzt rechtfertigte die Zurückgewinnung ihrer Kinder kleine Extravaganzen wie diese. Er lächelte, lauschte der Flut von Worten aus einem anderen, früheren Leben, das dreitausend Meilen entfernt war, und fragte sich, ob Philip Roth schon von Laos gehört hatte.

Vor seinem geistigen Auge sah er sie am anderen Ende des langen Kupferkabels stehen, die Hand fest um den Telefonhörer geklammert, so daß die Knöchel weiß wurden. Als ihre Stimme weicher wurde, konnte er spüren, wie die Hand sich lockerte. Als er den schweren, schwarzen Hörer in die Gabel des Wandapparats einhängte, fühlte er sich gut. Erst in diesem Moment fiel ihm das Geräusch unterdrückten Schluchzens aus dem Wohnzimmer auf.

Penny saß neben Cliff auf der Couch und hatte den Arm um ihn gelegt, während er in seine vors Gesicht gelegten Hände schluchzte. »Ich habe doch … Wir gingen durch das Reisfeld, verfolgten eine Bande Pathet Lao auf die Ebene der Krüge zu. Ich war bei dieser beschissenen Gruppe von 'Nam-Soldaten, ich und Bernie – Bernie aus unserer Klasse, Penny – und ... dieses MG eröffnete das Feuer direkt auf uns, und Bernies Kopf fuhr zurück ... Er plumpste in den Schlamm, sein Helm fiel in seine Hände, er griff nach seinem Gesicht, und er fing an, etwas aus dem Helm rauszuholen, und dann fiel er zur Seite. Ich warf mich hinter ihm zu Boden, die Garbe ging direkt über uns. Ich bin zu ihm rübergekrochen, und das Wasser war ganz rosa, und da wußte ich, was los war. Ich schaute in den Helm, und was er da rausholen wollte, war ein Teil seines Schädels, das Haar klebte im Helm, die Salve muß ihm ins Gehirn gedrungen sein, nachdem sie seinen Kiefer zerschmettert hatte.« Cliff sprach jetzt deutlicher. Sein Wortschwall wurde nur von lauten Seufzern unterbrochen, während er sich mit den Händen heftig die Augenhöhlen rieb. Penny umarmte ihn tröstend und murmelte etwas. Seine Schultern tätschelnd, küßte sie ihn traurig auf die Wange. Mit einem plötzlichen schmerzlichen Schock erkannte Gordon, daß sie irgendwann in den rosigen High-School-Tagen mit ihm geschlafen hatte. Zwischen ihnen bestand eine alte, vertraute Intimität.

Cliff blickte auf und sah Gordon. Sein Körper versteifte sich ein wenig, dann schüttelte er den Kopf. »Es fing zu regnen an«, fuhr er mit klarer Stimme fort, als hätte er sich entschlossen, den Rest zu erzählen, ganz gleich, wer noch zuhörte. »Sie konnten uns keinen Helicopter schicken. Diese Arschlöcher von 'Nam-Piloten fliegen nicht unter Feuer. Wir steckten in dem kleinen Bambushain fest, in den wir uns zurückgezogen hatten. Pathet Lao und Cong hatten uns in der Falle. Ich und Bernie waren Berater, Befehle sollten wir nicht geben. Sie hatten uns mit dem Trupp zusammengesteckt, weil keiner annahm, daß wir Feindberührung kriegten. Alle dachten, in der Regenzeit würden sie sich zurückziehen.«

Er hob den Brookside-Krug und goß sich noch ein Glas ein. Penny saß neben ihm, die Hände sittsam im Schoß gefaltet, Tränenglanz in den Augen. Gordon wurde sich bewußt, daß er starr zwischen Küche und Wohnraum stand, und nahm wieder in dem Schaukelstuhl Platz.

Cliff trank das Glas halb leer, wischte sich mit dem Ärmel über die Augen und seufzte. Sein Gefühlsausbruch verebbte. Als er fortfuhr, schienen die Worte, die über seine Lippen kamen, die kleinen Tropfen der Empfindung wegzutrocknen. »Der 'Nam-Zugführer drehte durch. Wußte nicht weiter, wollte nachts raus. Über den Reisfeldern breitete sich Nebel aus. Er wollte, daß ich mit zehn 'Nams auf Erkundung ging. Ich also raus, die kleinen Burschen hatten den Arsch auf Grundeis und schleppten die M-1. Keine hundert Meter, und der Mann an der Spitze rammt sich einen Dorn durch den Stiefel. Er fängt zu schreien an, das MG-Feuer geht wieder los, wir zurück in den Bambus.«

Cliff lehnte sich zurück, legte wie absichtslos den Arm um Penny und fixierte den Brookside-Krug. »Der Regen läßt einem Pilze in den Socken wachsen. Die Füße werden ganz weiß. Ich versuchte damit zu schlafen, die Füße so kalt, daß man glaubt, sie wären weg. Und als ich aufwachte, hatte ich einen Blutegel auf der Zunge.« Einen Moment verstummte er. Pennys Mund öffnete sich, aber sie sagte nichts. Gordon merkte, daß er heftig schaukelte, und zwang sich zu einem langsameren Rhythmus.

»Zuerst dachte ich, es wäre ein Blatt oder so. Kriegte es nicht los. Einer der 'Nams brachte mich zu Boden – ich war schreiend rumgerannt. Das Arschloch von Zugführer dachte, wir wären infiltriert. Der 'Nam schmiert mir Stiefelfett auf die Zunge, und ich lieg' da im Schlamm, und er holt mir den Egel aus dem Mund; ein kleines pelziges Ding. Den ganzen nächsten Tag habe ich noch den Stiefelfettgeschmack im Mund, schrecklich. Mittags treibt ein Hilfsbataillon die Congs zurück.« Er blickte Gordon an. »Erst als wir wieder im Stützpunkt waren, habe ich wieder an Bernie gedacht.«

Cliff blieb bis spät in die Nacht. Je mehr er von dem süßen Wein trank, desto schwärmerischer wurden seine Geschichten über seine Beratertätigkeit bei der vietnamesischen Armee. Penny saß mit angezogenen Beinen auf der Couch, ihr Arm lag auf der Rückenlehne und unterstützte ihr gelegentliches Kopfnicken, das von einem entrückten Blick begleitet wurde.

Gordon stellte kurze Zwischenfragen und steuerte ab und zu ein Kopfnicken oder beifälliges Murmeln bei; er hörte nicht sonderlich aufmerksam zu, sondern betrachtete Penny.

Als er aufbrach, schien Cliff plötzlich von Fröhlichkeit besessen; der Wein machte ihn schwanken, Schweißtropfen standen auf seinem Gesicht. Er trat auf Gordon zu, zwinkerte verschmitzt, hob einen Finger und verkündete: »Werft den Gefangenen ins tiefste Verlies«, sagte er herablassend.

Gordon runzelte die Stirn. Offenbar hatte der Wein das Hirn des Mannes angegriffen.

»Das ist ein Tom Swiftie«, erklärte Penny.

»Ein was?« krächzte Gordon gereizt. Cliff nickte wissend.

»Ein nun, ein Scherz, ein Wortspiel«, erwiderte sie. Mit Blicken beschwor sie Gordon mitzumachen und dem Abend einen versöhnlichen Ausklang zu geben. »Du mußt das Zitat übertreffen.«

»Hm...« Gordon fühlte sich unbehaglich heiß. »Ich kann nicht...«

»Ich bin dran.« Penny tätschelte Cliffs Schulter, als wollte sie ihn besänftigen. »Wie wär's mit: ›Über Frauen habe ich in Paris einiges gelernt‹, sagte Tom lässig?«

Cliff lachte bellend, gab ihr einen gutmütigen Klaps auf den Hintern und schwankte zur Tür. »Den Wein kannst du behalten, Gordie«, sagte er. Penny begleitete ihn nach draußen. Gordon lehnte sich an den Türrahmen. Im bleichgelben Licht der Außenlampe sah er, wie sie ihm einen Abschiedskuß gab. Cliff grinste und war fort.

Er warf den Brookside-Krug in den Müll und spülte die Gläser aus. Penny räumte das Geschirr weg. »Ich möchte nicht, daß du künftig noch mal alte Freunde von dir hierherbringst«, sagte er.

Mit aufgerissenen Augen drehte sie sich um. »*Was?*«

»Du hast schon verstanden.«

»Warum?«

»Ich mag es nicht.«

»Mhm. Und warum magst du es nicht?«

»Du gehörst jetzt zu mir. Ich will nicht, daß du mit anderen etwas anfängst.«

»Mein Gott, ich fange mit Cliff nichts an. Er hat doch nur mal vorbeigeschaut. Ich habe ihn seit Jahren nicht mehr gesehen.«

»Du mußtest ihn ja nicht so oft küssen.«

Sie verdrehte die Augen. »Ach, du lieber Gott!«

Ihm wurde heiß, plötzlich fühlte er sich unsicher. Wieviel hatte er getrunken? Nein, nicht so viel, das konnte es nicht sein. »Ich meine es so. Ich mag solche Sachen nicht. Er wird einen falschen Eindruck bekommen. Du redest über eure Schulzeit, den Arm um ihn gelegt...«

»Jesus! ›Einen falschen Eindruck bekommen‹ – aus der Spießer-Schublade. Genau da steckst du drin, Gordon.«

»Du hast ihn ermutigt.«

»Den Teufel habe ich. Der Mann ist schwer verwundet. Ich habe ihn getröstet, ihm zugehört. Von dem Moment, als er an die Tür klopfte, wußte ich, daß er im Innern etwas hat, etwas, das diese Hurra-Typen in der Armee nicht rauslassen wollten. Er ist da drüben fast gestorben, Gordon. Und Bernie, sein bester Freund...«

»Schon gut, trotzdem mag ich es nicht.« Sie hatte seinem Vorwurf die Spitze genommen, und jetzt suchte er verzweifelt nach einer anderen Möglichkeit, recht zu behalten. Vom ersten Augenblick an hatte er sich von Cliff bedroht gefühlt. Hätte seine Mutter durchs Telefon sehen können, hätte sie genau gewußt, wie man Pennys Verhalten bezeichnete. Sie hätte...

Er unterbrach seine Gedanken, wich Pennys feindseligem, starrem Blick aus und schaute auf den Brookside-Krug, der im Müll auf seine Zerstörung wartete. Er hatte Penny und Cliff mit den Augen seiner Mutter, seiner New Yorker Prägung gesehen, und er wußte, daß er übers Ziel hinausgeschossen war.

Das Kriegsgerede hatte ihn aus dem Gleichgewicht gebracht. Er hatte nicht gewußt, wie er reagieren sollte, und jetzt ließ er Penny seine Unsicherheit ausbaden.

»Sieh mal«, begann er. »Es tut mir leid, ich...« Er hob die Hände zu ihrem Gesicht und ließ sie wieder sinken. »Ich möchte etwas spazierengehen.«

Penny zuckte die Achseln, er drängte sich an ihr vorbei.

In der kühlen und salzigen Luft draußen hüllte Nebel die Kronen der knorrigen alten Eichen ein. Er wanderte durch dieses La Jolla der Nacht, sein Gesicht plötzlich schweißglänzend.

Zwei Blocks weiter, am Fern Glen, lenkte ihn eine Gestalt, die aus einem Haus trat, vom Wirrwarr seiner Gedanken ab. Lakin. Der Mann blickte nach allen Seiten, schien beruhigt und schlüpfte schnell in seinen Austin-Healey. In dem Haus, aus dem Lakin gekommen war, bewegte sich eine Jalousie zur Seite; einen Augenblick lang war vor dem erleuchteten Hintergrund die Silhouette einer Frau zu erkennen. Gordon erkannte das Gebäude. Hier wohnten zwei Studentinnen der geisteswissenschaftlichen Abteilung. Still lächelte er vor sich hin, als Lakins Healey davonschnurrte. Irgendwie munterte ihn dieser kleine Beweis menschlicher Schwäche auf.

Es wurde ein ausgedehnter Spaziergang, vorbei an verriegelten Sommerhäusern mit vergilbten Zeitungen vor der Tür und an wenigen großen Wohnhäusern, aus denen helles Licht herausfiel. Cliff und Laos, Cliffs Verständnis von dem, was real und wichtig war, was wirr und finster – die Gedanken nagten an ihm, verschwammen in dichtem Nebel mit Penny darin und seiner fernen, unvermeidlichen Mutter. Neben diesen Dingen schien die experimentelle Physik ein Spielzeug, nicht komplizierter als ein Kreuzworträtsel. Ein weit entfernter Krieg konnte einen Ozean überqueren und hier ans Ufer schwappen. Verwirrte Gedanken an den Scripps Pier unterhalb des Campus gingen ihm durch den Kopf; er sah, wie dort Soldaten, Panzer und Munition an Bord genommen wurden. Doch dann nahm er sich zusammen, sicher stieg ihm jetzt der Alkohol zu Kopf. Die kleine Zuflucht La Jolla um ihn herum konnte kaum von einem Haufen kleiner Männer bedroht werden, die in schwarzen Pyjamas herumliefen und versuchten, das Diem-Regime zu stürzen.

Er wandte sich um, ging zurück zum Haus, zu Penny. Es war leicht, durch Bedrohungen in Erregung zu geraten – Cliff, der Cong, Lakin. In einer Nacht konnten die Wellen keinen Küstenstreifen zerschmettern. Und trübe Gedanken an Kubaner, die Kunstdünger in den Ozean kippten und das Leben dort zerstörten – ja, es war alles zu unwahrscheinlich, Produkt seiner Paranoia, ja, dessen war er sich in dieser Nacht sicher.

## — 14 —

*22. März 1963*

Gordon breitete den *San Diego Union* auf dem Labortisch aus. Im selben Moment wünschte er, er hätte sich die Mühe gemacht, eine Ausgabe der *Los Angeles Times* herauszusuchen, denn der *Union* widmete in seiner hinterwäldlerischen Art der Heirat von Hope Cooke, der jüngsten Sarah-Lawrtense-Absolventin, und Kronprinz Palden Thonup Namgyal von Sikkim viel Raum. Der *Union* schien geradezu verzückt von dem Gedanken, daß ein amerikanisches Mädchen einen Mann heiratete, der in Kürze Maharadschah sein würde. Die echten Nachrichten erschienen nur als kleinere Meldung auf der ersten Seite: Davey Moore war tot. Ungeduldig blätterte Gordon die Sportseite auf und war besänftigt, dort einen längeren Artikel zu finden. Sugar Ramos hatte Moore in der zehnten Runde ihres Kampfs um die Weltmeisterschaft im Federgewicht in Los Angeles ausgeknockt. Erneut wünschte Gordon, er hätte Karten gehabt; die Vorlesungen und seine Forschungen hatten ihn so lange abgelenkt, bis sie alle ausverkauft gewesen waren. Moore war an einer Hirnblutung gestorben, ohne das Bewußtsein wiederzuerlangen; ein weiterer Fleck auf dem Boxsport. Gordon seufzte. Es gab die voraussehbaren Kommentare von den voraussehbaren Leuten, die das Boxen ganz verbieten lassen wollten. Einen Moment fragte er sich, ob sie vielleicht recht hatten.

»Hier ist das neue Material«, sagte Cooper neben ihm.

Gordon nahm die Aufzeichnungen. »Weitere Signale?«

»Ja«, erwiderte Cooper knapp. »Seit Wochen habe ich jetzt gute Resonanzkurven und urplötzlich – zack und weg.«

»Haben Sie sie entschlüsselt?«

»Sicher. Viele Wiederholungen.«

Gordon folgte Cooper zu dessen Arbeitsplatz, wo die Laboraufzeichnungen ausgebreitet waren. Er ertappte sich bei der Hoffnung, daß alles unsinnig war, einfache Störungen. Auf diese Weise wäre es viel leichter. Er würde sich nicht um Botschaften kümmern müssen, Cooper konnte an seiner Dissertation weiterarbeiten, Lakin wäre glücklich. Gerade jetzt brauchte sein Leben keinerlei Komplikationen, und er hatte gehofft, der Effekt spontaner Resonanzen würde einfach verschwinden. Ihr Beitrag in *Physical Review Letters* hatte Interesse erregt, und niemand hatte die Arbeit kritisiert; vielleicht war es das beste, die Dinge dabei zu belassen.

Seine Hoffnung schwand, als er Coopers eckige Druckschrift las.

SENDLFX 7 VON CL998 CAMBE19983ZX
RA 18 5 36 DEK 30 29.2
RA 18 5 36 DEK 30 29.2
RA 18 5 36 DEK 30 29.2

Die rätselhafte Folge von Buchstaben und Zahlen füllte drei Seiten. Dann hörte sie plötzlich auf, und es folgte:

MUESSTE ALS PUNKTWUELLE IM TACHYONENSPEKTRUM ERSCHEINEN 263 KEV SPITZE KANN MIT NMR AUSRICHTUNG GEPRUEFT WERDEN MESSUNG FOLGT ZPASUCZ AKSOWLP EINBRUCH IN RECHTECK KOORDMZALES SANDUNG VON 19BD 1998KOORDHQES

Danach kam nichts Zusammenhängendes mehr. Gordon studierte Coopers Daten. »Der Rest wirkt wie ein schlichtes an-aus. Keinerlei Kode.« Cooper nickte und kratzte sich das Bein unterhalb der abgeschnittenen Jeans. »Nur Punkte und Striche«, sagte Gordon zu sich selbst. »Komisch.« Wieder nickte Cooper. Gordon hatte bemerkt, daß Cooper sich in letzter Zeit darauf beschränkte, die Daten aufzunehmen, und keine Meinung mehr äußerte. Vielleicht hatte der Zusammenprall mit Lakin ihn gelehrt, daß eine agnostische Haltung risikoloser war. Cooper schien zufrieden damit, normale Resonanzsignale aufzunehmen; sie waren die Ecksteine seiner Dissertation.

»Das Material zu Anfang – RA und DEK.« Gordon strich sich übers Kinn. »Klingt irgendwie astronomisch …«

»Mhmmm«, meinte Cooper. »Kann sein.«

»Ja – Raktaszension und Deklination. Das sind *Koordinaten*, die einen Punkt im Raum definieren.«

»Hm. Könnte sein.«

Gereizt blickte Gordon auf. Man konnte auch zu sehr mit verdeckten Karten spielen. »Ich will mir das näher anschauen. Machen Sie nur Ihre Messungen weiter!«

Mit einem Kopfnicken wandte Cooper sich ab. Er schien erleichtert, mit den verwirrenden Daten nichts mehr zu tun zu haben. Gordon verließ das Labor und ging zwei Stockwerke höher zu Zimmer 317, Bernard Carroways Büro. Auf sein Klopfen kam keine Antwort. Er schaute ins Sekretariat hinein und fragte: »Joyce, wo ist Dr. Carroway?« Verwaltungsangestellte wurden traditionsgemäß beim Vornamen genannt, während Fakultätsmitglieder stets einen Titel hatten. Gordon hatte diese Praxis immer ein leichtes Unbehagen bereitet.

»Der große oder der kleine?« entgegnete die dunkelhaarige Abteilungssekretärin mit hochgezogenen Brauen.

»Der große. Nach Volumen, nicht nach Metern.«

»Seminar in Astrophysik. Müßte bald zu Ende sein.«

Leise betrat er den Seminarraum, während John Boyle zum Ende kam; die grünen Tafeln waren mit Differentialgleichungen aus Boyles neuer Gravitationstheorie übersät. Boyle beendete das Seminar mit ein paar launigen Bemerkungen, in die er einen Schottenwitz einflocht, und die Hörer standen geräuschvoll auf. Bernard Carroway wuchtete seinen Körper hoch und lenkte eine Diskussion zwischen Boyle und einem dritten Mann, den Gordon nicht kannte. Er beugte sich vor und fragte Bob Gould: »Wer ist das?« Dabei wies er mit einer Kopfbewegung auf den hochgewachsenen lockigen Mann.

»Der da? Saul Schriffer, Vale. Er und Frank Drake waren bei dem Projekt Ozma beteiligt, bei dem Radiosignale anderer Zivilisationen aufgenommen werden sollten.«

»Oh.« Gordon lehnte sich zurück und beobachtete, wie Schriffer über einen technischen Punkt mit Boyle diskutierte. Er spürte eine summende Energie in sich, die Witterung der Jagd. Angesichts der Gleichgültigkeit Lakins und der Tatsache, daß der Effekt verschwunden war, hatte er die Sache mit den Botschaften einige Monate ignoriert. Aber jetzt war sie wieder präsent, und plötzlich war er sich sicher, sich verstärkt darum kümmern zu müssen.

Boyle und Schriffer diskutierten die Zulässigkeit einer Annäherung, die John benutzt hatte, um eine Gleichung zu vereinfachen. Interessiert verfolgte Gordon das Gespräch. Es war kein nüchternes intellektuelles Gespräch zwischen Verstandesmenschen, wie es der Laie sich so oft ausmalt, sondern ein engagierter Meinungsstreit mit wechselseitigen Schreien und Gesten. Sie diskutierten über Ideen, aber unter der Oberfläche prallten Persönlichkeiten aufeinander. Schriffer war der lautere von beiden. Energisch drückte er die Kreide auf und zerbrach sie. Er gestikulierte, zuckte mit den Schultern, runzelte die Stirn. Er schrieb und sprach schnell, widerlegte häufig, was er selbst nur Sekunden vorher behauptet hatte. Bei den Berechnungen unterliefen ihm Flüchtigkeitsfehler, die er mit dem Schwamm schnell wieder auslöschte. Die trivialen Irrtümer waren ohne Bedeutung – er versuchte, den Kern des Problems zu erfassen. Die exakte Lösung konnte später kommen. Seine hastigen Kritzel bedeckten die Tafel.

Ganz anders Boyle. Er sprach mit gleichmäßiger, fast monotoner Stimme, das Gegenteil des schnellen, zupackenden Tons, an den Gordon sich aus dem Limehouse erinnerte. Das war seine Rolle als Wissenschaftler. Manchmal war seine Stimme so leise, daß Gordon Mühe hatte, ihn zu verstehen. Die Umstehenden mußten ihre Wortwechsel am Rande einstellen, um ihm zuzuhören – eine gewiefte Taktik, sich ihrer Aufmerksamkeit zu versichern. Er begann seine Sätze mit »Ich glaube, wenn wir es so versuchen...« oder »Saul, sehen Sie nicht, was geschieht, wenn...« Eine Form der Kunst, dem anderen immer um eine Nasenlänge voraus zu sein. Nie machte er eine eindringliche, positive Feststellung; er war der leidenschaftslose Wahrheitssucher. Aber allmählich machte sich die Anstrengung bemerkbar, die die Fixierung auf diese Rolle erforderte. Er konnte nicht eindeutig beweisen, daß seine Annäherung gerechtfertigt war, daher wurde er in eine defensive Position gedrängt. Schließlich steigerte er sich in die wiederholte Aufforderung zu »beweisen, daß ich unrecht habe«. Allmählich wurde seine Stimme lauter, sein Gesicht nahm störrische Züge an.

Plötzlich behauptete Saul zu wissen, wie Johns Annäherung zu widerlegen war. Sein Vorschlag war, ein besonders einfaches Testproblem zu lösen, dessen Antwort sie schon alle kennen mußten. Mit flinkem Eifer jagte Saul durch die Berechnungen. Nur für einen engen Bereich physikalischer Bedingungen gab die Annäherung die richtige Antwort. »Da! Sehen Sie – sie taugt nichts!«

John schüttelte den Kopf. »Unsinn – für den interessantesten Fall funktioniert sie ganz präzise.«

Saul schien überzukochen. »Quatsch! Sie haben alle langen Wellen aus dem Problem herausgehalten.«

Aber das Kopfnicken um sie herum hatte den Sieger bereits gekürt: John hatte gewonnen. Da die umstrittene Annäherung nicht völlig nutzlos war, war sie akzeptabel. Grollend stimmte Saul zu. Einen Moment später diskutierte er lächelnd ein anderes Problem, das Streitgespräch war vergessen. Es hatte keinen Sinn, sich über ein Problem zu erregen, wenn etwas bewiesen werden konnte. Gordon grinste. Hier hatte er ein Beispiel für sein selbsterdachtes Gesetz des Disputs: Die Leidenschaft war umgekehrt proportional zur Menge der verfügbaren wirklichen Informationen.

Er trat auf Carroway zu und zeigte ihm die Koordination aus seiner Botschaft. »Bernard, haben Sie eine Vorstellung, wo am Himmel das hier ist?«

Eulenhaft blinzelte Carroway. »Nein, nein, an solche Details erinnere ich mich nie. Saul?« Er zeigte auf das Papier.

»In der Nähe der Wega«, sagte der. »Ich schaue nach, wenn Sie es wünschen.«

Nach seiner Vorlesung über klassische Elektrodynamik hatte Gordon vor, Saul Schriffer aufzusuchen, aber als er sein Büro betrat, um seine Notizen dort zu hinterlegen, wartete jemand auf ihn – Ramsey, der Chemiker.

»Ich dachte, ich schau' mal rein und halte Sie auf dem laufenden«, sagte Ramsey. »Ich habe mir Ihr kleines Rätsel mal näher angeschaut.«

»Und?«

»Ich glaube, da steckt einiges Handfeste drin. Wir sind noch weit davon entfernt, Langketten-Moleküle vollständig zu verstehen, aber dieses Rätsel interessiert mich. Der Teil, wo es heißt ›Dann Eintritt Molekularsimulation Wirt kann Plankton Neurohülle umwandeln‹. Das klingt nach einem selbst replizierenden Mechanismus, von dem wir nicht die Bohne wissen.«

»Geschieht das mit den Ihnen bekannten Molekularformen?«

Ramseys Braue hob sich. »Nirgendwo. Aber ich habe einige der speziellen Kunstdüngerformen studiert, mit denen einige der Unternehmen experimentieren, und … nun, für eine genaue Aussage ist es noch zu früh. Nur so eine Ahnung, wirklich. Worum es mir ging: Ich wollte Ihnen sagen, daß ich die Sache nicht vergessen habe. Nur, der Unterricht und die normalen Forschungsprojekte – Sie wissen ja, wie das ist. Aber ich bleibe am Ball. Ich könnte mal zu Walter Munk runter und ihn nach der Verbindung zur Ozeanographie befragen. Jedenfalls …« –

er verabschiedete sich mit der Parodie eines militärischen Grußes – »... bin ich für die Information dankbar. Könnte ein guter Hinweis sein. Gratz vielmals.«

»Hä?«

»Gratz – *gracias.* Spanisch.«

»Ach so.« Die lockere kalifornische Version eines spanischen Slangs schien zu Ramsey zu passen. Aber unter dem Verhalten eines Gebrauchtwagenhändlers arbeitete ein wacher Verstand. Gordon war froh, daß der Mann sich der ersten Botschaft annahm und sie nicht einfach in den Papierkorb geworfen hatte. Es schien ein Glückstag zu sein; die Fäden kamen zusammen. Ja, ein Glückstag. Bis jetzt würde ich ihm eine Eins plus geben, dachte Gordon bei sich und machte sich auf den Weg zu Schriffer.

»Ich habe ihn für Sie rausgepickt«, sagte Saul bestimmt. Sein Finger senkte sich auf einen Fleck auf einer Sternenkarte. »Es ist ein Punkt ganz nah bei einem normalen F7-Stern. Er heißt 99 Herkules.«

»Aber nicht genau drauf?«

»Nein, aber sehr nah. Was steckt eigentlich hinter der Sache? Wofür braucht ein gestandener Physiker die Position eines Sterns?«

Gordon berichtete ihm von den wiederholten Signalen und zeigte ihm Coopers jüngste Entschlüsselung. Saul geriet in Erregung. Er und ein Russe namens Kadarsky schrieben gemeinsam an einem Artikel über die Entdeckung außerirdischer Zivilisationen. Ihre Arbeitshypothese war, daß Radiosignale der natürliche Kontaktträger waren. Aber wenn Gordons Signal als irdische Ausstrahlungen tatsächlich unerklärlich waren, regte Saul an, warum sollte man dann nicht die Hypothese außerirdischen Ursprungs in Betracht ziehen? Die Koordinaten wiesen eindeutig in diese Richtung.

»Sehen Sie – die Rektaszension ist 18 Stunden, 5 Minuten, 36 Sekunden. Und 99 Herkules ist dieser Punkt bei 18 Stunden, 5 Minuten, 8 Sekunden, eine geringe Abweichung. Die Deklination Ihres Signals ist 30 Grad, 29,2 Minuten. Das paßt.«

»So? Sie stimmen nicht exakt überein.«

»Aber sie sind verdammt nahe dran!« Saul fuchtelte mit den Händen. »Ein paar Sekunden Differenz ist *nichts*.«

»Woher, zum Teufel, kennt ein Außerirdischer unser System astrologischer Messungen?« gab Gordon zu bedenken.

»Woher kennen sie unsere *Sprache*? Natürlich, indem sie unseren alten Radioprogrammen zugehört haben. Hier – die Parallaxe für 99 Herkules ist 0,06. Das heißt, er ist über sechzehn Parsecs entfernt.«

»Was ist das?«

»Oh, etwa 51 Lichtjahre.«

»Wie können sie dann Signale aussenden? Das Radio gibt es seit rund 60 Jahren. Für die Hin- und Rückreise des Lichts reicht das nicht – es würde mehr als ein Jahrhundert brauchen. Also können sie nicht auf unsere Radiostationen antworten.«

»Richtig.« Einen Moment schien Saul am Boden zerstört. »Sie sagen, in der Botschaft steht noch mehr?« Er lebte wieder auf. »Lassen Sie es mich sehen!«

Nach wenigen Sekunden senkte sich sein Zeigefinger auf die Botschaft, und er rief: »Genau! Das ist es! Sehen Sie das Wort?«

»Welches?«

»Tachyon. Kommt aus dem Griechischen. Bedeutet ›Der Schnelle‹. Das heißt, sie benutzen überlichtschnelle Strahlen.«

»Ich bitte Sie!«

»Gordon, benutzen Sie Ihre Phantasie! Es *paßt*, verflixt noch mal!«

»Nichts ist schneller als Licht.«

»Diese Botschaft sagt das Gegenteil.«

»Das ist barer Unsinn.«

»Okay, und wie erklären Sie das? ›Müßte als Punktquelle im Tachyonenspektrum erscheinen 263 KEV Spitze‹. KEV – Kilovolt. Sie verwenden Tachyonen – was immer das auch sein mag – mit der Energie von 263 Kilovolt.«

»Zweifelhaft«, beharrte Gordon.

»Und der Rest? ›Kann mit NMR-Ausrichtung geprüft

werden. Messung folgt.‹ NMR – Nukleare Magnetresonanz. Dann Unverständliches, ein paar Worte, dann wieder Kauderwelsch. SANDUNG VON 19BD 1998KKORDHOES und so weiter.«

»Nicht nur Kauderwelsch. Sehen Sie hier – der Rest besteht nur aus Punkten und Strichen.«

»Hmhm.« Saul beäugte die Struktur. »Interessant.«

»Saul, ich bin dankbar für…«

»Moment noch! 99 Herkules ist nicht nur irgendein Stern, müssen Sie wissen. Ich habe nachgesehen. Er paßt in die Klasse von Sternen, die nach unseren Vermutungen Leben möglich machen könnten.«

Gordon schürzte die Lippen und warf ihm einen zweifelnden Blick zu.

»Genau, ein F7. Kaum schwerer als unsere Sonne – mehr Masse, meine ich – und mit genügend großem Einzugsbereich, in dem Leben entstehen könnte. Er ist ein Doppelstern – Moment, ich weiß, was Sie sagen wollen«, sagte Saul. Seine geöffnete Hand schoß auf Gordon zu, der keine Ahnung hatte, was er sagen wollte. »Doppelsterne können keine bewohnbaren Planeten haben, richtig?«

»Hm? Warum nicht?«

»Weil die Planeten Perturbationen erfahren. Nur 99 Herkules hat dieses Problem nicht. Die beiden Sterne umkreisen einander alle 54,7 Jahre. Sie sind weit entfernt voneinander.«

»Gehören beide zur F7-Klasse?«

»Soweit wir wissen, nur der größere. Man braucht nur einen«, fügte er ohne Überzeugungskraft hinzu.

Gordon schüttelte den Kopf. »Saul, ich weiß…«

»Gordon, lassen Sie mich einen Blick auf die Botschaft werfen. Die Punkte und Striche, meine ich.«

»Sicher.«

»Tun Sie mir einen Gefallen! Ich glaube, das ist eine große Sache. Vielleicht sind unsere Vorstellungen über Radiokommunikation und die 21-Zentimeter-Linie des Wasserstoffs als natürliche Kommunikationsmittel – vielleicht sind sie alle falsch. Ich will Ihre Botschaft genau überprüfen. Legen Sie sich bitte noch nicht fest!«

»Okay«, entgegnete Gordon widerstrebend.

Als Gordon am nächsten Morgen seine Aktentasche ins Büro brachte, wartete Saul schon auf ihn. Sauls eifriger Blick und die tanzenden braunen Augen weckten eine Vorahnung in ihm.

»Ich hab' sie geknackt«, sagte Saul knapp. »Die Botschaft.«

»Was …?«

»Die Punkte und Striche am Ende! Die keine Worte ergeben. Es sind keine Worte – sie sind ein Bild!«

Gordon warf ihm einen skeptischen Blick zu und stellte die Tasche ab.

»Ich habe die Punkte und Striche gezählt. ›Störungen‹, haben Sie gesagt. Es waren 1537 Striche.«

»Und?«

»Frank Drake und ich und eine Menge anderer Leute haben über Methoden nachgedacht, Bilder mit Hilfe einfacher an-aus-Signale zu übermitteln. Die Lösung ist einfach – man sendet ein rechteckiges Gittermuster.«

»Der wirre Teil der Botschaft? RECHTECK KOORDMAZALES und so weiter.«

»Genau. Um einen Rechteckraster anzulegen, muß man wissen, wie viele Linien man für jede Achse nimmt. Ich habe mehrere Kombinationen ausprobiert, die multipliziert 1537 ergeben. Funktioniert hat nur ein 29-mal-53-Raster. Wenn man die Striche nach dieser Vorgabe ordnet, ergibt sich ein Bild. Und außerdem sind 29 und 53 Primzahlen – eigentlich die logische Wahl, wenn man es genau bedenkt. Es gibt nur diese eine Möglichkeit, 1537 in ein Produkt von Primzahlen zu zerlegen.«

»Aha. Raffiniert. Und das hier ist das Bild?«

Saul reichte Gordon ein Stück Papier, auf dem für jeden Strich in der Botschaft ein Punkt eingetragen war. Es ergab sich eine komplexe Anordnung von Kurven, die sich, miteinander verwoben, von links nach rechts bewegten. Jede Kurve bestand aus einer Vielzahl von Punkten, die in einem regelmäßigen, aber komplizierten Muster angeordnet waren. »Was stellt es dar?« fragte Gordon.

»Ich weiß es nicht. Alle Testprobleme, die Frank und ich vorbereitet haben, ergaben Bilder von Sonnensystemen mit einem besonders hervorgehobenen Planeten. Das hier sieht gar nicht danach aus.«

Gordon warf die Zeichnung auf seinen Schreibtisch. »Welchen Zweck hat das Bild denn?«

»Nun – ach, zum Teufel! Es ist ein *ungeheurer* Fortschritt, wenn wir erst einmal dahintergekommen sind.«

»Tja...«

»Was ist los? Halten Sie meine Annahme für falsch?«

»Saul, ich weiß, Sie stehen im Ruf, über das – wie nennt Hermann Kahn es? – Undenkbare nachzudenken. Aber das hier...«

»Sie glauben, ich sauge mir das aus den Fingern?«

»Ich? *Ich?* Saul, *ich* habe diese Botschaft aufgespürt. *Ich* habe sie *Ihnen* gezeigt. Aber Ihre Erklärung! Überlichtschnelle Telegrammsignale von einem anderen Stern. Wobei die Koordinaten nicht ganz passen! Ein Bild, das sich aus den Störungen ergibt. Aber das Bild ergibt keinen Sinn! Ich bitte Sie, Saul.«

Saul war rot geworden. Die Hände in die Hüften gestemmt, trat er einen Schritt zurück. »Sie sind blind, wissen Sie das? Blind!«

»Sagen wir... skeptisch.«

»Gordon, Sie lassen mir keine Chance.«

»Chance? Ich gebe zu, Sie haben eine Spur. Aber solange wir Ihr Bild nicht begreifen, wissen wir nicht, wohin die Fährte führt.«

»Okay. O-kay«, sagte Saul dramatisch und hieb sich mit der Faust in die linke Handfläche. »Ich werde herausfinden, was diese Zeichnung bedeutet. Wir werden uns an die gesamte akademische Gemeinde wenden müssen, um das Rätsel zu lösen.«

»Was heißt das?«

»Wir müssen an die Öffentlichkeit.«

»Herumfragen?«

»Wen fragen? Welches Fachgebiet? Astrophysik? Biologie? Wenn man nichts weiß, muß man nach allen Seiten offen bleiben.«

»Ja... aber...« Plötzlich fiel ihm Ramsey ein. »Saul, es gibt noch eine andere Botschaft.«

»Was?«

»Ich habe sie vor Monaten empfangen. Hier.« Er wühlte in seinen Schreibtischschubladen, bis er die Abschrift fand. »Versuchen Sie's mal damit!«

Saul studierte die langen Wortreihen. »Verstehe ich nicht.«

»Ich auch nicht.«

»Sind Sie sicher, daß der Text stimmt?«

»So sicher wie bei dem, was Sie bereits entschlüsselt haben.«

»Scheiße!« Saul ließ sich in einen Sessel fallen. »Das verwirrt die Angelegenheit allerdings.«

»Nicht wahr?«

»Gordon, es ergibt keinen Sinn.«

»Ebensowenig wie Ihr Bild.«

»Vielleicht empfangen Sie verschiedene Botschaften. Wenn man mehrere Radiosender einschaltet, bekommt man Musik auf dem einen, Sport auf dem anderen, Nachrichten auf dem dritten. Vielleicht haben Sie einen Empfänger, der einfach alles aufnimmt.«

»Hmm.«

Saul lehnte sich vor, die Hände gegen die Schläfen gepreßt. Gordon bemerkte, daß der Mann müde war. Wahrscheinlich war er die ganze Nacht aufgewesen, um das Bild zu entschlüsseln. Er spürte eine plötzliche Sympathie für ihn. Saul war als Förderer der Idee interstellarer Kommunikation bereits bekannt, und viele Astronomen hielten ihn für zu ungezügelt, zu spekulativ, zu jung und impulsiv. Doch das hieß noch lange nicht, daß er im Unrecht war.

»Okay, Saul, ich akzeptiere die Idee mit dem Bild – vorerst. Es kann kein Zufall sein. Also – was ist es? Das müssen wir herausfinden.« Er berichtete von Ramseys Ergebnissen. Zwar komplizierte das die Dinge nur, aber er fühlte, daß Saul ein Recht auf diese Information hatte.

»Gordon, ich bin trotzdem überzeugt, daß wir hier etwas in der Hand haben.«

»Das bin ich auch.«

»Ich meine, wir sollten an die Öffentlichkeit.«

»Auch mit der Biochemie? Der ersten Botschaft?«

»Nein...« Saul überlegte. »Nein, nur mit der zweiten Botschaft. Sie ist eindeutig. Sie wird seitenweise wiederholt. Wie oft haben Sie das erste Signal empfangen?«

»Einmal.«

»Das ist alles?«

»Das ist alles.«

»Dann vergessen wir es.«

»Warum?«

»Es könnte ein Entschlüsselungsfehler sein.«

Gordon fiel Lakins Geschichte über Lowell ein. »Nun...«

»Sehen Sie, ich habe mit diesen Dingen viel mehr Erfahrung als Sie. Ich weiß, was die Leute sagen werden. Wenn Sie den Schlamm an einer bestimmten Stelle aufwühlen, springt niemand ins Wasser.«

»Aber wir würden Informationen zurückhalten.«

»Zurückhalten, sicher. Aber nicht für immer. Nur bis wir herausfinden, was das Bild bedeutet.«

»Es gefällt mir nicht.«

»Wir geben ihnen nur ein Problem auf einmal.« Saul hob einen Finger. »Später erzählen wir die ganze Geschichte.«

»Es gefällt mir nicht.«

»Gordon, bitte, ich halte das für den richtigen Weg. Werden Sie meinen Rat beherzigen?«

»Vielleicht.«

»Ich nehme mich der Sache an, ich mache sie öffentlich. Man kennt mich. Ich bin ein irrer Typ, der mit interstellaren Radiosignalen und solchen Sachen rumspielt. Eine anerkannte Autorität in einem nichtexistenten Fachgebiet. Ich kann die Aufmerksamkeit der akademischen Gemeinde gewinnen.«

»Sicher, aber ...«

»Ein Problem auf einmal, Gordon.«

»Nun ja ...«

»Zuerst das Bild. Später das übrige.«

»Nun ja ...« Gordon hatte eine Vorlesung. Von Saul ging ein hypnotischer Einfluß aus; er besaß die Fähigkeit, Auffassungen plausibel, ja sogar selbstverständlich erscheinen zu lassen. Aber ein Schweinsohr in einer hübschen Verpackung, dachte Gordon, war immer noch ein Schweinsohr. Trotzdem ... »Okay. Sie steigen in den Ring. Ich bleibe draußen.«

»He! Danke.« Plötzlich schüttelte Saul seine Hand. »Ich weiß das zu schätzen, wirklich. Das ist ein großer Durchbruch.«

»Sicher«, sagte Gordon. Aber er empfand keine Freude.

Die CBS-Abendnachrichten mit Walter Cronkite begannen, als Gordon und Penny gerade ihr Abendessen beendeten. Sie hatte ein Soufflé gemacht, und Gordon hatte einen weißen Beaujolais geöffnet. Beide fühlten sich in Hochstimmung. Sie gingen ins Wohnzimmer, um die Sendung zu sehen. Penny zog ihre Bluse aus; ihre kleinen, wohlgeformten Brüste mit den großen Warzen kamen zum Vorschein.

»Woher weißt du, daß sie es bringen?« fragte sie träge.

»Saul hat heute nachmittag angerufen. Er hat heute morgen in Boston ein Interview gegeben. Die lokale CBS-Redaktion hat es aufgenommen, aber wie er sagt, wird es bundesweit ausgestrahlt. Vielleicht ist sonst nicht viel los.« Mit einem Blick vergewisserte er sich, daß die Vorhänge zugezogen waren.

»Sieht so aus.« Es gab eine Hauptmeldung – das atomgetriebene U-Boot *Thresher* war ohne SOS-Ruf im Atlantik gesunken. Die Marine erklärte, ein technischer Defekt habe wahrscheinlich alle Kammern fluten lassen. Störungen in den elektrischen Schaltkreisen hätten zu Energieabfall geführt, das U-Boot sei immer tiefer gesunken und schließlich explodiert. 129 Mann waren an Bord gewesen.

Außer dieser deprimierenden Nachricht gab es wenig. Ein zweiter Bericht über die *Mona-Lisa*-Ausstellung in New York und Washington. Eine Vorschau auf den Start von Major L. Gordon Cooper jr., der mit der *Faith 7* auf dem abschließenden Flug des Projekts Mercury zwei Tage um die Erde kreisen sollte. Eine Erklärung des Weißen Hauses, daß Südvietnam weitere Hilfe erhielte und der Krieg Ende 1965 siegreich beendet werden könne, falls die politische Krise dort die militärischen Bemühungen nicht entscheidend beeinflusse. Generäle grinsten in die Kamera, versprachen energischen Einsatz der südvietnamesischen Armee und eine kurze Säuberungsaktion im Delta. In New York waren die Bemühungen, Pennsylvania Station zu retten, fehlgeschlagen; die Abbruchbagger hatten ihre Arbeit aufgenommen, um das historische Gebäude für den Bau des neuen Madison Square Garden zu beseitigen. Das Pan-Am-Gebäude, einen Monat vorher eingeweiht, schien Symbol urbaner Zukunft zu sein. Vor der Kamera prangerte ein Kritiker den Abriß des Bahnhofsgebäudes an und bezeichnete das Pan Am als architektonische Scheußlichkeit, welche die drangvolle Enge in einem ohnehin überfüllten Stadtbezirk noch vermehrte. Gordon teilte seine Meinung. Der Kritiker schloß seinen Beitrag mit dem sehnsüchtigen Seufzer, daß ein Rendezvous unter der Uhr am Biltmore Hotel, direkt gegenüber vom Pan-Am-Gebäude, jetzt kein Vergnügen mehr sei. Gordon lachte, ohne richtig zu wissen, warum. Plötzlich kehrten sich seine Sympathien um. Er war nie mit einem Mädchen am Baltimore verabredet gewesen; das war eins der leeren *WASP-Rituale** für Yalies und wohlbehütete Kinder, die sich mit *The Catcher in the Rye* identifizierten. Das war nicht seine Welt, war es nie gewesen. »Wenn das die Vergangenheit ist, dann scheiß' ich drauf«, murmelte er vor sich hin. Penny warf ihm einen fragenden Blick zu, sagte aber nichts. Er brummte ungeduldig. Vielleicht tat der Wein seine Wirkung.

Dann kam Saul.

»Heute abend kommt aus der Yale University eine verblüf-

* Abkürzung für die »eigentlichen« Amerikaner weißer Hautfarbe, angelsächsischer Herkunft und protestantischen Glaubens (Anm. d. Übers.).

fende Erklärung«, begann Cronkite. »Professor Saul Schriffer, ein Astrophysiker, behauptet, es sei möglich, daß Experimente in jüngster Zeit eine Botschaft von einer nichtirdischen Zivilisation aufgespürt habe.«

Das Bild wechselte zu Saul, der auf einen Fleck auf einer Sternenkarte deutete. »Die Signale scheinen von dem Stern 99 Herkules zu kommen, der unserer eigenen Sonne ähnelt. 99 Herkules ist 51 Lichtjahre entfernt. Ein Lichtjahr ist die Strecke...«

»Ein langer Bericht«, staunte Penny.

»Psst!«

»...die das Licht in einem Jahr zurücklegt, mit einer Geschwindigkeit von 300 000 Kilometern in der Sekunde.« Eine Einstellung zeigte Saul neben einem kleinen Teleskop. »Die potentielle Botschaft wurde mit einer Methode entdeckt, die die Astronomen nicht vorausgesehen hatten – in einem Experiment Professor Gordon Bernsteins...«

»Ach, du lieber Gott!« stöhnte Gordon.

»...an der University of California in La Jolla. Das Experiment betraf Niedertemperaturmessungen über die Anordnung von Atomen in einem Magnetfeld. Die Bernstein-Experimente werden noch geprüft – es ist nicht sicher, daß sie tatsächlich Signale einer fernen Zivilisation empfangen. Aber Professor Schriffer, der mit Bernstein, der die Signale entschlüsselte, zusammenarbeitet, will die Wissenschaftler aufrütteln.« Wieder wechselte das Bild. Jetzt schrieb Saul Gleichungen auf eine Wandtafel. »Die Botschaft enthält einen rätselhaften Teil, ein Bild...«

Eine sorgfältig gezeichnete Kopie der verflochtenen Kurven. Saul stand davor und sprach in ein Handmikrofon. »Ich muß betonen«, sagte er, »daß wir zur Zeit noch keine konkreten Behauptungen aufstellen. Aber wir wünschen uns die Hilfe der wissenschaftlichen Gemeinde bei der Lösung der Frage, was dies hier bedeuten könnte.« Es folgte eine kurze Beschreibung der Entschlüsselung.

Zurück zu Cronkite. »Einige Astronomen, die CBS heute

nach ihrer Meinung befragte, äußerten sich skeptisch. Wenn Professor Schriffer aber recht behält, dann wäre das tatsächlich eine bedeutende Nachricht.« Cronkite setzte sein beruhigendes Lächeln auf. »Und das war's für heute, Donnerstag, 12. April…«

Gordon schaltete Cronkite ab. »Verdammt!« fluchte er; er war wie vor den Kopf geschlagen.

»Ich hielt es für ganz gut aufgezogen«, bemerkte Penny.

»Gut aufgezogen? Er sollte meinen Namen auf keinen Fall erwähnen.«

»Wieso? Warum sollte dein Name nicht erscheinen?

Fluchend schlug Gordon mit der Faust gegen die grau getünchte Wand. »Er hat alles verbockt, begreifst du das nicht? Schon als er mir die Sendung ankündigte, hatte ich ein ungutes Gefühl. Und da hast du's – mein Name, mit dieser hirnrissigen Theorie in Verbindung gebracht!«

»Aber es sind doch *deine* Messungen…«

»Ich habe ihn aufgefordert, meinen Namen herauszuhalten.«

»Walter Cronkite hat deinen Namen genannt. Nicht Saul.«

»Das interessiert doch niemanden. Jetzt werde ich mit Saul in Verbindung gebracht.«

»Warum warst *du* nicht im Fernsehen?« fragte Penny unschuldig. Offensichtlich konnte sie die Aufregung nicht verstehen. »Nur *Saul* wurde in vielen Aufnahmen gezeigt.«

Gordon verzog das Gesicht zu einer Grimasse. »Das ist genau seine Tour. Die Wissenschaft zu ein paar Sätzen vereinfachen, ihr irgendeinen gewünschten Dreh geben, sie auf den kleinsten gemeinsamen Nenner reduzieren – Hauptsache, Saul Schriffer steht im Rampenlicht. Grellfarbenes Neonlicht. Mist. Nur…«

»Er hat sich die Namensnennung erschlichen, oder?«

Verwirrt blickte Gordon sie an. »Namensnennung…?« Er stellte seinen Marsch durch das Zimmer ein. Sie glaubte ernsthaft, er sei verärgert, weil sein Gesicht nicht auf dem Bildschirm erschienen war. »Herr im Himmel!« Plötzlich wurde ihm heiß. Er begann sein blaues Oberhemd aufzuknöpfen und überlegte, was er tun könnte. Mit Penny zu reden hatte keinen

Sinn – sie hatte keinerlei Verständnis dafür, wie Wissenschaftler einen solchen Vorgang empfanden.

Schnaufend rollte er die Ärmel seines Hemdes hoch und ging in die Küche, wo sich das Telefon befand.

»Saul, ich bin fürchterlich sauer«, war Gordons erster Satz.

»Äh…« Gordon konnte sich ausmalen, wie Saul die richtigen Worte aussuchte. Das war eine seiner Stärken, doch diesmal sollte es ihm nicht gut bekommen. »Ich weiß, wie Sie sich fühlen, Gordon, wirklich. Ich habe die Sendung vor zwei Stunden gesehen, und sie war für mich genauso überraschend wie für Sie. Der Beitrag des Lokalsenders in Boston war okay, Ihr Name wurde nicht ausdrücklich genannt, genau, wie Sie es wollten. Sofort nach der Cronkite-Sendung habe ich sie angerufen, und sie erklärten mir, für den landesweiten Beitrag sei alles auf den Kopf gestellt worden.«

»Woher wußten die Fernsehleute davon, Saul, wenn Sie sie nicht…«

»Den Reportern in Boston mußte ich es sagen. Als Hintergrundinformation.«

»Sie haben mir versichert, mein Name käme nicht ins Spiel.«

»Ich habe getan, was ich konnte, Gordon. Ich wollte Sie anrufen.«

»Und warum haben Sie's nicht getan? So wußte ich gar nicht…«

»Ich dachte, vielleicht hätten Sie doch nichts dagegen, nachdem Sie gesehen haben, wieviel Zeit wir bekommen haben.« Sauls Tonfall wechselte. »Es ist ein großes *Spiel*, Gordon. Die Leute werden aufmerksam.«

»Aufmerksam, ja, sicher«, sagte Gordon mißmutig.

»Wir kommen mit dem Bild weiter. Wir knacken es.«

»Wahrscheinlich wird es *uns* knacken, Saul. Ich habe gesagt, ich will da nicht reingezogen werden. *Sie* haben…«

»Begreifen Sie nicht, daß es unrealistisch war?« Sauls Stimme war ruhig und sachlich. »Ich habe Ihnen zugestimmt, sicher, aber es mußte herauskommen.«

»Nicht auf diese Art.«

»Glauben Sie mir, Gordon, so läuft es nun mal. Vorher sind Sie kein Stück weitergekommen, oder? Geben Sie es zu!«

Er atmete tief ein. »Wenn mich jemand fragt, Saul, werde ich antworten, daß ich nicht weiß, woher die Signale kommen. Und das ist die reine Wahrheit.«

»Aber es ist nicht die *ganze* Wahrheit.«

»*Sie* wollen *mir* etwas von ganzer Wahrheit erzählen? Sie, Saul? Sie, der mich überredet hat, die erste Botschaft zurückzuhalten?«

»Das ist etwas anderes. Ich wollte das Problem klären...«

»Das Problem klären, Scheiße! Hören Sie, wer mich auch fragt, ich werde sagen, daß ich Ihre Interpretation nicht teile.«

»Werden Sie die erste Botschaft bekanntmachen?«

»Ich...« Gordon zögerte. »Nein, ich will nicht noch mehr Aufsehen.« Er fragte sich, ob Ramsey an den Experimenten weiterarbeiten würde, wenn er die Botschaft veröffentlichte. Zum Teufel, alles, was er wußte, war, daß tatsächlich ein Element nationaler Sicherheit mitspielte. Gordon wußte, daß er dort nicht hineingezogen werden wollte.

»Gordon, ich kann Ihre Empfindungen verstehen.« Die Stimme nahm einen warmen Klang an. »Ich bitte Sie nur um eins: mich bei dem, was ich versuche, nicht zu behindern. Ich komme Ihnen nicht in die Quere und Sie mir nicht.«

»Nun...« Gordon verstummte, seine Energie war dahin.

»Und daß Cronkite Ihren Namen ins Spiel gebracht hat, tut mir wirklich leid. Okay?«

»Ich... okay«, murmelte Gordon, ohne wirklich zu wissen, wozu er sein Okay gegeben hatte.

# — 15 —

*1998*

Gregory Markham hatte die Hände hinter dem Rücken verschränkt. Seine grauen Schläfen gaben ihm ein entrücktes, feierliches Aussehen. Das Summen des Labors erschien ihm als wärmender Klang. Die surrenden Geräte ähnelten häufig menschlichen Arbeitern, und sei es nur durch ihre unkalkulierbaren Mängel und speziellen Eigenarten. In der stillen Hülle des Cavendish, das über alle verbliebenen Ressourcen verfügte, war das Labor eine Insel der Laute und Klänge. Das Cav hatte den Weg ins moderne Zeitalter bereitet, indem es die Arbeit von Faraday und Maxwell genutzt hatte, das gezähmte Wunder der Elektrizität zu schaffen. Und jetzt, überlegte Markham, blieben nur einige wenige Menschen übrig und versuchten, in die Vergangenheit zu reichen, gegen den Strom zu schwimmen.

Renfrew bewegte sich zwischen den Instrumentenbänken hin und her, jagte von einer Problemstelle zur nächsten. Die Energie des Mannes machte Markham lächeln. Zum Teil entstand sie aus der stummen Präsenz von Ian Peterson, der sich in einem Stuhl zurücklehnte und das Oszilloskop beobachtete, auf dem das Hauptsignal gezeigt wurde. Renfrews Hektik entsprang dem Bewußtsein, daß Peterson unter seiner Maske der Gemächlichkeit nie seinen kritischen Blick verlor.

Renfrew kam zum zentralen Oszilloskop zurück und betrachtete den tanzenden Wirrwarr der Störbilder. »Verdammt!« fluchte er. »Der Mist hört nicht auf.«

Peterson besänftigte ihn: »Es ist nicht unbedingt notwendig, daß Sie die Informationssignale senden, wenn ich zuschaue. Ich bin nur vorbeigekommen, um mich auf dem laufenden zu halten.«

»Nein, nein.« Renfrew krümmte die Schultern in seiner braunen Jacke. Markham bemerkte, daß die Jackentaschen mit elektronischen Teilen vollgestopft waren; offenbar hatte er sie hineingesteckt und vergessen. »Ich hatte gestern einen guten

Durchlauf. Es gibt keinen Grund, warum das heute anders sein sollte. Den astronomischen Teil habe ich drei Stunden lang ununterbrochen gesendet.«

»Ich muß zugeben, daß ich die Notwendigkeit dafür nicht einsehe«, sagte Peterson, »wenn man bedenkt, wie schwierig es ist, den wirklich wichtigen...«

»Es hilft dem Empfänger«, erklärte Markham und trat vor. Er gab seinem Gesicht einen entschlossenen neutralen Ausdruck, obwohl ihn die Art amüsierte, wie die beiden anderen Männer sofort auf einen Punkt zustießen, an dem sie Meinungsverschiedenheiten hatten. »John glaubt, es könnte Ihnen helfen zu wissen, wo unser Strahl am leichtesten aufzuspüren ist. Die astronomischen Koordinaten...«

»Das ist mir völlig klar«, unterbrach Peterson ihn. »Was ich *nicht* verstehe ist, warum Sie die ruhigeren Perioden nicht dem wesentlichen Material widmen.«

»Und das wäre?« fragte Markham schnell.

»Ihnen mitzuteilen, was wir tun, die Daten über die Ozeane zu wiederholen und...«

»Das haben wir bis zum Geht-nicht-mehr getan«, platzte Renfrew heraus. »Aber wenn sie es nicht *empfangen* können, was, zum Teufel...«

»Ruhig, ruhig«, beschwichtigte Markham, »wir haben für alles genug Zeit, richtig? Einverstanden? Wenn die Störungen aufhören, sollte die Sendung Ihrer Bank-Botschaft erste Priorität haben, und dann kann John...«

»Sie haben sie nicht sofort gesendet?« rief Peterson überrascht.

»Äh, nein«, erwiderte Renfrew, »ich war mit dem anderen Material noch nicht durch und...«

»Schon gut!« Die Antwort schien Peterson zu erregen. Er stand auf und ging mit schnellen Schritten vor den hohen grauen Schränken auf und ab. »Ich habe Ihnen gesagt, daß ich den Zettel gefunden habe – ziemlich erstaunlich, muß ich zugeben.«

»O ja«, stimmte Markham zu. Es hatte einige Aufregung gegeben, als Peterson am Morgen mit dem vergilbten Papier aufgetaucht war. Plötzlich hatte die ganze Sache den Anschein von Realität gewonnen.

»Ich habe darüber nachgedacht«, fuhr Peterson fort, »ob Sie nicht versuchen sollten, das Experiment zu erweitern.«

»Erweitern?« fragte Renfrew.

»Ja. Senden Sie die Botschaft nicht!«

»Ach herrje!« war Markhams einzige Reaktion.

»Aber ... aber sehen Sie denn nicht ...« Renfrew verstummte.

»Ich halte es für ein interessantes Experiment.«

»Sicher«, bestätigte Markham, »sehr interessant. Aber dadurch wird ein Paradox erzeugt.«

»Genau darauf wollte ich hinaus«, sagte Peterson flink.

»Aber ein Paradox wollen wir eben *nicht* haben«, protestierte Renfrew. »Es wird die ganze Konzeption ins Wanken bringen.«

»Ich habe es Ihnen erklärt«, meinte Markham, an Peterson gewandt. »Der Schalter, der zwischen an und aus steht, erinnern Sie sich?«

»Ja, ich verstehe das vollkommen, aber ...«

»Dann lassen Sie Ihre blödsinnigen Vorschläge!« schrie Renfrew. »Wenn Sie die Vergangenheit erreichen und *wissen* wollen, daß Sie es geschafft haben, dann lassen Sie Ihre Finger da raus!«

Mit eisiger Ruhe erwiderte Peterson: »Der einzige Grund, warum Sie es wissen, ist der, daß *ich* zu der Bank in La Jolla gegangen bin. So wie ich es sehe, habe *ich* die Bestätigung Ihres Erfolgs beschafft.«

Seinen Worten folgte beklommenes Schweigen. »Ah ... ja«, sagte Markham, um die Pause zu überbrücken. Er mußte zugeben, daß Peterson recht hatte. Diese einfache Überprüfung hätten er oder Renfrew durchführen sollen. Aber sie waren darin geschult, technische Experimente zu durchdenken, in denen eine Vielzahl von Instrumenten ohne menschliches Eingreifen arbeiteten. Der Gedanke, nach einem bestätigten Hinweis zu fragen, war ihnen einfach nicht gekommen. Und jetzt hatte Peterson, der ignorante Verwaltungsmensch, die Richtigkeit ihrer

Konzeption bewiesen, und er hatte es ohne jede komplexe Denkarbeit getan.

Markham sog tief die Luft ein. Das Bewußtsein, etwas zu tun, das noch nie vorher gelungen war, etwas, das über das eigene Verständnis hinausging, aber unleugbar real war, dieses Bewußtsein war berauschend. Es war oft gesagt worden, daß die Wissenschaft dem Menschen manchmal einen besonderen Kontakt mit der Welt verschafft, der durch nichts anderes erzielt werden kann. Dieser Morgen und Petersons Zettel hatten das getan, aber auf völlig andere Weise. Der Triumph eines Experiments war es, eine neue Ebene der Erkenntnis zu erreichen. Die Tachyonen allerdings begriffen sie nicht wirklich. Da war nur die schlichte Nachricht auf einem vergilbten Papier.

»Ian, ich weiß, wie Sie fühlen. Es wäre außerordentlich interessant, Ihre Botschaft nicht abzusenden. Aber keiner weiß, was das bedeuten würde. Es könnte uns daran hindern, das zu tun, was Sie wollen – nämlich die Informationen über den Ozean zu übermitteln.«

Renfrew unterstrich diese Bemerkung mit einem »Verdammt wahr!« und wandte sich wieder den Geräten zu.

Petersons Lider senkten sich, als sei er tief in Gedanken versunken. »Ein gutes Argument. Wissen Sie, einen Moment dachte ich, auf diese Weise könnte man mehr herausfinden.«

»Könnten wir auch«, bestätigte Markham. »Aber solange wir nur tun, was wir verstehen …«

»Richtig«, unterbrach Peterson. »Wir schalten Paradoxe aus, einverstanden. Aber später …« Ein verschmitztes Lächeln huschte über seine Lippen.

»Später, sicher«, murmelte Markham. Es war seltsam, dachte er, wie die Mitspieler ihre Rollen vertauscht hatten. Peterson war eigentlich der praktische Manager, der vor allem Ergebnisse sehen wollte. Aber jetzt wollte Peterson die Variablen des Experiments verändern und neue physikalische Erkenntnisse gewinnen.

Und Renfrew und er lehnten das ab, weil sie die Folgen eines Paradoxes fürchteten. Verkehrte Welt.

Eine Stunde später hatten, wie so oft, die logischen Spitzfindigkeiten ihre Bedeutung angesichts der widrigen Details des Experiments verloren. Der flache Schirm des Oszilloskops war von Störbildern übersät. Trotz ernsthafter Arbeit der Techniker verringerten sich die Unsicherheiten des Experiments nicht. Solange das so blieb, wäre der Tachyonenstrahl diffus und schwach.

»Wissen Sie«, murmelte Markham und lehnte sich auf seinem Laborstuhl zurück, »ich glaube, Ihre Caltech-Geschichten könnten darauf Einfluß haben, Ian.«

Peterson blickte von der Akte mit dem roten »Vertraulich«-Stempel auf. Während der Unterbrechungen hatte er ständig Papiere aus seiner Aktenmappe durchgearbeitet. »Oh? Wieso?«

»Die kosmologischen Berechnungen – gute Arbeit. Brillant sogar. Ineinander geschaltete Universa. Jetzt stellen wir uns einmal vor, jemand in ihnen sendet Tachyonensignale aus. Die Tachyonen können sich aus den kleineren Universen lösen. Dazu müssen sie nur durch den Ereignishorizont der geschlossenen Mikrogeometrie dringen, und schon sind sie frei. Sie entweichen aus den Schwerkraftsingularitäten, und wir können sie aufnehmen.«

Peterson runzelte die Stirn. »Diese... Mikrouniversen... Könnten sie bewohnt sein?«

Markham grinste. »Sicher.« Er besaß die heitere Zuversicht eines Mannes, der sich durch die mathematische Problematik gearbeitet und die Lösungen gefunden hatte. Es war die gelöste Gewißheit, die sich aus dem ersten Begreifen der Einsteinschen Feldgleichungen ergab; arabeske griechische Buchstaben, die wie zarte Seidenfäden auf dem Papier klebten. Auf den ersten Blick schienen sie substanzlos zu sein, ein Faden, der aus Schnörkeln bestand. Aber es war eine erhabene Erfahrung, den freigewobenen Tensoren zu folgen, wenn die Exponenten sich mit den Indizes vereinten und mathematisch zu kompakten klassischen Realitäten zusammenfielen – Potential; Masse; Energien, die sich in eine gekrümmte Geometrie einfügten. Die eiserne Faust des Realen im Samthandschuh unwirklicher Mathematik. Markham sah in Petersons Gesicht die zaudernde Verwirrung, die Menschen überkam, wenn sie versuchten, sich Ideen vor Augen zu führen, die jenseits der Sicherheit gebenden drei Dimensionen und euklidischen Gewißheiten lagen, welche ihrer Welt Struktur gaben. Hinter den Gleichungen steckten Unermeßlichkeiten aus Raum und Staub, tote, aber energiegeladene Materie, die sich dem geometrischen Willen der Schwerkraft beugte, Sterne, die wie Zündholzköpfe in einer unergründlichen Nacht explodierten, orangerote Funken, die nur einen schmalen Ring junger Planeten erleuchteten. Die Mathematik schuf das alles; die Bilder, die die Menschen in ihren Köpfen trugen, waren natürlich, aber umständlich, Karikaturen einer Welt, die so glatt wie Seide und voller Vielfalt war. Nachdem man das gesehen, wirklich gesehen hatte, war die Tatsache, daß Welten innerhalb von Welten existieren konnten, daß Universen in uns erblühen konnten, ganz und gar nicht mehr rätselhaft. Die Mathematik setzte Wegzeichen.

Markham sagte: »Ich glaube, das könnte eine Erklärung für den anormalen Störungspegel sein. Wenn ich recht habe, wird er gar nicht thermal erzeugt. Die Störungen stammen von Tachyonen. Die Indium-Antimonid-Probe *überträgt* Tachyonen nicht einfach, sie empfängt sie. Es gibt Nebenstörungen von Tachyonen, die wir vernachlässigt haben.«

»Nebenstörungen?« fragte Renfrew. »Woher?«

»Mal sehen. Versuchen Sie es mit dem Korrelator!«

Renfrew führte einige Justierungen durch und trat von dem Oszilloskop zurück. »Das müßte reichen.«

»Reichen wofür?« wollte Peterson wissen.

»Das ist ein Kohärenz-Analysator«, erklärte Markham. »Er sondert die ursprünglichen Störungen der Indium-Probe – Schallwellenstörungen – aus und holt die Signale aus dem Nebenstörungsbereich hervor.«

Gespannt starrte Renfrew auf den Bildschirm. Eine komplexe Welle zuckte auf. »Es scheint eine Folge von Impulsen zu sein, die in regelmäßigen Abständen gegeben werden«, sagte er.

»Aber mit der Zeit läßt das Signal nach.« Er zeigte auf eine schwankende Linie, die im Störpegel unterging, sobald sie sich der rechten Seite des Bildschirms näherte.

»Ziemlich regelmäßig«, bestätigte Markham. »Hier eine Spitze, dann eine Pause, dann zwei Spitzen, dann wieder nichts, dann vier Spitzen fast übereinander, dann nichts. Merkwürdig.«

»Wofür halten Sie es?« fragte Peterson.

»Keine normalen Nebenstörungen, soviel ist klar«, antwortete Renfrew.

»Das Signal ist kohärent«, ergänzte Markham. »Es kann nicht natürlichen Ursprungs sein.«

Renfrew: »Nein. Eher wie...«

»Ein Kode«, beendete Markham den Satz. »Zeichnen wir es auf.« Er begann, auf einen Aktendeckel zu schreiben. »Ist es eine Realzeit-Wiedergabe?«

»Nein. Ich habe es so eingestellt, daß wir die Störungen in einem Intervall von hundert Mikrosekunden aufnehmen.« Renfrew griff nach den Knöpfen des Oszilloskops. »Möchten Sie ein anderes Intervall?«

»Warten Sie, bis ich das hier aufgeschrieben habe!«

»Warum fotografieren Sie es nicht einfach?« schaltete Peterson sich wieder ein.

Renfrew sah ihn bedeutungsvoll an. »Wir haben keinen Film. Es gibt eine Verknappung, und heutzutage haben die Laboratorien keine Priorität.«

»Ian, notieren Sie das!« unterbrach Markham.

Binnen einer Stunde war das Ergebnis klar. Die Störung war tatsächlich eine Summe vieler Signale, die einander überlagerten. Gelegentlich erschien eine abgehackte Gruppe von Impulsen, die bald wieder von einem Sturm schneller Zackensignale verschlungen wurde.

»Wieso gibt es so viele verschiedene Signale?« fragte Peterson.

Markham zuckte die Achseln. Beim unbewußten Versuch,

seine Brille hochzuschieben, zog er die Nase kraus. Das gab ihm das ungewollte Aussehen eines plötzlich starken Widerwillens. »Ich halte es für möglich, daß sie aus der fernen Zukunft stammen. Aber auch das Westentaschenuniversum wäre eine Erklärung.«

»Auf eine neue astrophysikalische Theorie würde ich nicht viel Gewicht legen«, sagte Renfrew. »Diese Knaben spekulieren mit Ideen wie Börsenmakler.«

Markham nickte. »Zugegeben, sie nehmen oft ein Körnchen Wahrheit und blasen es zu einem intellektuellen Puffreis auf. Aber diesmal liegen sie richtig. Es gibt unerklärliche Quellen infraroter Emission weit draußen in den Galaxien. Mikrouniversen würden sich so bemerkbar machen.« Er legte die Hände mit gespreizten Daumen in Form eines Dreiecks vor sein Gesicht und lächelte hinein – seine Lieblingsgeste. In Zeiten wie diesen war es tröstlich, ein kleines Ritual zelebrieren zu können. »Ihr Oszilloskop zeigt hundertmal so viele Störungen, wie Sie erwartet haben, John. Ich neige zu der Meinung, daß wir nicht einzigartig sind, und die Nebenstörungen durch Tachyonensignale sind existent. Signale aus verschiedenen Zeiten, gewiß. Und auch aus diesen mikroskopischen Universen.«

»Aber sie kommen und gehen«, merkte Renfrew an. »Ich kann immer noch einen Bruchteil der Zeit senden.«

»Gut«, sagte Peterson. Er hatte eine Weile nicht gesprochen. »Dann machen Sie weiter!«

»Ich hoffe, die Jungs haben 1963 nicht die Detektor-Empfindlichkeit, um diese Störungen zu untersuchen. Wenn sie sich an unsere Signale halten – die sich bei richtiger Ausstrahlung von den Nebenstörungen abheben müßten –, kommen sie schon klar.«

»Greg«, meinte Peterson nachdenklich, »da ist noch ein Punkt.«

»Welcher?«

»Sie reden ständig von den kleinen Universen innerhalb des unsrigen und wie wir ihre Tachyonenbotschaften empfangen.«

»Richtig.«

»Ist das nicht ein bißchen egozentrisch gedacht? Woher wissen wir denn, daß wir kein Westentaschenuniversum in einem größeren sind?«

Am frühen Nachmittag verließ Gregory Markham das Cav. Peterson und Renfrew waren immer noch nicht fähig, darauf zu verzichten, sich gegenseitig Nadelstiche zu versetzen. Trotz seiner automatischen Gewohnheit, sich auf Distanz zu halten, wurde Peterson von dem Experiment ganz offenbar angezogen. Renfrew begrüßte Petersons Unterstützung, wollte aber noch mehr. Markham fand das gezierte Verhältnis zwischen den beiden komisch, besonders, weil es ihrem Unterbewußtsein entsprang. Mit ihren klassengeprägten Sprachmustern hatten die beiden Männer sich beim ersten abweichenden Vokal gegenseitig eingeordnet. Wäre Renfrew ein Arbeitersohn geblieben, wäre er harmonisch mit Peterson ausgekommen, da jeder seine zeitbestimmte Rolle gekannt hätte. Als ein Mann, der in exotischen akademischen Wassern schwamm, hatte Renfrew jedoch keine Bezugspunkte. Die Wissenschaft brachte solche Konflikte zutage. Man konnte aus dem Nichts kommen und sich eine Position erobern, ohne neue soziale Verhaltensweisen erlernt zu haben. Fred Hoyles Zeit in Cambridge war ein typischer Fall gewesen. Hoyle war ein Astronom der alten Schule, ein exzentrischer Wahrheitssucher gewesen: Umstrittene Theorien zogen ihn an, und die kühlen, sachlichen Verhaltensweisen wischte er zur Seite, wenn sie seiner Stimmung zuwiderliefen. Renfrew mochte eine ebenso auffällige Erscheinung wie Hoyle werden, ein proletarischer Lachs, der die ganze Zeit gegen den Strom schwamm, wenn dieses Experiment Erfolg hatte. Die meisten Aufsteiger unter den Wissenschaftlern achten heutzutage auf ein neutrales, nichtssagendes Äußeres; das war risikofreier. Anders Renfrew. Die großen modernen Forschungsteams erforderten, um Fortschritte zu erzielen, gutorganisierte, harmonische Operationen im großen Stil, deren Stabilität von einem Minimum an – wie es in der Fachsprache hieß – »interpersonellen Beziehungen« abhing.

Renfrew war ein Einzelmensch mit einer Sandpapier-Psyche. Das Seltsame war, daß Renfrew mit den meisten Menschen recht zivil umging; nur die willkürliche Zurschaustellung von Klassensymbolen von Leuten wie Peterson brachte ihn auf. Markham hatte bei seinen Besuchen seit Jahrzehnten eine Verschlimmerung der Klassendifferenzen in England beobachtet. Die Zeit schien die Klassenbande zu stärken, sehr zur Verwunderung der Populärmarxisten, die auf die schwerfälligen Regierungsprogramme setzten. Markham hatte eine einleuchtende Erklärung gefunden: In der schneller werdenden ökonomischen Talfahrt, die den reichen Jahren des Nordseeöls folgten, betonten die Menschen die Unterschiede, um ihr Selbstwertgefühl am Leben zu halten. *Wir* gegen *sie* brachte das Blut in Wallung. Besser dieses verwirrende, uralte Spiel als der Blick in eine graue Zukunft.

Nachdenklich nahm Markham den Fußweg auf die würdevollen Türme der Stadt zu. Er war Amerikaner und dadurch von den subtilen Klassenritualen ausgenommen – ein Besucher auf Zeit. Ein Jahr hier hatte ihn an die unterschiedliche Sprache und die feinen Verhaltensunterschiede gewöhnt. Jetzt erkannte er Petersons skeptisch hochgezogene Augenbraue, begleitet von einem »Hmmm?« als wohlgeschärfte soziale Waffe. Petersons gewandter Umgang mit der Sprache war sicherlich weit besser als der mechanische Quack-Quack amerikanischer Beamter, die jede Information »Input« nannten, immer »ein Problem ansprachen«, Vorschläge als »Paket« einbrachten und sich im »Dialog« mit Zuhörergruppen engagierten; wenn man sich solchem phrasenhaften Gesprächsstil widersetzte, taten sie das als »reine Semantik« ab.

Mit heftiger Bewegung versenkte Markham die Hände in den Taschen und ging weiter. Seit Tagen plagte er sich mit einer umfangreichen Besprechung in mathematischer Physik, und ein langer, einsamer Spaziergang sollte ihm helfen, sich zu entspannen. Er kam an einer Baustelle vorbei, wo Schimpansen in Overalls Steine schleppten. Bemerkenswert, was die Tüftelei mit DNS in den letzten Jahren bewirkt hatte.

Als er sich der Schlange an einer Bushaltestelle näherte, wurde seine Aufmerksamkeit erregt. Ein Schwarzer in Tennisschuhen stand am Ende der Schlange; seine Augen tanzten, und sein Kopf zuckte wie von Drähten gezogen. Markham trat nahe an ihn heran und flüsterte: »Ein Bobby kommt um die Ecke.« Als er weiterging, erstarrte der Mann. »Hä? Was?« Hektisch blickte er sich um – und rannte in die entgegengesetzte Richtung. Markham lächelte. Es war die gewöhnliche Taktik zu warten, bis der Bus hielt und alle sich aufs Einsteigen konzentrierten. Dann riß man einigen Frauen die Handtaschen weg und rannte schnell davon. Bevor die Menge ihre Aufmerksamkeit auf die neue Situation lenken konnte, war der Übeltäter schon mehrere Straßen weiter. Das gleiche Manöver hatte Markham in Los Angeles gesehen. Mit leichten Gewissensbissen gestand er sich ein, daß er die Situation nicht erkannt hätte, wäre der Mann kein Schwarzer gewesen.

Er ging durch die High Street. Wie durch Magie erschienen Bettlerhände, sobald sein amerikanisches Jackett erkannt wurde, und verschwanden flink, wenn sein Blick sich verfinsterte. An der Ecke von St. Andrews war Barrett's Friseurgeschäft, über dessen Eingang ein verblichenes Schild verkündete: »Barrett rasiert jeden und nur den, der sich nicht selbst rasieren will.« Markham lachte. Einer der Insider-Scherze in Cambridge, eine Referenz an die logischen Spielereien von Bertrand Russell und der Mathematiker des vorigen Jahrhunderts. Das brachte ihn zu dem Problem zurück, das ihn im Moment beschäftigte – die verwirrenden Begleitumstände von Renfrews Experimenten.

Die auf der Hand liegende Frage war: »Und was ist mit Barrett? Wer kann den armen Barrett rasieren?« Wenn Barrett sich selbst rasieren wollte und das Schild die Wahrheit verkündete, dann wollte er sich *nicht* rasieren. Und wenn Barrett sich nicht selbst rasieren wollte, dann war er, wenn man dem Schild folgte, willens, sich selbst zu rasieren. Russell hatte dieses Paradox erfunden und es zu lösen versucht, indem er einführte, was er als »Meta-Schild« bezeichnet hatte, und auf dem stand:

»Barrett soll aus der Klasse der Männer ausgeschlossen sein, auf die sich das erste Schild bezieht.« Für Barrett war das Problem damit leicht gelöst, aber in der wirklichen Welt waren die Dinge nicht so einfach. Petersons Vorschlag, die Bank-Botschaft nicht abzusenden, hatte Markham mehr irritiert, als er zeigen wollte. Das Problem der Tachyonentheorie war, daß die Vorstellung von der Kausalschleife mit der menschlichen Wahrnehmung einer Vorwärtsbewegung der Zeit nicht übereinstimmte. Was wäre, wenn sie die Botschaft tatsächlich nicht sendeten? Die hübsche kleine Schleife mit den Pfeilen, die von der Zukunft in die Vergangenheit und wieder zurück flogen, war nicht ohne Mängel. Sie enthielt keine Menschen. Das Ziel der modernen physikalischen Theorie war, die Realität als unabhängig vom Betrachter einzuschätzen – zumindest, solange die Quantenmechanik nicht einbezogen wurde. Aber wenn Peterson sich in der Kausalschleife befand, war er in der Lage, jederzeit seine Meinung zu ändern und die ganze Sache zu verändern. *Oder tat er das schon?* Markham blieb stehen und betrachtete durch das trübe Glas einen Jungen, dessen Bernsteinhaar geschnitten wurde. Wo war in diesem Verwirrspiel der freie menschliche Wille?

Die Gleichungen waren stumm. Wie würde ihre Umgebung sich verändern, wenn Renfrew Erfolg hatte? Plötzlich sah Markham vor seinem geistigen Auge eine Welt, in der es die Ozeanblüte einfach nicht gab. Er, Renfrew und Peterson würden aus dem Cav kommen und feststellen, daß niemand wußte, wovon sie redeten. *Ozeanblüte? Das haben wir schon vor Jahren gelöst.* Dann wären sie Verrückte, ein Trio von Sonderlingen, die derselben Täuschung unterlagen. Aber um folgerichtig zu sein, sagten die Gleichungen aus, daß die Ausstrahlung der Botschaft keinen allzu großen Effekt haben *konnte*. Sie konnte die Ursache für die Tachyonensendung nicht aus der Welt schaffen. Folglich mußte es ein in sich stimmiges Bild geben, in dem Renfrew den auslösenden Einfall hatte und sich an den Weltrat wandte – und doch…

Mit einem Schütteln löste Markham sich aus seiner Stimmung. Ein seltsames Frösteln lief durch seinen Körper. Das Problem lag noch tiefer, es fehlten entscheidende physikalische Voraussetzungen.

Mit schnellen Schritten ging er weiter. Auf der großen Grünfläche von Parker's Piece nahm ein Cricketspiel seinen trägen Verlauf. Der Mathematiker G. H. Hardy hatte vor einem Jahrhundert hier den Spielen zugesehen, sinnierte Markham, und genau wie er selbst den Nachmittag vertrödelt. Markham begriff das Ziel des Spiels, aber nicht seine Feinheiten. Den Fachjargon dieser Sportart hatte er nie verstanden, und ein gutes Spiel konnte er immer noch nicht als solches erkennen. Er ging hinter den Reihen der Zuschauer in ihren stoffbezogenen Klappstühlen vorbei und fragte sich, was die Cricketzuschauer des vergangenen Jahrhunderts vom heutigen England halten würden. Er vermutete, wie die meisten Menschen heute würden sie annehmen, die Zukunft sei kaum anders als die Gegenwart.

Markham bog in die Regent Straße und nahm den Weg am Botanischen Garten der Universität vorbei. Dahinter lag eine Knabenschule *Zur Weitergabe der Normen und Talente der Oberklassen*, wie es im uralten Satz eines Königs hieß. Er schritt durch den Torbogen und blieb vor dem Schwarzen Brett der Schule stehen. *Die folgenden Schüler haben ihre persönliche Habe verloren. Sie werden sich am Donnerstag, den 4. Juni, im Präfektenbüro einfinden.*

Kein »bitte«. Keine unnötigen abmildernden Floskeln, nur eine direkte Feststellung. Markham konnte sich das kurze Gespräch ausmalen: »Es tut mir leid, sehen Sie ...« »Regenstrafe. Fünfzig Zeilen, gestochene Handschrift. Morgen in der Pause bekomme ich sie.« Und der Schüler würde sich an die Arbeit machen: *Mein sorgloser Umgang mit meiner privaten Habe wird aufhören.*

Die Tatsache, daß der Schüler möglicherweise einen der modernen Stimmschreiber für fast alle seine Schulaufgaben benutzte, spielte keine Rolle. Das Prinzip regierte.

Sonderbar, wie Formvorschriften aufrechterhalten wurden,

wenn alles andere – Gebäude, Politik, Ruhm – zerfiel. Vielleicht bezog diese Institution daraus ihre Stärke. Hier herrschte eine Zeitlosigkeit, die in Kaliforniens trockener Luft keinen Bestand haben konnte. Jetzt, da der Sommer in voller Blüte stand, schienen die gekünstelten Verhaltensweisen der Schulen und Colleges noch älter, ein Stück aus einer fadenscheinigen Zeit. Das Ende des endlosen, harten Winters und des regnerischen Frühlings ließen seine Stimmung steigen.

Er fühlte, wie seine Gedanken sich von dem Tachyonenproblem lösten und Zuflucht zu der behaglichen Aura der Vergangenheit suchten. Er wußte, für ihn war das etwas anderes. Engländer waren Fische, die in diesem Meer der Vergangenheit schwammen. Für sie war sie eine greifbare Gegenwart, die wie ein Souffleur die Ereignisse kommentierte. Amerikaner sahen die Vergangenheit als Klammern in den fortlaufenden Sätzen – Nebenbemerkungen, die außerhalb des Satzflusses standen.

Auf dem Weg zurück zu den Colleges ließ er sich von diesem Gefühl des Drangs der Zeit überfluten. Er und Jan waren an einigen Colleges Gast an der erhöhten Speisetafel gewesen, dem elementarsten anglophilen Erlebnis. Die wie Quecksilber glänzende Gedenktafel, verzierte Pokale. Im Salon aus poliertem Holz hingen die Porträts der Collegegründer im Goldrahmen. Jan war überrascht, in der großen Speisehalle eine faktische Isolierung vorzufinden: Eton-Absolventen an einem Tisch, Harrowianer an einem andern, die Schüler der minder bedeutenden Public Schools an einem dritten und schließlich die Wissenschaftler von staatlichen Schulen zusammen mit allen anderen an einem buntgemischten letzten Tisch. Für einen Amerikaner schien diese Zitadelle nach den Jahrzehnten energischer Politik der Gleichheit um jeden Preis ein sonderbares Relikt. Das Vertrauen auf ererbte Vorteile hatte Bestand, ebenso die Anschauung, daß ein solches System ebenfalls eine ererbte Tugend war. Die Vergangenheit existierte weiter. Man konnte auf dem aktuellsten Stand der Dinge sein, man wußte alles über die lateinamerikanischen Riffs von Lady Delicious, und doch saß man still und behaglich in Chorstühlen der

Kings' College-Kapelle und lauschte den cherubimhaften Knaben in elisabethanischen Halskrausen bei ihrem Versuch, das bemalte Glas mit schrillen Lautattacken zerspringen zu lassen. Die Vergangenheit schien auf verwirrende Weise noch existent, alles war miteinander verknüpft, und selbst die Erkenntnis, daß die Zukunft eine greifbare Sache war, schien in dieser Gegenwart lebendig.

Einen Moment entspannte Markham sich und ließ die Gedanken aus seinem Unterbewußtsein nach oben dringen. Spaziergänge waren der sanfte Anstoß, den sein Denken brauchte; er hatte sich diese Wirkung schon früher zunutze gemacht. Etwas... etwas über die Realität, die vom Beobachter unabhängig sein mußte...

Er blickte auf. Eine Zusammenballung gelber Wolken, die in niedriger Höhe über die grauen Türme hinwegtrieben, warf düstere Schatten auf die Great St. Mary's Church. Glocken läuteten eine Klangkaskade durch die für einen Moment abgekühlte Luft. Die Wolke schien dem Wind Wärme zu entziehen.

Er beobachtete die Nebelfinger, die sich über ihm im Gefolge der Wolke auflösten. Dann, plötzlich, hatte er es. Der Kernpunkt des Problems war der Beobachter, derjenige, der die Dinge objektiv sehen mußte. Wer war er? In der Quantentechnik sagten die Gleichungen nichts darüber aus, in welche Richtung die Zeit laufen sollte. Sobald man eine Messung vornahm, mußte ein Experiment als ein Vorgang angesehen werden, der Wahrscheinlichkeiten erzeugte. Die Gleichungen konnten nur aussagen, wie wahrscheinlich ein »späteres« Ereignis war. Das war das Wesentliche des Quants. Schrödingers Gleichung konnte die Dinge entweder vorwärts oder rückwärts in der Zeit entwickeln. Nur wenn der Beobachter seine Finger hineinsteckte und eine Messung vornahm, fixierte etwas die Richtung des Zeitflusses. Wenn der allmächtige Beobachter ein Teilchen maß und es in Position *x* vorfand, dann mußte durch den Akt der Beobachtung dem Teilchen von dem Beobachter ein kleiner Stoß versetzt werden. Das war Heisenbergs

Unbestimmtheitsbeziehung. Man konnte nicht exakt angeben, wie kräftig der Stoß war, den der Beobachter dem hilflosen Teilchen gegeben hatte. Schrödingers Gleichung beschrieb die Anordnung von Wahrscheinlichkeiten zu der Frage, wo das Teilchen als nächstes auftauchte. Die Wahrscheinlichkeiten wurden durch das Bild einer Welle gefunden, die sich in der Zeit vorwärts bewegte und es dem Teilchen möglich machte, an vielen verschiedenen Stellen in der Zukunft aufzutauchen. Eine Wahrscheinlichkeitswelle. Das alte Billardkugelbild, in dem das Teilchen sich mit newtonischer Bestimmtheit zum nächsten Punkt bewegte, war schlichtweg falsch, irreführend. Die wahrscheinlichste Position des Teilchens war tatsächlich dieselbe wie die newtonsche – aber es gab auch andere Möglichkeiten. Weniger wahrscheinlich, aber möglich. Das Problem kam, wenn der Beobachter erneut die Finger hineinsteckte und eine zweite Messung vornahm. Er fand das Teilchen an *einer* Stelle, nicht über eine Auswahl von Punkten verstreut. Warum? Weil der Beobachter selbst immer als newtonisch betrachtet wurde – ein »klassisches Meßinstrument«, wie es im Fachjargon hieß.

Ein breites Grinsen machte sich auf Markhams Gesicht breit, als er in Kings' Parade einbog. In der Argumentationskette war eine Falltür. Der klassische Beobachter existierte nicht. Alles in der Welt war quantenmechanisch. Alles bewegte sich entsprechend den Wahrscheinlichkeitswellen. So wurde der solide, sachliche Experimentator selbst einem Anstoß unterworfen. Er erhielt einen vage bekannten Stoß von dem vergewaltigten Teilchen, und das bedeutete, daß auch der Beobachter quantenmechanisch war. Er war Teil des Systems. Das Experiment war größer und komplexer als die schlichten Vorstellungen der Vergangenheit. *Alles* war Teil des Experiments, niemand konnte sich von ihm isolieren. Man konnte einen zweiten Beobachter ins Gespräch bringen, größer als der erste und von dem Experiment unbeeinflußt – aber das brachte das Problem nur eine Stufe weiter. Das letzte Hilfsmittel war, das ganze *Universum* als den »Beobachter« zu betrachten, so daß sich ein in sich geschlossenes System ergab. Aber das hieß, daß man das gesamte Problem der Bewegung des Universums *auf einmal* lösen mußte, ohne es in praktikable, getrennte Experimente zu zerlegen.

Die Kernfrage des Problems war: Was ließ das Teilchen an nur einer einzigen Stelle auftauchen? Warum wählte es eines der möglichen Stadien und kein anderes? Es war, als hätte das Universum viele verschiedene Möglichkeiten, und irgend etwas brachte es dazu, nur eine spezielle zu wählen.

Markham blieb stehen und blickte zur Great St. Mary's hinauf. Ein Student blickte über den Rand, ein runder Kopf vor dem stählernen Blau.

Welches war die richtige Analogie?

Der Tachyonenstrahl schuf das gleiche Problem. Wenn seine Annahmen richtig waren, gab es eine Wahrscheinlichkeitswelle, die vorwärts und rückwärts in der Zeit verlief. Die Einbringung eines Paradoxes ließ die Welle zu einer Schleife werden; das System verfiel in einen perplexen Wahnsinn, war nicht mehr fähig zu entscheiden, in welchem Zustand es sich befinden sollte. *Etwas* mußte die Wahl treffen. Gab es hier eine Analogie? So etwas wie einen unbewegten Beobachter, der die Zeit vorwärts statt rückwärts fließen ließ?

Wenn es das gab, dann fand das Paradox eine Antwort. Irgendwie mußten die Gesetze der Physik eine Antwort geben. Aber die Gleichungen waren stumm, unergründlich. Wie immer war die Grundfrage, die von der Mathematik beantwortet wurde, die Frage nach dem *Wie*, nicht die nach dem *Warum*. Mußte der unbewegte Beweger sich einschalten? Wer war er – Gott? Möglich war es.

Frustriert schüttelte Markham den Kopf. Die Gedanken schwärmten wie Bienen, aber er konnte sie nicht festhalten. Plötzlich brummte er laut und ging durch eine Reihe radelnder Studenten zu Bowes & Bowes hinein.

Die Auswahl wurde spärlich. Die Buchverlage hatten Probleme, befanden sich auf dem Rückzug vor der Flutwelle des Fernsehens. Eine Frau, die die Kasse bediente, erregte seine

Aufmerksamkeit – recht sexy. Aber zu jung für sein Alter, dachte er bekümmert. Er näherte sich dem Stadium, in dem seine Wünsche fast immer über seinen Bereich wahrscheinlichen Erfolgs hinausgingen.

Das Tachyonenproblem beschäftigte ihn noch immer, als er an Cav vorbei durch die Badezone nach Hause ging. Eine Grünfläche, von altersher als Lammas Land bekannt, lag unter einem feuchtwarmen Nachmittag. Es herrschte eine Stille, als stünde das Jahr reglos auf der Spitze eines hohen Berges, auf die es, dem Winter entfliehend, gestiegen war und von der es schon bald wieder absteigen mußte. Er wandte sich nach Süden, auf Grantchester zu, wo der Kernreaktor noch im Bau war. Mit all den Verzögerungen würden sie es anscheinend nie schaffen, den zerquetschten Tischtennisball über dem brodelnden Kern zu vollenden. Die umliegenden Wiesen waren eine Oase ländlichen Friedens. Kühe im tintigen Schatten der Bäume vertrieben mit zuckendem Schwanz die Fliegen. Einschläfernde Laute drangen an sein Ohr; das Gurren der Tauben, das Surren eines Flugzeugs, Summen und Knacken. In der Luft vermischten sich die Gerüche von Disteln, Schafgarbe, Kreuzkraut und Farn. Aus dem üppigen Grün sprangen Farben wie aus einem Hinterhalt heraus: gelbe Kamille, blaue Glockenblumen, scharlachroter Gauchheil.

Als er nach Hause kam, war Jan mit Lesen beschäftigt. Sie liebten sich mit trägen Bewegungen in dem oberen engen Schlafraum und tränkten die Laken mit ihrem Schweiß. Anschließend blitzte das Bild der Frau bei Bowes & Bowes kurz in seinen schläfrigen Gedanken auf. Moschusfülle hing in der Luft. Der lange Tag erstreckte sich bis zehn Uhr am Abend und hielt die Nacht fern. Als er im bleichen Abendlicht eine Berechnung prüfte, mußte Markham daran denken, daß irgendwo auf dem Planeten irgend jemand für diesen längsten Sommertag in der harten Münze eiserstarrter Winternächte bezahlen mußte. *Die Schulden steigen*, dachte er. Und als er am Abend über die sich ausbreitende Blüte las, schien es, daß eine große Schuldsumme bald fällig werden würde.

## — 16 —

*8. April 1963*

Gordon kam verspätet zur Senatsversammlung der Fakultät und war in Eile, als Bernard Carroway seinen Weg kreuzte. »Hallo, ich muß mit Ihnen sprechen.« Etwas in Bernards Stimme veranlaßte Gordon, stehenzubleiben.

»Ich habe von dieser Sache gehört, die Sie mit Schriffer zusammen ausgekocht haben. Hab' ein Filmchen darüber in den Spätnachrichten gesehen – einer meiner Studenten hat mich angerufen und darauf hingewiesen.« Carroway legte die Hände auf den Rücken; diese Haltung gab ihm ein richterliches Aussehen.

»Tja... ich glaube, Saul ist ein bißchen weit gegangen...«

»Freut mich, das von Ihnen zu hören!« Plötzlich war Bernard ausgesprochen freundlich. »Ich hielt es für ein... nun, Saul übertreibt es bei solchen Sachen ganz gern.« Mit forschendem Blick wartete er auf Gordons Zustimmung.

»Manchmal.«

»Konnte mir selbst kaum etwas Unwahrscheinlicheres vorstellen – Experimente mit nuklearmagnetischen Resonanzen, das sagte er doch? Verquere Art zu kommunizieren.«

»Saul meint, ein Teil der, äh, Botschaft seien astronomische Koordinaten. Erinnern Sie sich, als ich zu Ihnen kam...?«

»Das also ist die ganze Grundlage? Nur ein paar Koordinaten?«

»Er hat die Impulse zu diesem Bild aufgelöst«, gab Gordon zu.

»Ach, das. Sieht für mich wie Kindergekritzel aus.«

»Nein, eine Struktur ist vorhanden. Was den Inhalt angeht, wissen wir nicht...«

»Ich glaube, Sie sollten vorsichtig damit sein. Wohlgemerkt, ich *mag* einiges an Schriffers Arbeit. Aber ich und andere in der astronomischen Gemeinschaft fühlen, daß er mit dieser Radiokommunikation schon ein bißchen übers Ziel hinausgeschossen ist. Und jetzt das! Findet Botschaften in einem Nuklearresonanz-Experiment! Ich glaube, Schriffer ist da viel zu weit gegangen.«

Bernard nickte ernst und starrte auf seine Füße. Gordon wußte nicht, was er sagen sollte. Bernards Statur und Haltung verboten jeden direkten Widerspruch. Er bewegte sein Übergewicht mit einer aggressiven Energie, die jedermann einschüchtern konnte. Er war klein und hatte einen mächtigen Brustkorb, der sich, wenn er sich entspannte, als hochgezogene Bauchpartie entpuppte. Als Gordon ihn jetzt betrachtete, sackte er nach unten; bei seiner Konzentration auf Schriffers Sünden hatte Bernard völlig vergessen, darauf zu achten. Seine Fischgrätjacke beulte sich, die Knöpfe spannten. Gordon glaubte fast, unter dem plötzlichen Druck Bernards Gürtel krachen zu hören. Die Tortur, die er seiner Kleidung antat, wurde durch den unbewußten Ausdruck von Freude gemildert, der sich auf Bernards Gesicht breitmachte, als sein Bauch hinabsackte.

»Das gibt der Angelegenheit einen schlimmen Anstrich«, sagte Bernard und blickte abrupt auf. »Einen schlimmen Anstrich.«

»Ich glaube, bis wir auf den Grund kommen…«

»Der Grund ist, daß Schriffer Sie hereingelegt hat. Ich bin sicher, es war nicht Ihre Idee. Und ich bedaure, daß unsere Abteilung mit dieser Narretei in Verbindung gekommen ist. Wenn Sie klug sind, lassen Sie die Finger davon.«

Mit diesem Ratschlag nickte Bernard und ging weiter.

Cooper blickte auf, als Gordon ins Labor kam. »Morgen, wie geht's?« grüßte Cooper.

Gereizt dachte Gordon darüber nach, daß die Menschen automatisch fragen, wie es einem geht, obwohl sie in Wirklichkeit nicht das geringste Interesse daran haben. »Ich fühle mich wie ein zerkrümelter Keks«, antwortete Gordon. Verblüfft runzelte Cooper die Stirn.

»Haben Sie gestern abend die Sendung gesehen?« fragte Gordon.

Cooper schürzte die Lippen. »Ja«, sagte er, als verriete er damit ein Geheimnis.

»Ich hatte nicht die Absicht, es so aus unseren Händen gleiten zu lassen. Schriffer hat den Ball aufgenommen und ist damit weggerannt.«

»Na ja, vielleicht hat er ein Tor geschossen.«

»Meinen Sie?«

»Nein«, gab Cooper zu. Er beugte sich vor und justierte einen Regler am Oszilloskop; er hatte alles gesagt, was er sagen wollte. Gordons Schulterzucken erweckte den Eindruck, man hätte ihn mit Gewichten beschwert. Er wollte nicht versuchen, Coopers lässige goyische Frechheit zu durchlöchern, die unter der Maske der Gleichgültigkeit verborgen lag.

»Neue Daten?« fragte Gordon, ballte die Hände in den Hosentaschen und schritt das Labor ab; er fühlte heimliche Freude bei dem Gedanken, daß er zumindest hier wußte, was geschah und was eine Rolle spielte.

»Ich habe einige gute Resonanzkurven. Ich setze die Messungen fort, auf die wir uns geeinigt haben.«

»Ah, gut.« *Sehen Sie, ich tue nur, was wir gemeinsam beschlossen haben. Sie werden mich nicht mit einem unerwarteten Ergebnis erwischen, o nein.*

Gordon überprüfte die Instrumente. Das Stickstoffgefäß knackte in seiner spröden Kälte, Transformatoren summten, Pumpen dröhnten monoton. Gordon untersuchte Coopers Laboraufzeichnungen auf mögliche Fehlerquellen. Aus dem Gedächtnis schrieb er die einfachen theoretischen Formeln, die Coopers Daten bestätigen müßten. Die Zahlen kamen den theoretischen Resultaten beruhigend nahe. Neben Coopers Schuljungenhandschrift wirkte Gordons Krakel wie eine Befleckung der ordentlichen strengen Rechtwinkligkeit des karierten Papiers. Cooper benutzte einen Kugelschreiber, während Gordon einen Parker-Füllhalter nahm, selbst für schnelle Berechnungen wie diese. Er bevorzugte die gewandt dahingleitende Feder und den Hauch von Bedeutung, den ihre breiten, blauen Linien einer Seite gaben. Einer der Gründe, warum er von weißen zu blauen Hemden gewechselt hatte, war die vergebliche Hoffnung, daß Tintenflecken auf der linken Brusttasche leichter zu verbergen wären.

Es machte ihn ruhiger, inmitten der arbeitenden Instrumente zu stehen und seine Notizen zu schreiben. Einen Moment lang war er wieder zurück in Columbia, ein Sohn Israels, Newtons Sache treu ergeben. Aber dann hatte er die letzte Zahl Coopers überprüft und es war nichts mehr zu tun. Der Moment ging vorüber. Er sank in die Welt zurück.

»Haben Sie die Zusammenfassung, die Sie für Ihre Prüfung schreiben sollten?« fragte er Cooper.

»O ja. Fast fertig. Morgen gebe ich sie Ihnen.«

»Gut. Gut.« Er zögerte, wollte noch nicht gehen. »Sagen Sie – haben Sie nichts anderes als normale Resonanzkurven? Keine …«

»Botschaft?« Cooper lächelte leicht. »Nein, keine Botschaft.«

Gordon nickte, blickte sich abwesend um und ging.

Er kehrte nicht zu seinem Büro zurück, sondern nahm den Weg zur Physik-Bibliothek. Sie befand sich im Parterre des B-Gebäudes und vermittelte einen Eindruck diffuser Flüchtigkeit. Verglichen mit den geweihten Fluren in Columbia wirkte an der UCLJ alles so, und jetzt war sogar die Rede davon, daß der Campus einen anderen Namen erhalten würde. La Jolla sollte von San Diego eingemeindet werden. Der Stadtrat sprach von Einsparungen bei der Feuerwehr und der Polizei, aber Gordon schien es eher ein weiterer Schritt der Homogenisierung, der Losangelisierung dessen, was bisher eher verträumt und idyllisch gewesen war. UCLJ würde also UCSD werden, und damit wäre mehr als ein Name verloren.

Eine Stunde verbrachte er damit, die neuesten Physikjournale durchzustöbern, und dann blätterte er noch ein paar Hinweise zu speziellen Fragen nach. Nach einer Weile hatte er keine richtige Beschäftigung mehr, und bis zum Mittagessen war es noch eine Stunde. Irgendwie widerstrebend kehrte er in sein Büro zurück. Er ging nicht zum dritten Stock hoch, um sich seine Morgenpost zu holen, sondern nahm den Weg zwischen Physik- und Chemiegebäude, auf dem er den verrückten Architektentraum von einer verbindenden Brücke unterquerte. Die anmutigen Muster aus verknüpften Sechsecken zogen die Augen auf sich, das mußte er zugeben. Aber irgendwie bereitete der Anblick Unbehagen, die Konstruktion sah aus wie ein Gerüst für eine riesige Insektenhöhle – ein Entwurf für ein Wespennest der Zukunft.

Es überraschte ihn nicht, die Tür zu seinem Büro offen vorzufinden, denn gewöhnlich ließ er sie offenstehen. Der eine Unterschied, den er in den Verhaltensmustern von Natur- und Geisteswissenschaftlern bemerkt hatte, betraf die Türen: Geisteswissenschaftler schlossen sie und vereitelten so Zufallsbegegnungen. Gordon fragte sich, ob das eine tiefere psychologische Bedeutung hatte, oder ob die Geisteswissenschaftler, was wahrscheinlicher war, verschleiern wollten, wann sie auf dem Campus waren. Soweit Gordon es beurteilen konnte, war die Antwort: selten. Sie schienen alle zu Hause zu arbeiten.

Isaac Lakin stand mit dem Rücken zur Tür in Gordons Büro und betrachtete das Wespengerüst über dem Fenster. »Oh, Gordon«, sagte er und wandte sich um. »Ich habe Sie gesucht.«

»Ich kann mir denken, warum.«

Lakin setzte sich auf die Schreibtischkante, Gordon blieb stehen.

»Ach?«

»Die Schriffer-Geschichte.«

»Ja.« Lakin blickte nach oben und schürzte die Lippen, als suche er sorgfältig nach den richtigen Worten.

»Es wurde mir aus den Händen genommen«, leistete Gordon Hilfestellung.

»Ja, das fürchte ich auch.«

»Schriffer hatte versichert, mich und UCLJ aus den Nachrichten herauszuhalten. Das einzige Ziel war, die Zeichnung publik zu machen.«

»Nun, er hat noch mehr bewirkt.«

»Wie das?«

»Ich hatte eine Anzahl von Anrufen. Wären Sie in Ihrem Büro geblieben, wäre es Ihnen ebenso gegangen.«

»Von wem?«

»Kollegen. Leuten, die an Nuklearresonanzen arbeiten. Sie wollen alle wissen, was los ist. Ich könnte hinzufügen: ich auch.«

»Nun...« Gordon schilderte die zweite Botschaft und wie Schriffers Beteiligung zustande kam. »Ich fürchte, Saul hat die Sache weitergetrieben, als es richtig war, aber...«

»Das würde ich wohl meinen. Unser Vertragsmentor hat ebenfalls angerufen.«

»Na und?«

»Na *und*? Sicher, er hat nicht viel Einfluß. Aber unsere Kollegen haben ihn. Sie stimmen mit.«

»Und noch einmal: na und?«

Lakin meinte achselzuckend: »Sie werden Schriffers Schlußfolgerungen bestreiten müssen.«

»Hm? Wieso?«

»Weil sie falsch sind.«

»Das *weiß* ich nicht.«

»Sie sollten keine Behauptungen aufstellen, die Sie nicht beweisen können.«

»Aber sie zu leugnen, wäre ebenfalls falsch.«

»Halten Sie seine Hypothese für wahrscheinlich?«

»Nein.« Unruhig trat Gordon von einem Fuß auf den anderen. Er hatte gehofft, sich gar nicht äußern zu müssen.

»Dann lehnen Sie es ab, sie mitzutragen!«

»Ich kann nicht leugnen, daß wir die Botschaft empfangen haben. Sie kam klar und deutlich an.«

Lakin hob eine Augenbraue in europäischem Abscheu, so als wollte er sagen: *Wie kann ich mit einem solchen Menschen diskutieren?* Als Reaktion zog Gordon unbewußt seine Hose hoch, steckte die Daumen hinter den Gürtel und spannte die Schultern. Absurderweise sah er plötzlich Marlon Brando in der gleichen Pose vor sich, wie er einen Gauner beäugte, der ihn gerade übers Ohr gehauen hatte. Gordon blinzelte und versuchte sich seine nächsten Worte zurechtzulegen.

»Ihnen ist doch klar«, sagte Lakin vorsichtig, »daß das Gerede über eine Botschaft den Effekt der Spontanresonanz in Zweifel ziehen wird – ganz abgesehen davon, daß Sie sich damit zum Narren machen?«

»Kann sein.«

»Einige der Anrufe drehten sich genau um diesen Punkt.«

»Kann sein.«

Lakin blickte Gordon scharf an. »Ich glaube, Sie sollten diese Frage genauer reflektieren.«

Boshaft erwiderte Gordon: »Zu leuchten ist besser als zu reflektieren.«

Lakin erstarrte. »Was wollen Sie …?«

Das Telefon klingelte. Erleichtert griff Gordon zum Hörer. Einsilbig fertigte er den Anrufer ab. »Gut. Drei Uhr also. Zimmer 118.«

Kontrolliert schaute er Lakin an und sagte: *»San Diego Union.«*

»Eine schreckliche Zeitung.«

»Zugegeben. Sie wollen einiges an Hintergrund zu der Geschichte.«

»Sie *sprechen* mit ihnen?«

»Sicher.«

Lakin seufzte. »Was werden Sie sagen?«

»Ich werde ihnen sagen, daß ich absolut nicht weiß, woher das Zeug kommt.«

»Sehr unklug.«

Nachdem Lakin sich zurückgezogen hatte, dachte Gordon über den Satz nach, der ihm plötzlich über die Zunge gekommen war: *Zu leuchten ist besser als zu reflektieren.* Wo hatte er das schon gehört? Von Penny wahrscheinlich; es klang nach einem Literatensatz. Aber meinte er es auch so? War er, wie Schriffer, auf Ruhm aus? Er war dazu konditioniert, einen gewissen Teil von Schuld an solchen Dingen zu akzeptieren – das war das gängige Klischee: Juden fühlen sich schuldig, sie werden von ihren Müttern dazu getrimmt. Aber Schuld war es nicht, nein; seine Intuition hatte ihm das eingeflüstert. Sein Instinkt sagte ihm, daß sich hinter der Botschaft etwas verbarg; sie war real. Hundertmal hatte er das Thema diskutiert, obwohl er seinem eigenen Urteil, seinen Daten traute. Und wenn das Thema für Lakin nur ein Hirngespinst war, wenn Gordon als Hochstapler erschien – gut, dann war es eben so.

Er hakte den Daumen in den Gürtel, starrte auf den kalifornischen Insektenbau und fühlte sich wohl, verdammt wohl.

Nachdem der Reporter vom *San Diego Union* gegangen war, fühlte Gordon immer noch Zuversicht, wenn auch mit einiger Mühe. Der Reporter hatte einen Haufen einfältiger Fragen gestellt, aber das lag in der Natur der Sache. Gordon hatte auf die Ungewißheit hingewiesen; der *Union* wollte klare Antworten auf kosmische Fragen, am liebsten in einem einzigen zitierfähigen Satz. Für Gordon war wichtig, wie die Naturwissenschaft arbeitete, wie die Antworten stets vorläufig waren und stets auf das Ergebnis künftiger Experimente warteten. Der *Union* erwartete Abenteuer und Erregung, mehr Belege für eine Universität auf dem Weg zum Ruhm. Über diese Kluft flossen einige Informationen, aber nicht sehr viele.

Er sortierte gerade seine Post und steckte einige in seine Aktenmappe, um sie am Abend zu lesen, als Ramsey hereinkam.

Nach einigen einleitenden Sätzen – Ramsey schien ernsthaftes Interesse am Wetter zu haben – zog er ein Blatt aus einem Umschlag und fragte: »Ist das das Bild, das Schriffer gestern abend gezeigt hat?«

Gordon betrachtete es. »Woher haben Sie es?«

»Von Ihrem Studenten Cooper.«

»Und woher hat *er* es?«

»Von Schriffer, sagt er.«

»Wann?«

»Vor ein paar Wochen. Schriffer kam zu ihm, um die Punkte und Striche zu überprüfen, sagt er.«

»Hm.« Gordon hätte wissen müssen, daß Schriffer es nachprüfen würde. Das war eine vernünftige Vorsichtsmaßnahme. »Okay – und was soll das Ganze?«

»Nun, ich glaube nicht, daß es einen Sinn ergibt, aber ich hatte auch noch nicht genug Zeit, um – ich meine, was macht dieser Schriffer eigentlich?«

»Er hat eine zweite Botschaft entschlüsselt. Er glaubt, sie kommt von einem Stern mit Namen 99 Herkules, der...«

»Ja, ja, ich weiß. Aber warum geht er ins Fernsehen damit?«

»Um das Bild zu entschlüsseln.«

»Weiß er nichts von der ersten Botschaft, an der ich arbeite?«

»Doch, davon weiß er.«

»Verflixt – diese Sache im Fernsehen, das ist doch Blödsinn, oder?«

Gordon zuckte die Achseln. »Ich bin Agnostiker. Ich weiß nicht, was es bedeutet, genau das habe ich gerade einem Reporter gesagt.«

Ramsey wirkte besorgt. »Glauben Sie, die Sache, an der ich arbeite, ist astrein?«

»Das Material ist okay.«

»Und Schriffer ist ein Arschloch?«

»Ich bin Agnostiker«, entgegnete Gordon, der sich plötzlich müde fühlte. Jeder fragte ihn nach der ewigen, allseits gültigen Wahrheit, und die hatte er nicht im Angebot.

»Hui! Wissen Sie, einiges aus dem biochemischen Teil ergibt allmählich einen Sinn. Das kleine Experiment, mit dem ich einen meiner Studenten beauftragt habe, bringt erste Ergebnisse. Und dann das...«

»Machen Sie sich darüber keine Sorgen! Die Schriffer-Botschaft ist möglicherweise reinster Krampf. Sehen Sie, ich bin überfahren worden, und...« – Gordon wischte sich über die Stirn – »...es wurde mir aus den Händen genommen. Machen Sie mit den Experimenten weiter, okay?«

»Ja, okay. Wieso überfahren?«

»Schriffer. Er glaubt, er habe etwas entschlüsselt, und plötzlich ist er im Fernsehen. Meine Idee war das nicht.«

»Oh, o ja. Das ist etwas anderes.« Ramsey schien besänftigt. Dann verfinsterte sich sein Gesicht erneut. »Was ist mit der ersten Botschaft?«

»Was soll damit sein?«

»Veröffentlichen Sie sie?«

»Nein, habe ich nicht vor.«

»Gut, gut.«

»Sie können so viel Zeit haben, wie Sie wollen, um daran zu arbeiten.«

»Prima.« Ramsey streckte die Hand aus, als wäre gerade ein Handel beschlossen worden. »Ich halte Sie auf dem laufenden.«

Feierlich schüttelte Gordon seine Hand.

Die kleine Komödie mit Ramsey hatte ihn zuerst etwas aus der Ruhe gebracht, aber ihm war klar, daß so etwas zum Umgang mit Menschen gehörte; man mußte sich ihre Meinung zu eigen machen, die Dinge aus ihrem Blickwinkel sehen, wenn man überhaupt mit ihnen kommunizieren wollte. Ramsey sah das alles als ein Spiel an, in dem die erste Botschaft eine privilegierte Information und Schriffer nur ein Eindringling war. Sollte es für die Ziele von Ramseys Universum eben so sein. Als er jünger war, hätte Gordon es als zynisch beurteilt, daß man schauspielerte, nur um jemanden zu überzeugen. Jetzt standen die Dinge anders. Er belog Ramsey nicht, und er enthielt ihm keine Informationen vor. Er hatte nur eine besondere Methode gewählt, den Geschehensablauf zu beschreiben. Die Klischees der Heranwachsenden über Wahrheit und Schönheit waren unsinnige, simplifizierende Kategorien. Wenn man etwas durchsetzen wollte, nahm man die Fäden in die Hand; so war es nun mal. Ramsey würde mit seinen Experimenten fortfahren, ohne sich mit Unbekanntem abzuplagen, und mit einigem Glück würden sie etwas herausfinden.

Er ging vom Physik-Gebäude zur Torrey Pines Road, wo er seinen Chevy geparkt hatte, als eine schmale Gestalt die Hand grüßend hob. Gordon ging auf sie zu und erkannte Maria Goeppert Mayer, die einzige Frau in der Abteilung. Sie hatte vor einiger Zeit einen Schlaganfall gehabt und kam nur noch selten und bewegte sich geisterhaft durch die Flure; eine Körperhälfte war teilweise gelähmt, das Sprechen bereitete ihr Mühe. Ihr Gesicht war verzerrt, sie schien erschöpft, aber in ihren Augen sah Gordon eine wache Intelligenz, der nichts entging.

»Glauben Sie an Ihre … Er … Ergebnisse?« fragte sie.

Gordon zögerte. Unter ihrem durchdringenden Blick fühlte er sich wie unter dem Mikroskop der Geschichte; diese Frau war aus Polen gekommen, hatte die Kriegsjahre überstanden, arbeitete für das Manhattan-Projekt in Columbia an der Abspaltung von Uran-Isotopen und hatte zusammen mit Fermi geforscht, bevor dieser an Krebs erkrankte. Das alles und noch mehr hatte sie hinter sich: Ihr Mann, Joe, war ein brillanter Chemiker und hatte seinen Lehrstuhl in Chicago, während ihr die Aufnahme in die Fakultät versagt wurde; sie mußte sich mit einer Position als Forschungsassistentin zufriedengeben. Plötzlich fragte er sich, ob sie darüber wütend gewesen war, während sie am Schalenmodell des Atomkerns arbeitete, wodurch sie berühmt geworden war. Verglichen mit ihr, waren seine Probleme verschwindend klein. Er biß sich auf die Lippe.

»Ja, ja, ich glaube schon. Etwas … etwas versucht, uns zu erreichen. Ich weiß nicht, was es ist.«

Sie nickte. Trotz ihrer erstarrten Gesichtszüge lag in dieser Bewegung ein gelassenes Vertrauen, das in Gordon eine Glocke anschlagen ließ. Er blinzelte in die Strahlen der untergehenden Sonne, ihr Glanz wurde zu warmer Feuchtigkeit in seinen Augen. »Gut. Gut«, murmelte sie und ging, immer noch lächelnd, davon.

Kurz nach Penny kam er nach Hause. Sie wechselte gerade die Garderobe. Er warf die Aktenmappe mit den Sorgen des Tages darin in eine Ecke und fragte: »Wohin?«

»Die Brandung kommt.«

»Aber es wird doch dunkel.«

»Die Wellen wissen das nicht.«

Er lehnte sich gegen die Wand, ihre Energie machte ihn taumeln. Diesen Aspekt Kaliforniens hatte er am wenigsten verdaut: die pure Körperlichkeit des Landes, seine Tatkraft.

»Komm mit«, sagte sie, während sie eine Bikinihose und ein T-Shirt überstreifte. »Ich zeig's dir. Du kannst dich ohne Brett von den Wellen an Land tragen lassen.«

»Hm«, entgegnete er. Er wollte nicht zugeben, daß er sich auf ein Glas Weißwein und die Abendnachrichten gefreut hatte. Immerhin, dachte er – und mochte den Gedanken plötzlich gar nicht mehr –, könnte es eine Fortsetzung des Schriffer-Berichts geben.

»Komm schon!«

Am Wind'n Sea-Strand sah er ihr zu, wie sie durch eine abfallende Welle schnitt. Sie erstaunte ihn: ein zerbrechliches Mädchen, das ein klobiges Brett beherrschte und sich die Energie des Ozeans zunutze machte, schwebte in der Luft wie durch ein Wunder newtonscher Dynamik. Es schien ein fließendes Rätsel, und doch hatte er das Gefühl, es dürfte ihn nicht überraschen; schließlich handelte es sich um klassische Dynamik. Die Rotte von der Pumpenstation war draußen. In Erwartung der stürzenden Tonnen Wasser ritten sie auf ihren weißen Brettern. Schwitzend absolvierte er die harten Gymnastikübungen der Royal Canadian Air Force und versicherte sich, daß sie ebenso gut waren wie die sichtbare Freude der Surfer, wenn sie die Wellen teilten. Nach den vorgeschriebenen Drück- und Stoßübungen rannte er keuchend durch den Sand und versuchte, die Ereignisse des Tages zu entwirren. Sie widersetzten sich ihm: Der Tag ließ sich nicht in einfache Strukturen zerlegen. Schnaufend blieb er stehen, die Stirn von Schweißperlen bedeckt. Penny tat einen Schritt auf ihrem Brett und winkte ihm zu. Hinter ihr stülpte der Ozean sich hoch, packte ihr Brett mit sanftem Griff und ließ es nach vorn kippen. Sie schaukelte, schwankte, Arme schlugen wie Flügel durch die Luft; sie fiel, wurde von dem seifigen Gischt verschlungen. Das glatte weiße Brett überschlug sich auf dem Wasser. Pennys

Kopf tauchte auf, das Haar klebte wie eine Kappe an ihrem Gesicht, ihre Zähne strahlten weiß. Sie lachte.

Während sie sich anzogen, fragte er: »Was gibt's zum Abendessen?«

»Was du willst.«

»Artischockensalat, dann Fasan und zum Schluß Brandygebäck.«

»Ich hoffe, du kannst das alles zubereiten.«

»Okay, was willst *du*?«

»Ich gehe aus. Ich habe keinen Hunger.«

»Hä?« Er war perplex – denn *er* hatte Hunger.

»Ich gehe zu einer Versammlung.«

»Wozu?«

»Eine Versammlung eben.«

»Wofür?« beharrte er.

»Für Goldwater.«

*»Was?«*

»Vielleicht hast du von ihm gehört. Er bewirbt sich um die Präsidentschaft.«

»Du machst Witze.« Reglos verharrte sein Fuß in der Luft, den er gerade ins Hosenbein stecken wollte. Ihm fiel auf, wie komisch das aussehen mußte, und er zog die Hose an. »Er ist ein einfältiger...«

»Spießer?«

»Lassen wir es einfach bei einfältig.«

»Hast du *Das Gewissen eines Konservativen* jemals gelesen? Er hat eine Menge darin zu sagen.«

»Nein, hab' ich nicht. Aber wenn man einen Kennedy hat, den Vertrag über den Stop von Atomversuchen und einige wirklich *neue* Ideen in der Außenpolitik, die Allianz für den Fortschritt...«

»Plus Schweinebucht, Berliner Mauer, seinen schweinsäugigen kleinen Bruder...«

»Ach komm! Goldwater ist nur ein Spielball des großen Geldes.«

»Er wird die Kommunisten bremsen.«

Gordon setzte sich aufs Bett. »Du glaubst diesen Kram doch nicht etwa?«

Penny zog die Nase kraus, und wie Gordon wußte, war das ein Hinweis darauf, daß sie sich ihre Meinung gebildet hatte. »Wer hat unsere Jungs nach Südvietnam geschickt? Und wie war das mit Cliff und Bernie?«

»Wenn Goldwater rankommt, werden eine Million Cliffs und Bernies rübergeschickt.«

»Goldwater wird dort drüben *gewinnen*, nicht nur rumspielen.«

»Penny, drüben kommt es darauf an, *unsere Verluste zu verringern.* Warum sollten wir einen Diktator wie Diem unterstützen?«

»Ich weiß nur, daß meine Freunde getötet werden.«

»Und Big Barry wird das alles ändern.«

»Sicher. Ich halte ihn für zuverlässig. Er wird den Sozialismus in unserem Land aufhalten.«

Gordon lehnte sich aufs Bett zurück und gab ein ungläubiges *Huili* von sich. »Penny, ich weiß, du hältst mich für eine Art New Yorker Kommunisten, aber ich kann nicht verstehen…«

»Ich bin schon spät dran. Linda hat mich zu der Cocktailparty für Goldwater eingeladen, und ich gehe hin. Kommst du mit?«

»Herrgott, nein!«

»Okay, ich gehe.«

»Du bist eine Literaturstudentin, die für Goldwater ist? Also wirklich!«

»Ich weiß, ich passe nicht in deine Stereotypen, aber das ist *dein* Problem, Gordon.«

»Mein Gott!«

»In ein paar Stunden bin ich zurück.« Sie kämmte sich, musterte ihren Faltenrock mit kritischem Blick und verließ das Schlafzimmer mit entschlossenem Schritt. Gordon lag auf dem Bett und sah ihr nach. Er wußte nicht, ob sie es ernst meinte oder nicht. Sie schlug die Haustür so kraftvoll zu, daß sie klirrte, und er kam zu dem Schluß, daß sie es ernst meinte.

Es war von Anfang an eine ungleiche Paarung gewesen. Sie hatten sich bei einer Wein-und-Chips-Party in einem Strandhaus an der Propect Street, hundert Meter vom La Jolla Museum entfernt, kennengelernt. (Als Gordon zum erstenmal im Museum war, hatte er das Schild nicht gesehen und geglaubt, sich in einer der vielen Galerien zu befinden – wenn auch in einer, die etwas besser war; das Met und das Institut als Museum zu bezeichnen, schien ein Witz.) Sein erster Eindruck von ihr galt ihrem klaren Äußeren; blendende Zähne, makellose Haut, leicht zu pflegendes Haar. Ein Kontrast zu den dünnen, widersprüchlichen Frauen New Yorks, die er getroffen hatte (er war ihnen »begegnet«, damals ein Modewort) und von denen er schließlich abgeschreckt worden war. Penny schien eindeutig und offen, zu lockeren Gesprächen fähig und unbeeinflußt von den vorgefertigten Meinungen der *New York Times* oder der Seminare über »Das, was wichtig ist.« In einem geblümten Cocktailkleid mit einem rechteckigen Halsausschnitt, dessen strenge Linienführung durch eine Perlenkette abgeschwächt wurde, sandte ihre leuchtendbraune Haut warme Strahlen aus, die in dem trüben Licht durch ihn hindurchflossen; Leben von einem fremden Stern. Zu diesem Zeitpunkt hatte er bereits eine Flasche schlechten Rotweins in sich und überschätzte wahrscheinlich den Zauber des Augenblicks, aber sie schien in der Düsternis des Raums zu leuchten. Bei besseren Lichtverhältnissen wären sie vielleicht nicht so gut miteinander ausgekommen. Aber damals war sie gewandt und kunstvoll, anders als jede Frau, die er bis dahin kennengelernt hatte. Ihre flachen kalifornischen Vokale wirkten nach der gezierten Sprache des Ostens wie eine Erleichterung, und ihre Sätze gingen ihr mit gelassener Vollkommenheit über die Lippen. Er war wie hypnotisiert, weibliche Glut und klare Gedanken. Und die schlanken, athletischen Schenkel, die sich unter dem Kleid bewegten, als wäre ihr ganzer Körper von dem seidigen Stoff eingeengt und zu freudigem Entkommen fähig. Er wußte nicht viel über Frauen – Columbias bekannter Mangel –, und als er noch mehr Wein trank und sich noch angeregter unterhielt, wunderte er sich über sich selbst, über sie, über das, was da vorging. Lang erhoffte Phantasien schienen wahr zu werden. Als sie gemeinsam davongingen, in einen Volkswagen stiegen und mit stotterndem Motor der betriebsamen Party den Rücken kehrten, ließ die Verheißung dieses Augenblicks – die sich prompt erfüllte – seinen Atem schneller gehen. Von da an schien alles folgende unausweichlich: die gemeinsam verbrachte Zeit, die Restaurantbesuche, die neu entdeckten Schallplatten und Bücher. Das war das kanonische Es. Eines hatte er immer über Frauen gewußt – ein Zauber mußte mitspielen, und hier war es so, ohne Ankündigung und eher ein wenig scheu. Er packte die Gelegenheit beim Schopf.

Und jetzt, am metaphorischen Morgen danach, hatte sie Freunde namens Cliff, Eltern in Oakland und eine Vorliebe für Goldwater. In Ordnung, dachte er, die Einzelheiten waren also nicht vollkommen. Aber vielleicht war das auch Teil ihres Zaubers.

## — 17 —

*15. April 1963*

Gordon nahm sein Frühstück in Harry's Coffee Shop am Girard ein. Er versuchte, seine Vorlesungsnotizen durchzulesen und einige Probleme für die Hausarbeiten zu formulieren. Das Klappern von Geschirr störte ihn, und ein blechernes Radio spielte Lieder des Kingston Trio, die er nicht mochte. Das einzige Stück der jüngeren Popmusik, das er tolerieren konnte, war »Dominique«, ein sonderbarer Schlager, vorgetragen von der Engelsstimme einer belgischen Nonne. Er war ohnehin nicht in der Stimmung, sich auf akademische Fragen zu konzentrieren. Die *San-Diego-Union*-Version von Sauls PR-

Schnellschuß war schlimmer, als er erwartet hatte. Einige Mitglieder der Abteilung hatten ihn deswegen abfällig kritisiert.

Ohne zu einem Ergebnis zu kommen, dachte er während der Fahrt nach Torrey Pines darüber nach. Ein Schlangenlinien fahrender Cadillac mit aufgeblendeten Scheinwerfern machte ihn wütend. Der Fahrer war ein typischer Mann in den Vierzigern mit Filzhut und einem verwirrten Gesichtsausdruck. Ende der 50er Jahre hatte der National Safety Council viel Wirbel darum gemacht. An einem der offiziellen Feiertage hatten sie aufgefordert, mit eingeschalteten Scheinwerfern zu fahren, um alle Verkehrsteilnehmer an eine rücksichtsvolle Fahrweise zu erinnern. Irgendwie hatte sich dieser Einfall bei den Langsam-ist-sicher-Fahrern festgesetzt, und auch jetzt noch, Jahre danach, konnte man sie sich durch den Verkehr schlängeln sehen; ihre Scheinwerfer leuchteten sinnlos, und sie fuhren mit der Gewißheit, daß ihre Langsamkeit sie unverwundbar machte. Reflexhafte Dummheit wie diese brachte ihn immer wieder auf.

Cooper war bereits im Labor. *Je näher seine Prüfung kommt, desto mehr Eifer legt er an den Tag,* dachte Gordon, schalt sich aber sofort für seinen Zynismus. Coopers gestiegenes Interesse schien echt, möglicherweise, weil der ganze Komplex der Botschaft seine Dissertation nicht mehr betraf.

»Testen Sie neue Proben?« fragte Gordon. Sein freundlicher Ton war von Resten seines Schuldbewußtseins beeinflußt.

»Ja. Ganz gutes Material. Sieht so aus, als hätten die zusätzlichen Indium-Fremdatome die Sache gelöst.«

Gordon nickte. Er hatte eine Methode entwickelt, die Proben mit Zusätzen zu versehen, so daß sie die richtige Konzentration von Fremdatomen aufnahmen, und das war die erste Bestätigung, daß monatelange Bemühungen sich auszahlten. »Keine Botschaften?«

»Keine Botschaften«, antwortete Cooper mit offensichtlicher Erleichterung.

Von der Tür kam eine Stimme. »Hallo, man sagte mir…«

»Ja?« Gordon drehte sich um. Der Mann trug Schlackerhosen und eine Eisenhower-Jacke. Er war über fünfzig, und sein Gesicht war tiefbraun, als arbeitete er im Freien.

»Sie sind Professor Bernstein?«

»Ja.« Fast hätte Gordon einen der alten Witze seines Vaters angehängt: »Ja, ich habe die Ehre«, aber der ernste Gesichtsausdruck des Mannes sagte ihm, daß das fehl am Platze war.

»Ich, ich bin Jacob Edwards, aus San Diego? Ich habe an einigen Dingen gearbeitet, die Sie vielleicht interessieren?« Er machte jeden Satz zu einer Frage.

»An was für Dingen?«

»Nun, Ihre Experimente, die Botschaft und so? Sagen Sie, haben Sie hier die Signale aufgenommen?«

»Ja.«

Edwards schlenderte ins Labor und berührte staunend einige der Instrumente. »Beeindruckend. Wirklich beeindruckend.« Er musterte einige der neuen Proben, die auf dem Arbeitstisch lagen.

»He«, rief Cooper, vom Drucker aufblickend. »He, diese Proben sind – dreckig.«

»Ach, schon in Ordnung, ich habe sowieso schmutzige Hände. Ihr habt hier eine prima Ausrüstung? Wie bezahlt ihr das alles?«

»Wir bekommen Zuschüsse von… Mr. Edwards, was kann ich für Sie tun?«

»Nun ja, ich habe Ihr Problem gelöst? Das habe ich, o ja.« Edwards ignorierte Coopers wütenden Blick.

»Wie, Mr. Edwards?«

»Das Geheimnis«, antwortete er mit verschwörerischem Blick, »ist *Magnetismus*!«

»Oh!«

»Der Magnetismus unserer Sonne, da sind sie hinterher?«

»Wer?« Gordon begann zu überlegen, wie er Edwards von den Instrumenten weglotsen konnte.

»Die Leute, die Ihnen die Briefe schicken? Sie kommen hierher, um unseren Magnetismus zu stehlen. Und nur er läßt die Erde sich um die Sonne drehen – das habe ich bewiesen.«

»Sehen Sie, ich glaube nicht, daß Magnetismus irgend etwas ...«

»Bei Ihren Experimenten hier ...« – er klopfte auf die großen Magnetwicklungen – »... werden Magnete verwendet, oder?«

Gordon sah keinen Grund, das zu leugnen. Bevor er etwas sagen konnte, fuhr Edwards fort. »Sie werden von Ihrem *Magnetismus* angezogen, Professor Bernstein. Sie suchen nach mehr Magnetismus. Und jetzt haben sie Ihren gefunden, und sie werden kommen und ihn *holen*.«

»Verstehe.«

»*Und* sie werden auch den Magnetismus der *Sonne* nehmen.« Er fuchtelte mit den Händen und starrte zur Decke, als hätte er eine Vision. »*Alles*. Wir werden in die Sonne fallen.«

»Ich glaube nicht ...«

»Ich kann das alles beweisen«, sagte der Mann in einem sachlichen Ich-bin-völlig-vernünftig-Ton. »Ich stehe vor Ihnen als der Mann, der das Rätsel der einheitlichen Feldtheorie gelöst – *gelöst* – hat. Wissen Sie das? Wo all die Teilchen herkommen und wo diese Botschaften herkommen? Ich habe das gelöst?«

»Du lieber Gott«, meinte Cooper wütend.

Edwards wandte sich ihm zu. »Was meinen Sie damit, mein Junge?«

Cooper blieb die Antwort nicht schuldig. »Sagen Sie mal, kommen sie in fliegenden Untertassen?«

Edwards' Gesicht verfinsterte sich. »Wer hat Ihnen das verraten?«

»Nur eine Vermutung«, erwiderte Cooper sanft.

»Sie haben den Zeitungen gegenüber etwas zurückgehalten, stimmt's?«

»Nein«, schaltete sich Gordon ein. »Nein, haben wir nicht.«

Edwards' Finger bohrte sich auf Cooper zu. »Warum hat er dann gesagt – ah!« Er erstarrte, blickte Cooper an. »Sie erzählen es *nicht* den Zeitungen, oder?«

»Es gibt nichts ...«

»Kein Wort über den Magnetismus?«

»Wir haben ...«

»Ha, Sie behalten es nicht für sich! Die einheitliche Feldtheorie gehört mir, und Ihr gebildeten…« Er suchte nach dem richtigen Wort, gab auf und fuhr fort: »Ihr in euren Universitäten werdet mich nicht davon abhalten…«

»Es gibt keinen…«

»…zu den Zeitungen zu gehen und ihnen *meine* Version zu erzählen. *Ich* bin auch gebildet, und…«

»Wo haben Sie studiert?« fragte Cooper ironisch. »An der Baumschule?«

»Sie…« Plötzlich schien Edwards von Worten überflutet. Von so vielen, daß er sie nicht gleichzeitig herausbekam.

»Sie…«

Lässig stand Cooper auf. Er wirkte muskulös und wachsam. »Los, Junge. Bewegung.«

»Was?«

»Raus!«

»Sie können meine Ideen nicht stehlen!«

»Wir wollen sie gar nicht«, sagte Gordon.

»Warten Sie nur, bis Sie es in den Zeitungen finden! Warten Sie nur ab!«

»Raus!« befahl Cooper.

»Sie dürfen nicht einmal einen kurzen Blick auf meinen Magnetismusmotor werfen. Eigentlich wollte ich…«

Gordon stemmte die Hände in die Hüften und ging auf den Mann zu. Cooper und er nahmen ihn in die Zange, so daß nur der Weg zur Labortür frei blieb. Edwards wich, immer noch redend, zurück. Wild starrte er sie an und suchte nach einem letzten Satz, den er ihnen entgegenschleudern konnte, aber seine Phantasie ließ ihn im Stich. Murrend drehte Edwards sich um und ging hinaus.

Gordon und Cooper blickten einander an. »Eines der Naturgesetze lautet«, sagte Gordon, »daß die Hälfte der Menschen sich geistig unter dem Durchschnittsniveau befinden.«

»In einer Gausschen Verteilung, ja, sicher«, sagte Cooper. »Trotzdem ist es traurig.« Er schüttelte den Kopf und lächelte, dann ging er wieder an seine Arbeit zurück.

Edwards war der erste, aber nicht der letzte. Kaum hatten andere Zeitungen den Bericht des *San Diego Union* aufgegriffen, tauchten sie in regelmäßigen Abständen auf. Einige kamen aus Fresno oder Eugene, um das Rätsel der Botschaften zu lösen; und jeder wußte die Antwort mit Gewißheit, bevor er einen Blick auf das Material geworfen hatte. Einige brachten Manuskripte mit, in denen sie ihre Ideen über das Universum im allgemeinen oder eine spezifische Theorie niedergelegt hatten – Einstein schien ihr Lieblingskind zu sein, und ihn zu widerlegen, war an der Tagesordnung. Gordon war verwirrt von der Tatsache, daß Leute nur auf Grund eines vagen Zeitungsartikels gelehrte Abhandlungen schrieben. Einige der Besucher hatten ihre Hypothesen sogar veröffentlicht – ausschließlich in Amateurpublikationen. Sie wollten ihm ihre Abhandlungen zeigen, reichten ihm mit geradezu zärtlichen Bewegungen gebundene Papierbündel mit schaurigen Einbänden. In den Aufsätzen kämpften Fachbegriffe gegeneinander um Raum in langen Sätzen, die nirgendwo hinführten. Fingerfertig waren Gleichungen zu Papier gebracht, geschmückt mit neuen Symbolen wie Weihnachtsbäume. Wenn Gordon sich einmal die Zeit zum Zuhören nahm, begannen und endeten die Theorien im Nichts. Sie hatten keinerlei Verbindung mit allem, was in der Physik bekannt war, und verstießen stets gegen das erste Gesetz eines wissenschaftlichen Modells: Sie waren nicht nachprüfbar. Die meisten der Irren schienen zu glauben, zur Konstruktion einer neuen Theorie brauchte man nur neue Begriffe zu erfinden. Zusammen mit »Energie«, »Geld«, »Neutrino« und anderen bekannten Begriffen erschienen »Makron«, »Superon« und »Fluxkraft« – alle undefiniert und alle von der magischen Aura des Gläubigen umgeben.

Gordon konnte sie nach kurzer Zeit auf den ersten Blick erkennen. Sie kamen in sein Büro oder ins Labor und riefen ihn zu Hause an, und sofort konnte er sie von normalen Menschen unterscheiden. Die Irren hatten immer Reizworte, die ziemlich am Anfang auftauchten. Sie behaupteten, alles gelöst zu haben – alle bekannten Probleme in einer großen Synthese zusammengefaßt zu haben. »Einheitliche Theorie« war ein hundertprozentiges Indiz. Ein anderes war das plötzliche, unerklärliche Erscheinen von Glaubensbegriffen wie »Superon«. Anfangs lachte Gordon, wenn das geschah, und nahm die Irren mit humorigen Worten auf den Arm. Aber ein drittes untrügliches Kennzeichen der Irren war ihre Humorlosigkeit. Sie lachten nie, wichen nie einen Zoll zurück. Wenn man sich offen über sie lustig machte, hatte das stets schlimme Folgen. Durch die Bank waren sie überzeugt, daß jeder Wissenschaftler darauf aus war, ihre Ideen zu stehlen. Einige warnten ihn, sie hätten bereits ein Patent angemeldet. (Die Tatsache, daß man eine Erfindung, nicht aber eine Idee patentieren kann, war ihnen entgangen.) An diesem Punkt versuchte Gordon, das Gespräch einigermaßen geschickt zu beenden. Am Telefon war das leicht, er hängte einfach ein. Mit Besuchern war das nicht so einfach. Widerstand gegen ihre bahnbrechenden Ideen führte unvermeidlich zu der Drohung, sie würden sich auf der Stelle an die Zeitungen wenden; dabei setzten sie ein grimmiges Gesicht auf, um zu signalisieren, daß sie nun, wenn auch widerstrebend, zur äußersten, ultimativen Waffe greifen mußten. Die Presse war für sie stets der Richter in Wissenschaftsfragen. Da Gordon durch den *San Diego Union* in ihr Blickfeld geraten war, würde er natürlich jede Attacke auf den gleichen geweihten Seiten zutiefst fürchten.

Schließlich entwickelte Gordon Verteidigungsmechanismen. Das Telefon hängte er schnell ein – so schnell, daß er einmal seine Mutter abhängte, weil er durch die transkontinentalen Störgeräusche ihre Stimme nicht erkannte und kaum etwas verstand. Ähnlich leicht war der Umgang mit Manuskripten und Briefen. Er schrieb zurück, die Ideen seien zwar »interessant«, überstiegen aber seine Fähigkeiten, so daß er keine Stellung zu ihnen nehmen könnte. Das funktionierte, sie antworteten nie. Am ärgsten war es mit persönlichen Besuchern. Er lernte, abrupt oder sogar grob zu sein. Die hartnäckige Sorte – wie Edwards – lenkte er behutsam auf andere Themen. Dann drängte er sie langsam zur Tür und murmelte beschwichtigende Worte – versprach aber nie, ein Manuskript zu lesen, sich einen Vortrag anzuhören oder für eine Theorie zu bürgen. Das hätte nur weitere Zeitverschwendung bedeutet. Er schob sie langsam auf die Tür zu, und sie gingen; verärgert manchmal, aber sie gingen.

Ein Nebeneffekt dieser Besuche von Irren waren Randbemerkungen der anderen Mitglieder der Abteilung. Zuerst nahmen sie mit Interesse von den Besuchern Notiz. Dann waren sie amüsiert, und Gordon erzählte ihnen Anekdoten über merkwürdige Theorien und noch merkwürdigere Verhaltensweisen. Aber mit der Zeit wandelte die Stimmung sich. Seine Kollegen fanden keinen Gefallen daran, daß der *San Diego Union* die Abteilung in ein so diffuses Licht gesetzt hatte. Sie hörten auf, ihn beim Nachmittagskaffee nach neuen Besuchern zu fragen. Gordon bemerkte die Veränderung.

## — 18 —

*24. Mai 1963*

San Diego wuchs. Anstatt sich nach dem Vorbild von Los Angeles zu strukturieren, entschied sich die jüngere Stadt im Süden, Angestellte, »saubere« Industriebranchen und Denkfabriken anzusiedeln. Die größte dieser Fabriken war General Atomic, kaum eine Meile von der flügge gewordenen Universität entfernt. Beachtliche Kapazitäten dokterten, von der Regierung unterstützt, an Problemstellungen herum. Bekannte Größen von Berkeley und Caltech verbrachten angenehme Monate hier und schrieben Wandtafeln voll, während draußen Eichhörnchen und Kaninchen nach Futter suchten. Die Tiere waren Bestandteile eines von Psychologen ausgetüftelten Plans, um harmonische Ruhe zu erzeugen; die Ähnlichkeit mit einem Disney-Film war vermutlich reiner Zufall. Die kreisförmige Grundform für die zentralen Büros von General Atomic mit der Bibliothek in der Mitte hatte ein ähnliches Ziel. Die ringförmigen Straßen und Gebäude erinnerten an orientalische Vorstellungen von Vollständigkeit, Ausgeglichenheit und Harmonie. Die gewundenen breiten Gänge förderten den Kontakt zwischen den Forschern. Tatsächlich bedeutete die unvermeidliche Geometrie, daß niemand weiter als zehn Meter einen Flur entlangsehen konnte. Das verhinderte die zufälligen Begegnungen, wenn die Wissenschaftler kamen oder gingen; sie waren außer Sichtweite, noch ehe sie von einem Kollegen richtig wahrgenommen worden waren. Der Weg zur Bibliothek oder nach draußen verlief radial; man sah niemanden. Freeman Dyson formulierte es so: »Die gewöhnliche Interaktionsentfernung hier ist nicht größer als ein Fußballtor.« Doch häufig genug reichte das aus; das waren aufregende Zeiten. Erst sechs Monate vorher hatte *Mariner II* die Venus zum erstenmal aus der Nähe beobachtet. Gell-Mann und andere erforschten neue Tiefen der Teilchentheorie. Im April wurde J. Robert Oppenheimer als Gewinner des Fermi-Preises der Atomenergie-Kommission nominiert. In den Augen vieler Wissenschaftler war Oppenheimer der Prügelknabe der McCarthy-Ära gewesen, 1954 war er zum Sicherheitsrisiko erklärt worden. Jetzt endlich schien die Regierung für ihr stupides Verhalten Buße zu tun. Die Vorbehalte gegen Edward Teller, der sich nicht energisch genug für Oppenheimer eingesetzt hatte, schwanden nach der Nominierung allmählich.

Das Gefühl einer Öffnung, eines Neubeginns, war auf der politischen Bühne bereits zum Klischee geworden. Im Gefolge der Kennedys veranstalteten die Medien Theaterdonner. Vaughn Meaders LP »The First Family«, die sich über den Kennedy-Clan lustig machte, verkaufte sich wie von selbst; die Öffentlichkeit spürte, daß der Spott eher ein wohlgemeinter Spaß war. Die Wissenschaftler waren skeptischer, viele ordneten sich ins liberale oder radikale Lager ein, und sie machten sich Gedanken über Bobby Kennedys gewöhnlich zu beobachtende Rücksichtslosigkeit und seinen lässigen Umgang mit den gesetzlichen Feinheiten über Abhöraktionen. Aber die Zunahme der materiellen Unterstützung für wissenschaftliche

Forschungsvorhaben schien nun auch für die Zukunft sicher zu sein; mit dem plötzlichen Aufbruch nach dem Sputnik-Schock hatte sie begonnen und stieg unaufhaltsam. Jeder wußte, daß die lineare Kurve einmal abflachen würde, aber gewiß nicht so bald; es gab viel zu tun, und wenige, die es tun konnten.

Freeman Dyson kam nach Kalifornien. Das Princeton's Institute for Advanced Study hatte ihn für das Orion-Projekt freigestellt. Dyson hatte einen bedeutenden Ruf als Physiktheoretiker und wurde daher eingeladen, eins der letzten Frühjahrskolloquien an der UCLO-Physikabteilung zu leiten. Gordon war erfreut. Er sollte das letzte Kolloquium des Studienjahres geben, und wenn Dyson unmittelbar vorher über einige spekulative Ideen sprach, mochte das einige der zu erwartenden Reaktionen auf Gordon ablenken.

Dyson war unterhaltsam und humorvoll, bewegte sich wie in leichter Trance mit sanften Bewegungen vor der Tafel, überlegte sich seine Worte genau und brachte jeden Satz auf einen präzisen Punkt. Eingangs hatte Gordon Fehler korrigiert, als er als »Doktor« vorgestellt wurde. Dyson hatte seine Promotion nie abgeschlossen und schien nun ein wenig stolz darauf zu sein – der Stolz des Briten, zumindest im formellen Sinne ein Amateur zu sein. Aber Dysons Kolloquium war alles andere als amateurhaft. Die präzisen Schaubilder, zum Teil in Farbe, glänzten durch klare Grafiken. Sie hatten einen professionellen letzten Schliff, der für Gordon die angenehmen Zutaten des Wohlstands unterstrich; in seinen ersten Columbia-Jahren waren ungelenke Skizzen und handbeschriebene Dias die Norm.

Dyson beschrieb seine Arbeitsjahre beim Orion-Projekt und einen Plan, gewaltige Raumschiffe durch Atomexplosionen in den Himmel zu jagen. Die Explosionsenergie sollte eine »Schubplatte« treffen, die sie durch Stoßdämpfervorrichtungen an das Schiff weitergeben sollte. Auf den ersten Blick schien die Idee aus dem Fundus eines Filmregisseurs zu stammen, aber mit Dysons Erläuterungen wurde sie plausibel. Die einzige Methode, schwere Lasten um das Sonnensystem zu bewegen, war ein Atomantrieb. Im Grunde war Orion simpel und nutzte eine Fähigkeit, die wir ohnehin schon unter Beweis gestellt hatten: die Produktion wirkungsvoller Bomben. Warum sollte das destruktive Vermögen des Menschen nicht für etwas Nutzbringendes eingesetzt werden? Dyson hielt es nicht nur für möglich, durch energische Anstrengungen den Menschen bis 1970 auf den Mond zu bringen – Kennedys Ziel –, sondern sogar bis zum Mars. Die Grundlagen waren in Experimenten im kleinen Maßstab getestet worden, und sie funktionierten. Das Problem war natürlich der erste Schritt: das Raumfahrzeug auf einer Folge atomarer Explosionen von der Erdoberfläche abheben zu lassen.

»Werden Sie uns nicht mit radioaktivem Abfall überschütten?« rief eine Stimme aus dem Hintergrund des Hörsaals.

Dyson schürzte die Lippen. Er war ein stämmiger Mann, und seine scharfen Züge schienen das Problem wie einen Schmetterling aufzuspießen. »Weit weniger als die Atomtests in der Atmosphäre, die wir und die Sowjetunion zur Zeit durchführen. Wir kalkulieren, daß Orion nicht mehr als ein Prozent der Strahlung hinzufügt, die die Politik...« – er betonte das Wort sorgsam – »... uns bereits vorsetzt.«

An diesem Punkt wurde Dyson nachdenklich, als könnte er spüren, wie Orion ihm entglitt. Die Zeitungen berichteten täglich über den Atomteststop befürwortende Stimmen; in Washington gingen Gerüchte um, der Vertrag würde innerhalb eines Monats unterzeichnet. Stimmte das, würde Orions geringe Dosis an Radioaktivität für unzulässig erklärt. Gegen Ende der Stunde, nach Gleichungen und Grafiken, blieb ein bittersüßer Nachgeschmack. Die Geschichte würde an Orion vorbeigehen. Eines Tages mochte das Raumfahrzeug über der irdischen Atmosphäre fliegen, sobald der Mensch einen Weg fand, mit chemischen Raketen in den Orbit zu gehen. Aber selbst dann würde viel von dem Abfall schließlich doch seinen Weg in die Luft finden. Vielleicht gab es keine völlig risikolose Methode, unsere Begabung für die Herstellung von Bomben zum Guten zu nutzen. Vielleicht gab es keine Abkürzungen zu den Planeten.

Der Applaus nach Dysons ernsten Schlußworten hielt lange an. Zögernd verbeugte er sich, lächelnd und mit traurigen Augen.

Gordon hielt das letzte Kolloquium des Jahres. Der Hörsaal war voller als eine Woche vorher bei Dyson – und lauter. Gordon begann mit Details des Experiments, der Geschichte des Felds und Schaubildern normaler Resonanzlinien. Er hatte alle konventionellen Daten Coopers zusammengestellt und zeigte auf, wie sie die traditionelle Theorie stützten. Es war eine befriedigende, aber relativ langweilige Diskussion. Gordon hatte sich überlegt, es dabei zu belassen – keine Hinweise auf die Botschaften, kein Risiko. Aber plötzlich veranlaßte ihn etwas, die Dia-Serie abzubrechen. Leise sagte er: »Allerdings gibt es in den Störungen, die wir bei unseren Experimenten feststellten, einige ungewöhnliche Erscheinungen.« Und schon hatte es ihn gepackt. Er beschrieb die Unterbrechungen von Coopers Resonanzkurven, ihre Vermutung, daß ihnen eine Struktur zugrunde lag, dann die erste Entschlüsselung. Gordon benutzte das Episkop und schob, während er sprach, die transparenten Bögen ein. Seine Sätze kamen schneller, die Worte knapper; seine Stimme wirkte schwungvoller. Er zeigte die Zerlegung der ersten Botschaft und diskutierte die Möglichkeiten, daß eine solche Botschaft eine Täuschung oder ein Zufall sein könnte. Unterdrücktes Gemurmel drang aus dem überfüllten Saal. Er beschrieb ihre Bemühungen, eine lokale Quelle für die Störungen ausfindig zu machen, ihr Scheitern und dann die zweite Botschaft. Gordon erwähnte Saul und das Rechteckbild mit keinem Wort, sondern legte einfach die Daten offen. Das RA 18 5 36 DEK 30 29.2-Blatt füllte eine ganze Seite. Erst in diesem Augenblick sprach Gordon von »spontaner Resonanz«, nannte Isaac Lakin als Erfinder des Begriffs und Entdecker der grundlegenden Idee. Sein Gesicht und seine Stimme blieben ausdruckslos, während er die »spontane Resonanz« beschrieb und die statistische Wahrscheinlichkeit dafür anführte, daß ein solcher Effekt aus zufälligen Störungen entstand; die

Reihen mit RA 18 5 36 DEK 30 29.2 ließ er als stumme Zeugen im Episkop. Mit nüchternen, präzisen Sätzen berichtete er von ihren Vorsichtsmaßnahmen gegen Außensignale, vom Anwachsen und Nachlassen der »spontanen Resonanz« – jetzt verwandte er den Begriff fast kokett, machte eine Pause vor und nach den beiden Worten, als wollte er sie in verbale Anführungszeichen setzen, und lächelte dabei fast unmerklich. Er schritt vor der Tafel auf und ab und versuchte sich an die gemessenen Bewegungen Dysons zu erinnern.

Die Stimme kam aus dem Hörsaal. Bevor der erste Satz zu Ende gesprochen war, wandten sich die Köpfe zu dem Sprecher um. Es war Freeman Dyson. »Sie wissen wohl, nehme ich an, daß Saul Schriffer eine Menge daraus gemacht hat. 99 Herkules.«

»O ja«, sagte Gordon wie benommen. Er hatte Dyson in der Menge nicht gesehen. »Ich ... ich habe ihn nicht autorisiert ...«

»Und Sie wissen auch, daß von 99 Herkules niemand auf unsere Radiostationen antworten könnte? Er ist zu weit weg.«

»Gewiß.«

»Wenn es sich also um eine Botschaft von dort handelt, müssen sie ein überlichtschnelles Kommunikationsmittel benutzen, richtig?«

Das Auditorium war still. »Ja.« Gordon zögerte. Sollte er Sauls Idee unterstützen? Oder bei seinem Entschluß bleiben?

Dyson schüttelte den Kopf. »Letzte Woche sprach ich an dieser Stelle über einen Traum. Es ist gut zu träumen – aber achten Sie darauf, wieder aufzuwachen!«

Eine Welle des Gelächters kam aus der Menge und brach über Gordon zusammen. Unbewußt trat er zwei Schritte zurück. Dyson selbst schien von der Reaktion überrascht; lächelnd entspannten sich seine Gesichtszüge, während er Gordon anblickte, als wollte er seiner Bemerkung die Schärfe nehmen. Die Zuhörer um ihn herum schlugen sich auf die Schenkel und wippten in ihren Stühlen vor und zurück. Etwas schien eine Spannung in ihnen gelöst zu haben, und jetzt, auf ein Zeichen Dysons, wußten sie, wie sie zu reagieren hatten.

»Ich behaupte nicht...«, setzte Gordon an, aber seine Worte gingen in dem anhaltenden Gelächter unter. »Ich habe nicht...« Er bemerkte Isaac Lakin vorn auf der linken Seite. Lakin war aufgestanden. Die Augen im Hörsaal wandten sich ihm zu, das Gelächter erstarb.

»Ich möchte hier etwas feststellen«, sagte Lakin mit dröhnender Stimme. »Ich habe die Idee der spontanen Resonanz entwickelt, um ungewöhnliche Daten zu erklären. Ich tat das völlig ernsthaft. Ich glaube tatsächlich, daß in diesen Experimenten etwas geschieht. Aber diese Geschichte mit der Botschaft...« Eine abwertende Handbewegung. »Nein, nein! Sie ist unsinnig. Ich bestreite jede Verbindung damit. Ich will nicht, daß mein Name mit solchen ... solchen Behauptungen in Verbindung gebracht wird. Bernstein und Schriffer können tun, was sie wollen – *ich* mache da nicht mit.«

Lakin setzte sich, Applaus brandete auf.

»Ich habe nicht vor zu entscheiden, was das bedeutet«, begann Gordon. Seine Stimme war dünn, die Worte kamen schwer über seine Lippen. Er blickte zu Dyson. Jemand flüsterte ihm etwas zu, und Dyson lächelte breit. Lakin saß mit verschränkten Armen auf seinem Platz und starrte auf die RA und DEK. Gordon drehte sich um und sah die Koordinaten über sich aufragen – groß, klar und unerbittlich.

»Aber ich glaube, es existiert.« Er drehte sich wieder zum Hörsaal. »Ich weiß, es klingt komisch, aber...« Das Summen unter den Zuhörern hörte nicht auf. Er hustete und fand anscheinend nicht die dröhnende Selbstsicherheit, die Lakin gezeigt hatte. Der Lärm wurde lauter.

»Ähm, Gordon...« Überrascht bemerkte er, daß der Abteilungsdirektor neben ihm stand. Professor Glyer hob die Hand, das Murmeln erstarb. »Wir haben die festgesetzte Zeit bereits überschritten, und hier findet gleich eine andere Vorlesung statt. Weitere... äh... weitere Fragen können bei einer Tasse Kaffee gestellt werden, die oben im Foyer serviert wird.« Es folgte ein gedämpfter ritueller Applaus. Aber er ging in einem Stimmengewirr unter, als die Menge den Hörsaal verließ. Jemand ging an Gordon vorbei und sagte zu seinem Begleiter: »Tja, vielleicht glaubt Cronkite es, aber...« Der andere lachte. Gordon stand mit dem Rücken zur Tafel und sah, wie der Raum sich leerte. Niemand kam, um eine Frage zu stellen. Um Lakin bildete sich ein Menschenknäuel. Dyson tauchte neben Gordon auf. »Tut mir leid, daß es so aufgenommen wurde«, sagte er. »Ich hatte es nicht als...«

»Ich weiß«, murmelte Gordon. »Ich weiß.«

»Es erscheint nur so verflixt unwahrscheinlich...«

»Schriffer meint...«, begann Gordon, entschied dann aber das Thema nicht zu verfolgen. »Was hielten Sie von dem Rest der Botschaft?«

»Offen gesagt, ich glaube nicht, daß es eine Botschaft gibt. Es ergibt keinen Sinn.«

Gordon nickte.

»Ja, und die Presseberichte haben Ihnen ganz und gar nicht geholfen, das wissen Sie.«

Gordon nickte.

»Tja, trinken wir mal einen Kaffee.« Dyson verabschiedete sich mit einem linkischen Kopfnicken und ging mit der Menge hinaus. Das Kolloquium hatte sich zu Kaffee und Keksen verlagert. Gordon spürte, wie ihn die Anspannung verließ und von der vertrauten Benommenheit am Ende eines Tages ersetzt wurde. Als er seine Schaubilder einsammelte, zitterten seine Hände. *Ich sollte mehr trainieren*, dachte er. *Ich bin außer Form.* Abrupt beschloß er, die Kaffeestunde zu meiden. Zum Teufel mit ihnen. Zum Teufel mit dem ganzen verdammten Haufen!

## — 19 —

*29. Mai 1963*

Der Empfangschef im »Top of the Cove« fragte: »Dinner, Sir, s'il vous plaît?«

»Ja.«

Er führte sie zu einem Platz, von dem aus man einen bestechenden Blick auf La Jolla Cove hatte. In gischtigem Schaum brachen sich die Wellen unter den Scheinwerfern. »Iest diese Tisch okee?« Gordon nickte, während Penny ihre Augen verdrehte. Nachdem der Mann die riesigen Speisenkarten gebracht hatte und wieder gegangen war, sagte sie: »Das Theater mit dem Akzent sollten sie weglassen.«

»Was iest, Madame? Mögen Sie nicht ochgestochen Sprack?« sagte Gordon.

»Mein Französisch ist ja nicht sehr toll, aber...« Sie verstummte, als der Kellner kam. Gordon wählte aus der umfangreichen Karte einen Wein, den er kannte. Als er sich umblickte, sah er die Carroways ein Stück entfernt sitzen. Sie schienen sich gut zu amüsieren. Er wies Penny darauf hin, und pflichtgemäß nahm sie die Begegnung in ihrer Liste auf. Sie gingen allerdings nicht hinüber. Das Kolloquium lag fünf Tage zurück, aber Gordon fühlte sich in der Abteilung zur Zeit unwohl. Heute im »Top of the Cove« zu schlemmen, war Pennys Idee gewesen, um ihn aus seiner verdrossenen Stimmung zu holen.

Etwas stieß an seinen Ellbogen. »Iech öffnen sie jetzt«, sagte der Kellner und beschäftigte sich mit der Flasche. »Ärr muß atmän.«

»Was?« fragte Gordon überrascht.

»Atmän. Luft olen.«

»Ach ja, sicher.« Der Kellner dankte ihm mit einem leicht herablassenden Lächeln.

Als er gegangen war, sagte Gordon: »Wenigstens sein Lächeln ist perfekt. Sind alle Spitzenrestaurants hier so?«

Penny zuckte die Achseln. »Wir besitzen nicht die Kultur

der Alten Welt wie New York. Aber wir wurden auf dem Weg auch nicht von Straßenräubern überfallen.«

Normalerweise hätte er die spitzfindige Anspielung auf New York überhört, aber diesmal entgegnete er: »*Krechts* nicht von Sachen, die du nicht verstehst.« Ohne darüber nachzudenken, redete er plötzlich über die Zeit, nachdem er die Wohnung seiner Eltern verlassen hatte und in einem engen Apartment wohnte, eisern büffelte und zum erstenmal wirklich die Stadt spürte, sie einatmete. Seine Mutter hatte Onkel Herb beauftragt, ab und zu nach ihm zu schauen, da er schließlich ganz in der Nähe lebte. Onkel Herb war ein hagerer, angespannter Mann, der stets große Geschäfte in der Textilindustrie machte. Der Physik brachte er die gesunde Verachtung eines Praktikers entgegen. »Wieviel zahlen sie dir?« fragte er unvermutet, während sie gerade etwas völlig anderes diskutierten. »Genug, wenn ich sparsam bin.« Sein Onkel verzog das Gesicht und sagte unvermeidlich: »Und die ganze Physik, die du essen kannst, was?« Dabei schlug er sich auf den Schenkel. Aber er war kein einfältiger Mensch. Seine Intelligenz für die Beurteilung von Rabatten oder von Marktchancen einer neuen Sweater-Mode einzusetzen – das war clever. Selbst sein einziges Hobby hatte er zu einem kleinen Geschäft gemacht. Samstags und sonntags fuhr er früh am Morgen mit dem Lieferwagen zum Washington Park Square, um einen Platz an einem der Betonschachtische zu ergattern. Er war ein Wochenend-Schachfanatiker. Er spielte gegen jeden Herausforderer um einen Vierteldollar und verdiente manchmal zwei Dollar in der Stunde. Im Winter spielte er in einem der Cafés im Village, schlürfte laut lauwarmen Tee und blieb lange Zeit bei einer Tasse sitzen, um seine Ausgaben niedrig zu halten. Sein einziges Bestreben war, seine Gegner glauben zu lassen, sie seien besser als er. Da jeder Schachspieler, der alt genug ist, einen Vierteldollar in der Tasche zu haben, ein deutliches Schachspieler-Ego entwickelt hat, war das nicht sehr schwer. Onkel Herb nannte sie *Potzer* – Gelegenheitsspieler mit einem aufgeblasenen Selbstbild. Sein Spiel war auch nicht besonders. Es war strategisch unvernünftig, bestand aber aus einer Vielzahl von Fallen, die dazu da waren, Potzers ein Bein zu stellen, die glaubten, ihm ein schnelles Ende bereiten zu können. Die Fallen ermöglichten ihm schnelle Siege und maximierten seinen Stundenlohn. Onkel Herbs Sicht der Welt war simpel: die Potzers und der Mensch. Er war selbstverständlich ein Mensch.

»Weißt du, was er mir als letztes sagte, als ich ging?« sagte Gordon plötzlich. »Er sagte: Sei kein Potzer da draußen! Und dann gab er mir zehn Dollar.«

»Netter Onkel«, bemerkte Penny diplomatisch.

»Und weißt du was? Letzten Freitag, beim Kolloquium, begann ich mich wie ein Potzer zu fühlen.«

»Wieso?« fragte Penny, aufrichtig erstaunt.

»Ich habe fest auf die Kraft meiner Daten vertraut. Aber wenn man sie genau betrachtet – mein Gott, Dyson hätte mir den Rücken gestärkt, wenn sie irgendeinen Sinn hätten. Ich traue seinem Urteil. Allmählich glaube ich, ich habe an irgendeiner Stelle einen dummen Fehler gemacht, das Experiment so verhunzt, daß *niemand* herausfinden kann, was falsch ist.«

»Traue lieber deinem *eigenen*...«

»Genau das macht die Potzer aus, verstehst du? Die Unfähigkeit, aus Erfahrungen zu lernen. Ich bin stur geradeaus...«

»Die Obstschale, Sörr«, sagte der Kellner.

»Ach Gott!« sagte Gordon so gereizt, daß der Kellner fassungslos zurückwich. Penny lachte auf, was den Kellner noch unsicherer machte. Selbst Gordon lächelte, seine nostalgische Stimme schwand.

Pennys aufgesetzte Heiterkeit begleitete sie während der gesamten Mahlzeit. Sie holte ein Buch aus der Handtasche und drückte es ihm in die Hand. »Der neue Phil Dick.«

Er blickte auf das chaotische Umschlagbild. *The Man in the High Castle.* »Keine Zeit.«

»*Nimm* dir die Zeit. Es ist wirklich gut. Seine anderen Sachen hast du doch gelesen, oder?«

Mit einem Achselzucken tat Gordon das Thema ab. Er wollte weiter über New York reden, aus Gründen, die er nicht greifen konnte. Er ging einen Kompromiß ein, indem er Penny mit dem Inhalt des letzten Briefes seiner Mutter vertraut machte. Die ferne Gestalt schien sich an die Vorstellung zu gewöhnen, daß er »in himmelschreiender Sünde« lebte. Aber in ihren Briefen lag eine merkwürdige Unbestimmtheit, die ihm Sorgen machte. Als er nach Kalifornien gezogen war, waren sie sehr lang gewesen, voll mit Erzählungen aus ihrer Tagesroutine, über das Viertel, die Fallstricke des Lebens in Manhattan. Jetzt schrieb sie nur wenig über das, was sie tat. Er fühlte die Leere, die diese Einzelheiten hinterließen, spürte, wie ihm sein New Yorker Leben entglitt. Damals war er sich seiner selbst sicherer gewesen, die Welt hatte größer ausgesehen.

»He, Gordon, hör auf zu grübeln! Hier, ich habe noch etwas mitgebracht.«

Er erkannte, daß sie einen methodisch vergnügten Abend geplant hatte. Penny holte eine hübsche Federhaltergarnitur, Marke Cross, heraus, eine Western-Krawatte und dann einen riesigen Sticker: $A_u + H_2O$. Gordon hielt ihn zwischen Daumen und Zeigefinger und ließ ihn über ihrem Tisch in der Luft schweben, als könnte er ihre Kalbs-Piccata vergiften.

»Was ist das für ein Ramsch?«

»Ach, hör auf. Ein Scherz.«

»Als nächstes verehrst du mir Ausgaben vom *Gewissen eines Konservativen.*«

»Hab' nicht so viel Angst vor neuen Ideen!«

»Neu? Penny, sie sind schon vermodert.«

»Für *dich* sind sie neu.«

»Sieh mal, Goldwater mag einen guten Nachbarn abgeben – gute Zäune schaffen gute Nachbarn, hat Frost es nicht so formuliert? Eine kleine Prise Literatur für dich. Aber, Penny, er ist ein Einfaltspinsel.«

»So einfach hätte er Kuba nicht weggeschenkt«, sagte sie steif.

»Hä?« Er war aufrichtig verblüfft.

»Kennedy hat es letzten Oktober weggeschenkt. Nur so, mit einer Unterschrift.« Sie schnippte mit den Fingern. »Er hat zugestimmt, in Kuba *nichts* zu unternehmen, wenn die Russen ihre Raketen abziehen.«

»Noch eine Schweinebucht?«

»Vielleicht.« Sie nickte grimmig. »Vielleicht.«

»Kennedy hat schon genug Faschisten geholfen. Die Exilanten, Franco und jetzt Diem in Vietnam. Ich denke...«

»Du denkst überhaupt nicht, Gordon. Wirklich. Du mit deinen Ostküsten-Vorstellungen über das Funktionieren der Welt – und sie sind alle falsch! JFK war in Sachen Kuba ein Schwächling, und paß nur auf – die Russen werden ihnen die Waffen geben, und dann werden sie alles infiltrieren, ganz Südamerika. Sie sind eine echte Bedrohung, Gordon. Was sollte sie davon abhalten, ihre Truppen sogar nach Afrika zu schicken? In den Kongo?«

»Blödsinn!«

»Ist es Blödsinn, daß Kennedy auch hier unsere Freiheiten beschneidet? Die Stahlunternehmen zum Nachgeben zwingt, obwohl sie nichts getan haben, außer ihre Preise zu erhöhen? Was passiert denn mit dem freien Unternehmertum?«

Gordon hob die Hand, die Handfläche ihr zugewandt. »Können wir einen Waffenstillstand schließen?«

»Ich versuche nur, dich aufzurütteln. Ihr Leute aus dem Osten versteht nicht, wie dieses Land wirklich funktioniert.«

Ironisch entgegnete er: »Möglicherweise sind bei der *New York Times* ein paar Männer, die sich darüber Gedanken machen.«

»Demokraten vom linken Flügel«, begann sie, »die nichts...«

»He, he!« Erneut hob er die Hand. »Ich dachte, wir hätten einen Waffenstillstand.«

»Nun... In Ordnung. Tut mir leid.«

Verwirrt betrachtete Gordon seinen Teller und fragte dann: »Was ist das?«

»Artischockensalat.«

»Habe ich das bestellt?«

»Ich habe es gehört.«

»Nach dem Fleisch? Wo hatte ich meine Gedanken?«

»Ich weiß es ganz bestimmt nicht.«

»Ich brauche das nicht. Ich winke mal einen der komischen Kellner her.«

»Sie sind nicht ›komisch‹, Gordon. Sie sind tuntig.«

»Was?« fragte er erstaunt.

»Du weißt schon. Homosexuell.«

»Schwule?« Gordon hatte das Gefühl, den ganzen Abend getäuscht worden zu sein. Er ließ seine Hand sinken. »Du hättest es mir sagen sollen.«

»Warum? Es spielt doch keine Rolle. Ich meine, sie sind überall in La Jolla – hast du es etwa nicht bemerkt?«

»Hm, nein.«

»Die meisten Kellner sind es, egal in welchem Restaurant. Es ist ein angenehmer Job. Man kann herumreisen und an den besten Flecken wohnen. Sie haben keine familiären Verpflichtungen, meistens wollen ihre Familien nichts mit ihnen zu tun haben, also…« Sie zuckte die Achseln. Gordon sah in dieser Bewegung eine gelassene Einstellung zur Welt, um die er sie plötzlich sehr beneidete. Die Art, wie ihr Gespräch von Thema zu Thema gewandert war, brachte ihn aus dem Gleichgewicht. Ihm wurde bewußt, daß er die wirkliche Penny, die Frau hinter so vielen Gesichtern, immer noch nicht erkannt hatte. Die komische Goldwater-Anhängerin lebte direkt neben der Literatur- und Kunststudentin, welche sich wiederum als sexuell abgeklärte Frau entpuppte. Er erinnerte sich an eine Fakultätsparty im letzten Jahr; er hatte die Tür zum Bad geöffnet, und sie saß dort auf der Toilette, ihr blaues Kleid wie eine Blumengirlande um sich herum drapiert. Sie waren beide gleichermaßen verblüfft. In der erhobenen Hand hielt sie ein Stück Toilettenpapier. Ihre Hacken gruben sich in die Fugen zwischen den braunen, dreieckigen Kacheln, so daß ihre Zehen keck in die Luft wiesen. Der niedrige Sitz ließ sie plumper erscheinen. Zwischen ihren hellen Schenkeln gähnte das endlose tiefe Oval. Eine dunkle Strumpfhose, mit Strapsen an ihrem Hüftgürtel befestigt, bedeckten den Rest der Beine. Sein Kinn fiel nach unten. Zuerst war er unschlüssig, was er tun sollte, dann ging er hinein. Er blieb stumm, um keinen Fauxpas zu begehen. Der Spiegel an der Wand zeigte einen völlig verwirrten Fremden. Er schloß die Tür hinter sich. »Das kannst du auch zu Hause sehen«, sagte sie spitzbübisch. Ohne ihn weiter zu beachten, wischte sie sich mit bedächtigem Eifer zwischen den Beinen ab und ließ das gelbe Papier in den Schacht fallen. Sie drehte sich etwas und drückte den Keramikgriff. Mit einem gurgelnden Geräusch wurde das Wasser abgesaugt. Als sie stand und ihr Kleid glättete, war sie größer und wirkte irgendwie herausfordernd – ein exotisches Problem. In dem gekachelten kleinen Raum erweckte sie einen entschlossenen Eindruck, eine Penny, die er bis dahin noch nicht gekannt hatte. »Ich konnte nicht warten«, sagte er mit einer Wärme, die ihm selbst fremd erschien, vor allem da es nicht stimmte. Er trat an ihr vorbei, öffnete die Hose, erleichterte sich – eine wirkliche Erleichterung. »Wir gewöhnen uns aneinander, nicht wahr?« Pennys geschminkter Mund verzog sich zu einem milden Lächeln, als sie erkannte, wie er sich fühlte. »Sieht so aus«, sagte er matt. Draußen diskutierten seine Kollegen über superleitfähige Materialien, während ihre Frauen kluge Bemerkungen über die örtlichen Grundstückspreise machten. Pennys Lächeln wurde breiter, und sein letzter Strahl kam so heftig, daß er fast danebenging. Er schüttelte seinen Penis trocken und beugte sich vor, um den Sitz mit Toilettenpapier abzutrocknen. Noch nie zuvor hatte er sich bei einer Frau so offen und einfach gefühlt.

Aus Angst, dieser Moment könnte aus sich heraus plötzlich zerbrechen, küßte er sie fest und stieß die Tür auf. Draußen lehnte Lakin an der Wand und betrachtete die Breughel-Drucke in dem dunklen Flur. »Aha«, sagte er, als sie zusammen herauskamen, »hier geht etwas vor.« Eine einfache Schlußfolgerung. Lakins Blick fuhr von einem zum anderen, als könnte er das Geheimnis erkennen, als hätte er gerade eine neue Facette Gordons gesehen. Vielleicht hatte er das. Vielleicht hatten sie beide es.

»Gor-don.« Penny holte ihn in die Gegenwart zurück. »Du

bist schon wieder so abwesend wie den ganzen Abend.« Sie wirkte besorgt. Plötzlich fühlte er Ärger in sich aufsteigen. Die Traum-Penny war sanft und fraulich; die vor ihm war ein Plagegeist. »Wenn du es tun willst, warum *reden* wir dann nicht darüber?«

Er nickte. Ein programmierter Abend voller aufgesetzter Heiterkeit hatte seine Spuren hinterlassen. Und genauso quälten ihn seine plötzlichen Gefühlsschwankungen. Normalerweise hielt er sich für einen Fels in der Brandung der Emotionen, unbewegt von wechselhaften Launen.

»Saul hat mich heute angerufen«, sagte er starr, in seine Gedanken versunken. »Er und Frank Drake bekommen Beobachtungszeit an dem großen Radioteleskop in Green Bank. Sie wollen 99 Herkules studieren.«

»Wird man dir recht geben, wenn sie ein Signal empfangen?«

»Richtig. Es ergibt keinen Sinn, aber – richtig.«

»Wieso keinen Sinn?«

»Sieh mal, ich meine…« Wütend fuchtelte Gordon mit der Hand. Einer der Kellner mißverstand die Bewegung und kam näher. Hastig winkte Gordon ihn zurück. »Selbst wenn man die ganze Geschichte als wahr unterstellt, mit den Tachyonen und allem – wieso sollte es Radiosignale geben? Wieso *beides*? Der Sinn der Verwendung von Tachyonen liegt darin, daß Radiowellen zu langsam sind.«

»Jedenfalls unternehmen sie etwas.«

»Warst du in der High-School auch als Jubelmädchen beim Football?«

»Gott, manchmal bist du eklig.«

»Schlechte Zeit erwischt.«

»Saul versucht doch, dir zu helfen.«

»Ich glaube nicht, daß das Problem so gelöst wird.«

»Was ist los?« Als er die Frage mit einem angewiderten Gesichtsausdruck beantwortete, beharrte sie: »Wirklich, Gordon. Was ist los?«

»Vergiß es? So ist es am besten. Und hoffe, daß alle anderen es auch vergessen.«

»Du bist wirklich nicht …«

»Doch! Du hättest bei dem Kolloquium sein sollen.«

Sie ließ ihm einen Moment, sich abzukühlen, und sagte dann: »Vor einer Woche warst du noch so zuversichtlich.«

»Das war vor einer Woche.«

»Zumindest kannst du daran arbeiten.«

»Noch zwei Tage bis zu Coopers Prüfung. Ich konzentriere mich darauf, ihm bei seinen Vorbereitungen zu helfen, und dann kann ich ihn loswerden. Das ist mein *Job*.« Gordon nickte abrupt, als löse dies alle Probleme.

»Vielleicht solltest du so etwas wie Saul versuchen.«

»Zwecklos.«

»Wie kannst du so sicher sein?« Sie verschränkte die Arme, lehnte sich zurück und blickte ihn an. »Hast du je darüber nachgedacht, wie hart Wissenschaftler arbeiten?«

»Blödsinn!«

»Was bringt man euch bei? Alles, was ihr über ein Problem wißt, aufzuschreiben. Es ist in ein paar Gleichungen auszudrücken. Die meiste Zeit reicht das schon aus, richtig? Ihr spielt ein bißchen mit den Gleichungen herum, und schon habt ihr die richtige Antwort.«

»So einfach ist es nicht«, sagte Gordon kopfschüttelnd. Aber sich selbst mußte er mißmutig eingestehen, daß an ihren Worten etwas Wahres war. Man ordnet die Symbole, macht *x*, *y* und z zu Unbekannten und ordnet das Ganze wieder neu. Ordnungsdenken. Sie alle waren daran gewöhnt, und vielleicht verbarg es einige Elemente des Problems, wenn man nicht sorgfältig war. Dyson konnte trotz aller seiner Kenntnisse völlig falsch liegen, ganz einfach wegen seiner Denkgewohnheiten.

»Essen wir noch ein Mousse«, schlug Penny vor.

Er blickte sie an. So oder so wollte sie diesen Abend zu einem richtigen Ende bringen. Erneut erinnerte er sich, wie sie damals auf der Toilette saß, und ein Gefühl der Wärme kam in ihm auf. Verwundbar und heiter zugleich hatte sie dort gesessen und unter einem dünnen Kleid animalische Bedürfnisse befriedigt. Keck und auf merkwürdige Weise elegant.

»War Ihr Dinnär gutt, Sir?«

Gordon beäugte den Kellner und versuchte abzuschätzen, ob er tuntig war. »Äh... ja. Ja.« Er machte eine Pause. »Um Längen besser als das Wimpy.«

Der Gesichtsausdruck des Kellners war den Preis des Abendessens wert.

## — 20 —

*31. Mai 1963*

Albert Coopers Rigorosum begann recht gut. Gates, ein Hochenergie-Physiker, begann mit einem Standardproblem. »Mr. Cooper, stellen Sie sich zwei Elektronen in einer eindimensionalen Schachtel vor! Können Sie uns die Wellenfunktion dieses Zustands aufschreiben?« Gates lächelte freundlich; er versuchte, die Spannung zu zerstreuen, die mündliche Prüfungen immer hatten. Irgendwo versagte der Student fast immer; aus reiner Nervosität war er plötzlich nicht mehr in der Lage, ein simples physikalisches Problem zu beschreiben.

Die Einleitung des Problems und die Skizzierung des niedrigsten Energiestands hatte Cooper glatt hinter sich gebracht. Dann stockte er. Gordon wußte nicht, ob es Unsicherheit oder kalkulierte Verzögerungstaktik war. Seit kurzem waren die Studenten darauf gekommen, durch stumme Pausen dem Prüfungskomitee Hinweise zu entlocken. Oft funktionierte es. Nach einem Moment sagte Gates: »Nun gut... Müßte der räumliche Teil der Funktion symmetrisch sein?« Schließlich antwortete Cooper: »Äh... nein. Ich glaube nicht. Die Drehimpulse müßten...« Und dann kam er, mit gelegentlichen kurzen Stockungen, bis zum Ende des Problems.

Gordon spürte eine innere Unruhe, als Gates Cooper durch eine Reihe von Routinefragen lenkte, die alle dazu dienten, herauszufinden, ob der Kanditat den allgemeinen Hintergrund des Dissertationsproblems kannte, das er sich vorgenommen hatte.

Die Air Condition summte leise, Coopers Kreide kratzte quietschend über die Tafel. Gordon betrachtete Carroway, den Astrophysiker. Von dort war nichts zu befürchten. Carroway wirkte gelangweilt; er wartete ungeduldig auf das Ende dieses Rituals, um zu seinen Berechnungen zurückkehren zu können. Das vierte und letzte Mitglied des Ausschusses war das einzige Problem: Isaac Lakin. Als leitender Professor im Bereich von Coopers Doktorarbeit war seine Anwesenheit unumgänglich.

Gates kam mit seinen einfachen Fragen zum Ende, Carroway gab mit schläfrigem Blinzeln an Lakin weiter. *Jetzt kommt's*, dachte Gordon.

Aber so direkt ging Lakin nicht vor. Er begann mit Cooper eine Diskussion über dessen Experiment – gewöhnlich sicherer Boden für den Studenten, da er sich dort am besten auskannte. Lakin legte Wert auf die theoretische Untermauerung des Effekts der Nuklearresonanz. Mit sicheren Bewegungen schrieb Cooper die Gleichungen auf. Als Lakin nachhakte, wurde Cooper langsamer und hörte ganz auf. Er versuchte es erneut mit der Verzögerungstaktik. Lakin erkannte das und gab Cooper keinerlei Hinweise. Zum erstenmal während der Prüfung zeigte Carroway Interesse. Gordon fragte sich, warum ein Student, der in Schwierigkeiten geriet, beim Prüfungsausschuß in der Regel größere Aufmerksamkeit auf sich zog; vielleicht war es der Jagdinstinkt. Oder die Sorge der Professoren, daß der Student, dessen Erfolg eigentlich vorausgesetzt wurde, plötzlich verhängisvolle Wissenslücken verriet. Beide Antworten waren zu einfach, schloß Gordon.

Inzwischen hatte Lakin Cooper in die Enge getrieben. Lakin forderte ihn auf, ein klares Bild des theoretischen Modells zu zeichnen und die zugrunde liegenden Voraussetzungen zu beschreiben. Dann nahm Lakin Coopers Erklärung auseinander. Seine Aussagen seien vage, seine Ableitungen unsauber. Er habe zwei wesentliche Effekte vernachlässigt. Gordon verhielt sich ganz still, er wollte nicht unterbrechen, weil er sich an die Hoffnung klammerte, Cooper würde sich nach diesem schnellen Sturm von selbst wieder fangen und richtig antworten.

Doch seine Hoffnung schwand. Gordon erinnerte sich an einen Kommentar, den Lakin vor einigen Jahren zu einer Dissertation geschrieben hatte: »Junger Mann, vieles in dieser Arbeit ist originell, und vieles ist korrekt. Leider ist das, was korrekt ist, nicht originell, und das, was originell ist, nicht korrekt.«

Carroway schaltete sich mit einigen eindringlichen Fragen ein. Cooper schien weiterzukommen, begann dann jedoch wieder, auf Zeit zu spielen. Aber in einer zweistündigen Prüfung gibt es mehr als genug Zeit, Schwächen aufzudecken. Carroway hörte Coopers stockenden Antworten zu; seine Augen waren noch immer halb geschlossen, aber jetzt war er völlig wachsam, und auf seinem Gesicht machte sich Ärger breit. Gates starrte zu Cooper. Er konnte offenbar nicht verstehen, wie ein Student, der eben noch so scharfsinnig erschienen war, in solche Schwierigkeiten geraten konnte. Als Cooper sich umwandte, um eine plötzliche Zwischenfrage Lakins zu beantworten, schüttelte Gates den Kopf.

Gordon entschloß sich einzugreifen. Es war nie von Vorteil, den eigenen Studenten im Rigorosum zu sehr zu verteidigen, vor allem, weil man damit selbst zugab, daß der Student Schwächen zeigte. Gordon ergriff das Wort und unterbrach den Fluß von Carroways bohrenden Fragen. Er wies darauf hin, daß der Ausschuß in der noch verbleibenden Zeit den Aufbau und die Details des Cooper-Experiments betrachten müsse, ein Thema, das bisher noch gar nicht angeschnitten worden war. Das funktionierte. Gates nickte, Cooper, der mit dem Rücken dicht an der Tafel gestanden hatte, nickte mit erkennbarer Erleichterung. Raschelnd wurden Papiere durchgeblättert, die Prüfer rutschten auf den unbequemen Stühlen hin und her: Die Stimmung hatte sich gewandelt. Cooper konnte einigen Schaden wiedergutmachen.

Fünf Minuten lang ging alles glatt. Cooper erklärte den Aufbau des Experiments, ging auf Einzelheiten der Ausstattung ein. Dann ließ er Beispiele seiner ersten Ergebnisse herumreichen.

Lakin widmete diesen Papieren kaum einen Blick. Statt dessen legte er ihnen einige eigene Seiten bei und gab sie an Cooper zurück. »Ich kann mich hier nicht nur mit den leicht verständlichen Ergebnissen befassen, Mr. Cooper. Ich bin sicher, sie werden den Ausschuß nicht überraschen. Was ich wissen möchte ist, ob sie *korrekt* sind.«

»Bitte?« fragte Cooper leise.

»Wir wissen alle, daß es... merkwürdige... Erscheinungen in Ihrer Arbeit gibt.«

»Äh, ich...«

»Könnten Sie uns diese Dinge erklären?«

Lakin wies auf seine Papiere, die offen auf dem Tisch lagen. Sie zeigten die plötzlichen Unterbrechungen der gleichmäßigen Resonanzkurven. Gordon blickte ihn mit sinkender Hoffnung an.

Der Rest der Prüfung schien sehr schnell zu vergehen. Cooper verlor eine gewisse ruhige Distanz, die er während der vorherigen Befragung erfolgreich aufrechterhalten hatte. Er erklärte den Effekt der spontanen Resonanzen in stockenden Sätzen. Erklärungen, die er kannte, gingen ihm glatt über die Zunge, doch dann wich er vor den darin enthaltenen Implikationen zurück. Er versuchte, die Frage zu umgehen, durch was der Effekt ausgelöst wurde. Carroway, jetzt sichtlich interessiert, brachte ihn wieder darauf zurück. Gordons Einwürfe konnten die Flut nicht aufhalten. Gates sekundierte Carroways skeptischen Fragen, so daß Cooper sich von Lakin zu Carroway und dann zu Gates drehte und auf immer neue Einwände traf. »Dieses Problem ist das Herzstück der Arbeit«, sagte Lakin, und die anderen nickten. »Es muß geklärt werden. Nur Mr. Cooper kennt die volle Wahrheit dieser Materie.« Jeder in dem Raum wußte, daß sie über die Botschaften, über Gordon und Saul Schriffer sprachen und nicht nur über den Aufbau von Coopers Elektronik. Aber diese Prüfung gab der Fakultät Gelegenheit, ihr berufliches Urteil über das Problem abzugeben, und der Kampf mußte auf diesem Feld ausgetragen werden.

Gordon schaltete sich erst recht spät wieder ein. »Das ist

alles ganz richtig, aber sind wir noch beim Thema? Sie haben die Daten gesehen…«

»Natürlich«, unterbrach Lakin ihn, »aber sind sie richtig?«

»Ich gebe zu bedenken, daß diese Fragen hier *nicht* zur Debatte stehen. Das hier ist eine Kandidatenprüfung. Wir urteilen über die Brauchbarkeit eines Themas – nicht über das letztendliche Ergebnis.«

Gates nickte. Zu Gordons Überraschung folgte Carroway diesem Beispiel. Lakin blieb stumm. Als wäre diese Frage damit erledigt, stellte Gates eine harmlose Frage über die Anordnung des Experiments. Die Prüfung ging allmählich ihrem Ende zu. Carroway war in seinen Stuhl zurückgesackt, in sich selbst versunken. Sein Interesse war wie weggewischt. Einen Moment überlegte Gordon, was die Steuerzahler von ihrem halbwachen öffentlichen Bediensteten halten würden, doch dann erinnerte er sich daran, daß Carroway den normalen Arbeitstag der theoretischen Physiker hatte. Er traf mittags ein und nahm die erste Mahlzeit als Ersatz fürs Frühstück. Seminare und Gespräche mit Studenten hielten ihn bis in den Abend fest. Dann war er bereit, seine Berechnungen zu beginnen – das hieß, die eigentliche Arbeit. Die Prüfung am frühen Nachmittag war für ihn so etwas wie Morgengymnastik.

Gordons eigentliche Arbeit begann, als Cooper den Raum verließ. In diesem Moment hörte der Doktorvater sorgfältig den Anmerkungen und Kritiken seiner Kollegen zu, vorgeblich dazu gedacht, die künftige Richtung der Forschung des Kandidaten zu lenken. Ein subtiler Kleinkrieg.

Lakin begann mit Zweifeln daran, daß Cooper das Problem begriff. Gewiß, gab Gordon zu, in der umfassenden Theorie war Cooper schwach. Aber experimentelle Studenten waren traditionell mehr mit ihrer detaillierten Laborarbeit befaßt – »sie streicheln ihre Geräte«, nannte Gordon es, um die dringend benötigte Heiterkeit zu provozieren – als mit den Feinheiten der Theorie. Gates akzeptierte das, Carroway runzelte die Stirn.

Achselzuckend nahm Lakin das als ein Unentschieden hin.

Er hielt sich zurück, während Carroway und dann auch Gates einige Befürchtungen über Coopers gelegentlich recht nachlässige Arbeit bei grundlegenden physikalischen Problemen äußerten – die beiden Elektronen in einer Schachtel, zum Beispiel. Gordon stimmte zu. Er betonte jedoch, daß die Physikabteilung die Studenten nur zu den wesentlichen Kursen verpflichten konnte und dann darauf hoffen mußte, daß sie ihr Wissen vertieften. Die Qualifikationsprüfung der Abteilung hatte Cooper bereits bestanden – drei Tage schriftlicher Problemstellungen, gefolgt von einer zweistündigen mündlichen Prüfung. Die Tatsache, daß Cooper noch nicht in allen Punkten sattelfest war, war natürlich bedauerlich. Aber was könnte dieser Prüfungsausschuß tun? Gordon versprach, Cooper mit allen Mitteln dazu zu bringen, seine Mängel in diesen Bereichen auszugleichen. Der Ausschuß akzeptierte diese Aussage, eher eine Standardantwort, mit Kopfnicken.

So weit hatte Gordon sich auf relativ sicherem Wissen bewegt. Jetzt klopfte Lakin mit seinem Stift nachdenklich auf den Tisch, *Tick*, und nahm Coopers Daten langsam, fast gemächlich noch einmal in Augenschein. Die Nagelprobe eines Experimentators, sagte er, sind seine Daten. Die Crux in Coopers Arbeit war der Effekt der spontanen Resonanz. Und genau das war der umstrittene Punkt. »Die Dissertation ist eine Erörterung, vergessen wir das nicht, und kein Stapel Papier«, sagte Lakin ganz gespannt.

Gordon konterte so gut wie möglich. Das Phänomen der spontanen Resonanzen war wichtig, gewiß, aber Cooper hatte nicht vorrangig damit zu tun. Sein Thema war viel konventioneller. Der Ausschuß sollte die spontanen Resonanzen als eine Art Schicht betrachten, die gelegentlich die konventionelleren Daten, die Cooper zu erhalten versuchte, überlagerte.

Lakin konterte ernsthaft. Er brachte den Aufsatz in *Physical Review Letters* zur Sprache, unter dem die Namen Lakin, Bernstein und Cooper standen. Die Dissertation *müßte* ihn erwähnen. »Und das heißt natürlich…« – ein bekümmerter, müder Blick traf Gordon – »…daß wir das Gesamtproblem der … Interpretation ansprechen müssen, die sich auf diese … Unterbrechungen der Resonanzkurven bezieht.«

»Nicht einverstanden«, widersprach Gordon barsch.

»Der Ausschuß muß alle Fakten in Betracht ziehen«, sagte Lakin sanft.

»Tatsache ist, daß Cooper ein Standardproblem untersucht.«

»So war es nicht angekündigt worden.«

»Sehen Sie, Isaac, was *ich* tue, hat nichts mit *dieser* Dissertation und *diesem* Komitee zu tun.«

»Ich glaube wirklich«, schaltete Gates sich ein, »wir sollten uns auf die Möglichkeiten des Experiments selbst konzentrieren.«

»Genau«, murmelte Carroway.

»Cooper wird sich mit der … äh … Theorie der Signale wahrscheinlich gar nicht befassen«, sagte Gordon.

»Aber das muß er«, entgegnete Lakin mit gezügelter Energie.

»Warum?« fragte Gordon.

»Wie können wir sicher sein, daß seine Elektronik richtig funktioniert?« warf Gates ein.

»Genau«, sagte Lakin.

»An seiner Geräteanordnung ist nichts Besonderes.«

»Wer kann das sagen?« widersprach Lakin. »Sie umfaßt einige Modifikationen im Vergleich zur gewöhnlichen Resonanzmessung. Wenn ich sie richtig verstehe …« – Gordon nahm einen sarkastischen Unterton an – »… wurden sie eingeführt, um die Empfindlichkeit zu erhöhen. Aber ist das ihr einziges Ergebnis? Gibt es nicht einen unvorhergesehenen Effekt? Etwas, das dieses Experiment, diese Geräte dazu bringt, neue Effekte in dem Indium-Antimonid aufzufangen? Wie können wir das wissen?«

»Gutes Argument«, murmelte Gates.

»An was für einen Effekt denken Sie, Isaac?« fragte Carroway, aufrichtig verblüfft.

»Ich weiß es nicht«, räumte Lakin ein. »Aber das ist genau das Problem.«

»Nicht einverstanden«, wiederholte Gordon.

»Nein, ich glaube, Isaac hat völlig recht«, meinte Carroway.

»Sein Einwand ist berechtigt«, sagte Gates nachdenklich. »Woher sollen wir sicher sein, daß es sich um ein gutes Dissertations-Thema handelt, wenn wir nicht wissen, ob der experimentelle Aufbau das bewirkt, was Cooper voraussagt? Ich meine, Isaac hat Zweifel. Sie, Gordon – Sie glauben, es ist in Ordnung so. Aber ich habe das Gefühl, wir müßten mehr in der Hand haben, bevor wir weitergehen.«

»Das ist nicht der Zweck dieser Prüfung«, wandte Gordon ein.

»Ich halte es für eine legitime Fragestellung«, sagte Carroway.

»Genau wie ich«, fügte Gates hinzu.

Lakin nickte. Gordon erkannte das allseitige Unbehagen, da keiner das Problem zur Sprache bringen wollte, das unter den Details von Coopers Aufbau und den Feinheiten der Theorie verborgen lag. Doch hielten Gates, Carroway und Lakin die Signal-Theorie weiterhin für schlichtweg unsinnig. Sie wollten die Frage nicht einfach ausklammern. Cooper konnte nicht alle Daten erklären, zumindest nicht die interessanten Teile. Solange dieses Rätsel im Raum stand, würde dieser Ausschuß keine Dissertation vergeben. Und es war nicht nur eine Frage widerstreitender Theorien. In einigen wichtigen Bereichen war Cooper schwach. Er brauchte mehr Übung, mehr Zeit, um in die Lehrbücher zu schauen. Er war nie ein besonders brillanter Lernstudent gewesen, und hier hatte er es nur zu deutlich gezeigt. Das und das ungeklärte Problem der Botschaften reichten aus.

»Ich rege an, daß wir Mr. Coopers ersten Versuch, das Kandidatenexamen zu bestehen, für gescheitert erklären«, sagte Lakin sanft. »Er muß sich besser vorbereiten. Außerdem sollte die Frage der spontanen Resonanz ...« – ein Blick zu Gordon – »... geklärt werden.«

»Richtig«, bestätigte Gates.

»Hm«, sagte Carroway schläfrig. Er sammelte bereits seine verstreuten Unterlagen ein.

»Aber…«

»Gordon«, sagte Lakin mit freundlicher Stimme, »das ist die Mehrheit des Ausschusses. Können wir das Formular haben?«

Mit steifen Bewegungen gab Gordon ihnen das Universitätsformular, auf dem die Professoren unterschreiben und ihr »Ja« oder »Nein« eintragen mußten. Das Formular kam mit drei Neins darauf zurück. Gordon, der sein Gleichgewicht noch nicht wiedergefunden hatte, starrte auf das Papier – er war immer noch nicht sicher, ob die Sache vorbei war. Es war das erste Mal, daß er einen Studenten bei dieser Prüfung betreut hatte, und nun hatte der Student nicht bestanden – ein ziemlich ungewöhnliches Ereignis. Die Kandidatenprüfung galt als reine Formsache. Plötzlich dachte Gordon an die herkömmliche Theorie wissenschaftlicher Revolutionen, in denen Paradigmen einander aufheben, neue an die Stellen der alten treten. In gewisser Weise waren die Signal-Theorie und die Theorie spontaner Resonanzen Paradigmen, aufgestellt, um ein Bündel rätselhafter Daten zu erklären. Zwei Paradigmen, die sich um ein Stückchen experimentellen Brots stritten. Er mußte beinahe lachen.

Das Stühlescharren und Papiergeraschel ließen ihn aufschrecken. Noch immer benommen von dem Ergebnis, verabschiedete er jeden der Männer mit einigen gemurmelten Worten. Lakin schüttelte ihm sogar die Hand und sagte, bevor er hinausging, heiter: »Wir müssen das einfach in Ordnung bringen, wissen Sie.« Während Gordon Lakin mit Blicken verfolgte, erkannte er, daß es sich für den anderen Mann um einen bedauerlichen Zwischenfall handelte, bei dem ein jüngeres Fakultätsmitglied beteiligt war, das sich tangential entfernt hatte. Die behutsamen Überredungsmethoden hatte Lakin aufgegeben. Er konnte nicht mehr zu Gordon kommen und ihn bedrängen, seine Meinung aufzugeben. Solche Gespräche führten zu nichts – hatten zu nichts geführt. Ihre Persönlichkeiten paßten nicht zueinander, und das war vielleicht am Ende der wichtigste Faktor in der Forschung. Crick und Watson waren mit Rosalind Franklin nicht zurechtgekommen, und das hatte ihre

Zusammenarbeit beim Problem der DNS-Spirale verhindert. Gemeinsam hätten sie es vielleicht früher lösen können. Die Wissenschaft litt unter einem Überfluß an heftigen Konflikten, von denen viele den Fortschritt hemmten. Große Gelegenheiten waren verpaßt worden – hätte Oppenheimer Einsteins zunehmende Isolation durchbrochen, wären sie zu zweit möglicherweise über Oppenheimers Arbeit über Neuronensterne hinausgegangen, um das gesamte Relativitätsproblem zusammengebrochener Materie zu beleuchten. Aber es war nicht dazu gekommen; zum Teil, weil Einstein anderen nicht mehr zuhörte, sich mit seinen trägen Träumen von einer vollständigen einheitlichen Feldtheorie isolierte...

Gordon merkte, daß er allein in dem Raum saß. Cooper wartete unten auf das Ergebnis. Es bereitete Freude, Menschen zu unterrichten, aber Gordon fragte sich plötzlich, ob sie die schlimmen Momente aufwog. Drei Viertel seiner Zeit widmete man sich den schwächsten Studenten, die wirklich guten bereiteten einem keine Probleme. Jetzt mußte er hinuntergehen und Cooper informieren.

Er sammelte seine Unterlagen zusammen und ging. Durch die Flurfenster strömte gelbes Sonnenlicht herein. Die Tage wurden länger. Das Studienjahr war zu Ende. Einen Moment vergaß Gordon Cooper, Lakin und die Botschaften und ließ sich von einem einzigen Gedanken erfassen: Der glückspendende lange Sommer begann.

## — 21 —

*August 1998*

Als Marjorie einen Wagen in der Kieszufahrt knirschen hörte, hatte sie alles vorbereitet. Im Kühlschrank war Eis, das sie sorgfältig über die Stunden der Stromsperre hinweggerettet hatte. Nach einer eintönigen Woche freute sie sich auf den Besuch. Johns Beschreibung von Peterson hatte sie darauf vorbereitet, ihn nicht zu mögen! Mitglieder des Rats waren entrückte, drohende Gestalten. Eines in ihrem Haus zu haben, enthielt die Drohung, einen drastischen gesellschaftlichen Fauxpas zu begehen; kompensiert wurde das durch den erregenden Kitzel, mit jemandem in Berührung zu kommen, der bedeutender als eine Cambridge-Kapazität war.

John hatte ihr erst zwei Stunden vorher Bescheid gegeben, die typische Gedankenlosigkeit eines Ehemannes. Zum Glück war das Haus einigermaßen aufgeräumt, und Männer bemerkten solche Dinge ohnehin nie. Das Problem war das Essen. Sie fühlte, sie würde ihn auffordern müssen zu bleiben, aus reiner Höflichkeit, aber mit einigem Glück würde er ablehnen. Sie hatte einen Rostbraten in dem von einer Batterie mitbetriebenen Gefrierfach. Sie hatte ihn für besondere Gelegenheiten aufbewahrt, hatte aber keine Zeit, ihn aufzutauen. Es war wichtig, vor Peterson einen guten Eindruck zu machen – John lud ihn nicht aus Freundschaft nach Hause ein. Ein Soufflé, vielleicht. Sie hatte ihre Küchenschränke durchsucht und eine Dose Shrimps gefunden. Ja, das wäre das Richtige. Ein Shrimpssoufflé, Salat und französisches Brot. Dann Erdbeeren aus dem Garten und Süßspeise. Alles in allem recht vornehm. Das Essen würde einen beträchtlichen Teil ihres wöchentlichen Haushaltsgelds verschlingen, aber zum Teufel mit der Ökonomie bei so kurzfristigen Einladungen. Sie hatte eine Flasche ihres teuren kalifornischen Chablis herausgeholt und ihn in das winzige Gefrierfach gelegt, als einzige Methode, ihn in der kurzen Zeit zu kühlen. Man könnte die Gelegenheit ja auch zu einem kleinen festlichen Abend nutzen, dachte sie. Seit Tagen hatte sie John kaum gesehen, da er jeden Abend im Labor arbeitete. Sie hatte sich angewöhnt, für sich und die Kinder ein schnelles Abendessen zuzubereiten; für John stand ein Topf Suppe auf dem Herd, die er sich, wenn er nach Hause kam, aufwärmen konnte.

Draußen schlugen Autotüren zu. Als die beiden Männer ins Wohnzimmer kamen, stand Marjorie auf. John hatte sein gewohntes Teddybär-Aussehen, dachte sie zärtlich. Zum erstenmal in dieser Woche sah sie ihn bei Tageslicht und bemerkte, wie müde er war. Peterson sah auf gefällige Weise gut aus, aber sein Mund war zu dünn und gab ihm einen harten Ausdruck.

»Das ist meine Frau Marjorie«, sagte John, als sie Peterson die Hand entgegenstreckte. Ihre Augen begegneten sich, als sie sich die Hand schüttelten. Plötzlich durchlief sie ein prickelndes Gefühl. Dann blickte er wieder zur Seite, und sie gingen ins Zimmer hinein.

»Ich hoffe, mein Besuch macht Ihnen keine Umstände«, sagte Peterson. »Aber Ihr Gatte versicherte mir, es wäre in Ordnung, und wir haben noch einiges zu besprechen.«

»Nein, ganz und gar nicht. Ich bin froh, zur Abwechslung mal etwas Gesellschaft zu haben. Das Leben der Frau eines Physikers kann ziemlich öde sein, wenn er an einem Experiment arbeitet.«

»Das kann ich mir gut vorstellen.« Er warf ihr einen prüfenden Blick zu und trat ans Fenster. »Sie haben es sehr hübsch hier.«

»Was kann ich Ihnen zu trinken holen, Peterson?« fragte John.

»Whisky mit Soda, bitte. Ja, es ist sehr hübsch. Ich mag das Landleben. Ihre Rosen sehen besonders gut aus.« Er wies zum Garten hin und fügte ein paar präzise Bemerkungen über die Bodenverhältnisse an.

»Sie leben in London, nehme ich an, Mr. Peterson?«

»Ja. Danke.« Er nahm den Drink, den John ihm anbot.

»Haben Sie auch ein Wochenendhaus auf dem Land?« fragte Marjorie.

Sie sah ein kurzes Aufleuchten in seinen Augen, bevor er antwortete: »Nein, leider nicht. Ich wünschte, ich hätte eins. Aber wahrscheinlich hätte ich keine Zeit, es zu nutzen. Mein Beruf macht viele Reisen notwendig.«

Mitfühlend nickte sie und wandte sich an ihren Mann. »Ich bin euch mit den Drinks um einen voraus, aber ich möchte gern noch einen, John«, sagte sie und hielt ihm ihr Glas entgegen.

»Sherry, nicht wahr?« An seinem gewollt lockeren Ton erkannte Marjorie sofort, welche Mühe er sich gab, mit Peterson auszukommen. Die Spannung zwischen den beiden Männern hatte sie vom ersten Moment an gespürt. John ging zum Sideboard und sagte gewollt fröhlich: »Ians Aufgabe besteht darin, darauf zu achten, daß wir nicht gezwungen sind, zuviel von diesem Zeug reinzuschütten, um der Welt entgegenzutreten.«

Die Bemerkung schien auf Peterson keinerlei Eindruck zu machen. »Zu ihrem Pech haben die Säufer von früher keinen Weltrat, dem sie die Schuld für ihre Realitäts-Entrückung geben konnten.«

»Realitäts-Entrückung?« fragte Marjorie. »Ist das nicht eine neue Therapie-Theorie?«

»Eine Krankheit, die sich als Heilmittel verkleidet, wette ich«, kicherte John.

Peterson beschränkte sich auf ein langgezogenes »Hmmmm« und wandte sich Marjorie zu. Bevor er, wie er offenbar beabsichtigt hatte, das Thema wechseln konnte, sagte sie: »Was ist das für eine Realität, die wir hinter diesen seltsamen Wolken sehen? Ich habe in den Nachrichten etwas von einem Franzosen gehört, der sie für einen neuen Typ ...«

»Keine Ahnung«, unterbrach Peterson barsch. »Wirklich keine Ahnung. Ich hinke schrecklich hinterher, müssen Sie wissen.«

Geschickt, wie er ausweicht, dachte Marjorie. »Und Brasilien? Was kann uns der Weltrat darüber sagen?«

»Die Blüte breitet sich aus, und wir tun, was in unseren Kräften steht.« Mit diesem Thema schien Peterson sich lieber zu beschäftigen, vielleicht weil es bereits in der Öffentlichkeit diskutiert wurde.

»Mit anderen Worten, das Problem ist Ihnen aus der Hand genommen«, beharrte Marjorie.

»Weitgehend. Der Rat identifiziert Probleme und lenkt die Forschungsarbeit, wobei er sie mit politischen Erwägungen in Einklang bringt. Wir stürzen uns auf die technologisch kritischen Punkte, sobald sie erkennbar werden. Unsere Hauptfunktion ist die Koordinierung der Satelliten-Ökoprofile. Wir prüfen die Daten auf offensichtliche Veränderungen. Sobald ein übernationales Problem auftaucht, sind die Techniker am Zug...«

»... um es zu lösen«, beendete John, der mit dem Sherry zurückkam, den Satz. »Diese Feuerwehrmentalität macht es so verdammt schwer, eine Aufgabe zu lösen. Ohne Kontinuität in der Forschung...«

»Oh, John, den Vortrag haben wir schon mal gehört«, unterbrach Marjorie ihn mit unechter Heiterkeit in der Stimme. »Mr. Peterson wird deine Einstellung inzwischen längst kennen.«

»In Ordnung, ich lasse es«, stimmte John zu, als fiele ihm gerade erst ein, wo er sich befand. »Ich wollte mich sowieso auf die Frage der Geräteausstattung konzentrieren. Ich bin dabei, Ian zu überreden, sich ans Telefon zu hängen und mir die Unterstützung der Leute in Brookhaven zu besorgen. Da muß man schon schweres Geschütz auffahren...«

»Mehr als ich habe, leider«, sagte Peterson. »Sie haben irrige Vorstellungen über Art und Umfang meines Einflusses. Die Wissenschaftler haben es nicht gern, daß die Leute vom Rat sie wie Schachfiguren bewegen.«

»Das habe ich auch schon bemerkt«, sekundierte Marjorie.

John lächelte nachsichtig. »Was ist schon eine Primadonna, wenn sie nicht ab und zu ihre Arie vorsingen kann? Aber nein...« Er wandte sich wieder an Peterson. »... ich habe nur gemeint, einige der fortgeschrittenen Geräte aus Brookhaven könnten unser Störungsproblem lösen. Wenn Sie...«

Peterson preßte die Lippen aufeinander und sagte schnell: »Sehen Sie, ich knie mich da rein. Sie wissen, was das heißt – Formulare, Ausschußsitzungen, Berichte und all so was. Wenn kein Wunder geschieht, dauert es Wochen.«

»Aber gewiß können Sie einiges...«

»Markham ist derjenige, der das am besten kann«, sagte Peterson zu Marjorie gewandt. »Die Grundlagen schaffe ich am Telefon. Er kann rüberfliegen und mit den Leuten in Washington und dann in Brookhaven sprechen.«

»Ja«, murmelte John, »ja, das ginge. Greg hat einige Verbindungen, glaube ich.«

»Hat er die?« fragte Marjorie zweifelnd. »Er scheint, nun…«

Peterson lächelte amüsiert. »Ein bißchen daneben? Ein bißchen unmodern? Ein bißchen aus der Reihe? Aber er ist Amerikaner, vergessen Sie das nicht!«

Marjorie lachte. »Ach ja. Jan scheint mir viel netter.«

»Berechenbarer, meinst du.«

»Meine ich das?«

»Ich glaube«, sagte Peterson, »darauf wollen wir gewöhnlich hinaus. Damit das Boot nicht ins Schwanken gerät.«

Das Einverständnis zwischen den beiden Männern überraschte Marjorie. Es wirkte irgendwie melancholisch. Einen Moment zögerte sie, als beide, wie auf ein Kommando, in ihr Glas starrten. Beide kippten ihr Glas und ließen das Eis klingeln. Die Bernsteinflüssigkeit geriet in Bewegung. Sie blickte ins Zimmer. Das polierte Holz des Eßtischs spiegelte den Blumenstrauß wider, den sie zusammengesteckt hatte, und die Vase schien zu einer gewölbten Hand zu werden, die die Welt hielt.

Hatte Peterson John vorher schon einige Neuigkeiten erzählt? Sie versuchte, die Stimmung zu vertreiben. »John, noch etwas Sherry?«

»In Ordnung«, sagte er und stand auf. Er machte einen gequälten Eindruck. »Was haben Sie eben im Wagen noch gesagt, über die Frau von Caltech?« rief er Peterson zu.

»Catherine Wickham«, sagte Peterson mit tonloser Stimme. »Sie arbeitet an den Mikrouniversen.«

»Die Unterlagen, die Sie Markham gezeigt haben?«

»Ja. Wenn es den Störungspegel erklärt, ist es wichtig.«

»Darum also ging's bei Ihrem Anruf?« fragte John, während er den Sherry eingoß. »Noch einen?« Er hielt die Whiskyflasche hoch.

»Gerne, ja. Ich habe mit ihr gesprochen, und dann mit Thorne, der die Gruppe leitet. Sie kommt mit dem nächsten Flug herüber.«

John vergaß, weiter einzuschütten. »Hallo! Sie müssen auf die richtigen Knöpfe gedrückt haben.«

»Ich kenne Thornes Vertragsmonitor.«

»Oh.« Pause. »Nicht schlecht.«

»Hören wir auf, Ihre Frau mit Berufsproblemen zu langweilen«, schlug Peterson vor. »Ich würde mir gern Ihren Garten ansehen, wenn ich darf. Die meiste Zeit verbringe ich in London oder auf Reisen, und ich muß sagen, es ist wirklich angenehm, ein echtes Einfamilienhaus wie dieses hier zu sehen.«

Er blickte sie von der Seite an, als sie aufstanden. Bemühte er sich um ihre Sympathie, fragte sie sich.

»Reist Ihre Frau mit Ihnen?«

»Nein.«

»Ich schätze, das kann sie auch kaum. Ihr Geschäft geht wohl sehr gut.«

»Ja, ich glaube, es ist recht erfolgreich, Sarah hat gewöhnlich mit allem, was sie unternimmt, Erfolg.« Seine Stimme verriet nichts.

»Kennst du seine Frau, Marjorie?« fragte John verblüfft. Sie befanden sich auf der Terrasse, vor ihnen führten die Stufen auf den Rasen hinab. Die Sonne stand noch ziemlich hoch.

»Nein, nicht persönlich, aber ich habe von ihr gehört. Sie ist die ehemalige Lady Sarah Lindsay-Buttle, weißt du.«

Johns Blick drückte Verständnislosigkeit aus.

»Nein, natürlich weißt du es nicht. Sie entwirft jetzt die wunderhübschen Kleidchen. Sarah Lindsay. Sie haben keine Kinder, Mr. Peterson, oder?«

»Nein.«

Sie gingen über den Rasen. In der Nähe krähte ein Hahn.

»Ihre Hühner?« fragte Peterson.

»Ja, wir halten ein halbes Dutzend wegen der Eier. Und auch wegen des Fleisches, obwohl ich die dummen Dinger nicht gerne töte.«

»Welche Rasse züchten Sie? Orpington oder Leghorn, nehme ich an, wenn es hauptsächlich wegen der Eier ist.«

Erstaunt blickte sie ihn an. »Sie kennen sich mit Hühnern aus, was? Ja, wir haben einige Orpingtons. Keine Leghorn-

Hühner. Sie sind gute Eierproduzenten, aber mir gefallen die braunen Eierschalen besser als die weißen.«

»Richtig. Und die Leghorns sind auch sehr nervös. In einem kleinen Stall richten sie leicht ein Chaos an. Was halten Sie von Rhode-Island-Roten? Sie legen hübsche braune Eier.«

»Ich habe gerade zwei Küken. Sie legen noch nicht.«

»Sie kreuzen sie wohl. Der Hahn klang nicht nach einem Rhode-Island-Roten.«

»Ich bin überrascht, daß Sie so viel darüber wissen.«

Er lächelte sie an. »Ich weiß vieles, was die Leute überrascht.« Höflich lächelte sie zurück, versuchte aber, einen kühlen Blick beizubehalten. Der Mann war mißachtenswert, sagte sie sich. Er hatte keinerlei Interesse an ihr. Er flirtete automatisch mit ihr, nur weil sie eine Frau war.

»Möchten Sie mit uns zu Abend essen, Mr. Peterson?« fragte sie steif.

»Sehr freundlich von Ihnen, Mrs. Renfrew. Vielen Dank, aber ich habe bereits eine Verabredung zum Abendessen. Ich müßte schon aufbrechen«, fuhr er mit einem Blick auf die Uhr fort. »Um halb acht treffe ich jemanden in Cambridge.«

»Ich fürchte, ich muß heute abend an die Arbeit zurück«, sagte John.

»O nein!« protestierte sie. »Das ist gemein.« Sie fühlte sich ein wenig beschwipst und war in Stimmung für etwas Gesellschaft. Außerdem fühlte sie sich energiegeladen, fast überdreht, als hätte sie zuviel Kaffee getrunken. »Ich habe seit Urzeiten nichts von dir gesehen, und ich wollte zum Abendessen ein Shrimpssoufflé machen. Ich weigere mich, heute abend allein gelassen zu werden.«

»Ein verlockendes Angebot. An Ihrer Stelle, John, würde ich keinen Moment zögern«, sagte Peterson mit einschmeichelndem Lächeln.

Ihr Gefühlsausbruch vor einem Fremden machte John verlegen. »Nun gut, in Ordnung, wenn es dir so wichtig ist, bleibe ich zum Essen. Wahrscheinlich muß ich anschließend für ein paar Stunden ins Labor.«

Sie gingen ins Haus zurück. Peterson setzte sein Glas ab. »Danke für den Drink. Ich lasse es Sie wissen, wann ich das nächste Mal nach Kalifornien muß. Mrs. Renfrew, herzlichen Dank für diese angenehme Erholungspause.«

John brachte ihn zur Tür, und sie goß sich noch ein Glas ein, als sie in der Diele waren. Es war enttäuschend, daß Peterson nicht zum Essen blieb. Vielleicht hätte sie sogar einen kleinen Flirt mit ihm genossen – obwohl er, wie sie vermutete, ein völlig prinzipienloser und unliebenswürdiger Charakter war.

Händereibend kam John ins Zimmer zurück.

»So, wir sind ihn los. Ich bin froh, daß er nicht geblieben ist. Was hältst du von ihm?«

»Ein Reptil«, antwortete sie wie aus der Pistole geschossen. »Glatt und schlüpfrig. Ich würde ihm keinen Schritt weit trauen. Aber er ist natürlich sehr attraktiv.«

»Ist er das? Für mich sieht er ziemlich gewöhnlich aus. Ich war überrascht, was du alles über seine Frau wußtest. Du hast es noch nie erwähnt.«

»Mein Gott, John, es fiel mir alles wieder ein, als er hier war. Erinnerst du dich nicht? Da war doch dieser schreckliche Skandal mit ihr und Prinz Andrew. Laß mich überlegen. Ich war fünfundzwanzig, es muß also 1985 gewesen sein. Prinz Andrew ist genauso alt wie ich, und sie war – ach, ich weiß nicht – so um die Dreißig, glaube ich. Jedenfalls kann ich mich noch erinnern, daß wir alle darüber geredet haben. Der scharfe Andy, so haben wir ihn damals genannt.«

»Ich erinnere mich an rein gar nichts.«

»Aber sicher, du *mußt* dich erinnern. Es stand in allen Zeitungen. Nicht nur in den Klatschspalten. Jede Menge Leserbriefe, daß die Öffentlichkeit von der Königsfamilie ein höheres Niveau erwartete, und lauter so Sachen. Und die Queen ließ Peterson als Botschafter nach … ich weiß nicht mehr genau wohin, aber es war weit vom Schuß. Afrika.«

»Du meinst, sie waren damals schon verheiratet?«

»Natürlich. Das war doch der Skandal. Erst ein Jahr vorher hatten sie eine prunkvolle Hochzeit. Botschafter wurde er eigentlich nicht. Erster Sekretär oder so ein Posten. O ja, Prinz Andrew war für uns damals einfach super. Es war eine aufregende Affäre. Ich glaube, der Clou war, als sie abends mal ziemlich besäuselt waren. Er nahm sie mit in den Buckingham-Palace und hängte ein ›Bitte nicht stören‹-Schild vor die Tür – ein Schild, das sie in irgendeinem Hotel geklaut hatten. Und als die Geschichte rauskam, erzählte sie den Reportern, daß sie es schon immer mal im Palast hatte machen wollen, aber die Betten seien so hart und unbequem!«

»Lieber Himmel!«

Sie kicherte. »Wirklich komisch, wenn man darüber nachdenkt.«

»Mir scheint, sie ist völlig verantwortungslos. Fast bedaure ich Peterson, obwohl ich sagen muß, daß sie einander verdienen. Ich nehme an, er hat sie nur deshalb nicht verlassen, weil sie seine Karriere fördern konnte.«

»Höchstwahrscheinlich. Ich muß sagen, er hat mich damals überhaupt nicht interessiert.« Jetzt, da sie es ausgesprochen hatte, schien es richtig zu sein. Es erklärte die merkwürdige Spannung und Verwirrung. Er schien interessant zu sein, aber vielleicht lag das an den drei Drinks. »So, und jetzt schiebe ich das Soufflé in den Ofen. Könntest du den Tisch decken, Schatz?«

»Hm, ja«, murmelte er abwesend und ging durchs Zimmer. »Vielleicht können wir auch die Nachrichten einschalten.«

Marjorie drehte sich um. »*Nachrichten*, das ist es! Du und Peterson, ihr wart eben so seltsam – woran habt ihr gedacht?«

John blieb mitten im Zimmer stehen. »O ja. Er hatte den gleichen Gesichtsausdruck wie heute nachmittag, als er im Labor angerufen wurde. Ich habe mich an die Szene erinnert. Einen Teil habe ich gehört...«

Nachdenklich brach er ab. »Und?« fragte Marjorie gespannt. »Worum ging es?«

»Die Wolken. Ein Bericht über ihre Zusammensetzung. Und als er deiner Frage auswich, wußte ich, daß etwas dahintersteckt.«

»Glaubst du, die Nachrichten bringen etwas?«

»Wenn Peterson den Mund hält, bezweifle ich es. Aber ...«

Die Kinder hatten ITV gesehen. John schaltete auf BBC 1 um. Marjorie stand im Türrahmen. Es gab jeden Tag nur eine größere Nachrichtensendung; der Rest war Unterhaltungsprogramm, meist Lustspiele, dazu ab und zu einen Western und alte Spielfilme. In diesen Tagen wollten nur wenige Menschen ernste Sendungen sehen.

»...Auseinandersetzungen auch in London, aber es gab keine Todesopfer. Kornische Demonstrantengruppen auf dem Trafalgar Square gerieten mit der Polizei in Handgemenge. Ein Polizeisprecher erklärte, die Demonstranten hätten eine Anweisung, die Straßen für den Verkehr zu räumen, ignoriert, so daß die Behörden verpflichtet gewesen seien, die Versammlung gewaltsam aufzulösen und die Demonstranten, die Widerstand leisteten, festzunehmen. Hugh Caradoc, Führer der kornischen Unabhängigkeitsbewegung, erklärt, die Demonstration sei ordnungsgemäß verlaufen, und die Polizei habe ohne Provokation angegriffen.« Der Bildschirm zeigte einen glutäugigen Mann mit hochgereckter Faust, der von zwei Polizisten weggeschleift wurde. Der Nachrichtensprecher machte eine kurze Pause und setzte ein freundlicheres Gesicht auf. »Die Vorbereitungen für die Krönung sind im vollen Gange. König und Königin statteten heute Westminster Abbey einen Besuch ab und wurden von Right Reverend Gerald Hawker empfangen.« Die vertraute Fassade von Westminster Abbey erschien auf dem Bildschirm. Zwischen den mächtigen Portalen tauchte ein Paar auf, winkte einigen Passanten kurz zu und stieg in eine Limousine mit der Königsstandarte. »Einladungen für die Zeremonie im November wurden inzwischen an die Staatsoberhäupter der ganzen Welt verschickt. Im königlichen Marstall haben die Restaurierungsarbeiten an der Staatskarosse begonnen, die traditionell bei der Krönungsfeier benutzt wird. Sie wird für rund 500 000 Pfund Sterling völlig neu vergoldet. Mr. Alan Harmon, Abgeordneter aus Hudersfield, sagte heute im Unterhaus wörtlich, das sei ›eine unverschämte Belastung für den britischen Steuerzahler‹. Der Buckingham Palace bestätigte heute, daß der sechzehn Jahre alte Prinz William an Windpocken leidet und in der Isolierstation liegt. Der Thronfolger vertreibt sich die Zeit mit der Lektüre von Science-fiction-Romanen. Und jetzt zu den Sportnachrichten. Kent besiegte Surrey ...«

Marjorie verließ das Zimmer, um das Abendessen vorzubereiten. John Renfrew blieb vor dem Fernsehgerät sitzen, um das Spielergebnis von Yorkshire abzuwarten. Er hatte nur noch selten Zeit für die Sportnachrichten, verfolgte aber die Cricket-Ergebnisse und war ein Yorkshire-Fan.

Marjorie arbeitete in der Küche. Sie war nervös. Langweiliges Cricket. Warum saß er da und sah sich den Unsinn an? Er könnte ihr helfen oder wenigstens mit ihr sprechen, wenn er schon vorhatte, ins Labor zurückzukehren. Sie überlegte kurz und entschied sich dann dagegen, den Wein zu servieren. Er wäre verschwendet, wenn sie den Abend allein verbringen mußte, und sie fühlte sich ohnehin schon ein wenig beschwipst. Sie mischte den Salat, holte Brot und Butter heraus. Das Soufflé war fertig. Sie ging ins Wohnzimmer zurück, wo John immer noch vor dem Fernsehgerät saß.

»Ich dachte, du würdest den Tisch decken«, sagte sie scharf.

Verwirrt blickte er auf. »Oh, das Essen ist fertig? Eine Minute noch.«

»Nein, keine Minute. Das Soufflé ist fertig und wartet nicht. Sofort!«

Sie rauschte hinaus. Überrascht blickte er ihr nach. Dann schlenderte er zum Sideboard, nahm Gabeln und Sets heraus und legte sie auf den Tisch. Marjorie kam mit dem Soufflé zurück.

»Nennst du das Tisch decken? Wo sind die Servietten? Und die Gläser? Und ruf die Kinder rein! Ich will es servieren, bevor es zusammenfällt.« Sie setzte sich an den Tisch.

»Was ist los, Schatz?« fragte er einfältig.

»Was meinst du damit? Nichts ist los«, herrschte sie ihn an.

»Du wirkst verärgert«, sagte er vorsichtig.

»Na ja, es ist ja auch ärgerlich. Alles, was ich von dir verlange, ist, daß du den Tisch deckst, und ich mach' alles fertig, und dann muß ich sehen, daß du gar nichts getan hast. Ich habe genug davon, den ganzen Tag zu schuften, ohne zu wissen, wofür. Ich putze das Haus, und wir haben keine Gäste mehr, so daß es sowieso keiner sieht. Ich mache ein hübsches Essen, und du schlingst es runter und bist wieder weg. Genausogut hätte ich eine Dose Bohnen aufmachen können. Und ich bin es leid, den Abend und auch noch die halbe Nacht allein zu verbringen.« Wütend stand sie auf.

»Marjorie, es tut mir leid, Liebes. Ich habe nicht gewußt... Ich bleibe heute abend zu Hause, wenn du es so gern möchtest. Ich dachte... Ich meine, ich weiß, ich habe dich in letzter Zeit vernachlässigt, aber diese Arbeit bedeutet mir sehr viel – sie ist lebenswichtig, Marjorie. Aber ich könnte sie nicht tun, wenn ich nicht wüßte, daß du hinter mir stehst. Du bist der ruhende Pol in meinem Leben. Das sage ich nicht nur so dahin. Ich zähle auf dich. Ich könnte mich auf meine Arbeit nicht konzentrieren, wenn ich wüßte, daß mit dir etwas nicht in Ordnung ist.«

Sie lächelte verzerrt. »Jetzt habe ich wieder Schuldgefühle. Ich habe dich enttäuscht, nicht wahr? Du willst, daß ich dein Heim in Ordnung halte, die Frau bin, die hinter jedem großen Mann steht, und so weiter und so fort. Nun, meistens tue ich das gern, aber heute abend denke ich auch mal an mich. Es ist nicht nur, daß du die ganze Zeit fort bist. Es war ein langer, harter Tag, eins kam zum anderen. Ich mußte stundenlang anstehen, nirgendwo gab es Fleisch zu kaufen, seit vierzehn Tagen bekomme ich niemanden, der die Toilette repariert, und heute hat jemand die Garage aufgebrochen und Werkzeug gestohlen.«

»Tatsächlich? Du hast mir nichts gesagt.«

»Du hast mir keine Gelegenheit gegeben. In dem verdammten Labor kann ich dich nie erreichen. Und Nicky ist in Tränen aufgelöst nach Hause gekommen, weil ausgerechnet Miss Crenshaw ohne jede Vorankündigung nach Tristan de Cunha abgehauen ist, und du weißt, wie Nicky an ihr gehangen hat.

Ich dachte, die Regierung wollte die Auswanderung wichtiger Berufsgruppen stoppen – aber wahrscheinlich galt Miss C. nicht als so wichtig. Jedenfalls mußte ich Nicky trösten. Und dann hast du angerufen und mir gesagt, daß du Peterson mitbringst. Ernsthaft, manchmal fühle ich mich wie ein Fußball, den andere Leute durch die Gegend treten.«

»Warum fährst du nicht mal einen Tag raus? Nach London, zum Einkaufen? Kauf dir ein Kleid, geh ins Theater!«

»Allein?«

»Du bestimmst den Tag, und ich verspreche, wir treffen uns abends fürs Theater. Wie wäre das? Solange es keins dieser neumodischen Untergangsstücke ist. Die Welt ist auch ohne sie schon aus den Fugen.«

Sie lachte besänftigt. »Ach, so schlecht, wie alle sagen, ist es gar nicht. Die Welt hat schon Schlimmeres erlebt. Denk nur an den Schwarzen Tod. Oder den Zweiten Weltkrieg. Das werden wir alles überleben. Ja, ich glaube, ein Tag in London ist eine gute Idee. Ich habe mir seit Urzeiten kein neues Kleid mehr gekauft. Oh, John, ich fühle mich schon viel besser. Und weißt du, du brauchst heute abend nicht hierzubleiben. Ich weiß, du brennst darauf, zu deiner Arbeit zurückzukommen.«

»Ich bleibe«, sagte er fest. »Was wurde alles aus der Garage gestohlen? Ich glaube, es ist höchste Zeit, eine Alarmanlage zu installieren. Meinst du, es waren die Squatters von dem alten Bauernhof?«

»Mein Gott, John«, jammerte sie plötzlich, »sieh dir das Soufflé an! Flach wie ein Pfannkuchen.« Sie ließ sich auf den Stuhl fallen und starrte es an. Dann begann sie zu lachen. Ihr Lachen ging übergangslos in Schluchzen über. John stand hinter ihr und tätschelte unbeholfen ihre Schulter.

»Reg' dich nicht auf, Schatz«, sagte er immer wieder.

Schließlich wischte sie die Tränen weg. »Ich habe sowieso keinen Hunger mehr. Ich will das scheußliche Ding nicht essen. Ich bin erschöpft. Aber die Kinder haben noch kein Abendessen gehabt. Ich muß ihnen wohl etwas zubereiten.«

Sie wollte aufstehen, aber John stieß sie sanft auf den Stuhl zurück. »Nein, das wirst du nicht. Ich mache ihnen eine Suppendose auf. Du gehst zu Bett. Kümmere dich um nichts! Ich bleibe heute abend zu Hause und erledige alles.«

»Danke, John, du bist ein Schatz. Ja, ich glaube, ich gehe tatsächlich zu Bett.«

Sie sah ihm nach, als er in die Küche ging, und stand mit müden Bewegungen auf. Dann fing sie beinahe wieder zu lachen an. Nur ein, zwei Stunden vorher war sie versessen auf Sex gewesen, weil John so selten zu Hause war. Jetzt war er den ganzen Abend da, und sie war so müde, daß sie ihre Augen kaum lange genug offenhalten konnte, um ins Bett zu gehen. Großartig, was?

## — 22 —

Sie kam pünktlich zum vereinbarten Treffpunkt, der niedrigen Steinmauer vor dem King's. Peterson zögerte nur einen Moment, um sich den Begriff ins Gedächtnis zurückzurufen, der ihn an ihren Namen erinnern würde. Ach ja, Laura – von Bowes. »Ich habe Sie hoffentlich nicht warten lassen«, sagte sie und glättete ihr Kleid mit zierlichen Händen.

Automatisch murmelte er eine Antwort. Erneut verblüffte ihn, wie hübsch sie war. Amüsiert stellte er fest, daß sie ein billiges Kleid trug, das eine Kopie von einem der Modelle Sarahs war. Eine gute Kopie, die fast jeden getäuscht hätte.

Laura war von dem Wagen beeindruckt, einem neuen Modell, das für ihn mit Sonderausstattung versehen worden war. Staunend betrachtete sie das Armaturenbrett aus Edelholz, sagte aber nichts. Sie versucht, einen gelangweilten Eindruck zu machen, dachte er. Selbst Sarah, die schon als fünfjähriges Kind weltklug gewesen sein mußte, hatte beim Anblick der Innenausstattung entzückt aufgeschrien. Wobei ihm einfiel, daß – soweit er sich erinnern konnte – Renfrew der einzige gewesen war, der sich unbeeindruckt zeigte. Er fragte sich, was das bedeuten mochte.

Als sie das Restaurant einige Meilen von Cambridge betraten, erkannte ihn der Oberkellner anscheinend wieder. Anders als die männlichen Gäste, deren Blicke Laura auf sich zog. Gin-and-Tonics, riesige Stoffservietten, das Übliche. Laura blickte sich auf eine Weise um, als machte sie sich für ihre Freundinnen im Geiste Notizen. Eindrucksvoll, urteilte er, aber stilistisch ein Mischmasch. Im Grunde eine englische Landschenke mit Andeutungen französischer Eleganz, die nicht ganz passend waren. Der Chintz, der große gemauerte Kamin, der jetzt im Sommer voller Pflanzen stand, die Balkendecke, die niedrigen runden Eichentische – alles war von gemütlicher Vertrautheit, solide. Die Kerzenleuchter und die getönten Spiegel waren falsch. Und noch ärger wirkte die Fernsehleinwand, auf der eine perspektivisch falsche Sicht eines französischen Hofs aufleuchtete; in den Feldern bewegten sich kleine Gestalten, anscheinend Bauern bei der Heuernte. Und der nachgemachte Louis XVI.-Tisch an der Wand mit den gekrümmten, vergoldeten Beinen war einfach eine Monströsität.

»Französisch!« rief Laura aus.

»Ja«, sagte er trocken.

Mit sorgfältiger Aussprache sagte sie: »Ich möchte gerne wissen, wie die *rognons de veau flambé* sind. Und die *côtes d'agneau à l'ail.*«

»Die Nieren sind wahrscheinlich so lala. Mit dem Flambieren haben sie's hier. Und das Lamm wird wohl eher ein ausgewachsener Hammel sein. Ihr Französisch ist recht gut.« Warum sollte er ihr das Kompliment nicht machen? Er sagte ein paar schmeichelhafte Sätze in französisch.

»Tut mir leid, ich kann nur die Speisen.«

Er lachte, erfreut darüber, daß sie auch witzig sein konnte.

Sie redeten über Ladendiebstahl bei Bowes & Bowes. Den meisten Fragen über Ratsangelegenheiten war Peterson ausgewichen. »Warum steht an der Tür kein Wächter, der die Taschen durchsucht?« fragte er.

»Mr. Smythe möchte, daß es ein vornehmer Laden bleibt, in dem die Kunden sich nicht bespitzelt fühlen.«

Peterson erinnerte sich an die Zeit, als man immer darauf zählen konnte, im College ein Zimmer zu bekommen, als man Sherry bekam, wenn man seinen Tutor besuchte, und als man im weißen Dinnerjacket zum Maiball ging. Jetzt ließen alle Colleges Frauen zu, und wenn sie es mochten, teilten die Frauen sich ihr Zimmer mit einem Mann; es gab sogar ein reines Homosexuellen-College, und nirgendwo wurde mehr akademische Kleidung verlangt.

Sie sprach über die Flegelhaftigkeit der heutigen Studenten. Er nickte. Vermutlich erwartete sie, daß er solche Sachen gern hörte. Womit sie gar nicht einmal so unrecht hatte. Aber er war an ihrem Charme interessiert, nicht an ihrer Meinung.

Er entschloß sich, die Entwicklung der Situation zu forcieren. Es schien ein simples Problem im zeitlosen Spiel der Sexualität. Vielleicht war es die Tatsache, wie berechenbar alles war, die ihn für Details unaufmerksam machte. Er mußte sich zwingen, ihrem Redefluß zu folgen. Sie wollte zum Film oder vielleicht zur Bühne. Ein Apartment in London, wenn ein Umzug möglich war. Cambridge war so fade, es sei denn, man mochte die entsetzlichen Unterhaltungsmöglichkeiten akademischer Natur. Sie hatte das Gefühl, in der momentanen politischen Situation müßte etwas Entscheidendes geschehen. Keine Überraschung, aber sie war außergewöhnlich hübsch und bewegte sich graziös.

Sie nahm von allen Gemüsen, die in Silberschüsseln serviert wurden, jedes in einer eigenen Sauce. Zu Hause hatte sie wahrscheinlich wenig Abwechslung, besonders seit den französischen Mißernten. Einen Moment dachte er darüber nach, ob der Rat hätte eingreifen und die neuen Techniken verbieten sollen. Doch dann verbannte er das Thema aus seinen Gedanken; sinnlos, über Probleme der Vergangenheit zu sinnieren.

Da es ihm schwerfiel, sich zu konzentrieren, begann er, den Gesprächsfluß zu steuern. Es war einfach genug, ein Staatsamt zu bekleiden und ein paar Namen beiläufig zu erwähnen, die Eindruck machten. Als er eine Bemerkung über Charles machte, fuhr sie auf. »Kennen Sie den König tatsächlich?« In

Wirklichkeit war seine Beziehung zu Charles rein beruflich und von Respekt geprägt, aber er zögerte nicht, ihr Verhältnis übertrieben darzustellen, aber so, daß es noch glaubhaft erschien. Er war sicher, daß sie nicht einmal die diskrete Handbewegung bemerkte, mit der er eine weitere halbe Flasche Wein beim Kellner bestellte. Allmählich wurde sie ein wenig beschwipst. Das machte er sich zunutze, indem er ein paar zweideutige Bemerkungen einfließen ließ. Einmal hielt sie protestierend die Hand übers Glas und bestand darauf, genug getrunken zu haben... Er setzte die Flasche ab und begann, ihr einige pikante Details über die kürzliche Scheidung des Duke of Shropshire zu erzählen. Schnell kam er zu der Szene vor Gericht, als das berühmte Foto »ohne Kopf« gezeigt wurde. Lady Pringle hatte geschworen, es wäre der Herzog, sie würde ihn überall erkennen. Der Richter hatte gebeten, das Foto sehen zu dürfen. Er identifizierte es als deutlich erkennbare Großaufnahme männlicher Geschlechtsteile, auf der jedoch das Gesicht seiner Gespielin gut zu erkennen war. Laura kicherte so hilflos, daß er sicher war, sie würde nicht sehen, wie er ihr Glas nachfüllte. Als er zu der Frage des Richters an Lady Pringle kam, woher sie so sicher sein konnte, daß es der Herzog war, hob er sein Glas, und Laura tat es ihm unwillkürlich nach. Er ließ sie zuerst trinken, bevor er Lady Pringles Antwort zitierte, die im Saal ein solches Gelächter hervorgerufen hatte, daß der Richter ihn räumen ließ.

Er lehnte sich zurück und betrachtete sie. Es entwickelte sich hervorragend. Sie hatte ihr kokettierendes Verhalten abgelegt und vergaß auch einen Moment ihre gepflegte Aussprache.

»Ach, hör'nse auf!« sagte sie.

Der Kellner hatte einen Wagen mit französischen Süßspeisen an ihren Tisch geschoben. Wie erwartet, nahm sie die sahnigste und rückte ihr mit dem beherzten Eifer eines Schulmädchens zu Leibe.

Beim Kaffee wurde sie wieder ernst, achtete sorgfältig auf ihre Aussprache und löcherte ihn mit politischen Fragen. Sie wiederholte das übliche Zeitungslamento über unverantwortliche Unternehmer, die ohne einen Gedanken an die sozialen

Folgen fragwürdige neue Produkte auf den Markt warfen. Peterson begnügte sich damit, diese Standardpredigt über sich ergehen zu lassen. Doch dann war er, ohne es richtig zu bemerken, plötzlich dabei, laut über Dinge zu sprechen, die er lange Zeit verschüttet hatte. »Nein, nein, das sehen Sie falsch«, sagte er abrupt. »Der Knick setzte ein, als wir anfingen, die vorgeblich sozial relevanten Forschungsbereiche mit Prioritäten zu versehen. Wir akzeptierten die Einstellung, die Wissenschaft sei wie andere gesellschaftliche Bereiche, in denen man ein Produkt schafft, das dann von oben nach unten unter die Leute gebracht wird.«

»Sicher, das ist möglich«, sagte Laura, »wenn oben die richtigen Leute sitzen.«

»Es *gibt* keine richtigen Leute«, erwiderte er energisch. »Ich bin gerade dabei, das zu lernen. Sehen Sie, wir sind zu den führenden Wissenschaftlern gegangen und haben sie aufgefordert, sich der vielversprechendsten Bereiche anzunehmen. Die unterstützen wir dann und beschneiden den Rest – ›um unsere Kräfte zu konzentrieren‹. Aber die wahre Vielfalt in der Wissenschaft kommt von unten, nicht von den Neuerungsmanagern an der Spitze. Wir haben die Bandbreite der Wissenschaft verengt, bis alle nur noch die wohlbekannten Probleme sahen. Um Geld zu sparen, haben wir Phantasie und Begeisterung erstickt.«

»Mir scheint, was wir haben, ist *zuviel* Wissenschaft.«

»Zuviel angewandte Arbeit ohne wirkliches Verständnis, jawohl. Ohne Verfolgung der Grundlagen bekommt man eine Generation von Technikern, und die haben wir jetzt.«

»Mehr Kontrollen, um die unvorhergesehenen Nebenwirkungen zu sehen …«

»Um zu sehen, muß man einen Blickpunkt haben«, sagte er ernst. »Ich fange gerade erst an, diese Tatsache zu begreifen. Das ganze Gerede über ›soziale Relevanz‹ setzt voraus, daß irgendwo ein Bürokrat sitzt, der am besten beurteilen kann, was nützlich ist. Und jetzt laufen die Probleme den Praktikern, den Leuten mit beschränktem Horizont davon …«

Er brach ab, verblüfft über seinen Ausbruch. Er hatte die sorgfältig kultivierte Stimmung des Abends verändert, vielleicht auf verhängnisvolle Weise. Möglicherweise lag es daran, daß er den ganzen Tag mit Renfrew verbracht hatte. Einen Moment lang hatte er heftig gegen genau die Sichtweise argumentiert, die ihn so schnell nach oben gebracht hatte.

Er nahm einen tiefen Schluck von seinem Kaffee und kicherte. »Mich hat es wohl ein wenig aus der Kurve getragen. Muß am Wein liegen.« Wenn er es geschickt anstellte, konnte er den plötzlichen Ausbruch dazu nutzen, sich als einen Mann zu präsentieren, der voller Leidenschaft über die Probleme der Welt reflektierte, der ein engagierter und unabhängiger Denker war. Er machte sich daran, diesen Eindruck zu verstärken.

Der Mond stand hoch über den Bäumen. Über die Lichtung strich still eine Eule. Vorsichtig zog er seinen Arm unter ihrem Kopf fort und schaute auf die Uhr. Schon nach Mitternacht, verdammt! Er stand auf und begann sich anzuziehen. Sie blieb stumm liegen, selbstvergessen, die Beine immer noch weit gespreizt.

Sie lag auf seiner Jacke. Er bückte sich, um sie unter ihr fortzuziehen, und sah im Mondlicht Tränen auf ihrem Gesicht. O verflixt. Damit wollte er sich nicht auch noch belasten.

»Zieh dich besser an«, sagte er. »Es ist schon früh.«

Sie setzte sich auf und fingerte an ihrem Kleid herum. »Ian«, begann sie mit dünner Stimme, »das ist mir noch nie passiert.«

»Ich bitte dich«, sagte er ungläubig. »Du willst mir doch nicht erzählen, daß du noch Jungfrau warst.«

»Das habe ich nicht gemeint.«

Er vermutete zu verstehen, was sie meinte. »Du hast noch nie…?«

»Ich… nicht mit einem Mann… nicht so… Ich habe nie…« Sie stolperte über ihre Worte, verstummte verlegen.

Das war es also. Er half ihr nicht weiter. Er fühlte sich müde und gereizt, das unausgesprochene Kompliment berührte ihn nicht. Es war Ehrensache, sie zu befriedigen, mehr nicht. Sie hatte lange genug gebraucht, weiß Gott. Aber es war immer noch besser gewesen als mit der nymphomanischen Japanerin in La Jolla, Kiefers Frau. Als er jetzt an sie dachte, hatte es einen unangenehmen Beigeschmack. Er hatte das Übliche getan – tatsächlich, nicht mehr. Sie war immer wieder gekommen, schien unersättlich zu sein. Eine fiebernde Gier war ihr zu eigen gewesen, etwas, das er in letzter Zeit nicht bei vielen Frauen bemerkt hatte. Aber das war ihr Problem, nicht seins. Seufzend verdrängte er die Erinnerung.

Er schüttelte seine Jacke aus, wischte ein paar Grashalme ab. Sie war jetzt still und fingerte noch immer an der Krawatte ihres Kleids herum. Wahrscheinlich versuchte sie, den gleichen Knoten wie vorher zu knüpfen. Er ging voran, hatte kein Verlangen mehr, sie zu berühren. Als sie nach seiner Hand griff, hielt er es für taktisch klug, sie zu halten; schließlich würde er ja wieder nach Cambridge kommen. Geistesabwesend kratzte er einen Mückenstich an seinem Hals, den er bekommen hatte, als sie sich im Gras wälzten. Morgen würde wieder ein langer Tag sein. Er spannte die Schultern. Die Kälte hatte seine Muskeln sich verkrampfen lassen. Mal überlegen, morgen war die Unterausschußsitzung, und dann mußte er sich über den Krieg um die heiligen Kühe informieren, der immer noch in Gang war... Abrupt wurde er sich bewußt, daß er in diesen Tagen stets ein wenig in der Zukunft lebte, eine Gewohnheit, die ihm schon in Fleisch und Blut übergegangen war. Bei den Renfrews war er durch Gedanken an Essen und Wein abgelenkt worden. Im Restaurant hatte er Lauras Haare betrachtet und überlegt, wie es wohl auf einem weißen Kissen ausgebreitet aussehen mochte. Dann, direkt nach dem Geschlechtsverkehr, waren seine Gedanken zum nächsten Tag und zu dem, was er zu tun hatte, gewandert. Mein Gott, ein Esel, der der Möhre nachlief.

Er war leicht überrascht, als sie aus dem dunstigen Wald ins Mondlicht hinaustraten und er sich erinnerte, daß er noch in Cambridge war.

# — 23 —

Gregory Markham war überrascht, als Peterson im Labor erschien und sich mit entschlossenen Schritten durch die Gassen zwischen den Instrumenten bewegte. Nach der üblichen Begrüßung sagte Greg: »Ich hätte nicht gedacht, daß Sie jetzt so viel Zeit für Sekundäreffekte wie diesen hier haben.«

»Ich war gerade in der Nähe. Vor ein paar Tagen habe ich Renfrew getroffen und war seitdem beschäftigt. Ich wollte mit Ihnen reden und diese Wickham kennenlernen.«

»Ach, das. Ich sehe keine Notwendigkeit, in die Staaten zu fliegen.«

Petersons Gesicht verhärtete sich. »Ich habe mit der NSF und Brookhaven alles geklärt. Ich habe getan, was ich konnte. Und ich dachte, Sie hätten nichts dagegen, sich drüben für Renfrew ins Zeug zu legen.«

»Habe ich auch nicht, aber...«

»Gut. Ich erwarte Sie wie geplant beim morgigen Flug.«

»Ich will drüben einige interessante Theorien diskutieren, Material, das Cathy...«

»Nehmen Sie es mit!«

Markham seufzte. Peterson war keiner der lässigen Manager, wie sie in den USA populär waren. »Nun, es wird einige Verzögerungen bedeuten, aber...«

»Wo ist die Wickham?«

»Dort drüben. Sie ist gestern gekommen, und John führt sie noch herum.«

Eine schlanke, fast hagere Frau erschien. »Wir sind gerade mit dem Rundgang fertig geworden«, sagte sie zu Markham. »Ganz schön eindrucksvoll. Wir haben uns noch nicht kennengelernt, glaube ich«, fügte sie hinzu und wandte ihre großen braunen Augen zu Peterson.

»Nein, aber ich habe von Ihnen gehört, Ian Peterson.«

»Sie sind also der Mensch, der mich hierher entführt hat?«

»Mehr oder weniger. Sie werden gebraucht.«

»In Pasadena wurde ich auch gebraucht«, sagte sie grimmig. »Sie müssen irgendeinem großen Tier ganz schön eingeheizt haben.«

»Ich wollte etwas über diese Tachyonen aus Subuniversen erfahren.«

»O Mann, Sie sind es wohl gewohnt, das, was Sie wollen, schnell zu bekommen.«

»Manchmal«, erwiderte Peterson gleichgültig.

»Nun, die notwendigen Informationen haben Greg und John mir schon gegeben, und ich glaube, die Störungen könnten kosmologischen Ursprungs sein. Vielleicht Mikrouniversen, vielleicht entfernte Seyfert-Galaxien in unserem Universum. Schwer zu sagen. Quaderkerne können solche Störeffekte nicht bewirken, so viel ist sicher. Die Daten von Caltech und Kitt Peak scheinen darauf hinzudeuten, daß in unserem Universum viel Dunkelmaterie steckt. Genug, um die Möglichkeit zu implizieren, daß es Mikrouniversen gibt.«

»Genug, um unsere Geometrie zu isolieren?« fragte Greg. »Ich meine, über die kritische Dichte hinaus?«

»Könnte sein.« Zu Peterson gewandt fügte sie hinzu: »Wenn die Dichte von Dunkelmaterie hoch genug ist, wird unser Universum schließlich in sich zusammenfallen. Zyklischer Kosmos und so weiter.«

»Dann gibt es also keine Möglichkeit, die Störungen in Renfrews Experiment zu vermeiden?« fragte Peterson.

»Wahrscheinlich nicht. Ein schwieriges Problem für John, wenn er versucht, trotz aller spontanen Emissionen, die diese Tachyonenstörungen verursachen, einen Strahl konzentriert zu bündeln. Aber für die 1963er spielt das keine Rolle. Sie empfangen nur, das ist viel leichter.«

Peterson verabschiedete sich mit dem Hinweis, er müsse noch einige Anrufe erledigen. Als er sich hastig entfernte, schien er ziemlich verwirrt. »Komischer Kerl«, sagte Cathy.

Markham lehnte sich gegen die Computerkonsole. »Er ist der Mann, der die Kasse aufmacht. Halten Sie ihn bei Laune!«

Sie lächelte. »Erstaunlich, daß Sie für das alles hier Zuschüsse bekommen.« Sie musterte sein Gesicht. »Glauben Sie wirklich, Sie können die Vergangenheit verändern?«

Nachdenklich antwortete Markham. »Nun, ich *glaube*, Renfrew hat damit aus dem einfachen Grund angefangen, daß er Zuschüsse bekommen wollte. Wissen Sie, ein ›praktischer‹ Zuckerguß auf einem Keks, der in Wirklichkeit fundamental und ›nutzlos‹ ist. Er hat nie erwartet, daß es funktioniert. Ich selbst habe es auch für gute Physik gehalten, und Petersons Interesse hat uns beide überrascht. Allmählich komme ich zu der Auffassung, daß John es von Anfang an ernst gemeint hat. Sie haben die Gleichungen gesehen. Wenn ein Experiment keine Kausalschleife verursacht, ist es zulässig. Das ist einsichtig.«

Cathy lehnte sich in ihrem Laborstuhl zurück und legte die Füße auf die Konsole. Die Haut über ihren Wangenknochen schien straff gespannt, trocken und spröde, gezeichnet von Sonne und Erschöpfung. Unter ihren Augen lagen dunkle Halbmonde. »Sicher, aber die Anfangsexperimente, die Sie durchgeführt haben... Das ist alles noch ganz simpel. Wenn aber Menschen betroffen sind...«

»Jetzt denken Sie schon wieder an das Paradoxproblem«, sagte Markham freundlich. »Wenn Menschen in einem Experiment mitspielen, kommt der freie Wille hinzu, und das führt zu dem Problem, wer der Beobachter in dem pseudoquantenmechanischen Experiment ist, und so weiter.«

»Genau.«

»Und dieses Experiment *funktioniert*. Denken Sie an Petersons Bank-Botschaft!«

»Sicher. Aber die Mitteilungen über die Ozeane – wie würde ein Erfolg aussehen? Wachen wir eines Tages auf, und die Blüte ist verschwunden?«

»Jetzt denken wir wieder in den Kanälen der Paradox-Erzeugung. Sie trennen sich selbst von dem Experiment ab. Der alte klassische Beobachter, wenn man so will. Die Dinge müssen nicht kausal, sie müssen nur in sich logisch sein.«

Sie seufzte auf. »Ich weiß nicht, was die Feldgleichungen

darüber aussagen. Hier ist eine Kopie meines Aufsatzes über die gekoppelten Lösungen, vielleicht können Sie…«

»…quantenmechanische Übersymmetrie und allgemeine Relativität kombinieren? Einschließlich der Tachyonen?«

»Genau.«

»He, das lohnt schon einen Blick.« Markham blühte auf.

»In den Gleichungen stecken noch viele alte Grundzüge, so viel kann ich sagen. Jedes quantenmechanische Ereignis – das heißt, mit Tachyonen in einer paradox-erzeugenden Schleife – führt zu einer Art Aufsplitterung in Gruppen von Ereignis-Wahrscheinlichkeiten.«

»Ein Wellenmuster zwischen Vergangenheit und Zukunft. Der Lichtschalter zwischen ›an‹ und ›aus‹.«

»Jawohl.«

»Wir bekommen also immer noch Wahrscheinlichkeitsvoraussagen. Keine sicheren Feststellungen.«

»Ich denke schon. Oder zumindest sind die formalistischen Voraussetzungen dafür da. Aber da ist noch etwas anderes… Ich hatte noch keine Zeit, es herauszuschälen.«

»Hätten wir Zeit zum Nachdenken…« Markham blätterte durch die sauber getippten Seiten mit den Gleichungen. »Das zu interpretieren, ist der schwerste Teil. Die Mathematik ist so neu…«

»Klar. Hätte dieser Peterson mich nur nicht von Caltech losgeeist. Thorne und ich waren kurz davor…« Ihr Kopf ruckte herum. »Woher wußte Peterson überhaupt von mir? Haben Sie es ihm gesagt?«

»Nein. Ich wußte gar nicht, daß Sie daran arbeiten.«

»Hmmmm.« Ihre Augen wurden zu Schlitzen, dann zuckte sie die Achseln. »Er hatte einigen Einfluß, soviel steht fest. Scheint ein typisch englischer Pedant zu sein.«

Markham schien sich in seiner Haut nicht wohl zu fühlen. »Nun, ich weiß nicht…«

»Okay, okay, ich habe die Zeitverschiebung wohl noch nicht richtig verkraftet. Ich wünschte, Peterson hätte noch eine Woche gewartet.«

Markham sah Peterson näher kommen und machte Cathy ein Zeichen. Sie setzte ein ausdrucksloses Gesicht auf, das beinahe komisch wirkte. Markham hoffte, Peterson würde es übersehen.

»Ich habe gerade mit meinem Stab gesprochen«, sagte Peterson und hakte die Daumen in seine Weste. »Sie sollten sich mal um die Leute kümmern, die um 1963 in Columbia, Moskau und La Jolla gearbeitet haben. Biographien und so.«

»Ja, das sollte man wirklich einmal überprüfen«, sagte Markham. »Überlaßt Ian nur die Physik und versucht euch an etwas Einfachem.«

»Hmmm.« Peterson blickte Markham an, seine Augenbraue hob sich unmerklich. »Der Stab hat nicht viel Zeit. Auffälliges, zum Beispiel Aufsätze in den Fachzeitschriften, ist den Leuten nicht untergekommen. Da war etwas über ›spontane Resonanzen‹, das später nie wieder auftauchte – wohl eine falsche Fährte –, aber nichts über Tachyonen oder Botschaften. Im *New Scientist* stolperte einer meiner Leute über Botschaften aus dem Weltall, und dabei stand ein Hinweis über einen NMR-Typen namens Bernstein. Und eine Fußnote über eine Fernsehsendung mit einem Vogel, der über Leben im Universum spekuliert«

»Kann Ihr Stab den Film auftreiben?« fragte Cathy.

»Vielleicht. Bei der Central-Park-Katastrophe ist viel verlorengegangen, heißt es. Die Fernseharchive waren in Manhattan. Und so alte Programme werden auch nicht in Mehrfachkopien aufbewahrt. Ich habe eine Frau auf die Nachforschungen angesetzt, aber Sir Martin hat gerade ein Notprogramm zu diesem...« Abrupt verstummte er.

»Glauben Sie, dieser Bernstein hat die Nachricht in der Bank hinterlegt?« fragte Markham.

»Möglich. Aber wenn das der einzige Effekt von Renfrews Strahlen war, sind die Ozean-Informationen nicht angekommen.«

Markham schüttelte den Kopf. »Falsche Zeit. Wir könen sie noch immer senden; wenn eine Botschaft durchgekommen ist, können andere das auch.«

»Wieder der freie Wille«, warf Cathy ein.

»Oder Unwille«, sagte Peterson milde. »Ich muß nach Cambridge rein, mich um einige Sachen kümmern. Könnten Sie mir, bevor ich gehe, eine kurze Darstellung Ihrer Arbeit geben, Cathy?«

Sie nickte. »Renfrew gibt heute abend eine kleine Party«, sagte Markham. »Er hat vor, Sie einzuladen.«

»Nun...« Peterson blickte Cathy an. »Ich werde versuchen, vorbeizukommen. In London muß ich erst morgen unbedingt sein.«

Er und Cathy Wickham gingen in Renfrews Büro, um die Tafel dort zu benutzen. Markham sah durch die Glastür, wie sie sich unterhielten. Peterson schien von der Physik der Tachyonen gefesselt, den ihnen unterstellten Nutzen hatte er fast völlig vergessen. Die beiden Gestalten bewegten sich vor der Tafel hin und her. Mit schnellen Kreidestrichen zeichnete Cathy Diagramme und Symbole. Peterson studierte sie stirnrunzelnd. Er schien mehr auf die Frau als auf die Tafel zu achten.

## — 24 —

Als Markham mit dem Glas in der Hand gestikulierte, verschüttete er ein paar Tropfen auf Renfrews grauen Teppich. Geistesabwesend wischte er mit dem Fuß darüber, als wäre er nicht sicher, ob er den Fleck gemacht hätte, und setzte sein Gespräch mit Cathy Wickham fort. »Ihre neuen Gleichungen ergeben einige komische Lösungen. Einmal die Wahrscheinlichkeitswelle für die Kausalschleifen, aber...« Verspielt nachdenklich fuhr er fort, während er insgeheim hoffte, Jan würde bald eintreffen. Er hatte sie aus dem Labor angerufen, als Renfrew ihm gesagt hatte, die kleine Gesellschaft wäre als informelle Abschiedsparty vor seiner bevorstehenden Reise gedacht. Renfrew setzte große Hoffnungen darauf, daß die Störungen mit den Geräten aus Brookhaven auszuschalten seien, und vertraute auf Markhams Geschicklichkeit, sie den Amerikanern abzuschwätzen. »Es regnet sich aus«, bemerkte Renfrew mit einem Blick durchs Fenster. Mit dem plötzlichen, donnernden Regen war eine pechschwarze Nacht hereingebrochen. Peterson hatte das Wagenfenster heruntergekurbelt und sich hinauslehnen müssen, um das Tor zu sehen. Markham ging zum Fenster und schnupperte den dumpfen Geruch feuchter Erde und nasser Blätter. Geflügelte Ahornsamen trudelten in die regennassen Hecken. Eine durchweichte Welt.

Marjorie Renfrew blieb am Rande des Dreiecks Peterson – Wickham – Markham stehen; an dem entspannten wissenschaftlichen Geplauder konnte sie sich nicht beteiligen. John Renfrew strich durchs Zimmer und schob kleine Platten mit Appetithäppchen einen Zentimeter näher zum genauen Mittelpunkt der kleinen Tische. Sein Gesicht war gerötet, er schien schon beträchtlich getrunken zu haben.

Es klingelte an der Haustür. In dem hämmernden Regen hatte niemand einen Wagen kommen hören. Erleichtert eilte Marjorie zur Tür. Markham hörte ihre Stimme in der Diele. Sie gab dem Neuankömmling keine Gelegenheit mehr, zu antworten. »Ein schrecklicher Abend! Ist das nicht gräßlich? Kommen Sie rein, haben Sie keinen Regenmantel? Das müssen Sie aber, wenn Sie hier leben; bin ich froh, daß Greg Sie erreicht hat. Es war in letzter Minute, ich weiß, aber ich bin hier von Wissenschaftlern umzingelt und brauche jemanden, mit dem ich reden kann.«

Markham sah hinter Jan das Wasser in schneller Folge vom Verandadach tropfen, bevor Marjorie die Tür schloß. Sie mußte sie mit der Schulter ins Schloß drücken. »He, Süße.« Er küßte seine Frau flüchtig. »Machen wir dich erst mal trocken.« Er ignorierte Marjories nervöses Getue und zog Jan in das Wohnzimmer.

»Ein echtes Holzfeuer! Wie hübsch«, sagte Jan.

»Ich dachte, das würde für die richtige Stimmung sorgen«, begann Marjorie, »aber eigentlich ist es eher deprimierend. Es erinnert an den Herbst, dabei ist es erst August. Das Wetter scheint total durcheinander.«

»Kennst du alle?« fragte Greg. »Das ist Cathy Wickham.«

Cathy, die jetzt mit John Renfrew auf dem Sofa saß, nickte ihr zu.

»Oh, jetzt in Kalifornien sein, wo hier August ist, was?«

»Und das ist Ian Peterson. Ian, meine Frau Jan.«

Peterson schüttelte ihr die Hand.

»Wie ging's mit dem Experiment?« fragte Jan in die Runde.

»Herrje, fangen Sie nur nicht damit an«, sagte Marjorie schnell. »Ich hatte gehofft, wenn Sie da sind, könnten wir endlich über etwas anderes reden.«

»Schlecht, aber auch gut«, antwortete Greg, Marjorie ignorierend. »Wir haben eine Menge Störungen, aber Cathys detaillierte Erklärung des Störungspegels und des Spektrums klingen gut. Mit besserer Elektronik kann John sicher einige der Probleme lösen.«

»Ich bin überrascht, daß Peterson sie Ihnen nicht mit einem Griff zum Telefonhörer besorgt hat«, sagte Cathy scharf. Blicke richteten sich auf sie. Ihre Kiefer mahlten in einer angestrengten und unbewußten Bewegung.

»Meine Allmacht wird überschätzt«, sagte Peterson freundlich.

»Beeindruckend, wie der wissenschaftliche Schwanz mit dem CIA-Hund wackelt.«

»Ich bin sicher, ich verstehe nicht, was Sie meinen.«

»Man sollte Akten so zurücklegen, wie man sie vorgefunden hat.«

»Ich weiß ganz bestimmt nicht, was Sie ...«

»Wollen Sie sich für immer hinter diesem auswendig gelernten Satz verstecken?«

Marjorie, von der Spannung zwischen den beiden elektrisiert, starrte sie entsetzt an. »Möchten Sie nichts zu trinken, Jan?« fragte sie verzweifelt, ihre Stimme eine Spur zu laut. Petersons spröde Erwiderung übertönte Jans leise Antwort.

»Hier in England glauben wir noch daran, daß Takt und

Höflichkeit die Räder der sozialen Beziehungen schmieren, Miss Wickham.«

»*Doktor* Wickham, wenn wir schon formell werden, *Mister* Peterson.«

»*Doktor* Wickham, selbstverständlich.« Er ließ das Wort wie eine Beleidigung klingen. Cathys Körper straffte sich vor Erregung.

»Männer wie Sie können es nicht ertragen, eine Frau als etwas anderes als ein hirnloses Betthäschen zu sehen, nicht wahr?«

»Ich versichere Ihnen, in Ihrem Fall trifft das nicht zu«, entgegnete Peterson aalglatt. Er wandte sich Renfrew zu, der den Eindruck machte, er wünschte sich tausend Meilen weit weg. Markham nippte an seinem Glas und blickte mit aufmerksamem Interesse von einem zum anderen. Besser als das normale Party-Geplausche ...

»Komisch, heute nachmittag hatte ich einen anderen Eindruck«, setzte Cathy nach. »Aber Sie haben es wohl nicht gelernt, eine Ablehnung hinzunehmen, nicht wahr?«

Petersons Hand klammerte sich um den Stiel seines Glases, die Knöchel traten weiß hervor. Langsam drehte er sich um. »O mein Gott«, sagte Marjorie mit brüchiger Stimme.

»Sie müssen etwas von dem, das ich gesagt habe, falsch verstanden haben, Dr. Wickham«, sagte er schließlich. »Ich würde das Thema kaum bei einer Frau Ihrer ... Art ansprechen.«

Einen Augenblick war alles regungslos und stumm. Dann ging John Renfrew zum Kamin und stellte sich vor ihm auf, die Beine gespreizt, einen Krug Bier in der Hand. Er blickte ernst, jeder Zoll ein englischer Junker.

»Dies ist mein Haus«, sagte er, »und ich erwarte, daß sich meine Gäste höflich zueinander verhalten.«

»Sie haben völlig recht, Renfrew«, sagte Peterson prompt. »Ich entschuldige mich. Es war eine Folge unerträglicher Provokation.« Die letzte Bemerkung schob Cathy den Schwarzen Peter zu.

»O Gott«, sagte sie bekümmert. »John, es tut mir leid, daß

ich mich in Ihrem Haus so habe gehenlassen. Aber es hat mir Spaß gemacht, ihm eins zu verpassen...«

»Das *reicht*«, erklärte Renfrew. »Genug!« Eine Bewegung seines Bierkrugs deutete an, daß die Sache für ihn erledigt war.

»Gut gemacht, John«, sagte Jan. »Bestehe auf deinem Recht! Und wenn ich jetzt etwas zu trinken haben könnte...« Lächelnd trat sie auf ihn zu. Der starre Kreis brach auf, die Spannung verflüchtigte sich. Er nahm sie beim Ellenbogen, und sie gingen zum Sideboard. Peterson zog Marjorie in ein Gespräch. Greg setzte sich neben Cathy Wickham auf das Sofa.

»Ich glaube, ich bin in dieser Runde zu Boden gegangen«, sagte sie heiter. »Aber die ein oder zwei Minuten waren es wert.«

»Hat er Ihnen wirklich einen Antrag gemacht?« fragte Greg.

»Ich war die ganze Zeit da und habe nichts bemerkt.« Jan kam zu ihnen und hockte sich auf den Rand des Sofas.

»Machen Sie Witze?« Cathy lachte. »Natürlich hat er.«

»Wenn man sich näher kennt, nun gut. Aber so direkt...«

»Oh, er war sehr subtil und diskret, ließ Raum für eine taktvolle Ablehnung, um sein Ego zu schonen. Selbstzufriedener Mistkerl! Aber Jan mißbilligt meine Handlungsweise, nicht wahr, Jan?«

»Ja, allerdings. Ich glaube, Sie haben John und Marjorie in die Klemme gebracht. Offen gesagt, ich habe die gleiche Meinung über ihn wie Sie, aber...«

»Faszinierend«, unterbrach Greg sie. »Jetzt will ich mal hören, wie ihr zwei eure Klauen in den armen Kerl schlagt.«

»Armer Kerl? Er ist eine höchst erfolgreiche, selbstbewußte schleimige Kröte, die Frauen verachtet. Wollen Sie als Mann für ihn gegen zwei Raubtierfrauen Partei ergreifen?«

»Er verachtet Frauen?« fragte Cathy verblüfft. »Ich hätte eher das Gegenteil angenommen.« Jan und Cathy wechselten einen Blick.

»Er verabscheut uns alle, jeden einzelnen. Und Zurückweisung durch ein niederes Wesen kann er nicht ausstehen. Warum, glauben Sie, hat er angedeutet, ich sei lesbisch?«

»Sind Sie es?«

Sie zuckte die Achseln. »Ich bin bi. Aber ich neige mehr zu Frauen, ja. Schauen Sie jetzt nicht hin, aber der gute Ian macht sich gerade an unsere teure Gastgeberin heran. Sie wird rot wie ein Schulmädchen.« Markham drehte sich auf dem Sofa und starrte neugierig durchs Zimmer.

»Ich kann mir das nicht vorstellen. Sie kommt mir kein bißchen sexy vor. Außerdem würde sie wahrscheinlich die ganze Zeit reden.«

»Na, wer fährt jetzt die Krallen aus? Zumindest ist sie erkennbar heterosexuell – mehr braucht Peterson nicht, um sein verletztes Ego zu trösten. Als nächste wird Jan an der Reihe sein.«

Jan zog eine Augenbraue hoch. »Ich bitte Sie! Mit Greg hier im Zimmer? Und er muß wissen, daß ich mich für ihn nicht besonders interessiere.«

»Meinen Sie, eins von beiden würde ihn stören? Sprechen Sie mit ihm – ich wette, es dauert nicht mal fünf Minuten, bis er einen Annäherungsversuch macht. Dann können Sie ihn aufs rechte Maß zurückstutzen.«

Jan schüttelte den Kopf. »Auf dieses Erlebnis möchte ich lieber verzichten.«

»Nein, das geht einfach zu weit«, protestierte Greg. »Ich kann nicht glauben, daß er so übel ist.«

Cathy zog eine Grimasse. »Dann lassen Sie's! Ich unterhalte mich mit John über sein Experiment.« Sie stand auf und ging.

»Nun?« meinte Greg fragend.

»Nun was?«

»Meinst du nicht, sie übertreibt? Glaubst du wirklich, er hat einen Annäherungsversuch gemacht?«

»Ich bin sogar ziemlich sicher. Aber meiner Meinung nach ärgerte sie am meisten, daß sie von jemandem, der sie nicht als Wissenschaftlerin behandelt, von ihrer Arbeit weggeholt wird. Und es ist nicht gerade angenehm zu wissen, daß jemand in ihren persönlichen Papieren geschnüffelt hatte.«

»Ach, zum Teufel damit. Verglichen mit dem Rest der Gesellschaft macht Peterson einen recht vernünftigen Eindruck auf mich. Renfrew ist außerhalb des Labors ein Langweiler, Marjorie ist ein Heimchen und Cathy eine Kratzbürste. Herr im Himmel, du und ich sind die einzig Normalen.«

»Und selbst du bist ein bißchen verschroben«, sagte sie. »Ich dachte, du hättest ein gutes Gefühl bei dem Experiment. Warum sind alle in so fürchterlicher Stimmung?«

»Du hast recht – wir sind alle nervös. Es ist nicht das Experiment. Ich persönlich freue mich gar nicht auf den Flug nach New York.«

»Worauf?«

»Ach, herrje, natürlich – ich hatte noch gar keine Gelegenheit, es dir zu sagen. Komm, ich hol' dir noch einen Drink und erkläre es dir.«

»Aber wir hatten doch vor...«

»Ich weiß, aber es sind nur ein paar Tage, und...«

Die anderen Gäste mieden das Sofa, während Jan und Greg ihre Familienlogistik klärten. Dann hörten die Markhams eine Weile der englischen Konversation um sich herum zu.

Cathy war in den Innenhof gegangen und verkündete, daß es zu regnen aufgehört hatte; in der Spannung des Wohnzimmers hatte es sonst keiner bemerkt. Ein gekünstelter Anflug guter Laune schien Peterson und Renfrew bei ihrem Gespräch die Kehle zuzuschnüren. Ihre Worte wurden knapper, ihre Tonlage höher. Marjories hastige Sätze bildeten vogelgleiche Kontrapunkte zu ihrer Unterhaltung. Peterson beschrieb den störenden Papierkram, der zur Rettungsaktion der Rhinozeros-Spezies von Sumatra und Java gehörte. Der Weltrat hatte beschlossen, das Geld in Java dafür zu verwenden, die Nashörner zu isolieren. In der Öko-Bestandsaufnahme hatte sich das als Teil eines Stabilisierungsplans herausgeschält, der darauf abzielte, gefährdete Arten zu erhalten. Die Spezies, die es im Überfluß gab, war natürlich der Mensch. Die Politik des Rats war von den Umweltfanatikern mit Beifall begleitet worden; man hatte diskret unter den Tisch fallen lassen, daß unter dem

Strich von den zur Verfügung stehenden Mitteln nun weniger Land und Geld für die Menschen blieben. »Eine Frage der Auswahl«, meinte Peterson nüchtern und ließ die Bernsteinflüssigkeit in seinem Glas kreisen. Kopfnicken.

Greg Markham sagte zu Marjorie Renfrew: »Nein, nein, vergessen Sie die Szene ›Cathy und Ian‹. Sie bedeutet nichts. Wir sind in letzter Zeit alle nervös.«

Sie standen im Innenhof, am Rande des orangefarbenen Lichts, das aus der Wohnung fiel.

»Aber ich hielt Wissenschaftler immer für weniger gefühlsbetont, und wenn man sieht, wie sie aufeinander losgehen...«

»Zum ersten, Peterson ist kein Wissenschaftler. Zum zweiten, das Gerede über unterdrückte Emotionen ist vorwiegend nur eine Legende. Als Newton und Hooke ihren berühmten Disput darüber führten, wer das Gesetz des reziproken Quadrats entdeckte, waren sie gewiß in heller Wut. Aber damals brauchte ein Brief eine Woche. Newton hatte Zeit, sich seine Erwiderung zu überlegen, das hielt die Diskussion auf einem hohen Niveau. Wenn heute ein Wissenschaftler einen Brief schreibt, veröffentlicht er das verdammte Ding. Die Interaktionszeit ist sehr gering, die Wellen der Erregung schlagen hoch. Dennoch...«

»...glauben Sie nicht, daß dies die heutige Reizbarkeit erklärt?« setzte Marjorie den Satz fort.

»Nein, es gibt noch mehr, ein Gefühl...« Greg schüttelte den Kopf. »Ach, Dreck, ich sollte bei der Physik bleiben. Selbst da wissen wir natürlich nicht viel Grundlegendes.«

»Tatsächlich? Wieso?«

»Wir nehmen zum Beispiel die bloße Tatsache hin, daß alle Elektronen die gleiche Masse und die gleiche Ladung haben. Ebenso ihre Antiteilchen, die Positronen. Warum? Man kann über Felder und Vakuumschwankungen reden, aber mir gefällt die alte Wheeler-Interpretation – sie haben die gleiche Masse, weil sie alles dasselbe Teilchen sind.«

Marjorie lächelte. »Wie kann das möglich sein?«

»Im Universum gibt es nur ein Elektron. Ein Elektron, das sich rückwärts in der Zeit bewegt, sieht wie ein Antiteilchen aus, das Positron. Man läßt das Elektron in der Zeit hin und her springen, macht alles aus diesem einen Teilchen – Setter und Saurier, Steine und Sterne.«

»Aber wieso bewegt es sich rückwärts in der Zeit?«

»Tachyonenkollision? Ich weiß es nicht.« Gregs Leichtigkeit verflüchtigte sich. »Das Problem ist, daß die Grundlage von allem fragwürdig ist. Sogar die Logik selbst hat Löcher. Theorien basieren auf Abbildern von der Welt – menschlichen Abbildern.« Er blickte nach oben, Marjories Augen folgten ihm. Sternbilder standen wie helle Kronleuchter am Himmel. In der Ferne summte ein Flugzeug. An seinem Heck blinkte ein grünes Licht. »Ich bevorzuge die alten, sicheren Dinge«, sagte sie scheu.

»Damit wir's archaisch haben und es gleichzeitig essen können?« erwiderte Greg bissig. »Unsinn! Wir müssen vorankommen. Gehen wir wieder hinein!«

Markham trat zum Fenster und starrte in den aufklarenden Himmel. »Man fragt sich, was für Wolken dieses Wasser abgeladen haben«, sagte er mehr zu sich selbst. Sein Kopf drehte sich langsam. Er blickte in den Hof und fuhr plötzlich auf. »He, wer ist das?«

John Renfrew kam zum Fenster und spähte in die Dunkelheit. »Wer ... sie sind in der Garage.«

Markham wandte sich vom Fenster ab, ihm fiel der Mann an der Haltestelle ein. »Was bewahren Sie dort auf?«

Renfrew zögerte und betrachtete die dunklen Gestalten, die jetzt das Garagentor hochgestemmt hatten. »Werkzeuge, alte Kleider, ich ...«

»Lebensmittel!« schrie Marjorie. »Mein Eingemachtes, ein Teil ist in der Garage. Und Konserven.«

»Da sind sie hinterher«, sagte Markham entschieden.

»Die Squatters«, murmelte Renfrew. »Marjorie, ruf die Polizei an!«

»Mein Gott«, stöhnte sie reglos.

»Los!« John gab ihr einen Schubs.

»Ich rufe an«, sagte Jan und lief in die Diele.

»Wir schneiden ihnen den Weg ab«, sagte Markham. Fast beiläufig nahm er ein Schüreisen vom Kamin.

»Nein«, beschwor John ihn, »die Polizei ...«

»Bis dahin sind die Kerle längst weg«, unterbrach Markham ihn. Mit schnellen Schritten erreichte er die Haustür und öffnete sie. »Los!«

»Vielleicht sind sie bewaffnet«, rief Peterson hinter ihm her.

Markham rannte auf den Rasen hinaus. Renfrew folgte.

»Hey!« rief eine Stimme in der Garage. »Scarper!«

»Komm!« schrie Markham.

Er rannte auf die dunkle Höhle der offenen Garage zu. Ein Mann beugte sich nach vorn und nahm einen Karton, zwei andere trugen einige Gegenstände. Als Markham näher kam, zögerten sie. Er riß das Eisen hoch und rief zum Haus: »He, John, hast du die Flinte?«

Die Männer lösten sich aus ihrer Erstarrung. Zwei rasten die Auffahrt hinab. Greg lief weiter und stand zwischen ihnen und der Toreinfahrt. Das Eisen erzeugte ein zischendes Geräusch, als er es in der Luft schwang. Die Männer blieben stehen. Sie wichen zurück und sahen nach links und rechts in die Hecken.

Renfrew rannte auf den dritten zu. Die dunkle Gestalt wich aus und schlüpfte an ihm vorbei. In diesem Augenblick kam Cathy Wickham die Verandatreppe herunter. Renfrew rutschte auf dem feuchten Rasen aus. Der Mann wurde schneller und blickte zu Renfrew zurück. Cathy Wickham, die versuchte, die Schatten auf dem Rasen zu erkennen, blieb stehen, die Gestalt lief in sie hinein. Beide stürzten zu Boden.

Markham schwang das Eisen hin und her. Das Geräusch schien die beiden Männer zu lähmen. In der Dunkelheit konnten sie nicht erkennen, welche Reichweite die provisorische Waffe hatte. Auch Markham konnte die Entfernung nicht abschätzen. *Unwissende Armeen im nächtlichen Kampf*, dachte er benommen. Sollte er sie angreifen?

»Euren Freund hat es erwischt«, rief er laut.

Die beiden wandten sich um. Das gelbe Rechteck der Tür warf sein Licht auf den glitzernden Rasen. John Renfrew riß den gestürzten Mann hoch und sagte: »Was wollt ihr…«

Ganz ruhig trat Markham vor und ließ das Eisen gegen die Beine des einen Mannes sausen.

»Orrr!« Der Getroffene fiel zu Boden. Sein Kumpan sah Markham aus dem Schatten auftauchen und wich zurück. Plötzlich drehte er sich um und rannte diagonal über den Rasen. Markham versuchte, beide Männer im Auge zu behalten. Zwei waren erledigt, noch einer.

»Passen Sie auf, Greg, er hat ein Messer!« schrie Cathy Wickham.

Der Mann, von dem gelben Licht in der Mitte des Rasens eingefangen, drehte sich. In seiner Hand blitzte Metall. »Bleib weg!« sagte er mit rauher Stimme.

Markham ging auf ihn zu, das Stocheisen zischte. Das Geräusch ließ den Mann erneut herumfahren. Ian Peterson kam näher. »Lassen Sie ihn laufen!« rief er Markham zu.

»Nein!« antwortete Markham genüßlich.

»Es hat doch keinen Zweck…«

»Wir haben sie«, beharrte Markham.

»Der da haut ab!« schrie Cathy Wickham. Der Mann, der in der Auffahrt lag, hatte sich kriechend auf das Tor zubewegt. Als sie aufschrie, rannte er humpelnd zum Tor und sprang hinüber.

»Verdammt!« entfuhr es Markham. »Ich hätte ihn bewachen sollen.«

»Melodramatik ist hier nicht gefragt«, sagte Peterson. »Die Polizei ist bald hier.« Markham warf einen Blick zu Renfrew.

»Eric!« schrie der Mann mit dem Messer. »Zurück!«

Bevor Markham das Signal verstehen konnte, setzten sich beide Männer abrupt in Bewegung. Renfrews Gefangener entwand sich seinem Griff und jagte in die Garage zurück. Markham folgte ihm. Als der Mann im Dunkeln des Hauses verschwand, zögerte er. Er konnte nichts sehen. Plötzlich tauchte der Mann wieder auf, ein Schatten. Markham konnte erkennen, daß er einen langen Gegenstand in der Hand hielt. Vorsichtig wich er zurück. Er sah, daß der Mann mit dem Messer sich aufs Tor zubewegte. Ein Ablenkungsmanöver. Der Schatten trat ins Licht und schwang eine Harke gegen Markhams Kopf. Markham duckte sich und sprang zurück. »Los, jemand...« Plötzlich rannten beide Männer zum Tor. Einer drehte sich um und warf die Harke nach Markham, der dem Geschoß auswich. »Dreckskerle!« schrie er und schleuderte das Schüreisen in die Dunkelheit. Ihre Schritte verloren sich in der Nacht.

»Hat keinen Zweck, sie zu verfolgen«, sagte Renfrew neben ihm.

Cathy Wickham stimmte zu. »Überlassen Sie sie der Polizei, Greg!«

»Okay«, brummte er.

Sie versammelten sich im Haus. Einen Moment war es still, dann begannen alle, über den Zwischenfall zu reden. Markham stellte fest, daß die, die drinnen geblieben waren und von der Tür aus zugesehen hatten, die Einzelheiten in einem anderen Licht sahen. Sie dachten, Renfrew hätte seinen Mann sicher im Griff gehabt, während der Bursche in Wirklichkeit nur auf eine gute Gelegenheit zur Flucht gewartet hatte. Die *Relativität der Erfahrung*, dachte Markham. Die Anstrengung ließ ihn keuchen, sein Adrenalinspiegel war gestiegen.

Aus der Ferne kam der Klang einer Sirene.

»Die Polizei«, sagte Peterson. »Wie immer zu spät. Ich mache mich davon, bevor sie hier auftauchen. Ich habe keine Lust, den Rest der Nacht Fragen zu beantworten. Die Helden sind ohnehin Sie beide. Danke für die Drinks und adieu.«

Hastig verließ er das Haus. Markham sah ihm nach. Er dachte über die Tatsache nach, daß ihre erste spontane Reaktion gewesen war, die dunklen Gestalten für Diebe zu halten. Es gab kein Zögern, keiner hielt es für einen Irrtum, keiner hatte den Gedanken, daß es sich nur um Leute handelte, die sich in der Adresse geirrt hatten. Vor zwanzig Jahren wäre das vielleicht noch möglich gewesen. Aber heute...

Die anderen standen in der Mitte des Wohnzimmers und tranken einander zu. Die Sirene kam näher.

## — 25 —

*Juli 1963*

Gordon sah ein, daß er im Sommer viel mit Cooper würde arbeiten müssen. Das Kandidatenexamen war ein Reinfall gewesen, Cooper hatte zwei Wochen gebraucht, sein Selbstvertrauen wiederzugewinnen. Schließlich hatte Gordon sich zu ihm gesetzt und in der Manier des tröstenden Vaters zu ihm gesprochen. Sie arbeiteten ein Programm aus. Morgens würde Cooper sich dem Grundlagenstudium widmen, um sich auf das zweite Kandidatenexamen vorzubereiten. Nachmittags und abends würde er Daten aufnehmen. Bis zum Herbst hätte er genug, um sie im Detail zu analysieren. Bis dahin könnte er mit Gordons Hilfe die Prüfung mit einiger Zuversicht erneut versuchen. Mit ein bißchen Glück hätte er im Winter die Daten für seine Dissertation größtenteils komplett.

Cooper hörte zu, nickte und sagte wenig. Manchmal schien er bedrückt. Seine neuen Daten kamen glatt und sauber: keine Signale.

Jedesmal, wenn Gordon Coopers Laboraufzeichnungen überprüfte und die nichtssagenden, normalen Kurven sah, verspürte er Enttäuschung. Konnte der Effekt kommen und wieder gehen? Warum? Wie? Oder ignorierte Cooper einfach alle Resonanzen, die nicht in seine Dissertation paßten? Wenn man sich völlig sicher war, nicht nach etwas zu suchen, war die Chance groß, daß man es nicht sah.

Aber Cooper nahm alles in seine Aufzeichnungen, wie es ein guter Experimentator tun sollte. Seine Bücher waren unordentlich, aber immer vollständig. Täglich blätterte Gordon sie durch und suchte nach unerklärlichen offenen Stellen oder ausradierten Eintragungen. Nichts schien unstimmig.

Doch er erinnerte sich an die Physiker aus den dreißiger Jahren, die Substanzen mit Neutronen bombardiert hatten. Umsichtig hatten sie ihre Geigerzähler so eingestellt, daß sie sich ausschalteten, sobald die Neutronenflut abbrach – um Wellen experimenteller Irrtümer zu vermeiden. Hätten sie die Geigerzähler eingeschaltet gelassen, hätten sie entdeckt, daß einige Substanzen noch lange Zeit nachher hochenergetische Teilchen abgaben – künstlich zugeführte Radioaktivität. Durch ihre Vorsicht entging ihnen das Unerwartete – und der Nobelpreis.

In der Juliausgabe von *Physics Today* fand sich ein Beitrag über spontane Resonanz. Ein Beispiel für die Datenaufnahme war aus dem Aufsatz in *Physical Review Letters* genommen worden. Lakin wurde ausführlich zitiert. Der Effekt, so sagte er, »verspricht, uns eine neue Art der Interaktion zu zeigen, die in Verbindung vom Typ III–V, beispielsweise Indium-Antimonid, auftreten kann – und vielleicht in *allen* Verbindungen, wenn die Experimente empfindlich genug sind, diesen Effekt zu erfassen«. Die erkennbaren Korrelationen zwischen den Zeiten, in denen spontane Resonanzen auftauchten, wurden nicht erwähnt.

Gordon entschloß sich, das Phänomen der »spontanen Resonanz« erneut in Angriff zu nehmen. Die Signal-Theorie ergab für ihn einen Sinn – irgend etwas war da –, aber die Ablehnung seiner Kollegen konnte nicht ignoriert werden. Okay, vielleicht hatten sie recht. Vielleicht führte ihn eine Folge bizarrer Zufälle zu der Ansicht, daß in den Daten verschlüsselte Worte steckten. Was wäre die Erklärung in diesem Fall? Lakin fürchtete, die Signal-Theorie würde den Blick für das eigentliche Problem trüben. Okay, angenommen, Lakin hatte recht. Angenommen, *alle* hätten recht. Welche anderen Erklärungen waren möglich?

Er arbeitete einige Wochen an Alternativen. Die Theorie, die Coopers ursprünglichem Experiment zugrunde lag, war nicht sonderlich tiefschürfend. Gordon prüfte sie durch, nahm sich die Annahmen vor, rechnete die Integrale nach, untersuchte jeden einzelnen Schritt. Einige neue Ideen nahmen Gestalt an. Er überprüfte jede im Detail mit Gleichungen und Bewertungen der Größenordnung. Die frühere Theorie hatte einige mathematische Begriffe ausgeschieden. Er studierte sie und suchte nach Möglichkeiten, wie sie plötzlich doch nicht mehr belanglos waren und dadurch die Theorie in Frage stellten. Nichts schien seine These zu stützen. Erneut las er die Originalaufsätze, hoffte auf einen intuitiven Hinweis. Pake, Korringa, Overhauser, Feher, Clark… die Aufsätze waren klassisch, unangreifbar. Die kanonische Theorie ließ keine sichtbaren Schlupflöcher.

Er saß gerade an seinem Schreibtisch über einer Berechnung, als das Telefon klingelte. »Dr. Bernstein?« fragte die Abteilungssekretärin.

»Hm«, erwiderte er abwesend.

»Professor Tulare möchte Sie gerne sehen.«

»Okay.« Tulare war Kanzler. »Wann, Joyce?«

»Wenn möglich, jetzt.«

Als Joyce ihn in den langen, spärlich ausgestatteten Raum führte, las der Kanzler in einer Akte. Einer Personalakte, wie Gordon erkannte. Er sollte bald bestätigt bekommen, daß es seine war.

»Kurz gesagt«, begann Tulare, »muß ich Ihnen mitteilen, daß Ihre Beförderung… äh… umstritten ist.«

»Ich dachte, es wäre nur Formsache. Ich meine…«

»Gewöhnlich ja. Die Abteilungsversammlung berät nur über Beförderungen vom Assistenzprofessor zum außerordentlichen Professor, oder vom außerordentlichen zum ordentlichen Professor.«

»Hmm.«

»Eine Beförderung wie in Ihrem Fall vom Assistenzprofessor Stufe II zu Stufe III erfordert nicht das Votum der gesamten Abteilung. Wir befragen gewöhnlich nur die leitenden Kollegen in der Gruppe des Kandidaten nach ihrer Meinung. Ich fürchte…«

»Lakin hat sein Veto eingelegt, nicht?«

Alarmiert blickte Tulare auf. »Das habe ich nicht gesagt.«

»Aber gemeint haben Sie es.«

»Einzelmeinungen will ich nicht diskutieren.« Einen Moment wirkte Tulare besorgt. Dann lehnte er sich zurück und musterte die Spitze seines Bleistifts, als läge dort eine Lösung verborgen. »Aber Ihnen ist doch klar, daß... die Ereignisse der letzten Monate bei Ihren Fakultätskollegen nicht dazu beigetragen haben, ihr Vertrauen in Sie zu stärken.«

»Das war zu erwarten.«

Tulare äußerte eine Reihe von Überlegungen über wissenschaftliche Glaubwürdigkeit und blieb sehr vage. Gordon hörte zu, da er hoffte, etwas daraus erfahren zu können. Tulare war ein anderer Typ als die normalen Universitätsverwalter; er liebte seine eigene Stimme, und diese kleine Vorlesung war eher ein Verteidigungsmechanismus als eine Rede. Trotz seines neu gewonnenen Schwungs spürte Gordon, wie ihm das Herz in die Hose rutschte. Das war eine ernste Entwicklung. Eine Regelbeförderung war reine Routine, Probleme gab es nur in wirklich fragwürdigen Fällen. Die Nagelprobe war der Sprung vom Assistenzprofessor zum außerordentlichen Professor – denn das bedeutete einen Lehrstuhl. Gordon hatte als Assistenzprofessor der Stufe I begonnen und war bemerkenswert schnell innerhalb eines Jahres in Stufe II gekommen. Meist lagen zwei Jahre zwischen jeder Stufe. Sobald er Assistenzstufe II erreicht hatte, konnte er zum a.o. Stufe I befördert werden, obwohl die typische Laufbahn über Assistenz IV führte, bevor der Sprung zum Lehrstuhlinhaber gelang. Aber jetzt machte er nicht einmal den normalen Schritt von II nach III. Eine schlechte Voraussetzung für die Zukunft, wenn es einmal um die Lehrstuhlfrage ging.

Ein Gefühl der Kälte kroch von seinen Beinen in seine Brust, als Tulare sagte: »Natürlich müssen Sie in *jedem* Bereich behutsam vorgehen, Gordon.« Jeder Wissenschaftler, fuhr der Kanzler fort, müßte seinen eigenen Erlebnissen kritisch gegenüberstehen. Und dann kam Tulare sogar zu der Einstein-Anekdote mit dem Notizbuch: »Und Einstein sagte: ›Ich habe meine Zweifel. Ich hatte in meinem Leben nur zwei oder drei gute Einfälle.‹« Vergnügt schlug Tulare auf den Schreibtisch. Er war erleichtert, ein schwieriges Gespräch in diese heitere Bahn wenden zu können. »Sie sehen, Gordon – nicht *jeder* Einfall ist ein guter.«

Gordon lächelte dünn. Er hatte die Anekdote Boyle und den Carroways erzählt, und sie hatten dagesessen und gelacht. Zweifellos hatten sie sie schon vorher gehört. Sie hatten einfach einem jungen Fakultätsmitglied applaudiert, das als Clown auftrat.

Mit merkwürdig schwachen Beinen stand er auf. Ohne einen wahrnehmbaren Grund atmete er heftig. Mit ein paar gemurmelten Worten drehte er sich um. Er wußte, die verweigerte Beförderung müßte ihm ernstliche Sorgen bereiten, aber im Moment konnte er nur an die Carroways, an ihr Lächeln und an seine eigene Dummheit denken.

## — 26 —

*7. Juli 1963*

Während des Sommers wandelte sich ihr Tagesrhythmus. Penny schlief länger, und Gordon wachte vor ihr auf. Er entschloß sich, an dem Trainingsprogramm der Canadian Air Force festzuhalten, und die beste Zeit dafür waren die frühen Morgenstunden, wenn der Wind'n Sea-Strand verlassen dalag. Zu Hause machte er die Übungen nie gern, vor allem nicht, wenn Penny dabei war. Er ging gern zu dem weißen Strand, dessen Sand von der nächtlichen Flut gesäubert worden war, und absolvierte das Trainingsprogramm, wenn die Sonne im Osten über dem Mount Soledad aufging. Dann lief er so weit wie möglich am Strand entlang. Jede kleine Bucht war eine kleine enge Welt, die Schatten wurden kürzer, wenn die Sonne stieg. In den blauen Schatten kühlte seine schweißbedeckte Haut ab, die dichte Ozeanluft hatte ein spürbares Gewicht, wenn er sie keuchend einatmete, während seine Beine über den Sand pochten und merkwürdige Geräusche erzeugten, die so klangen, als fielen Holzstücke auf einen Eichenboden. Als Kind war er so die welligen Strände von New Jersey entlanggerannt. Nachdem die Krankheit seines Vaters begonnen hatte, hatte Onkel Herb ihn oft dorthin mitgenommen. Wenn Jersey im Sommer überfüllt war, nahm Onkel Herb ihn in seinem gelben Studebaker mit nach Long Island. Seine Mutter hatte immer von den Leuten geredet, die dort draußen wohnten – von Leuten, die ein eigenes Grundstück besaßen –, als handelte es sich um eine eigene Rasse. Als Onkel Herb ihn zum erstenmal mitgenommen hatte, wollte Gordon wissen, ob sie Verwandte besuchten; er hoffte, eine Verbindung zu diesen mythischen Menschen herstellen zu können. Onkel Herb hatte sein bellendes Gelächter erschallen lassen und dann geantwortet: »Klar, ich werde Mister Gatsby besuchen, hast du das nicht gewußt?« Und dabei hatte er aufs Blech des großen gelben Autos geschlagen. Während der ganzen Fahrt hielt Gordon den Arm zum Fenster hinaus. Die Sommerbrise strich sanft über die schwarzen Haare. In diesem Sommer waren die Haare auf seinen Armen deutlicher sichtbar geworden. Nach einem Vergleich mit Onkel Herbs Armbehaarung stellte Gordon fest, daß er bemerkenswerte Fortschritte gemacht hatte. Es dauerte sechs Jahre, bis er die rätselhafte Bemerkung über Gatsby verstand. Als er das Buch las – und den von seiner Mutter angebotenen Malamud ausschlug –, konnte er sich schon nicht mehr an die großen Häuser auf Long Island erinnern. Die Strände dort, das wußte er noch, waren schmal und steinig, ein bleicher Randstreifen, dem die großen erschlossenen Grundstücke immer näher rückten. Viel Abwechslung gab es dort nicht. Kinder bauten Sandburgen, die von ihren Eltern regelmäßig begutachtet wurden, während die Erwachsenen über den Rand ihrer Taschenbücher hinweg in den gelb-blauen Sonnendunst blickten. Er erinnerte sich daran, wie er das goyische Leben für fade gehalten hatte, falls Long Island typisch dafür war. In jenem Sommer nahm ihn Onkel Herb zu ein paar echten Boxveranstaltungen mit; so echt und wirklich, wie das Leben in seinen Jungengedanken nur sein konnte. Seine Beine stampften weiter durch den Sand, und vor sich sah er wieder das weiße Geviert des Rings, die beiden Gestalten, tänzelnd und zuschlagend, den zurückzuckenden Kopf, wenn ein Treffer gelandet wurde, den Ringrichter, der um die Männer herumtanzte, Schreie und Pfiffe und ein warmer, salziger Geruch aus der aufgeregten Menge. »Hast du den Alberts in der fünften Runde gesehen?« fragte Onkel Herb in der Pause. »Füße wie Sandsäcke. Wie einer, der sich nach einem verlorenen Kragenknopf bückt. O Mann!« Und nach dem Urteil: »Diese Ringrichter! Geben ihm zwei Runden! Wofür haben die denn ihre Augen im Kopf? Mit denen möchte ich nicht zur Jagd gehen.« Wieder das Pochen seiner Beine, und der salzige Geruch der Menge verschwand. Gordon lief der aufsteigenden Sonne entgegen, der Geruch in seiner Nase war eine Seebrise, tausende Meilen von Long Island entfernt, und er warf seine Fäuste beim Laufen, Schwinger, Haken und Gerade in ihrem eigenen Rhythmus, seine Füße im Einklang mit seinen Fäusten, lautes Keuchen, ein schwammiges, konturenloses Gesicht vor sich, das zu Lakin wurde und dem Gordon im gleichen Moment zwei Prachtschläge versetzte, eine Finte, ein Punch in den Bauch und dann der Haken, schnell und leicht geschlagen, und noch einmal Nachsetzen, während er an Lakin dachte und das vage Gesicht auszulöschen begann, es aber vorher noch für drei schnelle Haken existent ließ, wobei seine Knöchel durch das milchige Bild fuhren und der Kopf zurückzuckte, einmal, zweimal, dreimal, im Rhythmus seiner stampfenden Füße. O ja, Onkel Herb hatte ihm vieles gezeigt, die Gedanken des Jungen beschäftigt, während sein Vater dahinsiechte – Gordon setzte noch zwei, drei Schläge in die Luft, ohne zu wissen, wohin er zielte –, die Gedanken erfüllt mit Boxkämpfen und Stränden und Büchern, während sein Vater nichts sagte, lächelte, wenn man mit ihm sprach, sich nie beklagte, nur von allen wegkroch, um zu sterben, so wie man es in der Bernstein-Familie machte, still, ohne Aufregung, ohne jemanden, der die Trommel schlug, nicht für einen Bernstein, seine Beine stampften, unter seinen Füßen erwärmte sich der Sand, Schweiß sickerte in seine Augen, juckte, ließ den Morgen verschwimmen, sein Hals war rauh. Jesus, er war lang gelaufen. Die Klippen hier waren hoch. Er war am Scripps-Pier vorbeigerannt, zur Black's Beach hinab, einem langen, einsamen Sandstreifen unterhalb des Torre Pines Parks. Jetzt lief er im Schatten der Felsen, und als er sich den Schweiß von den Augen wischte, sah er plötzlich etwas im Weg liegen. Er sprang, hielt es für einen schlafenden Hund, rannte weiter und blickte zurück. Ein Pärchen. Gespreizte Beine. Die Füße der Frau zum Himmel gestreckt. Das Weiße in vier Augen. *Jesus*, dachte er, aber irgendwie störte es ihn nicht besonders. Es war logisch: einsamer Strand, ein erregtes Paar, herrlicher Sonnenaufgang, Salzgeruch. Aber das hieß, daß er noch weiter laufen mußte, um ihnen Zeit zu geben, zu Ende zu kommen. Sicher ein besserer Anblick am Ende eines Laufs als Lakins milchiges Gesicht, dachte Gordon benommen. Lakin war ein Problem, das er nicht lösen konnte, und vielleicht rannte er deshalb so weit, erschöpfte sich, damit keine wirkliche Faust in ein wirkliches Gesicht schlug. Vielleicht, ja, und vielleicht auch nicht. Eine Art, ein Potzer zu sein, war, sich um solche Dinge nicht viele Sorgen zu machen, ja. Gordon lächelte, leckte sich die Lippen und versetzte der nachsichtigen Luft zwei weitere Schläge.

Mitte Juli meldete sich Saul Schriffer. Er hatte die Beobachtungen von 99 Herkules mit Hilfe des Radioteleskops von Green Bank abgeschlossen. Aus dem Sternenhaufen kamen keine zusammenhängenden Signale. Gordon schlug die Verwendung höherer Frequenzen und schmalerer Bandbreiten vor. Saul sagte, er hätte einige versucht. Ohne mehr vorweisen zu können, sei er allerdings nicht in der Lage, mehr Zeit am Radioteleskop zu bekommen. Normale Forschungsprojekte hatten Vorrang. Sie sprachen einige Minuten über Alternativen, aber es gab keine. Die Cavendish-Gruppe hatte Sauls Bitte um Teleskopzeit abschlägig beschieden. Saul machte ein paar zuversichtliche Bemerkungen, und Gordon stimmte mechanisch zu.

Als Saul einhängte, verspürte Gordon eine unerwartete Enttäuschung. Er sah, daß er – ohne es vor sich selbst einzugestehen – an die Radiosignale große Hoffnungen geknüpft hatte. Am Abend, als er Penny zum Abendessen im Buzzy's traf, erwähnte er den Anruf nicht. Am nächsten Tag schrieb er Saul einen Brief, in dem er ihn bat, keine Zusammenfassung seiner Suche nach Radiosignalen zu veröffentlichen. Warten wir, bis sich etwas Positives ergibt, argumentierte er. Aber vor allem wollte Gordon stillhalten. Vielleicht würde alles vorübergehen. Vielleicht würde es in Vergessenheit geraten.

Als Penny in der Scripps Beach surfen ging, saß Gordon im Sand und sah ihr zu. Das hatte er in letzter Zeit häufig getan – sitzen, nachdenken, das Sommervergnügen anderen überlassen. Er lief gern am Strand und wußte, er sollte es mit Wellenreiten versuchen, jetzt, da er jemanden hatte, der es ihm beibringen konnte, aber irgend etwas hielt ihn zurück. Er beobachtete die La-Jolla-Ladys, wie sie an ihrer Hautfarbe arbeiteten, und allmählich konnte er die verschiedenen Typen unterscheiden: Leute, die im Freien arbeiteten, waren oberhalb der Knie weiß, während die Strandfaulenzer uniformes Schokoladenbraun zur Schau stellten, eine sorgfältig erreichte Vollendung.

Penny kam aus dem gischtenden Wasser, das Brett auf die Hüfte gestemmt, das Haar tropfnaß. Sie ließ sich neben ihm in den Sand sinken, wrang das Haar aus und warf ihm einen Blick zu. »Okay«, sagte sie, »zur Sache!«

»Was meinst du?«

»Gordon, nun komm! Du machst wieder auf Zombie.«

Gordon war immer stolz darauf gewesen, direkt zum Thema zu kommen; jetzt suchte er nach Worten. »Weißt du… Ich habe die Zeitschriften in der Bibliothek durchgestöbert. Astronomische Zeitschriften, meine ich. *Mercury, Scientific, American, Science News*. Die meisten ignorieren Sauls PR-Arbeit einfach. Selbst wenn sie sie erwähnen, drucken sie das Bild nicht ab. Und keine einzige hat die Herkules-Koordinaten veröffentlicht.«

»Dann tu du es!«

Gordon schüttelte den Kopf. »Das wird alles nichts nützen.«

»Wann hast du angefangen, dich zu unzulänglich zu fühlen?«

»Mit zehn«, antwortete Gordon in der Hoffnung, von dem Thema abzulenken. »Als ich zum erstenmal vermutete, daß ich nicht Mozart bin.«

»Hmhm.«

»Ich war der amerikanische Mythos, der 95-Pfund-Schwächling. Wenn ich zum Strand ging, haben die Rüpel mir keinen Sand ins Gesicht geworfen – sie haben *mir* ins Gesicht getreten. Keine Umwege.«

»Hm hm.« Sie musterte ihn ernst. »Weißt du eigentlich, daß es das erste Mal seit, hm, einem Monat ist, daß du mir von der Sache mit Saul erzählst?«

Er zuckte die Achseln.

»Du erzählst mir gar nichts mehr.«

»Ich will nicht, daß du so weit reingezogen wirst, daß die Leute dir Fragen darüber stellen. So brauchst du mich nicht vor Freunden zu verteidigen.« Und dann nach einer kleinen Pause: »Oder dich mit Irren herumzuschlagen.«

»Gordon, ich wüßte lieber, was vorgeht. Wirklich, wenn ich mit UCLJ-Leuten spreche, kann ich nicht einfach darüber hinweggehen.«

Erneut zuckte er die Achseln. »Was soll's. Vielleicht verlasse ich UCLJ sowieso.«

»Was?«

Er erzählte ihr von der verweigerten Beförderung. »Sieh mal«, schloß er. »Als Assistenzprofessor angestellt zu sein, ist immer riskant. Wenn es nicht klappt, muß man weiterziehen. Das habe ich dir alles schon klargemacht. Wir haben darüber gesprochen.«

»Ja, sicher, wenn schließlich…« Mit ausdruckslosem Blick starrte sie zum La Jolla Point hinüber. »Ich meine, langfristig, wenn du nichts veröffentlichst…«

»Ich habe veröffentlicht«, murmelte er.

»Warum dann?«

»Die Sache mit Lakin. Ich kann in einer Gruppe nicht arbeiten, in der ich zwei Leute mag, Feher und Schultz, und in der ich mit dem dritten ständig aneinandergerate, Lakin. Persönlichkeiten sind ...«

»Ich dachte, Wissenschaftler ständen über solchen Streitereien. Das hast du mir einmal gesagt.«

»Das ist mehr als eine Streiterei, begreifst du das nicht?«

»Ha!«

»Lakin gehört zur alten Schule. Er glaubt, ich versuchte absichtlich, ihm Schwierigkeiten zu machen. Er wird älter und fühlt sich vielleich ein bißchen unsicher. Zum Teufel, ich weiß es nicht. Aber ich kann nicht in einer Gruppe arbeiten, die von so einem Typen dominiert wird. Das habe ich dir auch schon gesagt.«

»Aha.« Ihre Stimme hatte einen gereizten Unterton. »Also haben wir darüber auch schon gesprochen, ja?«

»Herrje!«

»Ich bin froh, daß du all diese Probleme mit mir diskutierst. *Deine* Probleme.«

»Sieh mal ...« – er spreizte die Hände, breitete die Arme aus – »ich weiß nicht, was ich tun werde. Hab' nur so dahingeredet.«

»Es bedeutet, daß wir La Jolla verlassen. Kalifornien verlassen, wo ich mein ganzes Leben verbracht habe! Wenn es soweit ist, gib mir bitte ein paar Minuten, darüber nachzudenken.«

»Sicher, sicher.«

»Aber du kannst auch hierbleiben, oder? Es ist deine Entscheidung.«

»Ja. Wir werden das gemeinsam entscheiden.«

»Gut. In aller Offenheit? Fair und eindeutig?«

»Ein Mann, eine Stimme.«

»Das habe ich befürchtet.«

»Ein *Mensch*, eine Stimme.«

»Top!«

Gordon legte sich hin und schützte sich mit einer verknitterten *Time*-Ausgabe vor der Sonne. Er versuchte, die in seinem Kopf brodelnden Alternativen zu verbannen und sich auf einen Bericht über das geplante Apollo-Mondprogramm zu konzentrieren. Er kam langsam voran; ein Jahrzehnt mit der Lektüre der verknappten Sprache der Physik hatte ihm seine Lesegeschwindigkeit geraubt. Andererseits stärkte das sein Stilempfinden. Er kam allmählich zu der Meinung, daß die oberflächlichen Vereinfachungen von *Time* mehr verbargen als mitteilten. Als er über diesen Punkt sinnierte, fiel ein Schatten auf ihn.

»He, habe ich doch richtig gesehen«, sagte eine heisere Männerstimme.

Gordon blinzelte ins dunstige Sonnenlicht. Cliff. In Badehose und mit einem Sechserpack Bier.

Gordon wurde ganz ruhig. »Ich dachte, Sie leben in Nordkalifornien?«

»Hee! Cliffie!« Penny war auf den Rücken gerollt. »Was machst du hier?« Sie setzte sich auf.

Mit einem Blick auf Gordon kauerte Cliff sich in den Sand. »Ein bißchen Rumbummeln. Mein freier Tag. Ich habe einen Job in Oceanside.«

»Und bist hier über uns gestolpert?« plauderte Penny fröhlich. »Wie lange bist du schon da? Du hättest mich anrufen sollen.«

»Ja«, merkte Gordon trocken an, »ein bemerkenswerter Zufall.«

»Eine gute Woche. In zwei Tagen hatte ich den Job.«

Cliff saß nicht im Sand, sondern hockte, die Bierdosen in beiden Händen zwischen den Beinen, auf den Fußsohlen. Gordon erinnerte sich an einen Film, in dem Japaner stundenlang so saßen. Eine seltsame Haltung. So als wollte Cliff nicht richtig bei ihnen sitzen.

Penny plapperte weiter, aber Gordon hörte nicht zu. Er musterte Cliffs sonnengebräunte Leichtigkeit und suchte nach etwas, das hinter seinen Augen lag, etwas, das diesen unwahrscheinlichen Zufall erklärte. Natürlich glaubte er nicht eine Sekunde daran. Cliff wußte, daß Penny surfte, und das war der nächstgelegene geeignete Strand. Die einzige interessante Frage war, ob auch Penny gewußt hatte, daß das geschehen würde.

Es gab kein Zeichen zwischen ihnen, kein unerklärliches kurzes Lächeln, keine Handbewegung, keine falsche Note, die Gordon erkennen konnte. Aber genau das war es – so etwas lag ihm nicht. Und als er zusah, wie sie sich in langsamer, lockerer Anmut unterhielten, schienen sie sich so ähnlich, so vertraut aus Tausenden Filmen und Werbestreifen, und so fremd. Gordon saß daneben, im Vergleich so weiß wie der Bauch eines Fisches, ein kraftloser, schmutziger Alabaster mit einem schwarzen Haarschopf. Er verspürte eine plötzliche Gefühlsaufwallung, die er nicht identifizieren konnte. Er wußte nicht, ob sie ein ausgetüfteltes Spiel aufführten, aber wenn das der Fall war...

Gordon stand auf. Penny beobachtete ihn. Ihre Lippen teilten sich angesichts seines eisigen Gesichtsausdrucks. Er suchte nach Worten, nach etwas, das die Kluft zwischen Wissen und Argwohn füllte, etwas, das stimmig war, und murmelte schließlich: »Kümmert euch nicht um mich!«

»He, Junge, ich...«

»Goy-Spielchen.« Mit hochrotem Kopf machte Gordon eine abfällige Handbewegung. Die Worte hatten bitterer geklungen, als er beabsichtigte.

»Gordon, jetzt ist aber...« begann Penny, aber er wandte sich ab und fiel in einen leichten Trab. Der Rhythmus erfaßte ihn sofort. Er hörte ihre Stimme über dem Krachen der Brecher, aber sie war dünn und schwindend, als sie ihm nachrief. *Okay*, dachte er, *kein Gatsby-Finale, aber es hat mich von dieser, dieser...*

Er wollte den Satz nicht beenden, nicht mehr daran denken, und lief auf die fernen zerklüfteten Hügel zu.

## — 27 —

*6. August 1963*

»Ich überlege, in die Industrie zu gehen«, sagte er beim Abendessen zu Penny. Ihre abendlichen unverbindlichen Gespräche waren bereits ein kleines Ritual geworden. Gordon weigerte sich, das Treffen am Strand zu diskutieren, weigerte sich, Cliff zu einem Drink nach Hause einzuladen, und hatte das Gefühl, das würde die Angelegenheit ein für allemal erledigen. Nur vage kam ihm zu Bewußtsein, daß seine Weigerungen der Grund für ihre sonderbar schalen Unterhaltungen waren, die sie jetzt miteinander führten.

»Was heißt das?«

»Arbeit im Forschungslabor eines Unternehmens. GE, Bell Labs…« Er stürzte sich in eine Propagandarede über die Tugenden der Arbeit dort, wo Ergebnisse zählten, wo Ideen rasch zu Konkretem wurden. Eigentlich glaubte er nicht, daß Industrielabors den Universitätsteams überlegen waren, aber sie hatten eine besondere Aura. Es ging dort schneller vorwärts. Hilfskräfte und Techniker im Überfluß. Die Gehälter waren höher. Und dann genoß er auch die unvermeidliche Blasiertheit des Wissenschaftlers, der wußte, daß er jederzeit ohne den akademischen Rahmen auskommen konnte. Nicht nur ein Job, sondern ein Ziel. Wirkliche Forschung, und das bei angemessener Bezahlung. Vielleicht auch noch etwas mehr als reine Laborarbeit – zum Beispiel Herb York mit seiner Beratung zu Verteidigungsfragen und den wolkigen Abrüstungstheorien. Die Regierung konnte in diesem Bereich klares wissenschaftliches Denken brauchen, argumentierte er.

»Gordon, das ist alles schierer Blödsinn!«

»Hä?« Einen Moment war sein Schwung gebremst.

»Du willst gar nicht für ein Unternehmen arbeiten.«

»Ich denke ernsthaft daran…«

»Du willst Professor sein. Forschen. Studenten haben. Vorlesungen geben. *Das* genießt du.«

»Ach was?«

»Natürlich tust du das. Wenn alles vernünftig läuft, stehst du morgens summend auf, und du summst, wenn du abends nach Hause kommst.«

»Du überschätzt die Freuden des Jobs.«

»Ich *schätze* gar nichts. Ich sehe, was die Arbeit als Professor aus dir macht.«

»Hm.« Er mußte sich eingestehen, daß sie ihn recht gut kannte.

»Statt von einem zwielichtigen Schlupfloch wie der Industrie zu reden, solltest du etwas tun.«

»Zum Beispiel?«

»Etwas *anderes*. Deine *x* und *y* bewegen. Einen neuen...«

»Anlauf versuchen«, beendete er den Satz.

»Genau. Die Probleme aus einem anderen Blickwinkel angehen.« Sie unterbrach sich, zögerte, und sprach weiter. »Gordon, ich könnte dir sagen, wie das mit Cliff war. Ich könnte es, aber ich bin mir nicht mehr sicher, daß du mir glauben würdest.«

»Mhm.«

»Vergiß eins nicht!« sagte sie entschlossen. »Du besitzt mich nicht, Gordon. Wir sind nicht einmal verheiratet.«

»Ist es das, was dich quält?«

»*Mich* quält. Herrgott, du bist es...«

»Vielleicht sollten wir darüber sprechen und...«

»Moment, Gordon. Als wir zusammengezogen sind, waren wir uns einig, daß wir es ausprobieren wollen. Das ist alles.«

»Sicher. Sicher.« Er nickte heftig. »Aber ich bin bereit, wenn du deswegen solche Spielchen wie das mit Cliff treibst – und das war wirklich kindisch –, ich bin bereit, darüber zu sprechen, ob...«

Penny hielt ihm die geöffnete Hand entgegen. »Nein. Warte! Zwei Dinge, Gordon. Erstens: Ich habe kein Treffen arrangiert. Vielleicht hat Cliff uns gesucht, aber ich weiß es nicht. Zum Teufel, ich wußte nicht einmal, daß er in der Gegend ist. Zweitens: Gordon, glaubst du, eine Ehe würde alles lösen?«

»Nun, ich habe das Gefühl...«

»Weil ich nicht will, Gordon. Ich will dich nicht heiraten.«

Er kam aus der dumpfen Sommerluft der U-Bahn und trat in die kaum weniger drückende Hitze der 116th Street. Der Ausgang war relativ neu. Er erinnerte sich schwach an einen alten Gußeisenkasten, der bis in die frühen 50er die Studenten in die Tiefe brachte. Das Gehäuse stand zwischen zwei schnellen Verkehrsstraßen und sorgte für einen sauberen Darwinschen Selektionsdruck gegen übermäßige geistige Konzentration. Hier wurden die Bahnen der Studenten, deren Kopf mit Einstein, Mendel und Hawthorne vollgestopft war, abrupt von Hudsons, DeSotos und Fords gestoppt.

Gordon ging die 116th Street entlang und warf einen Blick auf die Uhr. Er hatte sich geweigert, bei seiner ersten Rückkehr zu seiner Alma mater seit Erhalt des Doktortitels ein Seminar zu geben, aber er wollte sich bei seiner Verabredung mit Claudia Zinnes nicht verspäten. Sie war eine freundliche Frau, die knapp aus Warschau entkommen war, als die Nazis dort einrückten, aber er erinnerte sich daran, wie gereizt sie auf unpünktliche Studenten reagierte.

Als er am South Field vorbeieilte, drängelten sich zu seiner Linken die Studenten auf den Stufen vor der Bibliothek. Gordon ging auf das Physikgebäude zu. Das Gewicht seines großen braunen Koffers brachte ihn ins Schwitzen. In einem Schwarm von Studenten glaubte er, ein bekanntes Gesicht zu sehen.

»David! He, David!« rief er. Aber der Mann wandte sich ab und ging schnell in die entgegengesetzte Richtung. Gordon zuckte die Achseln. Vielleicht wollte Selig nicht mit einem alten Kommilitonen zusammentreffen, er war schon immer ein seltsamer Vogel gewesen.

Überhaupt schien hier jetzt alles ein wenig seltsam zu sein, wie das Foto eines Freundes mit einigen Retuschen. Im gelben Sommerlicht wirkten die Gebäude ein wenig armseliger, die Menschen müde und bleich, die Rinnsteine verdreckt. Einen

Block weiter lungerte ein Betrunkener in einem Gebäudeeingang, die Flasche in einer braunen Papiertüte verborgen. Gordon beschleunigte seine Schritte und eilte hinein. Vielleicht war er zu lange in Kalifornien gewesen. Alles, was nicht frisch und neu war, kam ihm abgenutzt vor.

Claudias Zimmer war unverändert. Hinter ihren warmen Augen lauerte eine funkelnde Intelligenz, distanziert und amüsiert. Gordon blieb den ganzen Nachmittag bei ihr, beschrieb seine Experimente, verglich seine Laborausstattung mit der ihren. Sie wußte von der spontanen Resonanz, von Saul Schriffer und dem Rest. Sie fand es »interessant«, sagte sie, das Standardwort, mit dem man nichts preisgab. Als Gordon sie bat, Coopers Experiment parallel durchzuführen, lehnte sie den Vorschlag anfangs brüsk ab. Sie hatte zu tun, zu viele Studenten, die Zeit am großen Nuklearresonanzmagneten war völlig ausgebucht, es war kein Geld da. Gordon wies darauf hin, wie eine ihrer momentanen Experimentalordnungen der seinen ähnelte; ganz einfache Modifikationen würden sie identisch machen. Sie argumentierte, sie hätte keine Indium-Antimonid-Probe, die gut genug sei. Er holte fünf Proben heraus, fünf kleine graue Scheiben; hier, machen Sie damit, was Sie wollen. Sie zog eine Augenbraue hoch. Er merkte, wie er in eine Rolle schlüpfte, die er vergessen hatte – ein frecher *yid* Schuljunge, der seinen Lehrer wegen einer besseren Note bedrängt. Claudia Zinnes kannte solche Rituale so gut wie jeder andere, aber allmählich weckte seine Beharrlichkeit ihr Interesse. Vielleicht war an dem Effekt der spontanen Resonanz doch etwas dran. Jetzt, da das gesamte Umfeld getrübt war, konnte man das nicht mehr so genau sagen. Sie blickte ihn mit ihren warmen braunen Augen an und sagte: »Aber nicht, weil Sie wollen, daß ich es überprüfe. Nicht um diesen Wirrwarr aufzuklären.« Und er nickte, ja, er hoffte, sie würde etwas anderes finden. Aber – ein warnend erhobener Finger – lassen Sie die Kurven für sich selbst sprechen! Er lächelte, scherzte; es war fast ein gespenstisches Gefühl, wieder in seiner Studentenrolle zu stecken, aber irgendwie griff eins ins andere, und es funktionierte. Claudia

Zinnes kam vom »vielleicht« zum »falls« und dann zum »wenn«. Und dann, scheinbar ohne die Wandlung zu bemerken, plante sie Zeit an der NMR-Ausrüstung für September und Oktober ein. Sie fragte ihn nach einigen Kommilitonen, wo sie wären, welche Jobs sie hätten. Plötzlich erkannte er, daß sie aufrichtige Zuneigung für die jungen Leute hegte, die durch ihre Hände und dann in die Welt hinaus gingen. Als sie ging, tätschelte sie seinen Arm und wischte eine Faser von seiner klammen Sommerjacke.

Auf dem Rückweg erinnerte er sich an die Ehrfurcht des jungen Studenten, die ihn während der ersten vier langen, harten Jahre erfaßt hatte. Columbia war eindrucksvoll. Die Fakultät war weltberühmt, die Gebäude und Laboratorien waren imposant. Nie hatte er den Verdacht gehegt, daß dieser Ort eine Fabrik sein könnte, die intelligente Trolle ausstieß, die bereit und in der Lage waren, Schaltkreise zusammenzustellen, Diagramme zu zeichnen und die surrenden Räder der Industrie in Gang zu halten. Nie hatte er gedacht, daß Institutionen mit den Launen einiger weniger Individuen, einiger weniger Vorteile stehen oder fallen könnten. Nie. Religionen lehren keine Zweifel.

Er nahm ein Taxi durch die Stadt. Der Wagen krachte in die Schlaglöcher einer der Seitenstraßen, ein nervenaufreibender Kontrast zu den glatten kalifornischen Boulevards. Er war froh, daß Penny nicht hatte mitkommen wollen. Im brütenden August zeigte sich die Stadt nicht von ihrer besten Seite.

Seit das Thema einer Ehe ausgesprochen war, hatte ein gespanntes Verhältnis zwischen ihnen geherrscht. Vielleicht würde eine kurze Trennung hilfreich sein, das ganze Problem Vergangenheit werden lassen. Gordon sah die Gesichter draußen vorbeihuschen. Ein irdenes Summen lag in der Luft, wie das Geräusch der U-Bahn unter dem Broadway. Das schwere, widerhallende Rattern erschien ihm seltsam bedrohlich, eine Erinnerung an andere Menschen, die ihren Geschäften nachgingen und nichts von nuklearmagnetischen Resonanzen und rätselhaften, sonnengebräunten Kaliforniern wußten. Seine Schwierigkeiten betrafen allein ihn, waren nicht universell. Und er bemerkte, daß seine Gedanken jedesmal, wenn er sich auf Penny zu konzentrieren versuchte, in den sicheren Schlupfwinkel des Tohuwabohu der spontanen Resonanz entwichen. Von wegen, Herr seines eigenen Geschicks.

In der Straße, wo er aufgewachsen war, stieg er aus dem Taxi und blinzelte in das wäßrige Sonnenlicht. Dieselben verbeulten Mülltonnen verbreiteten ihren Geruch, dieselbe Imbißstube, derselbe Lebensmittelladen an der Ecke. Dunkeläugige junge Hausfrauen schleppten Einkaufstüten und hielten ihre plappernden Kinder zusammen. Die Frauen waren konservativ gekleidet, nur ihre breiten, geschminkten, sinnlichen Lippen deuteten neue Geschmäcker an. Männer in grauen Anzügen, das schwarze Haar kurz geschnitten, hasteten vorbei.

Mit ausgebreiteten Armen stand seine Mutter auf dem Treppenabsatz, als er hinaufging. Er küßte sie wie ein braver Sohn. Als er in das alte Wohnzimmer mit seinen seltsam strengen Gerüchen kam – »Es steckt in den Möbeln, in den Polstern, unser ganzes Leben lang«, sagte sie, als wären Polster unsterblich –, wurde er von seiner alten Welt überspült. Er entschloß sich, den Dingen ihren Lauf zu lassen. Sollte sie ihm den monatelang aufgesparten Klatsch erzählen, ihm die Verlobungsfotos entfernter Verwandter zeigen, ihm »einmal ein richtiges Essen« kochen – Hackleber, *Kugel* und *Flanken.* Sie lauschten den Calypsoklängen des alten braunen Motorola in der Ecke. Später besuchten sie die Grundweiß' – »Dreimal hat er mir gesagt, bring den Jungen vorbei, ich gebe ihm einen Apfel wie früher« – und spazierten dann um den Block. Er begrüßte alte Freunde, diskutierte ernsthaft über Erdbebenstatistiken, warf für eine Gruppe spielender Kinder einen Ball ins bleiche Sommerlicht. Am nächsten Tag schmerzte sein Arm von diesem einen Wurf.

Er blieb zwei Tage. Seine Schwester kam herüber, herzlich, geschäftig und merkwürdig ruhig. Ihre dunklen Augenbrauen wölbten sich, während sie sprach, und stellten Satzteile in tanzende Parenthesen. Freunde schauten herein. Gordon ging bis zur 70th Street, um für diese Gelegenheit kalifornischen Wein zu kaufen, aber er war der einzige, der mehr als ein Glas trank. Dennoch redeten und scherzten sie mit ebensoviel Lebendigkeit wie bei einer Cocktailparty in La Jolla. Ein Beweis, daß Alkohol ein unnötiges Schmiermittel war.

Anders seine Mutter. Die Neuigkeiten aus dem Viertel waren rasch erschöpft, und dann überließ sie es seinen Freunden oder seiner Schwester, für den Fortgang der Unterhaltung zu sorgen. Wenn sie mit ihm allein war, sprach sie wenig. Langsam wurde er in dieses Vakuum gezogen. Als er aufwuchs, war die Wohnung voller Gespräche gewesen, außer während der letzten Woche seines Vaters, und die jetzige Stille machte ihn nervös. Er erzählte seiner Mutter von den Auseinandersetzungen um seine Arbeit. Von Paul Schriffer. (Nein, sie hatte die Sendung nicht gesehen, aber davon gehört. Sie hatte ihm doch geschrieben.) Von spontaner Resonanz. Von Tulares Warnung. Und schließlich von Penny. Seine Mutter wollte und konnte nicht glauben, daß ein Mädchen einen Mann wie ihren Sohn abwies. Was dachte sie sich eigentlich dabei? Gordon fand diese Reaktion unerwartet angenehm; er hatte die Fähigkeit der Mütter vergessen, das Ego der Söhne aufzurichten. Er gestand ihr, daß er sich an den Gedanken gewöhnt hatte, er und Penny würden ihr Zusammenleben auf konventionelle Weise (»ehrbar«, korrigierte sie ihn) gestalten. Es war für ihn eine Überraschung gewesen, daß Penny nicht ähnlich dachte. Damals war etwas mit ihm geschehen. Er versuchte, es seiner Mutter zu erklären. »Vielleicht, ich weiß es nicht... vielleicht wollte ich an Penny festhalten, jetzt, da alles andere kaputtgeht...« Aber das war es auch nicht, was er eigentlich meinte. Sobald er die Worte ausgesprochen hatte, wußte er, daß sie falsch waren. Aber seine Mutter griff sie auf: »Sie weiß nicht, was sie will, ist das eine Überraschung. Ich habe versucht, es dir beizubringen.« Gordon schüttelte den Kopf und trank verwirrt von seinem Tee. Es hatte keinen Zweck. Er war im Innern aufgewühlt und wollte plötzlich nicht mehr über Penny sprechen. Er kam wieder auf die Physik zu sprechen, und seine Mutter ließ die

Löffel und die Teekanne mit neuer Energie klappern, lächelte. »Gute Arbeit, ja, das wird dir jetzt guttun. Zeig' ihr, was sie verloren hat…« Und sie redete weiter, länger, als Gordon es sich gewünscht hatte. Er spürte, wie sich ein drängender Impuls in ihm aufbaute, und steuerte ein anderes Thema an. Während die Stimme seiner Mutter monoton weiterklang, dachte er über Claudia Zinnes nach. Spielte in Gedanken mit Zahlen und Meßinstrumenten. Er entwickelte gerade einige Pläne, als ihre Sätze allmählich zu ihm durchdrangen: Sie dachte, er würde Penny verlassen. »Hm?« entfuhr es ihm, und sie sagte ausdruckslos: »Nun, nachdem das Mädchen dich abgewiesen hat…« Es folgte eine Auseinandersetzung, die ihn allzusehr an die früheren Diskussionen erinnerte, wenn er zu spät nach Hause kam, über seine Art, sich zu kleiden und all die anderen kleinen Dinge, die ihn schließlich in eine eigene Wohnung getrieben hatten. Ihre jetzige Auseinandersetzung endete mit dem gleichen bekümmerten Kopfschütteln, dem »Du bist *fartootst,* Gordon, *fartootst…*« Er wechselte das Thema, wollte Onkel Herb anrufen. »Er ist in Massachusetts. Er hat einen Posten billiger Hüte gekauft und will sie jetzt dort absetzen. Der Markt ging *kapusch*, als Kennedy keinen tragen wollte, aber dein Onkel meint, in New England haben die Männer einen kalten Kopf.« Sie goß noch einen Tee auf, sie gingen spazieren. Die Stille zwischen ihnen nahm zu. Gordon unternahm keinen Versuch, sie zu überbrücken. Seine Mutter war wegen Penny erregt, das sah er, aber er hatte genug davon. Er könnte länger bleiben, aber die wachsende Stille verhieß weiteren Ärger. Er blieb über Nacht, nahm sie mit ins Theater und krönte den Abend mit Crêpes im Henry VIII's. Am nächsten Tag nahm er den 8.28-Flug zur Küste.

## — 28 —

*12. August 1963*

Cooper machte ein zweifelndes Gesicht. »Glauben Sie, es ist genug?«

»Für jetzt, ja. Wer weiß?« Gordon zuckte die Achseln. »Vielleicht sogar endgültig.«

»Wenigstens sollte ich einige der Feldelektronen-Beobachtungen eintragen.«

»Nicht so wichtig.«

»Nach dem, was der Ausschuß mit mir gemacht hat, will ich sichergehen...«

»Noch mehr Daten sind nicht die Antwort. Sie brauchen mehr Hintergrundwissen, mehr Analysen Ihrer Daten. Nicht noch mehr Zahlen aus dem Labor.«

»Sind Sie sicher?«

»Sie können den Durchlauf morgen zu Ende bringen.«

»Na gut.«

In Wirklichkeit hätte Cooper seine Thesen mit weiteren Daten verstärken können. Gordon war jedoch schon immer ein Gegner der Praktik, jeden Effekt mit zu vielen Messungen zu belegen, vor allem, weil dies nach seiner Meinung die Phantasie tötete. Nach einiger Zeit sah man nur, was man zu sehen erwartete. Wie konnte er sicher sein, daß Cooper wirklich alle Daten aufnahm, wie sie hereinkamen?

Das war ein berechtigter Grund, Cooper von den NMR-Geräten fernzuhalten, doch nicht deshalb hatte Gordon es getan. Claudia Zinnes würde im September anfangen. Wenn sie irgendwelche Anomalitäten fand, wollte Gordon Parallelaufnahmen machen.

Hungrig kam Gordon vom Labor zurück. Penny hatte schon gegessen und sah die Elf-Uhr-Nachrichten. »Möchtest du was?« rief er aus der Küche.

»Nein.«

»Was siehst du da?«

»Marsch auf Washington.«

»Hm?«

»Martin Luther King.«

Er hatte den Nachrichten schon lange keine Aufmerksamkeit mehr gewidmet, stellte aber keine weiteren Fragen. Politische Diskussionen würden Penny nur aufbringen. Seit seiner Rückkehr war sie bei allen Gesprächen bewußt an der Oberfläche geblieben. Zwischen ihnen bestand ein merkwürdiger Waffenstillstand, kein Friede.

»He«, rief er und trat ins Wohnzimmer, das nur vom bleichen Licht des Fernsehschirms erhellt wurde. »Die Spülmaschine tut's nicht.«

»Hmhm.« Sie wandte nicht einmal den Kopf.

»Hast du angerufen?«

»Nein. *Du*, dies eine Mal.«

»Ich war letztes Mal dran.«

»*Ich* rufe nicht an. Mag nicht. Dann ist sie eben kaputt.«

»Du verbringst mehr Zeit mit ihr als ich.«

»Das wird sich auch ändern.«

»Was?«

»Ich brech' mir keinen mehr ab, um zu kochen.«

»Hast du das denn?«

»Woher willst du das wissen. Du kannst nicht mal Butter auslassen.«

»Zwei Minuspunkte für mangelnde Glaubwürdigkeit«, sagte er leichthin. »Du weißt, daß ich auch ein paar Gerichte kochen kann.«

»Also weißt du.«

»Ich meine es ernst«, sagte er scharf. »Ich werde in Zukunft viel im Labor sein und...«

»Lauter, lang anhaltender Beifall.«

»Herrgott!«

»Ich werde nicht mehr so häufig hier sein.«

»Ich auch nur zwischen Tür und Angel.«

»Jedenfalls *tust* du jetzt etwas.«

»Unsinn, das bringt dich nicht auf die Palme.«
»Eine metaphorische Palme?«
»Eine echte Palme, eine metasonstwas Palme – woher soll ich das wissen?«
»Ich dachte, du meinst vielleicht eine echte Palme. Sonst hättest du mich vielleicht seit deiner Rückkehr einmal angefaßt.«
»Oh.«
»Gar nicht bemerkt, was?«
»Ich hab's bemerkt.«
»Okay, warum?«
»Hab' nicht daran gedacht, schätze ich.«
»Nicht daran gedacht.«
»Viel zu tun.«
»Meinst du, ich weiß es nicht? Ach, Gordon. Ich habe dein Gesicht gesehen, als du aus dem Flugzeug kamst. Wir hatten vor, im El Cortez etwas zu trinken, uns die Stadt anzuschauen, essen zu gehen.«
»Okay. Jetzt brauche ich etwas zu essen.«
»Du ißt. Ich schaue mir die Ansprache an.«
»Gut. Wein?«
»Sicher. Ist genug für später da?«
»Später?«
»Meine Mutter hätte mir beibringen sollen, direkter zu sein. Später, wenn wir bumsen.«
»Ach ja. Bumsen werden wir.«
Das taten sie. Es war nicht sehr gut.

Gordon zerlegte Coopers experimentellen Aufbau in die Grundbestandteile und setzte ihn dann wieder zusammen. Er überprüfte jede einzelne Abschirmung, erwog jede Möglichkeit, wie ein unerwartetes Signal in die Schaltkreise gelangen konnte. Er war fast fertig, als Saul Schriffer unangemeldet im Labor auftauchte.
»Gordon! Ich war gerade in UCLA und dachte, ich schau' mal rein.«
»Oh, hi«, murmelte Gordon und wischte sich die Hände an

einem öligen Lappen ab. Ein Mann mit einer Kamera folgte Saul ins Labor.

»Das ist Alex Paturski von *Life*. Sie machen etwas über Exobiologie.«

»Ich würde gern ein paar Schnappschüsse machen«, sagte Paturski. Gordon stimmte zu, und Paturski brachte geschwind Scheinwerfer und Fotoausrüstung herein. Saul sprach über die Reaktionen auf seine Erklärung. »Schreckliche Scheuklappen«, sagte er. »Nicht einer folgt unserem Hinweis. Ich bringe keinen der Astronomen dazu, auch nur fünf Sekunden für die Theorie aufzubringen.« Gordon pflichtete ihm bei und entschloß sich, ihm nichts von Claudia Zinnes zu sagen. Paturski umkreiste sie, hüpfend und fotografierend. »Drehen Sie sich ein bißchen, ja, so.« Und Saul befolgte die Anweisungen. Gordon wünschte, er hätte etwas anderes als T-Shirt und Jeans angezogen. Das war ausgerechnet der eine Tag, an dem er keinen Anzug trug.

»Großartig, meine Herren, einfach großartig«, sagte Paturski zum Abschluß. Saul studierte einen Moment lang das Experiment. Gordon zeigte ihm einige Anfangsdaten, die er aufgenommen hatte. Die Messungen liefen mit geringer Empfindlichkeit, aber die Kurven waren eindeutig saubere Resonanzlinien.

»Schade. Weitere Ergebnisse könnten das ganze Thema wieder beleben.« Saul musterte ihn. »Wenn Sie etwas haben, sagen Sie mir Bescheid, okay?«

»Erwarten Sie nicht zuviel!«

»Nein, wohl kaum.« Einen Augenblick schien Saul deprimiert, »ich habe wirklich geglaubt, es sei etwas dran.«

»Vielleicht stimmt das ja auch.«

»Ja. Ja, natürlich, vielleicht.« Er blühte wieder auf. »Kommen Sie nur nicht auf die Idee, es sei alles vorbei, hm? Wenn ein bißchen Gras darüber gewachsen ist und die Leute nicht mehr in brüllendes Gelächter ausbrechen, wenn ... Jedenfalls wäre es ein guter Artikel. Vielleicht etwas für *Science*. Überschrift: Rütteln an orthodoxen Windmühlen. Das käme an.«

»Tja.«

»Egal, Alex und ich müssen weg. Wir fahren nach Palomar.«

»Neue Beobachtungen?« fragte Gordon beiläufig.

»Nein, nein. Ich führe keine Beobachtungen durch. Ich bin eher ein Ideenmensch. Alex will ein paar Aufnahmen machen, das ist alles. Ein schrecklicher Ort.«

»O ja.«

Und schon waren sie fort, und er konnte sich wieder seinen Experimenten widmen.

Am ersten Tag, als Gordon die NMR-Ausrüstung wieder auf Empfang hatte, gab es Störungsprobleme. Am zweiten Tag wurden die Ergebnisse von Streusignalen beeinträchtigt. Eine der Indium-Antimonid-Proben reagierte merkwürdig. Er mußte die Instrumente abschalten, das Kältebad und die fehlerhafte Probe auswechseln. Das dauerte Stunden. Erst am dritten Tag wirkten die Resonanzkurven richtig. Sie waren ziemlich exakt. Innerhalb der Bandbreite experimenteller Irrtümer entsprachen sie dem theoretischen Ansatz. *Schön*, dachte Gordon. *Schön und langweilig.* Er ließ die Geräte den ganzen Tag in Betrieb; zum Teil, um sich davon zu überzeugen, daß die Elektronik stabil blieb. Nun konnte er sich dem normalen Tagesgeschäft widmen: Cooper aufs Examen trimmen, Vorlesungen fürs nächste Semester konzipieren, die kleinen grauen Indium-Antimonid-Barren im Hitzedraht-Ölbad zerteilen – und alle ein, zwei Stunden ins Labor huschen und eine schnelle NMR-Messung durchführen. Es lief wie von selbst, wurde Routine. Die Kurven blieben normal.

»Professor Bernstein?« fragte die Frau mit schriller Stimme. Er überlegte, ob ihr Akzent auf den Mittelwesten hinwies. »Ja«, sagte er ins Telefon.

»Hier spricht Adele Morrison vom *Senior Scholastic Magazine*. Wir bereiten einen größeren Beitrag über Ihre und Professor Schriffers… äh… Thesen vor. Es geht um ein Beispiel wissenschaftlicher Kontroversen. Ich dachte…«

»Warum?«

»Bitte?«

»Warum wollen Sie das wieder hochkochen? Ich würde es lieber vergessen.«

»Nun, Professor Bernstein, ich weiß nicht, ich... Professor Schriffer war äußerst hilfsbereit. Er meinte, unsere Leser – überwiegend Studenten höherer Semester, wissen Sie – würden von einem solchen Beitrag viel lernen.«

»Da bin ich nicht so sicher.«

»Nun, äh, Herr Professor, ich bin hier nur eine einfache Redakteurin. Ich glaube, der Artikel ist – ja, er steht bereits größtenteils im Blei. Es geht hauptsächlich um ein Interview mit Ihrem Kollegen Professor Schriffer.«

»Aha.«

Die Stimme wurde schriller. »Ich wurde beauftragt, Sie um einen abschließenden Kommentar zum... äh... Stand der... äh... Kontroverse zu bitten. Wir könnten ihn jetzt noch anfügen, wenn...«

»Nein. Nichts.«

»Sind Sie sicher? Der Chefredakteur hat mir...«

»Ich bin sicher. Veröffentlichen Sie es so, wie es vorliegt!«

»Nun gut, in Ordnung. Wir zitieren in dem Artikel verschiedene andere Professoren, und sie machen einige kritische Anmerkungen. Ich dachte, das sollten Sie wissen.«

Einen Moment lockte es ihn. Er konnte nach den Namen fragen, sich die Zitate anhören und eine Erwiderung formulieren. Die Frau wartete, aus dem Hörer drang das leise Zischen statischer Störungen. Sie war gut, fast hätte sie ihn an der Angel gehabt. »Nein, sie können sagen, was sie wollen. Das ist Sauls Sache.« Er hängte ein. Sollten die höheren Semester dieser großen Nation denken, was sie wollten. Er hoffte nur, der Artikel würde die Zahl der irren Besucher nicht steigern.

Die Sommersonne tauchte alles in blasse Ebenmäßigkeit, verwischte die Konturen. Penny kam vom Surfen und ließ sich neben Gordon in den Sand fallen. »Zu viele Querwellen«, erklärte sie. »Und Ripptiden. Ich wurde dauernd in die Uferverpfählung gezogen.«

»Laufen ist sicherer«, bemerkte er.

»Und langweilig.«

»Aber nicht wertlos.«

»Kann sein. Ach ja, da fällt mir ein – ich werde meine Eltern in Kürze besuchen. Ich würde gern vor Semesterbeginn fahren, aber Daddy ist auf einer Geschäftsreise.«

»Wieso fiel dir das gerade ein?«

»Hm? Ach ja, du hast gesagt, laufen sei nicht wertlos, und das erinnerte mich an einen meiner Studenten aus dem letzten Semester, der in einer Arbeit, die ich benoten mußte, das längste Wort der englischen Sprache verwendete. ›Floccinaucinihilipilification‹. Das bedeutet ›Der Akt, etwas als wertlos einzustufen‹.«

»Ach wirklich.«

»Ja, und ich mußte es nachschauen. Es steht in keinem amerikanischen Wörterbuch, aber ich fand es im *Oxford English*.«

»Und?«

»Das ist ein Wörterbuch, das Daddy mir gekauft hat.«

Lächelnd legte Gordon sich in den Sand zurück. Mit einer Ausgabe des *Esquire* schützte er seine Augen vor der Sonne. »Du bist eine höchst nichtlineare Dame.«

»Was immer das heißen mag.«

»Es ist ein Kompliment, glaub's mir.«

»Und?«

»Und was?«

»Kommst du mit nach Oakland, oder nicht?«

»Darum geht es?«

»Trotz deiner Bemühungen, dem auszuweichen, ja.«

»Bemühungen …? Penny, du hast zuviel Kafka gelesen. Ja, sicher komme ich mit.«

»Wann?«

»Woher soll ich das wissen? Es ist *deine* Fahrt, sind *deine* Eltern.«

Sie nickte. Ein seltsam schmerzhafter Ausdruck erschien auf

ihrem Gesicht und verschwand wieder. Gordon fragte sich, was sie gerade empfand, fand aber keine einfache Möglichkeit, danach zu fragen. Er öffnete den Mund, um sich dem Thema vorsichtig zu nähern, gab aber wieder auf. War die Fahrt nach Oakland Teil des höfischen Tanzes, sollte der Junge zu Hause in Augenschein genommen werden? Vielleicht war das nur ein Ostküsten-Phänomen, er war sich nicht sicher. Nach der Erklärung, daß sie ihn nicht heiraten wollte, und nachdem sie bei ihm geblieben war und mit ihm zusammenlebte, als würde alles so weitergehen, war ihm Penny ein absolutes Rätsel geworden. Seufzend gab Gordon das Thema auf.

Er las einige Minuten und sagte dann: »He, hier steht, der Vertrag über die Einstellung von Atomtests ist in Kraft.«

»Sicher«, murmelte Penny, die sich schläfrig im Sand bewegte. »Kennedy hat ihn schon vor Monaten unterzeichnet.«

»Muß mir entgangen sein.« Gordon dachte an Dyson und Orion, ein seltsam reizvoller Traum, der jetzt tot war. Niemand würde in nächster Zeit zu den Planeten reisen, das Raumprogramm würde auf Flüssigbrennstoffraketen weiterhinken. Gordon durchfuhr der Gedanke, daß die Zeit jetzt drängte. Neue Ideen und neue Leute kamen ins alte La Jolla der Chandler-Zeit. Derselbe Kennedy, der den Vertrag durchgeboxt und Orion gestoppt hatte, machte die Nationalgarde von Alabama zur Bundestruppe, um George Wallace daran zu hindern, sie gegen das Integrationsprogramm einzusetzen. Medgar Evers war vor wenigen Monaten getötet worden. Das ganze Land wurde von dem Gefühl erfaßt, daß sich etwas ändern mußte.

Gordon warf die Zeitschrift zur Seite. Er rollte sich auf den Bauch und begann einzudämmern. Eine Seebrise trug den Gestank verrottenden Seetangs auf den Strand. Er verzog die Nase. Zum Teufel mit dem Druck der Zeit. *Politik ist für den Augenblick*, hatte Einstein einmal gesagt, *eine Gleichung für die Ewigkeit*. Wenn er die Seiten wählen müßte, wäre Gordon auf der Seite der Ewigkeit.

An diesem Abend führte er Penny zum Dinner und dann zum Tanz ins El Cortez aus. Normalerweise tat er so etwas nicht, aber die andauernde Spannung zwischen ihnen bedurfte einiger Aufmerksamkeit. Während des Essens unterhielten sie sich. Bei den Drinks danach begann er: »Penny, die Geschichte zwischen uns, sie ist kompliziert…« Sie erwiderte: »Nein, sie ist komplex.« Er hielt inne und sagte dann: »Na gut, okay…« Scharf sagte sie: »Das ist ein Unterschied.« Aus irgendeinem Grund ärgerte ihn das. Er beschloß zu schweigen. Sollte der Abend eben den seichten Verlauf nehmen, den sie zu mögen schien. Merkwürdig, wie sie in einem Moment eine hochintelligente, kompromißlose Literaturstudentin sein konnte und sich wenig später als gewöhnliches, mittelamerikanisches, trotziges Dutzendmädchen gab. Vielleicht war sie Teil dieser Zeit der Veränderungen.

Sie tanzten nur zu den langsamen Stücken. Sie bewegte sich anmutig und leicht in ihrem schlanken rosa Kleid. Er trug schwarze Schuhe, die aus seiner New Yorker Zeit übriggeblieben waren, und kam ab und zu aus dem Takt. Der Sänger hauchte mit Bluesstimme ins Mikrofon: »People stay, just a little bit longer. We wanna play, just a little bit more.« Plötzlich zog Penny ihn mit bemerkenswert kräftigem Griff an sich und flüsterte ihm »Sam Cooke« ins Ohr. Er wußte nicht, was sie meinte. Die Vorstellung zu wissen, wer einen bestimmten Schlager komponiert hatte, erschien nun beinahe unglaubhaft.

## — 29 —

*28. August 1963*

Der Störungspegel der NMR-Messungen begann zu steigen. Jeden Tag war er ein wenig höher. Gewöhnlich stellte Gordon die Veränderung bei der ersten Datenüberprüfung am Morgen fest. Er schrieb sie dem allmählichen Nachlassen einer Komponente des Aufbaus zu. Wiederholte Überprüfungen der möglichen Schwachstellen ergaben nichts. Auch Tests der weniger wahrscheinlichen Stellen halfen nicht. Jeden Tag wurden die Störungen schlimmer. Zuerst dachte Gordon, es könnte sich um eine Art »spontaner Resonanzen« handeln. Das Signal war jedoch zu abgehackt, um Genaueres feststellen zu können. Er verbrachte mehr Zeit mit den Versuchen, das Signal/Störungs-Verhältnis zu verkleinern. Nach und nach nahm es den größten Teil seines Arbeitstags in Anspruch. Er kam nun auch nachts. Er saß vor dem Oszilloskop und beobachtete die Linien. Einmal, als er früh am Morgen eine Verabredung hatte, schlief er nachts im Labor. Eine Fourier-Zerlegung des Störungsspektrums zeigte gewisse harmonische Komponenten, führte aber nicht weiter. Währenddessen stieg der phasengemittelte Störungspegel.

»Gordon? Claudia Zinnes.«

»Oh, hallo. Ich hatte nicht erwartet, so bald von Ihnen zu hören.«

»Wir hatten einige Verzögerungen. Kleinigkeiten. Nichts Wesentliches, aber ich wollte Sie wissen lassen, daß wir innerhalb einer Woche auf Empfang sind.«

»Gut. Ich hoffe …«

»Ja, ja.«

Ein Santa-Ana-Wind blies durch die niedrigen Bergpässe an der Küste den prickelnden Hauch der Wüste herein. In den Hügeln brachen Buschfeuer aus. Der rote Wind, wie ihn einige Einheimische nannten. Gordon war ein wenig überrascht, als er spätabends aus dem Labor kam, dessen Klimaanlage alle äußeren Einflüsse fernhielt. Der Wind zerzauste sein Haar.

Am nächsten Tag, als er zum Chemiegebäude hinüberging, mußte er wieder an diesen heißen, trockenen Hauch denken. Ramsey, der ihn in seinem Büro nicht erreichen konnte, hatte bei Joyce, der Abteilungssekretärin, eine Nachricht hinterlassen. Gordon überquerte die mit Sechseckflächen verzierte Brücke. Im Land der Chemie trat er in ein süß-saures Aroma, das zu stark und zu vielschichtig war, als daß die Klimaanlage es tilgen konnte. Er fand Ramsey in einem Wald aus Glaskolben und Röhren, wie er gerade einem Studenten schnelle, präzise Anweisungen gab. Während er sprach, titrierte Ramsey eine Lösung, wies auf Farbveränderungen hin und gab in einem entscheidenden Moment einen Tropfen einer milchigen Flüssigkeit zu. Gordon fand einen Stuhl und ließ sich hineinsacken. Dieser Dschungel aus Klammern, Objektträgern und Retorten schien mehr Leben zu enthalten als ein Physiklabor. Das Pochen der Pumpen und das Ticken der Schaltuhren waren ein kompliziertes Herz, dessen Geräusche Ramseys Forschungen begleiteten. An der Wand hing eine Karte der riesigen Molekülkette, an der entlang Kohlendioxyd sich in Kohlenhydrat umwandelte, eine Leiter aus Photonen gebildet. Ein Szintillationszähler murmelte mitten in einer Reihe isotopisch markierter Glaskolben. Gordon rutschte hin und her, fand eine Kante, auf die er sich lehnen konnte, und stieß eine weiße Tasse um, ohne daß etwas herauslief. Der Bodensatz war von Schimmelflecken gesprenkelt. Hier war alles lebendig. Plötzlich sah er diesen Glaspalast als eine Wildnis von Nukleinsäuren, die auf den trockenen Hauch des roten Winds draußen reagierte. Im Vergleich dazu schien sein NMR-Labor still und steril. Seine Experimente waren vom Pulsschlag der Welt unberührt. Die Biochemiker dagegen hatten bei ihrer Arbeit mit dem Leben selbst zu tun. Ramsey wirkte vitaler, während er blinzelte, umherging, redete; ein Tier, das die Pfade seines chemischen Dschungels durchmaß.

»Tut mir leid, Gordon, ich mußte erst... He, Sie machen einen erschöpften Eindruck. Das Wetter macht Ihnen zu schaffen, was?«

Gordon schüttelte den Kopf, stand auf und folgte Ramsey zu dessen Büro. Ein leichtes Schwindelgefühl erfaßte ihn. *Muß die Luft hier drinnen sein*, dachte er. Die Luft, der Santa Ana und sein kurzer, unruhiger Schlaf letzte Nacht.

Ramsey war ihm schon einige Sätze voraus, als Gordon die Tatsache registrierte. »Was?« sagte er. Die Trockenheit ließ ihn krächzen.

»Ich sagte, alle Hinweise waren da. Ich war nur zu blind, sie zu sehen.«

»Hinweise?«

»Zuerst habe ich nur nach grundlegenden Daten gesucht. Sie wissen schon, um einen Zuschuß lockerzumachen, das Interesse der Stiftungen zu wecken. Aber das hier geht übers Verteidigungsministerium hinaus, Gordon. Das wäre etwas für die NSF.«

»Wieso?«

»Es ist ungeheuer wichtig, deshalb. Die Zeile ›Dann Eintritt Molekularsimulation, Wirt kann Plankton-Neuronhülle...‹ – das ist der Schlüssel! Ich habe eine Lösung genommen, wie sie in der Botschaft beschrieben ist. Sie wissen schon, Oberflächenwasser, Pestizide, einige Schwermetalle – Kadmium, Nickel, Quecksilber. Und dann ein paar Langkettenmoleküle. Ein Doktorand hat das für mich gemacht. Lattizinkette, wie es in der Botschaft hieß. Ich habe einen Freund bei Dupont, der mir ein paar der Langketten-Proben geliehen hat.«

»Konnten sie die Kennzahlen aus der Botschaft aufspüren?«

Ramsey runzelte die Stirn. »Nichts. Das ist das Rätselhafte. Mein Freund sagt, sie haben nichts in Entwicklung, was so heißt. Und Springfield sagt ebenfalls, sie hätten keine AD45-Pestizide. Da muß bei den Signalen etwas durcheinandergeraten sein.«

»Sie könnten es also nicht duplizieren?«

»Nicht exakt – aber exakt brauchen wir's gar nicht. Die Langketten-Babys sind vielseitig anwendbar.«

»Wie können Sie...«

»Ich habe die Proben mit zu Scripps genommen. Bin mit Hussinger essen gewesen und habe das Projekt diskutiert. Konnte ihn dazu bringen, mir ein paar Meerwassertests zu machen. Sie sind erstklassig – konstante Temperatur, konstanter Salzgehalt, kontinuierliche Überprüfung, alles. Und viel Sonnenlicht. Und...« Er machte eine Pause, ein Lächeln unterdrückend. »Und die ganze Geschichte bestätigte sich. Stück für Stück.«

»Der Teil mit der Kieselalgenblüte, meinen Sie?«

»Sicher, aber das ist ein späteres Stadium. Die Langketten-Klamotten hauen voll rein, sage ich Ihnen. Mit dem Meerwasser fing es ganz normal an, Sauerstoffübersättigung. Nach zwei Monaten bekamen wir komische Werte an der Sauerstoffsäule. Es handelt sich dabei um eine Messung des Sauerstoffgehalts in einer vertikalen Wassersäule, etwa dreißig Meter hoch. Und dann ging's mit dem Plankton los. Verschwand einfach – tot oder neue merkwürdige Formen.«

»Wie das?«

Ramsey zuckte die Achseln. »In Ihrer Botschaft heißt es ›Virus-Anfangsstadium‹. Hokuspokus, schätze ich. Was haben Viren mit Meereswasser zu tun?«

»Was hat ein Pestizid mit Plankton zu tun?«

»Ja, gut. Wir wissen es nicht. Und dann der andere Satz – ›in eigene chemische Form umwandeln, verwendet atmosphärischen Sauerstoff, bis Sauerstoffanteil auf ein für den größten Teil der Nahrungskette tödliches Maß sinkt‹. Klingt so, als wüßte es irgend jemand, richtig?«

»Offenbar.«

»Genau, denn das ist der Hammer bei unseren Ergebnissen!«

»Es vertilgt den Sauerstoff?«

»Und wie.« Er zog eine Augenbraue hoch. »Und breitet sich irrwitzig aus. Die Mixtur wandelt das Plankton zu *sich selbst* um, scheint es. Und erzeugt noch ein paar tödliche Nebenprodukte – chlorierte Benzole, polychlorierte Biphenyle, allen möglichen Dreck. Gucken Sie sich das mal an!«

Ein Foto, mit großer Geste aus einem Aktenordner gezogen. Ein dünner Fisch auf einer Betonscheibe, glasige Augen. Die ausgestülpten Lippen grün und mit dünnen blauen Streifen. Ein heller Wundfleck unterhalb der Kiemen.

»Lippenkrebs, Assymetrien, Geschwülste – Hussinger wurde blaß, als er sah, was es mit deinen Proben anstellte. Normalerweise machen ihm Krankheitskeime in seinen Gefäßen keine Sorgen. Meerwasser ist kalt und salzhaltig. Es tötet Krankheitserreger ab, alles bis auf einige …«

Die auffällige Pause veranlaßte Gordon zu der Frage: »Bis auf was?«

»Bis auf einige Viren, sagt Hussinger.«

»Aha. ›Virus-Anfangsstadium‹. Und die Fische ...«

»Hussinger hat meine Gefäße isoliert und die Tests gestoppt. Alle Fische sind gestorben.«

Die beiden Männer blickten sich an. »Ich frage mich, wer das Zeug am Amazonas einsetzt«, sagte Ramsey leise.

»Russen?« Diese Möglichkeit erschien Gordon jetzt sehr real.

»Wo liegt der strategische Vorteil?«

»Vielleicht ein Unfall?«

»Ich weiß nicht... Sie wissen immer noch nicht, wie Sie die Botschaft über das NMR-Experiment empfangen?«

»Nein.«

»Diese Schriffer-Geschichte ...«

Gordon winkte ab. »Nicht meine Idee. Vergessen Sie's!«

»Das hier können wir nicht vergessen.« Ramsey hielt das Foto hoch.

»Allerdings nicht.«

»Hussinger will es sofort veröffentlichen.«

»Machen Sie weiter!«

»Sind Sie sicher, es hat nichts mit dem Verteidigungsministerium zu tun?«

»Nein. Das war schließlich Ihre Idee.«

»Sie haben nicht widersprochen.«

»Sagen wir mal, ich wollte meine Quelle nicht offenlegen. Sie sehen ja, was passiert ist, als Saul daran kam.«

»Ja.« Ramsey musterte ihn, ein sachlicher, prüfender Blick. »Sie sind ganz schön gerissen.«

Gordon hielt die Bemerkung für ungerecht. »Sie haben das Verteidigungsministerium ins Spiel gebracht. Ich habe nichts gesagt.«

»Okay, okay. Aber ziemlich trickreich.«

Gordon fragte sich, ob Ramsey im stillen *Raffinierter Jude* dachte. Aber er verwarf den Gedanken sofort. Welche Paranoia!

Er wurde wie seine Mutter, die stets glaubte, die *Goyim* wollten ihnen etwas anhängen.

»Es tut mir leid«, sagte Gordon. »Ich hatte gefürchtet, Sie würden nicht daran arbeiten, wenn ich…«

»Schon in Ordnung. Nicht so schlimm. Sie haben mich da auf eine phantastische Sache gebracht. Sie ist wirklich wichtig.«

Ramsey zeigte auf das Foto. Beide Männer starrten es nachdenklich an. Es wurde still. Die Lippen des Fischs waren aufgedunsen, die Farben entsetzlich. In der Stille hörte Gordon die leisen Geräusche des Labors draußen. Das regelmäßige Blubbern und Ticken, Rhythmen und Kräfte, Stimmen. Nukleinsäuren verbanden sich in den Kapillargefäßen, ein ätzender Geruch durchschnitt die Luft. Glasiertes Licht fiel herab. *Ticktock ticktock.*

Mit lockerem Selbstvertrauen blickte Saul Schriffer, einen Arm über ein Palomar-Teleskop gelegt, vom Titelblatt der neuesten Ausgabe von *Life*. Der Artikel im Innern trug die Überschrift: STREITBARER EXOBIOLOGE. Er war illustriert mit Fotos von Saul, beim Betrachten eines Fotos von der Venus, Saul, über ein Modell des Mars gebeugt, Saul an der Kontrolltafel des Radioteleskops von Green Bank. Ein Abschnitt beschäftigte sich mit der NMR-Botschaft. Neben den großen Magneten stand Saul, im Hintergrund Gordon. Er schaute in den Raum zwischen den Magnetpolen und tat offenbar nichts. Sauls Hände schwebten über einigen Zuleitungen.

Die NMR-Signale wurden als »umstritten« und als »von den meisten Astronomen ernsthaft bezweifelt« beschrieben. Saul wurde zitiert: »In diesem Bereich geht man einige Risiken ein. Manchmal verliert man. Man braucht Glück.«

»Gordon, dein Name steht nur einmal drin«, sagte Penny.

»Der Artikel ist über Saul.«

»Aber er hängt sich doch nur…«

»An meinen Erfolg.«

»Nein, sicher nicht, aber…«

Gordon warf die Zeichnung auf Ramseys Schreibtisch. »Habe ich Ihnen schon eine Kopie davon gegeben?«

Ramsey nahm sie, runzelte die Stirn. »Nein. Was ist das?«

»Ein anderer Teil des Signals.«

»Ach ja, ich erinnere mich. Es war im Fernsehen.«

»Richtig. Schriffer hat es gezeigt.«

Ramsey musterte die verflochtenen Kurven. »Wissen Sie, damals bin ich noch nicht darauf gekommen. Aber ...«

»Ja?«

»Sieht mir nach einer Art Molekülkette aus. Diese Punkte ...«

»Die, die ich miteinander verbunden habe?«

»Ja, schätze schon. Haben Sie das gezeichnet?«

»Nein, Saul hat es aus einer verschlüsselten Sendung herausgetüftelt. Was ist nun damit?«

»Vielleicht ist es nicht nur eine Ansammlung von Kurven. Vielleicht sind die Punkte Moleküle. Oder Atome. Stickstoff, Sauerstoff, Phosphor.«

»Wie in DNS.«

»Das hier ist kein DNS. Komplizierter.«

»Komplizierter oder komplexer?«

»Keine Ahnung. Was ist der Unterschied?«

»Glauben Sie, es hat eine Verbindung zu Langketten-Molekülen?«

»Könnte sein.«

»Diese Markennamen. Deupont und Springdingsda.«

»Dupont Anlagen 58. Springfield AD45.«

»Könnte das hier eines davon sein?«

»Diese Produkte existieren nicht, das habe ich Ihnen doch gesagt.«

»Okay, okay. Aber könnte es sich um so etwas handeln?«

»Vielleicht. Vielleicht. Ich könnte mal versuchen, das Bild hier zu entschlüsseln.«

»Wie?«

»Indem ich versuche, die Atome den Stellen in den Ketten zuzuordnen. Mal sehen, was rauskommt.«

»So wie Crick und Watson es mit dem DNS gemacht haben?«

»Ja, irgend so was.«

»Großartig. Vielleicht löst das…«

»Verlassen Sie sich nicht darauf! Das wichtigste ist das Experiment. Der Sauerstoffverlust, die Fische. Hussinger und ich werden es veröffentlichen.«

»Gut, prima, und…«

»Sie haben nichts dagegen?«

»Hm? Wieso?«

»Ich meine, Hussinger ist der Ansicht, wir sollten es gemeinsam veröffentlichen. Falls Sie und ich einen Beitrag über die Botschaft und ihren Inhalt verfassen wollen; Hussinger meint, das wäre…«

»Ah, verstehe.« Gordon fühlte sich erschöpft.

»Ich meine, ich teile in diesem Punkt nicht seine Ansicht, aber…«

»Nein, macht nichts. Mir ist es egal. Veröffentlichen Sie es, um Himmels willen!«

»Sie haben nichts dagegen?«

»Ich habe nur gesagt: Schauen Sie sich's an. Sie haben sich's angeschaut und etwas gefunden. Punkt.«

»Die Hussinger-Sache war nicht meine Idee.«

»Das weiß ich.«

»Danke, ernsthaft. Ich kümmere mich um das Kettenbild, das Sie hier haben.«

»Falls es eine Kette ist.«

»Sicher. Aber ich meine, wir können das veröffentlichen. Gemeinsam.«

»Prima, prima.«

Die Resonanzkurven blieben harmonisch und glatt. Aber der Störungspegel stieg ständig. Gordon verbrachte immer mehr Zeit im Labor und versuchte, die elektromagnetischen Unterbrechungen auszuschalten. Die Vorbereitungen für den Fortgeschrittenenkurs in Klassischem Elektromagnetismus waren fast abgeschlossen, so daß er Zeit für die Vorarbeiten zu den Forschungspraktika hatte. Aber er verbrachte lieber die Zeit bei dem NMR-Experiment. Cooper verarbeitete noch immer seine eigenen Daten. Die Störungen hörten nicht auf.

## — 30 —

*1998*

Er knallte die äußere Bürotür zu und ging mit dumpfen Schritten über die alten Holzdielen. Er hatte ein ehrwürdiges altes Büro, direkt an der Naval Row, aber manchmal wünschte er sich weniger poliertes Holz und statt dessen eine moderne Klimaanlage. Ian Peterson, der von einer Konferenz kam, die den ganzen Vormittag in Anspruch genommen hatte, ließ einen Stapel Akten auf den Schreibtisch fallen. Seine Stirnhöhlen schienen verstopft. Die unweigerliche Folge solcher Konferenzen. Während der langen Stunden hatte sich ein feiner Dunst über seinen Geist gelegt, hatte ihn den ermüdenden Details und dem kleinlichen Gezänk entrückt. Er kannte diesen Effekt aus der Erfahrung vieler Jahre; der Überdruß langen Geredes, vieler kompetenter Phrasen und zahlloser Experten, die sich mit sorgsam unpersönlichen Urteilen aus allem heraushielten.

Er schüttelte die Stimmung ab und schaltete mit einem Knopfdruck den Schreibtisch-Sek ein. Zuerst eine Liste aller Anrufe, nach Priorität geordnet. Peterson hatte eine wohldurchdachte Namensliste aufgestellt, so daß der Sek-Computer wußte, ob er ihn alarmieren mußte. Die Liste änderte sich wöchentlich, je nachdem, mit welchem Problem er gerade befaßt war. Leute, die einmal mit ihm bei einem Projekt zusammengearbeitet hatten, besaßen die aufreizende Neigung anzunehmen, sie könnten ihn wegen sekundärer Folgeprobleme noch Monate oder gar Jahre später anrufen.

Zweitens eingegangene Memos, mit den Fristen für die Beantwortung.

Drittens persönliche Anrufe. Diesmal nichts außer einer Nachricht Sarahs über ihre verdammte Party.

Viertens interessante Neuigkeiten, auf Stichworte gerafft. Zum Schluß unbedeutende, unklassifizierbare Eingänge. Dafür war heute keine Zeit. Er ging zu Kategorie eins zurück.

Hanschmann, wahrscheinlich ein Klagelied über die Metallprobleme. Peterson leitete es an einen Assistenten weiter, indem er drei Buchstaben eintippte. Ellehlouh, der Nordafrikaner, mit einem Hilferuf nach mehr Flügen in das neue Überschwemmungsgebiet. Er gab ihn an Opuktu weiter. Er war für die Verteilung der Korn- und Melasselieferung zuständig; sollte er sich der Sache annehmen. Anruf von diesem Kiefer aus La Jolla, als dringlich gekennzeichnet. Peterson nahm das Telefon und wählte. Besetzt. Er drückte auf »Wiederholung« und sagte »Dr. Kiefer«, so daß vom Band lief: »Mr. Peterson vom Weltrat versucht dringend, Dr. Kiefer zu erreichen« – der Computer würde nun alle zwanzig Sekunden Kiefers Nummer anwählen.

Peterson wandte sich den Memos zu, und seine Laune besserte sich. Er ließ sich sein eigenes Memo auf den Bildschirm kommen, das er heute morgen auf der Fahrt zur Arbeit diktiert hatte. Es war automatisch vom Band geschrieben worden. Er hatte das System noch nie ausprobiert.

*… sind sie sicher, das daß sie – ach ja, ich sehe das säe daß*

*Licht angeht mein gott warum können sie nichts*

*korrekt aussprechen da ist ißt bestimmt noch platz für*

*einen weiteren brief hier kommt der erste ach ich*

*muß mus den Knopf drücken ich sehe säe schon gibt es keinen*

*wahl*
*kontext* *schalter richtig.*
*wal*

*Zusammenfassung für Sir Martin über den Coriolis-Vorschlag*

*ist*
*Der Ausschuß* *aah-i-s-t sich einig, daß die logische Stelle*
*ißt*

*für das voll entwickelte System der Folgstrom ist, ich hoffe, es klappt mit den Großbuchstaben, direkt vor der Atlantikküste in Miami, Punkt, ja. Dort herrscht eine Strömung von vier Knoten, die ziemlich konstant ist. Die Strömung versetzt die riesigen Turbinen in Bewegung, die genug Strom für ganz Florida erzeugen. Die Turbinen sind zugegebenermaßen sehr gewaltig. 500 Meter im Durchmesser. Die technische Diskussion möchte ich allerdings abkürzen, die Ingenieurarbeiten sind konventioneller Natur. Groß und einfach. Ihr Schwimmrumpf ist 345 Meter lang, und sie sitzen volle 25 Meter unter der Oberfläche. Das reicht, um Schiffe sicher passieren zu lassen. Die Veranke-*

*bis*
*rungskabel müssen an einigen Stellen* *das heißt b-i-s zu zwei*
*biß*

*Meilen nach unten.*

*Verglichen mit den Energieleistungen ist das relativ wenig, aber nach Auskunft der technischen Abteilung bringt es wahrscheinlich keine unerwünschten Nebenwirkungen mit sich.*

*Unsere Einschätzung lautet, daß die Mitbewerber – natürliches Gas aus Seetang und Austausch von Thermalenergie – von Goriolis weit übertroffen wurden. Der Name, wie sie zweifellos im Gegensatz zu mir auf Anhieb wissen, geht auf einen französischen Mathematiker zurück, der die Gesetzmäßigkeiten der Meeresströmungen erkannte. Auswirkungen der Erdrotationen und so weiter.*

*Die Handikaps sind offensichtlich. Es könnte riskant sein, durch 400 solcher Turbinen den Golfstrom zu verlangsamen. Die Witterungsstruktur des Atlantiks hängt von dieser Strö-*

*mung ab, die an den USA und Kanada vorbeizieht und dann in die Karibik. Eine breit angelegte numerische Simulation auf den omni alles Großbuchstaben OMNI-Computern zeigt einen meßbaren Effekt von einem Prozent. Nach den heutigen Maßstäben ziemlich sicher.*

*Negative politische Auswirkungen sind minimal. 40 Gigawatt für diese Region werden die Kritiken an unserer Behinderung des Fischfangs verstummen lassen, denke ich. Deshalb empfehle ich zügige Annahme. Mit freundlichen Grüßen und so weiter.*

Peterson grinste. Bemerkenswert. Die Computer führten sogar das wahrscheinlichste gleichlautende Wort auf. Er korrigierte den Brief und schickte ihn durch das elektronische Labyrinth an Sir Martin. Ausschuß-Strandgut war für die Assistenten; Sir Martin sparte sich seine Zeit für Urteile auf, den heiklen Balanceakt über der Flut der Informationen. Er hatte Peterson viel beigebracht, bis hin zu solchen Feinheiten wie der Sprechweise vor einem Ausschuß, in dem die Gegner auf der Lauer lagen. Sir Martin unterbrach sich mitten im Satz und atmete ein, dann sprach er schnell über den Punkt am Satzende hinweg bis zur nächsten Pause ein oder zwei Sätze weiter. Keiner wußte, an welcher Stelle man ihn elegant unterbrechen konnte.

Peterson fragte sein Sek nach dem neuesten Stand. Der Anruf bei Kiefer war noch nicht durchgestellt – immer noch besetzt. Zwei Mitarbeiter hatten Berichte hinterlassen, die er später prüfen wollte.

Er lehnte sich in seinem Sessel zurück und starrte an die Bürowand. Eine phantastische Dekoration. Würdigungen für hervorragende Verwaltungstätigkeit auf Pseudopergament. Fotos von ihm zwischen verschiedenen charismatischen Schlagwortakrobaten. Führernaturen, die in die Kamera lächelten.

Bei der Ausschußsitzung am Morgen waren sie wieder vertreten gewesen, gemeinsam mit ernsten Biochemikern und pragmatischen Meteorologen. Ihre Berichte über die Verteilung der Wolken waren beunruhigend, aber vage gewesen. Die Wolken waren ein weiteres Beispiel für »biologische Querfunktionen«, ein Allzweckbegriff, der Beziehungen bezeichnete, an die bisher noch keiner gedacht hatte. Offenbar nahmen die zirkumpolaren Windstrudel, die sich in den letzten Jahren auf den Äquator zubewegt hatten, Substanzen aus der Gegend in der Nähe der Blüte auf. Die unbekannten biologischen Stoffe, die von den Wolken weitergetragen wurden, hatten die Bemühungen der Grünen Revolution beim Getreideanbau zunichte gemacht. Die Pflanzen der Grünen Revolution lieferten nicht nur einheitlich hohe Erträge, sondern besaßen auch einheitlich wirkende Schwachpunkte. Wenn eine von einer Seuche befallen wurde, wurden alle befallen. Wie verheerend die seltsamen gelb-bräunlichen Wolken wirken konnten, war unbekannt. In dem Biokreis gab es einige merkwürdige Bestandteile, aber die Forschung hatte das Puzzle noch nicht zusammengefügt. Die Sitzung war in Entschlußlosigkeit zu Ende gegangen. Belgische Biologen hatten mit pausbackigen Katastrophologen argumentiert, beide ohne konkrete Beweiskraft.

Peterson dachte darüber nach, während er einige Berichte durchblätterte. Bestandsaufnahmen, Bewertungen, spekulative Berechnungen, Größenordnungs-Wahrheiten. Einige waren in ornamentalen kyrillischen Buchstaben abgefaßt, andere in geschwungener arabischer Schrift, in asiatischen Ameisenkritzeln oder den kantigen Maschinenbuchstaben des ModEng. Ein Traktat über *Erdwissenschaft* machte den Menschen zu einer geringfügigen statistischen Störung, zu einer Wanze, die über eine Welt rutschte, die auf Substantive und Zahlen reduziert war. Manchmal war Peterson wie hypnotisiert von der Mixtur von Gedanken im Weltrat, von der enzyklopädischen Kraft, die sie anzapften. Stimmen, ein Gewirr von Stimmen. Da gab es die eifernde Energie der Deutschen, die schmucklose und letztendlich einschnürende Lösung von *La belle France*, die Japaner, jetzt in industriellem Exzeß erstickt, seltsam traurige Amerikaner, immer noch starke, aber alternde Boxer, die nach Sparringspartnern schlugen, die längst nicht mehr im Ring standen, die Brasilianer, die gerade die Weltbühne betreten hatten und benommen ins Scheinwerferlicht blinzelten. Vor einigen Jahren war er mit einer Gruppe plappernder Zukunftsseher nach Äthiopien gefahren und hatte beobachtet, wie ihr Kalkül mit dem Leben kollidierte. In staubigen Schluchten hatte er Menschen gesehen, die Ameisenhügel attackierten und zerstörten, um die dort gelagerten Weizenkrumen zu ergattern. Nackte Frauen, schlammfarben und mit mageren Brüsten, waren auf Mimosenbäume gestiegen, um die jungen, grünen Triebe für ihre Suppe abzuschneiden. Kinder sammelten Dornensträucher und ähnliches, um die Feuchtigkeit herauszukauen. Bäume wurden ihrer Rinde beraubt und an den Wurzeln angeknabbert. Weißgebleichte Skelette neben brackigen Wasserlöchern.

Die Methodologen der Prophetie waren erblaßt und hatten sich abgewandt.

Als Junge hatte er das *National-Geographic*-Programm im Fernsehen gesehen; die fast mythischen Tiere in Afrika waren ihm wie Freunde erschienen, die am Horizont der Welt spielten. Löwen, mächtig und träge, Giraffen, die steifhalsig davontrabten und in der Ferne zu zitternden Bildern wurden. Er empfand die verträumte Liebe eines kleinen Jungen für sie. Jetzt waren sie fast verschwunden. In Afrika hatte er eine Lektion gelernt. Bald würde es auf dem Planeten nichts geben, das größer als der Mensch wäre, außer den Kreaturen, die schon zum Haustier gemacht worden waren. Ohne die Riesen wäre die Menschheit allein mit den Ratten und Wanzen. Oder, noch schlimmer, allein mit sich selbst. Dieses vage Problem hatte die Futurologen nicht beschäftigt. Sie schwätzten über Butterberge hier, gegen Hungersnöte da und verschrieben jeder ihr eigenes Rezept. Theorien liebten sie mehr als die Welt. Forrester, der seine Zahlenphantasien wie Perlen an einer Schnur rasseln ließ; Heilbroner, der die Menschheit in ein Gefängnis drängte, damit alle genug zu essen hätten; Tinbergen, der glaubte, eine vernünftige Krise würde uns alle zurechtstutzen;

Kosopalov, dessen marxistischer Optimismus geduldig auf die Metallsäge wartete, die den Kapitalismus amputierte, als sei die Armut nur ein Schnupfen der Zivilisation und keine ernsthafte Krankheit; seine Gegner, die Jünger Kahns, mit der anmaßenden Zuversicht, daß ein paar Kriege und Hungersnöte zu höherem Pro-Kopf-Einkommen führten; Schumachers Schüler mit seinem scheuen Glauben daran, die Kohlenwasserstoffkartelle würden beschließen, Kleinindustrien wären schließlich die beste Lösung; und Remuloto, der Prediger der Dritten industriellen Revolution, der das Heil in unseren Sternsatelliten sah.

Lächelnd erinnerte Peterson sich daran, daß das amerikanische Innenministerium 1937 eine gründliche Voraussage zukünftiger Trends unternommen hatte: Atomenergie, Computer, Radar, Antibiotika und der Zweite Weltkrieg hatten darin einfach gefehlt. Aber sie machten alle mit ihren einfältigen linearen Extrapolationen weiter, trotz beträchtlicher Computerkapazität, um die Zahlen zu verfeinern, was letztlich nur eine neue Methode war, auf teure Art dumm zu sein. Und sie hatten alle ein Rezept. Sorgt für mehr menschliches Mitgefühl, dann geht es uns besser. Um jetzt zu überleben, mußte der Mensch geduldig sein, langfristige rationale Lösungen globaler Probleme bevorzugen und sein altes irrationales Bedürfnis nach kurzfristigen, örtlich beschränkten Ergebnissen aufgeben. Sie alle wünschten sich einen Lockeschen Zukunftstraum, ein Naturgesetz, das menschliche Rechte und menschliche Pflichten gleichzeitig definierte. Ein ungeschriebenes Gesetz, aber durch Vernunft erkennbar. Eine Mythologie stoischer Leidensfähigkeit würde es schaffen, uns aus der Klemme befreien. Aber wer hatte eine im Angebot? Der säkulare Glaube an die technologische Lösung war in Astrologie und Schlimmerem versickert. Jeffersons Abkömmlinge nahmen sich alle Freiheiten, die sie bekommen konnten, und hinterließen den Nachkommen einen verbrauchbaren Müllhaufen. *Au revoir, Etats-Unis!* Überprüfe deine trüb gewordene Vision an der Tür! Peterson blickte auf einen Wandschmuck, der nicht dorthin paßte, ein jahrhundertealtes Stichtuch:

*Alle Natur ist Kunst, dir unvertraut;*
*Aller Zufall Ziel, von dir nicht erschaut;*
*Alle Zwietracht Einklang, ungehört;*
*Alles einzelne Arg im Ganzen Wert;*
*Trotz Stolz und irrender Geistesglut,*
*Eine Wahrheit ist klar: Was ist, ist gut.*

Er lachte, als das Telefon läutete.

»Hallo, Ian?« Kiefers Stimme war dünn und piepsig.

»Freut mich, daß Sie anrufen«, sagte er mit gekünstelter Herzlichkeit.

»Ich glaube, in einer Minute werden Sie sich nicht mehr freuen.«

»Oh?« Kiefer hatte nicht mit dem erwarteten Scherz reagiert, der üblicherweise solche Gespräche eröffnete.

»Wir haben den Prozeß entdeckt, der der Kieselalgenblüte zugrunde liegt.«

»Gut, dann können Sie ihn ja korrigieren.«

»Letztlich schon. Das Problem ist, er läuft uns davon. Der Prozeß tritt in eine Phase, in der er die Hülle des Planktons angreift und das Material in die ursprünglichen Moleküle auf Pestizidbasis umwandelt.«

Peterson dachte nach. »Wie eine religiöse Bewegung«, sagte er, nur um überhaupt etwas zu sagen.

»Hm?«

»Macht Heiden zu Aposteln.«

»Nun… ja. Jedenfalls dadurch breitet sie sich so schnell aus. So etwas habe ich noch nie gesehen. Es bereitet den Jungs im Labor arge Kopfschmerzen.«

»Können Sie kein… Gegenmittel finden?«

»Auf lange Sicht – wahrscheinlich. Das Problem ist, wir haben nicht viel Zeit. Der Prozeß verläuft exponential.«

»Wieviel Zeit?«

»Monate, Monate, um sich über die anderen Ozeane auszubreiten.«

»O Gott!«

»Ja. Ich weiß nicht, wieviel Einfluß Sie dort drüben haben, aber das Ergebnis muß direkt nach ganz oben.«

»Das erledige ich, bestimmt.«

»Gut. Ich habe einen technischen Bericht auf LogEx. Ich sende ihn verschlüsselt, okay?«

»In Ordnung. So, ich bin auf Empfang.«

»Gut. Los geht's.«

Sir Martin war es, der die Verbindung sah. Nur wenig Wasserdunst wurde von der Meeresoberfläche in die Wolkenformation transportiert. Aber angenommen, die Unreinheiten in der Blüte konnten die Zellhüllen lebender Mikroorganismen umwandeln. Dann könnte sich eine geringfügige Menge der Substanz mit der Zeit durch eine Wolke ausbreiten. Die Übertragung durch die Luft war schnell, sicherlich viel schneller als durch Kontakt an der biologischen Grenzfläche, zwischen der Blüte und dem Ozean.

Peterson bahnte sich den Weg durch das Zwielicht, das in dem Restaurant herrschte. Jedenfalls nannte es sich Restaurant. Er sah nur Menschen auf dem Boden sitzen. Weihrauch kroch in seine Nase, löste einen Niesreiz aus.

»Ian! Hier drüben!«

Lauras Stimme kam irgendwo von links. Er tastete sich durch, bis er sie sehen konnte. Sie saß auf Kissen und schlürfte eine milchige Flüssigkeit durch einen Strohhalm. Orientalische Musik erfüllte den Raum. Er hatte schon vorher gewußt, daß es ein Fehler war, sich mit einem Mädchen zu treffen, von dem er sich getrennt hatte, nur weil es in einer Krise steckte. Die Informationen aus Kalifornien und die Aufregung, die sie im Rat verursacht hatten, hatten ihn die ganze Nacht an seinem Schreibtisch gefesselt. Die Leute von der technischen Abteilung waren hysterisch. Einige der leitenden Mitarbeiter hatten das der Tatsache zugeschrieben, daß die Techniker schon vorher alarmiert worden waren und unrecht behalten hatten. Diesmal war Peterson nicht sicher, daß diese schlichte Logik einen Sinn ergab.

»Hallo. Ich hätte dich eigentlich lieber in meinem Club getroffen. Ich meine, es ist ganz nett hier, aber…«

»O nein, Ian. Ich wollte dich in einer Umgebung treffen, die *ich* kenne. Nicht in einem altmodischen Herrenclub.«

»Er ist wirklich sehr nett, ganz und gar nicht altmodisch. Wir können hinfahren und etwas essen…«

»Aber ich wollte dir zeigen, wo ich arbeite.«

»Du arbeitest hier?« Ungläubig blickte er um sich.

»Heute habe ich natürlich frei. Aber es ist ein Job, und er gibt mir meine Unabhängigkeit.«

»Ach so, Unabhängigkeit.«

»Ja, es ist genau das, was du mir geraten hast. Erinnerst du dich? Ich bin von zu Hause ausgezogen, habe bei Bowes & Bowes gekündigt und bin nach London gekommen. *Und* habe einen Job bekommen. Nächste Woche beginne ich mit dem Schauspielunterricht.«

»Oh, das ist sehr gut.«

Ein Kellner materialisierte aus der Dunkelheit. »Möchten Sie etwas bestellen, Sir?«

»O ja. Whisky. Und etwas zu essen.«

»Die Currygerichte sind großartig.«

»Dann bitte Rindfleisch.«

»Tut mir leid, Sir, wir haben keine Fleischgerichte.«

»Kein Fleisch?«

»Das ist ein vegetarisches Restaurant, Ian. Wirklich lecker. Alles wird täglich frisch gebracht. Versuch's mal!«

»Mein Gott. Dann ein Biryani. Mit Ei.«

»Ian, ich möchte dir von meiner… meiner Flucht von meinen Eltern und von meinen Plänen erzählen. Und ich möchte dich um Rat bitten, wie ich in die Schauspielerei reinkomme. Ich bin sicher, du kennst viele, viele Leute, die sich damit auskennen.«

»Eigentlich nicht. Du weißt, ich arbeite für die Regierung.«

»Ach, ich bin sicher, du kennst welche. Du mußt nur etwas nachdenken…« Und sie redete weiter, während Peterson klar wurde, daß er tatsächlich einen Fehler gemacht hatte. Er hatte das Gefühl gehabt, eine Erholungspause zu benötigen und Lauras Anruf war genau im rechten Moment gekommen. Spontaneität hatte über seine Einsicht gesiegt. Jetzt mußte er eine gräßliche Mahlzeit in einem Restaurant essen, das deshalb so dunkel gehalten wurde, damit man den Dreck nicht sah, und alles wegen dieser kleinen Verkäuferin. Peterson zog eine Grimasse. Er war sicher, in dem Schummerlicht würde Laura es nicht sehen. Nun ja, immerhin sprang ein Essen dabei heraus; Treibstoff für die Arbeit, die ihm mit Sicherheit bevorstand. Und er mußte sich von Sir Martin erholen. »Hast du in der Nähe eine Wohnung?« fragte er.

»Ja, Banbury Road. Mehr ein Einbauschrank, fürchte ich.«

»Das macht mir bestimmt nichts aus.« Er lächelte in der Dunkelheit.

## — 31 —

Markham breitete seine Unterlagen auf dem kleinen Klapptisch aus. Ihm standen Stunden eines ermüdenden Atlantikflugs bevor, eingekeilt auf seinem Fensterplatz. Cathy Wickhams Gleichungen schwebten vor seinen Augen, Tensorindices, die darauf warteten, in diese oder jene Richtung verändert zu werden, eine verheißungsvolle, komplexe Formelsammlung.

»Lunch, Sir«, sagte der Steward mit dem professionell leeren Gesichtsausdruck. Diese Höflichkeit garnierte die Art, wie er gleichgültig einen Pappkarton auf dem Klapptisch absetzte. Markham riß die keilförmigen Deckel auf, ein Regen von Päckchen ergoß sich über seine Papiere. Es waren die jetzt universellen, leicht zu handhabenden Nahrungseinheiten. Er wickelte eines aus und stieß auf das obligatorische Gummihühnchen. Widerwillig biß er hinein. Klebrig und sauer. Der einzige Vorteil bestand seiner Meinung nach darin, daß es keine Plastikverpackung war. Die Bombardierung der saudischen

Ölfelder vor einigen Jahren hatte dem ein abruptes Ende gemacht und für die Rückkehr der schlichten Pappkartons gesorgt. Die graue Oberfläche der Verpackung erinnerte ihn an seine Kinderjahre, in denen der Kohlenwasserstoff noch nicht die Welt regierte. Die humanisierende Seite von Pappbehältern war die simple Tatsache, daß sie den Strich eines Kugelschreibers akzeptierten, eine Botschaft aufnahmen. Plastikhüllen widersetzten sich der Prägung durch ihre zeitweiligen Benutzer. Mit flüchtigen Bewegungen schrieb er die neuen Quanten-Feldgleichungen auf den Lunchkarton. Die eleganten Epsilons und Deltas breiteten sich stattlich über den Blockbuchstaben UNITED AIRLINES aus. Geistesabwesend kaute er. Die Zeit verging. Markham sah eine Möglichkeit, die Tensorelemente in mehreren verkürzten Gleichungen abzutrennen. Mit entschlossenen Strichen sonderte er die Feldkomponenten paarweise ab. Mit flüchtigen Nebenrechnungen überprüfte er seine Ableitungen. Nur am Rande nahm er die Bewegungen anderer Passagiere wahr. Nach einiger Zeit lagen die fünf neuen Gleichungen quer über dem gerippten Karton. Drei erschienen ihm wie alte Bekannte: die Einsteingleichungen mit Modifikationen für den Quanteneffekt, wenn die Längenskala klein genug wurde. Sie waren wohlbekannt. Die beiden anderen schienen mehr zu enthalten. Ein tieferes Verständnis der Quanteneffekte fügte hier einen neuen Begriff hinzu, dort ein Bündel von Tensoren. Es schien keine Möglichkeit zu geben, das System noch weiter abzuleiten. Nachdenklich klopfte Markham mit dem Kugelschreiber auf den Karton.

»He, schaut mal!« rief der Mann neben ihm aus. Markham spähte zum Fenster hinaus. Vor ihnen trieb eine gewaltige Wolke, schwefelgelb und orange geädert. »Ich sehe zum erstenmal eine«, sagte der Mann aufgeregt. Markham war gespannt, ob der Pilot hindurchfliegen würde. Sekunden später wurden die Fenster von Wolkenfetzen vernebelt; Markham merkte, daß sie bereits durch einen tieferen Abschnitt der gelben Masse vor ihnen flogen. Ein Gewichtsschub drückte Markham in den Sessel, die Maschine ging in den Steigflug.

»Direkt vor uns, liebe Fluggäste, ist eine der Wolken, von denen wir gehört haben. Ich überfliege sie, damit Sie einen besseren Blick haben.«

Markham erschien diese Erklärung offenkundig falsch. Piloten änderten die Flughöhe nicht zum Vergnügen. Die Wolke schien irgendwie fester als die flaumigen weißen Kumuli um sie herum. Dunkelblaue, gewundene Fäden bohrten sich durch ihre Spitze und gaben ihr ein Kuppelprofil.

Markham murmelte etwas vor sich hin und wandte sich wieder seinen Papieren zu. Er schrieb die neuen Gleichungen von dem Pappkarton ab und analysierte sie, während er versuchte, das leise Heulen der Motoren aus seinen Ohren zu verbannen. Ein Ingenieur hatte ihm einmal gesagt, die neue Generation superschneller Maschinen kreischten in unerträglichen Frequenzen. Rockwell International hatte beträchtliche Mittel aufwenden müssen, die Schallspitzen abzuflachen. Sechs Monate hatte es gedauert, bis das Heulen in einen beruhigenden Baßmantel gehüllt wurde, so daß die Körper im Innern des Metallrumpfs benebelt und zufrieden blieben. Nun, bei ihm funktionierte das nicht, er war immer sehr lärmempfindlich gewesen. Er fand die Ohrstöpsel in dem Klappfach und benutzte sie. Eine Decke hüllte ihn ein. Von dem Motorkreischen blieb nur ein akustisches Zittern, das sich durch seine Beine bis in die Zähne schlich.

Eine Stunde lang untersuchte er die neuen Gleichungen. Für beschränkte Fallprobleme, die er kannte, ergaben sie vernünftige Lösungen. Indem er die Längenskala klein hielt und den Schwerkrafteffekt außer acht ließ, erhielt er die Standardgleichungen der relativistischen Teilchentheorie. Einsteins Erkenntnisse vollzog er mit einigen wenigen flüssigen Kugelschreiberstrichen nach. Aber wenn er die Wickham-Gleichungen nur für sich nahm, ohne auf vertrauten Grund auszuweichen, wurden sie undurchsichtig.

Blinzelnd starrte er auf die knappen Aufzeichnungen. Wenn er das Knäuel von Begriffen hier einfach durchschnitt, sie schlichtweg ausschied – aber nein, das war nicht zulässig. Es kam auf mehr als ständiges Kurbeldrehen an. Die Arbeit mußte mit dem richtigen geschickten Gespür getan werden, damit sie aus eigenem Antrieb vorwärtsglitt. Neben den logischen Normen standen ästhetische Fragen. Neue Entwicklungen in der Physik gaben einem zuerst eine logische Struktur, die eleganter war. Sobald man sie einmal verstanden hatte, war die Struktur nicht nur elegant, sondern auch einfacher. Und als drittes ergaben sich aus der Struktur Konsequenzen, die komplexer waren als vorher. Die immer gegenwärtige Falle bei der Suche nach einem neuen Weg bestand darin, die Schritte umgekehrt zu vollziehen. Einem Philosophen konnte man das kaum erklären. In der Kunst der Mathematik gab es etwas, das einem auswich, wenn man nicht danach Ausschau hielt. Platon war ein großer Philosoph gewesen, und er hatte sich für den Wunsch entschieden, daß die Planeten sich in miteinander verbundenen Kreisbahnen bewegten, um den beobachteten Orbits zu entsprechen. Aber wie Ptolemäus entdeckte, waren die Gesetze, die diesen geschichteten Kreisbahnen entsprachen, von horrender Komplexität. Das hieß, komplexe Gesetze, die zu einfachen Folgen führten – der falsche Weg. So liefen Ptolemäus' Arbeiten alle auf eine Theorie hinaus, die klirrte und ächzte; Kristallsphären in mahlender Bewegung, Kettenzäune, Räder und Sperrstangen in einer Schicksalsmaschine.

Einsteins Theorie dagegen war logisch eleganter als Newtons. Kunstfertig, aber einfach. Ihre Konsequenzen waren weitaus schwieriger auszuarbeiten – der richtige Weg. Geistesabwesend kratzte Markham seinen Bart. Wenn man sich daran hielt, konnte man viele Ansätze schon vor Beginn ausscheiden, weil man wußte, daß sie letztlich nicht zum Ziel führten. Es gab keine Wahl zwischen Schönheit und Wahrheit. Man mußte beide einbeziehen. In der Kunst war »Eleganz« eine Worthure, von jeder Kritikergeneration anders benutzt. In der Physik jedoch lehrten die vergangenen Jahrtausende eine empfindliche Lektion. Theorien waren eleganter, wenn sie mathematisch in andere Bezugsrahmen, für andere Beobachter umgewandelt werden konnten. Eine Theorie, die nach der generellsten Umwandlung gültig blieb, war die gewandteste, kam der universellen Form am nächsten. Gell-Manns SU(3)-Symmetrie hatte Teilchen in universellem Maßstab geordnet. Die Lorentz-Gruppe; Isospin; der Katalog der Eigenschaften mit den Etiketten »Fremdartigkeit«, »Farbe« und »Reiz« – sie alle machten durchschimmernde Zahlen zu konkreten Objekten. Um nach Einstein weiterzumachen, sollte man den Symmetrien folgen.

Markham kritzelte Gleichungen auf einen gelben Block. Er hatte eigentlich vorgehabt, während der Flugzeit seine Taktik gegenüber der NSF durchzudenken, aber verglichen mit wissenschaftlichem Tun war Politik nur Dreck. Er probierte verschiedene Ansätze, stellte die kompakten Tensorgleichungen um, erforschte den mathematischen Irrgarten. Er hatte ein Leitprinzip: Die Natur schien Gleichungen zu mögen, die in kovariante Differentialform gekleidet waren. Um die richtigen Ausdrücke zu finden...

Er arbeitete die Gleichungen für Tachyonen in einer ebenen Raum-Zeit aus und wandte sie auf einen begrenzten Fall an. Er nickte. Da waren die vertrauten quantenmechanischen Wellengleichungen. Wohin sie führten, wußte er. Die Tachyonen konnten eine Wahrscheinlichkeitswelle hervorrufen, die in der Zeit vor und zurück reflektiert wurde. Die Gleichungen zeigten auf, wie diese Wellenfunktion pendelte, Vergangenheit – Zukunft, Zukunft – Vergangenheit. Ein Paradox einzuführen bedeutete, daß die Welle kein Ende hatte, sondern statt dessen die Struktur einer stehenden Welle bildete, wie die Kabelwellen um eine Mole, die Spitzen und Wellentäler veränderten, aber stets zurückkamen; eine ordnende Struktur auf der leeren Oberfläche des schäumenden Meers. Die einzige Methode, das Paradox zu lösen, war, die Struktur aufzubrechen; wie ein Schiff, das die Wellen durchschnitt und in seinem Kielwasser Strudel hinter sich herzog. Das Schiff war der klassische Beobachter. Aber jetzt fügte Markham die Wickham-Begriffe hinzu, machte die Gleichungen im Austausch der Tachyonen symmetrisch. Er durchstöberte seine Aktentasche nach dem Aufsatz von Gott, den Cathy ihm gegeben hatte. Hier: Eine *Zeitsymmetrie, Tachyonenkosmologie von Materie und Antimaterie.* Auf diesem Gebiet war alles Neuland. Aber Gotts Lösungen leuchteten ihm von dem Papier entgegen. Die Wheeler-Feynmann-Energien waren da, mischten die Lösungen vorgerückter und verzögerter Tachyonen mit nicht-euklidischen Summen. Markham blinzelte. Er saß unbewegt in seiner baumwollenen Stille. Seine Augen flogen über das Papier, seine Gedanken eilten voraus, um zu erkennen, wo die Gleichungen sich kreuzten und teilten und neue Ergebnisse hervorbrachten.

Die Wellen standen still. Aber für das Schiff, den klassischen Beobachter, war kein Platz. In der althergebrachten Quantenmechanik herrschte die Vorstellung, den Rest des Universums zum Beobachter zu machen; es sollte die Wellen zwingen, zusammenzufallen. In den neuen Tensorbegriffen gab es diese Zuflucht nicht; sie ließen keine Möglichkeit, Universum als Ganzes zu einer Konstante zu machen, von der aus alle Dinge gemessen wurden. Nein, das Universum war fest eingeschlossen. Das Tachyonenfeld verknüpfte jedes Materiefragment mit jedem anderen. Weitere Teilchen in dieses Netzwerk einzuflechten, verschlimmerte alles nur. Die alten Quantentheoretiker, angefangen bei Heisenberg und Bohr, hatten an diesem Punkt metaphysische Vorstellungen einfließen lassen, erinnerte Markham sich. Die Wellenfunktion brach zusammen, und das war die unverrückbare Tatsache. Die Wahrscheinlichkeit, eine sichere Lösung zu bekommen, war proportional zur Amplitude jener Lösung innerhalb der vollständigen Welle, so daß man am Ende nur eine statistische Gewichtung des späteren Resultats eines Experiments erhält. Aber mit Tachyonen mußte dieses Stückchen Dialektik weichen. Die Wickham-Begriffe …

Eine plötzliche Bewegung zog seinen Blick auf sich. Ein Passagier in der nächsten Reihe klammerte sich mit glasigen Augen an den Steward. Sein Gesicht war schmerzverzerrt. Ein aufgerissener Mund, fahle Lippen, braune Zähne. Sein Gesicht war mit rosa Flecken gesprenkelt. Markham zog die Ohrstöpsel heraus. Ein sprödes Kreischen schreckte ihn auf. Der Steward legte den Mann auf den Gang und hielt seine hektisch krallenden Hände fest. »Ich kann... kann nicht... atmen!« Beruhigend redete ein anderer Steward auf ihn ein. Der Mann zuckte in einem Krampf zusammen, seine Augen verdrehten sich. Die beiden Stewards trugen ihn an Markham vorbei. Von dem Kranken ging ein beißender Geruch aus. Markham verzog die Nase. Der Mann keuchte. Markham steckte die Stöpsel wieder in die Ohren.

Erneut ergab er sich der einhüllenden Stille, nahm nur das beruhigende Summen der Motoren wahr. Ohne die Höhen und Tiefen des Schallpegels vermittelte die Welt ein ausgestopftes Schwammgefühl, als sei der Maxwellsche klassische Äther Realität und könne mit den Fingerspitzen erspürt werden. Einen Moment entspannte Markham sich und dachte darüber nach, wie sehr er diesen Zustand mochte. Konzentration auf ein verzwicktes Problem konnte einen Menschen in eine isolierte, feinkörnige Perspektive erheben. Es gab viele Dinge, die man nur aus einiger Entfernung wahrnehmen konnte. Seit seiner Kindheit hatte er dieses Gefühl des Freiwerdens angestrebt; das Gefühl, sich harmonisch aus der engen Zentrifuge der Welt zu lösen. Er hatte seinen versteckten Humor dazu benutzt, die Menschen auf Distanz zu halten, sie fernzuhalten von dem Zentrum, in dem er lebte. Selbst Jan, manchmal. Man mußte sich für die Welt eine klare Sprache gestalten, um den Ansturm der Erfahrungen zu überstehen, um Schmerz, Härte und Freudlosigkeit des Alltagslebens zu ersetzen – nicht durch Gewißheit, nein, sondern durch eine Unwissenheit, mit der man leben konnte. Tiefe Unwissenheit, aber eine von der Art, die ihre Grenzen kannte. Die Grenzen waren entscheidend. Galileis Blöcke, über den Marmor italienischer Wandelhallen gleitend, dem steten Griff der Trägheit gehorchend – sie waren Zerrbilder der Welt. Aristoteles hatte tief im Innern die schreckliche Tatsache verstanden, daß Reibung herrschte, alle Gegenstände zu ächzendem Stillstand brachte. *Das* war die Welt des Menschen. Nur das kindliche Spiel unendlicher Ebenen und glatter Körper, einer faltenlosen Realität, warf ein Netz tröstlicher Ordnung, unendlicher Bahnen, harmonischen Lebens. Es war immer erforderlich, sich aus dieser Zerrbildwelt zurückzuziehen, indem man heitere Fluchten in einen ehrbaren, sich ergebenden Stil kleidete. Aber das hieß nicht, daß man, wenn die Aufsätze im Kostüm ihrer Begrifflichkeiten und germanischen Manierismen erschienen, nicht an jenem anderen Ort gewesen war, jenem Ort, von dem man selten sprach.

Er hielt in der komprimierten Stille inne und fuhr dann fort.

Entrückt fragte er sich, ob seine erste Vermutung richtig war: Die neuen Wickham-Gleichungen erlaubten keinen Weg aus dem Paradox hinaus, weil das ganze Universum in das Experiment einbezogen war. Die Konsequenz aus der Bildung der stehenden Welle war, Tachyonen in der Zeit vor und zurück zu senden, ja, aber auch, sie mit Überlichtgeschwindigkeit durch das ganze Universum zu verbreiten. Im Nu erfuhr jedes Materiestück im Universum von dem Paradox. Die Gesamtstruktur von Raum-Zeit wurde innerhalb eines Moments zu einem Stück verwoben. Das war das neue Element der Tachyonen; vor ihrer Entdeckung hatte die Physik angenommen, Störungen in der Raum-Zeit-Metrik müßten sich mit Lichtgeschwindigkeit nach draußen fortpflanzen.

Markham bemerkte, daß er vorgebeugt saß und mathematische Aussagen über diese Ideen niederschrieb. Sein Rücken durchbohrte ihn mit kleinen, glühenden Messern. Seine schreibende Hand protestierte mit einem angenehmen Schmerz. Er lehnte sich zurück, kippte die Lehne des Sitzes. Unter ihm lag die schiefergraue Ebene des Ozeans wie eine riesige Tafel für Gotts müßige Gleichungen. Ein Frachter pflügte durchs Wasser, sein silbrig schimmerndes Kielwasser krümmte sich mit den Meeresströmungen. Sie näherten sich Dulles International in einer sanften, langen Parabelbahn.

Markham lächelte entspannt müde. Die Probleme ergriffen einen Menschen und trugen ihn fort, unbeeinflußt von Strömungen. Gab es eine Möglichkeit, das Paradox aufzulösen? Intuitiv wußte er, daß dort der Kern der Physik lag; der Beleg, daß man die Vergangenheit auf exakte Weise erreichen konnte. Petersons knappe Notiz aus der Bank bewies, daß etwas geschehen war. Aber was?

Markham rutschte unruhig in dem engen Sitz. Fliegen wurde wieder zum Transportmittel der Reichen, diesmal nur ohne die kleinen Annehmlichkeiten. Dann steuerte er seine Gedanken wieder von den Mahnungen einer mitleidslos realen Welt fort. Das Problem war nicht gelöst, und er hatte noch Zeit.

*Aber ist das Paradox überhaupt zu entscheiden?* dachte er. Der deutsche Mathematiker Gödel hatte aufgezeigt, daß selbst einfache arithmetische Systeme Dinge enthielten, die stimmten, aber unbeweisbar waren. Man konnte nicht einmal belegen, daß die Arithmetik selbst in sich logisch war – das heißt, keine Paradoxe beinhaltete. Gödel hatte die Arithmetik dahin gebracht, sich in ihrer eigenen Sprache zu beschreiben. Er hatte sie in ihre eigene Schachtel gesteckt, sie davon entbunden, sich stets durch Bezug zu den Dingen draußen selbst zu beweisen. Und das galt für die Arithmetik, das simpelste logische System, das man kannte! Was war mit dem Universum, durchbohrt von Tachyonen, die sich durch das Gewebe von Raum-Zeit wanden? Wie konnten alle Schnörkel auf allen gelben Blöcken in der Welt dieses gewaltige Gewebe in die alten Schachteln von Ja/Nein, Richtig/Falsch, Vergangenheit/Zukunft stecken! Markham entspannte sich in wohliger Wärme. Das Flugzeug neigte sich der Erde zu.

Die Frage, die ständig an ihm nagte, ob Renfrew überhaupt eine Botschaft absenden mußte, um ein Paradox zu erzeugen. Tachyonen wurden dauernd durch Kollisionen hochenergetischer Teilchen produziert – so waren sie ja entdeckt worden. Wieso erzeugten diese natürlichen Tachyonen kein Paradox? Er kam ins Grübeln. Das Flugzeug neigte sich noch mehr, vermittelte die Illusion, mit baumelnden Beinen am Rand eines Abgrunds zu sitzen. *Natürliche Tachyonen...* Die Antwort mußte lauten, daß es eines minimalen Impulses bedurfte, ein Paradox auszulösen. Ein kritisches Volumen der Raum-Zeit mußte angestoßen werden, und dann würde die Störung sich sofort mit ausreichender Amplitude nach draußen fortpflanzen. Man konnte die Vergangenheit willkürlich verändern, ja, solange man keine Paradoxe mit breiter Amplitude schuf. Sobald man die Schwelle überschritten hatte, hätte die Tachyonenwelle signifikante Wirkung auf das ganze Universum. Aber wie konnte man dann feststellen, daß es geschehen war? Was war das erkennbare Merkmal? Wie fand das Universum einen Weg, das Paradox aufzulösen? Sie wußten, sie hatten die Vergangenheit erreicht – Peterson hatte es bewiesen. Aber was konnte sonst noch geschehen?

Markham spürte einen Erkenntnisfunken. Wenn das Universum ein im Ganzen verknüpftes System war, ohne den klassischen Beobachter, der die Wellenfunktion zusammenbrechen ließ, dann mußte die Wellenfunktion gar nicht zusammenfallen. Sie …

Ein heftiger Ruck. Überrascht schaute Markham hinaus und sah den Erdboden sich plötzlich drehen. Vor ihm lagen die eintönig grünen Felder Marylands. Unter den Tragflächen flog ein Waldstück vorbei. Stimmengewirr im Passagierraum. Schreie. Ein kratzendes Surren. Der Wald jagte vorbei. Die Bäume waren scharf umrissen, präzise, von der Klarheit guter Ideen. Er sah sie vorbeirasen, während das Flugzeug ganz leicht wurde, ein Spinngewebe aus Metall, das mit ihm hinabstürzte, stumme Materie, von der gekrümmten Geometrie der Schwerkraft angezogen. *Skrieeee.* Im schräg hereinfallenden Sonnenlicht waren die Bäume bleiche Stäbe, auf jedem von ihnen explodierte eine grüne Kugel. Immer schneller jagten sie vorbei, und Markham dachte an ein Universum mit einer einzigen Wellenfunktion, die sich in die neuen Stadien des Seins auflöste, als sich in ihr ein Paradox wie der Kern einer Idee bildete … Wenn die Wellenfunktion nicht zusammenfiel … Welten lagen vor ihm, und Welten lagen hinter ihm. Ein peitschendes Krachen, und plötzlich sah er, was hätte geschehen müssen.

# — 32 —

Langsam wachte Peterson auf. Er hielt die Augen geschlossen. Sein Körper signalisierte ihm, sich nicht zu bewegen, aber er konnte sich nicht erinnern, wieso. Um ihn herum das Summen von Bewegungen, unterdrückte Stimmen, irgendwo in der Ferne ein metallisches Klappern. Kurz öffnete er die Augen, sah weiße Wände, eine verchromte Stange. Wirbelnde Benommenheit. Jetzt fiel ihm ein, wo er war. Behutsam erkundete er seinen Körper. Ein taubes, wattiges Gefühl. Sickernder, kalter Schmerz. Die Stange an der Seite des Bettes verschwamm. Zuckend drehte er den Kopf und sah eine Flasche über sich hängen. Er versuchte, den Röhrchen mit den Augen zu folgen, es gelang ihm aber nicht. Irgend etwas steckte in seiner Nase. Ein auf seinen Arm geklebtes Röhrchen juckte, als er sich bewegte. Er versuchte, die Krankenschwester zu rufen. Aus seiner Kehle drang ein röchelndes Krächzen.

Sie hörte ihn trotzdem. Ein rundes Gesicht mit einer Brille und einer weißen Haube sprang in sein Blickfeld.

»Nun, werden wir wach? Das ist gut. Jetzt wird es Ihnen bessergehen.«

»Kalt…« Er schloß die Augen, spürte, wie Decken um ihn festgezurrt wurden. Der Pfropfen in seiner Nase wurde entfernt.

»Können Sie ein Thermometer im Mund halten?« fragte die helle Stimme. »Oder sollen wir es am anderen Ende versuchen?«

Er blinzelte sie an, verfluchte sie insgeheim.

»Mund…« Seine Zunge fühlte sich pelzig und geschwollen an. Etwas Kaltes glitt in seinen Mund. Kühle Finger griffen um sein Handgelenk.

»Na also, es geht schon besser. Sie gehören noch zu den Glücklichen. Haben eine Dosis Infalaithin-G bekommen, bevor es ausbrach.«

Er runzelte die Stirn. »Noch mehr?«

»O ja«, sagte sie munter. »Wir sind überlaufen. Keine Betten mehr frei. Sie bringen sie jetzt schon in die Ambulanz. Die wird auch bald voll sein, wette ich. Sie haben ein Einzelzimmer, aber Sie sollten mal das Stöhnen auf Station E hören. Sechzig Betten haben sie da. Alle dieselbe komische Lebensmittelgeschichte wie Sie. Aber meist schlimmer. Wie gesagt, Sie haben noch Glück gehabt. So, und jetzt ist Zeit, daß Sie etwas essen.«

»Essen?« fragte er entsetzt. Die Erinnerung an seine letzte Mahlzeit mit Laura ließ Übelkeit in ihm aufsteigen. »Schwester!«

»Müssen Sie sich erbrechen?« Sie klang so heiter wie immer. Geschickt brachte sie die nierenförmige Schale unter seinem Kinn an und stützte seinen Kopf. Er würgte. Grünlicher Schleim rann über sein Kinn und hinterließ einen bitteren Geschmack in seinem Mund. Sein Magen schmerzte höllisch.

»Nichts mehr drin, sehen Sie. So, und jetzt bleiben Sie ganz ruhig liegen und regen sich nicht mehr auf!«

»Sie sagten ›essen‹«, keuchte er vorwurfsvoll.

Sie lachte vergnügt. »Ja, das habe ich, aber ich habe nicht *Essen* gemeint. Es ist Zeit, Ihre IV-Flasche zu wechseln, das ist alles.«

Er schloß die Augen. Sein Kopf pochte. Er hörte ihre geschäftigen Bewegungen. Dann schloß die Tür sich. Durch die Doppelglasfenster hörte er das feine Summen des Londoner Verkehrs. Wo war er eigentlich? Guy's Hospital, vielleicht? Jetzt erinnerte er sich klarer. Es hatte ihn ganz plötzlich gepackt. Auf dem Heimweg hatte er sich prächtig gefühlt. Nach einigen Stunden Schlaf war er mit einem vagen Gefühl der Übelkeit aufgewacht und aufgestanden. Nach einigen Schritten packte ihn der lähmende Krampf. Er erinnerte sich, wie er verkrümmt auf dem Schlafzimmerboden lag, unfähig zu rufen. Er hatte kaum zu atmen gewagt. Sarah war natürlich ausgegangen. Er hätte sterben können, nahm er an, wenn die Haushälterin ihren freien Abend gehabt hätte.

Als er aufwachte, fühlte er sich klarer. In seinem Kopf pochte ein langsamer Schmerz. Er läutete nach der Schwester. Jetzt kam eine andere, eine junge Inderin. Er wußte, daß er sich besser fühlte, als er sich dabei ertappte, wie er die Größe ihrer Brüste unter der weißen, gestärkten Tracht schätzte.

»Wie fühlen Sie sich jetzt, Mr. Peterson?« fragte sie mit trällernder Stimme und beugte sich über ihn.

»Besser. Wieviel Uhr ist es?«

»Halb sechs.«

»Ich hätte gern meine Uhr zurück. Und ich habe Hunger. Könnte ich etwas Leichtes essen?«

»Ich erkundige mich, was erlaubt ist«, sagte sie und verließ leise das Zimmer.

Mühsam brachte er sich in eine sitzende Haltung. Die Schwester kam mit einem Radio und einem Brief herein.

»Sie hatten eine Besucherin, Mr. Peterson«, sagte sie lächelnd. »Sie wollte nicht bleiben, hat aber diese Notiz hinterlassen. Und Sie können etwas Fleischbrühe haben. Ich bin bald zurück.«

Er erkannte Sarahs geschwungene Schrift auf dem Umschlag und öffnete ihn.

*Ian – Dir muß schrecklich langweilig sein. Ich kann Krankenhäuser nicht ausstehen, deshalb besuche ich Dich nicht, aber ich dachte, Du könntest das Radio brauchen. Freitag fliege ich nach Cannes. Ich hoffe, Dich vorher noch zu sehen. Wenn nicht, ruf mich an. Wahrscheinlich bin ich Mittwochabend zu Hause. Bis dann, Sarah.*

Er zerknüllte den Brief und warf ihn in den Papierkorb. Dann schaltete er das kleine, handliche Transistorradio ein. Auf allen Kanälen schien es nur Musik zu geben. Automatisch blickte er auf die Uhr und stellte fest, daß er sie nicht umhatte. Wieviel Uhr, hatte die Schwester gesagt, war es? Sein Magen gab ein lautes Gurgeln von sich. Plötzlich unterbrachen drei Pieptöne die Musik.

»Hier ist BBC, viertes Programm«, sagte eine Frauenstimme, »mit den Sechs-Uhr-Nachrichten. Zuerst die Schlagzeilen: Fünfzig Menschen starben heute nach schweren Ausschreitungen in der Pariser Innenstadt. Ein Flugzeug der United Airlines von London nach Washington stürzte ab; alle Insassen wurden getötet. Die Blüte, die sich im Atlantik ausbreitet, wächst täglich um Meilen. Trotz eines Vetos der OPEC-Länder hat der Weltrat einen Energieplan gebilligt. Energieausfall von über sechs Stunden erzwang heute die Schließung von Fabriken in den Midlands. Der Vergleichskampf auf dem Lord's Cricket Ground wurde abgesagt, nachdem zehn Mitglieder der australischen Mannschaft mit Lebensmittelvergiftung in die Klinik eingeliefert wurden. Das Wetter morgen: stellenweise sonnig, zunehmend stürmisch.« Eine Pause. »Aufrührerische französische Studenten wurden heute in Paris von Arbeitern unterstützt...«

Peterson hörte nicht zu. Er fühlte sich beunruhigt. Die Schwester kam mit einem Tablett herein. Irgend etwas in den Nachrichten hatte ihn stutzen lassen, und er war sich nicht ganz sicher, was es war. Es mußte die Nachricht über die Blüte gewesen sein. Aber er spürte keine Reaktion, als er sie sich noch einmal vergegenwärtigte.

»Der United Airlines-Flug 347 von London nach Washington geriet beim Anflug auf Dulles Airport in Turbulenzen und stürzte am späten Nachmittag ab. Die Funksprüche aus der Maschine waren unklar. Im Augenblick vor dem Absturz scheinen Pilot und Kopilot einen krankhaften Anfall gehabt zu haben. Nach Augenzeugenberichten explodierte das Flugzeug, als es die Bäume berührte. Es gab keine Überlebenden. Diese letzte in einer Serie von Flugzeugkatastrophen hat...«

O Gott! Auf seinen Handflächen bildete sich Schweiß. Er drückte den Knopf nach der Schwester. Sie kam nicht sofort. Er ließ den Daumen auf dem Knopf und schrie: »Schwester!«

Sie eilte herein, ließ die Tür offenstehen.

»Was ist denn los? Sie haben Ihre Fleischbrühe ja nicht einmal angerührt.«

»Zum Teufel mit der Brühe! Was haben wir heute für einen Tag? Mittwoch?«

»Ja. Aber sind Sie…«

»Ich will ein Telefon. Warum ist kein Telefon hier?«

»Es wurde rausgestellt, damit Sie nicht gestört werden.«

»Holen Sie es zurück!«

»Ich weiß nicht, ob ich das…«

»Was geht hier vor?« Die Erste Schwester kam hereingehastet.

»Schwester, Mr. Peterson hat nach einem Telefon verlangt.«

»O nein, das brauchen wir nicht. Wir wollen doch nicht, daß Sie gestört werden.«

»Im Moment werde ich gestört!« schrie er. »Holen Sie mir ein Telefon!«

»Aber, aber, Mr. Peterson, wir können doch…«

»Hör zu, du dumme Fotze«, sagte er deutlich und gedehnt, »ich will sofort ein Telefon haben, oder ich lasse Sie rausschmeißen.«

Seinen Worten folgte entsetzte Stille, dann gingen beide Frauen rückwärts hinaus, ihn sorgsam im Auge behaltend. Zitternd legte er sich zurück. Durch die Tür, die sie nicht geschlossen hatten, konnte er sie schimpfen hören.

Kurz darauf brachte ein Pfleger ein Telefon und stöpselte es ein. Peterson nahm einen Schluck Wasser und kämpfte gegen die aufkommende Übelkeit an. Er wählte die Nummer seiner Sekretärin.

## — 33 —

*25. September 1963*

Gordon ging durch die Halle zu seinem Labor zurück, als er die Bemerkung hörte. Zwei Lehrstuhlinhaber unterhielten sich leise. »…und wie Pauli sagte, ist es nicht einmal falsch!« sagte einer, als Gordon sich näherte. Sie sahen ihn und verstummten sofort. Gordon kannte die Geschichte. Pauli war ein prominenter, äußerst kritischer Physiker in der ersten Hälfte des

Jahrhunderts. Er hatte über eine wissenschaftliche Abhandlung gesagt: »Diese Arbeit ist so schlecht, daß sie nicht einmal falsch ist.« Was hieß, sie begann und endete im Nichts; sie war so schlecht formuliert, daß sie nicht bewertet werden konnte. Gordon wußte sofort, daß sie über ihn sprachen. Der *Life*-Artikel hatte seine Wirkung getan. Als er das Ende der Halle erreichte, hörte er wieder das Flüstern hinter sich, gefolgt von bellendem Gelächter.

Penny brachte eine Ausgabe des *National Enquirer* mit nach Hause und ließ sie für ihn auf dem Tisch liegen. Auf der Titelseite prangte eine Schlagzeile, NUKLEARBOTSCHAFT AUS DEM ALL, und kleiner darunter: *Prominente Wissenschaftler nehmen Kontakt mit anderer Welt auf.* Dazu zwei Fotos von Saul und Gordon, offenbar von dem *Life*-Fotografen. Gordon warf das Magazin, ohne es zu lesen, in den Müll.

Zum Semesterbeginn gab es eine Party für die Physikfakultät, um die Eröffnung des neuen Instituts für Geophysik zu feiern. Die Assistenten sterilisierten das Becken eines Brunnens draußen auf dem Rasen. Hugh Bradner und Harold Urey füllten es mit einer kräftigen Mischung aus Wodka und Fruchtsäften. Gordon hatte seine Einladung zusammen mit den normalen Universitätsnachrichten weggeworfen. Penny hatte sie entdeckt und darauf bestanden, hinzugehen. Er wollte sich etwas ausruhen, aber sie lag ihm ständig in den Ohren, so daß er sich seine leichteste Jacke überzog und, zum erstenmal, auf eine Krawatte verzichtete. In Kalifornien waren solche Details unwichtig. Penny setzte sich einen lässigen Strohhut auf – »um salonfähig zu sein«, sagte sie. Er verbarg einen Teil ihres Gesichts. Die künstlich erzeugte Rätselhaftigkeit erweckte in ihm neues Interesse an ihr. Er wurde sich bewußt, wie rar er sich in den letzten Wochen gemacht hatte. Vorbereitungen fürs Semester und die Arbeit am NMR-Experiment hatten ihn sehr in Anspruch genommen. Die Erkenntnis schockierte ihn. Der Reiz des Beginns ihrer gemeinsamen Zeit verflüchtigte sich. Die kosmetischen Illusionen verschlissen sich.

Er sprach mit verschiedenen Mitgliedern der Physikabteilung, aber nirgends kam eine interessante Unterhaltung in Gang. Penny fand ein paar Literaturvertreter, während er ziellos von einer Gruppe zur anderen streifte. Die Leute von der Englischabteilung schienen bereits angetrunken zu sein, sie zitierten zeitgenössische Dichter und uralte Filme. Heitere, lässige Menschen waren versammelt, die er noch nie gesehen hatte; Goy-Prinzen, blond und unerträglich selbstsicher, die Art von Leuten, deren Kühlschränke mit Joghurt und Champagner vollgestopft waren. Er sah einen Besucher von Berkeley in der Menge, hochgewachsen und gepflegt gekleidet, ein Nobelpreisträger von vor einigen Jahren. Gordon war ihm schon einmal begegnet. Er drängte sich in den Halbkreis, der sich um den Mann gebildet hatte, und als der Blick des Preisträgers zu ihm wanderte, nickte er ihm zu. Die Augen setzten ihren Weg fort. Kein Nicken, nichts. Gordon stand da, einen Plastikbecher in der Hand, ein eingefrorenes Lächeln auf dem Gesicht. Die Augen kamen zurück. Keine Pause, kein Zeichen des Wiedererkennens. Mit rotem Kopf zog Gordon sich aus dem plappernden Halbkreis zurück. *Vielleicht hat er mich nicht erkannt*, dachte Gordon im Weggehen. Er füllte den Becher mit Wodka nach. *Vielleicht aber auch doch.*

»Tolles Gesöff, was?« sagte ein Mann neben ihm. »Versuchen Sie mal, ganz schnell dreimal ›Spektroskopie‹ zu sagen!« Gordon versuchte es, ohne Erfolg. Der Mann hieß Book. Er war von General Atomic und erwies sich als weit freundlicher als die Leute von der Universität. Sie standen unter einem Schild mit der Aufschrift: WENN DU LESEN KANNST, VERDANKST DU ES EINEM LEHRER. Books Leichtigkeit konnte Gordons Stimmung nicht durchdringen. Der Wodka jedoch begann, die Welt von ihrer gräßlichen Starre zu befreien. Allmählich begriff er, warum die Goys so viel tranken. Book gesellte sich zu anderen Leuten, und Gordon geriet mit einem Teilchenphysiker, Steingruber, ins Gespräch. Beiden sagte der Wodka zu, sie begannen, das zeitlose Thema Frauen zu diskutieren. Gordon machte einige Bemerkungen über Penny. Auf eine merkwürdige Weise, die er selbst nicht verstand, vertauschte Gordon ihre Rollen; Penny wurde zur sexuellen Schülerin, die von ihm, dem Weltmann aus New York, in die Erwachsenenwelt eingeführt worden war. Steingruber akzeptierte das als verständlich. Gordon kam zu der Erkenntnis, daß Steingruber in der Tat ein prima Kerl war, fähig zu tiefer Einsicht. Sie tranken noch ein Glas zusammen. Steingruber zeigte auf eine Blondine in der Nähe und fragte: »Was halten Sie von der da?« Gordon musterte sie und erklärte: »Wirkt ziemlich billig, o ja.« Steingruber blickte Gordon scharf an. »Das ist meine Frau.« Noch bevor Gordon eine passende Antwort formulieren konnte, war er fort.

Freundschaftlich lächelnd kam Lakin vorbei, zusammen mit Bernhard Carroway. »Ich habe gehört, Sie wiederholen das Cooper-Experiment?« sagte er ohne Einleitung.

»Von wem haben Sie das gehört?«

»Das konnte ich selbst sehen.«

Gordon nahm sich Zeit. Er nahm einen Schluck aus seinem Becher und entdeckte, daß er leer war. Dann blickte er Lakin an. »Verpiß dich!« sagte er deutlich vernehmbar. Dann ging er weg.

Er fand Penny in einer Gruppe, die sich um Marcuse geschart hatte. »Der frisch bestallte Renommierkommunist?« fragte Gordon, nachdem er vorgestellt worden war. Zu seiner Überraschung lachte Marcuse. Eine schwarze Studentin, die danebenstand, fand es alles andere als lustig. Es stellte sich heraus, daß sie Angela hieß und daß die Revolution nicht von Leuten auf Cocktailpartys vorangetrieben wurde; mehr konnte Gordon dem Gespräch nicht entnehmen, zumindest war das alles, an das er sich erinnern konnte. Er nahm Penny bei der Hand und ging ein Stück fort.

Jonas Salk stand in einer entfernten Ecke. Gordon überlegte, ob er zu ihm gehen sollte. Vielleicht konnte er herausfinden, wie Salk über Sabin dachte – ob der wirklich den Pockenimpfstoff entwickelt hatte? Eine interessante Frage. »Eine wissenschaftliche Parabel!« murmelte er zu sich selbst. »Was?« fragte Penny. Er steuerte mit ihr eine Gruppe von Physikern an. Eine nagende Stimme in ihm mahnte ihn, den Mund zu halten, deshalb ließ er Penny ihren Anteil an dem Gespräch bestreiten. Die Leute um ihn schienen entrückt und vage. Er versuchte, zu entscheiden, ob es an ihm oder an ihnen lag. Das ewige Problem der Relativität. Vielleicht kannte Marcuse die Antwort. Einige Franzosen befragten Gordon nach seinem Experiment, und er versuchte, seine Meinung zu umreißen. Das erwies sich als überraschend schwierig. Seine Zunge hatte ihre merkwürdige Schwere verloren, aber es blieb das Problem, was er selbst für wahr hielt. Die Franzosen fragten nach Saul. Dieser Frage wich Gordon aus. Er versuchte, die Diskussion auf die Ergebnisse seines Experiments zu konzentrieren. »Wie Newton sagte: ›Ich formuliere keine Hypothesen‹ – zumindest jetzt noch nicht. Fragen Sie mich nur nach Daten!« Er wollte sich neuen Wodka holen, aber der Brunnen war leer. Bekümmert nahm er die letzten Cracker und etwas Pastete. Als er zurückkam, stand Penny ein Stück entfernt von dem Franzosen, starrte auf La Jolla und das samtene Leuchten des Meers. Die Franzosen sprachen Französisch. Penny schien verärgert. Er zog sie zur Seite, mit einem Blick zurück folgte sie ihm.

Sie bestand darauf, daß sie nach Hause fuhr, obwohl Gordon keinen Grund erkennen konnte, aus dem er sich nicht ans Steuer setzen sollte. Als sie an den Beach-Clubs und privaten Strandhäusern vorbeigingen, sagte Penny mit plötzlicher Vehemenz: »Diese Schweine!« Gordon reagierte mit einem verständnislosen »Hm? Was?« Sie verzog das Gesicht. »Als du weg warst, sagten sie, du seist ein Stümper.«

Gordon runzelte die Stirn. »Das haben sie zu dir gesagt?«

»Nein, Unsinn. Sie fingen an, Französisch zu sprechen. Natürlich nahmen sie an, kein Amerikaner verstände eine andere Sprache.«

»Oh.«

»Sie nannten dich einen Betrüger. Einen Schwindler.«

»Oh.«

»Sie sagten, so sprächen alle von dir.«

»Alle?«

»Ja«, sagte sie gereizt.

## — 34 —

*7. Oktober 1963*

Es kam ganz plötzlich aus den Störungen. Eine Minute zeigte der Schirm ein reines Durcheinander, und Gordon probierte es mit einem neuen Bandfilter, eine Schaltung, die er provisorisch entwickelt hatte, um die Störungen aufzufangen. Da begannen die NMR-Kurven sich schwankend zu verändern. Reglos starrte er auf den Schirm. Es war elf Uhr abends.

Er hob die Hand zum Mund, als wollte er einen Schrei unterdrücken. Die zitternden Linien verschwanden nicht. Einen Moment lang fürchtete Gordon zu halluzinieren. Er biß sich in den Finger. Nein, die Kurven blieben. Er unterdrückte seine Erregung und begann, die Daten schnell und präzise aufzunehmen.

EINFLUSS ULTRAVIOMASLDU SONNENKURNXY AUM KETTEN SCHEINT STREUUNG IN OBERFLAECHENSCHICHTEN DER MASLDUOPR ZU VERZOEGERN ABER WACHSTUM
RA 18 5 36 DEK 30 29.2
RA 18 5 FGDUEL 30 29.2
RA 18 5 36 DEK 30 29.2

WIRKT AUF KIESELALGENZYME UNTERDRUECKT VON NETZKETTEN ERNEUTER VERSUCH MIT HILFE VON TACHYONENSTRAHL KONTAKT AUFZUNEHMEN WREDOPRAAL PUNKTQUELLE KANN RA 18 3 XMCDU DEK 30 29.2 RDUTFKIGLP ASLDURMFU CAMBRIDOLR CAMBRIDG KIESELALGENBLUETE GHTUPDM ASANTH DEK 30 29.2 DIES VERLETZT KEIN KAUSALPOSTULAT

ENTSPRECHEND WHEELER FEYNMAN FORMEL SOLANGE KAUSALSCHLEIFE DES EXPERIEMENTS ZULAESST ABSOLUT NOTWENDIG SIND EXPTE ZUR UNTERSUCHUNG VON MOLEKULARKETTEN XCDEURDL 18 5 36 DEK 30 29.2 ZEIT DIFFERENTIAL AUSMP

»Claudia? Sind Sie es?« Zum erstenmal nannte er sie beim Vornamen.

»Ja, ja. Gordon?«

»Richtig. Ich habe einen Paralleldurchlauf gemacht. Waren Ihre Leute letzte Nacht auf Empfang?«

»Was?«

»Hatten Sie letzte Nacht einen Durchlauf?«

»Ich... nein, ich... mein Student hat einige Messungen vorgenommen. Ich glaube, er hat um sechs Uhr Schluß gemacht.«

»Scheiße.«

»Tut mir leid, schon gut. Ich hatte letzte Nacht gegen elf einen Durchlauf und bekam einige anormale Resonanzeffekte.«

»Verstehe. Das wäre also zwei Uhr morgens hier.«

»Ach ja, natürlich.«

»Wie lange trat der Effekt auf?«

»Über zwei Stunden.«

»Einen Moment mal. Der Student müßte bald hier sein, es ist kurz nach acht. Gordon. Sie sind um fünf Uhr schon auf?«

»Hm ja. Ich habe gewartet, bis Sie da waren.«

»Haben Sie geschlafen?«

»Nein, ich... ich habe gewartet, ob der... der Effekt noch einmal auftrat.«

»Gordon, gehen Sie schlafen! Ich werde mit dem Studenten sprechen. Wir werden heute einige Experimente durchführen. Aber Sie brauchen etwas Schlaf.«

»Sicher, sicher.«

»Ich verspreche Ihnen, wir führen die Messungen durch. Aber Sie gehen jetzt schlafen, ja?«

»Gut, gut. Mehr will ich nicht.«

»Gordon, Mrs. Evelstein hat mir die *Life*-Ausgabe gebracht. Warum hast du mir nichts gesagt? Der Name meines Sohnes steht drin, und er sagt mir nichts. Schon vor Wochen, und…«

»Mom, es tut mir leid, daß ich dir nichts gesagt habe. Ich…«

»Und der Artikel im *National Enquirer,* oh, den hatte sie auch. Der hat mir nicht so gut gefallen.«

Gereizt atmete er ins Telefon. Wieviel Uhr war es? Herrgott, 17 Uhr. Was war mit der Zinnes-Gruppe?

»Mom, ich habe gerade geschlafen. Ich…«

»Geschlafen. Um diese Zeit?«

»Ich habe die ganze Nacht im Labor gearbeitet.«

»Das solltest du nicht. Du ruinierst deine Gesundheit.«

»Mir geht's gut.«

»Aber was ich sagen wollte, das in *Life*, so eine Überraschung…«

»Mom, ich muß wieder schlafen. Ich bin total erschöpft.«

»Schon gut. Ich wollte nur deine Stimme hören, Gordon. In letzter Zeit höre ich sie nicht mehr sehr oft.«

»Ich weiß, Mom. Ich rufe dich in ein paar Tagen an.«

»In Ordnung, Gordon.«

Er hängte ein und legte sich wieder schlafen.

Die Zinnes-Gruppe fand nichts. Gordon konnte das Signal nicht mehr empfangen. Er versuchte es die ganze restliche Woche. Am Freitag fand ein Abteilungskolloquium über Plastikphysik statt. Norman Rostoker leitete es. Gordon setzte sich ganz nach hinten. Rostokers erstes Dia war:

Sieben Phasen des Programms der Thermonuklearfusion

| | |
|---|---|
| I | Frohlocken |
| II | Verwirrung |
| III | Ernüchterung |
| IV | Suche nach den Schuldigen |
| V | Bestrafung der Unschuldigen |
| VI | Auszeichnung der Unbeteiligten |
| VII | Vergraben der Leichen/Verstreuen der Asche |

Die Zuhörer lachten, Gordon mit ihnen. Er fragte sich, in welcher Phase er sich befand. Aber nein, die Sache mit der Botschaft war kein zielgerichtetes Forschungsprojekt, sondern eine Entdeckung. Die Tatsache, daß er der einzige Mensch war, der daran glaubte, machte keinen Unterschied. »Suche nach den Schuldigen« schien allerdings zu passen. Er dachte einen Moment darüber nach und schlief dann während Rostokers Vortrag ein.

Er erhielt einen Anruf aus Ramseys Büro und traf Ramsey im Labor. Der Chemiker hatte die verflochtene Kette zu einer plausiblen Struktur aufgelöst. Phosphor, Wasserstoff, Sauerstoff, Kohlenstoff. Das ergab einen Sinn. Darüber hinaus paßte die Struktur in eine Klasse, die den Pestiziden ähnelte. Sie war komplexer, gewiß – aber eine eindeutige lineare Entwicklung. Gordon, noch immer ein wenig schläfrig, lächelte. »Gute Arbeit«, murmelte er. Ramsey strahlte. Auf dem Weg hinaus schritt Gordon durch den Glaswald des Labors. Inzwischen genoß er seine Rhythmen. Die Biologen auf der anderen Seite der Halle hatten Verschläge mit Tieren für ihre Tests. Als Gordon dort vorbeikam, fühlte er sich merkwürdig fröhlich. Auf einem Wagen in der Halle standen Schüsseln. Darin lagen ausgeweidete braune Hamster wie aufgeplatzte Kartoffeln. Leben im Dienste des Lebens. Schnell ging er weiter.

Um 18 Uhr, er war gerade dabei, Unterlagen und Bücher fürs Wochenende in seine Aktenmappe zu packen, klingelte das Telefon. Das Physikgebäude war fast völlig leer, das Klingeln hallte von den Wänden zurück.

»Gordon, hier ist Claudia Zinnes.«

»Oh, hallo, haben Sie …?«

»Wir haben etwas. Unterbrechungen.« Sie beschrieb es.

»Tun Sie mir, bitte, einen Gefallen? Versuchen Sie, sie in Strukturen zu zerlegen! Ich weiß wohl, es ist schon spät – ach ja, schon neun bei Ihnen – aber wenn Sie …«

»Ich glaube, ich verstehe Sie.«

Heftig ausatmend: »Testen Sie, ob es dem Morsealphabet entspricht!«

Ein leises Lachen. »Machen wir, Gordon.«

Er bat sie, ihn zu Hause anzurufen, und gab ihr seine Nummer.

»Letzte Woche habe ich es dir gesagt«, klagte Penny. »Samstagmorgen um zehn fliegen wir vom Lindbergh nach Oakland.«

»Ich erinnere mich nicht daran.«

»Blödsinn, ich habe es dir *gesagt.*«

»Penny, am Wochenende habe ich viel zu tun. Viel nachzudenken.«

»Denke über Oakland nach!«

»Nein, ich kann nicht. Sag deinen Eltern, wir...«

Das Telefon läutete.

»Claudia?«

»Gordon? Ich habe es überprüft, und... und Sie hatten recht.«

Eine plötzliche Benommenheit machte sich in ihm breit. »Und was steht drin?«

»Die astronomischen Koordinaten, die Sie mir genannt haben. Mehr habe ich nicht. Es geht über Seiten.«

»Großartig. Das ist einfach großartig.«

»Was ist es denn, Gordon?«

»Ich weiß es nicht.«

Sie unterhielten sich noch ein paar Sekunden. Claudia wollte ihr Experiment ohne Unterbrechung fortführen. Die Signalstärke schien unregelmäßig zu- und abzunehmen. Gordon hörte zu, nickte, stimmte zu. Aber seine Gedanken waren nicht bei Einzelheiten. Statt dessen hatte sich ein sonderbares Gefühl durch seine Beine in seine Brust geschlichen. Er spürte, wie sich sein Haar im Nacken sträubte. Es war real. Die ganze Zeit hatte er die ungewisse Möglichkeit in Betracht gezogen, daß er ein Potzer war, daß das Experiment falsch war. Aber jetzt wußte er: *Etwas versuchte, ihn zu erreichen.*

»Gordon? Gordon, was ist los?«

»Zinnes. New York.« Verwirrt blickte er auf. »Sie haben's gefunden.«

Sie küßte ihn, zusammen tanzten sie ein paar Schritte durch die Wohnung. Kein Potzer, nein! Gordon taumelte durchs Wohnzimmer und schrie immer wieder triumphierend »Ha« und »Recht gehabt«. Nach einem Moment wurde ihm schwindlig, und er setzte sich. Plötzlich war er müde. *Kratze eine Hypothese an, halte ein Faktum fest!* Aber was sollte er als nächstes tun?

»Penny, du hast recht – wir fliegen nach Oakland.«

## — 35 —

*1998*

Als er die Tür öffnete, hörte Peterson das Murmeln von Gesprächen. Durch den Eingang zum Salon sah er hektisch redende Menschen. Ein plötzliches Gelächter, klingende Gläser, lauter werdende lateinamerikanische Rhythmen.

Er zögerte nur einen Moment. Ohne nach links oder rechts zu schauen, überquerte er die schwarz-weißen Marmorplatten der Halle und ging die breite, geschwungene Treppe hinauf. Gewöhnlich stimmte es, daß niemand einen aufhielt, wenn man schnell vorbeiging, so daß man keinen Blick erwidern mußte. Seine Anwesenheit war einfach erklärbar, schließlich war das sein Stadthaus. Ein Gast, der ihn sah, müßte annehmen, daß er und Sarah diese dumme Party zusammen veranstalteten und daß Peterson oben irgendeine häusliche Arbeit erwartete.

Leise bewegte er sich über den tiefen Teppich und durchschritt den Korridor. Aus dem Bad fiel ein schmaler Lichtstreifen auf den Boden; wahrscheinlich war jemand drin. Er würde sein Schlafzimmer schnell genug erreichen, müßte aber auf dem Rückweg daran denken. So wie er hereingekommen war, müßte er sich wieder zurückziehen; um den Hinterausgang durch die Küche zu erreichen, müßte er durch den Salon.

Er schloß die Schlafzimmertür und ging zum Schrank. Eine Reihe von Mänteln verbarg die beiden Koffer, solange kein gründlicher Frühjahrsputz anstand. Er zog sie heraus. Etwas schwer, aber handlich. An der Tür stellte er sie griffbereit ab und blickte nach allen Seiten. Die drei langgestreckten georgischen Fenster gaben den Blick auf eine Reihe von Spitzdächern frei. Aus den meisten Häusern drang trübes Licht. Sparschaltung, fiel ihm ein. Andere lagen im Dunkeln. Leute, die schon die Stadt verlassen hatten? Egal – er würde sich mit solchen Fragen nicht mehr beschäftigen. Zwischen den Fenstern waren in voller Höhe Spiegel angebracht, in braunen, schwarz abgesetzten Samt gerahmt. Sarahs jüngste Laune. Peterson zögerte, musterte sein Spiegelbild. Immer noch ein wenig erschöpft, weiß um die Augen, aber im Grunde genesen. Sobald er sich zu bewegen vermochte, hatte er sich aus dem Hospital hinausgeblufft und war direkt zu seinem Büro gegangen. Der Rat war in höchstem Krisenzustand, und niemand hatte bemerkt, daß er bestimmte Dokumente aus seinen Akten entfernte, ein paar letzte telefonische Instruktionen gab und seinem Anwalt bestimmte Anweisungen erteilte. Sir Martin rief ihn zu einer kurzen Informationskonferenz, und dort sah Peterson, daß seine Vorbereitungen keinesfalls zu früh kamen. Es war eindeutig, die Wolkenform unterschied sich geringfügig von der Ozeanform, beide hatten aber den Neurohüllen-Effekt gemeinsam, den Kiefer erst einige Tage vorher entdeckt hatte. Kiefers Daten waren von großem Nutzen, aber wirksame Gegenmittel waren immer noch ein Problem, das die Laboratorien beschäftigte. Überall, wo sie abregneten, verbreiteten die Wolken die Substanz. Normalerweise widerstanden Landpflanzen dem Neurohüllen-Mechanismus, aber es gab Ausnahmen. Pflanzenzellulose blieb unberührt, aber die komplexeren Teile waren verwundbar. Beschleunigte Tests hatten zu einer Methode geführt, bestimmte Pflanzen zu heilen, den Prozeß abzuschneiden, bevor die Substanz sich in der Pflanzenhaut verteilen konnte. Die Reinigung von abgeerntetem Getreide in einigen Lösungen schien durchführbar und versprach eine Erfolgsquote von 70 Prozent. Peterson fielen Lauras Worte in dem Vegetarierrestaurant ein: »Gemüse und alles ist hier völlig frisch. Nur vom Besten. Jeden Tag kommen neue Lieferungen vom Land.« Ja, und da hatte er sich das verdammte Zeug eingefangen. Im menschlichen Verdauungstrakt richtete es bei allen möglichen metabolischen Prozessen Unheil an – oft tödlich, wenn man es nicht behandelte.

Niemand wußte, welche schwieriger erkennbare Sekundäreffekte sich in der Nahrungskette ergeben konnten. Die Biologen prophezeiten eine düstere Zukunft.

Hinzu kam, daß die Wolken die Blüte so schnell verbreiteten. Jetzt erschienen im Nordatlantik die ersten rötlichen Punkte.

Mit erstaunlicher Energie organisierte Sir Martin die Mittel des Rats, aber selbst er schien ernsthaft besorgt. Sie hatten es mit einem sich exponential entwickelnden Prozeß zu tun, und niemand wußte, wo der Sättigungspunkt lag.

Zum letztenmal blickte Peterson sich in dem Zimmer um. Hier war jedes Detail auf seine Gewohnheiten zugeschneidert, von den eleganten, akkordeongleichen Schuhregalen bis zu der kunstvoll zusammengestellten Bücherwand mit ihrem verborgenen Kommunikationszentrum. Wirklich schade, das aufzugeben. Aber es kam darauf an, vor dem großen Ansturm aufzubrechen und dennoch einen plausiblen Grund zu haben, dem Rat einige Tage fernzubleiben. Genesungskur in einer Landklinik, das klang gut. Sir Martin hatte ihn einen langen Augenblick prüfend angeschaut, als Peterson seine Abreise ankündigte, aber das war ein unvermeidliches Risiko. Wahrscheinlich verstanden die beiden Männer einander ziemlich gut. Schade, daß die Dinge sich zwischen ihnen nicht besser entwickeln konnten, dachte Peterson und öffnete vorsichtig die Schlafzimmertür.

Ein Rücken, jemand, der nach dem Gang zur Toilette wieder auf dem Weg nach unten war. Peterson wartete, bis der Mann durch die Marmorhalle verschwunden war. Mit den Schultern stieß er die Tür auf und trug die beiden Koffer durch den Korridor zur Treppe. Herrgott, waren die schwer. Er hatte die Möglichkeit nie erwogen, daß er krank sein könnte, wenn er diesen Schritt ausführen müßte.

Mit leisen Schritten ging er die Treppe hinab, vor jeder Stufe prüfte er genau sein Gleichgewicht. Sorgfältig setzte er Fuß vor Fuß. Die Treppe war ungeheuer lang. Er begann zu keuchen. Plötzlich klang lateinamerikanische Musik in blecherner Fülle auf, überflutete seine Ohren und zerstörte seine Konzentration. Aus den Augenwinkeln nahm er eine Bewegung wahr. Ein Mann und eine Frau, die aus dem Salon kamen. Die letzten drei Stufen nahm er mit hastigen Schritten und wäre auf dem glatten Boden beinahe ausgerutscht.

»Ian! Sieh mal einer an! Ich meinte, Sarah hätte gesagt, du wärst noch im Krankenhaus.«

Seine Gedanken rasten. Lächeln, das war es. »Bin ich eigentlich auch noch«, entgegnete er und ging gleichzeitig um die Ecke zu einem kleinen Einbauschrank. Er mußte die Gepäckstücke loswerden, bevor jemand anders vorbeikam. »Aber es wird immer voller, da wollte ich mich ein bißchen zurückziehen. Ich ziehe ein Stück aus der Stadt hinaus, um dort wieder zu Kräften zu kommen.«

»Aber klar doch«, sagte der Mann. »Die Häuser in der City sind am schlimmsten. Kann ich dir tragen helfen?«

»Nein, nein, nur ein paar Kleidungsstücke.« Er hatte sie in dem Schrank verstaut und schloß jetzt die Tür.

»Ach ja, wir suchen gerade nach einem Plätzchen, wo wir, du weißt schon, eine Zeit unter uns sein können.« Die Frau blickte ihn erwartungsvoll an. Sie war eine von Sarahs Freundinnen, eine von der Art, an die er sich nie bis zur nächsten Begegnung erinnern konnte. Sie wandte sich um und wies nach oben; zweifellos traute sie ihm nicht viel Vorstellungskraft zu und glaubte, er brauchte eine Planskizze. Da sah sie die offenstehende Tür zu seinem Schlafzimmer. »Oh, das wäre ja großartig. Sie hat ein Schloß, nicht wahr?«

Peterson spürte kalte Wut. »Ich würde meinen, es gäbe…«

»Ich glaube nicht, daß wir lange bleiben. Du hast doch nichts dagegen, oder? Doch, du hast was dagegen. Er hat was dagegen, Jeremy.« Sie setzte einen Fuß auf die unterste Stufe und schaute den Mann an. Mit ihrem Blick gab sie das Problem an ihn weiter.

»Ich, es wäre wirklich sehr entgegenkommend von dir, Ian, wenn du uns hier ein wenig hilfst.«

Plötzlich fühlte Peterson sich heiß und schwach. Er mußte sich von all dem lösen. Er hatte automatisch auf die Vorstellung reagiert, daß irgend jemand sein Schlafzimmer für seine Brunftspiele benutzte, aber jetzt sah er die Sinnlosigkeit seiner Reaktion. Schließlich hatte er dem Zimmer gerade erst Lebewohl gesagt. »Ja, sicher, geht nur rauf. Ich habe nichts dagegen.« Die Worte kamen ihm beinahe herzlich über die Lippen.

Das Paar dankte ihm und nahm die Treppe, wie es Peterson schien, mit bewußt langsamen Schritten. Er blickte zum Salon und atmete tief durch. Jetzt könnte er die Koffer holen und unbemerkt verschwinden, wenn…

Sarah! Sie hatte ihn gesehen, als sie an einem Knäuel plappernder Gäste vorbeiging. Sie zupfte einen Mann am Ärmel und machte mit dem Kopf eine Bewegung zu Peterson. Die beiden kamen über die Quadrate der Eingangshalle wie Schachfiguren auf dem Vormarsch. Springer und Dame im Angriff, dachte er. Eher unbewußt nahm er wahr, daß sie eins der von ihr selbst entworfenen Kleider trug, eine Kreation mit aufgedruckten Dschungelbildern mit dem passenden Tuch, das um ihren Kopf gebunden war und auf der linken Seite kunstvoll herabfiel. Er sah den Mann an und spürte einen kalten Schock. Prinz Andrew. Jesus, sie konnte doch damit nicht wieder anfangen, oder? Nun ja, jetzt würde es kaum noch eine Rolle spielen.

»Ian! Bist du schon wieder raus? *Squisito!*« rief Sarah aus und nahm seine Hand.

»Hole mir nur ein paar Sachen. Sie legen mich in ein Krankenhaus auf dem Land um.« Er streckte Andrew die Hand entgegen. »Guten Abend, Sir.«

»Um Himmels willen, Ian, hier müssen Sie mich doch nicht Sir nennen!«

»Andy will uns Einladungen zum Krönungsball besorgen – dem *kleinen*. Ist das nicht lieb von ihm?«

»Ja, sehr. Wie kommt Ihr Bruder zu Rande, Andrew?«

»Ach, ich habe ihn seit einer Woche nicht mehr gesehen. Er ist jetzt dauernd beschäftigt. Ich bin froh, daß ich den Job nicht habe. Er paßt zu ihm sowieso besser als zu dem Rest von uns.«

»Oh, ich bin sicher, du würdest das großartig machen«, meinte Sarah.

Andrew schüttelte wackelig den Kopf. »Nein, das bezweifle ich. Ich habe mich oft gefragt, ob es nur Glück war, daß der Erbe so ist, wie er ist, oder ob er genau deshalb so ist, weil er der Erbe ist.«

Peterson unterdrückte eine nervöse Geste und überlegte, was er sagen sollte. War dieses Gespräch unwirklich, oder war er selbst es? »Er nimmt seine Arbeit sehr ernst«, sagte er ausdruckslos. »Bei meinen Beratungsgesprächen kam er stets sofort aufs Wesentliche.«

»Und dann sein Humor, wissen Sie«, erwiderte Andrew, als würde er sich für die Ernsthaftigkeit seines Bruders entschuldigen. Er blinzelte eulenhaft.

Peterson merkte, daß Andrew betrunken war, und zwar in genau dem Maße, in dem Mitglieder des Königshauses betrunken sein können, ohne ins Gerede zu kommen. Das hieß: ein bißchen. Sarah zog Peterson am Ärmel, erwartete, daß er mit zur Party kam. Er überlegte einen Moment und folgte ihr dann. Niemand sollte Gewicht oder Größe der Koffer bemerken, die er beim Hinausgehen tragen würde. Es war besser, Sarah und Andrew in das Partygetriebe zu begleiten und später davonzuschlüpfen. Er ließ es zu, daß Sarah ihn herumführte und ihm einige neue Gesichter vorstellte; sie gehörten zu Leuten, die ihr möglicherweise nützen konnten. Er lächelte, nickte, sagte wenig. Allmählich dämmerte ihm, daß jeder auf irgendeine Weise aufgekratzt war – betrunken, unter Drogen oder schlicht hysterisch vor hektischer Energie. Und alle redeten über den banalsten Unsinn. Er hatte einen Ansturm von Fragen über die Blüte und die Wolken erwartet, aber nicht einer wollte etwas wissen. Er bemerkte, daß er die Gäste aus einer gewissen Distanz beobachtete. So elegant und ignorant wie Schwäne. Aber er wußte, einige von ihnen mußten Zweifel haben. Erneut dieses Gefühl der Unwirklichkeit.

Es dauerte über eine Stunde, bis er seine Chance sah. Er wollte ganz sicher sein, daß Andrew seine Koffer nicht sah, deshalb wartete er, bis Sarah sich an Andrews Arm klammerte und begann, eine ihrer üblichen schamlosen Geschichten zu erzählen. In diesem Moment stahl Peterson sich durch mehrere plaudernde Gruppen, schien mitten unter ihnen, hörte in Wirklichkeit aber niemandem zu. Er achtete einzig und allein darauf, ob jemand Wichtiges ihn gehen sah. Im richtigen Augenblick trat er schnell in die Eingangshalle. Die Koffer. Als er sich umwandte, öffnete sich seine Schlafzimmertür, und ein verschwommenes, gerötetes Gesicht erschien. Bevor die Frau ihn begrüßen konnte, hatte er die Tür aufgerissen und war geflohen. Nicht der reibungslose Abschied, den er sich vorgestellt hatte, aber immer noch gut genug. Vor ihm lag Cambridge, und dann, bei Gott, könnte er Ruhe finden.

## — 36 —

Marjorie saß im kleinen angemieteten Haus der Markhams und beobachtete Jan. Sie war in der Erwartung gekommen, die behutsame und zugleich tüchtige Helferin für eine verzweifelte, trauernde Freundin zu spielen, aber ihre Rollenverteilung war fast umgekehrt. Jan packte systematisch ihre Sachen. Marjorie hatte ihr angeboten, das für sie zu tun. Sie hatte das Gefühl, Jan sollte jetzt die Freiheit haben, sich aufs Bett zu legen und das Gesicht in den Kissen zu vergraben, wenn ihr danach war. Jan hatte ihre Hilfe abgelehnt; wenn sie nicht selbst packte, hatte sie gesagt, würde Marjorie nichts finden. Marjorie hatte angeboten, Tee aufzugießen. Starker, süßer Tee wirkte immer beruhigend. Aber Jan hatte keinen gewollt. Geschäftig packte sie weiter. Marjorie, ein wenig beleidigt, dachte, sie könnte sogar ein Lied bei der Arbeit summen. Marjorie wünschte, Jan würde ihr einen Drink anbieten. Unvermutet setzte sich der Gedanke in ihr fest. Hergott, es war erst Vormittag.

»Kann ich denn gar nichts tun?« fragte sie verzweifelt.

Jan hielt inne und wischte sich eine Haarsträhne aus den Augen.

»Ach ja, du könntest Gregs Kleider zusammenpacken. Warum nimmst du nicht den großen Karton und gehst nach oben? Nur die Kleider und Schuhe. Ich werde versuchen, sie in dem Secondhand-Laden am Peety Cury zu verkaufen. Und schau mal im Garderobenschrank in der Diele nach. Ich glaube, sein Regenmantel hängt dort noch. Und sein Morgenmantel hängt an der Badezimmertür.« Sie lächelte flüchtig. »Ach, guck besser in allen Zimmern nach. Ich habe es ihm nie abgewöhnen können, seine Sachen überall rumliegen zu lassen.«

Ungläubig starrte Marjorie sie an. Sie selbst hatte es sorgsam vermieden, Gregs Namen zu erwähnen.

»Wie kannst du nur so ruhig sein?« platzte sie heraus.

Jan dachte darüber nach.»Ich glaube, es liegt daran, daß es so viel zu tun gibt. Ich habe keine Zeit zusammenzubrechen. Mach dir keine Sorgen, Marjorie, früher oder später wird es mich erwischen. Ich nehme an, bisher habe ich es noch gar nicht richtig begriffen.«

Marjorie bemerkte, daß Jan ihre Kleider in einem strengen Ritual packte. Zuerst Röcke, sorgfältig längs gefaltet und dann quer. Die Strumpfhosen ordentlich gerollt. Jan konzentrierte sich auf ihre Aufgabe mit absoluter Energie. Sie breitete die Blusen mit präzisen Bewegungen aus, die Ärmel parallel an den Seiten. Sie schloß jeweils den obersten und untersten Knopf mit rhythmischen Fingerbewegungen. Dann wurden die Ärmel gefaltet. Geschickt glättete sie Falten und Kniffe und legte den weichen Stoff zu präzisen Rechtecken zusammen, jedes ein kleines Päckchen. Dann stapelte Jan die Kleidungstücke systematisch im Koffer. Der Deckel schloß sich.

»Möchtest du bei uns wohnen, bis du einen Flug bekommst? Ich habe das Gefühl, du solltest hier nicht allein bleiben.«

»Ich komme schon klar. Ich fahre nach London, um mich für einen Flug anzustellen. Inzwischen gibt es Belege, daß bei Gregs Flug eine giftige Form der Wolkensubstanz eingedrungen ist – man glaubt, der Pilot sei davon krank geworden. Natürlich gibt es keine hundertprozentigen Beweise. Aber es bedeutet, daß die Fluggesellschaften ihre Linienflüge reduzieren, bis der Rat die Beschränkungen wieder aufhebt. Sie haben alles gestrichen, was in die Nähe der wirklich dichten Wolkenfelder geraten könnte.« Jan zuckte die Achseln.

»Willst du ganz bestimmt nach Hause? Nach Kalifornien?«

»Wieso nicht.« Ein müder Ausdruck erschien auf Jans Gesicht. »Hier bin ich nicht von Nutzen.«

»Trotzdem meine ich, du solltest erst einmal bei uns bleiben. Die Kinder sind zu Hause – die Schulen sind ja geschlossen –, und wir könnten Picknicks machen und …«

»Nein, tut mir leid, nein. Trotzdem danke.« Jan hob den Karton und starrte einen Moment hinein. »Ich hoffe, ich schaffe es.«

Unruhig ging Renfrew durchs Labor und schlug mit der geballten Faust in die Handfläche. Sein Assistent Jason lehnte an einem grauen Schrank und starrte mit düsterer Miene zu Boden.

»Wo ist George?« fragte Renfrew plötzlich.

»Zu Hause. Krank.«

»Spielt wohl auch keine Rolle. Wir können sowieso nichts tun. Diese verdammten Stromausfälle! Und Peterson habe ich auch noch nicht erreichen können. Seine Sekretärin sagt, er sei krank. Wie kann er jetzt nur krank sein?«

Wieder nahm er seine Wanderung auf. Die Pumpen standen still. Das Labor war düster, nur vom Zwielicht der Nachmittagssonne erhellt.

»Verflixt, morgen wäre Markham zurückgewesen, und dann hätten wir die Unterstützung aus Brookhaven gehabt. Wer wird sich jetzt noch für uns einsetzen?«

»Bei seinem letzten Besuch sagte Mr. Peterson, er würde uns helfen.«

»Ich traue dem Burschen nicht. Aber wenn ich wenigstens Kontakt mit ihm aufnehmen könnte, verdammt noch mal!«

Er ging zum Wasserspender und drückte auf den Knopf. Nichts regte sich. Er trat vor das Gerät.

»Ich hätte nie gedacht, daß ich noch einmal eine Wasserrationierung in England erlebe«, sagte er. »Und draußen schüttet's wie aus Kannen. ›Wasser, Wasser überall und keinen Tropfen zum Trinken.‹ Das habe ich mal in der Schule gelernt. ›Und über schlammige Meere krochen schleimige Tiere.‹« Er schnaubte. »Bald werden die Klippen von Dover rot sein.«

»Warum fahren Sie nicht nach Hause?« schlug Jason vor. »Ich bleibe hier, für den Fall, daß ein Anruf aus London kommt.«

»Nach Hause?« sagte Renfrew verwundert. Früher einmal war Marjorie die erste gewesen, an die er sich gewandt hatte, wenn die Belastung zu groß zu werden drohte. Ihre Mütterlichkeit und ihr schlichter Optimismus hatten ihm stets den Rücken gestärkt. Aber jetzt war sie ständig nervös und gereizt. Er argwöhnte, daß sie zuviel trank. Einmal hatte er eine entsprechende Bemerkung gemacht, aber sie war sofort in die Luft gegangen. Danach hatte er das Thema nie mehr angeschnitten. Ihre natürliche Vernunft würde sie da durchbringen, da war er sicher. Und die Kinder. Selbst sie hatte er im letzten Monat nur kurz gesehen. Sie standen spät auf, weil keine Schule war, so daß er sie nicht einmal beim Frühstück sah. Ja, vielleicht sollte er nach Hause fahren, wieder versuchen, mit seiner Familie Kontakt aufzunehmen.

Als er das Labor verließ, mußte er feststellen, daß jemand die Kette durchtrennt und sein Fahrrad gestohlen hatte.

Als er nach Hause kam, war es schon dunkel. Abgespannt stand er auf der Veranda und schüttelte den Regen von seiner Jacke. Sein Schlüssel drehte sich im Schloß, aber von innen hing die Kette vor. Er rüttelte, doch niemand kam. Als er auf die Klingel drückte, fiel ihm auf, daß kein Licht im Haus brannte; die Klingel würde also auch nicht funktionieren. Den Kragen hochgeschlagen, verließ er den Schutz der Veranda und ging ums Haus. Die Küchentür war ebenfalls verschlossen. Durchs Fenster spähend sah er Marjorie im Schein einer flackernden Kerze am Tisch sitzen. Er kratzte an der Scheibe. Sie blickte auf, schrie. Die Kerze erlosch, es krachte.

»Marjorie!« schrie er. »Marjorie! Ich bin's, John.«

Schritte, die Kette rasselte. Sie öffnete die Hintertür.

»Mach das nicht noch mal!« jammerte sie. »Mein Gott, ich hätte einen Herzanfall haben können. Jetzt kann ich die verdammte Kerze nicht finden. Sie ist irgendwo auf dem Boden.« Sie verschloß hinter ihm die Tür. »Ich hole eine neue.«

Im Dunkeln hörte er sie herumtasten und Schranktüren schlagen. Unter seinen Füßen knirschte zerbrochenes Glas. Es roch nach Whisky. *Sie hat sonst nie Whisky getrunken.* Ein Streichholz flammte auf. Mattes Kerzenlicht ließ ihre Schatten auf der Küchenwand tanzen.

»Warum nimmst du nur eine Kerze?« fragte er.

»Weil du sicher sein kannst, daß sie in diesem Land als nächstes knapp werden.«

»Wo sind die Kinder?«

»Herrgott, John, bei meinem Bruder. Das habe ich dir doch gesagt, sie haben hier herumgelungert und Däumchen gedreht, da habe ich gedacht, mit ihren Vettern hätten sie mehr Spaß. Sie können bei der Ernte helfen. Wenn der Regen sie nicht *völlig* zerstört.«

Sie bückte sich, um die Scherben aufzuheben.

Er wollte fragen, was es zum Abendessen gab, kleidete es dann aber taktvoll in andere Worte: »Hast du schon gegessen?«

»Nein.« Sie kicherte leise. »Ich habe mein Abendessen in flüssiger Form gehabt. Macht weniger Arbeit.«

Das Kichern erinnerte ihn an die frühere, springlebendige Marjorie. Ein seltsames Gefühl überkam ihn, er ergriff ihre Hände.

»Verdammt!« Er zuckte zurück und saugte an seinem Daumen. Er hatte sich an einem Glassplitter geschnitten.

»Blödmann!« sagte sie mitleidlos. »Du hast doch gesehen, was ich gemacht habe.« Sie warf die Scherben in den Müll und wischte den Boden mit einem Schwamm.

»Du hast doch sonst keinen Whisky getrunken«, sagte er und beobachtete sie.

»Es geht schneller. Ich weiß, was du denkst. Du glaubst, ich werde zur Alkoholikerin. Aber *ich* weiß, wenn ich aufhören muß. Ich trinke gerade genug, um alles erträglicher zu machen.«

»Wie wär's mit etwas zu essen?«

»Mach dir selbst was!« entgegnete sie achselzuckend. »Du kannst dir eine Dose Bohnen aufmachen. In der Speisekammer ist Käse.«

»Weißt du, es ist nicht gerade ein Vergnügen, nachts total durchgeregnet in ein kaltes dunkles Haus zu kommen, und es gibt nicht mal was zu essen.«

»Es ist doch nicht meine Schuld, daß es kalt und dunkel ist. Was erwartest du von mir? Daß ich die Möbel verbrenne? Und es ist das erste Mal seit Gottweißwielang, daß du so früh nach Hause kommst, und da du mir nicht Bescheid gesagt hast, konntest du kaum ein fertiges Abendessen erwarten. John, du hast keine Vorstellung, wie schrecklich es heutzutage ist, einzukaufen. Man muß stundenlang anstehen, stundenlang, und dann ist die Auswahl praktisch gleich Null.«

»Ich weiß nicht, Marjorie. Du hast dir immer gut zu helfen gewußt. Wir sollten besser dran sein als die meisten. Wir könnten ein Huhn schlachten, und dann hast du ja noch den Gemüsegarten.«

»Mein Gott, John, manchmal habe ich das Gefühl, du wärst seit Monaten weg. Die Hühner wurden schon vor Wochen gestohlen. Alle. Und ich weiß, daß ich es dir erzählt habe. Und das Gemüse? Soll ich etwa im Regen rumkriechen und nach ein oder zwei übriggebliebenen Kartoffeln suchen? Es ist Ende September. Und der Garten ist eine reine Sumpflandschaft.«

Plötzlich ging das Licht an. Der Kühlschrank summte. Sie blinzelten. Zwei Menschen, die sich ohne weichzeichnende Schatten gegenüberstanden. Stille. John zuckte nervös.

»Heathers Mutter ist gestorben«, sagte sie plötzlich. »Na ja, es war wohl eine echte Erlösung. Anders als bei Greg Markham. Mein Gott, war das ein Schock. Schwer zu glauben, daß er tot ist. Er schien so ... so lebendig. Und Heather und James haben ihren Job verloren.«

»Erzähl mir keine schlechten Neuigkeiten mehr!« sagte er barsch und verschwand in der Speisekammer.

## — 37 —

Marjorie hoffte, John würde früh nach Hause kommen. Er hatte in dieser Woche jeden Tag bis Mitternacht gearbeitet. Sie fuhr sich mit der Hand durchs Haar, betrachtete ihr leeres Glas. Nein, besser nicht. Sie hatte schon drei gehabt. Wurde man so Alkoholiker? Abrupt stand sie auf und schaltete Radio und Plattenspieler auf volle Lautstärke. Eine Klangkakophonie schrillte durchs Zimmer, eine Jazzband, die gegen ein lateinamerikanisches Gesangstrio anspielte – wenigstens etwas Leben. Erneut ging sie durch alle Räume im Parterre und schaltete die Lampen ein. Zum Teufel mit dem Energiesparen! Ihre Nerven flatterten, und es bereitete ihr Schwierigkeiten, ihre Augen zu konzentrieren. Wofür sollte sie schließlich nüchtern bleiben? Sie nahm ihr Glas und ging aufs Sideboard zu.

Auf halbem Weg blieb sie stehen, sie hatte etwas gehört. Lottie, im Waschraum eingeschlossen, bellte wild. Sie zögerte, stellte dann Radio und Plattenspieler leiser. Diesmal war es unverkennbar die Haustürklingel. Sie stand mitten im Zimmer. *Wer würde ...?* Es klingelte wieder. Dann Klopfen. Wie dumm von ihr! Als würde ein Landstreicher an der Tür klopfen. Wahrscheinlich war es ein Freund. Ja, Gott sei Dank, jemand, mit dem man sprechen und den Abend verbringen konnte. Sie lief durch die Diele, schaltete das Außenlicht ein. Durch das bemalte Glasfenster links von der Tür sah sie die Silhouette eines Mannes. Erneut wurde sie von Panik erfaßt. In der Ferne grollte der Donner. Sie atmete tief durch, lehnte sich gegen die Tür und fragte so ruhig sie konnte: »Wer ist da?«

»Ian Peterson.«

Einen Moment starrte sie konzentriert auf die Tür. Langsam löste sie die Kette, schob die beiden Riegel zur Seite und öffnete die Tür einen Spalt. Sein Haar war durcheinander. Seine Jacke war zerknittert, und er trug keine Krawatte. Verlegen wurde sie sich bewußt, welchen Anblick sie selbst bieten mußte. Das Haar zerzaust, ein leeres Glas in der Hand und, um Himmels willen, wegen der Hitze in einem alten, abgetragenen Strandkleid. Sie zog ihr Kleid mit der einen Hand glatt und versuchte, mit der anderen das Glas hinter ihrem Rücken zu verbergen.

»Oh, Mr. Peterson. Hm, ich fürchte, John ist nicht da. Er, hm, arbeitet heute abend im Labor.«

»Ach? Ich hoffte, ihn hier zu treffen.«

»Nun, Sie können sicher zum …«

Ein plötzlicher Windstoß fuhr über den Hof und wehte Blätter über Petersons Schulter. »Oh!« rief Marjorie aus. Automatisch trat Peterson ein. Sie schlug die Tür zu. »Oh, Mann, was für ein Wind!« sagte sie.

»Es zieht ein Sturm auf.«

»Wie war es auf der Straße?«

»Schwierig. Ich mußte mehrere Tage das Bett hüten, in einem Hotel südlich von hier. Nachdem ich mich erholt hatte, wollte ich mal vorbeischauen und mich erkundigen, ob John etwas Neues hat.«

»Nun, ich glaube nicht, Mr. Peterson. Er …«

»Ian, bitte.«

»Gut, Ian. John versucht überall, Treibstoff für den Laborgenerator aufzutreiben. Auf die öffentliche Versorgung kann er sich nicht mehr verlassen, sagt er. Das kostet Zeit. Er wird aber weiter senden, das weiß ich.«

Peterson nickte. »Gut. Ich nehme an, mehr kann keiner erwarten. Es war ein interessantes Experiment.« Er lächelte. »Ich habe wohl halb daran geglaubt, daß es machbar ist.«

»Aber ist es nicht immer noch möglich? Ich meine...«

»Ich glaube, wir verstehen den Prozeß nicht ganz. Ich muß zugeben, die Arbeit hat mich hauptsächlich deshalb interessiert, weil es ein sauberes wissenschaftliches Unternehmen war. Eine meiner letzten Befriedigungen, schätze ich. Eine Partie Karten auf der Titanic. Ich hatte in den letzten Tagen Gelegenheit, darüber nachzudenken. Als ich London verließ, schien ich wieder auf dem Damm, doch dann wurde ich wieder krank. Ich versuchte, in ein Krankenhaus aufgenommen zu werden, wurde aber abgewiesen. Kein Platz mehr. Also blieb ich im Hotel und ließ die letzten Nachwirkungen abklingen. Nichts essen, das ist das Heilmittel. Deshalb habe ich über das Experiment nachgedacht, um mich abzulenken.«

»Nein, so was. Setzen Sie sich doch!« Als Peterson ins Licht trat, sah Marjorie, daß er blaß und dünner war. Seine Augen waren eingefallen. »Diese Krankheit, war es...«

»Ja, die Sache mit den Wolken. Selbst wenn die Stoffe aus dem Körper ausgeschieden sind, bleiben noch Nachwirkungen.«

»Wir haben aus Konserven gegessen. Im Radio hieß es, das wäre das beste.«

Peterson zog eine Grimasse. »Ja, das sagen sie jedenfalls. Es bedeutet, daß sie nicht die Mittel haben, die benötigt werden, um die jetzige Getreideernte zu retten. Ich habe heute mit meinem Büro telefoniert und ein paar Einzelheiten erfahren, die der Öffentlichkeit wahrscheinlich noch nicht bekannt sind.«

»Ist es so schlimm?«

»Schlimm? Nein, katastrophal!« Erschöpft sank er ins Sofa. »Ganz gleich, wieviel Planungen man unternimmt, das Ganze scheint merkwürdig, nein irreal.«

»Ich dachte, dafür hätten wir *nichts* geplant.«

Er blinzelte, als müßte er sich erst orientieren. »Nein, ich meinte... die endlosen Projektionen... rein mathematisch... nicht auf diese Weise...« Er schüttelte den Kopf und fuhr fort. »Ich rate Ihnen, sowenig wie möglich zu essen. Ich habe den Verdacht – und den haben auch unsere Experten, diese verdammten Schlaumeier –, daß die Auswirkungen dessen, was jetzt geschieht, unser Leben völlig verändern werden. Die benötigten Medikamente zur Stärkung des Organismus sind knapp, und... einige glauben, die Biosphäre wird für immer verändert sein.«

»Nun, ja«, sagte sie besorgt. Ein merkwürdiges Gefühl nahm von ihr Besitz. »Wenn ihr schon nicht...«

Peterson schien sich mit einem Ruck aus seiner Stimmung zu befreien. »Lassen wir das Thema, Marjorie. Ich darf Sie doch Marjorie nennen?«

»Natürlich.«

»Und wie fühlen Sie sich?«

»Um die Wahrheit zu sagen: Ich bin ein bißchen blau. Das Alleinsein hier macht mich nervös, und ich habe ein paar Gläser getrunken. Ich fürchte, sie steigen mir schnell zu Kopf.«

»Vielleicht kommt man so am besten zu Rande. Kann ich auch etwas zu trinken haben?«

»Aber ja doch. Können Sie sich selbst bedienen? Ich weiß kaum, was wir haben. Ich trinke Pernod.«

Sie beobachtete ihn, als er durchs Zimmer ging. Solange er ihr den Rücken zuwandte, konnte sie ihn ungeniert anstarren. Er ging neben dem Sideboard etwas in die Knie und musterte die Etiketten auf den Flaschen. Sie legte den Kopf in die Hand. Sie spürte, wie er zurückkam, neben ihr stehenblieb, in die Hocke ging.

»Sind Sie sicher, daß alles in Ordnung ist, Marjorie?«

Sie konnte ihm nicht in die Augen sehen. Sie wußte, sie war rot geworden. Seine Hand lag auf der Lehne ihres Sessels. Sie blickte auf seine goldene Uhr, das schlanke Handgelenk, die dunklen Härchen auf seinem Handrücken. Zu jeder Bewegung unfähig, starrte sie auf die Hand.

»Marjorie?«

»Tut mir leid. Mir ist schrecklich heiß, Ian.«

»Ich mache ein Fenster auf. Hier drin ist es wirklich stickig.«

Die Hand verschwand aus ihrem Blickfeld, Sekunden später spürte sie die Luft, die ihre feuchte Stirn kühlte.

»Oh, das tut gut, danke.«

Sie lehnte sich zurück, konnte ihn anschauen. Alles in allem war nichts Besonderes an ihm. Er sah gut aus, aber nicht übermäßig. Sie erwiderte sein Lächeln.

»Tut mir leid. Heute abend bin ich ein wenig durcheinander. Die Sache mit der Wolke, und dann Greg Markham, und... Manchmal sieht alles so sinnlos aus. Und doch ist man froh... daß man lebt. Tut mir leid, ich rede ziemlichen Unsinn, nicht wahr? Nur, wir sind so machtlos. Ich wünsche ständig, etwas zu *tun*.«

»Das ist ganz und gar kein Unsinn, Marjorie.«

Ein plötzliches Donnern ließ das Haus erbeben.

»Herrgott, das war nah!« rief sie und hatte sich sofort wieder unter Kontrolle. Sie durfte nicht so erregbar sein. Ein Prickeln lief über ihre Haut. »Ich möchte wissen, ob mit dem Regen noch mehr dieser Wolkenorganismen runterkommen.«

»Wahrscheinlich.«

»Hier in der Nähe, heißt es, lebt eine Frau, die ein Katzenheim hat. Sie hat ihre ganzen Konserven an die Katzen verfüttert, weil sie glaubte, das Dosenfutter für sie wäre vergiftet. Ich schätze, sie wird verhungern.«

»Verrückt.« Er nahm einen kräftigen Schluck.

»Haben Sie von der Krönung gehört? Man hat alle Vorbereitungen gestoppt.«

Sarkastisch meinte Peterson: »Ich nehme an, das Land wird deswegen in Aufruhr geraten.«

Marjorie lächelte. Ein Blitz, dann ein donnerndes Krachen. Verängstigt sprang Marjorie auf. Sie blickten einander an und brachen in plötzliches Gelächter aus.

»Solange Sie's hören können, sind Sie in Sicherheit«, sagte er. »Solange ist der Blitz noch entfernt.«

Plötzlich fühlte sie sich sehr wohl. Sie war froh, ihn hier zu haben; Einsamkeit und Angst wurden dadurch gebannt.

»Haben Sie Hunger? Möchten Sie etwas essen?«

»Nein, danke. Entspannen Sie sich. Spielen Sie nicht die fürsorgliche Gastgeberin! Wenn ich etwas möchte, hole ich's mir.«

Er lächelte schwach. Steckte in seinen Worten eine doppelte Bedeutung? Er mußte es gewohnt sein, alles zu bekommen, was er wollte. Heute abend jedoch war er weniger sicher. »Es ist schön, daß Sie hier sind«, sagte sie. »In letzter Zeit war es recht einsam; die Kinder sind weg, und John arbeitet sehr lange.«

»Ja, ich kann mir vorstellen …« Er beendete den Satz nicht. Die Lampen gingen aus, begleitet von einem dramatischen Donnergrollen.

»Nein, ich bin wirklich froh, daß Sie hier sind. Allein würde ich Todesängste ausstehen und annehmen, jemand hätte die Leitungen zum Haus unterbrochen oder so etwas.«

»Ich bin sicher, es ist nur ein Stromausfall. Wahrscheinlich hat der Sturm ein paar Masten geknickt.«

»Das passiert in letzter Zeit häufig. Ich habe Kerzen in der Küche.«

Sie ging durchs Zimmer. Aus langer Gewohnheit wich sie den Möbelstücken im Dunkeln aus. In der Küche tastete sie im Schrank nach Kerzen und Streichhölzern. Automatisch zündete sie drei an und setzte sie in Kerzenhalter.

Die Uhr auf einem Regal ließ einen *Tick* vernehmen, gefolgt von mechanischem Klicken der Räder. Sie drehte sich um. Ian stand im Türrahmen. Er kam herein. Die Uhr erzeugte ein rasselndes Geräusch. »Oh, ich habe sie aus der Garage geholt, als ich aufräumte«, sagte sie. »Bei den dauernden Stromausfällen ist eine alte Aufziehuhr besser..« *Tick.* »Aber sie macht sonderbare Geräusche, nicht?«

»Vielleicht, wenn Sie sie ölen …«

»Aber das habe ich schon. Irgend etwas im Wecker muß repariert werden. Aber sie geht trotzdem ziemlich genau.«

Er lehnte sich an das Büffet und beobachtete sie, als sie die

Streichhölzer weglegte. Sie bemerkte, daß das Fichtenholzregal in den von den Kerzen geworfenen Schatten emporragte. Außer den geraden Brettern schwankten und krümmten sich alle Gegenstände in der Küche. *Tick.*

»Interessant«, murmelte Ian, »wie wir mitten in der ganzen Entwicklung immer noch wissen wollen, wieviel Uhr es ist.«

»Ja.«

»Als müßten wir immer noch Verabredungen einhalten.«

»Ja.«

Stille trat wie eine Schlucht zwischen ihnen auf. Sie suchte nach Worten. *Tick.* Die Regale schienen jetzt fester und stofflicher als die Wand zu sein. Umringt von Einmachgläsern nistete die Uhr.

Sie blickte Ian an. In dem trüben Licht waren seine Augen ganz dunkel. Ihre Nervosität schwand, sie lehnte sich gegen den Schrank. Eigentlich müßte sie die Kerzen ins Wohnzimmer bringen, aber im Moment schien es richtig, hierzubleiben, sich nicht zu beeilen.

Ian durchquerte die kleine Küche. Wollte er eine Kerze nehmen? *Tick.*

Er berührte ihr Gesicht.

Keiner von beiden bewegte sich. Ihr war warm, sie atmete leise. Langsam sog sie die Luft ein, und es schien lange zu dauern, ihre Lungen zu füllen.

Ganz langsam beugte er sich vor und küßte sie. Es war eine sanfte, flüchtige Berührung.

Sie sank gegen den Schrank. *Tick*. Sie atmete aus und fragte sich, ob er in der Stille ihre Atemzüge hören konnte. Sie sah zu, wie er eine Kerze nahm. Eine Hand berührte ihre Schulter. Er führte sie hinaus, aus der Küche weg, weg von den Regalen und der Uhr ins Wohnzimmer.

# — 38 —

*12. Oktober 1963*

Pennys Stimme war schneidend. »Wie bereits gesagt.«

»Hm? Ach ja, sprich weiter!«

»Hör auf! Du hast gar nicht zugehört.« Sie steuerte den gemieteten Thunderbird um eine Kurve. Unter ihnen lag die Bay Area und rechts das in nebligen Dunst getauchte Glitzern der Bucht. »Zerstreuter Professor!«

»Okay, okay.« Aber er glitt in seinen Nebel zurück, während sie die Haarnadelkurven von Grizzly Peak nahm. Er sah Oakland sich ausbreiten, grüne Inselpunkte in der blaugrauen Bucht und San Francisco in alabasterner Isolation. Sie verschwanden hinter Fichten- und Eukalyptusstämmen. Die Bäume bildeten ein schwarzgrünes Gittermuster vor den braunen Berghängen. Penny hatte das Verdeck geöffnet. Kühle Luft ließ ihr Haar flattern. »Mount Tamalfuji!« rief sie und zeigte auf einen kurzen, stumpfen Bergkegel nördlich der Bucht. Dann ging es bergab. Bremsen quietschten, das Getriebe ächzte, als sie auf Broadway Terrace zusteuerte. Waldduft hüllte sie ein. Sie verließen die dichtbewaldeten Hänge und schossen an einem Wirrwarr von Häusern vorbei. Als sie sich dem Haus ihrer Eltern näherten, ließ der Verkehr nach. Eine erkennbar piekfeine Gegend mit dem angemessenen eleganten Namen: Piedmont. Gordon dachte an Long Island, an Gatsby und gelbe Limousinen.

Ihre Eltern hinterließen, wie sich herausstellte, keine Eindrücke bei ihm. Gordon war sich nicht sicher, ob es an ihnen oder an ihm selbst lag. Seine Gedanken wanderten ständig zu dem Experiment und den Botschaften zurück; er suchte nach einem neuen Werkzeug, den Deckel des Geheimnisses zu lüften. *Geh es aus einem anderen Blickwinkel an,* hatte Penny einmal gesagt. Er konnte den Satz nicht vergessen. Er stellte fest, daß er sich unterhalten und lächeln konnte, daß er das Ritual zwischen Gast und Gastgeber vollzog, ohne jemals wirklich an dem, was vorging, teilzuhaben. Pennys Vater war kräftig und auf beruhigende Weise schroff; ein Mann, der wußte, wie man Geld zu noch mehr Geld machte. Er hatte die genormten ergrauenden Schläfen und eine gewisse sonnengebräunte Selbstsicherheit. Seine Mutter schien heiter; Gast in Clubs und bei Wohltätigkeitsveranstaltungen und eine penible Haushälterin. Gordon hatte das Gefühl, ihnen schon einmal begegnet zu sein, konnte sie aber nicht einordnen. Wie Darsteller in einem Film, dessen Titel einem nicht einfallen will.

Sie waren eingeladen, im Haus zu wohnen. Gordon bestand darauf, in einem Motel an der University Avenue zu übernachten – um sie ins Herz der Stadt zu bringen, hatte er gesagt, aber in Wirklichkeit, weil er der heiklen Frage ausweichen wollte, ob sie im Schloß ihrer Eltern ein gemeinsames Zimmer bewohnten. Für diese Frage war er nicht vorbereitet, nicht an diesem Wochenende.

Ihr Vater hatte natürlich von der Sache mit Saul erfahren und wollte darüber reden. Gordon sagte ihm gerade genug, um den Anschein der Höflichkeit zu wahren, und lenkte das Gespräch dann zur Abteilung, UCLJ und allmählich auf Themen, die immer weiter entfernt lagen. Ihr Vater – »Jack«, sagte er mit einem herzlich-kräftigen Händedruck, »nennen Sie mich einfach Jack!« – hatte einige einführende Bücher in die Astronomie gekauft, um mehr darüber zu lernen. Das erwies sich als passabler Zeitfüller: Gordon lehnte sich zurück und ließ sich von Jack mit Fakten über die Sterne und den obligatorischen ehrfürchtigen Hinweis auf die Weite des Universums unterhalten. Jack besaß einen scharfen, forschenden Verstand. Er stellte bohrende Fragen. Gordon merkte bald, daß seine eher allgemeinen Astronomiekenntnisse erschöpft waren. Während die Frauen in der Küche kochten und plauderten, versuchte Gordon, den Kohlenstoffzyklus, Supernova-Explosionen und die Rätsel von Kugelsternhaufen zu erklären. Er rief sich oberflächliche Kenntnisse aus halbvergessenen Vorlesungen ins Gedächtnis. Jack ertappte ihn bei ein paar Schnitzern, und allmählich wurde Gordon unbehaglich zumute. Er dachte an Coopers Prüfung.

Schließlich nahmen sie ein Bier vor dem Essen, und Jack wechselte zu anderen Themen über. Linus Pauling hatte gerade den Friedensnobelpreis gewonnen: Was hielt Gordon davon? War es nicht das erste Mal, daß jemand zwei Nobelpreise gewonnen hatte? Nein, entgegnete Gordon, Madame Curie hatte je einen in Physik und Chemie gewonnen. Gordon fürchtete, das Thema brächte sie zur Politik. Er war ziemlich sicher, daß Jack zur Bewegung »Abrüstung ist wie München«-Bewegung gehörte, die am Ort von William Knowland und der Oakland *Trib* gefördert wurde. Aber Jack umschiffte das Thema gewandt und bat ihn zu Tisch, wo sie eine dampfende Suppe und ein vorzügliches Minutensteak erwartete. Jakarandabäume begrenzten den Ausblick aus dem Speisezimmer. Die übrigen Fenster gaben den Blick auf Bucht, Stadt und Berge frei. Das Steak war perfekt.

»Siehst du?« rief Penny. »Ajax weiß, was du tust, bevor du es selbst weißt.«

Gordon sah zu. Das große Pferd zitterte, schnaubte, blinzelte. Sie brachte Ajax aus dem Stand in einen Handgalopp. Schnaufend, die Ohren hochgereckt, sprang Ajax vor. Nur durch den Druck ihrer Schenkel konnte sie das Tier dazu bringen, innerhalb einer Sekunde die Gangart zu wechseln. Geschickt lenkte sie Ajax durch den Korral.

Gordon lehnte sich gegen das Gitter. *Geh es aus einem anderen Blickwinkel an!* Okay. Ramsey hatte den biochemischen Teil entschlüsselt. Aber das war nur ein Teilstück des Rätsels. Die einzigen gesicherten Daten, die sie sonst noch hatten, war das gute alte RA 18 5 36 DEK 30 29.2. Ein Rhythmus, der nirgendwohin führte. Irgend etwas mußte es bedeuten...

»Gordon! Ich will Ajax ein bißchen ausreiten. Kommst du mit?«

»Tja, okay. Aber nicht zu Pferd.«

»Bitte!«

Verwirrt schüttelte er den Kopf. Aus ihrer Unterrichtsstunde konnte er sich nur an eins erinnern: Wie man es vermied, getreten zu werden. Wenn man hinter dem Pferd ging, mußte man nahe am Rumpf bleiben, damit das Tier wußte, es hatte nicht genug Platz, zu einem kräftigen Huftritt auszuholen. Wenn man über den Schweif strich, wußte das Pferd offenbar, daß man kein geeignetes Ziel war, um seine kleinen Gereiztheiten abzureagieren, und verlor sein Interesse. Gordon hatte seine Zweifel. Schließlich war es ein Tier und zu solcher Voraussicht unfähig.

Er spazierte auf dem Kamm über ihr. RA 18 5 36 DEK 30 29.2. Sie befanden sich direkt unterhalb der Hügelketten von Oakland. In der Ferne lag die zerknitterte braune Landschaft des Contra Costa County. Die Mammutbäume und Fichten um ihn herum strömten einen trocken-muffigen Geruch aus, den er nicht einordnen konnte. 263 KEV Spitze. PUNKTQUELLE IM TACHYONENSPEKTRUM. Unter seinen Schritten stieg feiner Staub auf. Es war später Nachmittag. Blaue Schatten bohrten sich durch die Staubwolken hinter Ajax. In ihrer High-School-Zeit war Penny jeden Tag hierher gekommen, hatte Jack ihm erzählt. Gordon hatte erwogen, einen Witz über die Freudschen Implikationen zu machen, die junge Mädchen auf einem Pferderücken heraufbeschworen. Nach einem Blick auf Penny verzichtete er darauf. KANN MIT NMR AUSRICHTUNGEN GEPRUEFT WERDEN. Diese Reiterambiente war von den schlichten Ballspielen, in seiner Erinnerung sein einziger Sport, weit entfernt. Das *Klick-klack* der Hufe, Bilder von Gary Cooper oder vielleicht Ida Lupino, ein elegantes Dahingleiten zwischen hoch aufragenden Mammutbäumen: gelassene Heiterkeit. Er trottete in schwarzen Straßenschuhen, die seine Mutter bei Macy's gekauft hatte, durch den Wald. Ein ferner Kontinent. Er fühlte sich hier von einer Natürlichkeit umgeben, die er fremdländisch fand. RA 18 5 36 DEK 30 29.2, RA 18 5 36 DEK 30 29.2. Wahrlich.

Am Abend, als sie sich im Motel liebten, schien Penny verändert. Ihre Hüften waren straffer geworden. Durch die dünne Hülle ihres Fleisches spürte er eckige Knochenstrukturen. Sie war hart und zäh, eine Western-Frau. Sie wußte, daß Artischocken auf einer Art Strauch wuchsen, nicht auf Bäumen. Sie konnte über einem offenen Feuer kochen. Er fand ihre Brüste spitzer, mit rosigweichen, hervorstehenden Warzen, die schnell runzlig wurden, als er an ihnen saugte. Ost war Ost, der Rest war West.

Sonntagvormittag nahm Jack sie mit zu einer Walnußplantage, in die er investiert hatte. Ein automatischer Baumrüttler keuchte und schnaufte durch die Felder in der Nähe von Alamo. Sein Hydraulikarm rüttelte an den Bäumen und löste wahre Nußschauer aus. Männer führten einen seltsamen Apparat durch die Gassen zwischen den Bäumen. An der Seite schnellten Gummiflossen heraus, die die Nüsse in unregelmäßige Reihen sortierten. Dahinter kam der Pflücker. Die Nüsse steckten noch in ihren grüngesprenkelten weichen Schalen, und der Pflücker schaufelte sie hoch. Hinter ihm blieben Zweige und Blätter liegen. Jack erklärte, diese neue Methode würde sich in kürzester Zeit auszahlen. Ein Wagen brachte die Nüsse zu einem Gerät, zwischen dessen Bürsten und Drahtgeflechten die weichen Schalen abgerieben wurden. Die restlichen Grünteile wurden über einer Erdgasfeuerung erhitzt und fielen ab. »Das revolutioniert die Branche«, erklärte Jack. Gordon beobachtete die surrenden Maschinen und die Männer, die sie bedienten. Sie arbeiteten auch sonntags, es war Erntezeit. Nach der bleichen Buschwüste Südkaliforniens wirkten die Walnußhaine beruhigend. Die langen, schattigen Grünstreifen erinnerten ihn ans New Yorker Hinterland. Doch die rasselnden Arme, deren Würgegriff die Bäume ihrer Nüsse beraubten, waren störend: ein neues, ein Roboterwesen.

»Kann ich mir heute nachmittag ein paar Ihrer Astronomiebücher leihen?« fragte Gordon plötzlich.

Jack nickte und überspielte sein Erstaunen mit einem verblüfften Grinsen. Penny verdrehte ihre Augen und verzog das Gesicht zu einer unausgesprochenen Frage: *Hörst du denn nie auf zu arbeiten, nicht mal am Wochenende?* Gordon zuckte die Achseln. Einen Moment erschreckte ihn ihre stumme Verdammung. Er erkannte, daß nach ihrem Wunsch das Wochenende in gewissem Sinne funktionieren sollte. Vielleicht wollten er und der wackere Jack eine plötzliche Kameradschaft zwischen sich entdecken. Das wäre sogar möglich, bei der richtigen Gelegenheit. Aber nicht an diesem Wochenende. Gordon wußte, daß er es wie in einem Nebel durchlebt hatte, abgelenkt von dem Problem. Diese Tatsache zu erkennen hieß nicht, sie zu ändern. Und immer, wenn er sich dennoch einstimmte, mußte er feststellen, daß er Pennys Eltern mißverstand. Stets war er sich schmerzlich der Tatsache bewußt, daß er mit ihrer Tochter schlief. *Bleibst an der Shiksa kleben, o ja.* Wie behandelte man diese Tatsache auf einvernehmlich-kalifornische Art? Indem man die nächtlichen Schlafkonstellationen höflich ignorierte? Er nahm es an, fühlte sich aber trotzdem unbehaglich.

Der Baumrüttler brummte und ächzte, riß ihn aus seinen Grübeleien. Er hatte die Hände hinter dem Rücken gefaltet, seine übliche Vorlesungspose, und auf ein Stück Erde gestarrt. Gordon blickte den anderen hinterher, die auf dem Weg zum Wagen waren. Mit einer Geste zu Gordon warf Penny ihrem Vater einen resignierten Blick zu: Familiensignale.

In den Stichwortverzeichnissen von Jacks Büchern stand nichts über Herkules. Gordon blätterte auf der Suche nach Passagen über die Sternbilder durch. Er fand Sternkarten, Jahreszeitansichten vom Großen Bären, von Orion und dem Kreuz des Südens. Studenten, die im Licht der Großstadt groß geworden waren, brauchten eine einfache Einführung zu den Sternen. Das galt auch für Gordon. Er studierte die Linien, die die Punkte verbanden, und versuchte zu verstehen, warum jedermann Jäger, Schwäne oder Stiere darin erkannte. Dann erweckte ein Absatz sein Interesse.

*Unsere Sonne ist, wie alle Sterne, in Bewegung. Wir kreisen mit einer Geschwindigkeit von etwa 150 Meilen pro Sekunde um das Zentrum unserer Galaxis. Außerdem bewegt sich die Sonne mit etwa 12 Meilen pro Sekunde zu einem Punkt nahe beim Stern Wega im Herkules-Sternenhaufen. In vielen tausend Jahren wird das Sternenbild anders aussehen, weil solche Bewegungen der Sterne relativ zueinander sind. Das Sternbild in Abbildung 8…*

Penny fuhr ihn zum Berkeley-Campus. Ihr hatte der Vorschlag zugesagt, eine kleine Rundfahrt zu unternehmen, auch wenn das bedeutete, daß sie weniger von ihren Eltern sah. Ihre Meinung änderte sich, als sie sah, daß er nicht über den Campus bummeln wollte, sondern direkt auf die Bibliothek der Physikabteilung zusteuerte. Die Bibliothek war in einem Gebäude direkt neben dem Campanile, aber Gordon lehnte es ab, mit dem Aufzug hinaufzufahren und die Aussicht zu genießen. Er winkte ihr zu und ging hinein.

*Die Solarbewegung kann unter Berücksichtigung der Kreisbewegung um das galaktische Zentrum als eine Kosinus-Verteilung beschrieben werden. Wir bewegen uns vom solaren Antapex weg und auf den solaren Apex zu. Da die Position des solaren Apex einen Durchschnitt vieler einzelner Sternbewegungen darstellt, gibt es signifikante Unsicherheiten. RA kann nur auf 18 Std. 5 Min ±1 Min eingegrenzt werden; DEK auf 30 Grad ±40 Min.*

Gordon blinzelte auf die geronnenen Sätze und stellte im Kopf arithmetische Berechnungen an. Die stickige Bibliotheksluft trug eine lastende, feierliche Stille. Er fand eine abgegriffene Ausgabe von *Astrophysikalische Größen* und überprüfte die Koordinaten noch einmal.

SOLARAPEX
RA 18 5 (± 1)
DEK 30 ± 40

Er zog einen Bleistift aus der Hemdtasche und kritzelte darunter, ohne den zornigen Blick des Bibliothekars zu beachten.

RA 18 5 36
DEK 30 29.2

Er ging in einen erfrischenden Herbstnachmittag hinaus.

Auf dem Flug nach San Diego sagte er: »Die Koordinaten in der Botschaft stimmen mit dem Solarapex überein, das ist der Punkt. Innerhalb der Unsicherheiten der heutigen Messungen, meine ich.«

»Das bedeuten die Plus- und Minuszeichen?« fragte Penny skeptisch.

»Richtig. Richtig.«

»Ich kapier' das nicht.«

»Das ist die Richtung, in die sich die Sonne – und mit ihr die Erde – bewegt.«

»*Oy weh.*«

»Hm?«

»Das sagst du immer. Weist auf Erstaunen hin.«

»Nein, es bedeutet – nun, Bestürzung. Aber ich sage das nicht.«

»Tust du doch.«

»Nein, tu' ich nicht.«

»Okay, okay. So, und was bedeutet das nun, Gordon?«

»Ich habe keine Ahnung«, log er.

# — 39 —

*14. Oktober 1963*

»Gordon, Claudia Zinnes hier. Ich wollte Sie informieren, daß wir den Effekt dieses Wochenende verloren haben. Und Sie?«

»Ich hatte keinen Durchlauf. Leider.«

»Wäre sowieso Verschwendung gewesen. Das seltsame Zeug hat sich einfach ausgeblendet.«

»Es kommt und geht häufig auf diese Art.«

»Aber wir versuchen's weiter.«

»Gut, gut. Ich auch.«

Gordon verbrachte einen Nachmittag über Sternenkarten und skizzierte die Bewegung des Punkts in Herkules. Einen Großteil des Tages lag er unter dem Horizont. Wenn es Tachyonen gab – was immer dieser Begriff bedeutete –, würden sie auf einer direkten Linie zwischen seinen NMR-Geräten und Herkules kommen. Wenn sich die Erde zwischen ihm und Herkules befand, würden die Teilchen wahrscheinlich absorbiert. Das hieß, er mußte sich dann einschalten, wenn Herkules über dem Horizont war.

»Claudia?«

»Ja, ja, ich habe Sie nicht angerufen, weil wir noch nicht…«

»Ich weiß, ich weiß. Die Koordinaten, die Sie und ich empfangen haben. Sie befinden sich im Sternbild Herkules. Ich glaube, wir haben mehr Glück, wenn wir nur zu bestimmten Zeiten empfangen, so – haben Sie einen Stift zur Hand? Ich habe es gerade berechnet. Ich schätze, zwischen sechs Uhr morgens und…«

Doch weder Columbia noch La Jolla konnten zu den berechneten Zeiten Signale empfangen. *Könnte es eine andere Störungsquelle geben?* Das würde alles komplizieren, aber was war die Ursache? Gordon überprüfte die Zeiten, zu denen er oder Cooper Signale aufgezeichnet hatten. Die meisten stimmten mit der Zeit überein, wenn Herkules am Himmel stand. Allerdings war in einigen Fällen nicht verzeichnet, wann das Experiment durchgeführt wurde. Andere Aufzeichnungen waren definitiv entstanden, als Herkules unter dem Horizont stand. Gordon hatte *»Ockhams Schnitt«* immer gemocht: *Wesenheiten sollten nicht übers notwendige Maß hinaus multipliziert werden.* Das hieß, die einfachste Theorie zur Erklärung der Daten war die beste. Die Störungstheorie war einfach, aber sie mußte auch die Zeiten berücksichtigen, in denen Herkules unter dem Horizont stand. Vielleicht waren es Aufzeichnungsfehler, vielleicht aber auch nicht. Gordon entschloß sich, weitere Daten aufzunehmen und sie sich selbst ordnen zu lassen, anstatt voreilige Schlüsse zu ziehen.

Erst seit wenigen Wochen hatte Gordon anhand des üblichen Jackson-Texts die Vorlesung über Klassische Elektrizität und Magnetismus gehalten, doch allmählich war er am Ende seiner vorbereiteten Notizen und lag bei der Benotung der Seminararbeiten zurück. Und dazu kam der vertraute Ansturm von Routinepflichten: Ausschußsitzungen, Sprechstunden für Studenten, die Überprüfung von Coopers Arbeit und die Gespräche darüber, Vorbereitung von Seminarübungen. Die erste Fortgeschrittenenklasse machte einen guten Eindruck, soweit Gordon es aus den Seminararbeiten entnehmen konnte. Burnett und More waren scharfsinnig. Die mittlere Gruppe – Sweedler, Coon und Littenberg insbesondere – war vielversprechend. Die Zwillinge aus Oklahoma waren in ihren Leistungen schwankend und hatten eine aufreizende Art, ihn ins Kreuzverhör zu nehmen. Vielleicht war er im Moment ein wenig empfindlich, aber …

»He, haben Sie einen Moment Zeit?«

Gordon blickte von den schriftlichen Arbeiten hoch. Ramsey. »Sicher.«

»Ich wollte mit Ihnen über die Pressekonferenz sprechen, die Hussinger und ich geben.«

»Pressekonferenz?«

»Ja, wir, äh, werden unsere Schlußfolgerungen veröffentlichen. Sieht nach einer großen Sache aus.« Ramsey, bar seiner üblichen Munterkeit, stand ruhig im Türrahmen.

»Ja, gut. Gut.«

»Wir wollten die Kettenstruktur verwenden, die ich entwickelt habe. Wissen Sie, die, von der ich dachte, Sie und ich würden sie gemeinsam publizieren.«

»Müssen Sie sie verwenden?«

»Das untermauert unseren Fall, ja.«

»Wie werden Sie ihre Herkunft erklären?«

Ramsey wirkte gequält. »Ja, das ist wohl der Haken. Wenn ich bekanntgebe, daß sie aus Ihren Experimenten stammt, werden einige Leute die ganze Sache für Blödsinn halten.«

»Das fürchte ich auch.«

»Aber, sehen Sie...« Ramsey spreizte die Hände. »Unsere Argumente sind überzeugender, wenn man die Struktur sieht...«

»Nein.« Heftig schüttelte Gordon den Kopf. »Ich bin sicher, man wird Ihnen auch allein auf Grund der Experimente glauben. Es ist nicht nötig, mich da reinzuziehen.«

Ramsey machte einen zweifelnden Eindruck. »Aber trotzdem ist es eine gute Arbeit.«

Gordon lächelte. »Lassen Sie sie weg! Lassen Sie *mich* weg, okay?«

»Wenn Sie's sagen, sicher. Sicher«, entgegnete Ramsey und ging.

Für Gordon war das Gespräch mit Ramsey amüsant. Ein ferner Erinnerungsposten aus der realen Welt. Für Ramsey und Hussinger war die Veröffentlichung der kritische Schritt. Eine Pressekonferenz prägte ihr Siegel noch stärker auf die Arbeit. Aber Ramsey wußte, ohne Gordon wäre es gar nicht dazu gekommen, und dieser Gedanke quälte den Mann. Der richtige Weg wäre es gewesen, Gordons Zustimmung zu einer getrennten Veröffentlichung einzuholen und dann eine freundliche Dankadresse ans Ende des Aufsatzes zu stellen. Gordon erzählte Penny abends von dem Gespräch und merkte an, wie merkwürdig ihm der ganze Ablauf jetzt vorkam. Immerhin brachte er die Ergebnisse, die wissenschaftlicher Tätigkeit ihren Wert gaben; der öffentliche Applaus war nur ein geringes Randvergnügen. Menschen wurden Wissenschaftler, weil sie gerne Rätsel lösten und nicht, weil sie Preise gewinnen wollten. Penny nickte und meinte, daß sie Lakin ein wenig besser verstand. Er war ein Mann, der den Punkt schon überschritten hatte, an dem man etwas wirklich Grundlegendes fand; normalerweise läßt die wissenschaftliche Erfindungsgabe nach dem vierzigsten Lebensjahr nach. Deshalb klammerte Lakin sich jetzt an den Applaus, die sichtbaren Talismane des Erfolgs. Gordon nickte. »Ja«, sagte er, »Lakin ist ein Mechaniker ohne wirkliche Eigenwerte.« Es handelte sich um einen verschrobenen Physikerwitz, den Penny nicht verstand, aber zum erstenmal seit mehreren Tagen lachte Gordon.

»He, sind Sie immer noch hier?« fragte Cooper von der Labortür her.

Gordon blickte vom Oszilloskop hoch. »Ja, ich versuche, ein paar neue Daten aufzunehmen.«

»Schon spät. Ich meine, ich habe nur noch mal reingeschaut, um ein paar Bücher zu holen, und das Licht gesehen. Sind Sie hier, seit ich zum Abendessen gegangen bin?«

»Hm, ja. Ich habe mir was aus dem Automaten geholt.«

»Huii, ein schlimmes Futter.«

»Allerdings«, sagte Gordon und wandte sich wieder den Geräten zu.

Cooper kam herbeigeschlendert und sah die Resonanzdiagramme auf dem Labortisch. »Sieht wie meine Sachen aus.«

»Ziemlich, ja.«

»Testen Sie Indium-Antimonid? Wissen Sie, Lakin hat mich gefragt, warum Sie so viel Zeit hier im Labor verbringen.«

»Warum fragt er mich nicht selbst?«

Ein Schulterzucken. »Ich will nicht…«

»Ich weiß.«

Nach ein paar neutralen Bemerkungen ging Cooper. Während der letzten Wochen war Gordon seinen normalen Pflichten nachgegangen und hatte dann die Abende damit verbracht, Daten aufzunehmen, zu lauschen und zu warten. In den Aufzeichnungen waren gelegentliche gelbe Zitterstreifen, aber kein Signal. Alles ging in Störungen unter. Die Pumpen keuchten, die elektronischen Geräte gaben manchmal ein schrilles *Ping* von sich. *Tachyonen*, dachte er. Überlichtschnelle Teilchen. Es ergab keinen Sinn. Er hatte den Gedanken mit Wong, dem Teilchenphysiker, besprochen und die übliche Antwort erhalten: Sie verletzten das Gesetz der speziellen Relativität, und außerdem gab es keinen Beweis für sie. Tachyonen, die schneller durchs Universum glitten, als Gordons Augen ein Photon des bleichen wäßrigen Laborlichts aufnahmen – so etwas sprach jeder Vernunft Hohn.

Dann kam es zu schwankenden Unterbrechungen der Resonanzkurven. Gordon hatte eine schnellere Methode zur Zusammenstellung der Kurven entwickelt und konnte die Morse-Teile fast sofort herausziehen.

BEDROHT OZEANE.

Eine Sekunde später weitere Unterbrechungen:

CAMBRIDGE CAVENDISH LABO

Und dann verschwamm alles in Störungen. Gordon nickte. Bei seiner einsamen, mönchischen Arbeit fühlte er sich wohl. Penny mochte seine langen Stunden hier nicht, aber das war ein zweitrangiges Problem. Sie verstand nicht, daß man manchmal beharrlich sein mußte, bis die Welt sich offenbarte.

Als der Bildschirm hell wurde, legte er eine Pause ein. Er wanderte durch die stillen Flure des Physikgebäudes, um seine Schläfrigkeit abzuschütteln. Vor Grundkinds Labor hing ein großer Bogen Computerpapier mit dem ermutigenden Gekritzel eines Studenten ganz oben:

*Ein Experiment kann als Erfolg angesehen werden, wenn nicht mehr als 50 % der Meßergebnisse getilgt werden müssen, um Übereinstimmung mit der Theorie zu erzielen.*

Gordon lächelte. Die Öffentlichkeit hielt die Naturwissenschaft für eine absolute, sichere Angelegenheit, eine Bank. Sie wußte nicht, wie ein geringfügiger Irrtum zu den absurdesten Resultaten führen konnte. Unter diesem ersten Satz standen Fußnoten anderer Studenten:

*Mutter Natur ist eine Hure.*
*Die Wahrscheinlichkeit, daß ein gegebenes Ergebnis eintritt, ist umgekehrt proportional zu seiner Erwünschtheit.*
*Wenn man lang genug an etwas herumfingert, kommt man schließlich auch zu einem Erfolg.*
*Eine zurechtgemachte Kurve ist tausend doppeldeutige Worte wert.*
*Keine Analyse ist ein völliger Fehlschlag – sie kann immer als schlechtes Beispiel dienen, Erfahrung variiert mit der Anzahl der ruinierten Geräte.*

Er zog sich einen Schokoladenriegel und ging ins Labor zurück.

»Mein Gott«, sagte Penny am Morgen, »du siehst aus wie jemand, den man aus einer alten Reisetasche gezogen hat.«

»Ja, ja. Ich habe gleich eine Vorlesung. Was haben wir zu essen da?«

»Weizenflocken.«

»Ich habe *Hunger.*«

»Nimm zwei Schalen!«

»Sieh mal, ich muß arbeiten.«

»Die verpaßte Beförderung hat dich wohl aufgerüttelt, was?«

»Ich muß es herausfinden.«

»Diese Frau Zinnes. Mehr hast du doch nicht gebraucht.«

»Zur Bestätigung, ja. Aber wir *verstehen* es nicht.«

Gordon stöberte nach den Weizenflocken, schüttete sie in eine Schale und warf die Packung weg. Im Mülleimer lag eine leere Halbgallonenflasche Brookside-Burgunder.

»Bleibst du über Nacht?« fragte Penny.

»He, ja.«

»Meine Mutter hat geschrieben.«

»Aha.«

»Sie halten dich für ziemlich verschroben.«

»Sie haben recht.«

»Du hättest es wenigstens versuchen können.«

»Ich habe versucht, es lässig und WASP zu tun.«

»Lässig und dämlich.«

»Ich wußte nicht, daß es wichtig war.«

»War es auch nicht. Nur so ein Gedanke.«

»Ach, es gibt noch andere Gelegenheiten.«

»Da war ein Anruf für dich.«

»Vielleicht am Thanksgiving.«

»Mhm.«

»San Francisco. Wir haben kaum was von der Stadt gesehen.«

»Aus New York.«

Er unterbrach seine Löffelmahlzeit. »Was?«

»Der Anruf. Ich habe ihm deine Büronummer gegeben.«

»Ich war kaum im Büro. Wer war es?«

»Hat er nicht gesagt.«

»Hast du gefragt?«

»Nein.«

»Nächstes Mal fragst du!«

»Jawoll, Sir.«

»Ach, Mist.«

Die Schlagzeile im *San Diego Union* hieß: REGIERUNGSSTURZ IN VIETNAM. Gordon besah sich die Bilder von Leichen in den Straßen und dachte an Cliff. Der *Union* nannte es einen offenen militärischen Staatsstreich. Jemand hatte Ngo

Dinh Diem gefangengenommen und ihn erschossen, und das war das Ende. Die Kennedy-Regierung versicherte, nichts damit zu tun zu haben. Sie bedauerte die Entwicklung. Andererseits, sagte sie, würde das vielleicht den Weg für einen echten Fortschritt in der Kriegssituation dort freimachen. *Vielleicht*, dachte Gordon und warf die Zeitung in den Mülleimer.

Claudia Zinnes hatte einige der Signalfragmente aufgenommen, aber nicht alle. Der Störungspegel schwankte ständig. Gordon fragte sich, ob außer der Position von Herkules ein anderer Effekt einwirkte. Vielleicht war die Ausstrahlung der Tachyonen nicht exakt. Das würde die Schwankungen des Signals erklären. Zusammen mit einigen Vermutungen und Ahnungen behielt er diesen Gedanken im Hinterkopf. Während der langen Abende vor dem Oszilloskop drehte und wendete er die Teile eines Puzzles und fügte Ränder zusammen. Seine Ahnung beruhte auf der Solarapex-Zahl und führte zu einer Schlußfolgerung, die zu glauben er schwer fand. Er versuchte, sich von dieser Schlußfolgerung zu lösen. Schließlich könnte es ebensogut eine andere Erklärung geben. Andererseits hatte Wong das Kausalitätsargument gegen die Tachyonen angebracht, also gab es zumindest eine oberflächliche Verbindung. Ockhams Schnitt schien hier nicht viel wert zu sein. Die ganze Sache trug einen Alice-im-Wunderland-Stempel. Was hieß, mahnte er sich selbst, daß es um so wichtiger war, sich an Fakten, Zahlen und Daten zu halten. *Gebt mir eine solide Zahlenreihe, und ich regiere die Welt,* dachte er und lachte laut auf.

Er war eingeschlummert, schüttelte sich und rieb sich die Augen. Mitten in der Bewegung starrte er auf das Aufzeichnungsgerät.

Gezackte Linien. Die harmonischen Kurven der Resonanzen waren von plötzlichen Unterbrechungen aufgelöst. Er rollte die Bandspule zurück. Wenn er den Einsatzpunkt verpaßte…

Aber nein, da war er. Er begann mit der Entschlüsselung.

NEUROM I OL AJ SCHREIBEN SIE ANFUEHRUNG BOTSCHAFT ERHALTEN LA JOLLA ABFUEHRUNG AUF PAPIER LEGEN SIE ES IN BANKSCHLIESSFACH SAN DIEGO BUNDESSPARKASSE AUF DEN NAMEN IAN PETERSON SCHLIESSFACH MUSS GARANTIERT SECHSUNDDREISSIG JAHRE BESTEHEN BLEIBEN SENDE DIES UM EMPFANG DER BOTXMCBJT ZU PRUEFEN LMKSHT ERGEBNIS SIND DINOSPOREN UND PLANKTONISCHE AVSDLDU AHXNDUROPFLM

Der Bankangestellte musterte ihn konsterniert. »Ja, sicher, wir haben freie Schließfächer. Aber bis zum Ende des Jahrhunderts ...!« Er zog die Augenbrauen hoch.

»Sie werben damit, oder?«

»Nun ja, aber ...«

»In einer Anzeige.«

»Gewiß. Die Absicht ist jedoch ...«

»In Ihrer Anzeige heißt es, ich bekomme ein Schließfach, wenn ich mindestens fünfundzwanzig Dollar einzahle, richtig?«

»In der Tat. Aber ich wollte gerade sagen, daß wir es als Einführungsangebot verstehen, um Kunden zur Einrichtung von Konten zu bewegen. Unser Unternehmen meint sicherlich nicht, daß Kunden die Schließfächer unendlich lange behalten, nur weil ...«

»Ihre Anzeige macht solche Ausflüchte nicht.«

»Ich glaube nicht, daß ...«

»Ich habe recht, und das wissen Sie. Möchten Sie, daß wir den Direktor hinzuziehen? Sie fangen gerade hier an, oder?«

Das Gesicht des Angestellten verriet nicht, was er dachte. »Nun ... Sie scheinen da einen Aspekt entdeckt zu haben, den wir nicht voraussehen konnten ...«

Gordon grinste. Er nahm das gelbe Blatt aus einem Umschlag und legte es auf den Schreibtisch.

## — 40 —

*1. November 1963*

»Hallo.«

»Gordon? Gordon, bist du das?«

»Onkel Herb, ah.« Gordon zögerte und schaute verblüfft auf den Telefonhörer, als wäre die Stimme seines Onkels hier im Büro fehl am Platze.

»Arbeitest du so viel, daß du nachts nicht nach Hause kannst?«

»Ach, weißt du, einige Experimente.«

»Hat das Mädchen auch gesagt.«

Gordon lächelte. Nicht *Dame*, sein übliches Wort. Nein, Penny war ein *Mädchen*. Und zweifellos hatte seine Mutter Onkel Herb gesagt, welche Art von Mädchen.

»Ich rufe wegen deiner Mutter an.«

»Was? Wieso?«

»Sie ist krank. Schon eine ganze Weile.«

»Nicht als ich dort war.«

»Doch, auch als du hier warst. Aber während deines Besuchs hat sie sich nichts anmerken lassen.«

»Allmächtiger. Was fehlt ihr?«

»Irgendwas mit der Bauchspeicheldrüse, sagen sie. Sie sind sich nicht sicher. Das sind die Ärzte ja nie.«

»Vor einiger Zeit hat sie mal was von einer Rippenfellentzündung gesagt...«

»Das war es auch. Damit hat es angefangen.«

»Wie schlimm ist es?«

»Du kennst ja die Ärzte, sie sagen doch nichts. Aber ich meine, du solltest nach Hause kommen.«

»Onkel Herb, ich kann jetzt nicht.«

»Sie hat angefangen, nach dir zu fragen.«

»Warum hat sie nicht angerufen?«

»Du kennst sie doch, und dann der Ärger zwischen euch zweien.«

»So schlimm war es gar nicht.«

»Du kannst deinen Onkel nicht zum Narren halten, Gordon.«

»Nein, wirklich, ich habe es nicht so gesehen.«

»Sie sieht es so. Und ich sehe es auch so, aber ich weiß, daß du nicht auf die Ratschläge deines alten, dummen Onkels hörst.«

»Hör mal, du bist nicht dumm. Ich …«

»Komm sie besuchen!«

»Ich habe einen Beruf, Onkel Herb. Vorlesungen. Und die Experimente, sie sind sehr wichtig.«

»Deine Mutter, du weißt, sie wird dich nicht anrufen, aber …«

»Ich käme, wenn ich könnte. Und ich komme auch, sobald …«

»Es ist wichtig für sie, Gordon.«

»Wo ist sie jetzt?«

»Im Krankenhaus, wo sonst?«

»Weshalb?«

»Ein paar Untersuchungen.«

»Okay. Ich kann jetzt wirklich nicht weg. Aber bald. Ja, ich komme bald.«

»Gordon, jetzt!«

»Nein, Onkel Herb. Ich weiß, was du empfindest. Und ich komme. Bald.«

»Bald heißt wann?«

»Ich rufe dich an. Ich sage dir Bescheid, sobald ich kann.«

»In Ordnung. Bald. Sie hat in letzter Zeit nicht viel von dir gehört.«

»Ja, ich weiß. Bald. Bald.«

Er rief seine Mutter an, um es ihr zu erklären. Ihre Stimme war dünn und spröde, aber sie schien bei guter Laune zu sein. Die Ärzte waren nett, sie behandelten sie sehr sorgfältig. Nein, wegen der Rechnung gab es keine Probleme, darüber sollte er sich keine Sorgen machen. Sie spielte die Wichtigkeit eines möglichen Besuchs herunter. Er war ein Professor, hatte Studenten, und dann das ganze Geld für die wenigen Tage. An Thanksgiving sollte er heimkommen, das wäre früh genug, das wäre fein. Onkel Herb machte sich zu viele Sorgen, das war alles. Plötzlich sagte Gordon ins Telefon: »Sag ihm von mir, ich versuchte nicht, hier ein Potzer zu sein. Die Arbeit ist an einem kritischen Punkt.« Seine Mutter machte eine Pause. *Potzer* war kein sonderlich gewählter Ausdruck. Aber sie ging darüber hinweg. »Das wird er verstehen. Das tue ich auch, Gordon. Mach deine Arbeit, ja.«

Die Universität hatte die Pressekonferenz für Ramsey und Hussinger arrangiert. Ein dreiköpfiges Team vom Lokalsender der CBS war da, der Journalist, der an der Serie *Eine Universität auf dem Weg zur Größe* schrieb, und der *San Diego Union* sowie die *Los Angeles Times*. Gordon hielt sich im Hintergrund des Saals auf. Dias wurden gezeigt. Hussinger neben den Testtanks, Grafiken über die Aufschlüsselung des Ozean-Ökosystems. Das Publikum war beeindruckt. Ramsey wußte auf alle Fragen eine Antwort. Hussinger – ein übergewichtiger, kahlköpfiger Mann mit schnellen, schwarzen Augen – sprach wie ein Schnellfeuergewehr. Ein Reporter fragte Ramsey, was ihn zu der Vermutung veranlaßt hätte, eine solche obskure Ursache könnte zu solch schrecklichen Folgen führen. Ramsey wich der Frage aus. Er blickte zu Gordon und machte dann eine vage Bemerkung über Ahnungen, die aus dem Nirgendwo kommen. Menschen, die man kannte oder mit denen man arbeitete, sagten etwas, und dann setzte man die Puzzleteile zusammen, ohne wirklich zu wissen, wo der auslösende Funke war. Oh, fragte der Reporter, arbeitete jemand anders an der UCLJ an solchen Problemen? Ramsey wirkte beunruhigt. »Ich glaube, zu diesem Zeitpunkt kann ich dazu nichts sagen«, antwortete er. Gordon verließ den Saal, bevor die Konferenz zu Ende ging. Draußen schien die Luft rauchig. Er atmete tief, fühlte sich benommen und hustete. Die Sonnenstrahlen wirkten wäßrig.

Gegen 21 Uhr verschwand Herkules unter dem Horizont, so daß Gordon die Geräte einigermaßen früh abstellen konnte. Allerdings blieb noch die Entschlüsselungsarbeit zu tun, wenn er Unterbrechungen in den NMR-Diagrammen fand. Etwa eine Woche kam er meist relativ früh nach Hause. Dann begann der Störungspegel wieder anzusteigen. Er empfing sporadische Signale. Herkules war von vormittags bis in die Nacht am Himmel. Den ganzen Tag nahm er Daten auf. Dann, nach 21 Uhr, bereitete er Vorlesungen vor und benotete schriftliche Arbeiten. Er blieb immer länger. Einmal schlief er nachts in seinem Büro.

Überrascht blickte Penny auf, als er die Haustür aufschloß.

»Oh, hallo. Kein Strom mehr?«

»Nein. Habe nur früh aufgehört, das ist alles.«

»Mein Gott, du siehst schrecklich aus.«

»Ein bißchen müde.«

»Etwas Wein?«

»Keinen Brookside, wenn du den gerade trinkst.«

»Nein, es ist Krug.«

»Was hatte der Brookside denn hier zu suchen?«

»Zum Kochen.«

»Mhm.«

Er nahm sich etwas Wein und einige Maischips und setzte sich an den Küchentisch. Penny zensierte Aufsätze. Aus dem Radio brüllte Popmusik. *Don't know much about history.* Gordon runzelte die Stirn. *Don't know much biology.* »Ach du lieber Gott, schalt das aus!« *Don't know what a slide rule is for.* Penny legte den Kopf zur Seite und hörte zu. »Das ist eins meiner Lieblingslieder, Gordon.« *But I do know that I love you –*

Abrupt stand er auf und schaltete ab. »Ein Haufen ignoranter Blödsinn.«

»Ein hübsches Lied.«

Gordon lachte trocken.

»Mein Gott, was ist los mit dir?«

»Ich mag's nicht, wenn Scheißmusik zu laut gespielt wird.«

»Ich glaube, die Sache mit Ramsey und Hussinger macht dich gereizt.«

»Nein, das ist es nicht.«

»Wieso auch nicht? Sie heimsen alle Meriten ein.«

»Sie haben's auch verdient.«

»Aber es war nicht ihre Idee.«

»Sie können sie haben. Das, an dem ich arbeite, ist eine viel größere Sache.«

»Falls etwas dabei rauskommt.«

»Es wird was herauskommen. Das Signal kommt jetzt besser.«

»Und was wird gesendet?«

»Einiges über Biochemie. Und neue Hinweise auf Tachyonen.«

»Ist das gut? Ich meine, wozu kannst du es benutzen?«

»Ich bin sicher, es fügt sich zusammen, sobald ich mehr Teile habe. Ich muß nur eine klare Aussage finden, die meine Vermutungen bestätigt.«

»Welche Vermutung?«

Stumm schüttelte Gordon den Kopf.

»Ich bitte dich. *Mir* kannst du es doch sagen.«

»Nein. Niemandem. Ich sage es niemandem, bevor ich mir nicht sicher bin. Das Ganze ist allein meine Angelegenheit. Ich will nicht, daß irgend etwas durchsickert, bevor ich es hundertprozentig dingfest habe.«

»Mein Gott, Gordon. Ich bin *Penny*. Erinnerst du dich an mich?«

»Ich werde nichts sagen.«

»Verdammt, du bist völlig verquer im Kopf, ist dir das klar?«

»Wenn's dir nicht gefällt, kannst du mich ja verlassen.«

»Ja, vielleicht werde ich das, Gordon. Vielleicht werde ich das.«

Er merkte, daß er tagsüber einschlief. Er schreckte vor dem Oszilloskop hoch, als hätte irgendein Geräusch ihn geweckt, und fürchtete sofort, einige Daten verpaßt zu haben.

Die Vorlesung in Klassischer Elektrizität und Magnetismus leitete er wie im Traum. Er wanderte von einer Tafel zur anderen und schrieb Formeln – wie er glaubte, in sauberer, lesbarer Schrift. Er redete mit dem Gesicht zur Klasse, vermittelte aber den Eindruck, einen inneren Disput mit sich selbst zu führen. Manchmal blickte er nach der Vorlesung nach hinten und erschrak über die schiefen Reihen fast unleserlichen Gekritzels.

Lakin vermied es, mit Gordon über etwas anderes als die normale Laborroutine zu sprechen. Auch Cooper blieb in seiner Bürokammer und suchte Gordon selten auf, selbst wenn er an einem bestimmten Punkt nicht weiterkam. Gordon ging kaum noch zum Abteilungsbüro im dritten Stock. Er brachte sein Essen in der Tasche mit und verzehrte es im Labor, während er den NME-Aufbau überwachte, sich mit dem immer wiederkehrenden Signal/Störungs-Problem befaßte und die schwankenden gelben Linien der Resonanzkurven beobachtete.

»Dr. Bernstein?«

»Ja?« Gordon hatte vor dem Oszilloskop gedöst. Seine Augen fixierten sich sofort auf die Resonanzlinien, doch sie zeigten keine Störung. Gut; er hatte nichts verpaßt. Erst jetzt blickte er zu dem hageren Mann, der in der Labortür stand.

»Ich komme von UPS. Ich arbeite an einer Hintergrundsreportage über die Ramsey-Hussinger-Ergebnisse. Sie haben einiges Aufsehen erregt, und ich dachte, ich sollte mich mal um die Beiträge kümmern, die andere Fakultäten dazu geliefert haben.«

»Wieso kommen Sie zu mir?«

»Mir ist nicht entgangen, daß Sie der Mann waren, den Professor Ramsey während der gesamten Pressekonferenz anschaute. Ich habe mich gefragt, ob Sie die ›anderen Quellen‹ sind, von denen Professor Ramsey kürzlich gesprochen hat.«

»Wann hat er das gesagt?«

»Erst gestern, als ich ihn interviewt habe.«

»Mist!«

»Wie bitte, Doktor? Sie scheinen betroffen zu sein.«

»Nein, nichts. Ich habe nichts zu sagen.«

»Sind Sie sicher, Doktor?«

»Ich sagte, ich habe nichts zu sagen. Und jetzt gehen Sie, bitte!«

Der Mann öffnete den Mund. Gordon wies mit dem Daumen zur Tür. »Raus, sagte ich. Raus!«

Gordon arbeitete jeden Tag und sammelte immer mehr Satzfragmente. Sie kamen unregelmäßig. Die technischen Informationen waren Wiederholungen. Wahrscheinlich um sicherzugehen, daß sie trotz Sende- und Empfangsfehlern korrekt durchkamen. *Aber warum?* dachte er. *Die Daten passen zu meinen Vermutungen, sicher. Aber es muß im Text selbst eine Erklärung geben.* Eine rationale eindeutig erkennbare Erklärung. Eines Abends hatte er einen Traum, in dem Onkel Herb ihn beim Schachspiel am Washington Square beobachtete. Sein Onkel runzelte die Stirn, als Gordon die Figuren über das Spielfeld bewegte, und sagte immer wieder mißbilligend: »Gott bewahre, daß es keine rationale Erklärung gibt.«

Am Morgen des 5. November, einem Montag, fuhr er spät zur Arbeit. Er hatte mit Penny eine sinnlose Auseinandersetzung über häusliche Kleinigkeiten gehabt. Um sich abzulenken, schaltete er das Autoradio ein. Die Spitzennachricht war, daß Maria Goeppert Mayer von UCLJ den Nobelpreis für Physik gewonnen hatte. Die Nachricht verblüffte Gordon so sehr, daß er es kaum noch schaffte die Kurve am Ende der Torrey Pines Road zu nehmen. Ein Lincoln hupte ihn an, und der Fahrer – ein Mann mit Hut, der mit eingeschalteten Scheinwerfern fuhr – starrte grimmig. Die Mayer hatte den Preis für das Schalenmodell des Atomkerns gewonnen. Sie teilte ihn sich mit Eugene Wigner von Princeton und Hans Jensen, einem Deutschen, der das Modell etwa zur gleichen Zeit wie Maria entwickelt hatte.

Nachmittags gab die Universität eine Pressekonferenz. Maria blieb unter dem Ansturm der Fragen zurückhaltend und leise. Gordon nahm als Zuhörer teil. Die meisten Fragen waren einfältig, aber das war zu erwarten. Die freundliche Frau, die aufgehört hatte, sich rasch nach seinen Ergebnissen zu erkundigen, als der Rest der Abteilung ihn ignorierte, war jetzt Nobelpreisträgerin. Es dauerte eine Weile, bis er diese Tatsache verarbeitet hatte. Er hatte ein plötzliches Gefühl, daß hier und jetzt alles zusammenlief. Die hier geleistete Forschungsarbeit war bedeutend. Da waren die Carroways und ihr Quasar-Rätsel, Gell-Manns Teilchen-Anordnung, Dysons Visionen, Marcuse, Maria Mayer und die Nachricht, daß Jonas Salk kommen würde, um ein Institut aufzubauen. La Jolla war ein Brennpunkt. Er war dankbar, hier zu sein.

## — 41 —

*6. November 1963*

Urplötzlich wurde die Signalstärke besser. Er empfing ganze Absätze über die Wheeler-Feynmann-Theorie. Gordon rief Claudia Zinnes an, um zu fragen, ob die Columbia-Gruppe die gleichen Ergebnisse bekam.

»Nein, seit fünf Tagen nichts mehr«, sagte sie. »Zuerst hatten wir einen Gerätedefekt. Dann bekam der Student, den ich daran gesetzt habe, die Grippe. Ich glaube, er war übermüdet. Die Zeiten, die Sie uns gegeben haben, Gordon – das sind zehn, zwölf Stunden im Labor.«

»Sie meinen, Sie haben gar nichts?«

»Während dieser Zeit nicht.«

»Können Sie nicht selbst ins Labor?«

»Morgen fange ich an. Ich habe ja auch noch anderes zu tun.«

»Ja, sicher. Ich brauche nur eine Bestätigung, das ist alles.«

»Die haben wir jetzt, Gordon. Zumindest, was den Effekt angeht.«

»Nicht nur der Effekt selbst ist wichtig, Claudia. Sehen Sie sich die alten Signale noch einmal an; denken Sie darüber nach, was sie bedeuten!«

»Gordon, ich glaube, wir wissen noch nicht genug...«

»Okay, im Grundsatz stimme ich Ihnen zu. Die meisten meiner Daten sind der reinste Wirrwarr. Fragmente. Satzteile. Formeln. Aber sie vermitteln ein Gefühl von logischem Zusammenhang.«

Ihre Stimme nahm die präzise, professionelle Klarheit an, an die er sich noch aus seinen Studentenjahren erinnerte. »Zuerst die Daten, Gordon. Dann stürzen wir uns, vielleicht, in eine Theorie.«

»Ja, sicher.« Eine Diskussion mit ihr über die Philosophie experimenteller Physik hätte ihm nichts eingebracht. Sie hatte recht starre Ansichten.

»Ich verspreche Ihnen, morgen fange ich an.«

»Okay, aber bis dahin könnte es verschwinden. Ich meine...«

»Kein Aber, Gordon! Morgen fangen wir wieder an.«

Nicht einmal drei Stunden später, kurz nach der Mittagsstunde des 6. November, kam es. Namen, Daten. Die sich ausbreitende Blüte. Die Sätze waren knapp gehalten, verkürzt. Teile von ihnen waren durcheinander. Buchstaben fehlten. Eine lange Passage allerdings schilderte, wie die Experimente begonnen hatten und wer daran beteiligt war. Diese Sätze waren länger, fast schon im Gesprächsstil, als sendete jemand einfach alles, was ihm gerade in den Kopf kam.

JETZT OHNE MARKHAM UND MIT DEM STROHDUMMEN RENFREW ALS LEITER HAT UNSER KLEINER PLAN KEINE ZUKUNFT MEHR UND WOHL AUCH KEINE VERGANGENHEIT NEHME ICH AN DIE SPRACHE ALLEIN KANN ES NICHT ERFASSEN ABER DIE SACHE HAETTE FUNKTIONIERT WENN...

Das Folgende ging in Störungen unter. Die lange Passage verschwand und kam nicht mehr wieder. Statt dessen erschienen die knappen biologischen Informationen erneut. Worte fehlten. Die Störungen nahmen zu, überspülten die Sätze wie ein gischtendes Meer. In den letzten Stakkatosätzen schwang ein Gefühl der Verzweiflung mit.

Penny sah die Veränderung in seinem Gesicht, als er in die Küche kam. Fragend runzelte sie die Stirn.

»Ich hab's heute gekriegt.« Er war selbst überrascht, wie locker und selbstverständlich er das sagen konnte.

»Was gekriegt?«

»Die Antwort.«

»Oh. Oh!«

Gordon reichte ihr eine Fotokopie seiner letzten Laboreintragungen. »Es ist also wirklich so, wie du angenommen hast?«

»Anscheinend.« Jetzt verspürte er gelassene Selbstsicherheit. Er fühlte sich nicht gedrängt, etwas über sein Resultat zu sagen, fühlte keine Spannung, nicht einmal den Hauch der manischen Begeisterung, die er erwartet hatte. Endlich waren die Fakten da, und sie konnten für sich selbst sprechen.

»Mein Gott, Gordon.«

»O ja. Mein Gott, wahrhaftig.«

Ein Moment der Stille zwischen ihnen. Sie legte die fotokopierte Seite auf den Küchentisch und machte sich wieder daran, ein Huhn auszunehmen. »Das müßte dir aber die Beförderung sichern.«

»Und wie!« sagte Gordon genüßlich.

»Und vielleicht...« – sie warf ihm einen Seitenblick zu – »... vielleicht bist du das Zusammenleben wieder wert.« In das Ende des Satzes mischte sich ein bitterer Ton. Ärgerlich preßte Gordon die Lippen zusammen. »Du hast es mir auch nicht erleichtert.«

»Es gibt Grenzen, Gordon.«

»Mhm.«

»Ich bin schließlich nicht dein kleines Ehefrauchen.«

»O ja, das hast du ja vor einiger Zeit klar genug gemacht!«

Sie zog die Nase hoch und wischte sich die Hände an einem Papierhandtuch ab. Ihre Lippen wurden bleich, so fest preßte sie sie zusammen. Penny schaltete das Radio ein, ein Chubby-Checker-Lied begann. Gordon trat vor und schaltete es aus. Schweigend blickte sie ihn an. Gordon nahm die fotokopierte Seite, faltete sie sorgfältig zusammen und steckte sie in seine Jackentasche.

»Ich glaube, ich werde ein wenig lesen«, sagte er.

»Tu das!«

Während des Nachmittags des 7. November stieg der Störungspegel ständig. Die meiste Zeit wurde das Signal ausgelöscht. Gordon empfing gelegentlich ein, zwei Worte und ein deutliches RA 18 5 36 DEK 30 29.2., das war alles. Die Koordinaten ergaben jetzt einen Sinn. In der Zukunft würden sie präzise fixieren, wo sie scheinbar am Himmel ständen. Der Solarapex war ein Durchschnittswert der Sonnenbewegung. Fünfunddreißig Jahre in der Zukunft würde die Erde in einer Position nahe der Durchschnittsbewegung sein. Gordon verspürte eine innere Entspannung, während er die Störungsschwankungen beobachtete. Jetzt fügten sich alle Teile zusammen. Claudia Zinnes konnte zumindest einen Teil bestätigen. Jetzt war die Frage, wie man die Daten präsentierte, wie man den Fall luftdicht aufbaute, so daß er nicht einfach abgetan werden konnte. Ein forscher Artikel in *The Physical Review*? Das wäre der normale Weg. Aber bis zur Veröffentlichung in *Phys Rev* würden mindestens neun Monate vergehen. Er könnte in *Physical Review Letters* publizieren, aber die Beiträge mußten sehr kurz sein. Wie konnte er alle Details des Experiments und die Botschaften hineinpacken? Gordon lächelte wehmütig. Hier hatte er ein enormes Ergebnis und machte sich ängstlich Gedanken darum, wie es zu präsentieren war. Showgeschäft!

Penny legte Messer und Gabeln auf, Gordon brachte die Teller zum Tisch. Die Schlitze der Schlagläden ließen gelbe Sonnenschwerter hinein. Sie bewegte sich anmutig in diesem Licht. Ihr Gesicht wirkte nachdenklich.

Einen Moment aßen beide schweigend. »Ich habe heute über deine Experimente nachgedacht«, begann sie zögernd.

»Ja?«

»Ich verstehe sie nicht. Die Zeit auf diese Weise zu sehen ...«

»Ich begreife auch nicht, wie das einen Sinn ergeben kann. Aber es ist eine Tatsache.«

»Und Tatsachen haben das Sagen.«

»Na, sicher. Aber irgendwie habe ich das Gefühl, daß wir nicht die richtige Betrachtungsweise haben. Raum-Zeit kann nicht so funktionieren, wie die Physiker meinen.«

Sie nickte und schob, immer noch nachdenklich, Kartoffeln über ihren Teller. »Thomas Wolfe. ›Zeit, dunkle Zeit, geheime Zeit, für immer fließend wie ein Fluß.‹ Aus *The Web and the Rock*.«

»Habe ich nicht gelesen.«

»Heute habe ich ein Dobson-Gedicht nachgelesen, als ich an dich dachte.«

Sie reichte ihm einen Zettel.

*Die Zeit vergeht, so sagtet Ihr?*
*O nein! Zeit bleibt, vergänglich sind wir.*

Er lachte. »Ja, das kommt hin.« Begeistert senkte er das Messer in sein Würstchen.

»Meinst du, Leute wie Lakin werden deine Arbeit immer noch in Frage stellen?«

Er kaute und dachte nach. »Nun, ich hoffe, sie tun es; im besten Sinne. Jedes Ergebnis in der Wissenschaft muß sich jeden Tag gegen Kritik behaupten. Ergebnisse müssen überprüft und neu überdacht werden.«

»Nein, ich meinte ...«

»Ich weiß, ob sie versuchen werden, mich völlig zu Fall zu bringen. Ich hoffe es.« Er grinste. »Wenn sie es über den legitimen wissenschaftlichen Skeptizismus hinaustreiben, werden sie selbst um so tiefer stürzen.«

»*Ich* hoffe es nicht.«

»Warum?«

»Weil...« Ihre Stimme versagte. »Weil es für dich sehr schwer sein wird, und ich kann nicht mehr ertragen, was es aus dir macht.«

»Schatz...«

»Ich kann es nicht. Du warst den ganzen Sommer und den ganzen Herbst verschlossen wie eine Auster. Und wenn ich mit dir darüber sprechen will, dringe ich nicht durch zu dir und fange an, dich anzuschreien und...«

»Schatz...«

»Es entwickelt sich so unmöglich. Ich...«

»Gott, das weiß ich. Es geht mit mir durch.«

Ruhig sagte sie. »Und mit mir.«

»Ich fange an, über ein Problem nachzudenken. Alles andere, andere Dinge, andere Menschen sind dann einfach im Weg.«

»Es ist auch mein Fehler gewesen. Ich will so viel daraus gewinnen, aus *uns*, und ich bekomme es nicht.«

»Wir haben uns regelrecht bekriegt.«

Sie seufzte. »Allerdings.«

»Ich... ich glaube, mit der Physik wird es von nun an nicht mehr so schlimm sein.«

»Das... das hoffe ich. Ich meine, die letzten Tage waren schon anders. Besser. Fast wie vor einem Jahr, wirklich. Du bist entspannt. Ich nörgele nicht die ganze Zeit rum... Ich habe jetzt ein besseres Gefühl, was uns beide angeht. Zum erstenmal seit langer Zeit.«

»Ja. Ich auch.« Er lächelte scheu.

Sie aßen in behaglicher Stille. Im feuchten Glanz des Sonnenuntergangs schwenkte Penny ihr Glas mit Weißwein und blickte versonnen zur Decke. Gordon wußte, sie hatte ein stummes Gelübde abgelegt.

Penny begann zu lächeln, ein feuchter Schimmer stand in ihren Augen. Sie nahm einen Schluck Wein und stach mit der Gabel in das Würstchen, hielt es mit gewitztem Lächeln hoch, drehte es hin und her und betrachtete es kritisch. »Deins ist größer als meins.«

Gordon nickte feierlich. »Kann sein. Das sind, na etwa dreißig Zentimeter? Ja, das kann ich schlagen.«

»Bei solchen Sachen sind Zoll die traditionelle Maßeinheit.«

»So ist es.«

»Nicht, daß ich eine Puristin bin.«

»O nein, das würde ich nicht denken.«

Er erwachte, weil sein Arm eingeschlafen war. Behutsam zog er ihn unter ihrem Kopf hervor und wartete darauf, daß das Prickeln abebbte. Draußen hatte sich sanfte Herbstnacht breitgemacht. Langsam setzte er sich aufrecht, murmelnd kuschelte sie sich an ihn. Er betrachtete die runden Knoten ihrer Wirbelsäule, kleine Erhebungen unter brauner Haut. Er dachte an die Zeit, die anders als ein Fluß in einer Schleife in sich selbst zurückfließen konnte, und seine Augen folgten ihrer Taillenlinie. Dann kam die Wölbung ihrer Hüfte, glatte Flächen, deren Sonnenbräune in aufreizend reines Weiß übergingen. Schläfrig hatte sie ihn ernsthaft informiert, daß Lawrence seinen Penis eine Blutsäule genannt hatte, ein Ausdruck, der ihr grotesk erschien. Aber andererseits, hatte sie hinzugefügt, traf er auch irgendwie zu, oder? »Alles im Streben nach *la petite mort*«, hatte sie gemurmelt und war in den Schlaf geglitten. Gordon wußte, daß sie mit ihren Aussagen über die Spannung zwischen ihnen beiden recht hatte. Sie ließ jetzt nach. Er erkannte, daß er sie die ganze Zeit geliebt hatte, aber es hatte so viele Hindernisse gegeben…

Er hörte eine ferne Sirene. Langsam löste er sich von ihr, ging über den kalten Boden zum Fenster. Im bleichen Neonlicht sah er Menschen über den La Jolla Boulevard spazieren. Ein Motorradpolizist raste vorbei. Die Polizei hier wirkte militärisch: hohe Stiefel, Eierschalenhelme, Schutzbrillen, die eckigen Gesichter eine starre Leere – wie Schauspieler in einem futuristischen Stück. In New York waren die Cops sanft, ihre Uniform ein abgetragenes vertrautes Blau. Die Sirene schrillte. Ein Streifenwagen jagte vorbei. Häuser, Palmen, sich wendende Köpfe, Läden und Schilder – alles pulsierte rot als Antwort auf das sich hysterisch drehende Licht auf dem Dach des vorbeirasenden Wagens. Rote Fragmente prallten von Schaufenstern zurück. Kinetische Konfusion fegte heulend über die Straßen; ihr mechanischer Mund kündigte Tumult an. Der Doppeleffekt des schrillen Heulens schreckte Fußgänger auf, gab ihren Schritten neue Energie. Köpfe wandten sich um, suchten das Verbrechen oder das Feuer, das den geschoßgleichen Wagen angezogen hatte. Gordon dachte an die Botschaften und die kaum erkennbare Verzweiflung, die mit ihnen übermittelt wurde. Eine Alarmsirene. Sie war in kleinen gefleckten Tupfern, in Impulsen gekommen, Licht, das von Streuwellen reflektiert wurde, Erscheinungen aus großer Entfernung auf der anderen Seite des Flusses. Sie sollte beantwortet werden. Aus wissenschaftlichen Gründen, ja, aber nicht nur.

»Hm, sind Sie beschäftigt?«

Cooper stand in der Tür. »Nein, kommen Sie herein!« Gordon schob den Stapel Seminararbeiten, die er gerade zensierte, an den Rand seines Schreibtischs. Dann lehnte er sich in seinem Stuhl zurück und legte die Füße auf das Papier. Er verschränkte die Arme hinter dem Kopf und grinste. »Was kann ich für Sie tun?«

»Ja, wissen Sie, in drei Wochen ist meine Prüfung. Was sage ich über die Unterbrechungen? Ich meine, beim letztenmal sind Lakin und die anderen geradezu über mich hergefallen.«

»Richtig. Ich an Ihrer Stelle würde den Punkt ignorieren.«

»Aber das kann ich nicht. Sie werden mich wieder in die Mangel nehmen.«

»Darum kümmere ich mich schon.«

»Hm? Wie?«

»Bis dahin werde ich selbst eine kleine Arbeit vorlegen.«

»Tja, ich weiß nicht... Mir Lakin vom Hals zu halten, ist nontrivial. Sie wissen doch, wie er...«

»Wieso sagen Sie ›non-trivial‹? Warum sagen Sie nicht ›schwer‹ oder ›problematisch‹?«

»Sie kennen doch das Physikergerede.«

»Genau, ›Physikergerede‹. Wir benutzen häufig solchen Jargon. Manchmal frage ich mich, ob es die Dinge nicht verschleiert, anstatt sie klarer zu machen.«

Cooper blickte Gordon erstaunt an. »Kann schon sein.«

»Sie brauchen nicht so unsicher zu sein«, sagte Gordon leutselig. »Sie haben Ihr Schäfchen schon im trockenen. Ich werde Ihre Haut retten.«

»Hm, okay.« Unsicher ging Cooper zur Tür. »Wenn Sie es sagen...«

»Wir sehen uns auf dem Kampffeld«, verabschiedete Gordon ihn.

Er hatte den ersten Entwurf seines Aufsatzes für *Science* etwa zu einem Viertel durchgearbeitet, als es an der Tür klopfte. Er hatte sich für *Science* entschieden, weil das Magazin weit verbreitet war und hohes Ansehen genoß, und weil die Beiträge schnell in Druck gingen. *Science* veröffentlichte lange Artikel, so daß er den gesamten Komplex in einem Aufsatz behandeln konnte und in der Lage war, die Beweiskette so dicht zu schließen, daß niemand sie zerreißen konnte. Mit Claudia Zinnes hatte er sich bereits abgestimmt. Sie würde in derselben Ausgabe einen Brief veröffentlichen, in dem sie einige ihrer Beobachtungen bestätigte.

»Hallo. Können wir reinkommen?« Es waren die Zwillinge.

»Ich bin ziemlich beschäftigt.«

»Aber jetzt ist Ihre Sprechstunde.«

»Tatsächlich? Ach ja. Was wünschen Sie?«

»Sie haben einige unserer Arbeiten falsch bewertet«, sagte einer der beiden Studenten. Die knappe Feststellung brachte Gordon aus der Fassung. Er war von Studenten ein bescheideneres Auftreten gewohnt. »Und?« fragte er.

»Tja. Sehen Sie...« Einer von ihnen begann, mit schnellen Bewegungen auf Gordons Tafel zu schreiben. Er achtete nicht auf die Zeilen, die Gordon skizziert hatte, während er an seinem Artikel schrieb. Gordon versuchte, der Beweiskette des Zwillings zu folgen. »Seien Sie vorsichtig mit den Zeilen, die ich da geschrieben habe!« Skeptisch musterte der Zwilling die Tafel. »Okay«, sagte er demokratisch und schrieb um sie herum. Gordon konzentrierte sich auf die Stakkatosätze über Bessels Funktionen und Grenzbedingungen des elektrischen Felds. Er brauchte fünf Minuten, um den Trugschluß des Zwillings zu belegen. Die ganze Zeit war er nicht sicher, mit welchem der Zwillinge er sprach. Sobald der eine am Ende war, sprang der andere mit einem neuen Einwand ein, der gewöhnlich in wenige kryptische Worte gekleidet war. Gordon fand sie außerordentlich ermüdend. Nach zehn weiteren Minuten, während der sie ihn über seine Forschungsarbeit und über die Verdienstmöglichkeiten eines Forschungsassistenten ausfragten, wurde er sie schließlich los, indem er Kopfschmerzen vortäuschte. Dieser Hinweis und drei bedeutungsvolle Blicke auf die Uhr brachten sie zur Tür hinaus. Als er sie schloß, rief eine andere Stimme: »Warten Sie einen Moment, Dr. Bernstein!«

Widerstrebend öffnete Gordon die Tür wieder. Der Mann von UPI trat halb ins Zimmer. »Ich weiß, Sie wollen nicht belästigt werden, Herr Professor...«

»Richtig. Und warum belästigen Sie mich dann?«

»Weil Professor Ramsey mir gerade die ganze Geschichte verraten hat. Deshalb.«

»Welche Geschichte?«

»Über Sie und die Kettenmoleküle. Woher Sie das Bild ursprünglich hatten. Wie Sie es geheimhalten wollten. Ich habe alles zusammen.« Der Mann strahlte ihn an.

»Was hat Ramsey Ihnen gesagt?«

»Einiges habe ich selbst herausgefunden. Die Lücken in seiner Geschichte hat er schlecht überdeckt. Kein sehr guter Lügner, Ramsey.«

»Das nehme ich auch an.«

»Er wollte mir gar nichts verraten. Aber mir fiel die Sache ein, in der Sie vor einiger Zeit mit im Spiel waren.«

Mit plötzlicher Ergebenheit sagte Gordon: »Saul Schriffer.«

»Ja, genau der. Da habe ich zwei und zwei zusammengezählt.

Ich war bei Ramsey, um mehr Hintergrund heranzuholen. Und mitten in unserem Gespräch habe ich ihm das vorgesetzt.«

»Und dann redete er wie ein Wasserfall.«

»So ist es.«

Gordon sackte in seinem Stuhl zusammen und starrte den Mann von Unites Press International an.

»Und nun?« fragte der Mann und holte einen Notizblock heraus. »Werden Sie es mir erzählen, Herr Professor?«

»Ich lasse mich nicht gerne ins Verhör nehmen.«

»Tut mir leid, wenn ich Ihnen zu nahegetreten bin. Ich verhöre Sie nicht. Ich habe nur ein bißchen herumgeschnüffelt und …«

»Okay, okay. Ich bin darin ziemlich empfindlich.«

»Irgendwann kommt es sowieso heraus. Die Ramsey-Hussinger-Geschichte hat in den Medien bislang noch keine rechte Aufmerksamkeit erregt, das weiß ich. Aber sie wird noch wichtig. Man wird darüber reden. Ihr Anteil könnte wertvoll sein.«

Wie in Trance begann Gordon leise zu lachen. »Könnte wertvoll sein …«, sagte er und lachte erneut.

Der Mann runzelte die Stirn. »He, Sie werden's mir doch erzählen, oder?«

Gordon fühlte sich von einer sonderbaren Müdigkeit ergriffen. Er seufzte. »Ich … ich denke schon.«

## — 42 —

Gordon hatte nicht erwartet, daß die Scheinwerfer so hell wären. Auf beiden Seiten des kleinen Podests waren Lampenreihen angebracht, um sein Gesicht schattenfrei zu halten. Eine Fernsehkamera starrte ihn wie ein Zyklop an. Im Saal waren einige Chemiker und fast alle Mitglieder der Physikabteilung. Die Abteilungszeichner hatten bis Mitternacht gearbeitet, um alle Karten fertigzustellen. Die Mitarbeiter und Kollegen waren bei den eiligen Vorbereitungen eine große Hilfe gewesen. Allmählich wurde Gordon sich bewußt, daß die Feindseligkeit, die er bei ihnen empfunden hatte, eine Illusion, ein Produkt seiner eigenen Zweifel gewesen war. Die letzten Tage waren eine Offenbarung gewesen. Kollegen begrüßten ihn in der Halle, hörten sich gespannt seine Beschreibungen der Daten an und besuchten das Labor.

Er sah sich nach Penny um. Dort, ziemlich weit hinten, in einem rosa Kleid. Sie erwiderte sein Winken mit einem leichten Lächeln. Die Presseleute unterhielten sich flüsternd, während sie ihre Plätze einnahmen. Die Fernsehmannschaft war bereit, und eine Frau mit einem Mikrofon gab ein paar letzte Anweisungen. Gordon zählte die Zuhörermenge. Unglaublich, sie war größer als bei der Konferenz anläßlich der Nobelpreisverleihung an Maria Mayer. Aber diesmal hatte es ja auch ein, zwei Tage Vorlaufzeit gegeben. Der UPI-Mann hatte seine Exklusivgeschichte veröffentlicht, die von den anderen Nachrichtensendungen aufgegriffen wurde; und dann hatte die Universität sich angehängt und diese Zirkusveranstaltung vorbereitet.

Mit feuchten Fingern blätterte Gordon durch seine Notizen. Eigentlich hatte er das alles nicht gewollt. Sein Gefühl sagte ihm, daß es irgendwie nicht stimmig war – Wissenschaft, die offensiv an die Öffentlichkeit geht; Wissenschaft, die um ein paar Sekunden in den Abendnachrichten buhlt; Wissenschaft als Ware. Die Schwungkraft des Geschehens war enorm. Am Ende würde der Artikel in *Science* bleiben. Dort mußten seine Resultate der Überprüfung standhalten, und Vorurteile für oder gegen ihn würden keinerlei Ausschlag geben …

»Dr. Bernstein? Wir sind soweit.«

Ein letztes Mal wischte er sich über die Stirn. »Okay, drehen Sie!« Ein grünes Licht blinkte.

Er blickte in die Kamera und versuchte zu lächeln.

# — 43 —

*1998*

Peterson fuhr den Wagen in die Ziegelgarage und zerrte die Koffer heraus. Keuchend setzte er sie auf dem Pfad, der zum Bauernhaus führte, ab. Das Garagentor schloß sich mit einem beruhigenden *Klack*. Von der Nordsee her wehte ein beißender Wind über die flache ostenglische Landschaft. Er zog den Kragen seiner Schafswolljacke hoch.

Im Haus war keine Bewegung zu erkennen. Wahrscheinlich hatte niemand das leise Schnurren des Wagens gehört. Er beschloß, einen kleinen Rundgang zu unternehmen, die Umgebung in Augenschein zu nehmen und sich dabei die Beine zu vertreten. Sein Kopf summte. Er brauchte frische Luft. Als ihn abends das Gefühl der Mutlosigkeit erneut überfiel, hatte er die Nacht in einem Hotel in Cambridge verbracht. Er hatte bis in den Vormittag hinein geschlafen und war, in Erwartung des Mittagessens, nach unten gegangen. Das Hotel war verlassen. Ebenso die Straßen draußen. In den benachbarten Häusern waren Anzeichen von Leben: qualmende Kamine und der orangefarbene Schein von Lampen. Peterson hielt sich damit nicht auf. Er verließ das bleiche, leere Cambridge und fuhr durch die melancholische, flache Moorlandschaft.

Sein Händereiben war eher ein Ausdruck der Befriedigung als der Versuch, sich warm zu halten. Eine Zeitlang, als ihn die Krankheit zum erstenmal außerhalb Londons packte, hatte er gedacht, er würde nie so weit kommen. Zwischen London und Cambridge waren die Straßen überfüllt gewesen, und dann weiter nördlich seltsam leer. Im Norden von Bury St. Edmunds hatte er umgestürzte Lastwagen und brennende Scheunen gesehen. Bei Stowmarket hatte eine Bande versucht, ihn zu überfallen. Sie hatten Äxte und Hacken. Er war mitten hindurch gefahren, Körper waren wie Kegel durch die Luft geflogen.

Aber hier lag die Farm still unter den grauen Wolken Ostenglands. Reihen blattloser Bäume markierten die Feldraine.

Im Gestrüpp nackter Zweige hingen schwarze Flecken. Saatkrähennester. Auf schwachen Beinen wanderte er durch das westliche Feld. Schwarzer Lehm klebte an seinen Stiefeln. Rechts von ihm standen Kühe geduldig am Tor und warteten darauf, zum heimischen Stall geführt zu werden. Ihr Atem dampfte in der kühlen Luft. Die Ernte war vor zwei Wochen eingebracht worden – das hatte er angeordnet. Jetzt lagen die weiten Felder leer. Sollten sie, es war viel Zeit.

Durch die Zuckerrübenäcker stiefelte er zu dem alten Steinhaus, das nach außen einen heruntergekommenen Eindruck machte. Neu schien nur das Glastreibhaus zu sein, das im Süden angebaut war. Die Scheiben bestanden aus verdrahtetem Glas. Vor Jahren, als er angefangen hatte, hatte er sich für ein vollständig isoliertes, unterirdisches System entschieden. Das Treibhaus besaß gefiltertes Wasser und Kunstdünger. Wassertanks unter dem Mordfeld enthielten Vorräte für ein Jahr. Das Treibhaus konnte über einen langen Zeitraum ausreichend Gemüse produzieren. Dies und die unterirdischen Lagerräume unter Haus und Scheune bedeuteten einen umfangreichen Vorrat.

Natürlich hatte er es durch einen Mittelsmann so anlegen lassen, die Arbeiter stammten aus weit entfernten Städten. Den großen Kohlenbehälter hatte er von einer Firma aus Cambridge füllen lassen und nicht aus dem benachbarten Dereham. Die Minen in den Feldern und an den Straßen – die entweder willkürlich oder auch durch ein Ortungssystem scharf gemacht werden konnten – hatte er von einem geldgierigen Experten legen lassen. Peterson hatte dafür Sorge getragen, daß der Mann kurz danach für eine Operation im Pazifik angeheuert wurde, und er war nie zurückgekehrt. Die elektronischen Wachhunde überall auf der Farm hatte er aus Kalifornien mitgebracht, ein Techniker aus London hatte den Auftrag erhalten, sie zu installieren. So kannte niemand das Gesamtausmaß der Operation.

Nur sein Onkel wußte alles, und der war ein hartnäckiger Schweiger. Allerdings auch ein verflixt langweiliger Gesellschafter. Einen Moment bedauerte er es, Sarah nicht mitgenommen zu haben. Aber sie wäre hier draußen überbelastet gewesen, unfähig, die immerwährende Gleichheit der langen Tage zu ertragen. Von all den Frauen, die er während des letzten Jahres gehabt hatte, hätte sich Marjorie Renfrew wahrscheinlich am ehesten einpassen können. Sie verstand etwas von der Landwirtschaft und hatte sich als unerwartet tatkräftig erwiesen. Sie hatte das Bedürfnis in ihm erkannt, als er letzte Nacht bei ihr hereinstolperte, und war ihm mit instinktiver Leidenschaft entgegengekommen. Darüber hinaus konnte er sich jedoch nicht vorstellen, mit ihr auch nur eine Woche zusammenzuleben. Sie war geschwätzig und geschäftig, aufreibend und würde ihn wechselweise kritisieren und bemuttern.

Nein, für das, was bevorstand, konnte er sich nur Männer als Gefährten vorstellen. Er dachte an Greg Markham. Das war jemand, der bei der Jagd nicht stolperte und einem in den Rücken schoß oder vor einer Natter davonrannte. Intelligente Gespräche und geselliges Schweigen. Urteilskraft und eine bestimmte Perspektive.

Trotzdem würde es ohne eine Frau schwierig sein. Wahrscheinlich hätte er sich darüber mehr Gedanken machen sollen, statt sich in Sarahs Schmetterlingsversammlung aufzuhalten. Ganz gleich, wie die Welt aus der gegenwärtigen Misere herauskam, in schweren Zeiten würden die Verhaltensweisen sich ändern. Das, was die Leute aus den Sozialwissenschaften »freie Sexualität« nannten, würde es nicht mehr geben; für Peterson hatte das immer bedeutet, das zu bekommen, was nach seiner Meinung die Welt jedermann schuldete. Frauen, Frauen jeden Typs, jeder Figur, jeden Dufts. Als Menschen unterschieden sie sich natürlich, aber als Fahrkarten zu einer Seite des Lebens jenseits intellektueller Spröde waren sie sich bemerkenswert ähnlich; Schwestern, die den gleichen Zauber teilten. Er hatte versucht, seine eigene Einstellung in Begriffen psychologischer Theorie zu erfassen, war aber schließlich zu der Überzeugung gelangt, daß die schlichte Tatsache des Lebens jenseits solcher Kategorien lag. Traditionelle Vorstellungen griffen nicht. Es war weder Ego-Stärkung noch kaschierte Aggression. Es war auch keine geschickte Ummäntelung einer eingebildeten Homosexualität – als er jung war, hatte er darin begrenzte Erfahrungen gesammelt und hatte es als fade und widerlich empfunden. Es lag jenseits der Ebene analytischen Geplauders. Frauen waren Teil jenes Welt-Umfassens, nach dem er immer gestrebt hatte; eine Methode, sinnlich zu bleiben, aber nicht durch Übersättigung abzustumpfen.

Im letzten Jahr hatte er sie alle ausprobiert, war jeder Möglichkeit nachgegangen. Er hatte schon lange gewußt, daß etwas auf die Menschen zukam. Die zerbrechliche Pyramide, in der er sich nahe der Spitze aufhielt, würde zerbröseln. Er hatte genossen, was bald vorüber sein würde, Frauen und alles übrige, und spürte jetzt kein Bedauern. Wenn man auf der Titanic fährt, ist es sinnlos, sich ins Zwischendeck zu begeben.

Er fragte sich, wie viele der Futurologisten herausgekommen waren. Wenige, schätzte er. Ihre ätherischen Szenarios handelten selten von individuellen Reaktionen. Bei jener Reise nach Nordafrika hatten sie beunruhigt weggeschaut. Verglichen mit den Gezeitenströmen großer Nationen waren die Menschen ein lästiges Detail.

Er näherte sich dem Steinhaus. Erfreut stellte er fest, wie gewöhnlich, ja schäbig es wirkte.

»Sie sind zurück, M'lord!«

Peterson wirbelte herum. Ein Mann, der ein Fahrrad schob, kam heran. Ein Mann aus dem Dorf; Arbeitshose, verschlissene Jacke, hohe Stiefel. »Ja, ich bin endlich zu Hause.«

»Ah, das ist gut. Ein sicherer Hafen heutzutage, he? Ich habe Ihnen Speck und getrocknetes Rindfleisch gebracht, habe ich.«

»Oh, sehr gut.« Peterson nahm ihm die Kartons ab. »Sie setzen sie auf die Rechnung, oder?« Er sprach es so beiläufig wie möglich aus.

»Nun, äh, ich hatte vor, mit dem Haus ...« Er nickte zu dem Gebäude hin. »... darüber zu reden.«

»Sie können mit mir sprechen.«

»Richtig. Tja, bei allem, was so vorgeht, würde ich direkte Bezahlung vorziehen.«

»Nun gut, ich sehe nicht, was dagegen spricht. Wir …«

»Und ich würde gerne in Waren bezahlt werden, bitte.«

»In Waren?«

»Geld ist heute nicht mehr gut, hm? Vielleicht einiges von Ihrem Gemüse? Konserven würden wir am liebsten nehmen.«

»Oh.« Peterson versuchte, den Mann abzuschätzen. Sein starres Lächeln deutete auf etwas anderes als schlichte Freundlichkeit hin. »Ich schätze, da können wir etwas machen. Aber viele Konserven haben wir nicht.«

»Trotzdem möchten wir sie gern, Sir.«

Hatte seine Stimme eine Spur von Schärfe? »Ich werde sehen, was ich tun kann.«

»Das wäre nett, Sir.« Der Mann machte eine flüchtige Bewegung, als berührte er eine Stirnlocke – wie ein Gefolgsmann vor dem Lehnsherrn. Peterson blieb reglos, als der Mann sich auf sein Fahrrad schwang und davonradelte. Diese Bewegung hatte so viel von einer Parodie gehabt, um das gesamte Gespräch in ein anderes Licht zu rücken. Er beobachtete, wie der Mann seinen Besitz verließ, ohne sich umzuschauen. Mit verdrossenem Gesichtsausdruck wandte er sich zum Haus um.

Er ging um die Hecke, am Garten vorbei und überquerte den Hof. Aus dem Hühnerstall kamen leise, zufriedene Glucklaute. An der Tür kratzte er seine Stiefel an dem alten Fußabstreicher aus Eisen ab und warf sie im Haus in die Diele. Er zog Hausschuhe an und hängte seine Jacke auf.

Die große Küche war warm und hell. Er hatte für moderne Geräte gesorgt, aber den alten abgetretenen Steinfußboden, den großen Kamin und die alte Eichenbank so gelassen, wie er sie vorgefunden hatte. Sein Onkel und seine Tante saßen auf beiden Seiten des Feuers in bequemen, hochlehnigen Sesseln, so stumm und reglos wie eiserne Kaminhunde. Die große ihrunde Teekanne stand unter dem gesteppten Wärmer an ihrem Platz am Ende des Tischs. Schweigend setzte Roland, das Hoffaktotum, die Teller mit Teegebäck, Schälchen mit Butter und ein Glas selbstgemachter Erdbeermarmelade auf den Tisch.

Er ging zum Fenster, um sich die Hände zu wärmen. Als seine Tante ihn sah, schreckte sie hoch.

»Meiner Treu, es ist Ian!«

Sie beugte sich vor und klopfte ihrem Mann aufs Knie.

»Henry! Sieh mal, wer da ist! Ian ist zu Besuch. Ist das nicht nett?«

»Er wird jetzt bei uns wohnen«, erwiderte der Onkel geduldig.

»Ach?« sagte sie verwirrt. »Aha. Wo ist denn deine hübsche Frau, Ian? Wo ist Angela?«

»Sarah«, korrigierte er automatisch. »Sie ist in London geblieben.«

»Hmm. Hübsches Mädchen, aber flatterhaft. Trinken wir etwas Tee!« Sie nahm die Decke von den Beinen.

Roland hob sie auf ihren Stuhl nahe der Teekanne. Sie setzten sich alle um den Tisch. Roland war ein kräftiger Mann mit langsamen Bewegungen. Er war schon zwei Jahrzehnte bei der Familie.

»Sieh mal, Roland, Ian ist da. Er besucht uns.« Peterson seufzte. Seine Tante war schon seit Jahren senil; nur ihr Mann und Roland waren zu zusammenhängenden Gedanken fähig.

»Ian ist gekommen, um bei uns zu wohnen«, wiederholte sein Onkel.

»Wo sind die Kinder?« fragte sie. »Sie haben sich verspätet.«

Keiner erinnerte sie daran, daß ihre beiden Söhne vor fünfzehn Jahren bei einem Schiffsunglück ertrunken waren. Geduldig warteten sie darauf, daß das tägliche Ritual seinen Fortlauf nahm.

»Na gut, wir warten nicht auf sie.« Sie nahm die schwere Teekanne und goß den starken, dampfenden Tee in die blau-weiß gestreiften Tassen.

Schweigend aßen sie. Draußen setzte der Regen ein, der sich schon den ganzen Tag angekündigt hatte; erst zögernd, dann dichter. In der Ferne muhten die Kühe klagend, die vom Trommeln des Regens auf dem Stalldach aufgeschreckt wurden.

»Es regnet«, sagte sein Onkel.

Niemand antwortete. Er mochte ihr Schweigen. Und wenn sie sprachen, war ihr ostenglischer Dialekt wie Balsam in seinen Ohren. Sie sprachen langsam und beruhigend. Sein Kindermädchen war eine Frau aus Suffolk gewesen.

Er trank seinen Tee aus und ging in die Bibliothek. Zuerst griff er nach der Karaffe aus geschliffenem Glas, verzichtete dann aber auf einen Drink. Das stete Geräusch des Regens wurde von den schweren Eichenschlagläden gedämpft. Sie waren solide gebaut, mit einer verborgenen Stahlplatte im Holz. Er hatte das Haus zu einer Festung verwandelt, es konnte eine längere Belagerung überstehen. Die Kuhställe und die Scheune hatten doppeltes Mauerwerk und waren durch Tunnel mit dem Haus verbunden. Alle Türen waren von doppelter Stärke und mit schweren Riegeln versehen. Jedes Zimmer war eine kleine Waffenkammer. Er strich über ein Gewehr an der Wand, überprüfte die Patronenkammer; geölt und geladen, wie er es angeordnet hatte.

Er nahm eine Zigarre und ließ sich in seinen ledernen Armsessel fallen. Dann griff er zu einem bereitliegenden Buch, ein Maugham. Er begann zu lesen. Roland kam herein und entfachte ein Feuer. Das laute Knistern nahm der Kälte in dem Zimmer die Schärfe. Es würde noch Zeit genug sein, die Vorräte in Augenschein zu nehmen und einen Nahrungsplan aufzustellen. Kein Wasser von draußen, jedenfalls für eine Weile nicht. Keine Ausflüge ins Dorf mehr. Er machte es sich in dem Sessel bequem; zwar gab es noch einiges zu tun, aber im Moment fühlte er sich nicht dafür aufgelegt. Seine Glieder schmerzten, und immer noch überfiel ihn plötzliche Schwäche. Hier war er immer noch Peterson von Peters Manor; dieses Gefühl ließ er auf sich einwirken, es verschaffte ihm eine innere Ruhe. War es Russell, der gesagt hatte, niemand würde sich fern seiner Kindheitsumgebung wirklich wohl fühlen? Darin lag einige Wahrheit. Aber der Mann aus dem Dorf, gerade jetzt... Peterson runzelte die Stirn. Den Speck konnten sie nicht mehr nehmen, alles würde von dem Stoff aus den Wolken verdorben sein, zumindest eine Zeitlang. Der Dörfler wußte das wahrscheinlich. Und unter seinem Jawohl-Mylord-Benehmen verbarg sich eine eindeutige Drohung. Er war gekommen, Sicherheit zu verkaufen, nicht Speck. Sollten sie einige Konserven bekommen, und alles wäre in Ordnung.

Unruhig rutschte Peterson in dem Sessel. Sein ganzes Leben war er in Bewegung gewesen, dachte er. Er hatte die Rolle des Landadels verlassen, war nach Cambridge gegangen, dann in die Regierung. Er hatte sich jede Stufe zunutze gemacht, um weiterzukommen. Sarah, nahm er an, war der eindeutigste Fall, den Weltrat selbst nicht zu vergessen. Sie alle hatten geholfen. Die Regierung selbst hatte natürlich im wesentlichen die gleiche Strategie verfolgt. Moderne Ökonomie und der Wohlfahrtsstaat borgten in zunehmendem Maße von der Zukunft.

Jetzt war er an einem Ort, den er nicht verlassen konnte. Er mußte sich auf die Menschen in seiner nächsten Umgebung verlassen. Und plötzlich wurde er sich voller Unbehagen der Tatsache bewußt, daß die kleine, leicht zu handhabende Gruppe im Gutsbezirk und Dorf auch aus unabhängigen, selbständigen Teilen bestand. Was wurde aus der Ordnung, die Peters Manor ruhig und sicher gehalten hatte, wenn die Gesellschaft ins Wanken geriet? Peterson saß im schwindenden Tageslicht und dachte nach. Ein Finger klopfte auf die Armlehne. Er versuchte erneut, mit dem Buch zu beginnen, aber es konnte ihn nicht fesseln. Durchs Fenster sah er die abgeernteten Felder, die sich bis zum Horizont erstreckten. Der Nordwind rüttelte an den Bäumen. Es dämmerte. Das Feuer knackte.

## — 44 —

*22. November 1963*

Gordon schrieb die Gleichung vollständig auf, bevor er sie erläuterte. Die gelbe Kreide quietschte. »So sehen wir, wenn wir Maxwells Gleichungen über dem Volumen integrieren, wird der Magnetfluß...«

Eine Bewegung hinten im Seminarraum zog seinen Blick auf sich. Eine Sekretärin aus der Abteilung winkte ihm zögernd zu.

»Ja?«

»Dr. Bernstein, ich unterbreche Sie nicht gern, aber wir haben gerade im Radio gehört, daß der Präsident niedergeschossen worden ist.« Sie spulte den Satz keuchend herunter. Unter den Studenten machte sich Unruhe breit. »Ich dachte… es würde Sie interessieren«, beendete sie den Satz hilflos.

Gordon stand reglos da. Vermutungen schossen ihm durch den Kopf. Dann erinnerte er sich, wo er sich befand. Das Seminar mußte zu Ende gebracht werden. »In Ordnung, danke.« Er musterte die ihm zugewandten Gesichter. »Ich denke, angesichts des umfangreichsten Stoffs, den wir in diesem Semester… Solange wir nicht mehr wissen, sollten wir fortfahren.«

Einer der Zwillinge fragte plötzlich: »Wo?«

»In Dallas«, antwortete die Sekretärin freundlich.

»Ich hoffe, jemand erwischt auch Goldwater«, sagte der Zwilling heftig.

»Ruhig, ruhig«, besänftigte Gordon. »Wir können ohnehin nichts tun, oder? Ich schlage vor, fortzufahren.«

Damit wandte er sich wieder der Gleichung zu. Das summende Flüstern in seinem Rücken ignorierend, behandelte er die einleitende Diskussion des Poynting-Vektors. Der Rhythmus der Diskussion erfaßte ihn. Klickend fiel die Kreide in den Rhythmus ein. Die Gleichungen entfalteten ihre Schönheit. Er zauberte elektromagnetische Wellen herbei und verlieh ihnen Impulse. Er sprach von imaginären mathematischen Gehäusen, lichterfüllt, deren Fluß von der unsichtbaren Kraft partieller Differentiale im Gleichgewicht gehalten wurde.

Wieder eine Bewegung im Raum. Einige Studenten gingen. Gordon legte die Kreide hin. »Ich nehme an, unter diesen Umständen können Sie sich nicht konzentrieren«, sagte er. »Wir machen beim nächsten Mal an dieser Stelle weiter.«

Einer der Zwillinge stand auf und sagte zu dem anderen: »Lyndon Johnson. Mein Gott, gerade der, wenn es dazu kommt!«

Gordon begab sich in sein Büro und legte seine Seminaraufzeichnungen weg. Er war müde, hatte aber das Gefühl, jetzt ein Fernsehgerät suchen zu müssen. Die letzte Woche war ein Chaos aus Interviews, Herausforderungen anderer Physiker und erstaunlicher Aufmerksamkeit von den Fernsehstationen gewesen. Der ganze Betrieb hatte ihn tief erschöpft.

Ihm fiel ein, daß das Studentenzentrum an der Scripps Beach ein Fernsehgerät hatte. Die Fahrt mit dem Chevy dauerte nur Augenblicke. Auf den Straßen schienen nur wenige Menschen unterwegs zu sein.

In drei Reihen hatten sich Studenten vor dem Apparat versammelt. Als Gordon hereinkam, sagte Walter Cronkite gerade: »Ich wiederhole, es gibt noch immer keine definitive Erklärung aus dem Parkland Memorial Hospital über den Zustand des Präsidenten. Ein Priester, der gerade aus dem Operationssaal kam, soll gesagt haben, der Präsident liege im Sterben. Das ist allerdings keine offizielle Erklärung. Der Priester bestätigte, daß der Präsident das Sterbesakrament erhalten hat.«

Gordon fragte einen Studenten: »Was ist passiert?«

»Irgend jemand hat aus einem Verlagsgebäude auf ihn geschossen, heißt es.«

Cronkite nahm einen Zettel, der ihm vor die Kamera gereicht wurde. »Gouverneur John Conally wird im Operationssaal neben dem Präsidenten behandelt. Die Ärzte, die ihn operieren, haben nur gesagt, daß sein Zustand ernst ist. Inzwischen, so war zu erfahren, ist Vizepräsident Johnson im Hospital eingetroffen. Offenbar wartet er in einem kleinen Zimmer auf dem Gang, an dem der Operationssaal des Präsidenten liegt. Mit Hilfe der Polizei von Dallas hat der Secret Service das Gelände vollständig abgeschirmt.«

Gordon sah einige Studenten aus seinem Seminar in der Nähe. Der Raum war jetzt voll. Die Menge war völlig still, als Cronkite eine Pause machte und in einen kleinen Kopfhörer lauschte, den er sich ans Ohr preßte. Durch die Glastüren, die auf eine Holzveranda führten, sah Gordon die Wellen, die weiß an den Strand brandeten. Draußen ging die Welt in ihrem endlosen Rhythmus weiter. In dieser kleinen Nische hatte ein flackernder Bildschirm die Herrschaft übernommen.

Cronkite blickte zur Seite und dann wieder in die Kamera. »Die Polizei von Dallas hat gerade den Namen des Mannes veröffentlicht, den sie für den Schützen hält. Sein Name ist Lee Oswald. Anscheinend ist er in dem Verlagsgebäude, in dem Schulbücher gelagert werden, angestellt. Das ist das Gebäude, aus dem die Schüsse – einige sagen Gewehrschüsse, aber das ist noch nicht bestätigt – kamen. Weitere Informationen hat die Polizei noch nicht gegeben. Rund um das Gebäude sind jetzt viele Polizeibeamte, und es ist sehr schwierig, Informationen zu bekommen. Aber wir haben Leute vor Ort, und wie man mir sagt, wird gerade eine Fernsehkamera aufgebaut.«

In dem Zimmer wurde es heiß. Das Licht der Herbstsonne fiel durch die Glastüren. Jemand zündete sich eine Zigarette an. Der Rauch blieb als blaue Schicht in der Luft, als Cronkite weitersprach, sich wiederholte und auf weitere Berichte wartete. Gordon begann heftig zu atmen, als könnte die geschwängerte Luft nicht ungehindert in seine Lungen dringen. Das Licht wurde wäßrig schwankend. Die Menge um ihn herum wurde von dem gleichen Gefühl erfaßt und bewegte sich unruhig – menschlicher Weizen unter einem fremdartigen Wind.

»Einige Augenzeugen aus der Zuschauermenge an der Deeley Plaza sagen, zwei Schüsse seien auf den Fahrzeugkonvoi des Präsidenten abgegeben worden. Andere berichten von drei oder vier Schüssen. Einer unserer Reporter vor Ort sagt, die Schüsse seien aus dem sechsten Stock des Buchlagers gekommen…«

Abrupt wechselte das Bild auf eine bleiche Herbstlandschaft in Schwarz-weiß. Menschengruppen scharten sich auf dem Bürgersteig vor einem Backsteinbau zusammen. Dunkle Bäume kontrastierten vor dem hellen Himmel. Die Kamera schwenkte auf einen ausgebleichten offenen Platz. Autos blockierten die Straßen. Ziellos strömten Menschen durch die Szenerie.

»Jetzt sehen Sie den Ort des Attentats«, fuhr Cronkite fort. »Über den Zustand des Präsidenten gibt es noch immer keine definitive Auskunft. Eine Krankenschwester im Flur hat gesagt, die Ärzte hätten eine Tracheotomie ausgeführt – einen Schnitt in die Luftröhre, um dem Präsidenten einen anderen Atemweg zu ermöglichen. Das scheint Berichte zu bestätigen, nach denen Mr. Kennedy im Nacken getroffen wurde.«

Gordon verspürte Übelkeit. Er wischte sich Schweißperlen von der Stirn. Er war der einzige Anwesende, der Jacke und Krawatte trug. Die Luft war seidig-feucht. Langsam verebbte das sonderbare Gefühl, das kurz vorher alle erfaßt hatte.

»Es heißt, Mrs. Kennedy wurde im Flur vor dem Operationssaal gesehen. Wir haben keinerlei Hinweis darauf, was das bedeuten mag.« Cronkite war in Hemdsärmeln. Er wirkte unsicher und nervös.

»Zurück zur Deeley Plaza…« Wieder die Menschenmengen, das Backsteingebäude, überall Polizei. »Ja, es liegt eine Erklärung der Polizei vor, daß Oswald unter schwerer Polizeibewachung aus dem Gebiet fortgeschafft worden ist. Wir haben nicht gesehen, wie sie das Gebäude verließen, zumindest nicht aus dem Vordereingang. Anscheinend haben sie die Rückseite benutzt. Oswald hat sich in dem Gebäude aufgehalten, seit er, Sekunden nach den Schüssen, ergriffen worden ist. Warten Sie – warten Sie…« Auf dem Bildschirm teilte sich die Menge. Männer mit Mänteln und Hüten bewegten sich vor einer Doppelreihe uniformierter Polizisten und stießen die Menschen zur Seite.

»Noch jemand verläßt das Verlagsgebäude, wird von der Polizei abgeführt. Unsere Reporter sagen mir, eine weitere Person sei an dem Zwischenfall beteiligt, an der Ergreifung des Verdächtigen, Lee Oswald. Ich glaube, jetzt kann ich sie sehen…«

Zwischen den Reihen der Polizisten ging ein Teenager, ein Junge. Benommen blickte er in die drängende Menge. Er trug eine braune Lederjacke und Bluejeans. Er war fast ein Meter neunzig groß und überragte die Polizisten. Sein Kopf drehte sich, erfaßte seine Umgebung. Er hatte braunes Haar und trug eine Brille, die das gleißende Sonnenlicht reflektierte. Sein Kopf kam zur Ruhe, als er die Kamera sah. Eine Gestalt mit einem Mikrofon in der Hand trat in den Vordergrund. Die Polizisten blockten ihn ab. Von fern: »Wenn wir eine Erklärung bekommen könnten, ich …«

Einer der Zivilisten am Kopf der Gruppe schüttelte den Kopf. »Nichts, bis wir nicht …«

»He, warten Sie!« Es war der Junge. Eine laute, dröhnende Stimme, die alle innehalten ließ. Der Zivilbeamte, eine Hand zur Kamera ausgestreckt, blickte über die Schulter.

»Ihr Cops habt mich lange genug rumgeschubst«, sagte der Junge. Er drängte sich vor. Die Polizisten machten ihm Platz und konzentrierten sich darauf, die Menge zurückzuhalten. Er erreichte den Zivilisten. »Was ist, bin ich verhaftet, oder was?«

»Nun, Sie stehen unter Polizeischutz …«

»Okay, genau das habe ich mir gedacht. Sehen Sie, da! Was ist das, eine Fernsehkamera, richtig? Davor braucht ihr mich nicht zu schützen, oder?«

»Nein, sehen Sie, Hayes – wir wollen Sie von der Straße wegbekommen. Es könnte …«

»Ich sage Ihnen doch, der Kerl war allein da oben. Und ich werde mit den Fernsehleuten reden, weil ich ein freier Bürger bin.«

»Sie sind minderjährig«, sagte der Beamte zögernd, »und wir müssen …«

»Alles Unsinn! Hier …« Er griff um den Mann herum zum Mikrofon. »Sehen Sie? Keine Probleme.« Einige Umstehende applaudierten. Unsicher blickte der Zivilist in die Menge. Er begann: »Wir wollen nicht, daß Sie …«

»Was ist da drin passiert?« schrie jemand.

»Eine Menge!« schrie Hayes zurück.

»Haben Sie den Kerl schießen sehen?«

»Ich habe alles gesehen, Mann. Niedergeschlagen habe ich den Kerl.« Er blickte in die Kamera. »Ich bin Bob Hayes, und ich habe alles gesehen, das will ich Ihnen hier sagen. Bob Hayes von der Thomas Jefferson High.«

»Wie viele Schüsse wurden abgefeuert?« fragte eine Stimme. Sie versuchte, Hayes zum Geschehen zurückzuführen.

»Drei. Ich ging gerade den Flur runter, als ich den ersten hörte. Der Mann unten war am Essen und hat mich nach oben geschickt, um ein paar Magazine zu holen, die sie da oben lagern. Ich suche also danach und höre diesen Krach.«

Hayes, der die Situation offensichtlich genoß, machte eine Pause. »Und?« fragte jemand.

»Ich wußte sofort, das ist ein Gewehrschuß. Also mache ich die Tür auf, wo er herkam. Und da sehe ich die Hühnerknochen auf einem Karton, als hätte jemand zu Mittag gegessen. Dann sehe ich den Kerl da hocken, das Gewehr zum Fenster hinaus gerichtet. Es war auf der Fensterbank aufgelegt. Er lehnte gegen ein paar Kartons.«

»Das war Oswald?«

»Die Burschen hier sagen, so heißt er. Ich habe ihn nicht gefragt.« Hayes grinste. Jemand lachte.

»Ich gehe auf den Kerl zu, und *Peng* schießt er wieder. Ich höre draußen jemanden schreien. Ich habe nicht darüber nachgedacht, bin einfach auf ihn los. Ich hechte über seinen Verschlag und habe ihm eine verpaßt. Genau da geht das Gewehr wieder los, genau als ich treffe. Ich habe Football gespielt, müssen Sie wissen, und ich weiß, wie man jemanden umhaut.«

»Haben Sie ihm das Gewehr abgenommen?«

Wieder grinste Hayes. »Nee, das nicht. Ich habe ihn an der Fensterbank aufgemischt. Dann bin ich einen Schritt zurück, um ausholen zu können, und habe ihm eins an die Schläfe verpaßt. Da konnte er nicht mehr an das Gewehr denken. Ich habe ihm noch einen Schlag gegeben, und da hat er die Augen verdreht. Er war alle, Mann!«

»War er bewußtlos?«

»Sicher das. Ich habe gute Arbeit geleistet.«

»Dann kam die Polizei.«

»Ja, sobald der Kerl stille war, habe ich aus dem Fenster geguckt. Da standen die ganzen Cops und guckten zu mir hoch. Ich habe ihnen zugewunken und runtergerufen, wo ich war. Dann kamen sie sofort rauf.«

»Haben Sie den Lincoln des Präsidenten wegfahren sehen?«

»Ich wußte gar nicht, daß da überhaupt ein Präsident war. Jede Menge Verkehr, mehr nicht. Eine Parade oder so, dachte ich. Thanksgiving oder so. Ich bin hier nur, weil Mr. Aiken, unser Physiklehrer, mich geschickt hat.«

Die Menge um Hayes war völlig still. Der Junge war ein geborener Darsteller; er strahlte in die Kamera und spielte fürs Publikum. Der Reporter fragte: »Ihnen ist bewußt, daß Sie womöglich den Erfolg eines Attentats auf das Leben des ...«

»Ja, das ist irre. Sagenhaft! Aber wissen Sie, ich hatte nicht die leiseste Ahnung. Wußte nicht mal, daß er in der Stadt war. Hätte ich gewußt, wäre ich bestimmt runtergegangen, um ihn und Jackie zu sehen.«

»Oswald hatten Sie vorher nicht gesehen? Sie hatten keinen Hinweis darauf, daß er ein Gewehr hatte und ...«

»Wie ich schon sagte, ich war da, um ein paar Magazine zu holen. Mr. Aiken macht im Physikkurs gerade das zweitägige Sonderprogramm, Vorbereitungen aufs College. Es ging um die Sache in diesem Magazin, *Senior Scholastic*. Mr. Aiken hat mich runtergeschickt, damit ich es für den Unterricht heut' nachmittag hole. Da steht was drin über diese, äh, Signale aus der Zukunft und ...«

»Die Schüsse, wie viele haben getroffen?«

»Was getroffen?«

»Den Präsidenten!«

»Teufel, ich weiß das doch nicht. Zwei hat er in Ruhe abgefeuert. Direkt vor dem dritten habe ich ihn angesprungen.«

Hayes grinste und blickte strahlend in die Runde. Der Kriminalbeamte zog ihn am Arm. »Ich glaube, das ist genug, Mr. Hayes«, schlug er eine andere Taktik ein. »Später wird es noch eine Pressekonferenz geben.«

»Ach ja«, sagte Hayes leutselig. Im Moment war seine Triebkraft erloschen. Im Zentrum der Aufmerksamkeit zu stehen, hielt ihn noch immer im Bann. »Ja, ich werde später alles erzählen.«

Weitere geschriene Fragen. Die Menge geriet in Bewegung, als die Polizei eine Schneise für Hayes bahnte. Klickende Kameras. Rufe. Ein Rattern, als ein Motorrad gestartet wurde. Flackernde Bilder von Männern in Mänteln, die mit verzerrtem Mund Leute beiseite drängten.

Gordon blinzelte einen Moment und schien das Gleichgewicht zu verlieren. *Senior Scholastic.* Der Raum schwebte im bleichen, abgestandenen Licht.

Dann wieder Cronkites flötende Stimme. Im Parkland Memorial war gerade, während Hayes redete, eine kurze Pressekonferenz zu Ende gegangen. Malcolm Kilduff, stellvertretender Pressesprecher des Präsidenten, hatte die Verletzung beschrieben. Eine Kugel war unterhalb des Nackens eingedrungen und hatte eine kleine Austrittswunde verursacht. Die Einschußwunde war größer und blutete stark. Der Präsident hatte mehrere Dosen Blut der Gruppe 0, RF negativ und eine intravenöse Spritze mit 300 mg Hydrokortison erhalten. Zuerst hatten die Ärzte einen Schlauch eingeführt, um die Atemwege freizuhalten. Das war mißlungen. Der Chefarzt, Michael Cosgrove, hatte sich für eine Tracheotomie entschieden. Das dauerte fünf Minuten. Eine modifizierte Salzlösung wurde per Katheter ins rechte Bein eingegeben. Der Präsident atmete wieder fast normal, lag aber noch im Koma. Seine geweiteten Augen standen offen und blickten direkt in eine gleißende Leuchtstofflampe an der Decke. Ein Magenschlauch war durch Kennedys Nase eingeführt und an der Luftröhre vorbei gelegt worden, um mögliche Brechreizquellen in seinem Magen zu unterdrücken. In beiden Lungenflügeln saugten Doppelschläuche mögliche verletzte Gewebeteile ab und beugten einem Lungenkollaps vor. Der Herzschlag des Präsidenten war schwach, aber regelmäßig. Zuerst war die Austrittswunde behandelt worden, weil der Präsident auf dem Rücken lag. Dann drehten drei Ärzte den Körper auf die Seite. Die klaffende Einschußwunde, mehr als doppelt so groß, war der Hauptgrund für den Blutverlust. Sie wurde ohne Probleme behandelt. Kennedy lag, während Kilduff sprach, noch auf der Intensivstation des Parkland. Sein Zustand schien stabil. Das Hirn hatte keinen erkennbaren Schaden davongetragen. Die rechte Lunge war gequetscht. Seine Luftröhre war zerfetzt. Wenn keine unvorhergesehenen Komplikationen auftraten, würde er wohl überleben.

Mrs. Kennedy war nicht getroffen worden. Gouverneur Conally befand sich in einem kritischen Zustand. Der Vizepräsident war nicht getroffen worden. Die behandelnden Ärzte sagten nichts zur Anzahl der abgefeuerten Schüsse. Eindeutig war allerdings, daß nur eine Kugel den Präsidenten getroffen hatte.

Erregtes Gemurmel in der Menge vor dem Fernsehgerät. Das Gefühl von Leichtigkeit und drückender Hitze war fort. Gegenstände schwankten nicht mehr, als würden sie unter Wasser in gebrochenem Licht gesehen. Gordon zwängte sich durch die dichten Studentenreihen. Rundherum wurden Vermutungen, Spekulationen laut. Er öffnete die Glastür zur Veranda und trat hinaus. Ohne nachzudenken, sprang er über das Geländer und ging zum Parkplatz. Aus dem Kofferraum des Chevy holte er seine Sportkleidung und zog sich in der nahe gelegenen Toilette um. In Shorts und Tennisschuhen sah er so jung aus wie viele der Studenten, die sich immer noch im Fernsehraum drängten und auf weitere Nachrichten warteten. Er spürte ein unwirkliches Gefühl der Befreiung und eine summende, ziellose Energie. Er wollte jetzt nichts denken.

Er begann, auf dem flachen, wäßrigen Sand zu laufen. Ein stetiger Wind blies ihm Strähnen schwarzen Haars in die Augen. Er rannte mit gesenktem Blick, beobachtete den Rhythmus seiner Füße. Wenn seine Hacken auftraten, entstand ein heller Kreis, wenn das Wasser durch den plötzlichen Druck zurückwich. Unter jedem Schritt wurde der Strand fester, stützte ihn und löste sich hinter ihm wieder in graue Eintönigkeit auf. Über ihm flog ein Helikopter.

Er rannte am Rand der Stadt vorbei durch kleine Halbmondbuchten nach Süden, bis er Nautilus Street erreichte. Penny zensierte Aufsätze. Er berichtete ihr die Neuigkeiten. Sie wollte das Radio einschalten, mehr erfahren, aber er zog sie fort. Widerstrebend folgte sie ihm. Sie gingen zum Strand und spazierten nach Süden. Keiner von beiden sprach ein Wort. Penny war nervös, gereizt. Die Brise von See wehte die Gischtspitzen von den weißen Wellenkämmen und verwandelte sie in schaumige kleine Fahnen. Gordon betrachtete sie und dachte daran, daß sie, von Gezeiten und Winden getrieben, über den Pazifik kamen. Draußen im Ozean waren sie seicht und schnell. Wenn sie sich dem Land näherten, stieg der Meeresgrund unter ihnen an, sie wurden tiefer und langsamer. Kurz vor dem Ufer bewegte eine Welle sich in der Spitze schneller als am Grund, überkippend stürzte sie nach vorn; die Energie aus dem fernen Asien löste sich in malmenden Wirbeln auf.

Penny rief ihn. Sie watete bereits im flachen Wasser. Er folgte ihr. Es war das erste Mal, daß er das versuchte, aber es spielte keine Rolle. Sie schwammen bis hinter die Wellen hinaus und warteten auf die nächste große Woge. Sie bewegte sich in majestätischer Langsamkeit. Die dunkelblaue Linie wurde kompakter, stieg hoch. Gordon beobachtete sie und versuchte abzuschätzen, wo sie brechen würde. Er schwamm mit schnellen Arm- und Beinbewegungen. Penny war vor ihm. Er spürte, wie ihn etwas packte, vor ihm fiel das Wasser in ein Tal. Ein brausendes Geräusch, er wurde schneller. Er breitete die Arme weit aus, neigte sich nach links. Dunstiger Schaum benebelte seine Augen. Er blinzelte. In eine Mauer aus Wasser gehüllt, stürzte er in die Welle, wurde zwischen Schaumkronen ans Ufer getragen.

# — 45 —

*1998*

John Renfrew arbeitete die Nacht durch. Er hatte die Notstromversorgung in Betrieb und wollte nicht aufhören, solange die Treibstoffvorräte reichten. Falls er aufhörte, gab es keine Garantie, daß er das Aggregat wieder in Gang bekam. Besser weitermachen und abwarten, was geschehen würde. Dann konnte er sich nichts vorwerfen.

Er zog eine Grimasse. Abwarten, was geschehen *würde*? Oder geschehen *war*? Oder geschehen *könnte*? Die menschliche Sprache war der Physik nicht gemäß. Es gab keine Zeitform des Verbs *sein*, die die Schleife in der Zeit wiedergab. Keine Möglichkeit, die Sprache auf der Achse der Physik zu drehen, ein Drehmoment einzufügen, das die Paradoxe in einem geordneten Zyklus auflöste, der sich endlos drehte.

Er hatte die Techniker nach Hause geschickt. Dort wurden sie gebraucht. Keine Fahrräder, keine Bewegung draußen auf dem Fußweg. Die Familien waren zu Hause, um die Kranken zu pflegen, oder waren aufs Land geflüchtet. Er spürte die Symptome der Ruhr, die ihn nachts überfallen hatte. Ein leichter Kontakt mit dem allgegenwärtigen Stoff aus den Wolken, vermutete er. Er hatte in Flaschen abgefüllte Fruchtsäfte getrunken, die er in der Cafeteria gefunden hatte, und abgepackte Lebensmittel gegessen. Zwei Tage war er allein hier gewesen, hatte seine Arbeit nicht einmal unterbrochen, um zu Hause die Kleider zu wechseln. Die Welt, in der er bisher gelebt hatte, ging ihrem Ende zu, so viel konnte er durch die Fenster des Labors feststellen. Seit dem frühen Morgen stand eine ölige Rauchfahne in der Ferne am Himmel. Offenbar versuchte niemand, ihren Ursprung auszulöschen.

Behutsam drehte er an den Einstellungen. *Tap tap. Tap tap.* Der Störungspegel der Tachyonen blieb konstant. Seit Tagen hatte er nun schon die neue Botschaft über den Neurohüllenprozeß gesendet und immer wieder die monotonen RA- und

DEK-Signale einfließen lassen. Peterson hatte von seinem Londoner Büro aus neue biologische Daten durchgegeben. Der Mann hatte fahrig und gestreßt geklungen. Der Grund dafür lag im Inhalt der Informationen, soweit Renfrew sie verstand. Wenn die Forschergruppe in Kalifornien recht hatte, konnte sich die Substanz durch die Wolkenaussaat mit atemberaubender Geschwindigkeit ausbreiten.

Geduldig drückte Renfrew auf die Morsetaste. Er hoffte, die Sendung richtig gebündelt zu haben. Es war verflixt schwierig zu wissen, ob man die Apparatur korrekt ausgerichtet hatte. Ein minimaler Irrtum in der Peilung brachte sie zum falschen *x* und damit zum falschen *t*. Einmal waren sie empfangen worden, soviel ging aus Petersons Bankschließfach hervor. Aber wie konnte er jetzt überprüfen, ob die pulsierenden Windungen eine Mikrosekunde zu langsam arbeiteten oder die Randfelder den Strahl einen Grad zu weit nach links lenkten? Er konnte nur den Eichungen vertrauen. Er schwebte in einer Welt, in der *t* Zeit war, in der Tee brackig schmeckte, in der *x* für Raum stand. *X*, die Unbekannte, schwebte vor ihm in der Luft, eine vergängliche Struktur.

Er schüttelte sich. Der Laborstuhl drückte sein Gesäß. Er hatte jetzt weniger Fett dort, mußte Gewicht verloren haben. Ja, er brauchte Extra-Ballast.

*Tap tap tap*. Die Morsekadenzen gingen hinaus. *Tap tap.*

Vielleicht erklärte der Gewichtsverlust, warum sich der Raum vor seinen Augen kräuselte und ausdehnte. Herrgott, war er müde. Müder Zorn packte ihn. Er hatte biologische Daten, Koordinaten und sonstwas ge*taptaptapt*, alles unpersönlich und – davon war er jetzt überzeugt – letztlich alles sinnlos. Öde und langweilig, das war es. Er griff zu dem Identifizierungskode, den er regelmäßig gesendet hatte, und tastete erneut ein. Aber diesmal fügte er ein paar persönliche Bemerkungen ein: wie die ganze Sache begonnen hatte, über Markhams Vorstellung, über Peterson, den starrgesichtigen Bastard, bis hin zu Markhams Absturz. Ein gutes Gefühl, alles zu senden, die Worte in Morseschrift umzusetzen, während sie ihm in den

Kopf kamen. Er formulierte in normalen Sätzen, nicht in dem knappen Telegrammstil, den sie gewählt hatten, um die biologischen Informationen zu komprimieren. Es war eine Erleichterung, alles zu übermitteln, wirklich. Die ganze mistige Geschichte war sinnlos, die Strahlen ergossen sich in ein unvermutetes kosmisches Rattenloch – warum sollte er das die letzte Sendung nicht genießen? *Tap tap*. Hier ist meine Lebensgeschichte, Kumpel, geschrieben auf eine Nadelspitze. *Tap tap*. In die Leere hinein. *Tap tap*.

Aber nach einer Weile verließ ihn der Schwung. Er ließ die Schultern hängen.

Der Störungspegel der Tachyonen stieg, auf dem Oszilloskop krümmten sich die Linien. Renfrew starrte auf den Schirm. *Tap tap*. Impulsiv legte er den Sendeschalter um. Zum Teufel mit der Vergangenheit für den Moment! Er beobachtete den Wirrwarr der Kurven, die sich tanzend überschnitten. Für kurze Momente lösten die Störungen sich in den Schlangenlinien auf dem Schirm auf. Signale, eindeutig. Jemand anders sendete.

Regelmäßige Schübe von Wellen in gleichmäßigen Abständen. Renfrew schrieb sie auf.

KONTAKTVERSUCH VON 2349 IN TAC

Und dann wieder verwischende Störungen, die alles andere austilgten.

Englisch. Jemand sendete in englisch. Aus dem Jahre 2349? Vielleicht. Oder möglicherweise mit Tachyonen im 234,9-Kilovoltbereich. Oder vielleicht nur ein Zufall, ein Jux.

Renfrew schlürfte kalten Kaffee. Am Tag vorher hatte er eine Thermoskanne gefüllt und sie vergessen. Er hoffte, das Wasser wäre in Ordnung. Der Kaffee hatte nicht mehr den Geschmack von Hundefell, sondern erinnerte eher an versengte Erde. Er zuckte die Achseln und trank, ohne weiter nachzudenken.

Er fühlte sich die Stirn. Schweiß. Fieber. Ein sonderbares, fernes Gemurmel erreichte ihn. Stimmen? Er ging nachschauen, seine Schwäche, der lauernde Schmerz in Knöcheln und Schenkeln überraschten ihn. Er sollte mehr trainieren, dachte er automatisch und lachte. Schlurfende Geräusche. Hatten sie ihn gehört? Er spähte einen Flur hinunter. Aber dort war niemand. Nur das Geräusch des Winds. Das und das kratzende Knirschen seiner Schuhe auf dem bloßen Beton.

Er ging zurück und starrte aufs Oszilloskop. Seine Kehle brannte. Er versuchte, in aller Ruhe und Klarheit über das nachzudenken, was Markham vor langer Zeit gesagt hatte. Die Mikrouniversen waren nicht wie Schwarze Löcher, nicht in dem Sinn, daß in ihnen alle Materie zu unendlicher Dichte komprimiert wurde. Statt dessen war die durchschnittliche Dichte eine begreifbare Zahl, wenn auch nicht höher als unsere. Sie hatten sich in den Anfängen des Universums gebildet und waren für immer isoliert, lebten Mikroleben in einer in sich gefalteten Geometrie. Die neuen Feldgleichungen der Wickham zeigten, daß sie dort draußen, zwischen den Galaxien existierten. *Ein x und t, die wir nicht sehen können,* dachte er, *fern von dir und mir*. Eine Fanfare für dich, die es wert war, in der letzten Ausgabe der *Times* aufgenommen zu werden. Der allerletzten.

Plötzlich setzte er sich aufrecht. Er fühlte sich benommen. Ein Schmerz, der sich hinter den Augen ausbreitete. Materie wurde im Netz von Raum-Zeit verschlungen, ging in Differentialgeometrien unter. *G* mal *n*. Ein Tachyon konnte wie ein Phönix den Knoten entschweben, sein Flug wurde von Markhams und Wickhams Schnörkeln und Kritzeleien bestimmt. Renfrew zitterte, als die Kälte tröpfelnd in ihn eindrang.

Weitere Ausschläge. Er schrieb auf seinem Block mit. Der kratzende Stift durchschnitt die Stille.

RUNG ERHOEHTE RESONANZSTRUKTUR DURCH ABSTIMMUNG AUF NEBENWELLE

Und dann wieder ein Meer aus Störungen, in dem die Wellen untergingen.

Das alles hatte für irgend jemanden irgendeine Bedeutung. Aber für wen? Wo? Wann? Und wieder:

AMSK WEDLRIF XSMDOPRDHTU WIE WTEU WOHRTU

Falsche Sprache? Ein Kode von jenseits der Galaxis, von jenseits des Universums? Die Geräte eröffneten unmittelbare Kommunikationsmöglichkeiten mit überall, immer. Mit den Sternen sprechen. Mit den komprimierten Wesen im Innern eines Punkts im All sprechen. Ein Telegramm von Andromeda wäre schneller als eins aus London. Tachyonen graupelten durchs Laboratorium, durch Renfrew, brachten Botschaften. Sie hatten es in der Hand, bliebe ihnen nur die Zeit…

Er schüttelte den Kopf. Alle Formen und Strukturen wurden von der Überlagerung vieler Stimmen, einem Chor vermischt. Alle redeten gleichzeitig, und keiner konnte hören.

Die Pumpen rasselten ächzend. Tachyonen von der Größe $10^{-13}$ Zentimeter rasten durch ganze Universen, durch $10^{-28}$ Zentimeter abkühlender Materie, und das in weniger Zeit als Renfrews Auge benötigte, ein Photon des bleichen Laborlichts aufzunehmen. Alle Entfernungen und Zeiten wurden miteinander verflochten, Singularitäten saugten den Stoff der Schöpfung auf, Geschehenshorizonte kräuselten sich, Welten wickelten sich in Welten hinein. In diesem Raum waren Stimmen; fordernd, tastend…

Renfrew stand auf und mußte sich an einem Geräteschrank abstützen. Mein Gott, das Fieber. Es krallte sich in ihm fest, schickte glühende Rauchfinger durch seinen Kopf.

KONTAKTVERSUCH VON 2349. Alle Gedanken, die Vergangenheit zu erreichen, waren jetzt verschwunden, wurde er sich blinzelnd bewußt. Der Raum drehte sich, richtete sich wieder ins Lot. Markham war tot, die Wickham seit Tagen nicht mehr da; es gab nicht einmal mehr Hoffnung darauf, das Geschehen zu begreifen. Die bleierne Hand der Kausalität würde den Sieg davontragen. Die besänftigende Menschenwelt fließender Zeit würde andauern. Eine Sphinx, die keins ihrer

Geheimnisse offenbarte. Eine unendliche Reihe von Großvätern würde, von Renfrew unbedrängt, ihr Leben zu Ende leben.

KONTAKTVERSUCH blitzte es wieder auf dem Schirm.

Aber solange er nicht wußte, wo und wann sie waren, gab es keine Möglichkeit zu antworten.

Hallo, 2349. Hallo, da draußen. Hier ist 1998, ein *x* und ein *t* in eurer Erinnerung. Hallo. KONTAKTVERSUCH.

Renfrew lächelte in grimmiger Ironie. Flatternde Flüstertöne hüllten sanfte Worte des Morgen im Indium ein. Jemand war dort. Jemand brachte Hoffnung.

Der Raum war kalt. Schwitzend schmiegte Renfrew sich an seine Instrumente, beobachtete die Wellenausbrüche. Er war wie ein Südseeinsulaner, der den Flugzeugen zusah, wie sie ihre majestätischen Linien über den Himmel zogen. Und er konnte nicht zu ihnen hinaufschreien. *Ich bin hier.* Hallo, 2349. Hallo.

Er versuchte es gerade mit einer Modifizierung des Signalkorrelators, als die Lichter erloschen. Völlige Schwärze umgab ihn. In der Ferne kam der Generator ratternd und blubbernd zum Stillstand.

Es dauerte lange, sich hinaus ins Licht zu tasten. Ein bleichgrauer Mittag, aber er bemerkte es gar nicht. Es reichte, draußen zu sein.

Von Cambrigde konnte er keinen Laut hören. Der Wind trug fauligen Geruch mit sich. Keine Vögel. Kein Flugzeug.

Er ging nach Süden, auf Grantchester zu. Einmal blickte er zum quadratischen Profil des Cav zurück und hob im diffusen Licht eine grüßende Hand. Er dachte an die geschichteten Universen, Zwiebelschale in Zwiebelschale. Sich zurücklehnend, spähte er mit schwindelndem Blick auf die Wolken, die einst ein so gütiger Anblick gewesen waren. Über dieser Hülle war die Galaxis, ein prächtiger Schwarm farbiger Lichter, die sich mit majestätischer Gemächlichkeit in der prächtigen Nacht drehten. Dann blickte er auf den holprigen, ausgetretenen Pfad hinab und spürte, wie ein schweres Gewicht von ihm abfiel. Seit so langer Zeit war er jetzt von der Vergangenheit durchdrungen. Sie hatte ihn für die reale Welt um sich herum absterben lassen. Jetzt wußte er, ohne genau zu wissen woher, daß sie für immer verloren war. Doch statt Verzweiflung zu spüren, war er heiter und frei.

Marjorie wartete auf ihn, gewiß voller Angst vor dem Alleinsein. Ihm fielen ihre Vorräte auf den unverrückbar geraden Regalen ein, und er lächelte. Sie konnten einige Zeit davon essen. Entspannte Mahlzeiten, wie sie sie damals, bevor die Kinder kamen, gewohnt waren. Natürlich würden sie bald aufs Land fahren und Johnny und Nicky holen müssen.

Sein Kopf wurde klarer, als er keuchend den Pfad entlangging. Wenn man darüber nachdachte, gab es noch viel zu tun.

## — 46 —

*28. Oktober 1974*

Zu Fuß verließ er sein Hotel an der Connecticut Avenue. Zur Begrüßung würde es ein Lunchbüffet geben, hatte es im Brief geheißen, deshalb war Gordon bis elf im Bett geblieben. Er hatte schon längst die Erfahrung gemacht, daß es bei Kurzreisen zur Ostküste am besten war, die Zeitzonen einfach zu ignorieren und sich an seinen westlich geprägten Tagesablauf zu halten. Das kam den Bedürfnissen eines auswärtigen Besuchers ohnehin stets entgegen, denn solche Gelegenheiten waren eine Entschuldigung, sich in teuren Restaurants bei saucegetränkten Entrees aufzuhalten, denen schließlich bei einigen Tassen Kaffee ernste Offenbarungen mit der Standard-Jetzt-da-wir-aus-dem-Büro-sind-kann-ich-offen-sprechen-Einleitung folgten und schließlich der unsichere Gang ins Bett zu später Stunde. Wenn er am nächsten Morgen um zehn aufstand, war er selten später als die Manager selbst bei der NSF oder der Atomenergiekommission, da er kein Frühstück nahm.

Er schlenderte durch den Zoo, der mehr oder weniger am Weg lag. Gelbe Hundeaugen folgten ihm, denen anzusehen war, daß sie die Folgen abwägten, wenn die Gitter plötzlich fallen würden. Schimpansen turnten pendelnd im nicht endenden Kreis ihres beschränkten Universums. Die Welt der Natur war hier eine Nische inmitten entfernter Huplaute und eckiger, schmutzigbrauner Ziegelbauten. Gordon schmeckte die feuchte Fülle der Brise, die vom Potomac heraufzog. Er genoß diese sanfte Berührung mit den Jahreszeiten; Satzzeichen in den ausgedehnten Sätzen der Monate, eine willkommene Erlösung aus Kaliforniens monotoner Prachtwitterung.

Beim erstenmal war er mit seinen Eltern hierhergekommen. Jener Touristenorbit war jetzt nur noch ein Bündel schwacher Erinnerungen aus einer Ecke seiner Jugendzeit, jener Lebensperiode, die, wie er annahm, für jeden Heranwachsenden die goldenen Jahre bedeuteten. Er erinnerte sich, wie er ehrfürchtig vor dem glattweißen Glanz des Washington Monuments und des Weißen Hauses gestanden hatte. Noch Jahre danach war er sicher, daß diese würdigen Gebäude gemeint waren, wenn seine Klasse in der Grammar School »America« anstimmte und andere Alabasterherrlichkeiten besang. »Das Land beginnt eigentlich in Washington«, hatte seine Mutter gesagt und nicht vergessen, das pädagogische »D.C.« hinzuzufügen, so daß ihr Sohn nie Hauptstadt und Bundesstaat durcheinander bringen würde. Und Gordon, durch den Katalog historischer Weihestätten geschleppt, sah, was sie meinte. Hinter der französisch beeinflußten Architektur des City Center lagen ein ländlicher Park – Land, das Jeffersons Geist atmete – und baumgesäumte Boulevards. Seitdem war Washington für ihn der Eingang zu einer weiten Republik, in der die Felder unter einer WASP-Sonne heranreiften. Dort steuerten blauäugige Blondinen gelbe Sportwagen, die auf freier Straße Staubfahnen hinter sich aufwirbelten, während sie von einem Landjahrmarkt zum nächsten fuhren; Frauen gewannen Preise für ihr Erdbeereingemachtes, und Männer tranken wäßriges Bier und küßten Mädchen, die aus der gleichen Schablone wie Doris Day gemacht schienen. Er starrte zur *Spirit of St. Louis* hoch, die wie eine paralysierte Motte im Smithsonian hing, und fragte sich, wie eine Maisschälerstadt – »Ohne ein einziges gutes College«, meinte seine Mutter naserümpfend – sich flügelschlagend in die Luft erheben konnte.

Gordon steckte die Hände tief in die Taschen und ging weiter. Seine Mundwinkel verzogen sich vergnügt. Über Washington hinaus hatte er viel über das riesige Land gelernt, das meiste von Penny. Ihre Wunden, die sie sich gegenseitig versetzt hatten, waren im Ausklang des Jahres 1963 verheilt; erneut hatten sie die dauerhafte Chemie gefunden, die sie am Anfang in ihre verbundenen Umlaufbahnen gezogen hatte; Kreise, deren gemeinsamer Mittelpunkt genau zwischen ihnen lag. Aber zwischen ihnen war kein geometrischer Punkt, sondern eher eine kleine Sonne, die eine Leidenschaft entzündete, welche nach Gordons Gefühl tiefer als alles war, was er je erlebt hatte. Ende 1964 heirateten sie. Ihr Vater, Jack, veranstaltete eine prunkvolle champagnertrunkene Hochzeitsfeier. Penny trug das traditionelle Weiß. Wenn sie jemand darauf ansprach, blickte sie stets zu Boden. Im Winter hatte sie ihn nach Washington begleitet, als er zum erstenmal bei der NSF um einen eigenen großen Zuschuß focht. Seine Gespräche gingen gut voran, und Penny verliebte sich in die Nationalgalerie; jeden Tag sah sie sich die Vermeers an. Zusammen mit Kapazitäten der NSF aßen sie Schellfisch und schlenderten vom Kongreßgebäude zum Lincoln Monument. Damals machte ihnen die herbkühle Frische nichts aus, sie paßte einfach zur Umgebung. Alles schien damals zu allem zu passen.

Gordon schaute noch einmal die Adresse nach und stellte fest, daß er noch einen Block weiter mußte. Die Kontraste Washingtons hatten ihn schon immer gefangengenommen. Diese belebte Straße strahlte von selbst Bedeutung aus, doch unterteilt wurde sie durch schmale Straßen mit kleinen Geschäften, verfallenen Häusern und Krämerläden an der Ecke. Schwarze Greise lehnten in Türeingängen, ihre großen braunen Augen musterten das steuersubventionierte Getriebe. Gordon winkte einem von ihnen zu und entdeckte, als er um die Ecke ging, einen monumentalen Hof im schmucklosen französischen Stil, den die Regierung in den Fünfzigern bevorzugt hatte. Konisch geschnittene immergrüne Pflanzen standen wie Wachtposten in den kantigen Ecken. Büsche, in Reih' und Glied gepflanzt, lenkten das Auge unwillkürlich zu erbarmungslosen Perspektiven.

Mochte es auch eine klotzige, arrogante Architektur sein, dachte er, aber das war etwas. Granitfassaden wiesen in einen bleichen Himmel. Er nahm die Hände aus den Taschen und strich sich das Haar aus den Augen. Auf dem Schädel wurde es schon dünner, wußte er, ein sicheres Zeichen dafür, daß die Kahlköpfigkeit seines Vaters in ihm ihr Ebenbild finden würde.

Drei Glastüren hintereinander mußte er aufstoßen. Die Zwischenräume schienen als Luftschleusen zu dienen und die trockene Wärme im Innern zu ermöglichen. Die Tische waren mit luxuriösen Stoffen gedeckt. Im Mittelpunkt des Foyers mit den tiefen Teppichen Gruppen von Männern in Anzügen. Gordon durchschritt die letzte Luftschleuse und trat in ein summendes Stimmengewirr. Dichte Vorhänge schluckten die Geräusche und vermittelten die würdige Atmosphäre von Leichenhallen. Links mehrere Empfangsdamen. Eine löste sich aus der Gruppe und kam auf ihn zu. Sie trug ein langes, cremefarbenes Seidenkleid, das Gordon für ein Abendkleid gehalten hätte, wäre es nicht Mittag gewesen. Sie fragte nach seinem Namen und reagierte auf seine Antwort mit einem leisen »Oh!« und großen Augen. Dann ging sie zu einem der Tische und kam mit einem Namensschildchen zurück; nicht das übliche Plastik, sondern ein solides Holzrähmchen mit einer blendendweißen Karte, auf der kalligraphisch sein Name stand. Sie steckte ihm das Schild an. »Wir möchten, daß unsere Gäste heute möglichst gut aussehen«, sagte sie mit sachlichem Interesse und strich imaginäre Flusen von seinem Revers. Ihre Aufmerksamkeit stimmte Gordon freundlicher, und er vergab ihr den aufgesetzten Glanz. Andere Männer, alle in Anzügen, die meisten im bürokratischen Grund-Schwarz, füllten das Foyer. Die Empfangsdame begrüßte sie mit einer Fülle von Namensschildchen – Plastik, bemerkte er –, Platzzuweisungen und

Einlaßkarten. In einer Ecke half eine Frau, die wie eine Chefsekretärin aussah, einem zerbrechlichen, weißhaarigen Mann aus seinem wuchtigen, schweren Mantel. Seine Bewegungen waren zögernd und anmutig, und Gordon erkannte ihn als Jules Chardaman, den Nuklearphysiker, der das eine oder andere Teilchen entdeckt hatte und für seine Mühen den Nobelpreis bekam. *Ich dachte, er sei tot,* sinnierte Gordon.

»Gordon! Gestern habe ich versucht, Sie anzurufen«, rief eine frische Stimme hinter ihm.

Er wandte sich um, zögerte und schüttelte Saul Schriffer die Hand. »Ich kam spät nach Hause und bin dann noch spazierengegangen.«

»In dieser Stadt?«

»Es schien gefahrlos.«

Saul schüttelte den Kopf. »Vielleicht überfallen sie keine Träumer.«

»Wahrscheinlich sehe ich nicht reich genug aus.«

Saul ließ sein landesweit bekanntes Lächeln erstrahlen. »Ach was, Sie sehen prächtig aus. Wie geht's Ihrer Frau? Ist sie mit?«

»Oh, ihr geht's gut. Sie hat ihre Eltern besucht – die Kinder vorgeführt, wissen Sie. Aber sie fliegt heute morgen.« Er blickte auf die Uhr. »Müßte bald da sein.«

»He, prächtig, ich würde sie gern einmal wiedersehen. Wie wär's mit einem gemeinsamen Abendessen?«

»Tut mir leid, wir sind schon verabredet.« Gordon merkte, daß er zu schnell geantwortet hatte, und fügte hinzu: »Aber vielleicht morgen. Wie lange sind Sie in der Stadt?«

»Mittag muß ich nach New York rüber. Ich schaue vorbei, wenn ich das nächste Mal an der Küste bin.«

»Prima.«

Unbewußt schürzte Saul die Lippen, als überlegte er, wie er den nächsten Satz formulieren sollte. »Wissen Sie, die Teile der alten Botschaft, die Sie für sich behalten haben ...«

Gordon erwiderte ausdruckslos: »Nur die Namen, sonst nichts. Meine öffentliche Erklärung lautete, der Rest wäre in Störungen untergegangen. Was, zum Teufel, wahr ist.«

»Ja.« Saul musterte sein Gesicht. »Sehen Sie, nach so langer Zeit scheint es mir – es würde der ganzen Sache einen weiteren interessanten Aspekt geben.«

»Nein. Ich bitte Sie, Saul, die Diskussion haben wir doch schon hinter uns.«

»Es ist Jahre her. Ich vermag nicht einzusehen...«

»Ich bin nicht sicher, daß ich die Namen richtig aufgenommen habe. Ein Buchstabe hier oder da, und schon haben Sie die falschen Namen und die falschen Leute.«

»Aber...«

»Vergessen Sie's! Ich werde nie Teile veröffentlichen, wenn ich mir nicht absolut sicher bin.« Gordon lächelte, um seinem Satz die Schärfe zu nehmen. Es gab noch andere Gründe, aber darauf wollte er sich gar nicht erst einlassen.

Saul reagierte mit einem gutmütigen Schulterzucken und befingerte seinen frisch gewaschenen Schnurrbart. »Okay, okay. Hab' gedacht, ich versuch's mal, wenn ich Sie in der richtigen Stimmung erwische. Was machen Ihre Experimente?«

»Wir basteln immer noch an der Empfindlichkeit rum. Sie wissen ja, wie es ist.«

»Bekommen Sie irgendwelche Signale rein?«

»Kann ich nicht sagen. Es ist ein unglaubliches Durcheinander.«

Saul runzelte die Stirn. »Irgend etwas müßte da sein.«

»Das ist es auch.«

»Nein, ich meine außer dem Zeug, das Sie 67 empfangen haben. Ich bin sicher, es war eine klare Botschaft. Aber in einem Kode oder einer Sprache, die wir nicht kennen.«

»Das Universum ist groß.«

»Sie glauben, sie stammten von weit entfernt?«

»Alles sind nur reine Vermutungen. Aber es war ein starkes Signal, gebündelt ausgestrahlt. Wir sind in der Lage zu beweisen, daß die Tatsache, daß es drei Tage andauerte und dann erlosch, daran lag, daß die Erde sich durch einen Tachyonenstrahl bewegte. Ich würde sagen, wir sind in irgendein Kommunikationsnetz geraten.«

»Hmmm.« Saul dachte darüber nach. »Wissen Sie, wenn wir nur sicher sein könnten, daß die Botschaften, die wir nicht entschlüsseln können, nicht von einem menschlichen Sender stammen, weit in der Zukunft...«

Gordon grinste. Saul war, zumindest in den Augen der Öffentlichkeit, inzwischen eine der wichtigsten Größen in der Naturwissenschaft. Seine Populärdarstellungen stürmten die Bestsellerlisten, seine Fernsehserien liefen zur besten Sendezeit. Gordon beendete den halb ausgesprochenen Satz für ihn: »Sie meinen, dann hätten wir den Beweis für eine fremde Technologie.«

»Sicher. Das wäre einen Versuch wert, oder?«

»Kann sein.«

Die mächtigen Bronzetüren am Ende des Foyers öffneten sich. Die Menge begab sich zum Empfangsraum dahinter. Gordon hatte festgestellt, daß Menschen sich in Gruppen wie durch einen langsamen Diffusionsprozeß bewegen, und hier war es nicht anders. Viele kannte er – Chet Manahan, einen Festkörperphysiker, der stets eine Weste mit passender Krawatte trug, fünf Sprachen beherrschte und innerhalb von wenigen Minuten jedem Gesprächspartner klarmachte, daß es so war; Sidney Roman, ein dunkelhäutiger, feingliedriger Mann, dessen präzise Gleichungen zu ungeheuerlichen Schlußfolgerungen führten, von denen sich einige als richtig erwiesen hatten; Louisa Schwartz, die im Gegensatz zu ihrem Namen eine leuchtendweiße Haut hatte und mit Verstand alles in der Astrophysik katalogisierte, einschließlich des nicht druckreifen Klatsches; George Maklin, rotgesichtig und laut und mit muskulösen Schultern, der Experimente mit Schnurrhaaren in flüssigem Helium durchführte und Messungen von Minimalimpulsen vornahm; Douglas Karp, der Zar eines Haufens von Doktoranden, der monatlich zwei Aufsätze über die Bandstruktur ausgewählter Festkörper auswarf, die ihm ermöglichten, an sonnenreichen Sommerschulen am Mittelmeer zu unterrichten; Brian Nantes mit seiner immensen, dröhnenden Energie, die sich in seinen Aufsätzen zu geschickten, lakonischen Gleichungen verdünnte, entblößt aller Kommentare oder Auseinandersetzungen mit seinen Zeitgenossen, und das in einer gewollten Perlen-vor-die-Säue-Attitüde im Text – und viele andere, von denen er einige gelegentlich bei Konferenzen begegnete, andere in hitzigen Sitzungen bei APS-Treffen befehdete. Meist waren es düstere Gesichter, verknüpft mit Initialen unter interessanten Aufsätzen. Einige traf er beim Sandwich-mit-Bier-Fakultätsessen kurz vor einem Seminar, andere hatte er höflichen Applaus empfangen sehen, nachdem sie bei einem Kongreß eine bestellte Ansprache ins Mikrofon gemurmelt hatten. In dieser Gesellschaft bildete Saul eine Ausnahme. Zum Teil durch seinen Plan, Außerirdische durch die Kurven und Punkte im Tachyonenspektrum aufzustöbern. Gordon könnte die Beobachtungen durchführen, und er würde sich die Daten anschauen und begreifen, was sie bedeuteten.

Gordon stahl sich seitwärts davon und ließ eine Gruppe schnell redender Teilchenphysiker zwischen sich und Saul geraten. Das Büffet lag genau vor ihm. Typisch, die Wissenschaftler vergeudeten keine Zeit damit, sich höflich vom Selbstbedienungstisch fernzuhalten. Gordon nahm belegte Brote mit Rindfleisch und entkam mit einem ansehnlichen Sandwich. Er biß hinein. Der scharfe Meerrettich machte seine Stirnhöhlen frei und ließ ihm Tränen in die Augen steigen. Der Punsch bestand aus einem vorzüglichen Champagner, versetzt mit prickelndem Orangensaft.

Schriffer war jetzt von einem Halbkreis anerkennender Gesichter umgeben. Es war seltsam, wieviel Prominenz heute in der Wissenschaft bedeutete. Ein Auftritt in der Johnny Carson Show war bei NSF wirkungsvoller als die Veröffentlichung einer brillanten Serie von Aufsätzen in *Physical Review.*

Aber schließlich war es die Medienfixierung, die alles getan hatte, sinnierte Gordon. Am Ende der Pressekonferenz von Ramsey und Hussinger hatte Gordon die einschnürende Hitze durch sich fließen gespürt, die scheinbar durch den Raum spülte. Dann, als er am 22. November Cronkite mit Ingrimm in die Kamera hatte sprechen sehen, hatte er sie wieder gespürt.

War das das Kennzeichen eines echten, unvermeidlichen Paradox? Hatte sich da die Zukunft radikal verändert? Fragen, die nicht zu beantworten waren, jedenfalls noch nicht. Er hatte Berichte über atmosphärische Erscheinungen, kosmische Strahlungen, Radiostörungen und Sternenlichtfluß studiert – und nichts gefunden. Es waren noch keine Instrumente entwickelt, die den Effekt messen konnten. Aber Gordon fühlte, daß er ihn, als er eintrat, subjektiv wahrgenommen hatte. Vielleicht, weil er so nahe an der Stelle war, an der das Paradox auftrat? Oder weil er bereits darauf eingestimmt war? Vielleicht würde er es nie wissen.

Ein Gesicht nickte. »Was für ein Tag«, sagte Lakin steif und ging weiter. Gordon nickte. Die Bemerkung war mehrdeutig. Lakin war Direktor bei der NSF geworden und betreute die Magnetresonanz-Arbeit. Gordons umstrittener Bereich, die Aufspürung von Tachyonen, war einem anderen zugeteilt. Lakin war am besten für seine Mitautorentätigkeit bei dem Aufsatz über »spontane Resonanz« in PRL bekannt. Der geteilte Ruhm hatte ihn in seine derzeitige Position gehievt.

Auch der andere Koautor, Cooper, war vorwärtsgekommen. Seine Doktorarbeit ging glatt durch den Prüfungsausschuß, sobald der Effekt der spontanen Resonanz ausgeklammert blieb. Er war offensichtlich erleichtert zur Penn State gegangen. Dort hatte er eine respektable Arbeit im Bereich des Elektronengehirns geleistet und einen Lehrstuhl erhalten. Jetzt erforschte er in sicherer Position die Transportkoeffizienten verschiedener Verbundsmischungen der Klasse III-IV. Gordon traf ihn bei Kongressen, und gelegentlich nahmen sie einen Drink zusammen und unterhielten sich mit vorsichtiger Zurückhaltung.

Im Vorbeigehen hörte er einigen Klatsch über die Wiederbelebung der Orion-Idee und die neue Arbeit Dysons. Als Gordon sich gerade ein zweites Sandwich holte und mit einem Reporter sprach, trat ein Teilchenphysiker heran. Er wollte über die Pläne für den neuen Beschleuniger sprechen, der die Möglichkeit hatte, eine Tachyonenkaskade zu erzeugen. Die erforderliche Energie war enorm. Gordon hörte höflich zu. Als sich ein verräterisches Lächeln auf seinem Gesicht breitmachen wollte, zwang er seine Lippen in einen Ausdruck professionaler Nachdenklichkeit zurück. Die Leute vom Hochenergiebereich mühten sich jetzt ab, Tachyonen zu produzieren, aber die meisten außenstehenden Beobachter spürten, daß ihre Anstrengungen verfrüht waren. Es mangelte an einer besseren Theorie. Gordon hatte bei mehreren Arbeitstreffen über das Thema den Vorsitz geführt und inzwischen eine dicke Haut gegen neue, sündhaft teure Vorschläge entwickelt. Die Teilchenphysiker waren auf ihren riesigen Beschleuniger eingeschworen. Der Mann, der nur einen Hammer als Werkzeug hat, kommt stets zu dem Schluß, daß jedes Problem einen Nagel braucht.

Gordon nickte, vermittelte den Eindruck weiser Urteilsfähigkeit, nippte an seinem Champagner und sagte wenig. Obwohl die Existenz von Tachyonen inzwischen eindeutig belegt war, paßten sie nicht ins Standardprogramm der Physik. Sie waren mehr als nur eine neue Art von Teilchen. Sie konnten nicht neben Mesonen, Hyperons und Kaons aufs Regal gestellt werden. Vorher hatten diese Physiker mit dem Instinkt von Buchhaltern die Welt in eine bequeme Zoologie zerlegt. Die anderen, einfacheren Teilchen hatten nur geringfügige Unterschiede. Sie paßten ins Universum wie Murmeln in einen Beutel, füllten ihn, ohne die Stoffstrukur zu verändern. Anders die Tachyonen. Sie machten neue Theorien möglich und wirbelten allein durch ihre Existenz den Sand kosmologischer Fragen auf. An den Folgerungen wurde gearbeitet.

Darüber hinaus gab es jedoch die Botschaften. Sie hatten 1963 aufgehört, bevor Claudia Zinnes weitere Bestätigungen finden konnte. Einige Physiker hielten sie für real. Andere, stets vorsichtig gegenüber sporadischen Erscheinungen, hatten sie als Zufallsirrtum eingestuft. Die Situation hatte viel mit Joe Webers Entdeckung der Schwerkraftwellen im Jahre 1969 gemein. Spätere Experimente anderer Wissenschaftler hatten keine Wellen gefunden. Hieß das, Weber hatte unrecht, oder daß die Wellen nur gelegentlich auftraten? Es könnten Jahrzehnte vergehen, bis diese Frage geklärt wurde. Gordon hatte mit Weber gesprochen, und der drahtige, silbermähnige Experimentator schien die ganze Sache als eine Art unvermeidlicher Komödie aufzunehmen. In der Naturwissenschaft kann man seine Opponenten normalerweise nicht bekehren, hatte er gesagt; man muß sie überleben. Für Weber gab es Hoffnung. Sein eigener Fall, fühlte Gordon, war für immer unüberprüfbar.

Die neue Theorie Tanningers wies gewiß den Weg. Tanninger hatte Tachyonen auf höchst originelle Weise in die allgemeine Relativitätstheorie eingeschlossen. Die alte Frage der Quantenmechanik, wer der Beobachter wäre, war schließlich gelöst worden. Tachyonen waren eine neue Art von Wellenerscheinung, Kausalitätswellen in einer Schleife zwischen Vergangenheit und Zukunft, und die Paradoxe, die sie erzeugen konnten, ergaben eine Physik neuer Art. Das Wesen des Paradox war die Möglichkeit sich gegenseitig ausschließender Resultate, und Tanningers Bild der Kausalschleife war wie das der quantenmechanischen Wellen. Unterschiede kamen in der Interpretation des Experiments zutage. In Tanningers Bild veranschaulichte eine Art Wellenfunktion, die der alten Quantenfunktion ähnelte, die verschiedenen Ergebnisse der Kausalschleife. Aber die neue Wellenfunktion beschrieb keine Wahrscheinlichkeiten – sie sprach von unterschiedlichen Universen. Wenn eine Schleife aufgebaut wurde, teilte sich das Universum in zwei neue Universen. Wäre die Schleife vom simplen Töte-deinen-Großvater-Typ, gäbe es als Ergebnis ein Universum, in dem der Großvater lebte und der Enkel verschwände. Der Enkel erschien, nachdem er zurück durch die Zeit gereist war, in einem anderen Universum wieder, wo er seinen Großvater erschossen und sein Leben zu Ende gelebt hatte, durch all die Jahre, die durch seine Handlung für immer verändert worden waren. In keinem der beiden Universen hielt irgend jemand die Welt für paradox.

All dies kam durch den Einsatz von Tachyonen zur Erzeugung einer Zeitschleife in der Art einer stehenden Welle. Ohne Tachyonen kam es nicht zur Aufteilung in verschiedene Universen. Daher war die Zukunftswelt, die Gordon die Botschaften geschickt hatte, vergangen, unerreichbar. Irgendwann im Herbst 1963 hatte die Aufteilung stattgefunden, dessen war Gordon sich sicher. Irgendein Ereignis hatte Renfrews Experiment unmöglich oder unnötig gemacht. Es könnte die Pressekonferenz von Ramsey und Hussinger sein... oder die Deponierung der Botschaft in dem Schließfach... oder die Kennedy-Geschichte. Eins davon, gewiß, aber was?

Er bewegte sich durch die Menschen, grüßte Freunde, ließ seine Gedanken treiben.

»Gordon!« rief eine helle Stimme über den Gesprächswirrwarr hinweg. Er wandte sich um. Marsha bahnte sich ihren Weg durch die Menge. Er beugte sich vor und küßte sie. Sie trug eine Reisetasche und schwang sie sorglos herum, während sie sich umdrehte, um Bekannte zu begrüßen. Sie erzählte ihm von dem Verkehrschaos, in das sie nach dem Flug von LaGuardia geraten war. Ihre Augenbrauen schossen hoch, um bestimmte Worte zu unterstreichen, ihre Hände beschrieben mit schnellen Kreisbewegungen knapp vermiedene Zusammenstöße. Die Aussicht, ein paar Tage ohne die Kinder verbringen zu können, versetzte sie in eine hektisch-fröhliche Stimmung, die auf Gordon übergriff. Er bemerkte, daß er während des überheizten, prunkvollen Empfangs mürrisch gewesen war, und Marsha hatte das in einem Moment wegradiert. An diese Eigenschaft, ihre strotzende Lebendigkeit, erinnerte er sich am besten, wenn er von ihr getrennt war. »Mein Gott, da ist ja dieser Lakin«, sagte sie und verdrehte die Augen in gespielter Panik. »Gehen wir in die andere Richtung, ich will nicht unbedingt mit ihm anfangen.« Gattentreue. Sie zog ihn zum Shrimpssalat, den er übergangen hatte; wahrscheinlich war er instinktiv einem genetisch verankerten Ernährungsaxiom gefolgt. Marsha nahm auf dem Weg ein paar Freunde ins Schlepptau – um eine Schutzbarriere gegen Lakin zu bilden, sagte sie. All das geschah mit komischer Übertreibung, die den ernsthaften Gesichtern Kicherlaute entlockte. Ein Kellner kam zu ihnen und bot Gläser mit Champagner an. »Hmm, ich wette, in der Schüssel da drüben ist was anderes«, sagte Marsha nach dem ersten Schluck, die Lippen beifällig gespitzt. Der Kellner zögerte, bestätigte dann ihre Vermutung. »Der Vorsitzende hat mich angewiesen, etwas von den privaten Vorräten zu servieren«, sagte er und war verschwunden. Er fürchtete wohl, zuviel verraten zu haben. Marsha schien den Mittelpunkt zu polarisieren, stellte Gordon fest. Aus den Ecken und Winkeln des großen Raums kamen Freunde, um eine Wolke um sie herum zu bilden. Carroway erschien, Händeschütteln, Kichern. Gordon sonnte sich in ihrer geballten Energie. Mit Penny hatte er sich nie so zu entspannen vermocht, erinnerte er sich, und vielleicht hätte ihm das von Anfang an etwas sagen sollen. 1968, als sie sich mitten in ihrem letzten ausgefeilten Geplänkel befanden, waren er und Penny im Winter wieder nach Washington gekommen. Eine verschleierte Stadt. Nebel stieg aus den Strömungen des Potomac. Auf dieser Reise, so fiel ihm ein, hatte er Dinnerpartys mit Physikern gemieden, vor allem, weil Penny sie langweilig fand; und er konnte nie voraussagen, wann sie sich wieder in politische Streitereien stürzte oder, schlimmer noch, in blasiertes Schweigen versank. Sie hatten Bereiche, über die sie in stiller Übereinkunft nicht sprachen; Bereiche, die sich mit der Zeit ausdehnten. Jeder hatte seine Reibungspunkte – *Du bist ein Unrechtsverdreher*, hatte Penny ihm einmal vorgeworfen –, aber gerade die guten Perioden zwischen den schlimmen strahlten vor neu entdeckter Energie. 1967 und 1968 unterlag er erheblichen Stimmungsschwankungen. Pennys Freud-getränkte Reparaturrezepte akzeptierte er nicht, entdeckte aber auch keine Alternative. *Sagt deine Feindseligkeit gegenüber der Analyse nicht genug?* hatte sie einmal gefragt, und er hatte ihr im Innern zugestimmt; er fühlte, daß die klirrende, maschinengleiche Sprache ein Verrat, eine Falle war. Die Psychologie hatte sich nach dem Vorbild der Naturwissenschaft modelliert, allen voran die Physik. Aber sie hatte das alte Newtonsche Uhrwerk als Beispiel gewählt. Für die moderne Welt gab es keine vom Beobachter unabhängige Ticktack-Welt, keine unbeeinflußten Mechanismen, keine Möglichkeit, ein System zu beschreiben, ohne darin einbezogen zu werden. Seine Institution hatte ihm gesagt, daß keine Analyse von außen erfassen konnte, was zwischen ihnen so aufreizend und aufreibend war. Und so hatte sich sein persönlicher Nukleus im ausgehenden 1968 gespalten, und ein Jahr später war er Marsha Gould aus der Bronx begegnet; Marsha, klein und dunkelhäutig, und ein unausweichliches Paradigma hatte sich erfüllt. Wenn er jetzt an die Ereignisse zurückdachte, sie in Bernstein gefangen sah, lächelte er, während Marsha neben ihm übersprudelte.

Die Westfenster des langgestreckten Raums ließen jetzt Licht wie getriebenes Kupfer hereinfallen. Die Größen der Zuschußgeber trafen ein, aus Tradition verspätet. Gordon nickte, schüttelte Hände, plauderte gefällig. In Marshas Gesprächshalbkreis trat Ramsey, eine dünne Zigarre rauchend. Gordon begrüßte ihn mit einem verschwörerischen Zwinkern. Dann sagte ein Gesicht: »Ich wollte Sie unbedingt kennenlernen, und jetzt falle ich wohl mit der Tür ins Haus.« Gordon, in seinen Erinnerungen gefangen, lächelte interesselos, und dann sah er das selbstbeschriftete Namensschildchen des jungen Mannes: *Gregory Markham*. Er erstarrte, seine Hand blieb in der Luft hängen. Das Geplauder um ihn herum schwand, und deutlich konnte er sein Herz klopfen hören. Einfältig entgegnete er: »Ach, äh, ja.«

»Ich habe meine Dissertation in Plasmaphysik geschrieben, aber ich habe Tanningers Aufsätze gelesen und natürlich Ihre, und, nun, ich glaube, da wird die eigentliche, die wirkliche Physik gemacht. Ich meine, es gibt ein ganzes Bündel kosmologischer Konsequenzen, glauben Sie nicht? Mir scheint ...« Und Markham, der, wie Gordon sah, nur etwa zehn Jahre jünger als er selbst war, ließ sich fortreißen, während er seine Vorstellungen zu Tanningers Arbeit skizzierte. Markham hatte ein paar interessante Anschauungen über die nichtlinearen Lösungen, Ideen, die Gordon noch nie zuvor gehört hatte. Trotz seines Schocks folgte er den technischen Teilen voller Interesse. Er konnte erkennen, daß Markham das richtige Gespür für die

Arbeit hatte. Tanningers Nutzung der neuen höheren Analyse für äußere Differentialformen hatte es der älteren Physikergeneration erschwert, seinen Ideen näherzukommen, aber für Markham stellte das kein Problem dar; er war nicht durch die mehr verbreiteten Formelsysteme gefesselt. Die essentiellen Abbilder paradoxer Kurven, die sich mit elliptischer Logik auf die Ebene physikalischer Realität herabsenkten, sichtbar nur vor dem geistigen Auge, hatte Markham gemeistert. Gordon bemerkte, daß er erregt wurde; er sehnte sich nach einem Platz, an den er sich setzen und für sich einige Argumente notieren konnte, um die gedrängten Symbole der Mathematik für ihn sprechen zu lassen. Aber dann näherte sich ein Diener mit weißen Handschuhen, nickte respektvoll, aber entschlossen und sagte: »Dr. Bernstein, wir bitten nun um Ihre Anwesenheit.« Markham zuckte die Achseln, grinste schief und war, so schien es, in Sekundenbruchteilen in der Menge untergetaucht. Gordon sammelte sich und nahm Marshas Arm. Der Diener machte den Weg für sie frei. Gordon drängte es plötzlich, nach Markham zu rufen, ihn zu finden, ihn zum Abendessen einzuladen, den Mann nicht davonschlüpfen zu lassen. Aber irgend etwas hielt ihn zurück. Er fragte sich, ob dieses Ereignis, dieses zufällige Treffen, den Rahmen der Paradoxe bilden könnte – aber nein, das ergab keinen Sinn, der Bruch hatte 1963 stattgefunden, natürlich, ja. Dieser Markham war nicht der Mann, der im fernen Cambridge rechnen und argumentieren würde. Der Markham, den er gerade gesehen hatte, würde nicht bei einem Flugzeugabsturz sterben. Die Zukunft würde anders sein.

Ein verblüffender Ausdruck zuckte über sein Gesicht, seine Bewegungen wurden hölzern.

Sie begegneten dem Minister für Gesundheit, Erziehung und Soziales, einem Mann mit einer langen, sich verjüngenden Nase und einem spitzen Mund; beide zusammen bildeten ein fleischiges Ausrufezeichen. Der Diener führte sie alle zu einem kleinen Privataufzug, in dem sie unruhig nahe beieinanderstanden – *innerhalb unserer persönlichen Grenzräume*, stellte Gordon abwesend fest –, und der Minister gab polternde Einzeiler von sich, jeder einzelne mit dem Schliff eines Redenschreibers versehen. Gordon erinnerte sich, daß die Besetzung gerade dieses Kabinettspostens eine hochpolitische gewesen war. Die Aufzugstür öffnete sich und gab den Blick auf einen schmalen Korridor frei, der mit reglosen Leuten gefüllt war. Einige Männer bedachten sie mit eindeutigen Kontrollblicken, bevor ihr Blick wieder neutral wurde und ihre Köpfe sich wieder in die vorgeschriebene Richtung drehten. Sicherheitsbeamte nahm Gordon an. Der Minister führte sie durch einen engen Gang in einen größeren Raum. Eine kleine Frau, wie für einen Opernbesuch gekleidet, kam herbeigeeilt. Sie sah aus wie die Frauen, die, bevor sie sprechen, aus Gewohnheit die Hände auf ihre Perlenkette legen und tief Atem holen. Noch während Gordon das dachte, tat sie genau das und sagte: »Der Saal ist bereits voll, wir hätten nie gedacht, daß so früh schon so viele da wären. Ich halte es nicht für sinnvoll, Herr Minister, hier noch zu warten, da schon fast alle draußen sind.«

Der Minister ging weiter. Marsha legte eine Hand auf Gordons Schulter. »Deine Krawatte sitzt zu eng. Du siehst aus, als wolltest du dich selbst erwürgen.« Mit gewandten Fingern lockerte sie den Knoten und zog ihn glatt.

»Kommen Sie, kommen Sie«, drängte die Dame mit der Perlenkette. Sie gingen durch einen kahlen, keilförmigen Durchgang und traten plötzlich auf eine Bühne. Im Scheinwerferlicht bewegten sich Menschen, Stühle scharrten. Ein anderer Diener mit den absurden weißen Handschuhen nahm Marshas Arm. Er führte sie beide in den Lichtglanz. Drei Reihen Sessel standen dort, die meisten waren bereits besetzt. Marsha saß am äußersten Ende der ersten Reihe und Gordon neben ihr. Der Diener achtete darauf, daß Marsha sich sanft hinsetzte. Gordon ließ sich in den Sessel fallen. Der Diener verschwand. Marsha trug ein modisch kurzes Kleid. Ihre Bemühungen, den Rand über die Knie zu ziehen, nahmen seine Aufmerksamkeit in Anspruch. Es erfüllte ihn mit angenehmem Besitzerstolz, daß der üppig geschwungene Schenkel, der hier vor der Öffentlichkeit verborgen wurde, sein war, heute nacht für den Preis einer wortlosen Geste sein werden konnte.

Gordon musterte die Gesichter, die er sehen konnte. War Markham dort draußen? Er suchte nach der richtigen Kombination von Gesichtszügen. Es war ihm aufgefallen, wie gleichartig die Menschen trotz ihrer zur Schau gestellten Individualität waren, und doch konnte das Auge schnell durch die Ähnlichkeiten dringen und die kleinen Details herausgreifen, die Bekannte von Fremden trennten. Jemand fiel ihm ins Auge. Er spähte durch das gleißende Licht. Nein, es war Schriffer. Amüsiert überlegte Gordon, was Saul wohl denken würde, wenn er wüßte, daß Markham wahrscheinlich nur wenige Meter entfernt war; eine nichtsahnende Verbindung zu der verlorenen Welt der Botschaften. Jetzt würde Gordon diese fernen Namen niemals mehr verraten. Es würde in die Presse kommen, alles verwirren, nichts beweisen.

Nicht nur die Geheimhaltung der Identitäten ließ ihn zögern, seine vollständigen Daten zu veröffentlichen. Das meiste von dem, was er in seinen früheren Experimenten für Störungen gehalten hatte, waren in Wirklichkeit unentzifferbare Signale gewesen. Jene Botschaften flogen aus einer unergründlichen Zukunft in die Zeit zurück. Sie wurden von der zur Zeit nicht sehr dichten Materieverteilung im Universum kaum absorbiert. Aber wenn sie sich zurückbewegten, war für die Tachyonen das Universum, das den Menschen als sich ausdehnendes erschien, ein sich zusammenziehendes. Galaxien zogen sich zusammen, schrumpften zu einem immer kleineren Volumen. Diese dichtere Materie absorbierte Tachyonen besser. Wenn sie in das für sie implodierende Universum zurückflossen, wurden immer mehr von ihnen absorbiert. Schließlich, im letzten Moment, bevor es zu einem Punkt wurde, absorbierte das Universum alle Tachyonen vor jedem Punkt seiner eigenen Zukunft. Gordons Messungen des Tachyonenflusses, in der Zeit zurückintegriert, zeigten auf, daß die von den Tachyonen absorbierte Energie ausreichte, die komprimierte Masse zu erwärmen. Diese Energie bildete den Treibstoff der Ausdehnung des Universums. So explodierte für die Augen des Menschen das Universum aus einem einzigen Punkt, und zwar wegen der Dinge, die passieren *würden*, nicht die passiert waren. Ursprung und Ziel verwoben sich. Die Schlange fraß ihren Schwanz.

Gordon wollte absolut sicher sein, bevor er über den Tachyonenfluß und seine Schlußfolgerungen berichtete. Er war sicher, sein Bericht würde nicht sehr gut aufgenommen werden.

Also würde er das Problem nicht mit ein paar Namensfetzen verwischen, nicht für Schriffers Scheinwerfer. Vielleicht würde er es Markham sagen, ebenso wie er unvermeidlich die schwachen Signale veröffentlichen würde, die er von Epsilon Eridani, elf Jahre entfernt, gemessen hatte. Es waren Stimmen aus einer undatierten Zukunft, Berichte über Details von Bordsystemen. Keine Paradoxe. Es sei denn, natürlich, die Information bremste den derzeitigen Sprung in der Raketentechnik, verhinderte die bevorstehende Raumstation durch eine entgegengesetzte Drehung. Das war immer möglich, nahm er an. Dann würde sich das Universum erneut teilen. Der Fluß würde sich gabeln. Doch vielleicht würden sie später, wenn das alles verstanden wurde und Tanningers Gleichungen tiefer in das Rätsel eindrangen, wissen, ob Paradoxe überhaupt vermieden werden sollten. Schließlich richteten sie keinen echten Schaden an.

Ramsey ging durch sein Blickfeld und versetzte ihn schlagartig in diesen illustren Moment zurück. Ramsey stieß den Rauch aus, die dünne Zigarre drehte sich wie ein sterbendes Insekt. Der Mann war nervös. Plötzlich schmetterte Musik vom Band. *Hail to the Chief.* Jeder auf der Bühne stand auf, eine ironische Korrektur der Tatsache, daß der Mann, der lächelnd und beiläufig winkend von der rechten Seite eintrat, ein Diener der Öffentlichkeit war. Präsident Scranton schüttelte die Hand des Ministers mit medienerprobter Wärme und begrüßte den Rest der Bühne mit einem weiten Lächeln. Trotz allem spürte Gordon eine gewisse Begeisterung. Der Präsident bewegte sich mit gelassener Sicherheit, nahm die Begrüßungsrufe dankbar entgegen und setzte sich schließlich neben den Minister. Scranton hatte Robert Kennedys Ruf zerstört, als er dem zornigen jüngeren Bruder nachwies, in Abhöraktionen der Demokraten verwickelt zu sein und dann Nachrichtendienste und FBI gegen die Republikaner eingesetzt zu haben. Anfangs hatte Gordon die Anklagen für kaum glaubhaft gehalten, vor allem, da Goldwater die ersten Hinweise gegeben hatte. Aber im Rückblick war es gut, die Idee einer Kennedy-Dynastie und mit ihr die kaiserliche Präsidentschaft los zu sein.

Jetzt stand der Minister am Podium, sprach die mechanischen Einführungsworte und ließ die obligatorischen Loblieder auf die Regierung einfließen. Gordon beugte sich zu Marsha hinüber und flüsterte: »Um Gottes willen, ich habe keine Rede ausgearbeitet.«

Vergnügt erwiderte sie: »Erzähl ihnen von der Zukunft, *Gordelah!*«

»Daß Zukunft jetzt nur noch ein Traum ist«, brummte er zurück.

»Ein armseliges Gedächtnis, das nur rückwärts funktioniert«, entgegnete sie lakonisch.

Gordon grinste sie an. Den Satz hatte sie sich beim Vorlesen für die Kinder gemerkt, eine Zeile aus der spiegel- und zeitverkehrten Szene, der Weißen Königin. Gordon schüttelte den Kopf und lehnte sich zurück.

Der Minister hatte seine vorbereitete Rede beendet und bat nun unter Applaus den Präsidenten ans Podium. Scranton las die Laudatio für Ramsey und Hussinger. Die beiden Männer kamen nach vorn und taten sich schwer, sich nicht gegenseitig in die Quere zu kommen. Der Präsident überreichte die beiden Plaketten. Ramsey schaute sich seine an und tauschte sie, unter dem Gelächter des Publikums, mit Hussinger ein. Höflicher Beifall, als sie sich setzten. Mit raschelnden Papieren trat der Minister vor und gab einige dem Präsidenten. Der nächste Preis galt einer Errungenschaft in der Genetik, von der Gordon nie gehört hatte. Die Empfängerin war eine stämmige, germanische Frau, die einige Seiten auf dem Podium ausbreitete und sich an das Auditorium wandte. Offenbar hatte sie sich auf eine ausführliche Darstellung ihrer Arbeit vorbereitet. Scranton warf dem Minister einen Seitenblick zu, ging wieder zu seinem Platz und setzte sich. So etwas hatte er schon öfter erlebt.

Gordon versuchte, sich auf ihre Ausführungen zu konzentrieren, verlor aber das Interesse, als sie sich zu einem Gruß an andere Forscher in diesem Bereich hochschraubte, die bedauerlicherweise hier und heute in dieser erlauchten Umgebung nicht geehrt werden konnten.

Er spielte mit der Frage, was er sagen sollte. Nie wieder würde er dem Präsideten begegnen, nie wieder würde er das Ohr eines so einflußreichen Menschen haben, wie es der Minister war. Vielleicht wenn er versuchte, etwas von der Bedeutung der ganzen Sache zu vermitteln... Seine Augen fuhren durch den Saal.

Er blickte zu Ramsey, der seine Plakette las und an dem die Worte der Genetikerin vorbeiströmten, und ihm fielen die schäumenden Wellen von La Jolla ein, die sich aus Asien hervorwölbten und sich auf dem öden neuen Land brachen. Ohne zu wissen warum, schüttelte Gordon den Kopf und griff nach Marshas Hand. Ein aufmunternder Druck.

Spärlicher Höflichkeitsapplaus. Der Präsident gab der stämmigen Frau ihre Plakette – der Scheck würde später kommen, wie Gordon wußte –, und sie setzte sich. Dann spähte der Präsident durch seine Brille und begann mit deutlichem Pennsylvania-Akzent, die Laudatio auf Gordon Bernstein zu lesen.

»... für Forschungsarbeiten über nuklearmagnetische Resonanz, die einen verblüffenden neuen Effekt erzeugte...«

Gordon dachte darüber nach, daß Einstein den Nobelpreis für den photoelektrischen Effekt erhalten hatte, der 1921 bereits als vergleichsweise unumstritten galt, und nicht für die noch immer angezweifelte Relativitätstheorie. Er befand sich in guter Gesellschaft.

»... der, wie er in einer Reihe eindeutiger Experimente in den Jahren 1963 und 1964 belegte, nur durch die Existenz einer neuen Art Teilchen erklärt werden konnte. Dieses sonderbare Teilchen, das Tac... Tac...«

Der Präsident stolperte über die Aussprache. Zustimmendes Lachen rieselte durch das Auditorium. Etwas stach in Gordons Gedächtnis, und er studierte erneut das dunkle Halbrund aus Gesichtern. Jemand lachte. Jemand, den er kannte?

»...Tachyon, vermag sich schneller als Licht zu bewegen. Diese Tatsache führt dazu...«

Der straffe Haarknoten, das erhobene, fast vornehme Kinn. Seine Mutter saß in der dritten Reihe. Sie trug ein dunkles Kostüm und war gekommen, ihren Sohn auf der hellen Bühne der Geschichte zu sehen, seinen Tag mitzuerleben.

»...daß die Teilchen rückwärts durch die Zeit reisen können. Die daraus folgenden Erkenntnisse sind in vielen Bereichen der modernen Wissenschaft von grundlegender Bedeutung, von der Kosmologie zur...«

Die Hände zusammengepreßt, stand Gordon halb auf. Die stolze Energie, die in ihrem strahlenden Lächeln lag, den Kopf dem Fluß der Worte zugewandt...

»...Struktur subnuklearer Teilchen. Das ist in der Tat ein ungeheures Spektrum...«

Aber sie war im hektischen Chaos, das dem November 1963 folgte, im Bellevue gestorben, bevor er sie noch einmal besuchen konnte.

»...das die enger werdende Verbindung...«

Die Frau in der dritten Reihe war wahrscheinlich eine alternde Sekretärin, der jemand einen Gefallen mit der Einladung getan hatte. Und trotzdem, etwas in ihrem wachen Blick... Der Raum schwankte, Lichtpunkte wurden zu trüben Kreisen.

»...zwischen der mikroskopischen und der makroskopischen Welt wiederspiegelt, ein Thema...«

Der Präsident war am Ende. Gordon stand auf, ging auf hölzernen Füßen zu dem Podest.

»Der Enrico-Fermi-Preis für...«

Er konnte die Würdigung darauf nicht lesen. Die Gesichter schwebten vor ihm. Augen. Das gleißende Licht...

Er begann zu sprechen.

Er sah die Menschen und dachte an die Wellen, die sich durch sie hindurchbewegten und sich in weißem, schlingendem Gischt brachen. Die kleinen Gestalten spürten die Sprudel der Wellen vage als Paradoxe, als Rätsel, und hörten das Ticken der Zeit, ohne zu wissen, was sie spürten. Sie klammerten sich an ihre linearen Illusionen von Vergangenheit und Zukunft, von Fortbewegung, Illusionen von Geburten und künftigen Toten. Die Worte blieben ihm im Hals stecken. Er fuhr fort. Und er dachte an Markham, an seine Mutter und all diese unzähligen Menschen, die sich stets an ihre Hoffnungen klammerten; an ihren seltsamen Menschenverstand, ihre letzte Illusion, daß, ganz gleich, wie die Tage sich durch sie hindurchbewegten, der Pulsschlag des Kommenden immer blieb, an ihr Gefühl, daß selbst jetzt noch Zeit war.

Wärmstens bedanken möchte ich mich für den Beitrag, den meine Schwägerin Hilary Foister Benford zu diesem Buch geleistet hat. Sie hat wesentlich zu diesem Manuskript beigetragen, indem sie ihr besonderes Interesse an Menschen einbrachte. Bestimmte Charaktere sind zum Teil ihre Schöpfung. Als gebürtige Engländerin und Cambridge-Absolventin hat sie mir unschätzbare Hilfe bei der Entwicklung einer konsequent britischen Ausdrucksweise geleistet. Ohne ihren Beitrag wäre dies ein anderes Buch.

GREGORY BENFORD
Cambridge
August 1979

Für die Diskussion technischer Fragen bedanke ich mich bei Riley Newman, David Book und Sidney Coleman.

Viele Facetten dieses Werks wurden durch meine Frau Joan Abbe verbessert. Ihre Geduld und ihre Unterstützung, ebenso wie die meiner Kinder Alyson und Mark, waren von unschätzbarem Wert.

Als Herausgeber und Begutachter des endgültigen Manuskripts danke ich Asenath Hammond. Dank schulde ich David und Marilee Samuelson, Charles Brown, Malcolm Edwards, Richard Curtis, Lawrence Littenberg und vor allem David Hartwell für Anregungen zum Manuskript.

Viele wissenschaftlichen Elemente dieses Romans sind echt. Andere sind spekulativ und können sich durchaus als falsch erweisen. Meine Absicht war, einige hervorstechende philosophischen Probleme der Physik zu beleuchten. Wenn der Leser nach der Lektüre die Überzeugung gewonnen hat, daß die Zeit in der modernen Physik ein fundamentales Rätsel darstellt, hat dieses Buch seinen Zweck erfüllt.

GREGORY BENFORD
Cambridge
August 1979